에드거 앨런 포

Edgar Allan Poe 1809.1.19.~1849.10.7

19세기 가장 독창적인 시인, 소설가, 비평가. 추리소설의 창시자이자 공포소설의 완성자, 새로운 시 이론의 개척자로서 후대 문학계에 지대한 영향력을 미친 미국 근대문학의 선구자이다.

1809년 보스턴에서 태어났으며, 두 살 무렵 아버지와 어머니가 모두 세상을 떠나자 버지니아의 부유한 상인 존 앨런에게 입양되었다. 버지니아 대학에 입학해 고대어와 현대어를 공부했지만 도박에 빠져 빚을 지면서 양부와의 관계가 소원해졌다. 1년 만에 학교를 그만두고 가명으로 시집《테멀레인 외 다른 시들》(1827)을 출간했으나 주목받지 못했고, 두 번째 시집《알 아라프, 테멀레인 외 다른 시들》역시 큰 주목을 받지 못했다. 웨스트포인트사관학교에 입학한 후 계속되는 양부와의 불화로 파양당하고, 학교에서도 일부러 퇴학당했다. 그 후 단편 집필을 시작, 1832년 필라델피아 신문에 처음으로 다섯 편의 단편이 실리고, 이듬해 단편〈병 속의 수기〉가 볼티모어 주간지 소설 공모전에 입상하면서 두각을 나타내기 시작했다. 양부 존 앨런이 유산을 전혀 남기지 않고 사망하자 경제적 궁핍으로 인해 잡지사 편집자로 취직했고, 이 무렵 사촌여동생인 버지니아 클렘과 결혼했다. 음주 문제로 잡지사를 그만두고, 장편《낸터킷의 아서 고든 핌 이야기》(1838)와 단편집《기괴하고 기이한 이야기들》(1839)을 발표했다. 새로운 잡지사에서 일자리를 구했으나 곧 해고당하고 아내 버지니아도 폐결핵에 걸리자 절망으로 폭음에 빠져들었다. 이 시기에〈모르그 가의 살인〉,〈검은 고양이〉,〈황금 벌레〉등 다수의 유명 단편들을 집중적으로 발표했고, 1845년 시〈까마귀〉로 화제가 되면서 같은 해 시 창작에 관한 에세이〈작법의 철학〉을 발표했다. 소설과 시뿐 아니라 비평 활동도 활발히 했으며, 신랄한 비판으로 문단과 마찰이 심했다. 1847년 버지니아가 병으로 세상을 떠나자 정신적으로 더욱 피폐해졌다. 1849년 10월 볼티모어 거리에서 인사불성 상태로 발견되어 병원으로 이송되었으나 의식을 회복하지 못하고 40세의 나이로 사망했다.

20년이 채 안 되는 활동 기간 동안 포가 남긴 문학적 유산은 훗날 아서 코넌 도일, 쥘 베른, 프란츠 카프카, 스티븐 킹, 호르헤 루이스 보르헤스, 에도가와 란포 등 시대와 국적을 초월한 수많은 대가들에게 지대한 영향을 미쳤다. 현대 장르문학의 개척자일 뿐 아니라 지금도 영화, 뮤지컬, 음악 등 대중문화 전반에 끊임없이 영감을 주는 에드거 앨런 포를 기리기 위해 미국에서는 '에드거 상'을 제정해 매년 그의 업적을 기리고 있다.

모르그 가의 살인

EDGAR ALLAN POE

모르그 가의 살인

에드거 앨런 포

권진아 옮김

시공사

일러두기

1. 이 책은 에드거 앨런 포의 단편소설 중 〈The Murders in the Rue Morgue〉를 포함한 27편의 추리·공포소설을 우리말로 옮긴 것이다.
2. 번역 대본으로는 미국 더블데이 출판사에서 나온 《The Complete Stories and Poems of Edgar Allan Poe》(1966)와 랜덤하우스 빈티지 출판사에서 나온 《The Complete Tales and Poems of Edgar Allan Poe》(1975)를 사용했다.
3. 지은이의 주와 옮긴이의 주는 본문 하단에 숫자로 표시했으며, 말머리에 [원주]라고 밝힌 것은 지은이 주이고, 그 밖의 것은 옮긴이 주이다.
4. 이 책에 수록된 단편 〈라이지아〉와 〈어셔가의 몰락〉에 등장하는 시는 에드거 앨런 포의 시로, 본 전집 6권 《까마귀: 시 전집》에도 수록되어 있다. 전집의 통일성을 위해 단편에 인용된 시는 시 전집의 번역을 사용했다.

차 례

모르그 가의 살인   7

마리 로제 수수께끼   52

검은 고양이   111

황금 벌레   124

라이지아   170

소용돌이 속으로의 하강   191

고자쟁이 심장   214

도둑맞은 편지   222

밀회   246

병 속의 수기   263

윌리엄 윌슨   278

베르니스   305

어셔가의 몰락   316

아몬티야도 술통   340

구덩이와 추   350

래기드 산 이야기   371

군중 속의 남자   385

모렐라   397

네가 범인이다   405

길쭉한 상자   423

에이러스와 차미언의 대화   438

메첸거슈타인   446

적사병의 가면극   457

생매장   465

심술의 악령   484

M. 발데마르 사건의 진실   493

절름발이 개구리   505

해설   519

에드거 앨런 포 연보   529

모르그 가의 살인

세이렌이 불렀던 노래,
혹은 아킬레우스가 여인들 사이에 숨었을 때 썼던 가짜 이름은,
어렵기는 해도 전혀 추측할 수 없는 문제는 아니다.
_토머스 브라운 경[1]

분석이라는 정신적 특성은 그 자체만으로는 거의 분석이 힘들다. 그 진가는 오직 결과를 통해서만 알 수 있을 뿐이다. 무엇보다 이 능력은 엄청난 분석력을 소유한 사람에게는 늘 더없는 즐거움의 원천이다. 강인한 사람이 근육 운동을 즐기며 스스로의 신체 능력을 즐기듯이 분석가는 실마리를 풀어나가는 정신 활동을 기쁨으로 여긴다. 자신의 재능을 펼칠 수 있다면 분석가는 사소하기 짝이 없는 일에서도 즐거움을 느낀다. 분석가는 수수께끼, 난제, 상형문자를 사랑하며 그 각각을 해결하는 과정에서 보통 사람들의 이해력으로는 불가사의해 보일 정도의 통찰력을 보여준다. 그 결과는 정석적 방법을 통해 도출되었음에도 사실 직관적으로 꿰뚫어 본 것 같은 분위기를 풍긴다.

---

1   17세기 영국의 의사이자 저술가인 토머스 브라운이 쓴 《호장론壺葬論, 최근 노포크에서 발견된 뼈단지에 관하여》에서 인용.

그 해결 능력은 수학 연구, 특히 그중 단지 역산 작용을 한다는 것만으로 굉장한 것이기라도 한 양 부당하게 분석학이라 불려온 수학의 최고 분과를 통해 더욱 활성화될 수 있다. 하지만 계산 그 자체는 분석이 아니다. 예를 들어, 체스 선수는 분석하려 애쓰지 않고도 계산을 한다. 따라서 체스 게임이 정신력에 미치는 영향에 대해서는 큰 오해가 있다. 나는 지금 논문이 아니라 다소 기이한 이야기의 서문을 마구잡이 관찰에 따라 쓰고 있을 뿐이므로, 이 기회를 빌려 최강의 사색적 지성은 온갖 쓸데없는 정교한 짓을 하는 체스보다 수수한 체커 게임에서 더욱 결정적이고 유용하게 발휘된다고 주장하고 싶다. 말들이 다 다양한 가치와 변수를 가지고 별나고 다르게 움직이는 체스 게임에서는 그저 복잡할 뿐인 것을 심오한 것으로 착각한다(흔히 벌어지는 오류이다). 여기서 강력히 요구되는 자질은 집중력이다. 한순간이라도 집중력이 산만해지면 실수를 저지르고 결국 손해를 보거나 패배를 맛보게 된다. 말을 움직일 방법이 복잡다단하기 때문에 그런 실수를 저지를 가능성도 커진다. 따라서 열에 아홉은 더 예리한 선수보다 집중력이 더 강한 선수가 이긴다. 반대로 말의 움직임이 독특하고 변수가 거의 없는 체커 게임에서는 부주의로 인한 실수 가능성이 낮아지므로 상대적으로 집중력은 덜 요구된다. 그러므로 둘 중 조금이라도 우위를 점하는 쪽은 통찰력이 뛰어난 사람이다. 좀더 분명한 설명을 위해 말이 킹 네 개뿐인 체커 게임을 가정해보자. 당연히 여기서는 어떤 실수도 일어나지 않을 것이다. (두 선수의 실력이 같다고 치면) 여기서 승리를 결정하는 것은 오로지 머리를 열심히 써서 멋들어진 수를 두는 것이다. 통상적 방법을 쓸 수 없게 된 분석가는 상대방의 머릿속으로 들어가 자신을 상대방과 일치시키고, 그런 과정에서 적을 실수로 유인하거나 적이 서두르다 착오를 저지르게 할 수 있는 유일한 수들(때로는 어이없을 정도로 단순한 수들)을 종종 한눈에 알아챈다.

휘스트 게임은 예로부터 소위 계산 능력을 증진시킨다고 알려져 있어서, 머리가 엄청나게 비상한 사람들은 체스는 시시하다고 멀리하고 휘스트 게임을 즐기는 경우가 많다. 사실 그토록 고도의 분석 능력을 요구하는 일은 어디에도 없다. 기독교 국가 최고의 체스 선수는 그저 최고의 체스 선수에 불과하겠지만, 휘스트 게임에 능숙하다는 것은 머리와 머리가 우열을 겨루는 온갖 더 어려운 일들에서 성공할 능력이 있다는 것을 뜻한다. 여기서 능숙하다는 것은 정당하게 우위를 점할 수 있는 온갖 수들에 대한 이해를 포함하여 게임을 완벽하게 이해하고 있다는 것을 의미한다. 이 수들은 다양할 뿐만 아니라 종류도 갖가지여서 종종 보통 사람들의 이해력으로는 전혀 접근할 수 없는 사고의 깊숙한 곳에 자리하고 있다. 주의 깊게 관찰한다는 것은 또렷하게 기억한다는 것이다. 그러니 집중력 뛰어난 체스 선수라면 휘스트 게임에도 뛰어날 것이다. 반면 (그저 게임 방법에 근거해 만들어진) 호일의 법칙은 일반적으로 충분히 이해한다. 따라서 게임 능력의 핵심은 보통 훌륭한 기억력을 가지고 '규칙'을 따르는 것이라고 간주한다. 하지만 분석가의 능력이 증명되는 것은 단순한 규칙의 한계를 넘어선 문제들을 맞닥뜨렸을 때이다. 분석가는 조용히 수많은 관찰과 추론을 한다. 그것은 아마 상대방들도 마찬가지일 테니, 어느 정도의 정보를 얻었는가는 추론의 타당성보다는 관찰의 질에 따라 달라진다. 이때 필요한 지식은 무엇을 관찰해야 하는가이다. 우리의 분석가 선수는 어떤 제한도 두지 않는다. 게임이 목적이라는 이유로 게임 외적인 것들에서 추론한 정보들을 버리지도 않는다. 자기편의 표정을 살피고 이를 상대편의 표정과 신중하게 비교한다. 손에 든 카드를 분류하는 법, 으뜸패는 으뜸패끼리 최고패는 최고패끼리[2] 세는 방법을 사람들이 자기 손에 든 카드에 던지는 시선을 통해 참작한다. 게임이 진행되는 동안 상대의 표정 변화를 일일이 눈여겨보며, 확신하고 놀라고 의기양양해하고 분해하는 표정들의 차이에서 판단 자료를 축적한다. 유리한 패를 집어 드는 방식을 보고 그 판을 이긴 사람이 다음에도 그렇게 할 수 있을지 판단한다. 테이블에 패를 내놓을 때의 태도로 속임수 동작인지 아닌지 간파한다. 별생각 없이 무심코 어떤 말들을 내뱉는지, 카드가 떨어지거나 뒤집혔을 때 그걸 감추면서 불안한 표정을 짓는지 태평한 표정을 짓는지, 패를 어떤 식으로 세고 정리하는지, 당황하는지 망설이는지 안달이 나 있는지 걱정하는지, 이 모든 것들이 분석가의 직관적 지각에 게임의 판도를 정확히 보여주는 지표를 제공한다. 처음 두세 판 게임을 하고 나면 분석가는 각각이 쥐고 있는 카드를 완전히 파악하고는 마치 다른 사람들이 카드의 액면을 다 보여주기라도 한 것처럼 확신에 차서 카드를 내놓는다.

분석력을 단순한 재간과 혼동해서는 안 된다. 분석가는 반드시 재간이 있지만, 재간 있는 사람은 종종 놀라울 정도로 분석력이 부족하다. 재간이 주로 드러나는 구성력이나 결합력을 골상학자들은 (내가 보기에는 잘못된 판단으로) 원시적 능력으로 여겨 타 기관에서 나오는 것으로 규정했는데, 이 능력들은 그것만 제외하고는 백치

---

2   으뜸패는 게임을 이기는 패. 최고패는 에이스, 킹, 퀸, 잭을 의미.

에 가까운 지성의 소유자들에게서도 아주 흔히 보여 교훈 작가들의 관심을 끌어왔다. 재간과 분석력의 차이는 공상과 상상의 차이보다 훨씬 더 크지만 그 차이의 성격은 극히 유사하다. 사실 재간이 있는 사람은 항상 기발하지만 진정으로 상상력이 풍부한 사람은 분석적일 수밖에 없다는 것을 알게 될 것이다.

이제부터 할 이야기는 독자들이 보기에는 방금 제시한 주장에 대한 일종의 논평처럼 보일 것이다.

나는 18**년 봄과 여름 잠깐 동안 파리에 머물면서 C. 오귀스트 뒤팽이라는 신사를 알게 되었다. 이 젊은 신사는 굉장한, 실로 명문가 출신이었지만 각종 불운한 사건을 겪으며 영락하여 의지를 잃은 나머지 다시 분발해서 잘해보겠다거나 재산을 되찾아보겠다는 생각을 포기해버렸다. 채권자들의 호의 덕에 얼마 안 남은 재산은 아직 가지고 있어서 여기서 나오는 수입으로 극도로 절약해서 생필품만 사면서 살 뿐 사치는 꿈도 꾸지 못했다. 사실 책이 그의 유일한 사치였는데, 이는 파리에서는 쉽게 구할 수 있는 품목이었다.

우리가 처음 만난 곳은 몽마르트르 가에 있는 이름 없는 도서관으로, 우연히 둘 다 아주 귀한 명저를 찾고 있다가 가까운 사이가 되었다. 우리는 거듭 다시 만났다. 그는 본인을 화제로 삼을 때 프랑스인들이 보여주는 허심탄회한 태도로 자신의 가족사를 자세히 들려줬고, 그 이야기에 나는 몹시 흥미를 느꼈다. 그의 방대한 독서량도 놀라웠고, 무엇보다 그 열정적이고 생생한 상상력이 내 안의 영혼을 불타오르게 했다. 그때 나는 파리에서 어떤 물건을 찾고 있었는데, 그런 사람을 곁에 두는 것이 값으로 헤아릴 수 없는 보물이 되리라는 느낌이 들었다. 그리고 이 느낌을 뒤팽에게 솔직히 털어놓았다.

결국 우리는 내가 파리에 있는 동안 함께 살기로 결정했다. 내 형편이 뒤팽보다는 좀 더 나았기 때문에 집세와 가구 비용은 내가 부담하기로 했다. 우리는 포부르 생제르맹의 후미지고 인적 없는 구석에 위치한 다 쓰러져가는 낡고 기괴한 저택을 빌려 환상적이고 음울한 공통의 기질에 맞는 스타일로 장식했다. 무슨 연유인지 물어보지는 않았지만 어떤 미신 때문에 오랫동안 버려져 있던 집이었다.

그 집에서의 우리 일상이 세상에 알려졌다면, 분명 미치광이 취급을 받았을 것이다. 그래 봤자 아마 무해한 미치광이이긴 하겠지만. 우리는 완벽하게 은둔했다. 아무 방문객도 들이지 않았다. 우리 은신처의 위치는 내 옛 지인들에게 철저히 비밀로 했고, 뒤팽은 이미 수년째 파리에서 사람들과 소식을 끊고 지낸 상황이었다. 우리는 오로지 우리만의 세계에서 존재했다.

내 친구에게는 밤을 밤 그 자체로 사랑하는 별난 기호(달리 딱히 뭐라고 부르겠는가)가 있었는데, 나는 그의 다른 모든 면들에 그랬듯이 이 기괴한 취향에도 조용히 물들어갔고 마침내 그 종잡을 수 없는 변덕을 완전히 추종하게 되었다. 밤의 신과 늘 함께 살 수는 없지만 옆에 있는 것처럼 꾸밀 수는 있었다. 새벽 첫 햇살이 비치는 즉시 우리는 이 낡은 집의 무거운 덧문을 모두 닫고 강한 향초 두 자루에 불을 붙여 극히 미약하고 핼쑥한 빛만 겨우 비치게 해두었다. 이 불빛에 의탁해 책을 읽고 글을 쓰고 대화를 나누며 분주히 몽상에 빠져 있다 보면 어느덧 시계가 진짜 어둠의 도래를 알렸다. 그러면 팔짱을 끼고 거리로 나가 낮에 하던 대화를 계속하거나 이곳저곳을 쏘다니면서 북적대는 도시의 현란한 불빛과 그림자들 속에서 조용한 관찰을 통해 얻을 수 있는 무한한 정신적 자극을 찾아다니는 것이다.

그럴 때면 나는 (그의 풍부한 상상력으로 보아 당연히 예상하고 있었음에도) 뒤팽의 독특한 분석력을 새삼 다시 알아채고 감탄하지 않을 수 없었다. 그는 분석력을—딱히 과시하기를 즐기는 것 같지는 않았지만—쓰는 일을 아주 즐기는 듯했고 그렇게 얻은 즐거움을 스스럼없이 고백했다. 뒤팽은 싱긋 웃으며 대부분의 사람들은 자기가 보기에는 가슴에 창문을 달고 다니는 거나 마찬가지라고 장담했고, 내 속내를 고스란히 꿰고 있음을 보여주는 놀랍고도 직접적인 증거를 곧바로 들이대어 그 주장을 뒷받침했다. 이럴 때 그의 태도는 차가웠고 자신만의 난해한 세계에 멍하니 빠져 있는 것 같았다. 눈빛에는 표정이 없었고 평소의 낭랑한 테너는 고음부까지 솟구쳐 올라가 신중하고 또렷한 말투만 아니었다면 화난 목소리처럼 들렸을 것이다. 이런 분위기를 풍기는 뒤팽을 보며 나는 종종 고대 철학의 영혼 이분론에 대한 사색에 빠졌고 두 명의 뒤팽—창의적 뒤팽과 분석적 뒤팽—을 상상하며 즐거워하곤 했다.

방금 한 이야기 때문에 내가 추리 소설이나 공상 소설을 쓰고 있다고 여겨선 안 된다. 이 프랑스인에 대한 묘사는 그저 흥분한 혹은 아마도 병든 지성의 산물에 불과하다. 하지만 앞서 말한 그런 때에 그가 어떤 식의 말을 했는지는 예를 들어 보이는 것이 가장 효과적일 것이다.

어느 날 밤 우리는 팔레 루아얄 근처의 길고 지저분한 거리를 걷고 있었다. 둘 다 골똘히 생각에 잠겨 있어서 적어도 15분 이상 서로 말 한마디 나누지 않았다. 그러다 느닷없이 뒤팽이 이렇게 말했다.

"굉장히 키가 작지, 맞아. 그러니 바리에테 극장³에 더 어울릴 걸세."

"그렇고말고." 나는 (너무 깊이 생각에 잠겨 있어서) 처음에는 뒤팽이 비상한 방식으로 내 생각과 보조를 맞추었다는 사실을 알아차리지 못한 채 부지불식간에 대답을 했다. 하지만 다음 순간 정신을 차리고는 대경실색했다.

"뒤팽." 나는 심각하게 말했다. "이건 도저히 이해가 안 가. 정말이지 너무나 놀랍고 내 귀로 듣고도 믿을 수가 없네. 도대체 어떻게 안 건가, 내가 생각하고 있는 사람이—"이 지점에서 나는 말을 멈추었다. 뒤팽이 정말로 내가 생각하던 사람을 알고 있었는지 확실히 확인하기 위해서였다.

"샹티이라는 걸 말인가?"그가 말했다. "왜 말을 멈추고 그러나! 그 친구 체격이 너무 작아서 비극에 어울리지 않는다고 혼자 논평을 하고 있었으면서."

그것은 정확히 내가 생각하고 있던 주제였다. 샹티이는 예전에 생드니 가에서 구두장이를 하다가 연극에 미쳐 크레비용의 동명 비극에서 크세르크세스 役에 도전했지만 힘든 노력도 무색하게 형편없이 조롱만 당했던 사람이었다.

"제발 말 좀 해보게." 내가 외쳤다. "도대체 무슨 수로 내 마음속을 꿰뚫어 볼 수 있었던 건가? 방법이란 게 있다면 말이야." 사실 나는 표현할 수 있었던 것보다 훨씬 더 놀란 상태였다.

"자네가 구두 수선공이 크세르크세스나 그와 유사한 배역을 맡기에는 키가 작다는 생각을 하게 된 것은 과일 장수 때문이었네." 친구가 대답했다.

"과일 장수라고! 그거 뜻밖이군. 나는 과일 장수라고는 아는 사

---

3   몽마르트르 대로에 있는 극장으로 주로 오페레타나 보드빌을 공연했다.

람이 없는데."

"우리가 이 길에 들어섰을 때 자네랑 부딪혔던 사람 말이야. 15분 전쯤 됐을 거네."

그제야 나는 C가에서 지금 우리가 있는 대로로 들어섰을 때 정말로 큰 사과 광주리를 머리에 이고 있던 과일 장수와 부딪혀 넘어질 뻔했던 일이 생각났다. 하지만 그게 샹티이와 무슨 연관이 있는지는 도무지 이해가 되지 않았다.

뒤팽에게는 사람을 속이고 있는 기색은 손톱만큼도 없었다. "설명을 들으면 모든 걸 확실히 알게 될 걸세. 우선 내가 자네에게 말을 건 순간부터 문제의 과일 장수와 부딪친 순간까지 자네 생각을 거꾸로 되짚어 가보자고. 그 사슬을 잇는 큰 연결 고리들은 다음과 같아. 샹티이, 오리온자리, 니콜스 박사, 에피쿠로스, 스테레오토미[4], 포석, 과일 장수."

살면서 한 번쯤 자신의 생각이 어떤 경로를 거쳐 특정 결론에 이르게 되었는지 재미 삼아 되짚어본 적 없는 사람은 거의 없을 것이다. 이 작업은 종종 아주 흥미롭다. 처음 이런 시도를 해보는 사람은 시작점과 도달점 사이에 존재하는 무한한 간극과 모순에 깜짝 놀란다. 그렇다면 그 프랑스인이 방금 한 말을 듣고 그게 맞다고 인정하지 않을 수 없었을 때 내가 얼마나 놀랐겠는가. 뒤팽은 계속 말을 이었다.

"내 기억이 맞다면 C가를 벗어나기 직전 우린 말에 대해 이야기하고 있었네. 그게 우리의 마지막 대화 주제였지. 그런데 이 거리로

---

4   고형 물질을 특정 모양으로 절단하는 기술.

막 접어들었을 때 머리에 커다란 광주리를 인 과일 장수가 우리 옆을 휙 지나가다가 인도 보수공사 중인 곳에 쌓여 있던 도로포장용 돌무더기 위로 자네를 밀쳤어. 자네는 떨어져 나온 돌조각 하나를 밟고 미끄러져 발목을 살짝 삐었고. 자넨 좀 짜증이 났는지 부루퉁해진 표정을 하고 몇 마디 중얼거리며 돌무더기를 돌아보더니 묵묵히 계속 걸어가더군. 자네 행동을 딱히 눈여겨본 건 아니었는데 최근에는 관찰이 그냥 필수가 되다시피 해서 말이야.

자네는 화난 표정으로 도로에 난 구멍과 바퀴자국을 쳐다보며 계속 땅을 보고 걸어갔지(그래서 아직도 돌무더기 생각을 하고 있다는 걸 알았네). 그러다 라마르틴이라는 조그만 골목길에 이르렀는데, 그 길은 실험적으로 석재를 겹치고 고정시키는 방법으로 포장이 되어 있었어. 여기서 자네 표정이 밝아졌고, 난 자네 입술 모양을 보고 자네가 '스테레오토미'라는 단어를 중얼거리는 것을 확실히 알 수 있었네. 이런 종류의 포장도로에 젠체하며 붙이는 용어지. '스테레오토미'라고 중얼거렸으면 당연히 '원자^{atomies}'를, 나아가 에피쿠로스의 학설을 떠올리게 되어 있었어.[5] 왜냐하면 얼마 전 이 주제에 대해 같이 토론했을 때 내가 그 고귀한 그리스인의 막연한 추측이 최근 성운 우주창조설에서 독보적으로 증명되었음에도 사람들의 주목은 거의 끌지 못했다는 말을 한 바 있으니까. 당연히 고개를 들어 오리온좌 대성운을 보겠다 싶었지. 분명 그럴 거라고 생각했고. 과연 자네는 시선을 들더군. 그래서 이제 내가 자네 생각 추이를 제대로 따라온 게 맞구나 확신했네. 하지만 어제 자 〈뮈제〉에 샹티이에

---

5   에피쿠로스 철학은 만물의 생성과 소멸을 원자론으로 설명하려 했다.

대한 **혹평**이 실렸는데 그 풍자가는 구두 수선공이 비극을 한다고 개명한 것을 비아냥대며 우리가 곧잘 썼던 라틴어 구절을 인용했지. 이 구절 말일세.

처음 글자는 옛 소리를 잃었네.

말했다시피 이건 예전에는 '우리온Urion'이라고 썼던 오리온에 대한 언급일세. 이 설명과 연관해서 내가 뭔가 신랄한 말을 했기 때문에 자네가 잊어버렸을 리가 없어. 그래서 자네가 분명 오리온과 샹티이를 연결시킬 거라고 생각했네. 그 두 가지를 연결시켰다는 것은 자네 입술을 스치고 지나간 미소를 보고 알았고, 희생물이 된 그 가엾은 구두 수선공 생각을 했던 게지. 그때까지는 구부정한 자세로 걷고 있던 자네가 자세를 꼿꼿이 하더군. 그때 자네가 샹티이의 작은 키에 대해 생각하고 있다고 확신했네. 그 시점에 내가 그 생각에 끼어들어 사실 그 샹티이라는 자는 굉장히 키가 작아서 바리에테 극장에 더 잘 어울릴 거라고 말했던 걸세."

이런 일이 있고 얼마 지나지 않은 어느 날 〈가제트 데 트리뷰노〉 석간을 읽던 중, 다음 기사가 우리의 눈길을 끌었다.

놀라운 살인사건—오늘 새벽 3시경 생로슈 지역 주민들은 연달아 들려온 끔찍한 비명 소리에 잠에서 깼다. 그 비명 소리는 분명 레스파나예 부인이 딸 카미유 레스파나예와 단둘이 살고 있는 모르그 가의 저택 4층에서 들려오고 있었다. 여덟 명에서 열 명 정도 되는 이웃들이 통상적 방법으로 집 안으로 들어가려 했지만 실패하고 시간만 낭비하다 결국 쇠지레로 문을 부순 후에야 경찰 두 명을 대동하고 안으로 들어갔다. 그때쯤에는 비명 소리는 멈췄지만 계단 한 층을 달려 올라가던 사람들은 화를 내며 거친 목소리로 다투는 두 사람 이상의 목소리를 똑똑히 들었다. 소리는 집 위쪽에서 나오는 것 같았다. 두 번째 계단참에 이르렀을 때는 이 소리도 멈췄고 사방이 쥐 죽은 듯이 고요해졌다. 사람들은 흩어져 이 방 저 방을 서둘러 살폈다. 4층의 커다란 뒷방(방문은 안에서 열쇠로 잠겨 있었기 때문에 억지로 열고 들어가야 했다)에 도착한 사람들의 눈앞에 경악을 금할 수 없는 무시무시한 광경이 펼쳐졌다.

방 안은 완전히 난장판이었고 가구는 부서진 채 사방에 내팽개쳐져 있었다. 하나 있던 침대는 틀에서 분리되어 방 한가운데 던져진 채였다. 의자 위에는 피투성이 면도날이 놓여 있었다. 벽난로 위에는 긴 회색 머리카락이 두세 뭉치 있었는데, 이 또한 피로 흥건하게 젖어 있었고 뿌리째 몽땅 뽑힌 것 같았다. 바닥에는 나폴레옹금화[6] 네 개와 토파즈 귀고리, 커다란 은 숟가락 세 개, 좀 더 작은 주석 숟가락 세 개, 거의 4천 프랑에 달하는 금화가 든 가방 두 개가 있었다. 한쪽 구석에 있는 옷장은 서랍이 열려 있었는데 물건들은 대부분 그대로 남아 있었지만 뒤진 흔적이 역력했다. (침대 틀이 아니라) 매트리스 아래에서는 조그만 철제 금고가 발견되었다. 금고는 열쇠가 꽂힌 채 열려 있었다. 안에는 오래된 편지 몇 통과 별로 중요하지 않은 서류들밖에 없었다.

레스파나예 부인의 자취는 온데간데없었다. 벽난로에 검댕이 엄

---

6   나폴레옹 3세의 초상이 들어 있는 20프랑짜리 옛 금화.

청나게 수북하게 쌓여 있어서 굴뚝 안을 조사해보았더니 (말하기조차 끔찍하게도!) 딸의 시신이 머리를 아래쪽으로 향한 채 거꾸로 처박혀 있었다. 그런 식으로 좁은 구멍 저 위까지 억지로 쑤셔 넣어져 있는 시신을 끌어내려 보니 몸에는 아직 꽤 온기가 남아 있었다. 찰과상이 많이 보였는데 거칠게 굴뚝 안으로 쑤셔 박혔다 끌려 나오면서 생긴 자국이 분명했다. 얼굴에는 심하게 긁힌 상처가 수두룩했고 목에는 마치 목 졸려 죽기라도 한 것처럼 짙은 멍과 깊은 손톱자국이 남아 있었다.

온 집 안을 샅샅이 조사했지만 더 이상 아무것도 나오지 않자 사람들은 건물 뒤쪽에 있는 조그만 마당으로 나갔다. 거기에 부인의 시신이 있었다. 목을 어쩌나 심하게 베었는지 시신을 들려고 하자 머리가 완전히 떨어져 나가버렸다. 머리뿐만 아니라 몸도 끔찍하게 난자당해 있었고, 특히 몸은 인간의 형체를 거의 찾아볼 수 없을 정도였다.

이 끔찍한 수수께끼를 풀 단서는 현재까지 전혀 나오지 않고 있다.

다음 날 신문에는 다음 사항들이 추가로 보도되었다.

모르그 가의 비극―이 놀랍고도 무시무시한 사건[프랑스에서 이 '사건affair'이라는 단어는 아직 영어에서처럼 경박한 의미를 가지고 있지 않다][7]과 관련하여 많은 사람들이 조사를 받았지만 해결의 실마리는 조금도 나오지 않고 있다. 다음은 지금까지 나온 주요 증언

---

7   영어의 'affair'에는 '불륜관계'라는 의미가 있다.

들이다.

세탁부 폴린 뒤뷔르의 증언. 그녀는 3년 동안 고인들과 알고 지내며 세탁을 맡아 했다. 부인과 딸은 사이가 좋고 서로 애정이 돈독해 보였다. 지불도 후하게 했다. 생활방식이나 생활비에 대해서는 아는 바가 없다. L부인이 점을 쳐서 돈을 번다고 생각했다. 모아둔 돈이 있다는 소문이 있다. 세탁물을 가지러 가거나 가져다줄 때 집에서 다른 사람들을 본 적은 없다. 하인이 없는 것은 확실했다. 4층을 제외한 다른 층에는 가구도 없어 보였다.

담배 가게 주인 피에르 모로의 증언. 그는 4년 가까이 레스파나예 부인에게 소량의 담배와 코담배를 팔아왔다. 그 동네에서 태어나 쭉 그곳에서 살았다. 고인과 딸은 시신들이 발견된 집에서 6년 넘게 살았다. 전에 살던 사람은 보석상이었는데 위쪽 방들을 여러 사람에게 세 주었다. 집의 소유자는 L부인이었고, 부인은 세입자가 집을 함부로 다루는 것을 탐탁지 않게 여겨 직접 거주하러 들어왔고 아무에게도 세를 주지 않았다. 부인은 어린애 같았다. 증인은 6년 동안 딸은 대여섯 번 정도 보았다. 두 사람은 극도의 은둔 생활을 했고, 돈이 있다는 소문이 있었다. 이웃들은 L부인이 점을 친다고 수군댔지만 그 말은 믿지 않았다. 노부인과 딸 외에 그 집에 들어가는 사람이라고는 짐꾼이 한두 번, 의사가 여덟 번인가 열 번 정도 들어가는 걸 본 게 다였다.

다른 많은 사람들과 이웃들의 증언도 같았다. 그 집에 자주 드나든 사람 이야기는 전혀 없었다. L부인과 딸에게 친척이 있는지 아는 사람도 없었다. 집 앞쪽 창들의 덧문은 거의 열리는 법이 없었다. 뒤편 창문들은 4층의 커다란 뒷방을 제외하고는 늘 닫혀 있었다. 그 집은 그다지 오래되지 않은 훌륭한 건물이었다.

경찰 이시도르 뮈제트의 증언. 그는 새벽 3시경 신고를 받고 그 집으로 출동해 20~30명쯤 되는 사람들이 문 앞에서 안으로 들어가려고 애쓰고 있는 광경을 보았다. 결국—쇠지레가 아니라—총검으로 강제로 문을 열었다. 이중문 아니면 접이문이었고 위아래 모두 걸쇠가 걸려 있지 않아서 여는 데는 별 어려움이 없었다. 비명 소리는 문을 열 때까지 계속 이어지다가 돌연 딱 그쳤다. 누군가 (혹은 여러 명이) 굉장히 고통스러워하며 지르는 비명 소리 같았고 짧고 빠른 비명이 아니라 크고 길게 이어지는 비명 소리였다. 위층으로 올라갔다. 첫 번째 계단참에 다다랐을 때 두 사람이 화를 내며 큰 소리로 싸우는 소리가 들렸다. 한쪽은 목소리가 굵고 거칠었고, 상대는 훨씬 날카롭고 굉장히 이상한 목소리였다. 첫 번째 목소리는 프랑스인이어서 몇 마디 알아들을 수 있었다. 분명히 여자 목소리는 아니었다. "맙소사" 그리고 "악마"라는 말을 알아들을 수 있었다. 날카로운 목소리는 외국인이었다. 남자인지 여자인지도 잘 모르겠다. 무슨 말인지는 이해할 수 없었지만 스페인어 같았다. 방안과 시신의 상태에 대한 목격자의 묘사는 어제 기사에 실린 것과 같았다.

이웃에 사는 은세공인 앙리 뒤발의 증언. 그는 처음에 집에 들어갔던 무리 중 하나였다. 증언은 대체로 뮈제트의 증언과 일치한다. 그들은 문을 강제로 열고 들어가자마자 다시 문을 닫았다. 밤늦은 시간임에도 순식간에 몰려든 구경꾼들을 막기 위해서였다. 목격자가 생각하기에 날카로운 목소리의 주인공은 이탈리아 사람 같았다. 프랑스어가 아닌 것은 확실했다. 남자 목소리인지는 잘 알 수 없었다.

여자였을 수도 있다. 이탈리아어는 모른다. 말을 알아들을 수는 없었지만 억양으로 보아 이탈리아인이 분명했다. 목격자는 L부인과 딸과 아는 사이였다. 자주 대화도 나눴다. 날카로운 목소리의 주인공은 절대 그 두 사람은 아니었다.

레스토랑 주인 오덴하이머. 이 목격자는 증언을 자청했다. 프랑스어를 못해서 통역사를 통해 조사를 받았다. 암스테르담 출신이다. 비명 소리가 났을 때 마침 집 앞을 지나고 있었다. 비명 소리는 몇 분, 아마 10분 정도 계속 이어졌다. 매우 무섭고 참혹한, 길고 큰 비명 소리였다. 집 안에 들어간 사람들 중 하나였다. 증언은 하나만 제외하고 앞의 증언들과 일치했다. 그는 날카로운 목소리가 남자 목소리이며 프랑스인이라고 확신했다. 말은 전혀 알아듣지 못했다. 말들은 크고 빠르고 고르지 않았는데 분명 화가 났을 뿐만 아니라 겁에 질려 있었다. 거슬리는 목소리였다. 날카롭다기보다 거슬렸다. 날카로운 목소리라고는 부를 수 없다. 굵고 거친 목소리는 계속 "맙소사" "악마"라는 말을 반복했고 한번은 "저런"이라는 말도 했다.

들로렌 가의 미노에피스[8] 은행 소유주 쥘 미노. 미노 부자 중 아버지이다. 레스파나예 부인에게는 재산이 좀 있었다. 8년 전 봄 그의 은행에 계좌를 개설했다. 돈을 조금씩 자주 저금했다. 한 번도 수표를 끊지 않다가 죽기 사흘 전 직접 4천 프랑을 인출했다. 금액은 금화로 지급했고 은행 직원이 돈을 집까지 가져다주었다.

미노에피스 은행 직원 아돌프 르봉의 증언. 그는 사건 당일 정오경 4천 프랑을 가방 두 개에 담아 들고 레스파나예 부인을 집까지 모셔

---

8 '미노 부자父子'라는 의미.

다 드렸다. 문이 열리자 L양이 나와 가방 하나를 받아 들었고 노부인이 나머지 가방을 받아 들었다. 그런 다음 그는 인사를 하고 떠났다. 그때 거리에는 아무도 없었다. 굉장히 한적한 뒷골목이다.

재단사 윌리엄 버드의 증언. 집에 들어간 사람들 중 하나로, 영국인이다. 파리에서는 2년째 살고 있다. 가장 먼저 계단을 올라간 사람 중 하나였다. 싸우는 목소리들을 들었다. 굵고 거친 목소리의 주인공은 프랑스인이었다. 몇 마디는 알아들을 수 있었지만 지금은 다는 기억나지 않는다. "맙소사"와 "저런"은 똑똑히 들었다. 당시 여러 사람이 싸우는 것처럼 삐걱거리고 드잡이하는 소리가 들렸다. 날카로운 목소리는 굉장히 컸다. 굵은 목소리보다 더 컸다. 영국인이 아니라는 것은 확실하다. 독일 사람 목소리였던 것 같다. 여자 목소리였을 수도 있다. 독일어는 모른다.

위에서 이름이 언급된 증인 중 네 사람을 다시 불러 받은 증언에 따르면, L양의 시신이 발견된 방 앞에 왔을 때 문은 안에서 잠겨 있었다. 사방은 쥐 죽은 듯이 조용했고 아무 신음 소리도 소음도 들리지 않았다. 문을 강제로 열고 들어갔을 때 안에는 아무도 없었다. 앞방과 뒷방의 창문들은 모두 내려져 있었고 안에서 단단히 잠겨 있었다. 두 방 사이의 문은 닫혀 있었지만 잠겨 있지는 않았다. 앞방에서 복도로 나오는 문은 열쇠가 안쪽에 꽂힌 채로 잠겨 있었다. 4층 복도 입구에 있는 작은 앞방은 문이 조금 열려 있었다. 이 방에는 낡은 침대와 상자 같은 것들이 가득 차 있었다. 이 물건들을 조심스레 치우고 수색했다. 집 안 구석구석까지 한 군데도 빼지 않고 살폈다. 굴뚝도 위아래로 훑어봤다. 그 집은 다락방(망사르드 지붕)이 있는 4층짜리 건물이었다. 지붕으로 나 있는 뚜껑문은 못으로 단단히 고정되어 있었고 몇 년 동안 연 흔적이 없었다. 싸우는 소리를 들었을 때부터 방문을 부수고 들어갔을 때까지 걸린 시간은 증인들마다 의견이 달랐다. 어떤 이는 3분밖에 지나지 않았다고 했고 어떤 이는 5분은 족히 걸렸다고 했다. 문은 어렵게 열렸다.

장의사 알폰소 가르시오의 증언. 그는 모르그 가에 살고 있다. 스페인 출신이다. 집에 들어갔던 사람 중 하나다. 위층에 올라가지는 않았다. 신경이 예민해서 흥분하면 어떤 결과가 벌어질지 걱정됐기 때문이다. 다투는 소리는 들었다. 목소리가 굵고 거칠던 사람은 프랑스인이었다. 무슨 말인지는 알아듣지 못했다. 날카로운 목소리는 영국인이었다. 분명하다. 영어는 모르지만 억양으로 볼 때 그런 것 같았다.

제과점 주인 알베르토 몬타니의 증언. 그는 앞장서서 계단을 올라간 사람들 중 하나였다. 문제의 목소리들을 들었다. 굵고 거친 목소리는 프랑스인이었다. 몇 마디는 알아들었다. 훈계를 늘어놓고 있는 것 같았다. 날카로운 목소리가 하는 말은 이해하지 못했다. 말이 빠르고 오르락내리락했다. 러시아인이 아닌가 싶다. 다른 사람들의 증언과 대체로 일치한다. 이탈리아인이다. 러시아 사람과 이야기해 본 적은 없다.

몇몇 목격자들을 다시 불러 받은 증언에 따르면, 4층에 있는 방들의 굴뚝은 다 너무 좁아서 사람이 들어갈 수 없다고 했다. 굴뚝을 "훑어봤다"는 말은 굴뚝 청소부들이 쓰는 원통형 청소 솔로 훑었다는 의미였다. 이 솔들로 온 집 안 연통을 다 쑤셔봤다. 집 뒤편에는 통로가 없어서 사람들이 계단을 올라오는 동안 아래로 내려갈 수도 없다. 레스파나예 양의 시신은 굴뚝에 너무 단단하게 쑤셔 박혀 있어서 네다섯 사람이 힘을 합치고서야 겨우 끌어내릴 수 있었다.

내과의사 폴 뒤마의 증언. 그는 동틀 녘에 검시 요청을 받고 왔다. 시신 두 구는 L양이 발견된 방의 침대 틀 삼베 바닥 위에 놓여 있었다. 젊은 여자의 시신에는 심한 타박상과 찰과상의 흔적이 있었다. 시신이 굴뚝 안에 쑤셔 박혀 있었다는 사실이 이런 모습에 대한 설명으로 충분했다. 목은 심하게 쓸려 있었다. 턱 바로 밑에는 깊게 패인 상처가 몇 군데 있었고 손가락으로 눌러 생긴 게 분명한 일련의 멍 자국들이 있었다. 얼굴은 끔찍하게 변색되었고 눈알이 튀어나와 있었다. 혀의 일부는 물어서 잘려 나갔다. 명치에 커다란 멍이 있었는데 무릎 압박으로 인해 생긴 게 분명했다. 뒤마 씨는 레스파나예 양이 어떤 사람 또는 사람들에 의해 교살당했다는 소견을 내놓았다. 모친의 시신은 끔찍하게 난자당해 있었다. 오른쪽 다리뼈와 팔뼈는 거의 다 산산조각이 났다. 왼쪽 늑골 전체뿐만 아니라 왼쪽 정강이뼈도 상당히 부서졌다. 온몸이 참혹할 정도로 멍들고 변색되어 있었다. 어떻게 이런 부상을 당했는지 설명할 수가 없었다. 무거운 나무 몽둥이나 넓적한 쇠막대기, 의자 같은 크고 묵직한 둔기를 아주 힘이 센 사람이 휘둘렀다면 그런 결과가 나왔을 수도 있겠다. 여자는 그 어떤 무기로도 이런 타격을 입힐 수는 없었을 것이다. 고인의 두부는 검시 당시 몸에서 완전히 분리되어 있었고 심하게 깨져 있었다. 목은 면도날 등으로 추정되는 상당히 예리한 도구로 잘린 게 분명했다.

외과의사 알렉상드르 에티엔. 에티엔 씨는 뒤마 씨와 함께 검시 요청을 받고 왔다. 증언은 뒤마 씨의 증언 및 소견과 일치했다.

몇 사람 더 조사를 받았지만 더 이상 중요한 이야기는 나오지 않았다. 온갖 정황이 이렇게나 이상하고 당혹스러운 살인사건이 파리에서 일어난 것은 처음이었다. 살인사건이 벌어진 게 맞기는 하다면 말이다. 경찰은 이 보기 드문 사건에 완전히 당황해 어찌할 바를 모르고 있다. 하지만 희미한 실마리조차 없다.

석간신문에는 생로슈 지구는 여전히 극도로 동요하고 있고 문제의 저택은 철저한 재수색이 이루어졌으며 목격자들에 대해서도 새로 조사가 시작되었지만 모두 허탕이었다는 기사가 실렸다. 하지만 추가 기사에는 아돌프 르봉이 체포되어 수감되었다는 소식이 실려 있었다. 이미 상술된 정황들 외에는 범인이라고 할 만한 증거가 없어 보임에도 말이다.

뒤팽은 사건의 추이에 굉장히 관심을 가지는 것 같았다. 적어도 태도를 보아 그런 것 같았다. 본인이 아무 말도 하지 않았기 때문이다. 르봉이 수감되었다는 발표가 나오고서야 뒤팽은 그 살인사건에 대해 어떻게 생각하느냐고 내 의견을 물었다.

나는 이 사건이 풀 수 없는 수수께끼라고 생각하는 점에서 모든 파리 시민과 의견을 같이한다고밖에 할 수 없었다. 살인범을 추적할 수 있는 방법은 전혀 떠오르지 않았다.

"이런 겉핥기식 조사로 방법을 판단해서는 안 되지." 뒤팽이 말했다. "통찰력이 대단하다고 칭송받는 파리 경찰은 약삭빠르긴 하지만 그게 다야. 경찰의 수사 절차에는 방법론이라는 게 없어. 당장의 임기응변뿐이지. 방대한 조처를 늘어놓긴 하지만 제시한 목표와는 너무나 안 맞는 경우가 허다해서, 음악을 더 잘 감상할 수 있게 실내복을 가져오라고 했던 주르당의 말이 생각날 정돌세. 그렇게 얻어낸 결과가 놀라울 때도 많지만 대부분의 경우는 단순히 성실하게 발로 뛰어 얻은 것들이야. 이런 자질이 효과를 발휘하지 못할 때는 경찰의 계획도 실패하는 걸세. 예를 들어 비독은 육감도 좋고 끈기도 있었지. 하지만 사고 훈련이 안 되어 있는 바람에 열심히 수사할수록 실수 연발이었네. 대상을 너무 눈앞에 바짝 들이대고 봐서 시력이 상한 거지. 한두 가지는 아주 선명하게 보일 수도 있겠지만 그러는 동안 전체 그림을 놓칠 수밖에 없거든. 그래서 너무 깊게 들어간다는 말이 있는 걸세. 진실이 항상 우물 안에 있는 것은 아니거든. 사실 더 중요한 지식에 대해 말하자면, 난 진리는 항상 피상적이라고 믿네. 깊이는 우리가 진리를 찾아다니는 계곡에 있지 진리가 발견되는 산꼭대기에 있는 게 아니야. 이런 식의 실수가 벌어지는 방식과 원인은 천체 관측에서 전형적으로 잘 나타나네. 별을 슬쩍 보면, 그러니까 (안쪽보다 희미한 빛을 더 잘 감지하는) 망막 바깥 부분을 별 방향으로 향하게 해서 곁눈질하면 별을 더 또렷하게 볼 수 있고 별빛도 가장 잘 감상할 수 있어. 별빛은 똑바로 바라볼수록 더 어두워지거든. 눈에 들어오는 빛의 양은 사실 똑바로 볼 때가 더 많지만, 더 제대로 이해할 수 있는 것은 곁눈질로 봤을 때야. 지나치게 깊이 파면 생각이 혼란스러워지고 약해지는 걸세. 너무 계속 집중해서 빤히 처다보면 금성마저 하늘에서 사라지게 할 수 있을걸.

이 살인사건에 대해 의견을 내놓기 전에 독자적으로 수사를 해보세. 조사해보면 재미있을 거야." [그렇게 쓰기에는 좀 이상한 단어라고 생각했지만 아무 말도 하지 않았다.] "게다가 예전에 르봉한테 신세 진 일도 있거든. 가서 그 저택을 직접 봐보자고. G경찰국장을 알고 있으니 허가를 받는 것은 어렵지 않을 걸세."

허가를 얻은 우리는 곧장 모르그 가로 갔다. 모르그 가는 리슐리 외 가와 생로슈 가 사이에 있는 볼품없는 거리다. 우리가 사는 곳에서 꽤 멀리 떨어진 동네라 도착했을 때는 늦은 오후였다. 집은 금세 찾았다. 하릴없는 호기심에 찬 사람들이 길 건너편에서 여전히 진을 치고 닫힌 덧문을 물끄러미 쳐다보고 있었기 때문이다. 그 집은 입구 한쪽에 수위실임을 나타내는 미닫이 유리창이 달린 경비실이 붙어 있는 평범한 파리의 집이었다. 우리는 집 안으로 들어가기 전에 거리를 걸어 올라가 골목으로 들어간 다음 다시 모퉁이를 돌아 건물 뒤편을 지나가봤다. 그러는 사이 뒤팽은 그 집뿐만 아니라 그 근방 전체를 세밀하게 관찰했지만 나는 도대체 뭘 보고 있는지 알 수가 없었다.

우리는 오던 길을 되짚어 다시 집 앞으로 돌아가 초인종을 누르고 담당 경찰에게 허가증을 보여준 다음 안으로 들어갔다. 계단을 올라 라스파나예 양의 시신이 발견된 방으로 들어갔다. 방에는 두 구의 시신이 여전히 놓여 있었다. 방 안의 난장판은 관례대로 보존되어 있었다. 〈가제트 데 트리뷔노〉에 실렸던 내용과 다르지 않았다. 뒤팽은 희생자의 시신을 포함해 모든 것을 꼼꼼히 관찰했다. 그런 다음 우리는 다른 방들로 갔다가 마당으로 나왔고, 그러는 내내 경찰이 우리를 따라다녔다. 우리는 날이 어두워질 때까지 조사를 하고서야 그곳을 떠났다. 집에 오는 도중 뒤팽은 한 일간신문사에 잠시 들렀다.

내 친구는 변덕이 죽 끓듯 해서 "쥐 레 메나제Je les ménageais"[9]라고 한 바 있는데, 이 말은 영어로는 옮길 수가 없다. 지금 뒤팽은 그 살인사

9 '내가 맞춰주고 있다'라는 의미의 프랑스어.

건에 대해서는 전혀 이야기하고 싶지 않은 기색이었고 그 기분은 다음 날 정오경까지 계속됐다. 그러더니 느닷없이 그 잔혹한 현장에서 뭔가 특이한 점을 보지 않았느냐고 묻는 것이었다.

'특이한'이라는 단어를 특별히 강조하는 그의 태도에서 뭔지 모르게 오싹한 느낌이 들었다.

"아니, 특이한 점은 없던데." 내가 말했다. "적어도 우리가 신문에서 읽었던 것 이상은 없었어."

"〈가제트〉지는 내가 보기에 이 사건의 유별난 끔찍함을 다루지 않은 것 같아." 그가 대답했다. "이 신문에 실린 안일한 의견은 잊어버리게. 이 수수께끼 사건은 쉽게 해결할 수 있다고 여겨야 할 바로 그 이유로 오히려 해결 불가능한 난제로 간주되는 것 같아. 바로 그 기괴함 말일세. 경찰은 동기를 찾지 못해 당황하고 있지. 살인 그 자체가 아니라 그렇게 처참하게 죽인 동기 말일세. 위층에는 살해당한 레스파나예 양 외에는 아무도 없었던 데다 계단을 오르던 사람들 눈에 띄지 않고 빠져나갈 방법도 없었는데 다툼 소리가 들렸다는 사실은 어떻게 봐도 아귀가 맞지 않기 때문에 어리둥절해하고 있고, 엉망진창으로 어질러진 방, 머리를 아래쪽으로 해서 굴뚝 위로 쑤셔 박힌 시체, 끔찍하게 난자당한 노부인의 시신, 이런 점들과 좀 전에 말한 정황들, 그 외 말할 필요도 없는 여러 가지 상황들을 생각하면 경찰이 그 잘난 통찰력을 전혀 발휘하지 못하고 속수무책이 된 것도 당연해. 이상한 것을 난해한 것과 혼동하는, 엄청나지만 흔한 실수에 빠진 걸세. 하지만 이렇게 범상한 차원에서 벗어나야지 그나마 이성이 더듬더듬 진실을 찾아나갈 수 있는 거야. 지금 우리가 하고 있는 조사에서 물어야 할 질문은 '무슨 일이 벌어졌는가'가 아니라 '어떤 전례 없는 일이 벌어졌는가'일세. 사실 경찰이 이 사건을 해결 불가능하다고 볼수록 그와 정비례해서 손쉽게 내가 이 수수께끼를 해결하게 될 걸세."

나는 놀라서 말도 못 하고 뒤팽을 빤히 쳐다보기만 했다.

"지금 나는 누구를 기다리는 중일세." 그는 방문을 쳐다보며 말을 이었다. "이 학살의 장본인은 아닐지 모르지만 그 일에 어느 정도 연루된 게 분명한 사람이지. 그 범행의 최악의 부분에서는, 아마 무죄일 거야. 내 가정이 맞기를 바라네. 그 가정에 근거해서 수수께끼 전체를 풀 수 있을 거라 기대하고 있으니까. 그 사람이 여기, 이 방에 곧 올 걸세. 안 올지도 모르지만 아마도 올 거야. 그 사람이 오면 붙들어둬야 해. 여기 권총들이 있네. 이게 필요한 상황이 오면 우리 둘 다 쓰는 법은 알고 있으니까."

나는 내가 뭘 하고 있는지 무슨 소리를 들은 건지도 제대로 모르면서 얼떨결에 권총들을 받아 들었고 뒤팽은 혼잣말이라도 하는 것처럼 계속해서 말했다. 앞서 말했듯이 그럴 때 뒤팽은 자신만의 난해한 세계에 멍하니 빠져 있는 것처럼 보였다. 뒤팽은 내게 이야기하고 있었지만, 그 목소리는 크지는 않아도 아주 멀리 있는 사람에게 말하는 듯한 어조를 띠고 있었다. 그의 눈은 아무런 표정 없이 벽만 바라보고 있었다.

"사람들이 계단 위에서 들은 다툼 소리가 그 여인들의 목소리가 아니라는 것은 이미 확실한 증거를 통해 밝혀졌네." 그가 말했다. "그러니 노부인이 딸을 먼저 죽이고 그 후에 자살을 했을지도 모른다는 의심은 성립하지 않아. 이 점을 짚고 넘어가는 것은 방법을 생각해보기 위해서야. 레스파나예 부인의 힘으로는 딸의 시신을 그런 모양으로 굴뚝에 쑤셔 넣는 것은 절대 불가능했을 걸세. 본인의 몸에 난 상처를 봐도 자해라는 생각은 절대 할 수 없고. 그렇다면 살인은 제삼자가 저지른 걸세. 그리고 이자들의 목소리가 사람들이 들은 다툼 소리고. 자, 이제 이 목소리들에 대한 증언이 아니라 그 증언에서 특이한 점에 주의를 기울여보세. 뭔가 **특이한 점**을 보지 못했나?"

나는 목격자들 모두가 굵고 거친 목소리는 프랑스인일 거라고 하나같이 말했지만 날카로운 목소리, 혹은 한 목격자의 표현에 의하면 귀에 거슬리는 목소리의 주인공에 대해서는 이견이 분분했다고 말했다.

"그것은 증언 자체일 뿐 특이한 증거는 아니지." 뒤팽이 말했다. "자네는 독특한 점을 전혀 보지 못했군. 하지만 확실히 뭔가가 있었네. 자네 말대로 목격자들은 거친 목소리에 대해서는 의견이 같았네. 이 점에 있어서는 만장일치였지. 하지만 날카로운 목소리에 대한 증언에서 특이한 점은 의견이 달랐다는 부분이 아니라, 이탈리아인과 영국인, 스페인인, 네덜란드인, 프랑스인이 그 목소리를 묘사하면서 하나같이 **외국인**의 목소리라고 말했다는 걸세. 모두가 자기 나라 사람이 아니라고 확신하고 있어. 모두가 그 목소리를 자기가 잘 아는 언어를 쓰는 사람이 아니라 그 반대에 비유하고 있지. 프랑스인은 그게 스페인 사람 목소리일 거라며 '스페인어를 알았다면 몇 마디는 알아들었을 것'이라고 했어. 네덜란드인은 그게 프랑스인 목소리였다고 주장하지만 기록을 보면 '프랑스어를 몰라서 이 목격자는 통역사를 통해 조사받았다'고 되어 있네. 영국인은 독일인 목소리라고 생각하지만 '**독일어는 모른다**'네. 스페인인은 영국인 목소리라고 '확신'하지만 '영어를 전혀 모르기 때문'에 대략 '억양으로 판단'한 거였고. 이탈리아인은 러시아인 목소리라고 생각하지만 '러시아인과 한 번도 이야기해본 적이 없는 사람'이야. 게다가 두 번째 프랑스인은 첫 번째와 또 달리 그건 이탈리아인의 목소리라고 장담하고 있어. 하지만 그 언어를 모르기 때문에 스페인인과 마찬가지로 '억양으로 확신'하고 있지. 자, 이런 증언이 나올 수 있는 목소리라니 정말이지 얼마나 이상하게 특이한 목소리였겠나! 그 말씨는 유럽 5개 강국 주민들 모두에게 생소하기 짝이 없는 어조일세! 자넨 아시아인이나 아프리카인이었을 수도 있지 않겠느냐고 하겠지. 파리에는 아시아인도 아프리카인도 별로 없지만, 그 추론을 부정하지 않으면서 세 가지 사항에 자네 주의를 환기하고 싶네. 한 목격자는 그 목소리가 '날카롭다기보다 귀에 거슬리는 소리'라고 했어. 다른 두 사람은 '빠르고 고르지 않다'고 했고. 어떤 말도, 말 비슷한 소리도, 알아들은 목격자는 아무도 없었네." 뒤팽은 계속해서 말을 이었다.

"지금까지 한 이야기가 자네 생각에 어떤 영향을 미쳤을지는 모르겠지만 말이지, 내 주저 없이 말하지만 거친 목소리와 날카로운 목소리에 관한 증언에서 나온 합리적 추론들만으로도 이 수수께끼 사건의 수사가 나아갈 방향을 제시할 의혹을 충분히 품어볼 수 있어. '합리적 추론들'이라고 했지만 그 말로는 내 뜻이 충분히 전달되지 않네. 그 추론들만이 유일하게 적절한 추론들이며 그 유일한 결과로 그런 의혹이 생겨날 수밖에 없다는 말을 하려 한 걸세. 그 의혹이 무엇인지는 아직 말하지 않겠네. 그저 자네가 이것만 명심해줬으면 좋겠어. 그 의혹이 내게 있어서는 그 방을 조사하는 데 어떤 명확한 형태—확실한 경향—를 세우기에 충분할 정도로 설득력 있었다는 걸 말일세.

　이제 상상력을 발휘해서 그 방으로 가보세. 여기서 먼저 무엇을 찾아야 하겠나? 살인자들이 밖으로 나간 방법일세. 우리 둘 다 초자연적 현상 같은 건 믿지 않는다고 말해도 무방하겠지. 레스파나예 모녀는 유령에게 살해당하지 않았어. 범행을 저지른 자들에게는 육체가 있었고 몸으로 탈출했네. 그렇다면 어떻게? 다행히 이 점에 대해서는 단 한 가지 추리 방법밖에 없고 그 방법이 **분명** 우리를 명확한 결론으로 이끌어줄 걸세. 가능한 탈출 방법을 하나하나 살펴보도록 하지. 사람들이 계단을 올라오고 있었을 때 살인자들은 분명 레스파나예 양이 발견된 방 아니면 적어도 그 옆방에 있었어. 그렇다면 출구를 찾아야 할 곳은 이 두 방뿐일세. 경찰은 사방의 바닥과 천장, 벽의 벽돌을 다 뜯어봤어. **비밀 출구**가 있었다면 절대 경찰의 눈을 피할 수 없었을 걸세. 하지만 나는 **경찰의 눈**을 믿지 않고 직접 조사해봤지. 과연 비밀 출구 같은 것은 없었네. 그 방들에서 복도로 나오는 문은 둘 다 열쇠가 안쪽에 꽂힌 채 단단히 잠겨 있었어. 굴뚝으로 가보세. 이 굴뚝들은 벽난로 위쪽으로 8에서 10피트 정도까지는 보통 너비이지만 나머지 부분은 커다란 고양이 한 마리도 들어갈 수 없을 정도로 좁아. 이미 말한 방법으로 나가는 것이 이렇게 절대적으로 불가능한 이상 남은 곳은 창문밖에 없네. 앞방 창문으로는 거리에 모여든 사람들 눈에 띄지 않고는 절대 나갈 수 없었을 걸세. 그렇다면 살인자들은 뒷방 창문을 통해 빠져나간 게 틀림없어. 자, 이렇게 분명한 방법으로 이런 결론에 이르렀으니 불가능해 보인다는 이유로 이 결론을 거부한다면 그건 추론자의 도리가 아니겠지. 우리에게 남은 과제는 이렇게 '불가능'해 보이는 일이 실제로는 그렇지 않다는 것을 증명하는 걸세.

방에는 창문이 두 개 있네. 하나는 가구가 가리고 있지 않아 전체가 다 보여. 나머지 창문의 아랫부분은 창문에 바짝 붙어 있는 묵직한 침대 머리에 가려 보이지 않고. 아까 말한 창문은 안에서 단단히 잠겨 있었고 아무리 기를 써도 조금도 들어 올려지지 않았네. 창틀 왼쪽 편에 커다란 송곳 구멍이 뚫려 있고 구멍에는 튼튼한 못 하나가 거의 대가리까지 깊숙이 박혀 있더군. 다른 창문을 보니 거기에도 비슷한 못이 비슷하게 박혀 있었네. 이 창틀도 아무리 안간힘을 써도 들어 올릴 수 없었고. 이제 경찰은 이쪽으로 탈출한 게 아니라고 완전히 믿어버렸지. 그래서 굳이 그 못들을 빼고 창문을 열어볼 필요가 없다고 생각했고.

난 좀 더 꼼꼼하게 조사했네. 방금 말한 이유, 그러니까 겉보기에는 불가능해 보여도 실제로는 그렇지 않다는 게 꼭 증명되어야 하는 곳이 바로 이 지점이라는 것을 나는 알고 있었거든.

이렇게 귀납적으로 생각을 이어갔네. 살인자들은 분명 이 창문 중 하나를 통해 탈출했다. 그리고 창문은 닫힌 상태로 발견되었기 때문에 살인자들이 창틀을 안에서 다시 잠갔을 리는 없다. 이 생각이 너무나 자명하니 경찰은 이 부분에 대한 조사를 멈춘 걸세. 하지만 창틀은 **정말로** 잠겨 있었어. 그렇다면 창문들에 저절로 잠기는 기능이 있는 게 **분명해**. 이게 피할 수 없는 결론일세. 나는 가려 있지 않은 창문으로 가서 애써 못을 뽑고 창틀을 들어 올려봤네. 예상대로 아무리 힘을 써도 꿈쩍도 않더군. 용수철이 숨겨져 있는 게 분명하다 싶었어. 내 생각이 이렇게 확증되고 보니, 못을 둘러싼 정황이 아무리 수수께끼 같아 보여도 적어도 내 가설이 옳았다는 확신이 들었네. 자세히 살펴보자 곧 숨겨진 용수철이 나타났지. 용수철은 눌러보기만 하고 찾아낸 것에 만족해서 창틀을 올려보는 것은 참 았네.

이제 못을 제자리에 다시 끼우고 유심히 살펴보았어. 이 창문을 통해 나간 사람이 창문을 다시 닫았을 테고 용수철도 걸렸겠지만 못을 제자리에 다시 끼워놓는 것은 불가능하지. 뻔한 결론이야. 그래서 내 수사 영역은 다시 좁혀졌네. 살인자들은 분명 다른 쪽 창문으로 도망간 걸세. 그렇다면, 양쪽 창틀의 용수철이 같다고 치면 못, 아니면 적어도 못이 고정되는 방식에 차이가 있는 게 분명해. 침대 틀의 삼베 바닥에 올라가 침대 머리판 위로 두 번째 창을 꼼꼼히 살펴봤네. 머리판 뒤쪽으로 손을 집어넣어 금세 용수철을 찾아 눌러 봤더니 예상대로 옆 창문의 용수철과 똑같더군. 이제 못을 살펴봤지. 옆의 못과 마찬가지로 튼튼했고 겉으로 보기에는 같은 방식으로 거의 대가리까지 박혀 있었어.

내가 어리둥절했을 것 같지? 그렇게 생각했다면 귀납법의 본질을 오해한 걸세. 사냥 용어로 말하자면 난 한 번도 '냄새의 흔적을 놓친' 적이 없어. 한순간도 냄새를 놓친 적은 없었네. 논리상 연결 고리에도 아무 문제 없었어. 나는 그 비밀을 끝까지 추적했고 그 결과는 못이었네. 그 못은 다른 창문의 못과 모든 면에서 똑같이 생겼지만, 그 사실은 (결정적으로 보일지는 몰라도) 이 지점에서 실마리가 끝났다는 것과 비교하면 아무 의미도 없었네. '이 못이 뭔가 잘못된 게 틀림없어.' 나는 생각했지. 못을 건드려보자 못대가리와 함께 못자루가 4분의 1인치 정도 따라 올라오는 거야. 나머지 자루는 송곳 구멍 속에 부러진 채 그대로 남아 있고. 못이 부러진 건 오래전 일이고

(가장자리가 녹이 슬어 있었거든) 망치로 두드릴 때 부러진 것 같았네. 아래쪽 창틀 윗부분에 못대가리 일부가 아예 묻혀 있더라고. 이제 이 대가리 부분을 원래 있던 구멍에 조심스레 다시 끼워 넣으니 멀쩡해 보이는 못이 되더군. 부러진 곳은 보이지 않으니까. 용수철을 눌러 창틀을 몇 인치 살며시 들어 올리자 못대가리는 창틀 바닥에 단단히 붙어 따라 올라갔지. 창문을 닫자 다시 완벽하게 멀쩡한 못처럼 보였고.

지금까지의 수수께끼는 이제 풀렸어. 살인자는 침대를 내려다보고 있는 창문을 통해 도망쳤네. 살인자가 나간 후 창문이 저절로 내려와(아니면 살인자가 일부러 닫았을 수도 있고) 용수철에 의해 잠긴 거지. 경찰은 용수철에 의해 잠긴 창문을 못으로 고정되었다고 오해해서 더 이상 조사할 필요가 없다고 생각한 걸세.

다음 문제는 내려간 방법이야. 이 문제는 자네와 같이 건물 주위를 걸으면서 확인했네. 문제의 창문에서 5피트 반 정도 떨어진 곳에 피뢰침이 있더군. 누구라도 이 피뢰침에서는 창문 안으로 들어가는 것은 고사하고 창문까지 가닿지도 못했을 걸세. 하지만 보니까 4층 창문의 덧문들은 파리 목수들이 페라드라고 부르는 독특한 양식으로 되어 있더라고. 지금은 거의 쓰이지 않지만 리용과 보르도의 고색창연한 저택들에서는 종종 볼 수 있는 양식이지. (접이식이 아니라 한 짝으로 된) 평범한 덧문인데 특이한 점은 하단 부분이 열린 격자 구조로 되어 있어서 손으로 쉽게 잡을 수 있다는 거야. 이번 경우 덧문은 폭이 족히 3피트 반이나 돼. 건물 뒤쪽에서 봤을 때 덧문은 둘 다 반쯤 열려 있었어. 그러니까 벽과 직각을 이루며 열려 있었던 거지. 나뿐만 아니라 경찰도 아마 집 뒤편을 조사해봤을 걸세. 하지만 그랬다 해도 이 페라드의 폭을 보면서도(분명 그랬겠지만 말일세) 이 넓은 폭을 눈치채지 못했거나 고려할 생각을 하지 못했던 거지. 사실 이쪽으로 나갔을 리가 없다고 일단 마음을 정해버리니 자연히 이쪽은 건성으로 봤을 거야. 하지만 침대 머리맡에 있는 창문 덧문이 벽 쪽으로 활짝 열리면 피뢰침에서 2피트 내 거리에 있게 된다는 게 내 눈에는 분명히 보였어. 또한 보통이 넘는 운동 능력과 용기를 발휘하면 피뢰침에서 창문 안으로 들어갈 수 있다는 것도 분명했어. (덧문이 최대한 활짝 열려 있다고 가정할 때) 강도는 2피트 반 정도 손을 뻗으면 격자 부분을 붙잡을 수도 있었을 거야. 그런 다음 발로 벽을 단단히 밀면서 피뢰침을 잡고 있던 손을 놓고 과감하게 도약하면 휙 돌면서 덧문이 닫힐 테고, 그 시점에 창문이 열려 있다면 심지어 그 여세로 방 안까지 들어갈 수도 있었을 걸세.

그렇게 위험하고 어려운 묘기를 성공시키려면 **보통이 넘는 운동 능력**이 필요하다고 말했던 걸 특히 새겨두기 바라네. 내가 자네에게 보여주려는 것은 첫째, 그런 일이 실제로 이루어졌을 가능성이 있다는 것이지만, 두 번째이자 더 **중요한** 점은 그런 일이 성공하려면 몹시 **특별한**, 거의 초자연적 수준의 민첩성이 필요하다는 것을 자네에게 주지시키는 것일세.

분명 자네는 법률 용어를 써가며 '그런 주장을 강력하게 하려면' 이 일에 필요한 운동 능력을 최대치로 주장하기보다 낮춰서 추정하는 게 나을 거라고 하겠지. 법에서는 그렇게 할지 몰라도 추리에서는 아니야. 내 궁극적 목적은 오로지 진실뿐일세. 지금 당장의 목표는 자네가 이 두 가지를 나란히 놓고 보게 만드는 거야. 국적에 대해서도 다들 이견이 분분하고 한마디 말도 알아들은 사람이 없는 그 괴상한 날카롭고 (혹은 귀에 거슬리고) 고르지 않은 목소리와 내가 방금 말한 **보통이 넘는 운동 능력** 말일세."

그 말을 듣자 뒤팽이 무슨 말을 하려고 하는지가 애매모호하고 알 듯 말 듯하게 머릿속을 스쳐갔다. 이해할 능력은 없이 그 가장자리에서만 맴돌고 있는 기분이었다. 종종 그러듯이 당장에라도 기억이 날 것 같은데 결국 아무것도 기억 못 하는 그런 때처럼 말이다. 친구는 계속해서 이야기를 이어갔다.

"내가 질문을 탈출 방법에서 침입 방법으로 바꾼 것을 자네도 알걸세. 그 두 가지가 같은 지점에서 같은 방법으로 이루어졌다는 것을 전달하기 위해서야. 이제 실내로 돌아가보세. 여기 상황을 보자고. 증언에 의하면 옷들이 많이 남아 있기는 했지만 옷장 서랍이 온통 헤집어져 있다고 했어. 이 결론은 얼토당토않아. 그건 그저 짐작, 그것도 아주 어리석은 짐작에 불과하거든. 그 서랍 안에 있던 물건들이 원래 그 안에 들어 있던 물건들 전부가 아니라는 걸 어떻게 알 수 있나? 레스파나예 부인과 딸은 극도의 은둔 생활을 했어. 사람도 안 만나고 외출도 거의 안 했으니 옷을 많이 갈아입을 필요도 없었지. 발견된 옷들은 적어도 이 사람들이 가지고 있을 법한 고급이었고. 도둑이 뭔가를 가져갔다면 왜 최고를 안 가져간 거지? 아니, 왜 다 가져가지 않은 거지? 한마디로 왜 번거롭게 옷가지를 한 아름 가져가면서 금화 4천 프랑은 두고 간 걸까? 금화는 버려져 있었어. 은행가 미노 씨가 말한 금액은 거의 고스란히 가방째 마룻바닥에 놓여 있었다고. 그러니 대문 앞까지 돈이 배달되었다는 사실을 증거 삼아 돈을 **범행 동기**로 보는 경찰들의 얼토당토않은 생각은 자네 머릿속에서 깨끗이 버려버리기를 바라네. 이 사건(돈이 배달되고 사흘 만에 그 돈을 받은 사람이 살해되는 일)보다 열 배는 더 놀라운 우연의 일치들이 아무도 모르는 채 매 순간 벌어지고 있거든. 일반적으로 우연의 일치는 확률 이론에 대해 전혀 배운 적 없는 사상가들에게는 커다란 장애물이지. 가장 영광스러운 목표를 가진 연구들이 가장 영광스러운 실례를 내놓을 수 있게 해준 그 이론 말일세. 이번 사건에서 금화가 사라졌더라면 사흘 전에 금화가 배달되었다는 사실은 우연의 일치 그 이상의 뭔가가 되었을 걸세. 범행 동기라는 생각을 뒷받침해줬겠지. 하지만 이 사건의 실제 상황에서는 금화가 이 잔학 행위의 동기라고 가정하려면, 범인이 금화와 동기를 몽땅 포기해버릴 정도로 오락가락하는 바보 천치라고밖에 상상할 수 없어.

이제까지 자네한테 강조한 점, 그러니까 그 이상한 목소리, 보통이 넘는 민첩성, 이토록 잔인한 살인에 놀라울 정도로 동기가 없다는 점들을 계속 염두에 두면서 이제 그 잔악무도한 살인 자체를 한번 살펴보도록 하세. 여기 한 여자는 맨손으로 교살당해 굴뚝에 거꾸로 쑤셔 박혔어. 보통 살인자들은 이런 방법은 쓰지 않아. 적어도 죽인 사람을 그렇게 처리하지는 않지. 굴뚝에 쑤셔 넣은 방식이 뭔가 지나치게 기괴하다는 것은 자네도 인정할 걸세. 범인이 아무리 사악한 악당이라고 해도 우리가 상식적으로 생각하는 인간 행동에 도무지 부합하지 않는 뭔가가 있어. 게다가 생각해보게. 얼마나 힘이 셌으면 시체를 그 좁은 구멍 위로 그렇게 세게 쑤셔 넣어 여러 사람이 힘을 합쳐서야 겨우 끌어내릴 수 있었겠나.

이제 그 엄청난 힘을 쓴 다른 예들을 봐보세. 벽난로 위에는 두툼한, 굉장히 두툼한 회색 머리카락 뭉치가 있었어. 뿌리째 뽑힌 머리카락이었지. 머리카락 스무 개나 서른 개만 한꺼번에 뽑으려 해도 얼마나 안간힘을 써야 하는지 잘 알 걸세. 나뿐만 아니라 자네도 그 문제의 머리카락 뭉치를 봤지 않나. 그 모근에는 두피 조각이 함께 엉겨 붙어 있었어(아주 소름 끼치는 모습이었지). 족히 50만 개는 되는 머리카락을 한 번에 뿌리째 뽑을 때 얼마나 어마어마한 힘이 필요한지 명백히 보여주는 증거가 아닐 수 없어. 노부인의 목도 그저 베인 게 아니라 몸에서 완전히 잘려 나가 있었는데, 도구는 고작 면도칼이었어. 이 행위들의 야수적 잔혹성도 눈여겨보기 바라네. 레스파나예 부인의 몸에서 발견된 타박상에 대해서는 말하지 않겠네. 뒤마 씨와 훌륭한 조수 에티엔 씨는 그 타박상들이 둔기에 의한 것이라는 소견을 냈어. 거기까지는 아주 정확하네. 그 둔기는 분명 뒤뜰의 포장돌이고 희생자는 침대 쪽 창문에서 그 위로 떨어진 걸세. 이 생각은 지금은 아주 단순하게 보일지 몰라도 경찰은 덧문의 너비와 마찬가지 이유에서 생각지도 못했어. 왜냐하면 그 못들 때문에 경찰은 문이 열렸을 수도 있다는 가능성에 대해서는 아예 생각 자체를 하지 못했거든.

이 모든 것들에 더해서 방 안의 이상한 난장판에 대해서도 제대로 고찰을 해봤다면, 이제 그 생각들을 결부시켜볼 수 있는 단계에 온 걸세. 놀라운 민첩성, 초인간적 힘, 야수적 잔혹성, 동기 없는 살인, 인간의 짓이라기에는 너무나 이질적인 소름 끼치는 기괴함, 여러 나라 사람들의 귀에 모두 낯선 억양에다 알아들을 수 있거나 분명한 음절이라고는 전혀 없는 목소리. 그렇다면 어떤 결론이 나오나? 지금까지 내가 한 말에서 어떤 인상을 받았나?"

뒤팽의 질문에 소름이 오싹 돋았다. "미친 사람이 저지른 짓이군. 근처 정신병원에서 도망친 광포한 자 말일세."

"어떤 점에서는 자네 생각도 틀리지 않네." 그가 대답했다. "하지만 아무리 미쳐 발광하는 중이라 해도 미친 사람의 목소리는 계단에서 들린 그 이상한 목소리와 전혀 일치하지 않아. 미친 사람들도 국적이 있고 언어가 있으니 아무리 종잡을 수 없는 말을 한다 해도 음절의 일관성은 늘 있기 마련이거든. 게다가 미친 사람 머리카락은 지금 내가 들고 있는 것과는 다르지. 이 조그만 털 뭉치는 레스파나예 부인이 꽉 움켜쥐고 있던 것을 빼 온 것이네. 뭐라고 생각되나?"

"뒤팽!" 나는 완전히 기겁하며 말했다. "이건 너무 이상하군. 이 털은 인간의 머리카락이 아니야."

"그렇다고 한 적 없네." 그가 말했다. "하지만 이 일을 결론짓기 전에 내가 이 종이에 그린 스케치를 잠깐 봐보게. 한 증언에서는 레스파나예 양의 목에 난 '짙은 멍과 깊은 손톱자국'이라고, (뒤마 씨와 에티엔 씨의) 또 다른 증언에서는 '손가락으로 눌러 생긴 게 분명한 일련의 멍 자국'이라고 묘사된 상처를 그대로 따라 그린 걸세."

친구는 앞에 놓인 테이블 위에 종이를 펼치며 계속해서 말했다. "이 그림을 보면 단단히 꽉 쥐었다는 것을 알 수 있을 걸세. 전혀 미끄러진 흔적이 없어. 손가락 하나하나가—아마도 희생자의 숨이 끊어지는 그 순간까지도—처음에 무시무시하게 꽉 움켜쥐었던 힘을 고스란히 유지했어. 그림에 있는 자국에 맞춰 열 손가락을 동시에 한번 놓아보게."

시도해봤지만 그렇게 되지 않았다.

"어쩌면 우리가 제대로 하고 있지 않은 걸 수도 있어." 그가 말했다. "종이는 평평한 표면에 펼쳐져 있지만 인간의 목은 원통형이니까. 자, 여기 사람 목둘레와 비슷한 나무토막이 있네. 그림으로 나무

토막을 감싸고 다시 한 번 해보게."

그렇게 해봤지만 전보다 훨씬 더 어려웠다. "이건, 사람 손자국이 아니군." 내가 말했다.

"그럼 이제 퀴비에가 쓴 이 구절을 읽어보게."

그것은 동인도 제도에 서식하는 커다란 황갈색 오랑우탄에 대한 세밀한 해부학적 설명과 전반적 묘사였다. 이 포유류의 거대한 키, 엄청난 힘과 운동 능력, 야만적 잔혹함, 모방 버릇은 익히 알려진 사실이다. 나는 그 살인사건의 끔찍한 전모를 당장 이해했다.

"손가락에 대한 묘사도 이 그림과 정확히 일치하는군." 나는 글을 다 읽고 나서 말했다. "여기서 말한 종류의 오랑우탄 말고는 어떤 짐승도 자네가 그린 손자국을 낼 수는 없었을 것 같네. 이 황갈색 털 뭉치도 퀴비에가 설명한 짐승의 털과 똑같고. 하지만 이 끔찍한 수수께끼의 세부 정황들은 잘 이해가 안 돼. 게다가 두 사람이 다투는 소리가 들렸는데 그중 하나는 분명히 프랑스인이라고들 했잖아."

"맞네. 그리고 증언에서 거의 만장일치로 '저런!'이라는 말을 한 건 이 목소리였다고 했던 것도 기억할 거야. 그 상황에서 한 목격자(제과점 주인 몬타니)는 그게 타이르거나 훈계하는 투로 들렸다고 제대로 짚어냈어. 그래서 나는 이 한마디 말에 기반해서 이 수수께끼를 완전히 풀어볼 희망을 품었지. 한 프랑스인은 살인을 알고 있었어. 그 사람은 그 살육에 동참하지는 않았을 수도 있어, 아니 사실 그건 거의 확실하다고 봐. 그 오랑우탄이 그 사람에게서 달아난 거겠지. 그 사람은 오랑우탄을 쫓아 그 방까지 갔을 테고. 하지만 곧이어 난장판이 벌어지면서 놈을 다시 잡지 못했던 거겠지. 놈은 여전히 잡히지 않았어. 이런 추측—이건 추측 그 이상은 아니니까—은 이쯤에서 그만하겠네. 추측의 근거가 된 흐릿한 생각들은 깊이가 모자라 내 지력으로는 감지를 할 수 없고 그걸 다른 사람들이 이해할 수 있도록 꾸밀 재주도 없으니까. 그러니 그냥 추측이라고 부르고 그렇게만 이야기하세. 문제의 프랑스인이 진짜 내 가정대로 이 잔학 행위와 무관하다면 내가 어젯밤 귀갓길에 (해운업계 신문으로 선원들이 많이 읽는) 〈르몽드〉에 남긴 이 광고를 보고 우리 집으로 찾아올 걸세."

뒤팽은 내게 신문을 건넸고, 거기에는 이런 광고가 실려 있었다.

포획물—이달 **일 아침(살인사건이 일어났던 날 아침) 불로뉴 숲에서 거대한 황갈색 보르네오종 오랑우탄을 포획. 주인(몰타 선박 소속 선원으로 추정)이 신원을 확실히 밝히고 포획 및 사육으로 발생한 약간의 비용을 지불할 시 동물을 되찾을 수 있음. 포부르 생제르맹 **가 **번지 3층으로 연락 바람.

"어떻게 그자가 몰타 선박 소속 선원이라는 걸 알았나?" 내가 물었다.

"나도 몰라." 뒤팽이 말했다. "확신은 없어. 하지만 여기 이 작은 리본 조각 말일세, 그 형태로 보나 기름에 전 모양새로 보나 선원들이 즐겨 하는 긴 땋은 머리를 묶을 때 쓰는 리본이 분명해. 게다가 이 매듭은 선원들이 아니면 묶을 수 없는 방식인 데다 몰타 특유의 매듭이거든. 이 리본은 피뢰침 아래에서 주웠네. 고인들의 물건이었을 리가 없어. 리본을 보고 그 프랑스인이 몰타 선박 소속 선원이라고 추정한 게 결국 틀렸다 해도 그 광고에 실은 문구가 해될 건 없어.

내가 틀린 거라면 그자는 그냥 내가 어떤 정황 때문에 잘못 생각했나 보다 간주하고 굳이 물어보려 하지 않을 걸세. 하지만 내 말이 맞다면 큰 점수를 따고 들어가는 거지. 살인을 저지르지는 않았지만 알고 있는 그 프랑스인은 광고에 응답하는 걸, 오랑우탄을 돌려달라고 요구하는 걸 자연히 주저하겠지. 이렇게 생각하겠지. '나는 죄가 없어. 돈도 없지. 내 오랑우탄은 아주 값비싼 놈이야. 나 같은 처지의 사람에게는 대단한 재산이지. 위험에 대해 쓸데없이 걱정하느라 녀석을 놓쳐서야 되겠어? 바로 눈앞에 있는데. 불로뉴 숲에서 발견되었다고 했어. 그 살인 현장에서 아주 멀리 떨어진 곳이잖아. 야만스러운 짐승이 그런 짓을 했을 거라고 감히 누가 의심이나 하겠어? 경찰도 어찌할 바를 모른 채 조그만 실마리 하나 찾아내지 못했는데. 설령 그 녀석의 뒤를 쫓아온다 해도 내가 그 살인을 알고 있었다는 건 절대 밝혀내지도 못할 테고 살인에 대해 알고 있다는 이유로 내게 죄를 물을 수도 없을 거야. 무엇보다 내 정체가 알려졌어. 광고를 낸 사람이 나를 그 녀석의 소유자로 지목했다고. 그자가 어느 정도까지 알고 있을지 모르겠군. 그렇게 값비싼 물건이 내 것이라는 게 알려져 있는데도 찾으러 가지 않으면 오히려 적어도 녀석에게 의심을 돌리게 되는 꼴이 될 거야. 나건 짐승이건 이목을 끄는 것은 좋지 않아. 광고에 답을 하고 오랑우탄을 찾아와서 이 일이 잠잠해질 때까지 꼭꼭 숨겨둬야겠어.'"

그 순간 계단에서 발소리가 들렸다.

"총을 들고 준비하고 있게." 뒤팽이 말했다. "하지만 내가 신호를 보내기 전까지는 총을 사용해서도 보여줘서도 안 돼."

집 문이 열려 있었기 때문에 방문객은 종도 울리지 않고 들어와 계단을 몇 걸음 올라왔다. 하지만 순간 망설이는 듯하더니 곧 계단을 내려가는 소리가 들렸다. 뒤팽이 재빨리 문 쪽으로 가는 순간 다시 올라오는 소리가 들렸다. 두 번째는 발걸음을 돌리지 않고 결연히 올라오더니 우리 방문을 두드리는 소리가 들렸다.

"들어오세요." 뒤팽이 쾌활하고 친절한 어조로 말했다.

사내 하나가 들어왔다. 선원이 분명했다. 키가 크고 건장한 근육질의 사내로, 다소 저돌적인 표정을 하고 있긴 했지만 완전히 불쾌하기만 한 인상은 아니었다. 시커멓게 햇볕에 그을린 얼굴은 구레나룻과 콧수염이 반 이상 뒤덮고 있었다. 커다란 오크나무 곤봉을 들고 있긴 했지만 그 외 다른 무기는 없어 보였다. 사내는 어색하게 고개를 숙여 인사하고는 프랑스 억양으로 "안녕하세요"라고 인사말을 건넸다. 뇌샤텔 지역 말투가 조금 섞여 있긴 했지만 그래도 파리 출신이라는 게 여실히 드러나는 말투였다.

"앉으시죠." 뒤팽이 말했다. "오랑우탄 일 때문에 오신 거겠죠. 정말이지 그런 녀석을 가지고 계시다니 거의 부러울 지경입니다. 엄청나게 멋진 놈이더군요. 게다가 분명 아주 값비쌀 테고요. 몇 살 정도 됩니까?"

선원은 참을 수 없이 무거운 짐을 내려놓은 사람처럼 길게 숨을 내쉬더니 자신 있는 어조로 대답했다.

"저도 알 길은 없지만 기껏해야 네다섯 살 정도일 겁니다. 여기 있습니까?"

"아, 아닙니다. 여기에는 둘 형편이 안 됐거든요. 뒤부르 가에 있는 마구간을 빌려서 거기 뒀습니다. 바로 옆이에요. 아침에 데려가시면 됩니다. 물론 본인 재산이라는 걸 증명할 준비는 되어 있으시겠죠?"

"물론입니다."

"녀석과 헤어지면 섭섭할 것 같군요." 뒤팽이 말했다.

"이렇게 수고하셨는데 공짜로 데려갈 생각은 절대 없습니다." 사내가 말했다. "그럴 수는 없죠. 녀석을 찾아주신 데 대해 기꺼이 사례할 생각입니다. 그러니까, 타당한 선에서 말입니다."

"음." 친구가 대답했다. "그거 아주 옳으신 말씀이군요. 그렇다마다요. 어디 생각해보죠! 뭘 받아야 할까요? 아! 말씀드리죠. 제가 원하는 보상은 이겁니다. 모르그 가 살인사건에 대해 알고 있는 바를 있는 대로 다 말해주시는 겁니다."

뒤팽은 이 마지막 말을 매우 나지막하게 매우 조용히 말했다. 또한 그 못지않게 조용히 문 쪽으로 걸어가 문을 잠그더니 열쇠를 주머니에 넣었다. 그러고는 품에서 권총을 꺼내 조금도 서두르지 않고 탁자 위에 내려놓았다.

선원의 얼굴이 숨이 막혀 버둥거리기라도 하는 것처럼 벌겋게 달아올랐다. 그는 벌떡 일어나 곤봉을 움켜잡았지만 다음 순간 자리에 털썩 주저앉아 죽은 사람처럼 시커먼 낯빛이 되어 온몸을 덜덜 떨었다. 말은 한마디도 하지 않았다. 진심으로 그자에게 딱한 마음이 들었다.

"이봐요." 뒤팽이 상냥하게 말했다. "그렇게 겁먹을 필요 없어요. 정말입니다. 당신에게 해코지를 할 생각은 전혀 없으니까. 신사로서, 그리고 프랑스인으로서 명예를 걸고 맹세하건대 해를 끼칠 생각은 전혀 없습니다. 당신이 모르그 가에서 벌어진 참혹한 살인을 저지르지 않았다는 것은 너무나 잘 알고 있어요. 하지만 어느 정도 연루되어 있다는 걸 부인할 수는 없을 겁니다. 내 말을 들었으니 내가 이 사건에 대한 정보를 얻어낼 방법이 있었다는 걸 당연히 알았겠죠. 당신은 상상도 못 했을 방법입니다. 자 상황은 이렇습니다. 당신이 자발적으로 저지른 일은 하나도 없어요. 죄인이 될 짓은 전혀요. 심지어 아무도 모르게 물건을 훔칠 수도 있었을 텐데 절도도 저지르지 않았어요. 당신은 숨겨야 할 일이 하나도 없습니다. 숨길 이유도 없고요. 반면 아는 것을 다 털어놓아야 할 의무는 있죠. 무고한 사람이 지금 감옥에 갇혀 있습니다. 당신이 진범을 알고 있는 그 범죄를 저질렀다는 죄목으로요.”

뒤팽이 이렇게 말하는 사이 선원은 상당히 침착함을 회복했지만 처음의 대담한 태도는 온데간데없었다.

“도와주세요 하느님!” 그는 잠시 멈추었다가 다시 말을 이었다. “이 사건에 대해 아는 바를 다 말씀드리겠습니다. 하지만 제 말의 절반도 못 믿으실 겁니다. 그런 기대를 한다면 제가 멍청이죠. 그래도 전 죄는 짓지 않았어요. 그 일 때문에 죽는 한이 있어도 속 시원히 털어놓지요.”

그의 진술은 대체로 이러했다. 그는 최근 동인도 제도를 항해했다. 그를 포함한 한 무리의 사람들은 보르네오 섬에 내려 소풍 삼아 내륙으로 들어갔다. 그와 동료 하나가 오랑우탄 한 마리를 잡았다. 이 동료가 죽어서 그 짐승은 그가 독차지하게 되었다. 귀항 도중 이 포로 녀석의 고집 센 흉포함 때문에 온갖 고생을 한 끝에 마침내 파리의 자기 집에 안전하게 데려다 놓는 데 성공했고, 이웃들의 불쾌한 호기심을 끌고 싶지 않아 선상에서 박힌 가시 때문에 녀석의 발에 생긴 상처가 회복될 때까지 꼭꼭 숨겨두었다. 결국에는 팔아치울 계획이었다.

살인이 벌어졌던 날 밤, 아니 오히려 아침에 선원들과 한바탕 떠들썩하게 즐기다 집에 돌아와 보니 그 짐승 녀석이 그의 침실을 떡하니 차지하고 있었다. 그 옆의 벽장 안에 단단히 가둬뒀다고 생각했는데 거기서 도망쳐 나왔던 것이다. 녀석은 손에는 면도날을 들고 온통 비누 거품을 바른 채 거울 앞에 앉아 면도를 하려고 하고 있었다. 전에 벽장 열쇠 구멍을 통해 주인이 면도하는 모습을 지켜봤던 게 분명했다. 너무도 흉포한 데다 도구도 잘 다룰 줄 아는 짐승이 그런 위험한 무기를 가지고 있는 광경에 기함한 사내는 잠시 어찌할 바를 몰랐다. 하지만 녀석이 미친 듯이 사납게 날뛸 때에도 채찍을 휘둘러 잠잠하게 만들곤 했기 때문에 이번에도 그 방법에 의존했다. 오랑우탄은 채찍을 보자마자 방문을 날쌔게 빠져나가 계단을 내려갔고 그 순간 공교롭게도 열려 있던 창문을 통해 거리로 나가고 말았다.

절망에 휩싸인 프랑스인은 그 뒤를 쫓았다. 유인원은 여전히 손에 면도칼을 든 채 가끔 걸음을 멈추고 뒤를 돌아보며 그가 바싹 다가올 때까지 손짓발짓을 해댔다. 그러고는 다시 줄행랑을 치는 것이다. 추적은 이런 식으로 한참 동안 계속되었다. 거의 새벽 3시가 다 된 시각이라 거리는 한없이 고요했다. 모르그 가 뒤편 골목을 따라 쫓기고 있던 녀석의 눈에 라스파나예 부인 집 4층 방의 열린 창문을 통해 나오는 불빛이 들어왔다. 건물로 돌진한 녀석은 피뢰침을 보고는 놀라울 정도로 민첩하게 기어 올라가 벽에 완전히 닿도록 활짝 젖혀져 있던 덧문을 붙들고 휙 몸을 날려 침대 머리판 위에 곧장 내려앉았다. 이 엄청난 곡예가 벌어지는 데는 채 1분도 걸리지 않았다. 덧문은 오랑우탄이 방 안으로 들어가면서 차는 바람에 다시 열렸다.

그러는 사이 사내는 안심하면서도 난처한 기분이 들었다. 그는 그 짐승 녀석이 자기 발로 들어간 덫에서 빠져나올 길은 피뢰침밖에 없으니 내려올 때 거기서 낚아채서 다시 잡을 수 있겠다는 기대에 한껏 부풀었다. 반면 그 집 안에서 어떤 짓을 할지 몰라 사뭇 불안하기도 했다. 그런 생각을 하자 도망간 녀석을 계속 따라가봐야겠다는 마음이 들었다. 피뢰침을 오르는 것은 특히 선원에게는 쉬운 일이다. 하지만 창문 높이까지 올라와 보니 창문이 너무 왼쪽에 있어서 더 이상 나아갈 수가 없었다. 할 수 있는 최대치는 몸을 한껏 내밀어 방 안을 들여다보는 것뿐이었다. 방 안을 힐끗 보는 순간 그는 엄청난 공포의 충격에 손에서 힘이 빠져 거의 떨어질 뻔했다. 모르그 가 주민들이 깜짝 놀라 잠에서 깨어나게 만든 한밤의 끔찍한 비명 소리가 터져 나온 것도 바로 그때였다. 잠옷을 입은 레스파나예 부인과 딸은 앞서 언급된 철제 금고를 방 한가운데로 끌고 와 그 안의 서류들을 정리하는 데 골몰해 있었다. 금고는 열려 있었고 그 안의 내용물들은 옆 바닥에 놓여 있었다. 희생자들은 창문을 등지고 앉아 있었던 게 분명했다. 그 짐승이 들어가고 비명 소리가 터져 나올 때까지 걸린 시간으로 보아 그 상황을 즉시 알아차리지 못했던 것 같다. 덧문이 덜컹거리는 소리는 당연히 바람 탓으로 여겼을 것이다.

선원이 들여다보고 있는 동안 그 거대한 짐승은 (빗질을 한 뒤라 풀려 있던) 레스파나예 부인의 머리카락을 잡고는 이발사의 동작을 흉내 내며 면전에서 면도칼을 마구 휘두르고 있었다. 딸은 엎드린 채 꼼짝도 하지 않았다. 기절해버린 것이다. 노부인의 비명과 몸부림(두피에서 머리카락이 뽑힌 것은 바로 이때다)이 어쩌면 별 악의가 있었으리고 고픈 소가이민이 허를 돋우는 겪까른 남았다 근윽질이 팔을 단 한 번 단호히 휘두른 것만으로 부인의 머리는 몸에서 거의 잘려 나갔다. 피를 보자 놈의 분노는 광기로 폭발했다. 놈은 이빨을 갈고 눈에서는 불길을 번득이며 펄쩍 딸의 몸 위로 올라가 목에 무시무시한 손가락을 박더니 숨이 끊어질 때까지 그대로 꽉 움켜쥐고 있었다. 그 순간 방황하던 놈의 사나운 눈길이 침대 머리맡으로 향했고, 그 너머 공포에 질려 굳은 주인의 얼굴을 발견했다. 분명 무서운 채찍의 기억을 아직 잊지 않고 있던 짐승의 분노는 순식간에 두려움으로 바뀌었다. 매 맞을 짓을 했다는 것을 자각한 놈은 자신이 저지른 잔인한 행위를 숨기고 싶었는지 불안을 이기지 못하고 온 방 안을 뛰어다니며 가구를 집어 던지고 부수는가 하면 침대 틀에서 매트리스를 질질 끌어냈다. 결국 놈은 먼저 딸의 시신을 잡아 이후 발견된 대로 굴뚝에 쑤셔 넣었고, 다음에는 노부인의 시신을 들어 곧장 창문 너머로 거꾸로 내던졌다.

유인원이 난자당한 시신을 들고 창문으로 다가오자, 선원은 대경실색하여 피뢰침에 바싹 달라붙었고 내려왔다기보다 거의 미끄러져 떨어지다시피 내려와 당장 집으로 줄행랑쳤다. 살육의 결과에 대한 두려움과 공포로 인해 오랑우탄의 운명에 대한 염려 따위는 전혀 안중에도 없었다. 사람들이 계단에서 들은 말소리들은 프랑스인이 내뱉은 공포와 경악의 외침 소리와 짐승이 악마처럼 깩깩거린 소리가 뒤섞여서 난 소리였다.

더 이상 덧붙일 이야기는 거의 없다. 오랑우탄은 분명 방문이 부서지기 직전에 피뢰침을 타고 방에서 도망쳤을 것이다. 창문은 놈이 빠져나갈 때 닫혔던 게 틀림없다. 이후 놈은 주인의 손에 잡혔고, 주인은 자르댕 데 플랑트[10]에서 몸값으로 거액의 돈을 받았다. 우리가 경찰국장실에서 (뒤팽의 약간의 설명과 함께) 정황을 설명하자 르봉은 즉시 석방되었다. 국장은 내 친구에게 큰 호감을 품고 있었음에도 이러한 사건의 추이에 못내 유감을 감추지 못하며 다들 자기 일에나 신경 써야 한다며 주절주절 비아냥거리는 소리를 해댔다.

"그냥 내버려둬." 뒤팽은 대답할 필요도 없다고 생각했다. "말하게 두게. 그럼 속이 풀리겠지. 국장에게 자기 본진에서 패배를 안겨준 것만으로도 만족하네. 그렇지만 국장이 이 수수께끼를 해결하지 못한 것은 자기가 생각하는 것처럼 놀라운 일이 절대 아니야. 사실 국장 이 친구는 약간 너무 약삭빨라서 깊이가 없어. 그 지혜에는 수술이 없거든. 라베르나 여신[11] 그림처럼 머리만 있고 몸이 없어. 아니면 기껏해야 대구처럼 머리와 어깨뿐이라거나. 그래도 뭐 결국은 좋은 사람이긴 해. 재간 있다는 명성을 가져다준 그 수완 좋은 말투 때문에 특히 마음에 들어. 그러니까, '있는 것은 부정하고 없는 것은 설명하는'[12] 국장의 방식 말일세."

---

10   파리에 있는 대표 식물원.

11   로마 신화에서 악한과 도둑의 수호신.

12   [원주] 장 자크 루소의 《신 엘로이즈》.

마리 로제 수수께끼[13]

─〈모르그 가의 살인〉 후편

현실 사건과 나란히 대응하는 일련의 이상적 사건들이 있다.
둘은 좀처럼 일치하지 않는다. 인간과 상황들이 보통 이상적 사건의 추이를
바꾸기 때문에 그 추이는 불완전해 보이고 그 결과도 똑같이 불완전해진다.
종교개혁도 그런 식이다. 프로테스탄트주의 대신 루터주의가 온 것이다.

_노발리스.[14] 《윤리론》

머리로 도저히 단순한 우연의 일치라고는 받아들일 수 없을 정도
로 불가사의한 우연의 일치에 놀란 나머지, 초자연적 현상이 정말 있

---

13 [원주] 〈마리 로제〉가 처음 발표되었을 때는 지금 덧붙인 각주가 필요 없다고 생각
했다. 하지만 이 이야기의 토대인 비극적 사건이 벌어진 지 수년이 지나다 보니 이
각주를 붙일 필요가 생겼고 전반적 구상에 대해서도 몇 마디 설명을 하는 게 좋
을 것 같다. 메리 세실리아 로저스라는 젊은 처자가 뉴욕 근교에서 살해되었다. 그
녀의 죽음은 세상을 오랫동안 굉장히 떠들썩하게 만들었지만, 이 글이 쓰이고 발
표되던 시점(1842년 11월)에도 그 수수께끼는 풀리지 않고 있었다. 여기서 필자는
파리의 한 여점원의 운명에 대해 이야기한다는 구실로 실제 메리 로저스 살인사건
의 핵심 사실들을 아주 자세히 따라 썼다―중요하지 않은 사실들은 그저 비슷하
게만 했다. 그러니 허구에 기반한 모든 주장은 진실에 적용 가능하며, 진실을 조사
하는 것이 이 글의 목적이다.
〈마리 로제 수수께끼〉는 그 잔인한 사건이 벌어진 장소에서 멀리 떨어진 곳에서
신문 외의 어떤 수사 수단도 없이 쓰였다. 따라서 필자는 현장에 가봤더라면 이용
할 수도 있었을 많은 것들을 놓쳤다. 그럼에도 이 글이 발표되고 한참 후 서로 다
른 시기에 나온 두 사람(그중 하나는 이야기에 등장하는 드뤼크 부인이다)의 고백
이 이 글의 전반적 결론뿐만 아니라 그 결론을 도출시킨 모든 주요 가정들이 옳다
는 것을 완벽하게 증명해줬다고 여기 덧붙여도 부적절하지 않을 것이다.

을지도 모른다는 모호하지만 흥분되는 반신반의의 심정을 간혹 느껴보지 않은 사람은 거의 없을 것이다. 그런 점에서는 차분하기 이를 데 없는 사상가도 예외는 아니다. 그런 기분—지금 말하는 반신반의의 심정은 제대로 된 사고라고는 할 수 없으니까—은 우연의 원리, 즉 전문 용어로 말해 확률 계산을 참조하지 않고서는 좀처럼 완전히 억누르기 힘들다. 이 확률 계산이라는 것은 본질적으로 순수한 수학이다. 그리하여 가장 엄정하게 정확한 과학이 가장 불가해한 환영과 심령에 적용되는 이례적 상황이 나타난다.

지금 내가 세상에 알리려는 놀라운 이야기는 도무지 이해하기 힘든 우연의 일치 중 시간 순서상 가장 중요한 부분에 해당되며, 거기서 파생된 이야기 혹은 결론이 최근 뉴욕에서 발생한 메리 세실리아 로저스 사건이라는 것을 모든 독자들이 알아볼 수 있을 것이다.

1년 전쯤 〈모르그 가의 살인〉이라는 글에서 내 친구 슈발리에[15] C. 오귀스트 뒤팽의 비상한 머리를 묘사했을 때만 해도 이런 주제로 다시 글을 쓰리라고는 생각지도 않았다. 내 목적은 인물의 개성을 묘사하는 것이었고, 일련의 상황 속에서 뒤팽의 특이한 성격을 예시함으로써 그 목적은 충분히 이루었다. 다른 예들을 더 들 수도 있었겠지만, 그렇다고 해서 더 증명할 것도 없었다. 그러나 최근 벌어진 사건들의 놀라운 추이에 경악한 나머지 이야기를 좀 더 덧붙이게 되었다. 그러니 이 이야기는 강요된 고백의 분위기를 풍길 것이다. 최근 들은 이야기들을 듣고도, 오래전 보고 들은 것에 대해 내가 계

---

14   [원주] 폰 하르텐베르크의 필명.

15   프랑스의 기사 작위.

속 입을 다물고 있다면 그것이야말로 정말 이상한 일일 것이다.

레스파나예 부인과 딸의 죽음과 관련된 비극을 종결짓자마자 슈발리에는 당장 그 사건에 완전히 관심을 끄고 예전대로 침울한 명상 속으로 빠져들었다. 늘 멍한 상태로 지내기 일쑤인 나도 곧 그 분위기에 휩싸였다. 우리는 계속 포부르 생제르맹의 집에서 지내면서, 미래는 바람에 맡기고 주위의 지루한 세상은 꿈으로 엮으며 현재 속에서 평온하게 꾸벅꾸벅 졸았다.

하지만 이 꿈들을 방해하는 것이 없지는 않았다. 쉽게 짐작할 수 있겠지만, 모르그 가 사건에서 내 친구가 한 역할이 파리 경찰에 깊은 인상을 남긴 것이다. 파리 경찰들 중 뒤팽의 이름을 모르는 사람이 없게 됐다. 그 수수께끼를 푼 단순한 귀납적 추리 방법을 뒤팽이나 말고는 누구에게도 심지어 국장에게조차 설명해주지 않았기 때문에, 놀랍지 않게도 그 일은 기적이나 다름없이 간주되었고 슈발리에의 분석 능력은 직관이라는 명성을 얻게 되었다. 뒤팽은 솔직한 사람이라 사람들이 물어봤다면 그 편견을 바로잡아줬겠지만, 게으른 성격 탓에 이미 오래전 흥미를 잃은 일을 더 이상 들쑤시고 싶어 하지 않았다. 그래서 어쩌다 보니 그는 경찰이 주목하는 대상이 되어버렸고, 그의 도움을 받으려는 시도가 적지 않았다. 그중 가장 주목할 만한 경우가 마리 로제라는 젊은 아가씨가 살해된 사건이었다.

그 사건은 잔혹한 모르그 가 사건이 있은 지 약 2년 후에 발생했다. 세례명과 성이 그 가엾은 "담배 가게 아가씨"[16]와 비슷해서 금세 주목을 끌 마리는 과부 에스텔 로제의 외동딸이었다. 아버지는 어

---

16   메리 세실리아 로저스는 뉴욕의 담배 가게 점원이었다.

릴 때 돌아가셨고, 그때부터 이 이야기의 소재가 되는 살인사건이 벌어지기 18개월 전까지 모녀가 함께 파베 생탕드레 가[17]에서 살았다. 부인은 거기서 마리의 도움을 받아 하숙집을 했다. 그런 생활을 하던 중 스물한 살이 되던 해 마리의 뛰어난 미모가 팔레 루아얄의 지하에서 가게를 운영하던 한 향수 상인의 눈에 들었다. 동네에 판치고 다니는 무모한 투기꾼들을 주 고객층으로 하는 르블랑 씨[18]는 미모의 마리가 향수 가게를 지키고 있을 때 얼마나 이익이 될 수 있을지 모르지 않았다. 부인은 약간 주저하긴 했지만, 마리는 그의 후한 제안을 기꺼이 받아들였다.

가게 주인의 기대는 이루어졌고, 그 가게는 생기발랄한 여점원의 매력 덕에 곧 유명세를 얻었다. 그렇게 일한 지 1년쯤 되던 어느 날 마리가 돌연 가게에서 자취를 감춰 추종자들을 혼란에 빠뜨렸다. 르블랑 씨는 마리의 부재를 설명하지 못했고, 로제 부인은 불안과 두려움으로 제정신이 아니었다. 신문들은 당장 이 소식을 실었다. 경찰이 심각하게 수사에 착수하려 하고 있던 어느 화창한 아침, 일주일간 사라졌던 마리가 늘 있던 향수 가게 판매대에 다시 모습을 드러냈다. 건강한 모습이었지만 어딘지 처연한 분위기가 흘렀다. 사적인 질문을 제외한 모든 조사는 물론 당장 중단되었다. 르블랑 씨는 전과 마찬가지로 전혀 아는 바가 없다고 공언했다. 부인과 마리는 모든 질문에 지난주에는 시골 친척 집에 가 있었다고 대답했다. 그래서 그 사건은 잠잠해졌고 사람들의 뇌리에서 잊혀졌다. 뻔뻔한 호기심

---

17   [원주] 나소 스트리트.
18   [원주] 앤더슨.

에서 벗어나고 싶었는지 마리가 이내 향수 가게에 작별을 고하고 파베 생탕드레 가의 어머니 집으로 도피해버렸기 때문이다.

집으로 돌아온 지 약 다섯 달이 지났을 때, 마리가 또다시 갑자기 사라져 친구들을 충격에 빠뜨렸다. 사흘이 지났지만 아무런 소식도 들리지 않았다. 나흘째 되던 날 생탕드레 가 지구 맞은편의 센 강[19] 기슭에서 마리의 시신이 떠올랐다. 인적이 드문 룰 관문[20] 근처에서 그다지 멀지 않은 지점이었다.

살인의 잔혹성(척 보기만 해도 살인이 분명했다), 희생자의 젊음과 미모, 그리고 무엇보다 과거의 좋지 않은 평판이 한데 모여 섬세한 파리 시민들에게 큰 충격을 안겨주었다. 도시 전체에 이토록 큰 반향을 불러일으킨 사건은 일찍이 없었다. 몇 주 동안 사람들은 심지어 중요한 정치 사안조차 까맣게 잊은 채 온통 이 사건 이야기에만 몰두했다. 국장도 각별한 노력을 했고, 당연히 파리 경찰력이 총동원되었다.

시체가 처음 발견되자마자 즉시 수사가 시작되었기 때문에, 얼마 가지 않아 살인자가 수사망에 걸릴 거라고 생각했다. 일주일이 지나고서야 현상금을 걸 필요가 있다는 의견이 나왔고, 그때조차 현상금은 1천 프랑에 불과했다. 그러는 동안 수사는 늘 올바른 판단만 하지는 않았어도 가열차게 진행되었고, 수많은 사람들이 조사를 받았지만 소득은 없었다. 수수께끼를 풀 단서가 전혀 나타나지 않자 시민들의 불만이 엄청나게 쌓여갔다. 열흘이 지나자 원래 내건 현상금을

---

19   [원주] 허드슨 강.

20   [원주] 위호켄.

두 배로 올리는 게 좋겠다는 의견이 나왔다. 어떤 성과도 없이 두 주가 지나자 안 그래도 경찰에 대한 불신이 컸던 파리 시민들이 몇 군데서 난동을 벌였고, 결국 국장은 "살인범을 신고"하거나 범인이 하나 이상일 경우 "살인범 중 누구 하나라도 신고"하는 사람에게 2만 프랑을 내걸었다. 이 현상금 공고에서는 자수해서 동료를 고발하는 공범에게는 완전한 사면을 약속했다. 공고가 붙은 곳에는 국장이 제시한 금액 말고도 1만 프랑을 더 약속하는 시민위원회의 벽보도 같이 붙었다. 그래서 이제 현상금 총액은 3만 프랑까지 올라갔다. 그 아가씨의 변변찮은 처지나 대도시에서 이런 잔인한 사건들이 얼마나 빈번하게 일어나는지를 생각하면 놀라운 금액이 아닐 수 없었다.

이제 모두들 이 살인사건의 수수께끼가 즉시 풀릴 거라 믿어 의심치 않았다. 하지만 사건을 설명해줄 수 있을 것 같은 사람을 한두 명 체포했지만, 용의자들과 사건의 관련성을 입증할 수 있는 것은 아무것도 나오지 않았고 결국 그들은 곧 풀려났다. 이상하게 보일 수도 있지만, 시체가 발견되고 어떤 해결의 실마리도 발견되지 않은 채 3주가 지날 때까지 뒤팽과 나는 온 세상을 그렇게 들쑤셔놓은 사건의 소문조차 듣지 못했다. 우리는 흥미진진한 연구에 푹 빠져 거의 한 달 동안 외출도 하지 않고 손님도 맞지 않고 일간신문도 주요 정치 기사를 쓱 훑어보는 정도 외에는 읽지 않았던 것이다. 살인사건을 우리에게 처음으로 알려준 사람은 G국장이었다. 그것도 직접. 그는 18**년 7월 13일 이른 오후 우리 집을 찾아와 밤늦게까지 있다 갔다. 살인범들을 찾아내려는 모든 노력이 허사로 돌아가서 상당히 불쾌한 기색이었다. 그의 평판—그는 파리 사람 특유의 태도로 말했다—이 달려 있었다. 심지어 명예도 걸려 있었다. 사람들의 눈이 그를 주시하고 있었다. 수수께끼를 해결하기 위해서라면 정말이지 어떤 희생도 불사할 각오가 되어 있었다. 그는 재치라는 말을 써가며 뒤팽에 대한 칭찬으로 다소 우스꽝스러운 연설을 마무리 짓더니 단도직입적으로 후한 제안을 내놓았다. 내게는 그 정확한 액수를 밝힐 권리도 없고 이 이야기의 주제와도 관련 없으니 넘어가기로 한다.

내 친구는 국장의 칭찬은 한사코 물리쳤지만, 완전히 조건부 보상금인데도 제안은 당장 받아들였다. 이 문제가 해결되자, 국장은 우리는 본 적도 없는 증거에 대한 장황한 해설을 곁들여가며 자기 관점에서 본 사건 설명을 즉시 늘어놓기 시작했다. 그는 오랫동안, 그리고 물론 잘난 척하며 떠들어댔고, 나는 간간이 위험을 무릅쓰고 밤이 나른하게 깊어간다며 넌지시 암시를 던졌다. 뒤팽은 늘 앉는 안락의자에 꼼짝도 하지 않고 앉아서 공손하게 이야기를 경청했다. 그는 이야기를 듣는 내내 안경을 쓰고 있었는데, 이따금씩 그 녹색 알 너머를 보니 그는 국장이 떠나기 직전까지 지루하기 짝이 없던 일고여덟 시간 내내 조용히 숙면을 취하고 있었다.

아침이 되자 나는 경찰국에서 이제까지의 모든 증거를 담은 보고서를 받고 여러 신문사를 다니면서 이 안타까운 사건과 관련한 결정적 정보를 실은 신문들을 처음부터 끝까지 다 구했다. 명백히 틀린 것들을 제외한 정보들은 이러하다.

18**년 6월 22일 일요일 오전 9시경 마리 로제는 파베 생탕드레가의 어머니 집을 나섰다. 나가면서 마리는 자크 생테스타슈[21]라는

21　[원주] 페인.

사람에게만 그날 드로메 가에 있는 숙모 집에 가 있을 거라고 알렸다. 드로메 가는 짧고 좁지만 사람들이 많이 다니는 대로로, 강변에서 멀지 않고 로제 부인의 하숙집에서 최소 직선거리로 2마일 정도 떨어진 곳이었다. 생테스타슈는 마리의 공인된 구혼자로 하숙집에서 숙식하고 있었다. 그는 해 질 녘에 약혼자에게 가서 집으로 데려올 예정이었다. 하지만 오후에 폭우가 내리자 그는 (예전에 비슷한 상황에서도 그랬듯이) 마리가 숙모 집에서 자고 올 것이라고 짐작하고 약속을 지킬 필요가 없다고 생각했다. 밤이 깊어가면서 (일흔 살의 병약한 노인인) 로제 부인이 "다시는 마리를 보지 못할 것" 같다고 걱정했지만 당시에는 아무도 이 말에 귀를 기울이지 않았다.

월요일에 마리가 드로메 가에 가지 않았다는 게 밝혀졌고, 아무 소식도 없이 하루가 지나가자 그제야 도시 여기저기와 외곽 등지로 뒤늦은 수색이 시작됐다. 하지만 마리가 사라지고 나흘이 지날 때까지도 그럴듯한 소식은 전혀 나오지 않았다. 그날(6월 25일 수요일) 보베 씨[22]라는 사람이 친구와 함께 파베 생탕드레 가 건너편 센 강가에 있는 룰 관문 근처에서 마리를 찾아다니던 중 어떤 어부가 강에 떠다니는 시체를 발견하고 강변으로 끌고 왔다는 소식을 들었다. 보베는 시체를 보고 잠시 주저하다 향수 가게 아가씨가 맞다고 증언했다. 그의 친구는 더 빨리 마리를 알아보았다.

얼굴은 시커먼 피 범벅이었는데, 그 일부는 입에서 흘러나온 피였다. 단순 익사체에서 보이는 거품은 보이지 않았다. 세포조직의 변색도 없었다. 목은 멍들고 손자국이 나 있었다. 팔은 가슴 위로 굽혀

22   [원주] 크로멜린.

진 채 경직되어 있었다. 오른손은 꽉 쥐고 있었고, 왼손은 조금 벌어져 있었다. 왼쪽 손목에는 두 줄로 찰과상이 나 있었는데, 분명 밧줄들을 감았거나 밧줄을 한 번 이상 동여매어 생긴 자국 같았다. 등전체뿐만 아니라 오른쪽 손목 일부도 많이 벗어져 있었고, 특히 어깨뼈 부분이 심했다. 어부가 시체를 강변에 끌어올리느라 밧줄로 묶기는 했지만 그것 때문에 생긴 찰과상은 아니었다. 목은 심하게 부어 있었다. 베인 상처나 구타로 인해 생긴 듯한 멍도 없었다. 목에는 레이스 조각이 살에 파묻혀 보이지 않을 정도로 바짝 감겨 있었고, 왼쪽 귀 바로 아래 매듭이 묶여 있었다. 이것만으로도 죽음에 이르기에는 충분했다. 의학적 소견은 고인의 정숙함을 확실히 증언했다. 잔인하게 폭행당했다는 말도 했다. 시신은 발견 당시 친구들이 신원을 확인하기에 전혀 어려움이 없는 상태였다.

드레스는 많이 찢어지고 지저분했다. 치마가 끝자락에서부터 허리까지 너비 1피트 정도 되는 조각으로 찢어졌지만 뜯겨 나가지는 않았다. 그 조각으로 허리를 세 번 감고 등 뒤에서 연결 매듭으로 묶어놓았다. 겉 드레스 바로 아래 입은 드레스는 고급 모슬린이었는데, 여기서는 너비 18인치 정도의 조각이 완전히 뜯겨 나가 있었다. 굉장히 고르게 공을 들여 뜯어낸 것 같았다. 그 조각은 목에 느슨하게 감겨서 단단한 매듭으로 고정되어 있었다. 레이스 조각과 모슬린 조각 위로 보닛 끈을 묶고 보닛을 매달아놓았다. 보닛 끈을 묶은 매듭은 여자가 아니라 젊은이나 선원이 묶는 방식의 매듭이었다.

신원이 확인된 후 시신은 (이런 형식적인 절차가 불필요했기 때문에) 보통 때처럼 시체안치소로 보내지 않고 끌고 온 강변에서 멀지 않은 곳에 급히 매장되었다. 보베의 노력으로 그 일은 최대한 입막

음되었고, 사람들에게 동요를 일으키지 않고 며칠이 지나갔다. 하지만 결국 한 주간지[23]가 그 사건을 보도했다. 시체를 무덤에서 다시 꺼내 재검시가 이루어졌지만 이미 알려진 것 이상 새로이 밝혀진 것은 아무것도 없었다. 그래도 이번에는 옷을 고인의 어머니와 친구들에게 줘서 마리가 집에서 나갈 때 입고 있던 옷이라는 확인을 받았다.

그러는 사이 동요는 시시각각 커져갔다. 몇 명이 체포되고 풀려났다. 특히 생테스타슈가 의심받았다. 게다가 처음에 그는 마리가 집을 떠난 일요일 동안 자신의 소재를 명료하게 설명하지 못했다. 하지만 나중에 G국장에게 문제의 하루 동안 있었던 일을 시간별로 충분히 설명하는 진술서를 제출했다. 시간이 지나도 아무것도 발견하지 못하자, 온갖 말도 안 되는 소문이 돌았고 기자들도 분주히 저마다의 추측들을 내놓았다. 그중 가장 큰 주목을 받은 것은 마리 로제가 아직 살아 있다는 주장이었다. 센 강에서 발견된 시체는 운 없는 다른 이의 시체라는 것이다. 언급한 추측을 담은 기사를 독자들에게 소개하는 게 적절할 것 같다. 이 기사는 대체로 괜찮은 능력을 갖춘 신문인 〈레투알〉[24]을 그대로 옮긴 것이다.

18**년 6월 22일 일요일 아침 로제 양은 드로메 가에 사는 숙모나 다른 친척을 만난다는 핑계를 대고 어머니 집을 나섰다. 그때 이후 마리를 본 사람은 아무도 없다. 흔적도 소식도 전혀 없다. [……] 마리가 어머니 집에서 나간 후 그날 그녀를 봤다고 나서는

---

23 [원주] 뉴욕의 〈머큐리〉.

24 [원주] H. 헤이스팅스 웰드가 발행하는 뉴욕의 〈브라더 조너선〉.

사람도 전혀 없다. [……] 6월 22일 일요일 9시 이후에 마리 로제가 이승에 있었다는 증거는 없지만, 그 시각까지 살아 있었다는 증거는 있다. 수요일 정오에 룰 관문 강변 근처에서 떠다니는 여자 시신이 발견되었다. 마리 로제가 어머니 집을 나선 후 세 시간 안에 강에 던져졌다고 가정한다 해도 이는 집을 떠난 지 사흘, 정확히 사흘 뒤에 불과하다. 하지만 살인범들—살인이 자행된 게 맞다면 말이다—이 시체를 자정 전에 강에 던질 수 있을 정도로 일찍 살인을 저질렀다는 것은 어리석은 가정이다. 그런 끔찍한 범죄를 저지르는 자들은 낮보다는 밤을 택한다. [……] 그러므로 강에서 발견된 시체가 마리 로제가 맞다면, 시체가 물속에 있었던 것은 이틀 반, 최대한 사흘일 수밖에 없다. 이제까지의 모든 경험에 의하면, 익사체나 살해된 직후 물에 던져진 시체가 충분히 부패해서 물 위에 떠오르려면 엿새에서 열흘 정도가 걸린다. 시체 위에서 대포를 쏜다 해도, 적어도 닷새나 엿새 동안은 잠겨 있어야 떠오르고 내버려두면 다시 가라앉는다. 그렇다면 이 경우에는 왜 평소 순리에서 벗어났을까? [……] 시체가 엉망인 상태로 화요일 밤까지 강변에 방치되었다면 강변에서 살인범들의 흔적이 발견되었을 것이다. 또한 살해 이틀 후에 물에 던졌다 해도 그렇게 빨리 떠오를 수 있는지는 의심스럽다. 게다가 여기서 추정하고 있는 살인을 저지를 정도의 악당들이 너무나 쉽게 취할 수 있는 예방책인 추도 달지 않고 시체를 물에 던졌다는 것도 미심쩍기 이를 데 없다.

편집자는 여기서 시체가 너무 심하게 부패해서 보베가 알아보는 데 아주 힘들었기 때문에 시체가 "단지 사흘이 아니라 적어도 그 다섯 배"는 물속에 있었음이 틀림없다고 주장한다. 하지만 시체가 심하게 부패되었다는 주장은 완전히 잘못임이 증명되었다. 기사는 이렇게 계속된다.

그렇다면 보베 씨는 어떤 근거로 그 시체가 마리 로제라고 단언한 것일까? 그는 소매를 찢어 걷어 올려보고 신원을 확인할 수 있는 특징을 찾았다고 한다. 대중들은 보통 이 특징이 어떤 흉터 같은 것일 거라고 생각했다. 보베는 팔을 문질러보니 털이 있었다고 했다. 상상할 수 있는 것 중 가장 막연하며 소매 안에 팔이 있더라는 말만큼이나 결정적인 데라고는 하나도 없는 소리가 아닐 수 없다. 보베 씨는 그날 밤 돌아오지 않았지만 수요일 밤 7시에 로제 부인에게 딸에 관한 조사가 계속되고 있다는 말을 전했다. 고령과 슬픔으로 인해 로제 부인은 갈 수 없었다고 참작해주더라도(이건 엄청난 참작이다), 그 시체가 마리라고 생각했다면 가서 조사를 지켜봐야 한다고 생각했을 사람이 분명 누구 하나는 있었을 것이다. 하지만 아무도 가지 않았다. 파베 생탕드레 가에는 그 이야기를 하거나 들은 사람이 아무도 없었고, 같은 건물에 사는 사람들조차 아무 소리도 듣지 못했다. 마리 어머니의 집에서 하숙하고 있는 마리의 연인이자 약혼자인 생테스타슈 씨조차 다음 날 아침 보베 씨가 그의 방에 들어와 말해주기 전까지는 약혼자의 시체가 발견되었다는 소식을 듣지 못했다고 증언하고 있다. 놀라운 점은 이런 소식을 아주 냉정하게 받아들였다는 것이다.

이런 식으로 그 기사는 마리의 친척들이 그 시신이 마리라고 믿는다는 가정과 맞지 않게 무심하다는 인상을 심으려고 애썼다. 기사가 암시하는 바는 이러하다. 마리는 친구들의 묵인하에 정숙하지 못한 이유로 도시를 떠났는데, 마침 마리와 닮은 시체가 센 강에서 발견되자 이 친구들이 이 기회를 이용하여 마리가 죽었다고 믿게 만들려고 한다는 것이었다. 하지만 〈레투알〉은 또다시 너무 성급했다. 그들이 상상한 무심함은 절대 없었다. 몹시 연약한 노부인은 심한 충격을 받아 어떤 의무도 수행할 수 있는 상태가 아니었다. 생테스타슈 역시 그 소식을 냉정하게 받아들이기는커녕 슬픔으로 정신을 잃고 미친 듯이 난리를 피워대서, 시체를 다시 파내어 조사할 때 보베 씨가 친구와 친척을 설득해 생테스타슈를 그곳에 가지 못하도록 했다. 게다가 〈레투알〉에서는 시신을 공공 비용으로 다시 매장했다는 둥, 개인 무덤을 만들어주겠다는 후한 제안을 가족들이 딱 잘라 거절했다는 둥, 가족 누구도 장례식에 참석하지 않았다는 둥 여러 주장들을 해댔지만, 이 모든 것은 자신들이 전달하려는 인상을 더 조장하려는 소리일 뿐이었고 모두 충분한 반박이 이루어졌다. 그다음 자 신문에서는 보베에게 의심을 던지려는 시도를 했다. 편집자는 이렇게 말한다.

이제 새로운 국면이 나타났다. 한번은 B부인이 로제 부인 집에 있는데 외출하려던 보베 씨가 B부인에게 경관이 오기로 되어 있는데 자기가 올 때까지 절대 아무 말도 하지 말고 자기한테 맡기라고 했다는 것이다. [……] 현재 상황에서는 보베 씨 머릿속에 모든 게 감춰져 있는 것으로 보인다. 보베 씨 없이는 한 발자국도 나아갈 수가 없다. 어느 방향으로 가건 보베 씨와 맞닥뜨리게 된다. [……] 그는 모종의 이유로 자기 외에는 일의 진행 절차에 관여하지 못하게 하기로 작정했고, 남자 친척들의 진술에 의하면 아주 이상한 방식으로 그들을 억지로 배제시켰다. 친척들에게 시신 참관을 허락하는 것을 아주 싫어했던 것 같다.

다음 사실은 이렇게 보베에게 던져진 의심을 더 짙게 했다. 마리가 사라지기 며칠 전 그의 사무실을 찾아왔던 사람이 주인 없는 사무실 문 열쇠 구멍에 장미 한 송이가 꽂혀 있는 것을 보았는데 그 옆에 걸린 석판에 "마리"라는 이름이 새겨져 있었다는 것이다.

지금까지 우리가 신문들에서 수집해낸 전반적 인상으로는 마리는 한 무리의 무뢰한들에게 희생되었고, 이들이 마리를 강 건너로 끌고 가 폭행하고 살해했다. 하지만 큰 영향력을 가진 〈르코메르시엘〉[25]은 이러한 세간의 의견을 진지하게 반박했다. 그 칼럼의 일부를 인용해보겠다.

지금까지 룰 관문 쪽에 초점을 맞춰온 수사는 방향을 잘못 잡은 수사라는 확신이 든다. 이 아가씨처럼 많은 사람들에게 잘 알려진 사람이 누구의 눈에도 띄지 않고 세 블록을 지나갈 수 있었을 리가 없다. 마리 로제를 아는 사람은 모두 그녀에게 관심을 가지고 있으니 누구라도 그녀를 봤다면 그 사실을 기억했을 것이다. 마리가 집을 나선 시간은 거리에 사람들이 가득한 때였다. […] 룰 관문으로 갔건 드로메 가로 갔건 열 명 정도의 눈에 띄지 않고 갔을 리가 만무한데도, 어머니 집 밖에서 마리를 봤다는 사람도 없고 마리가

25   [원주] 뉴욕의 〈저널 오브 커머스〉.

자기 입으로 말한 계획 외에는 진짜로 외출했다는 증거도 없다. 겉옷은 찢어져 몸에 둘둘 말려 묶여 있었고, 그걸 이용해 짐 꾸러미처럼 옮겨졌다. 룰 관문에서 살인을 저질렀다면 그럴 필요가 없었을 것이다. 시신이 관문 근처 강 위에서 발견되었다는 사실은 시신이 어디서 강에 던져졌는지 보여주는 증거가 아니다. [……] 이 가엾은 아가씨의 페티코트 중 하나가 세로 2피트 가로 1피트 크기로 뜯겨져 턱에서부터 머리 뒤를 지나 묶여 있었는데 아마도 비명을 못 지르게 하기 위해서인 듯하다. 이는 손수건을 가지고 다니지 않는 자들의 짓이다.

하지만 국장이 우리 집에 찾아오기 하루 이틀 전, 적어도 〈르코메르시엘〉의 핵심 주장을 뒤엎을 만한 중요한 정보가 경찰에 들어왔다. 드뤼크 부인의 두 어린 아들이 룰 관문 근처 숲 속을 돌아다니던 중 어쩌다 어느 빽빽한 수풀 안으로 들어갔는데, 그 안에는 커다란 돌 서너 개가 등받이와 발판을 갖춘 의자처럼 놓여 있었다. 위쪽 돌 위에는 흰 페티코트가, 두 번째 돌 위에는 실크 스카프가 놓여 있었다. 양산과 장갑, 손수건도 발견되었다. 손수건에는 "마리 로제" 라는 이름이 적혀 있었다. 드레스 조각들도 주위 덤불 위에서 발견 되었다. 땅이 짓밟히고 덤불 가지가 부러져 있는 등 몸싸움의 흔적이 역력했다. 수풀과 강 사이 울타리는 뜯겨 나가 있고 땅에는 무거운 짐을 끌고 간 흔적이 있었다.

주간지 〈르솔레이〉[26]는 이 발견에 대해 다음과 같이 논평했는데,

---

26   [원주] C. I. 피터슨이 발행하는 필라델피아의 〈새터데이 이브닝 포스트〉.

이는 모든 파리 신문의 논조를 고스란히 되풀이하고 있는 데 불과하다.

　　그 물건들은 적어도 서너 주는 그 자리에 있었던 게 틀림없다. 모두 비를 맞아 곰팡이가 심하게 슨 상태로 서로 엉겨 붙어 있다. 일부 물건들은 주위에서 무성하게 자라난 풀에 뒤덮여 있었다. 양산의 실크는 튼튼했지만 안쪽에는 실들이 엉켜 있었다. 접힌 위쪽 부분은 온통 곰팡이가 피고 썩어서, 양산을 펴자 찢어져버렸다. [……] 덤불에 찢긴 드레스 조각들은 가로 3인치 세로 6인치 정도였다. 하나는 수선된 흔적이 있는 드레스 밑단이었고, 다른 한 조각은 밑단이 아니라 치맛자락이었다. 그 조각들은 기다랗게 뜯겨 나간 모양이었고 땅바닥에서 약 1피트 정도 높이의 덤불 위에 걸쳐 있었다. [……] 따라서 이 무시무시한 만행이 벌어진 장소가 발견된 것이 틀림없다.

　　이 발견의 결과로 새로운 증거들이 등장했다. 드뤼크 부인은 룰관문 건너편 강변에서 멀지 않은 곳에서 선술집을 하고 있다고 증언했다. 그 동네는 특히나 외진 지역이었는데, 일요일이면 불량배들이 시내에서 배를 타고 강을 건너 모여들곤 했다. 문제의 일요일 오후 3시경 젊은 아가씨 하나가 가무잡잡한 젊은이와 함께 선술집을 찾았다. 두 사람은 거기 잠시 있다가 근처의 깊은 숲을 향해 길을 떠났다. 아가씨가 입은 옷이 죽은 친척 옷과 비슷해서 드뤼크 부인의 눈에 띄었다. 특히 스카프가 그랬다. 두 사람이 떠난 직후 한 무리의 깡패들이 나타나 소란을 피우며 먹고 마시고는 돈도 내지 않고 젊은 남녀가 간 길을 따라갔다가 해 질 녘 여인숙으로 돌아와 서둘러 강을 건넜다.

그날 밤 해가 지고 얼마 되지 않아 드뤼크 부인과 큰아들이 여인숙 근처에서 여자 비명 소리를 들었다. 비명은 격하고 짧았다. 드뤼크 부인은 수풀에서 발견된 스카프뿐만 아니라 시신이 입고 있던 드레스도 알아보았다. 마부 발랑스[27] 또한 문제의 일요일에 마리 로제가 가무잡잡한 젊은이와 함께 강을 건너는 것을 보았다고 증언했다. 발랑스는 마리를 알고 있어서 잘못 봤을 리가 없었다. 수풀에서 발견된 물건들은 마리의 친척들이 확실히 확인했다.

뒤팽의 제안에 따라 내가 신문에서 모은 증거와 정보에는 딱 한 가지가 더 포함되었는데, 이것이 아주 중요해 보이는 정보였다. 앞서 말한 옷가지들이 발견된 직후 마리의 약혼자 생테스타슈가 이제 다들 범죄 현장으로 추정하고 있는 곳 근처에서 빈사 상태로 발견된 것이다. 그 옆에서는 "아편팅크"[28]라고 적힌 빈 유리병이 발견되었다. 숨결에서 음독 사실을 알 수 있었다. 그는 아무 말도 남기지 않고 죽었다. 품에서는 마리에 대한 사랑과 자살 계획이 적힌 짧은 유서가 발견되었다.

"말할 필요도 없겠지만." 내 보고서를 꼼꼼히 다 살핀 뒤팽이 말했다. "이 사건은 모르그 가 사건보다 훨씬 더 복잡해. 중요한 한 가지 점에서만 다르지. 이건 잔인한 범죄이긴 하지만 **평범한** 사건이야. 이 사건에는 특별히 기괴한 점은 전혀 없어. 그런 이유로 이 수수께

---

27   [원주] 애덤.

28   아편으로 만든 약물.

끼가 쉬울 거라고 생각했겠지만, 바로 그런 이유로 해결이 어려울 거라고 생각했어야 하는 걸세. 그래서 처음에는 현상금을 걸 필요성도 못 느꼈던 거지. G국장의 부하들은 그런 잔악한 범죄가 어떻게, 왜 벌어질 수 있었는지 당장 이해할 수 있겠지. 방법—많은 방법—과 동기—많은 동기—를 상상할 수 있었을 걸세. 이 수많은 방법과 동기 중 어느 것이든 실제 방법과 동기가 될 가능성이 있었기 때문에 경찰은 그중 하나가 분명하다고 당연히 여겼어. 하지만 이 다양한 상상들이 쉽고, 그 각각이 다 그럴듯하다는 것은 명료한 설명에 따르기 마련인 쉬움보다는 어려움을 나타내는 것으로 봤어야 해. 그래서 말하지만, 이성이 조금이라도 진실을 찾아 나아가는 것은 평범의 차원 위에 있는 비범함에 의해서일세. 그리고 이런 경우 던져야 할 질문은 '무슨 일이 벌어졌나'가 아니라 '전에 한 번도 일어난 적 없는 어떤 일이 벌어졌나'이고. 레스파나예 부인 집²⁹을 수사할 때 G국장의 부하들이 그 특이함 때문에 일을 제대로 하지 못하고 혼란에 빠지지 않았나. 제대로 정리된 머리라면 확실한 성공의 예감을 얻었을 텐데 말이지. 하지만 똑같은 머리가 이번 향수 가게 아가씨 사건의 평범함에는 좌절했을 수도 있어. 하지만 그게 경찰들에게는 완전히 쉬운 승리로만 보였겠지.

레스파나예 모녀 사건 경우에는 수사 초기부터 살인이 저질러졌다는 데 대해 일말의 의심도 없었어. 자살의 가능성은 즉각 배제되었지. 이 사건에서도 우린 처음부터 자살이라는 추정에서는 해방되었어. 룰 관문에서 시신이 발견된 정황은 이 주요 사항에 있어서는

---

29   [원주] 〈모르그 가의 살인〉 참조.

어떤 혼란도 남기지 않았네. 하지만 그 시신이 마리 로제의 시신이 아니라는 추측들이 나오고, 살인범 혹은 살인범들에게 현상금이 걸리고, 결국 그 살인범을 잡기 위해 국장과 우리 사이에 전적으로 계약이 이루어진 거지. 우리 둘 다 이 신사를 잘 알지 않나. 너무 믿어선 안 되는 사람일세. 발견된 시신에서부터 조사를 시작해서 살인범을 추적해 들어갔다가 그 시신이 마리가 아닌 다른 사람이라는 걸 발견한다면, 혹은 살아 있는 마리에서 출발해서 살해되지 않은 마리를 찾아낸다면, 그 어느 경우든 우리 노고는 헛수고가 될 걸세. 우리가 상대해야 하는 사람은 G국장이니까. 그러니 정의를 위해서는 아니라 해도 우리 목적을 위해서라면, 그 시신이 사라진 마리 로제라는 것을 확인하는 것부터 시작해야 하네.

〈레투알〉의 주장은 사람들에게 큰 반향을 일으켰고, 자기들도 자신들의 영향력을 확신하고 있다는 것은 이 논설의 시작 부분부터 잘 보이네. '오늘 몇몇 조간신문들이 월요일 자 〈레투알〉이 보도한 결정적 기사를 언급하고 있다'라니. 내가 보기에 이 기사에서 결정적인 것이라고는 기자의 열정밖에 없는걸. 대체로 신문의 목적이란 진실을 찾는 것보다는 화제를 불러일으키는 것, 자기주장을 내세우는 것이라는 점을 명심해야 하네. 진실은 자기 목적에 부합해 보일 때만 추구하지. (아무리 근거가 탄탄하다 하더라도) 통상적 의견을 따라가기만 하는 신문은 오합지졸 군중들 사이에서 명성을 얻지 못해. 군중들이란 일반적 의견을 신랄하게 반박하는 사람만 심오하다고 생각하거든. 문학에서와 마찬가지로 추론에서도 가장 즉각적, 가장 보편적으로 인정받는 것은 경구들일세. 경구야말로 둘 다에서 가장 수준이 낮지만.

그러니까 내 말은, 〈레투알〉에 암시를 주고 대중이 흔쾌히 받아들인 것은 마리 로제가 여전히 살아 있다는, 경구와 통속극의 혼합체라는 걸세. 그 속에 담긴 진짜 가능성이 아니라. 이제 이 신문의 주요 주장들이 애초부터 안고 있던 모순을 어떻게 피하려고 애쓰는지 살펴보세.

애초부터 기자의 목적은 마리가 실종된 시점과 시신이 떠오른 시점 사이의 기간이 짧기 때문에 이 시신이 마리일 리 없다는 점을 보여주는 걸세. 따라서 그 기간을 최대한 줄이는 게 목적이 되지. 그 목적을 추구하는 데 바빠서 기자는 처음부터 단순 가정으로 돌진해 들어가. 이걸 보게. '하지만 살인범들—살인이 자행된 게 맞다면 말이다—이 시체를 자정 전에 강에 던질 수 있을 정도로 일찍 살인을 저질렀다는 것은 어리석은 가정이다.' 당연히 당장 왜라는 의문이 생기지. 왜 어머니 집을 떠나고 5분 내에 살해되었다고 생각하는 게 어리석은 가정이지? 왜 그날 어느 때건 살해되었다고 생각하는 게 어리석은 가정일까? 살인은 아무 때나 벌어져왔지 않나. 하지만 살인이 일요일 아침 9시와 밤 11시 45분 사이 언제든 일어났다 해도 '시신을 자정 전에 강에 던질' 시간은 충분해. 그렇다면 이 추정은 정확히 이런 말이 되지. 살인은 일요일에 일어나지 않았다. 〈레투알〉이 이런 가정을 하도록 허락해준다면, 무슨 소리를 해도 다 내버려둬야 할걸? '살인범들이 시체를 자정 전에 강에 던질 수 있을 정도로 일찍 살인을 저질렀다는 것은 어리석은 가정' 운운하며 시작되는 문단 말일세. 〈레투알〉의 기사가 실제 어떻게 나왔든 간에 기자의 머릿속에는 사실 이런 내용이 있었다고 상상할 수 있을 걸세. '살인범들—살인이 자행된 게 맞다면 말이다—이 시체를 자정 전에 강에 던질 수 있을 정도로 일찍 살인을 저질렀다는 것은 어리석은 가정이다. 이 모든 가정은 어리석으며, 동시에 (우리가 굳게 가정한 대로) 시신이 자정 이후에 강에 던져지지 않았다는 것 또한 어리석은 가정이다.' 문장이 앞뒤가 많이 안 맞기는 하지만, 기사에 실린 문장처럼 터무니없지는 않아.

내 목적이 그저 〈레투알〉의 주장을 반박하는 거라면 이 정도에서 그만할 수도 있겠지. 하지만 우리 목표는 〈레투알〉이 아니라 진실이네. 문제의 문장에는 한 가지 의미, 문자 그대로의 의미밖에 없어. 그건 내가 충분히 설명했고. 하지만 중요한 건 표면적 의미를 넘어서서 그 말들이 분명히 담고 있으면서도 전달하지 못한 의도를 찾아내는 걸세. 기자의 의도는 이 살인이 일요일 낮밤 언제 벌어졌건 간에 살인범들이 자정 전에 시신을 강으로 끌고 가는 위험을 무릅썼을 리는 만무하다는 거야. 바로 이게 못마땅한 가정일세. 기사는 살인이 시신을 강으로 끌고 가야 하는 그런 위치와 그런 상황에서 벌어졌다고 가정하고 있어. 하지만 살인은 강변에서, 혹은 강 위에서 벌어졌을 수도 있지 않나? 그러면 시신을 강에 버리는 게 밤이건 낮이건 가장 확실하고 빠른 처리 방법이었겠지. 지금 하는 말 중 어떤 것도 그럼직하다거나 내 의견과 같다고 말하는 건 아니야. 지금까지 내 이야기는 실제 사실과는 아무 상관이 없네. 그저 〈레투알〉이 시작부터 너무 편향적이라는 걸 보여줌으로써 자네가 그 가정의 어조를 경계하게 하려는 거지.

그렇게 미리 생각한 바에 맞게 한계를 정해놓고, 그러니까 이 시신이 마리라면 물속에 굉장히 짧은 시간 동안 있었을 수밖에 없다고 가정해놓은 뒤, 기사는 이렇게 계속되고 있네.

이제까지의 모든 경험에 의하면, 익사체나 살해된 직후 물에 던져진 시체가 충분히 부패해서 물 위에 떠오르려면 엿새에서 열흘 정도가 걸린다. 시체 위에서 대포를 쏜다 해도, 적어도 닷새에서 엿새 동안은 잠겨 있어야 떠오르고 내버려두면 다시 가라앉는다.

이건 〈르모니퇴르〉[30]를 제외한 파리의 모든 신문들이 암묵적으로 수용한 주장일세. 〈르모니퇴르〉는 익사한 것으로 알려진 시신들이 〈레투알〉이 주장한 것보다 더 짧은 시간 만에 떠오른 예를 대여섯 개 들면서 '익사체'에 관한 부분만 반박하려고 애쓰고 있어. 하지만 〈레투알〉의 일반적 주장을 그 주장에서 벗어나는 특정 사례들을 인용해서 반박하려는 〈르모니퇴르〉의 시도에는 굉장히 비합리적인 데가 있어. 2~3일 만에 시신이 떠오른 사례를 다섯 개가 아니라 50개를 제시한다 해도, 법칙 그 자체를 논박하지 않는 한 이 50개 사례는 여전히 〈레투알〉 법칙의 예외로 간주되었을 테니까. 법칙을 인정하면(〈르모니퇴르〉는 그저 예외를 주장할 뿐 이를 부정하지는 않아) 〈레투알〉의 주장은 여전히 유효하게 남는 걸세. 왜냐하면 이들의 주장은 시신이 사흘 내에 떠오를 수 있는지 아닌지 그 가능성 문제 이상은 다루지 않으려 하고 있고, 그렇게 유치하게 제시된 사례들이 그 반대의 법칙을 세울 정도로 충분히 많아지기 전까지 그 가능성은 〈레투알〉의 입장에 손을 들어줄 테니까.

그러니 이 문제에 관한 한 주장을 하려면 법칙 그 자체를 반박해야 한다는 걸 자네도 금세 이해하겠지. 그러자면 법칙의 근거를 검

---

30   [원주] 윌리엄 리트 스톤이 발행한 뉴욕의 〈커머셜 애드버타이저〉.

토해봐야 하네. 일반적으로 인체는 센 강의 물보다 대단히 가볍지도 대단히 무겁지도 않아. 즉 자연스러운 상태에서 인체의 비중은 같은 부피의 민물과 거의 동일하지. 뼈가 가늘고 살집이 있는 사람들과 여자들이 일반적으로 뼈가 굵고 마른 사람들과 남자들보다 가벼워. 그리고 강물의 비중은 바다에서 들어오는 조수에 다소 영향을 받지. 하지만 조수를 배제하고 보면 심지어 민물에서도 자연히 가라앉는 사람은 거의 없다고 볼 수 있어. 자기 몸 비중과 비교해서 물의 비중을 잘 맞추면, 그러니까 온몸을 가능한 한 최대한으로 남김없이 물속에 담그면, 강에 빠진다 해도 거의 모든 사람이 물에 뜰 수 있네. 수영을 못하는 사람은 땅에서 똑바로 걷는 자세로 머리를 뒤로 젖히고 물에 잠기는 자세를 취해야 해. 입과 콧구멍만 수면 위에 내놓고 말이지. 그런 상황이 되면 노력하지 않아도 어려움 없이 물에 뜨게 돼. 하지만 인체의 비중과 이를 대체한 물의 비중이 아주 미묘하게 균형을 맞추고 있기 때문에 사소한 일만으로도 어느 한쪽이 기울어져. 예를 들어, 팔 하나를 물 밖으로 들어 올려 그만큼의 지지력이 없어지면, 머리 전체를 가라앉게 만들기 충분한 무게가 추가되는 셈이 되지. 반면 어쩌다 조그만 나뭇조각 하나만 잡아도 머리를 들고 주위를 둘러볼 수 있고. 자, 수영에 익숙지 않은 사람이 허우적거릴 때는 머리를 평소대로 똑바로 쳐들고 있으려 하면서도 팔을 백발백중 위로 드네. 그 결과 입과 콧구멍이 물에 잠기고, 수면 아래에서 숨을 쉬려고 버둥대다 보면 폐에 물이 들어가게 되는 거지. 그리고 위에도 많은 물이 들어가면, 원래 이 공간을 채우고 있던 공기의 무게와 이제 그곳을 채운 물의 차이만큼 몸 전체가 무거워지는 걸세. 보통은 이 차이만 해도 몸을 가라앉게 만들기 충분하지만,

뼈가 가늘고 살이나 지방이 많은 사람들의 경우에는 그게 충분하지 않을 수도 있어. 그런 사람들은 익사한 후에도 떠 있기도 하지.

소위 강바닥에 가라앉은 시신은 어떤 이유로 그 비중이 그에 상당하는 물 부피의 비중보다 작아질 때까지 계속 거기 있게 돼. 변화는 부패나 그 외의 요인으로 인해 발생하네. 시신이 부패하면 가스가 발생해서 세포조직과 모든 구멍들을 팽창시키고 끔찍하게 **부풀어 오른** 모습이 되는 걸세. 이렇게 계속 팽창하다 보면 시신의 부피는 증가하는데 이에 상당하는 **질량** 또는 무게는 증가하지 않기 때문에 시신의 비중이 물의 비중보다 적어져서 곧 수면에 떠오르게 되는 거지. 하지만 부패는 수많은 다양한 상황에 따라 변화하고, 온갖 동인에 의해 빨라지기도 하고 느려지기도 해. 춥고 더운 날씨, 무기질 포화도나 수질, 수심, 물의 흐름과 정체, 고인의 체질, 사망 전 질병의 유무 같은 것들 말일세. 그렇기 때문에 시신이 부패해서 떠오르는 시기는 절대 정확하게 예측할 수 없네. 어떤 조건하에서는 이런 결과가 한 시간 만에 나타날 수도 있고, 또 다른 상황에서는 아예 일어나지 않을 수도 있거든. 화학물질이 들어가면 시신이 **영원히** 부패하지 않고 보존되기도 하지 않나. 염화 제2수은처럼 말일세. 하지만 부패 말고도 매우 드물게는 위 속에서 식물성 물질의 초산 발효로 (혹은 다른 공간에서 다른 이유로) 가스가 발생해 시신이 떠오를 정도로 팽창하는 일도 있네. 대포를 발사했을 때 생기는 효과는 그저 진동에 불과해. 진동 때문에 부드러운 진흙이나 늪에 박혀 있던 시신이 헐거워지면서 수면으로 떠오르게 되는 거지. 이미 다른 동인들이 그럴 준비를 다 마쳐놓은 건데 말일세. 아니면 대포의 진동이 부패한 세포조직들의 응집력보다 강해서 가스의 영향을 받은 구멍들이 팽창하도록 도울 수도 있어.

자, 이 문제의 원리를 모두 알아봤으니 이제 〈레투알〉의 주장이 맞는지 쉽게 검토해볼 수 있겠지. '이제까지의 모든 경험에 의하면,' 기사에서는 이렇게 말하네. '익사체나 살해된 직후 물에 던져진 시체가 충분히 부패해서 물 위에 떠오르려면 엿새에서 열흘 정도가 걸린다. 시체 위에서 대포를 쏜다 해도, 적어도 닷새에서 엿새 동안은 잠겨 있어야 떠오르고 내버려두면 다시 가라앉는다.'

이제 이 문단 전체가 무논리와 모순으로 뒤범벅되어 있다는 게 분명히 보이지 않나. 모든 경험이 '익사체'가 수면에 떠오를 만큼 충분히 부패가 진행되는 데 엿새에서 열흘이 필요하다고 하지는 않아. 과학과 경험 모두가 시체가 떠오르는 기간은 정확하지 않으며 반드시 그럴 수밖에 없다는 것을 보여주지. 게다가 대포를 쏘아서 시체가 수면에 떠올랐다 해도, '내버려두면 다시 가라앉는' 일 같은 건 없어. 부패가 너무 진행되어서 발생한 가스가 빠져나갈 지경이 되기 전까지는 말일세. 하지만 '익사체'와 '살해된 직후 물에 던져진 시체'를 구분하고 있는 것은 눈여겨봐주기 바라네. 기자는 그 둘을 구분하고도 같은 범주에 넣어버려. 물에 빠져 죽어가는 사람이 어떻게 같은 부피의 물보다 비중이 무거워지는지, 팔을 수면 위로 올린 채 허우적대거나 물속에서 숨을 들이쉬지만 않으면, 그래서 원래 폐 안에 있던 공기 대신 물을 집어넣지만 않으면 왜 가라앉지 않는지 앞서 설명했지. 하지만 이렇게 허우적대고 숨을 들이쉬는 행동은 '살해된 직후 물에 던져진' 시체에서는 일어날 수 없어. 그러니 이 경우 시체는 대체로 아예 가라앉지 않아. 〈레투알〉은 이 사실을 분명 모르고 있네. 부패가 심하게 진행되어 살점이 거의 뼈에서 떨어져 나갈 때가 되어야 시체를 볼 수 없게 되는 거지, 그때까지는 아니야.

　이제 겨우 사흘밖에 지나지 않았는데 시신이 강 위에 떠서 발견되었으니 그게 마리가 아니라는 주장은 어떻게 이해해야 할까? 물에 빠져 죽었다면 여자니까 아예 가라앉지 않았을 수도 있어. 가라앉았다 하더라도 24시간 후, 혹은 그보다 더 일찍 다시 떠올랐을 수도 있고. 하지만 아무도 익사했다고는 생각하지 않네. 강에 던져지기 전에 죽었다면 그 후 언제든 강 위에 떠 있다 발견되었을 테지.

　하지만 〈레투알〉은 이렇게 말하고 있네. '시체가 엉망인 상태로 화요일 밤까지 강변에 방치되었다면 강변에서 살인범들의 흔적이 발견되었을 것이다.' 처음에는 기자의 의도를 파악하기 힘들었어. 아마 자기 이론에 대해 나올 법한 반대 의견을 선수 쳐서 이야기하려고 한 것 같네. 그러니까, 시신이 강변에서 급속히, 물속에 잠겨 있을 때보다 더 빨리 부패되면서 이틀 동안 방치될 경우 말일세. 만약 그랬다면 수요일에 수면에 떠올랐을 수도 있다고 가정하고, **오로지** 그 상황에서만 그렇게 떠오를 수 있다고 생각하는 거지. 그래서 시신이 강변에 방치되지 않았다는 것을 안달하며 강조하는 걸세. 왜냐하면 만약 그렇다면 '강변에서 살인범들의 흔적이 발견되었을' 테니까. 자네도 이 추론이 우스울 거야. 시신이 얼마 동안 강변에 있었다는 이유만으로 어떻게 살인범들의 흔적이 늘어날 수 있는지 도무지 이해가 안 되지 않나? 나도 마찬가지일세.

　'게다가 여기서 추정하고 있는 살인을 저지를 정도의 악당들이 너무나 쉽게 취할 수 있는 예방책인 추도 달지 않고 시체를 물에 던졌다는 것도 미심쩍기 이를 데 없다'라고 기사에선 말하고 있어. 어이없을 정도로 엉망진창 아닌가! 누구도―심지어 〈레투알〉도―발견된 시신이 살해되었다는 데는 이의를 제기하지 않아. 폭행의 흔적이 너무나 명백하니까. 기자의 목적은 그저 이 시신이 마리가 아니라는 걸 보여주는 데 있네. 마리가 살해되지 않았다는 걸 증명하고 싶어 할 뿐, 그 시신이 살해되지 않았다고 하는 것은 아니야. 그런데 기자의 관찰이 증명한 바는 오직 후자뿐일세. 여기 추를 달지 않은 시체가 있다, 살인자들이 시체를 물에 던진다면 당연히 무거운 돌을 매달 것이다, 그러므로 시체를 던진 사람들은 살인자들이 아니다. 여기서 뭐라도 증명된 게 있다면, 이게 다일세. 신원 문제는 아예 건드리지도 않았고, 〈레투알〉은 '발견된 시신은 살해된 여성의 시신이라고 전적으로 확신'한다고 조금 전에 스스로 인정해놓고는 이 말을 부정하느라 갖은 애를 쓰고 있는 거지.

이 추론가가 부지불식간에 자기 말을 반박하고 있는 게 이 문제에만 한정해도 여기뿐만이 아니야. 이미 말했듯이 필자의 목적은 마리의 실종 시점과 시체 발견 시점 사이의 간극을 최대한 줄이는 것일세. 그런데 어머니 집을 나선 이후로 그 여자를 본 사람이 아무도 없다는 점을 강조하고 있어. '6월 22일 일요일 9시 이후에 마리 로제가 이승에 있었다는 증거는 없'다고 말일세. 기자의 주장이 명백히 일방적이기 때문에, 적어도 이 말은 싣지 말았어야 했네. 누군가 월요일이나 화요일에 마리를 봤다면, 문제의 간극은 훨씬 더 줄어들었을 테고 그러면 기자의 추론대로 그 시신이 가게 점원일 가능성이 훨씬 줄어들 테니까. 그럼에도 불구하고 〈레투알〉이 일반론을 완전히 믿고 밀고 나가면서 자기주장을 고집하는 게 참 재미있군.

이제 보베의 시신 신원 확인에 대한 주장을 다시 자세히 살펴보세. 〈레투알〉은 분명 팔의 털 문제를 솔직하게 쓰지 않았어. 보베 씨가 바보도 아닌데 그저 팔에 털이 있다고 그 시신의 신원을 확인했을 리가 없지 않나? 털이 없는 팔은 없어. 〈레투알〉에 실린 막연한 표현은 증인의 말을 곡해한 것뿐일세. 분명 이 털의 어떤 특징에 대해 말했을 거야. 색이나 양, 길이, 위치에 있어서 특이점을 분명 말했을 걸세.

여기도 보게. '마리는 발이 작았다. 그런 발은 수천 개는 된다. 가터도 증거가 되지 못한다. 신발도 마찬가지다. 신발과 가터야 대량으로 팔리니까. 모자의 꽃도 마찬가지일 것이다. 보베 씨가 특히 강조한 것은 발견된 가터의 버클이 조여서 조절되어 있다는 것이었다. 이것도 아무 의미가 없다. 대부분의 여성들은 가게에서 가터를 착용해보기보다는 집에 가져와서 자기 다리 둘레에 맞게 고치기 때문이다.' 이거 기자가 진심으로 한 추론이라고 믿을 수가 없군. 실종자를 찾아다니던 중 체구와 생김새가 비슷한 시신을 발견했다면, 보베 씨는 (옷을 참고하지 않고서도) 제대로 찾았다고 확신했을 걸세. 체격도 외형도 비슷한 데다 살아 있을 때 본 특이한 털까지 팔에 있으면 그 의견에 당연히 힘이 실렸겠지. 그 가능성은 털이 특이하고 남다를수록 높아질 걸세. 마리의 발이 작은데 시신의 발도 작으면, 그 시신이 마리일 가능성은 그저 산술적으로 높아지는 게 아니라 기하학적으로, 누적적으로 높아질 거야. 여기에다 마리가 실종되던 날 신고 있던 신발까지 더하면, 아무리 이 신발이 '대량으로 팔린다' 해도 가능성은 거의 확신에 육박하게 되지. 그 자체로는 신원을 확인할 증거가 되지 못할 물건이라도 위치가 뒷받침해준다면 매우 확실한 증거가 되네. 거기다가 모자의 꽃까지 실종된 아가씨 것과 같다면, 더 이상 증거를 찾을 필요도 없지. 꽃 하나만으로도 더는 증거가 필요 없는데, 증거가 두 개나 세 개, 아니 그보다 더 많으면 어떻게 되겠나? 추가된 증거 하나하나가 몇 개의 증거나 마찬가지야. 증거가 하나씩 더해지는 게 아니라 수백, 수천 배로 곱해지는 거지. 이제 고인의 몸에서 생시에 썼던 가터까지 나왔다면 계속 찾는 게 어리석은 일일세. 그런데 이 가터는 버클을 줄여 조여놨거든. 마리가 집을 떠나기 직전 조였던 것처럼 말일세. 그래도 의심을 한다면 제정신이 아니거나 위선일세. 이렇게 가터를 줄이는 게 흔한 일이라는 〈레투알〉의 주장은 자신의 오류를 집요하게 고집하는 것에 불과해. 버클식 가터의 탄성 자체가 그걸 줄이는 게 흔치 않은 일이라는 것을 증명해주거든. 알아서 조절되도록 되어 있는 물건은 당연히 외부에서 조절할 필요가 거의 없지. 그러니 마리가 가터를 그런 식으로 조였던 것은 엄밀한 의미에서 보면 분명 어쩌다 우연히 한 일이었을 걸세. 이것들만 해도 마리의 신원을 확인하기에는 충분했을 거야. 하지만 시신이 실종자의 가터나 신발, 모자, 모자에 달린 꽃, 발, 팔에 난 특이한 털, 전반적인 체격과 외모 중 어느 하나를 가지고 있어서가 아니라 이 모든 걸 다 가졌기 때문이지. 이런 상황에서도 〈레투알〉 기자가 진짜로 의심을 품었다는 걸 증명할 수만 있다면, 그 경우는 정신 감정을 요청할 필요도 없을 걸세. 기자는 대부분 법정의 네모난 명령서나 고대로 읊어대는 변호사들의 잡담을 그대로 옮기는 게 현명하다고 생각했겠지. 여기서 나는 법정에서 기각되는 증거들 대부분이 머리 좋은 사람들이 보기에는 최고의 증거라고 말하고 싶네. 법정은 일반적인 증거의 원칙—승인되고 책에 쓰여 있는 원칙—만 따르기 때문에 개별 사건에서 그 원칙을 벗어나고 싶어 하지 않거든. 장기적으로 보면 원칙에 맞지 않는 예외적 경우를 굳건히 무시하면서 이렇게 한결같이 원칙을 지키는 것이 얻을 수 있는 진실의 **최대치**를 얻어낼 수 있는 확실한 방법일세. 따라서 **전체적으로는** 이 관례가 이성적이기는 하지만, 그게 수많은 개별적 오류를 만들어낸다는 것 또한 그 못지않게 분명해.[31]

보베를 향해 넌지시 던져진 암시는 척 보기만 해도 일고의 가치도 없다 싶을 거야. 자네도 이미 이 신사의 진정한 인품을 헤아렸으니까. 머리는 나쁘지만 낭만적이고 **오지랖** 넓은 사람이지. 이런 사람들은 **진짜** 자극적인 상황이 벌어지면 처신 부족으로 말미암아 지나치게 예리하거나 심성 나쁜 사람들에게 금세 의심을 사기 십상이야. (자네 보고서에 나온 대로) 보베 씨는 〈레투알〉 기자와 몇 번 개인적으로 인터뷰를 했는데 기자의 이론에 맞서 그 시신이 확실히 마리라는 의견을 감히 개진한 바람에 기자의 심기를 상하게 했어. 기사를 보게. '그는 그 시신이 마리라고 고집하지만 우리가 언급한 정황들을 제외하고는 다른 사람들이 믿게 만들 정황을 전혀 제시하지 못한다.' 자, '다른 사람들이 믿게 만들' 더 강력한 증거는 제시할 수 **없었다는** 사실은 다시 언급하지 않는다 해도, 이런 종류의 사건에서 다른 사람을 믿게 만들 이유를 단 한 가지도 못 내놔도 자기가 믿음을 갖는 것은 당연히 이해해줄 수 있지 않나. 사람을 알아보는

---

31 [원주] 목적의 속성에 기반한 이론은 그 목적에 따라 전개되지 못하며, 원인과 관련해서 논제를 정리하는 사람은 그 결과에 따라 더 이상 원인을 존중하지 않게 될 것이다. 그래서 모든 국가의 법제는 법이 과학이자 체계가 되면 더 이상 정의가 아니게 된다는 것을 보여주게 된다. 분류의 원칙을 맹목적으로 추종함으로써 일반법이 저지르는 실책은 입법부가 얼마나 자주 자신들의 계획이 놓친 공정함을 복원해야만 했는지를 관찰해보면 알 수 있다. _랜더

근거만큼 모호한 건 없어. 사람들은 다 이웃을 알아보지만, 어떻게 그 사람을 알아봤는지 이유를 댈 준비가 되어 있는 사람은 거의 없지. 〈레투알〉 기자에게는 보베 씨의 불합리한 믿음에 대해 화낼 권리가 없어.

보베를 둘러싼 의심스러운 정황은 기자가 암시하는 범죄보다는 내가 가정한 낭만적인 오지랖과 훨씬 더 잘 맞아떨어질 걸세. 일단 이 자비로운 해석을 받아들이고 나면, 열쇠 구멍에 꽂혀 있던 장미나 석판에 새겨진 '마리'라는 이름, '남자 친척들을 억지로 배제시켰'다거나 '친척들에게 시신 참관을 허락하는 것을 아주 싫어했던' 것, 자기(보베)가 돌아올 때까지 경관과 절대 이야기해서는 안 된다고 B부인에게 주의를 주었던 것, 마지막으로 '자기 외에는 누구도 일의 진행 절차에 관여하지 못하게 하기로' 작정한 것 같은 태도 모두 쉽게 이해할 수 있지. 내가 보기엔 이게 분명해. 보베는 마리를 좋아했어. 마리도 여지를 줬지. 보베는 마리와 가장 가깝고 신뢰받는 사람으로 보이고 싶어서 안달이 나 있었고. 이 점은 더 이상 말하지 않겠네. 자, 어머니와 친척들이 무심—그들이 그 시신이 마리의 시신이라 믿고 있다는 추정과 앞뒤가 안 맞는 무심함—하다는 〈레투알〉의 주장은 증거가 완전히 반박하고 있으니, 이제 신원 문제는 깨끗이 해결된 걸로 치고 다음으로 넘어가보세."

"그럼 〈르코메르시엘〉의 의견은 어떻게 생각하나?" 여기서 내가 질문했다.

"그건 그 사건에 대해 나온 기사들 중 단연코 가장 읽을 만해. 전제에서 연역해낸 추론들도 이성적이고 예리하고. 하지만 전제들 중 적어도 두 군데가 불완전한 관찰에 근거하고 있네. 〈르코메르시엘〉

은 마리가 어머니 집에서 멀지 않은 곳에서 불량배 일당에게 잡혀갔다고 암시하고 싶어 하지. 기사는 이렇게 주장하고 있네. '이 아가씨처럼 많은 사람들에게 잘 알려진 사람이 누구의 눈에도 띄지 않고 세 블록을 지나갈 수 있었을 리가 없다.' 이건 파리에서 오랫동안 살았고 시내에서 돌아다니는 구역이 대개 사무실 근처에 한정되어 있는 사람—잘 알려진 사람—의 생각이야. 이 기자는 자기 사무실에서 열두 블록을 걸어 나가도 거의 어김없이 아는 사람들을 만나고 인사를 받거든. 그는 자기가 다른 사람들을 아는 정도, 다른 사람들이 자기를 아는 정도를 생각해서 자기와 향수 가게 아가씨의 유명세를 비교해보고, 그게 별 차이 없다고 생각하고는, 자기가 다니는 구역에서 사람들이 자기를 알아보는 것만큼이나 사람들이 마리를 알아봤을 거라는 결론에 단숨에 도달해. 하지만 그건 오로지 마리가 그렇게 똑같이 한정된 구역에서 변함없이 규칙적으로 돌아다닐 때만 가능할 이야기일세. 기자는 동종업계에 있는 관계로 그를 알아볼 수밖에 없는 사람들이 수두룩한 한정된 구역을 규칙적인 시각에 돌아다녀. 하지만 마리는 보통 종잡을 수 없이 돌아다녔을 걸세. 특히 이 경우에는 주로 다니던 길과 아주 다른 길로 갔을 가능성이 매우 크다고 할 수 있지. 〈르코메르시엘〉이 생각했을 대응관계는 두 사람이 온 시내를 돌아다녔을 때만 성립될 수 있을 걸세. 이 경우에도 아는 사람의 숫자가 똑같다고 가정해야 아는 사람을 만나는 횟수도 똑같아질 가능성이 생기고. 내가 보기에는, 마리가 자기 집과 숙모 집 사이에 있는 길 중 어떤 길을 어느 시간에 갔건 간에 자기가 아는 사람이나 자기를 아는 사람과 마주치지 않고 가는 게 가능할 뿐더러 아주 충분히 있을 법한 일이라고 생각해. 이 문제를 충분히 제대로 생각해보려면, 심지어 파리에서 가장 유명한 사람이 아는 사람들의 숫자도 파리 전체 인구에는 절대 미치지 못한다는 점을 계속해서 생각해야만 할 걸세.

하지만 〈르코메르시엘〉의 주장에 그나마 남아 있는 설득력도 마리가 집에서 나간 시간을 고려하면 사정없이 떨어져버려. 〈르코메르시엘〉에서는 '마리가 집을 나선 시간은 거리에 사람들이 가득한 때'였다고 적고 있어. 하지만 그렇지 않네. 그때는 아침 9시였어. 일요일을 제외한 주중의 아침 9시에는 거리에 사람들이 가득하지. 사실이야. 하지만 일요일 9시는 사람들이 주로 집 안에서 교회에 갈 준비를 하고 있을 때일세. 눈이 있다면 매주 일요일 8시에서 10시 사이에는 도시가 이상할 정도로 텅 빈다는 것을 못 볼 리가 없어. 10시에서 11시 사이는 붐비지만 그렇게 일찍은 아니지.

관찰력이 떨어지는 것 같은 부분이 하나 더 있네. '이 가엾은 아가씨의 페티코트 중 하나가 세로 2피트 가로 1피트 크기로 뜯겨져 턱에서부터 머리 뒤를 지나 묶여 있었는데 아마도 비명을 못 지르게 하기 위해서인 듯하다. 이는 손수건을 가지고 다니지 않는 자들의 짓이다.' 이 생각이 말이 되는지 안 되는지는 차후에 짚어보세. 하지만 '손수건을 가지고 다니지 않는 자들'이라는 표현으로 기자는 불량배를 의도하고 있나 본데, 이 사람들이야말로 셔츠는 안 입어도 손수건은 늘 가지고 다닐 사람들이야. 자네도 최근 손수건이 깡패들에게 얼마나 절대적인 필수품이 되었는지 볼 기회가 분명 있었을걸."

"그럼 〈르솔레이〉 기사는 어떤가?" 내가 물었다.

"그 기자는 앵무새로 태어났어야 했어. 그랬다면 가장 뛰어난 앵무새가 되었을 텐데. 기사는 이 신문 저 신문에 이미 발표된 주장들을 기특할 정도로 열심히 모아 그저 재탕하고 있을 뿐일세. 들어보게. '그 물건들은 적어도 서너 주는 그 자리에 있었던 게 분명하다. 따라서 이 무시무시한 만행이 벌어진 장소가 발견된 것이 틀림없다.' 〈르솔레이〉가 여기서 반복하고 있는 사실들은 이 문제에 대한 내 의심을 전혀 해결해주지 않네. 이 기사는 나중에 다른 문제와 관련해서 더 구체적으로 살펴보세.

지금은 다른 것을 수사해봐야 해. 검시가 극도로 소홀하게 이루어졌다는 것은 자네도 응당 알아차렸을 걸세. 물론 신원이야 쉽게 확인되었고, 당연히 그랬어야 하는 일이지. 하지만 확인해야 할 사항들이 더 있네. 뭐든 시신에서 약탈된 물건은 없나, 집을 나설 때 보석 같은 것을 가지고 나갔나, 그렇다면 발견되었을 때 그 물건들이 있었나. 이건 증언에서 전혀 다루지 않은 중요한 문제들일세. 그만큼 중요한 문제들도 더 있는데 전혀 신경을 쓰지 않았어. 우리가 직접 조사해서 의문을 풀어야 하네. 생테스타슈 사건도 반드시 재조사해야 하고. 이 사람을 의심하지는 않지만, 일은 체계적으로 진행하자고. 일요일 그의 행방에 대한 진술서가 타당한지 한 줌의 의심도 남지 않도록 확실히 확인해야 해. 이런 진술서는 쉽게 혼선을 줄 수 있거든. 하지만 여기에 아무 문제가 없다면 생테스타슈는 수사선상에서 제외하자고. 그의 자살은 진술서에서 속임수가 발견되면 의심을 뒷받침하겠지만, 속임수가 없다면 전혀 설명할 수 없는 일도, 우리가 통상적 분석에서 벗어나서 살펴볼 일도 아니야.

이제 이 비극의 내부는 그만 살피고 외부에 집중해보세. 이런 사건을 수사할 때 적지 않게 저지르는 실수가 직접 연관된 일에만 수사를 한정하고 방계나 부수적인 일들을 완전히 무시하는 걸세. 증거와 논의를 뻔히 관련된 영역에만 한정시키는 게 법원의 잘못된 관행이지. 하지만 이제껏 경험이 보여줬고 앞으로 진정한 이성이 보여주겠지만, 진실에서 많은, 어쩌면 더 많은 부분은 관계없어 보이는 것에서 나타나네. 정확히 이 말 그대로는 아니라 해도 이 원칙의 정신에 따라 근대 과학은 미지의 일들을 예측해온 걸세. 이해가 안 되나 보군. 지식의 역사에서 가장 많고 가장 값진 발견들이 부수적이고 우연적인 사건에 힘입어 이루어졌다는 것, 그래서 앞으로의 발전을 생각할 때 우연한 발명, 평범한 예상에서 완전히 벗어난 발명들을 그저 많이 정도가 아니라 가장 많이 고려하는 게 마침내 필요해졌다는 것, 이것이 지식의 역사가 유구하게 보여준 바일세. 과거의 선례를 바탕으로 미래를 예측하는 것은 더 이상 합리적이지 않아. 우연은 토대의 일부로 인정받았어. 우연은 완벽한 계산의 문제가 되었네. 발견하지 못한 것들, 상상하지 못한 것들을 학문의 수학적 공식에 복속시키는 걸세.

다시 말하지만, 모든 진실에서 더 큰 부분은 부수적 사건에서 드러나. 이건 어김없는 사실일세. 그러니 이 사건의 경우, 지금까지 별소득 없었던 사건 자체에서 눈을 돌려 사건을 둘러싼 그즈음의 정황들을 알아보는 게 이 원칙의 정신에 딱 맞는 거지. 자네가 진술서의 타당성을 확인하는 동안 나는 지금까지 자네가 했던 것보다 더 범위를 넓혀서 신문들을 살펴보겠네. 지금까지는 수사 영역에 국한해서 정찰을 했을 뿐이니까. 하지만 지금 제안한 것처럼 신문을 모조리 훑어봤는데도 수사 방향을 정해줄 작은 단서도 나오지 않는다면 그건 정말로 이상한 일이겠지."

뒤팽의 제안에 따라 나는 진술서를 빈틈없이 살펴봤다. 그 결과 진술서의 타당성과 생테스타슈의 무죄를 전적으로 확신할 수 있었다. 그동안 내 친구는 내가 보기에는 완전히 쓸모없다 싶을 정도로 꼼꼼하게 온갖 신문들을 정독했다. 일주일 후 그는 다음 기사들을 내 앞에 내놓았다.

약 3년 반 전에도 마리 로제가 팔레 루아얄에 있는 르블랑 씨의 향수 가게에서 사라지는 바람에 지금 같은 소동이 벌어진 적이 있다. 하지만 일주일 후 마리는 평소와 달리 낯빛이 살짝 창백한 것만 제외하면 여느 때처럼 건강한 모습으로 늘 있던 판매대에 다시 나타났다. 르블랑 씨와 어머니는 마리가 시골 지인 집에 다녀왔을 뿐이라고 했고, 그 일은 금세 잠잠해졌다. 이번 실종도 그 비슷한 변덕이라고 추정되며, 일주일, 어쩌면 한 달 뒤에는 다시 마리를 볼 수 있을 것이다. _6월 23일 월요일 〈이브닝 페이퍼〉[32]

어제 한 석간신문에서 로제 양이 예전에도 알 수 없이 사라진 적 있다는 보도를 했다. 르블랑 향수 가게에 나오지 않은 일주일 동안 로제 양이 방탕한 행각으로 유명한 젊은 해군 장교와 함께 있었다는 사실은 이미 잘 알려진 바다. 아마 다툼 끝에 천운으로 집에 돌아온 듯하다. 현재 파리에서 근무 중인 그 문제의 난봉꾼 이름은 알고 있지만 당연히 밝히지는 않겠다. _6월 24일 화요일 아침 〈르메르퀴리〉[33]

---

32   [원주] 뉴욕의 〈익스프레스〉.
33   [원주] 뉴욕의 〈헤럴드〉.

그저께 파리 근처에서 잔인무도한 폭행사건이 벌어졌다. 황혼녘 한 신사가 아내와 딸을 데리고 센 강을 건너려고 근처에서 하릴없이 이리저리 배를 젓고 있던 청년 여섯을 고용했다. 건너편 기슭에 내린 세 사람이 배가 보이지 않을 때까지 걸어가던 중, 딸이 배에 양산을 두고 내린 것을 알았다. 양산을 가지러 돌아온 딸은 그 일당에게 잡혀 강 중간으로 끌려가 입을 틀어막힌 채 잔인하게 폭행당했고, 부모와 함께 처음에 배를 탔던 장소에서 멀지 않은 강변에 버려졌다. 그 악당들은 일단 도주했지만 경찰이 뒤를 쫓고 있으니 그중 몇 명은 곧 잡힐 것이다. _6월 25일 〈모닝 페이퍼〉[34]

최근 벌어진 잔인한 사건의 범인으로 므네[35]를 지목하는 편지를 한두 통 받았다. 하지만 조사 결과 므네는 완전히 무죄라는 것이 드러났고, 편지의 주장들도 근거보다는 감정만 앞서 있어서 공개하지 않는 편이 좋겠다고 생각한다. _6월 28일 〈모닝 페이퍼〉[36]

가엾은 마리 로제는 일요일이면 교외 지역에 들끓는 수많은 불량배 무리 중 하나에 희생된 게 확실하다고 강력하게 주장하는 편지 몇 통을 여러 출처로부터 받았다. 본지도 이 가설에 십분 동의한다. 앞으로 이 주장을 싣기 위해 노력하겠다. _6월 30일 화요일 〈이

---

34   [원주] 뉴욕의 〈쿠리어 앤드 인콰이어러〉.
35   [원주] 므네는 처음에 혐의를 받고 체포된 사람들 중 하나였지만 증거가 전혀 없어서 풀려났다.
36   [원주] 뉴욕의 〈쿠리어 앤드 인콰이어러〉.

브닝 페이퍼〉**37**

    월요일에 세관과 연계되어 있는 사공 하나가 센 강을 떠내려오는 빈 배를 보았다. 돛은 뱃바닥에 놓여 있었다. 사공은 바지선 사무실에 배를 끌어다 놓았다. 그런데 다음 날 사무실 직원 누구도 모르게 배가 사라졌다. 현재 바지선 사무실에는 방향타만 있다. _6월 26일 목요일 〈르딜리장스〉**38**

    이 다양한 발췌 기사들을 읽어봤지만, 사건과 무관해 보일 뿐만 아니라 이 사건과 어떻게 연관시켜야 할지도 전혀 알 수가 없었다. 나는 뒤팽의 설명을 기다렸다.

    "첫 번째와 두 번째 기사에 대해서는 논하지 않겠네. 그걸 가져온 주된 이유는 경찰이 얼마나 태만한지 보여주기 위해서이니까. 국장의 말을 들어보니 경찰은 기사에서 언급하고 있는 해군 장교를 조사해볼 생각이 전혀 없었더군. 하지만 마리의 첫 번째 실종과 두 번째 실종 사이에 어떤 연관성도 없다고 가정하는 것은 어리석은 일일 뿐이지. 첫 번째 사랑의 도피는 연인들 사이에 다툼이 생겨서 배신당한 사람이 집으로 돌아가면서 끝났다고 치자고. 그럼 두 번째 도피(이번에도 도피였다면 말일세)는 새로운 사람이 새로운 제안을 내놓았기 때문이라기보다 배신했던 연인이 다시 접근한 것으로 봐야겠지. 새로운 사랑의 시작이라기보다 옛사랑의 '마무리'란 말일세.

37   [원주] 뉴욕의 〈이브닝 포스트〉.
38   [원주] 뉴욕의 〈스탠다드〉.

한 사람과 도피하려고 했던 마리가 다른 사람에게 같은 제안을 받았다기보다 과거에 함께 도피하려 했던 사람이 다시 같은 제안을 했을 가능성이 훨씬 커. 확인된 첫 번째 도피와 추정된 두 번째 도피 사이의 시간 간극이 보통 우리 군함이 순양하는 기간보다 겨우 몇 달 더 많아. 그 애인의 첫 번째 야비한 계획은 바다에 나가야 했기 때문에 틀어졌던 게 아닐까? 그래서 돌아온 후 기회가 보이자마자 못다 했던, 아니 자기가 못다 했던 비열한 계획을 다시 재개한 것 아닐까? 이건 우리가 전혀 모르는 일들일세.

그래도 자넨 상상한 것 같은 두 번째 도피는 없었다고 말하겠지. 물론 없었네. 하지만 실패한 계획도 없었다고 말할 수 있을까? 생테스타슈, 그리고 어쩌면 보베 외에는 마리에게 공식적인 점잖은 구애자는 없었지 않나. 다른 사람 이야기는 전혀 없었어. 그렇다면 친척들(적어도 대부분의 친척들)은 전혀 모르고 있지만 마리가 일요일 아침에 만난 이 비밀의 연인은 누구일까? 룰 관문의 외진 숲 속에서 저녁 어스름이 내릴 때까지 주저 없이 함께 있을 수 있을 정도로 신뢰하는 사람이? 적어도 대부분의 친척들이 전혀 모르는 이 비밀 연인이? 마리가 집을 나선 날 아침 '이제 다시는 마리를 보지 못할 것'이라고 했던 로제 부인의 이상한 예언은 뭘까?

로제 부인이 도피 계획을 알고 있었다고 생각할 수는 없지만, 적어도 마리는 이 계획을 품고 있었다고 추정할 수 있지 않을까? 집을 나서면서 마리는 드로메 가의 숙모 집에 간다고 말했고 생테스타슈에게 저녁때 데리러 와달라고 부탁했네. 자, 언뜻 보기에는 내 가정과 전혀 안 맞아 보일 걸세. 하지만 생각해보자고. 마리가 누군가를 실제로 만나서 그 사람과 강을 건너 오후 3시라는 늦은 시각에 룰 관문에 갔다는 것은 이미 알려진 사실이야. 하지만 (무슨 목적에서 건, 어머니가 알았건 몰랐건) 이 사람과 같이 가기로 약속했을 때 마리는 집을 나서면서 분명 자기가 말한 계획에 대해 생각했을 걸세. 또 약혼자 생테스타슈가 약속한 시각에 마리를 데리러 드로메 가에 갔을 때 거기 온 적도 없을뿐더러, 이 놀라운 소식을 가지고 하숙집으로 돌아와 보면 집에도 계속 없었다는 것을 알았을 때 얼마나 놀라고 의심할지에 대해서도 분명 생각했을 걸세. 이런 사항들을 생각하지 않았을 리가 없지. 생테스타슈의 분노와 사람들의 의심도 분명 다 생각했을 테고. 이 의심에 맞서기 위해 돌아간다는 생각은 했을 리가 없어. 하지만 처음부터 돌아갈 계획이 없었다고 가정한다면 그런 의심은 마리에게 중요하지 않은 문제가 되지.

아마 이렇게 생각했겠지. '나는 모 씨와 도피하기 위해, 혹은 나만 아는 모종의 이유로 모 씨를 만날 예정이야. 방해가 있어서는 안 돼. 추적을 피할 충분한 시간이 필요해. 그날 하루 종일 드로메 가의 숙모에게 가 있을 거라고 말해야겠다. 생테스타슈에게는 밤이 될 때까지는 오지 말라고 해야지. 그러면 최대한 집을 길게 비워도 의심이나 걱정을 하지 않을 테고, 다른 방법보다 시간도 더 많이 벌 수 있어. 생테스타슈에게는 저녁때 오라고 하면 절대 그 전에는 오지 않을 거야. 하지만 데리러 오라고 말하지 않으면 내가 더 일찍 돌아갈 거라고 생각할 테고, 돌아오지 않으면 더 일찍부터 걱정을 할 테니 도망갈 시간이 줄어들어. 자, 내가 돌아갈 생각이 있다면, 내가 문제의 그 사람이랑 그저 산책이나 할 생각이라면, 생테스타슈에게 데리러 오라고 할 필요가 없지. 오면 내 말이 거짓이라는 걸 당연히 알게 될 테니까. 이 사실을 영원히 모르게 하려면 내 계획을 알리지 않고 집에서 나와 어두워지기 전에 돌아가서 드로메 가에 있는 숙모 집에 다녀왔노라고 하면 돼. 하지만 내 계획은—적어도 몇 주 동안, 아니면 숨을 장소를 구할 때까지는—절대 안 돌아가는 거니까, 시간을 벌 생각만 하면 돼.'

자네 보고서에 있듯이, 이 안타까운 사건에 대한 통상적 의견은 처음부터, 그리고 지금도 마리가 불량배 무리의 희생자가 되었다는 걸세. 여론이라는 것은 어떤 상황에서는 무시할 일이 아니야. 저절로 생겨났을 때, 엄밀하게 자연발생적으로 나타났을 때의 여론은 천재의 특징인 직관과 비슷하다고 봐야 해. 나라면 백에 아흔아홉은 그 결정에 따를 걸세. 하지만 중요한 것은 유도된 흔적이 전혀 없어야 한다는 거지. 그 의견은 철저히 대중의 의견이어야 해. 그 차이는 종종 극히 알아차리기 어렵고 유지되기도 힘들어. 이 경우에는 범인이 무리라는 '여론'은 내가 가져온 세 번째 기사에 자세히 보도된 부수적 사건에서 비롯된 것 같아. 마리의 시신이 발견되면서 파리 전체가 난리가 났지. 젊고 아름답고 소문도 많았던 아가씨니까. 시신은 강물에 떠 있었고 폭행당한 흔적이 있었네. 하지만 지금에야 알려진 바이지만, 그 아가씨가 살해되었다고 추정된 바로 그 시각 혹은 그즈음에 정도는 덜하지만 고인이 당한 것과 비슷한 범죄가 젊은 불량배 무리에 의해 다른 아가씨에게 자행되었어. 알려진 한 범죄가 알려지지 않은 다른 범죄에 대한 대중의 판단에 영향을 준다는 게 놀랍나? 여론이 방향을 못 잡고 있던 차에 알려진 그 사건이 너무나 시의적절하게 방향성을 준 것 같지 않나! 마리도 강에서 발견되었어. 그리고 이 알려진 범죄도 이 강에서 벌어졌지. 두 사건의 연관성이 너무나 명백해서 대중이 그걸 포착하지 못했다면 그거야

말로 진짜 놀라운 일이었겠지. 하지만 사실 알려진 범죄는 거의 동일한 시각에 벌어진 다른 범죄가 같은 식으로 벌어지지 않았다는 증거일세. 어떤 불량배 무리가 모종의 장소에서 전대미문의 악행을 저지르고 있는 동안 다른 비슷한 무리가 같은 도시, 비슷한 장소, 같은 상황에서 같은 방법과 도구로 완전히 똑같은 악행을 완전히 똑같은 시각에 저지를 수 있었다면, 그거야말로 진정 기적이겠지. 하지만 우연히 유도된 여론이 우리에게 믿으라고 하는 게 이 놀라운 우연의 연속이 아니면 무엇이란 말인가?

더 나아가기 전에 살인 현장으로 추정된 룰 관문 근처 수풀에 대해 생각해보세. 그 수풀은 빽빽하기는 해도 도로 근처에 있었어. 그 안에는 커다란 돌 서너 개가 등받이와 발판이 있는 의자 비슷한 모양으로 놓여 있었고. 위쪽 돌에는 흰 페티코트가 놓여 있었고, 두 번째 돌에는 실크 스카프가 놓여 있었지. 양산과 장갑, 손수건도 여기서 발견되었네. 손수건에는 '마리 로제'라고 이름이 적혀 있었어. 드레스 조각도 주변 가지 위에서 발견되었네. 땅바닥은 짓밟혀 있고 덤불 가지가 부러지는 등 격한 몸싸움의 흔적이 역력했지.

언론은 이 수풀이 발견된 데 환호했고 여기가 바로 범죄 현장이라고 이구동성으로 주장했지만, 의심스러운 점들이 없지 않아. 거기가 범죄 현장이라고 내가 믿든 안 믿든, 몹시 미심쩍은 점들이 있거든. 〈르코메르시엘〉의 주장대로 진짜 범죄 현장이 파베 생탕드레 가 근처이고 범인이 아직 파리에 살고 있다면, 범인은 대중의 시선이 예리하게 정확한 곳으로 향하는 걸 보고 당연히 공포에 질렸을 거야. 머리가 있다면 당장 이 관심을 다른 곳으로 돌려야겠다는 생각이 들었겠지. 룰 관문 근처 수풀은 이미 의심을 받고 있으니 그 물건들을 그 장소에 둬야겠다는 생각을 자연히 품게 되었을 걸세. 〈르솔레이〉의 추측과는 달리, 그 물건들이 그 수풀 속에 며칠 이상 있었다는 실제 증거는 전혀 없어. 그 비극적 일요일로부터 소년들이 물건을 발견한 오후까지 20일 동안 그 물건들이 사람들의 눈에 띄지 않고 거기 있었을 리 없다는 정황 증거는 아주 많네. 〈르솔레이〉는 앞선 보도들을 차용해 이렇게 말하고 있어. '그 물건들은 적어도 서너 주는 그 자리에 있었던 게 틀림없다. 모두 비를 맞아 곰팡이가 심하게 슨 상태로 서로 엉겨 붙어 있다. 일부 물건들은 주위에서 무성하게 자라난 풀에 뒤덮여 있었다. 양산의 실크는 튼튼했지만 안쪽에는 실들이 엉켜 있었다. 접힌 위쪽 부분은 온통 곰팡이가 피고 썩어서, 양산을 펴자 찢어져버렸다.' '일부 물건들은 주위에서 무성하게 자라난 풀에 뒤덮여' 있다는 말은 분명 두 소년의 말, 고로 기억으로만 확인될 수 있었던 사항일세. 이 아이들이 다른 사람이 보기 전에 그 물건들을 집에 가져갔거든. 하지만 풀은 특히 (살인이 벌어졌던 때처럼) 덥고 습한 날씨에는 하루에 2~3인치도 쑥쑥 자란다네. 새로 깐 잔디밭에 양산을 둬도 일주일이면 무성하게 자란 풀에 완전히 가려질걸. 〈르솔레이〉 기자가 이 짧은 기사에서 세 번이나 쓸 정도로 끈덕지게 강조하는 곰팡이 문제 말인데, 이 사람은 진짜 곰팡이의 성질을 알기나 할까? 솟아 나와서 죽을 때까지 24시간이 걸리지 않는 게 그 곰팡이 종의 흔한 특징이라는 걸 알려줘야 하나?

그래서 그 물건들이 '적어도 3~4주 동안' 그 수풀 속에 있었다는 주장을 뒷받침하기 위해 의기양양하게 제시한 근거들이 터무니없이 말이 안 된다는 것을 단박에 알 수 있지. 반면 이 물건들이 문제의 수풀에 일주일 이상, 일요일이 두 번 지나도록 있을 수 있다는 사실도 몹시 믿기 힘들어. 파리 교외에 대해 조금이라도 아는 사람이라면, 교외에서 아주 먼 곳이라면 모를까 호젓한 장소를 찾는 게 얼마나 힘든 일인지 잘 알 걸세. 숲이든 수풀이든 사람들 발길이 닿지 않은 곳은 고사하고 사람들이 적은 후미진 곳조차 생각도 할 수 없지. 진심으로 자연을 사랑하지만 이 대도시의 먼지와 열기 속에 묶여 있는 사람이 주말 동안 바로 근교의 자연 속에서 혼자만의 시간에 대한 갈증을 채워보려 한다고 상상해보자고. 한 걸음 디딜 때마다 불량배나 흥청망청 대는 깡패들이 떠들고 시비를 걸어대는 통에 커져가던 자연의 마력도 다 깨지고 말걸. 숲 속 깊이 들어가 혼자만의 시간을 가져보려 하겠지만 아무 소용 없어. 이런 곳이야말로 빈민들이 우글대고 불경이 판을 치는 곳이거든. 방랑자는 불쾌한 마음을 안고 오염된 파리로, 덜 부조리한 오염의 하수구라 그나마 덜 불쾌한 파리로 도망치듯 돌아올 걸세. 하지만 주중에 도시 외곽이 그렇게 사람들로 들끓는다면 안식일에는 얼마나 더하겠나! 특히 요즈음은 실직했거나 흔한 범죄 기회를 빼앗긴 도시의 불량배들이 사회의 통제와 관습에서 벗어나기 위해 변두리를 찾지. 절대 전원을 사랑해서가 아니야. 전원 같은 것은 마음속 깊이 경멸하니까. 그자들이 원하는 것은 상쾌한 공기와 푸른 숲이 아니라 제멋대로 할 수 있는 시골일세. 이곳 길가 선술집이나 숲 속 나무 밑에서 다정한 동료들 외에는 누구의 시선도 구애받지 않고 제 마음대로 미친 광란을 벌이며 자유와 술의 합작품인 가짜 즐거움에 탐닉하는 거지. 내 다시 말하지만, 문제의 그 물건들이 파리 외곽의 수풀 속에서 두 번의 일요일이 지나도록 발견되지 않고 남아 있었다면 거의 기적으로밖에 볼 수 없어. 냉정한 관찰자가 ㅂ 기에 명약관화한 일이지

하지만 그 물건들이 진짜 범죄 현장으로 향하는 시선을 돌려놓기 위해 수풀에 놓여 있었다는 의심을 할 다른 근거들도 없지 않아. 우선 그 물건들이 발견된 날짜를 보세. 이 날짜를 내가 뽑은 다섯 번째 신문기사의 날짜와 대조해봐. 그 물건들은 석간신문이 긴급한 편지들을 받은 거의 직후에 발견되었네. 이 편지들은 여러 군데서, 분명히 여러 군데서 왔지만 가리키는 방향은 모두 똑같아. 즉 범인이 무리라는 것, 그리고 룰 관문 근처가 범죄 현장이라는 점을 지적하고 있지. 물론 이 편지들의 결과로, 혹은 편지들로 인해 사람들의 관심이 그쪽으로 향하는 바람에 아이들이 그 물건들을 발견한 게 아닌가 의심하는 게 아니라, 그 물건들이 그 전에 발견되지 않았던 건 전에는 그것들이 수풀에 없었기 때문이라는 당연한 의혹이 들게 되는 걸세. 그 물건들은 편지를 쓴 범인들이 편지들을 보낸 날이나 그 바로 직전에 거기 갖다 뒀을 테니까.

이 수풀은 특이해, 아주 굉장히. 특이할 정도로 빽빽하지. 자연스럽게 벽처럼 만들어진 울 안에 등받이와 발받침이 있는 의자처럼 특이하게 생긴 돌 세 개가 있어. 인공미 가득한 이 수풀은 드뤼크 부인의 집에서 겨우 몇 로드밖에 안 떨어진 지척에 있고, 그 집 아이들은 사사프라스 나무껍질[39]을 찾아 근처 수풀을 늘 샅샅이 뒤지고 다녔단 말이지. 적어도 그 아이들 중 하나가 그 녹음 우거진 연회장에 숨어 들어가 자연의 왕좌에 앉아서 놀지 않은 날이 하루도 없을 거라고 내기를 걸면 무모할까? 전혀 승산 없는 내기일까? 그런 내기를 주저하는 사람은 어린 시절이 없었거나 그 시절을 잊어버린 사람들

39　강장제나 향료로 사용된다.

일 걸세. 다시 말하지만, 그 물건들이 사람들에게 발견되지 않고 하루 이틀 이상 이 수풀 속에 있을 수 있었다는 건 극히 이해하기 힘들어. 그러니 〈르솔레이〉의 고압적인 무지에도 불구하고, 그 물건들이 비교적 늦게 그 장소에 있게 된 것이라고 의심할 이유는 충분해.

하지만 지금까지 말했던 것보다 그 물건들을 거기에 갖다 둔 거라고 믿을 만한 더 강력한 이유들이 있네. 이제 그 물건들이 매우 인위적으로 배열되어 있었다는 것을 봐주기 바라네. 위쪽 돌에는 흰 페티코트가, 두 **번째** 돌에는 실크 스카프가 놓여 있었고, 그 주위에는 양산과 장갑, '마리 로제'라고 적힌 손수건이 흩어져 있었지. 이거야말로 머리가 별로 좋지 못한 사람이 **자연스럽게** 보이길 바라며 자연스럽게 할 법한 배치 아닌가. 하지만 그건 절대 진짜 자연스러운 배열이 아니지. 나라면 차라리 물건들이 모두 짓밟힌 채 바닥에 널려 있는 걸 기대했을 텐데. 그 수풀 속 좁은 공간에서 여러 사람이 엎치락뒤치락하는 판국이었다면 페티코트와 스카프가 돌 위에 얌전히 놓여 있을 리 만무하지 않나? 기사를 보게. '몸싸움 흔적이 역력했다. 땅바닥은 짓밟혀 있고 덤불 가지가 부러져 있었다.' 하지만 그 페티코트와 스카프는 마치 선반에라도 얹어놓은 것 같은 모양새로 발견되었지. '덤불에 찢긴 드레스 조각들은 가로 3인치 세로 6인치 정도였다. 기다랗게 뜯겨 나간 모양이었다.' 여기서 〈르솔레이〉는 몹시 수상쩍은 표현을 썼어. 묘사된 조각들은 정말로 '기다랗게 뜯겨 나간 모양'이었지만 일부러 손으로 찢어낸 거지. 지금 문제가 되는 드레스 같은 옷이 가시에 걸려 한 조각이 '찢겨 나가는' 건 거의 있을 수 없는 일일세. 그런 옷감의 특성상 가시나 못에 걸리면 가시가 걸린 자리를 정점으로 직각을 이루면서 두 줄로 찢어지거든. 하지만 그런 걸 '뜯겨 나갔다'고 생각하기는 거의 불가능하지. 그런 건 한 번도 본 적 없고, 자네도 마찬가지일 걸세. 그런 옷감에서 한 조각을 뜯어 내려면, 백이면 백 서로 다른 두 개의 힘이 다른 방향에서 작용해야 해. 예를 들어 손수건처럼 가장자리가 두 군데인 옷감에서 길쭉한 조각 하나를 뜯어내고 싶다면, 그때는 하나의 힘만 가해도 목적을 이룰 수 있지. 하지만 지금 경우 문제는 가장자리가 하나밖에 없는 드레스일세. 가장자리가 없는 안쪽에서 한 조각을 가시로 뜯어내려 면 기적이 벌어져야 가능할걸. 가시 하나로는 절대 불가능한 일이야. 하지만 가장자리가 있다 해도, 하나는 서로 다른 두 방향으로, 다 른 하나는 한 방향으로 작용하는 가시가 두 개는 있어야 하네. 이것 도 가장자리에 가두리 처리가 되어 있지 않을 때 일이야. 가두리 처 리가 되어 있으면 거의 불가능해. 그러니 단순히 '가시'에 의해 천 조 각들이 '뜯겨 나가는' 데 얼마나 크고 많은 장애물들이 있는지 알겠 지? 그런데 단지 그 조각뿐만 아니라 많은 조각들이 그렇게 뜯겨 나 간다고 우리더러 믿으라는 거 아닌가. '게다가 한 조각'은 또 '드레스 밑단'이라고! 다른 조각은 '밑단이 아니라 치마 일부'이고. 그러니까, 그 조각이 드레스 가장자리도 아닌 안쪽에서 가시에 걸려서 완전히 뜯겨 나갔다는 거지! 정말이지 이건 안 믿는다 해도 아무도 뭐라 못 하네. 하지만 합쳐서 생각해봤을 때 어쩌면 그보다 더 수상한 것은 시체를 없앨 생각을 할 정도로 용의주도한 살인자들이 이 수풀 사이 에 그 물건들을 두고 갔다는 놀라운 사실이네. 하지만 내가 이 수풀 이 범죄 현장이 아니라고 주장하려는 거라 생각한다면, 그건 오산이 야. 여기서 악행이 벌어졌을 수 있어, 아니면 드뤼크 부인 집에서 사 고가 났을 수 있고. 그쪽이 가능성이 더 크지. 하지만 사실 이건 가장 중요한 문제가 아니야. 우리는 범죄 현장을 발견하려는 게 아니라 살인범을 찾아내려는 거니까. 너무 상세하게 말하기는 했지만, 내 추론의 목적은 첫째, 확신으로 똘똘 뭉친 〈르솔레이〉의 성급한 주장의 어리석음을 보여주는 것이고, 두 번째이자 더 중요한 목적은 가장 자연스러운 궤적을 거쳐 이 살인이 불량배 무리의 짓인지 아닌지 자네가 더 생각해보도록 하는 것일세.

검시 때 의사가 내놓은 불쾌한 묘사들을 슬쩍 언급하면서 이 문제를 다시 살펴볼까. 불량배들의 숫자에 대해 의사가 내놓은 추론을 파리의 훌륭한 해부학자 모두가 전혀 근거 없고 터무니없는 소리라고 비웃었다는 것만으로도 충분하겠지. 그런 추론이 나왔을 리가 없다는 게 아니라 추론의 근거가 없었다는 거지. 그런 게 많지 않나?

이제 '몸싸움의 흔적'에 대해 생각해보세. 이 흔적은 뭘 증명한다고 추정되었나? 범인이 무리라는 거지. 하지만 오히려 무리가 아니었음을 증명하지 않나? 어떻게 몸싸움이 벌어졌을 수가 있지? 약하고 무방비한 아가씨와 언론에서 상상하는 불량배 무리 사이에서 어떻게 사방에 '흔적'을 남길 정도로 격렬하고 오랜 몸싸움이 벌어졌을 수가 있나? 억센 팔들이 말없이 잡기만 해도 상황은 다 끝난 거나 다름없는데. 피해자는 꼼짝없이 그들이 하라는 대로 할 수밖에 없었을 걸세. 여기서 수풀이 범죄 현장이 아니라고 주장하려면, 한 사람 이상의 범인이 저지른 범죄 현장이 아니라고 주장할 때만 들어맞을 수 있다는 것을 알 수 있을 걸세. 범인이 한 사람뿐이라고 상상할 때만 그렇게 격렬하고 완강한 몸싸움이 또렷한 '흔적'을 남겼다고 생각할 수 있거든.

또, 그 문제의 물건들이 수풀 속에 방치되었다는 사실이 촉반한 의심에 대해서도 이미 말했네. 이 범죄 증거들이 그 자리에 우연히 남겨졌다는 것은 거의 불가능해 보여. 범인은 (추정상) 시체를 치울 정도로 침착한데도, (부패하면 재빨리 특징들이 사라질 수도 있는) 시체보다 더 강력한 증거—고인의 이름이 쓰인 손수건 말일세—를 범행 현장에 보란 듯이 내버려뒀네. 이런 게 실수라면, 그건 무리가 저지른 실수가 아니야. 오로지 한 사람이 저지른 실수일세. 자, 보자고. 한 사람이 살인을 저질렀어. 혼자서 죽은 이의 유령과 함께 있는 거지. 그는 발아래 미동도 없이 누워 있는 시신을 보고 공포에 질려 있어. 격심했던 분노는 사라지고, 자신이 저지른 짓에 대해 당연히 두려움이 밀려오겠지. 여럿이 함께 있을 때 필연적으로 솟아나기 마련인 자신감이라고는 없어. **홀로** 시체와 같이 있으니까. 떨리고 당황스러울 거야. 하지만 시체를 치워야 하지. 시체를 강으로 옮기지만 다른 범행의 증거물들을 남겨두게 돼. 모든 짐을 한꺼번에 옮긴다는 건 불가능하지는 않더라도 힘든 일이라, 남겨둔 물건을 찾으러 돌아오는 게 쉬울 테니까. 하지만 강까지 고생고생하며 가는 길에 두려움은 두 배로 커져. 여러 가지 기척들이 그를 에워싸. 자기를 지켜보는 사람의 발소리가 몇 번이고 귀에 들리지. 도시의 불빛만 봐도 혼이 나가. 그래도 시간이 가고 가슴 조이는 두려움에 몇 번이고 한참 동안 쉬어가며 간 끝에 결국 강변에 도착해서 그 소름 끼치는 짐을 처리해. 어쩌면 배를 이용했을 수도 있겠지. 하지만 이제는 세상이 어떤 보물을 준다 해도, 어떤 보복 협박을 해도, 그 단독 살인범이 그 무시무시한 고난의 길을 다시 걸어 피가 얼어붙는 것 같은 기억이 가득한 그 수풀로 돌아가게 하지는 못할 걸세. 결과가 어떻게 되건 돌아가지 않아. 돌아가고 싶어도 못 갔겠지. 머릿속에 떠오르는 생각이라고는 당장 도망치자는 것뿐. 살인자는 그 끔찍한 수풀에서 영원히 등을 돌리고 다가올 천벌을 피하듯 도망치지.

하지만 무리라면 어땠을까? 여럿이 있으니 배짱이 생겼을 거야. 대단한 깡패한테도 배짱이 없는 때가 있다 치고, 추정 속 무리가 순전히 이런 대단한 깡패들로만 구성되었다고 해도 말일세. 여럿이 함께 있기 때문에 내 상상 속에서 한 사람을 얼어붙게 했을 당황스럽고 비이성적인 공포를 막아줬을 거야. 한 사람, 아니 둘이나 셋이 실수를 해도 네 번째 사람이 바로잡았겠지. 무리라면 아무것도 남겨두지 않았을 걸세. 여럿이서 한꺼번에 다 옮길 수 있었을 테니까. 돌아올 필요도 없었을 테고.

시신이 발견되었을 때 겉옷의 '끝자락에서부터 허리까지 너비 1피트 정도로 찢겨진 조각이 허리를 세 번 감고 등 뒤에서 연결 매듭으로 묶여 있었다'는 걸 살펴보게. 이건 누가 봐도 시신을 옮기기 위한 손잡이용으로 만든 거지. 하지만 사람이 여럿 있었다면 그런 방법을 쓸 생각을 했을까? 서너 명의 사람에게는 시신의 팔다리면 충분할 뿐만 아니라 최고의 손잡이가 되었을 테지. 그 장치는 한 사람용일세. 그러니까 '수풀과 강 사이 울타리는 뜯겨 나가 있고 땅에는 무거운 짐을 끌고 간 흔적'이 있었던 거지. 하지만 남자 몇 명이 있었다면 시신을 울타리 위로 순식간에 들어 올리면 되는 것을 그 사이로 질질 끌고 가겠다고 굳이 울타리를 뜯어내는 수고를 했겠나? 남자 여럿이서 질질 끌고 간 흔적을 뚜렷이 남길 정도로 시신을 끌고 갔겠느냐고?

여기서 〈르코메르시엘〉의 주장을 살펴보지. 이미 어느 정도 설명은 다 하긴 했지만. 여기를 봐, '이 가엾은 아가씨의 페티코트 중 하나가 세로 2피트 가로 1피트 크기로 찢어져 턱에서부터 머리 뒤를 지나 묶여 있었는데 아마도 비명을 못 지르게 하기 위해서인 듯하다. 이는 손수건을 가지고 다니지 않는 자들의 짓이다.'

앞서 진짜 불량배들은 손수건을 꼭 가지고 다닌다고 말했잖아. 하지만 지금 내가 특히 강조하려는 건 이게 아니야. 이런 띠를 사용한 이유가 〈르코메르시엘〉이 상상한 목적으로 쓸 손수건이 없어서가 아니었다는 것은 수풀에 손수건이 남겨져 있었다는 사실만 봐도 분명해. 그런 목적에 훨씬 더 부합했을 물건 대신 이런 띠를 사용했다는 것을 봐도 그 목적이 '비명을 못 지르게' 하기 위해서는 아닌 것 같네. 하지만 증거 묘사를 보면 그 문제의 조각은 '목에 느슨하게 둘려 단단한 매듭으로 묶여 있다'고 되어 있네. 많이 애매모호하긴 하지만 〈르코메르시엘〉의 주장과는 완연히 달라. 그 조각은 너비 18인치짜리라, 모슬린이긴 해도 접거나 세로로 꼬면 튼튼한 끈이 되지. 그리고 그렇게 꼬인 채 발견되었고. 내 추측은 이렇네. 그 단독 살인범은 (수풀로부터건 다른 어디로부터건) 허리에 두른 띠를 이용해서 어느 정도 시체를 옮겨 가다가 이런 식으로는 그 무게를 감당할 수 없다는 걸 알게 된 걸세. 그래서 끌고 가기로 한 거야. 증거도 시신을 끌고 갔다는 것을 보여주고 있고. 이런 목적을 위해서는 밧줄 같은 것을 신체 말단 한 군데다 매야 하거든. 머리 때문에 밧줄이 벗겨지지 않을 테니 목둘레가 가장 적당하겠지. 이제 살인자는 허리에 감았던 띠를 당연히 떠올렸겠지. 그리고 할 수 있었다면 그걸 사용했을 거야. 그런데 그 천은 시신에 둘둘 감겨 있고 연결 매듭도 잘 안 풀리고 옷에서 완전히 '뜯겨 나가' 있지도 않았거든. 페티코트에서 한 조각을 새로 뜯어내는 게 더 쉬웠던 거지. 살인자는 천 조각을 뜯어내어 목에 감은 다음 강변까지 희생자를 끌고 가. 시간을 들여가며 고생해서 만들었지만 목적에도 썩 부합하지 않는 이 천 조각을 사용했다는 것은, 손수건을 더 이상 사용할 수 없는 시점에 그 필요성이 대두되었다는 것을 보여주네. 즉 우리가 상상한 대로 수풀을 떠나(수풀이 범죄 현장이었다면 말일세) 강으로 가는 도중에 말이지.

하지만 자네는 그러겠지, 살인이 벌어졌던 즈음 수풀 근처에 불량배 무리가 있었다고 드뤼크 부인이(!) 특히 지목해서 증언하지 않았느냐고. 그건 나도 인정해. 하지만 이 비극이 벌어졌을 때, 혹은 그즈음에 룰 관문 근처에는 드뤼크 부인이 묘사한 무리가 열둘 정도는 있지 않았을까? 드뤼크 부인의 증언이 매우 수상쩍고 뒤늦긴 하지만, 혐의의 대상이 된 무리는 그 정직하고 견실한 노부인이 자기 케이크와 술을 먹고는 돈도 안 내고 갔다고 말한 바로 그 무리일세. 그러니 화가 난 게 아닐까?

하지만 드뤼크 부인의 정확한 증언은 뭔가? '한 무리의 깡패들이 나타나 소란을 피우며 먹고 마시고는 돈도 내지 않고 젊은 남녀가 간 길을 따라갔다가 해 질 녘 여인숙으로 돌아와 서둘러 강을 건넜다'일세.

'서둘러' 건넜다는 이 부분은 드뤼크 부인의 눈에는 더 급해 보였던 것 같네. 돈도 안 낸 케이크와 술에 미련이 남아 비탄에 잠겨 있었을 테니까. 혹시나 돈을 주지 않을까 미약한 기대를 여전히 품고 있었을지도 모르지. 그렇지 않다면야 왜 해 질 녘인데 서두른 걸 강조했을까? 폭풍이 곧 몰려올 텐데 밤은 다가오고 있고 조그만 배로 넓은 강을 건너야 한다면 아무리 불량배 무리라도 서둘러 집에 가는 게 당연한 것 아닌가.

나는 밤이 다가오고 있다고 했네. 아직 밤이 되지는 않았으니까. 이 '불량배'들이 꼴사납게 서두르는 모양이 드뤼크 부인의 건전한 눈에 거슬렸던 건 **황혼녘**이었어. 하지만 드뤼크 부인과 장남이 '여인숙 근처에서 여자의 비명 소리를 들었다'고 한 건 그날 밤이라고 되어 있지. 이 비명을 들었던 저녁 시간을 드뤼크 부인이 뭐라고 했는지 아나? '해가 지고 얼마 되지 않아서'라고 했네. 하지만 '해가 지고 얼마 되지 않아서'는 적어도 캄캄할 때야. 그리고 '**황혼녘**'은 분명 아직 해가 있을 때고. 그러니 그 무리는 드뤼크 부인이 들은(?) 비명 소리가 나기 전에 룰 관문을 떠난 게 명백해. 그 증언을 실은 온갖 기사들이 그 문제의 상대적 표현을 변함없이 똑똑히 썼는데도 아직까지 어떤 기자나 경찰도 그 엄청난 차이에 주목하지 않았더군.

살인자가 무리가 아니라는 주장에 한 가지만 더 덧붙이겠네. 하지만 적어도 내가 생각하기에는 이게 가장 압도적 무게를 가진 근거일세. 막대한 현상금이 걸려 있고 공범자에게 불리한 증언을 한 자에게는 완전한 사면이 약속된 상황에서, 비열한 불량배 무리 중 하나, 혹은 다른 누군가가 오래전에 공범을 배신하지 않았을 거라는 게 상상이 가나? 그런 상황에서는 무리의 모든 사람들이 현상금이 욕심나거나 도망치고 싶은 것보다 배신을 두려워하게 되거든. 먼저 배신당하지 않기 위해 먼저 나서서 배신하게 되는 거지. 비밀이 아직 새지 않았다는 것은 사실 그게 비밀이라는 가장 강력한 증거일세. 이 끔찍한 행위의 공포를 아는 사람은 오직 살아 있는 사람 하나 아니면 둘, 그리고 신뿐일세.

자, 이제 이 긴 분석을 통해 나온, 불충분하긴 해도 확실한 성과를 종합해보세. 우리 생각에는, 고인의 애인이나 적어도 비밀리에 가까이 지내던 친구에 의해 드뤼크 부인의 집에서 끔찍한 사고가 있었든지 룰 관문 근처 수풀에서 살인이 벌어졌어. 이 친구는 얼굴이 가무잡잡해. 이 가무잡잡한 안색, 끈의 '연결 매듭', 보닛 끈을 묶은 '뱃사람' 매듭이 선원을 시사하고 있네. 바람기가 있긴 하지만 가난한 처지는 아닌 고인이 어울렸던 것으로 보아 평범한 급의 선원은 아니었던 것을 알 수 있어. 신문사에서 받은 긴급한 편지들의 글 솜씨도 이를 확증하고 있지. 〈르메르퀴리〉가 보도한 첫 번째 도피 정황으로 볼 때, 이 선원이 그 가엾은 아가씨를 처음 죄의 길로 이끈 그 '해군 장교'인 것 같네.

그렇다면 여기서 지당하게도 가무잡잡한 안색의 남자가 계속 등장하지 않는다는 점이 대두되지. 이 남자의 안색이 가무잡잡하다는 걸 짚고 넘어가자고. 발랑스도 드뤼크 부인도 그것만 기억하는 걸 보면 보통 아니게 가무잡잡한 사람인 게 분명해. 하지만 이 사람은 왜 안 보이는 거지? 그 무리한테 살해당했을까? 그렇다면 살해 흔적은 왜 아가씨 것밖에 없을까? 두 범죄 현장은 당연히 같을 텐데. 그렇다면 남자의 시체는 어디 있을까? 살인범들은 십중팔구 두 시체를 같은 방식으로 처리했을 걸세. 하지만 이 남자가 살아 있을 가능성도 있어. 살인 혐의를 뒤집어쓰는 게 두려워서 못 나타나고 있을 수도 있지. 지금은 이런 생각들을 하고 있을 수도 있어. 시간이 많이 지났고, 마리와 함께 목격된 증언이 나왔으니까. 하지만 그 일이 벌어졌을 때는 그런 생각은 안중에도 없었을 걸세. 결백한 사람이라면 본능적으로 먼저 범죄를 신고하고 악당들을 찾으려 했을 거야. 현명한 사람이라면 그랬겠지. 여자와 같이 있는 걸 사람들이 봤어. 지붕도 없는 배를 타고 같이 강을 건넜어. 살인범을 신고하는 게 혐의를 벗는 가장 확실하고 유일한 방법이라는 것은 바보라도 알 걸세. 그 비극적인 일요일 밤, 그 사람이 결백하면서 동시에 범죄 사실도 몰랐다고 추정하기란 불가능해. 하지만 오로지 그런 상황에서만 그 사람이 살인을 신고하지 않았을 가능성이 있지. 혹시라도 살아 있다면 말일세.

그렇다면 우리가 진실을 발견할 수 있는 방법은 무엇일까? 그 방법은 앞으로 나아갈수록 많아지고 뚜렷해질 걸세. 첫 번째 도피 사건을 자세히 들여다보세. '그 장교'의 이력과 현재 상황, 살인이 벌어졌던 시각에 어디 있었는지를 알아보자고. 무리에게 죄를 뒤집어씌울 목적으로 석간신문에 보내진 여러 편지들을 서로 비교해보는 거야. 그다음에는 이 편지들을 전에 조간신문에 온, 므네가 범인이라고 강력하게 주장하던 편지들의 문체와 필체를 비교해봐야지. 이 모든 일이 끝나면 장교가 쓴 글과 이 편지들을 다시 비교해보는 걸세. 드뤼크 부인과 아이들뿐만 아니라 마부 발랑스에게도 계속 질문을 해서 '얼굴이 가무잡잡한 남자'의 생김새와 행동을 더 알아보려고 노력해야 해. 제대로 질문을 하면 이 사람들 중 누군가로부터는 이 점(이나 다른 점들)에 대한 정보—자기들조차 알고 있다고 생각지 못했던 정보—를 반드시 얻어낼 수 있을 걸세. 이제 6월 23일 월요일 아침 바지선 사공이 끌고 왔다가 시체가 발견되기 얼마 전 사무실 직원도 모르는 사이에 바지선 사무실에서 방향타도 없이 사라졌던 배를 추적해봐야 하네. 인내심을 가지고 신중하게 조사하면 반드시 찾을 수 있을 걸세. 배를 발견한 사공이 배를 알아볼 수 있을 뿐만 아니라 방향타를 가지고 있으니까. 꺼림칙한 게 전혀 없는 사람이라면 물어보지도 않고 배의 방향타를 내버려두고 갔을 리가 없지. 여기서 질문 하나를 던져보겠네. 이 배를 찾아가라는 광고는 어디에도 나오지 않았어. 조용히 바지선 사무실에 끌려왔고 조용히 없어졌지. 하지만 그 배 주인은 월요일에 들어온 배의 소재를 어떻게 광고도 안 보고 화요일 아침에 알 수 있었을까? 해군과 무슨 연줄, 사소한 지역 소식처럼 세세한 정보까지 알 수 있는 개인적 연줄이 있지 않고서야 알 수가 없지 않나.

시체를 강변까지 끌고 온 단독 살인범이 배를 이용했을 가능성에 대해서는 이미 말한 바 있네. 이제 우린 마리 로제가 배에서 강으로 던져졌다는 것을 알았어. 당연히 그랬을 거야. 강변의 얕은 물에 시신을 던질 수는 없었을 테니까. 희생자의 등과 어깨에 있던 이상한 상처들은 뱃바닥의 늑재 자국일세. 시체에 추가 달려 있지 않았던 것 또한 이 사실을 뒷받침하지. 강변에서 던졌다면 추를 달았겠지. 추가 없는 이유를 설명할 수 있는 유일한 방법은 살인자가 배를 출발시키기 전에 추를 챙기는 것을 잊어버렸다는 걸세. 시체를 물에 던지는 순간 자신의 잘못을 분명 깨달았겠지만, 그때는 해결할 방법이 없었을 거야. 그 저주받은 강변으로 돌아가느니 차라리 위험을 무릅쓰는 편을 택했겠지. 소름 끼치는 짐을 부린 살인자는 서둘러 시내로 갔을 거야. 어느 호젓한 선창에서 뭍에 올라왔겠지. 하지만 배는 묶었을까? 배를 묶기에는 너무 다급했겠지. 게다가 선창에 배를 묶는 게 마치 자기에게 불리한 증거를 묶어두는 기분이 들었을 테고. 범죄와 연관된 모든 것들을 가능한 한 다 버리고 싶었을 걸세. 선창에서 도망가고 싶을 뿐만 아니라 배도 없어졌으면 했겠지. 분명 배가 그냥 떠내려가도록 내버려뒀을 걸세. 상상을 계속해보세. 다음 날 아침 이 친구는 자기가 매일 들르는 곳, 일 문제로 자주 들를 수밖에 없는 곳에 그 배가 끌려와 묶여 있는 것을 보고 형언할 수 없이 공포에 질리게 돼. 다음 날 밤, 방향타를 달라고 할 엄두도 못 내고 배를 치워버리지. 자, 방향타 없는 그 배는 어디에 있을까? 그걸 찾는 게 우리의 첫 목표일세. 그 배를 발견하는 순간 성공의 서광이 비칠 걸세. 이 배가 놀랄 만큼 빠른 속도로 그 운명의 안식일 자정에 그 배를 사용했던 사람에게 우리를 인도해줄 테고, 확증에 확증이 더해지면서 살인자의 행방을 찾게 되겠지."

[자세히 설명하지는 않겠지만 독자들이 보기엔 분명할 이유로, 뒤팽이 찾아낸 사소한 실마리들이 어떻게 쓰였는지 설명하는 부분은 받은 원고에서 알아서 생략했다. 그저 바라던 결과가 나왔다는 정도로 간단하게 말하는 것이 적당할 것 같다. 국장은 썩 내키지 않아 했지만 슈발리에와의 계약 조건을 정확하게 이행했다. 포 씨의 글은 다음 말로 마무리된다. —편집자들[40]]

알겠지만, 이건 단지 우연의 일치에 대한 이야기에 불과하다. 이 주제에 대해서는 이제까지 한 이야기만으로도 분명 충분할 것이다. 나는 초자연현상을 전혀 믿지 않는다. 자연과 신이 별개라는 것은 생각이 있는 사람이라면 누구도 부정하지 못할 것이다. 자연을 창조한 신이 신의 의지대로 자연을 통제하고 바꿀 수 있다는 것 또한 의심할 수 없는 진실이다. '신의 의지대로'라고 했다. 왜냐하면 이 문제는 의지의 문제이지, 말도 안 되는 논리가 가정하는 것처럼 능력의 문제가 아니기 때문이다. 신이 자신의 법칙을 바꿀 수 없다는 말이

---

40   [원주] 이 글이 원래 발표된 잡지의 편집자들.

아니라, 변화가 필요할 수도 있다는 상상 자체가 신에 대한 모독이다. 애초에 이 법칙들은 미래에 있을 수 있는 **모든** 우연을 포함하도록 만들어졌다. 신에게는 모든 것이 현재이다.

다시 말하지만, 나는 이런 것들을 그저 우연의 일치로 이야기할 뿐이다. 나아가, 세상에 알려진 가엾은 메리 세실리아 로저스의 운명과 삶의 어느 시점에 이르기까지 마리 로제의 운명 사이에, 생각하면 당황스러울 정도로 불가사의하게 엄정한 대응관계가 존재한다는 것을 내 이야기 속에서 볼 수 있을 것이다. 이 모든 것들이 다 보일 것이다. 하지만 방금 언급한 시점에서부터 마리의 슬픈 이야기를 들려주고 마리를 둘러싼 수수께끼를 그 **결말**까지 추적하고 해결하는 과정을 짚어나가면서, 내가 그 대응관계를 확장해보라고 넌지시 암시한다든지, 심지어 여점원의 살해범을 잡기 위해 파리에서 채택한 방법이나 비슷한 추리에 근거한 방법들이 비슷한 결과를 내놓을 것이라고 제안하려는 의도를 숨기고 있다고는 추호도 생각하지 않기 바란다.

두 번째 가설의 경우, 두 사건의 정황에 조금만 사소한 변화를 주어도 두 사건의 방향이 완전히 틀어져버려 아주 심각한 오류가 발생할 수 있다는 것을 생각해야 한다. 산수에서 하나만으로는 미미한 오차가 처리 과정 각 지점마다 증식되면서 결국에는 정확한 답과 어마어마하게 차이 나는 결과를 내놓는 것과 마찬가지다. 첫 번째 가설의 경우, 앞서 말한 확률 계산이 대응관계를 확장한다는 생각을 허락하지 않는다. 이 대응관계가 오랫동안 지속되고 정확할수록 더 강하고 단호하게 금지한다. 이는 수학적인 것과는 완전히 동떨어진 사고에 호소하는 것 같지만 오로지 수학자만이 생각할 수 있는 이상한 명제 중 하나다. 예를 들어, 주사위 놀이에서 6이 두 번 연속으로 나오면 세 번째에는 6이 나오지 않는다는 데 크게 내기를 걸어도 좋다는 사실을 그저 평범한 독자들에게는 죽어도 이해시키기 힘들다. 이런 식의 가설은 머리가 보통 단박에 거부한다. 이미 완료된, 그러므로 전적으로 과거에 속한 두 번의 결과가 미래에 존재할 뿐인 주사위 던지기에 영향을 미칠 수 있을 것 같지 않기 때문이다. 6을 던질 가능성은 언제든 과거와 정확히 똑같아 보인다. 즉 주사위가 만들어낼 수 있는 다양한 다른 가능성들의 영향에만 달려 있을 것 같다. 이런 생각은 너무나 명백해 보여서 이를 반박하려 하면 대개 진지한 관심보다 비웃음을 받게 된다. 여기에 포함된 오류—해악의 향기를 강하게 풍기는 엄청난 오류—는 현재 내게 주어진 제한 내에서는 감히 밝힐 수 없으며, 이성적인 사람들에게는 밝힐 필요도 없다. 여기서는 그저 그것이 진실을 자세히 찾아나가려는 이성의 경향으로 인해 그 앞길에 나타나는 무한한 실수들 중 하나라고 말하는 것으로 충분하다.

검은 고양이

이제부터 쓰려는, 완전히 미친 소리 같지만 가정사에 불과한 이야기에 대해 나는 사람들이 믿어줄 것이라는 기대도, 믿어달라는 호소도 하지 않는다. 내 감각들조차 증거를 받아들일 수 없는 일인데, 정말로 미치지 않고서야 어떻게 그런 기대를 할 수 있겠나. 그렇지만 난 미친 것도 아니고 망상에 빠진 것도 절대 아니다. 하지만 내일이면 나는 죽을 테고, 그러니 오늘 영혼의 짐을 덜고 싶다. 일단 내 목적은 한낱 가정사에 불과한 일련의 사건들을 세상 앞에 명명백백하고도 간결하게, 어떤 설명도 없이 내놓는 것이다. 이 일들로 인해 나는 공포에 떨었고, 끔찍하게 괴로웠고, 결국 망가졌다. 하지만 구구절절 설명할 생각은 없다. 그 사건들은 내게는 오로지 공포 그 자체였지만 세상 사람들의 눈에는 끔찍하다기보다 기괴한 일 정도로 보일 테니까. 어쩌면 나중에는 이 환영 같은 이야기를 별것 아닌 것으로 환원시킬 지성을 갖춘 사람이 나타날지도 모르겠다. 내가 두려움에 떨며 임명되는 이 현상들이 그저 기당한 인과 관계의 연속에 불과하다는 것을 파악할, 보다 냉정하고 논리적이고 차분한 지성인이 말이다.

유년 시절부터 나는 순하고 인정 많기로 유명했다. 마음이 어찌나 여린지 친구들의 놀림감이 될 지경이었다. 나는 특히 동물을 좋아했고, 부모님께서는 온갖 애완동물들을 아낌없이 구해주셨다. 대부분의 시간을 이 애완동물들과 함께 보냈으며, 동물들을 먹이고 어루만질 때가 제일 행복했다. 이 특이한 성향은 내가 성장하며 함께 커져갔고, 어른이 되었을 때 그건 내게 가장 큰 즐거움을 주는 일이 되었다. 충성스럽고 총명한 개에게 애정을 품어본 사람들이라면 거기서 얻는 만족감이 어떤 것이며 얼마나 강렬한지 굳이 들을 필요조차 없을 것이다. 사심 없고 희생적인 동물의 사랑에는 한낱 인간의 하찮은 우정과 덧없는 신의에 종종 실망해본 사람의 마음을 완전히 뒤흔드는 무엇인가가 있으니까.

나는 일찌감치 결혼했고 성격이 잘 맞는 아내를 만나 행복했다. 내가 동물을 남달리 좋아하는 것을 알게 된 아내는 지체 없이 몹시 마음에 드는 녀석들을 구해 왔다. 그래서 우리는 새와 금붕어, 토끼를 몇 마리 키웠고, 근사한 개와 조그만 원숭이, 고양이도 한 마리씩 있었다.

이 고양이는 아주 덩치가 크고 우아한 녀석으로, 온몸이 새까맣고 깜짝 놀랄 만큼 명민했다. 녀석의 총명함에 대해 이야기를 하다 보면, 미신에 적지 않게 물들어 있던 아내는 검은 고양이는 다 마녀가 변신한 것이라는 옛 통설을 종종 넌지시 들먹이곤 했다. 아내가 그걸 **심각하게** 믿었다는 게 아니라 그저 지금 그런 기억이 떠오르기에 하는 이야기일 뿐이다.

플루토—이것이 그 고양이의 이름이었다—는 내가 총애하는 애완동물이자 놀이동무였다. 그 녀석 밥은 나만 줬고, 내가 집 안 어디를 가든 내 뒤를 졸졸 따라다녔다. 집 밖으로까지 따라 나오는 통에 막느라 애를 먹을 정도였다.

우리 우정은 이런 식으로 몇 년 동안 지속되었지만, 그사이 내 기질과 성격 전반은 무절제한 음주라는 악마로 인해 (고백하기조차 낯 뜨겁지만) 나쁜 방향으로 철저히 변해갔다. 날이 갈수록 난 뚱하고 신경질적이고 다른 사람의 감정 따위는 개의치 않는 인간이 되었다. 아내에게 폭언을 퍼붓는 지경이 되었고, 결국에는 심지어 손찌검까지 했다. 당연히 동물들도 포악한 성격의 희생양이 되었다. 난 녀석들을 멋대로 방치했을 뿐만 아니라 학대했다. 하지만 우연히든 반가워서든 앞에서 알짱거리는 놈들에게는 토끼건 원숭이건, 심지어 개까지 가리지 않고 주저 없이 행패를 부렸으면서도 플루토에게만은 여전히 폭력을 자제할 정도의 애정이 남아 있었다. 하지만 병—술만큼 무서운 병이 있을까!—이 점점 더해가면서, 급기야 이제는 늙어가며 약간 투정이 는 플루토마저 짜증과 폭력의 대상이 되기 시작했다.

시내 단골 술집에서 고주망태가 되어 돌아온 어느 날 밤, 녀석이 나를 슬금슬금 피하는 것 같은 기분이 들었다. 놈을 덥석 낚아채자 과격한 행동에 깜짝 놀란 녀석이 이빨로 내 손을 살짝 물어버렸다. 순간, 악마와도 같은 분노가 나를 집어삼켰다. 나는 더 이상 제정신이 아니었다. 내 진짜 영혼은 순식간에 몸에서 달아나버리고 술이 키운 잔인무도한 악의가 온몸의 세포를 뒤흔드는 것 같았다. 나는 조끼 주머니에서 주머니칼을 꺼내 접힌 칼을 그 가엾은 짐승의 목을 움켜잡고 한쪽 눈알을 눈구멍에서 유유히 도려냈다! 지옥에 떨어져 마땅한 그 악행을 적고 있으려니 얼굴이 벌게지고 온몸이 달아오르고 벌벌 떨린다.

간밤의 폭음의 독기를 잠으로 날려 보내고 아침과 함께 이성이 돌아오자 내가 저지른 악행이 떠오르며 공포와 후회가 뒤섞인 심정이 들었지만, 그래 봤자 미약하고 애매모호한 감정이었을 뿐 영혼에까지 뼈저리게 가닿지는 않았다. 나는 또다시 무절제한 폭음에 빠져들었고, 그 악행의 기억은 이내 와인 속에 모두 묻어버렸다.

그러는 동안 고양이는 서서히 회복됐다. 눈알 없는 텅 빈 구멍은 사실 소름 끼치게 끔찍했지만 더 이상 고통스러워 보이지는 않았다. 녀석은 전과 다름없이 집 안을 어슬렁대며 돌아다녔지만, 예상 가능하듯이 내가 다가가면 경기를 일으키며 줄행랑을 쳤다. 옛정이 어느 정도는 남아 있었던 터라 그렇게 끔찍이 따르던 녀석이 이렇게 나를 대놓고 싫어하니 처음에는 마음이 아팠다. 하지만 이런 심정도 곧 짜증으로 바뀌었다. 그러더니 마치 돌이킬 수 없이 나를 최종적으로 무너뜨리려는 듯이 심술이 발동하기 시작했다. 여기에 대해서는 철학에도 아무런 설명이 없다. 하지만 영혼을 걸고 단언컨대, 심술은 분명 인간 마음의 원초적 충동, 인간의 성격을 방향 짓는 불가분의 기본 정서 중 하나다. 하면 안 되는 짓이라는 바로 그 이유만으로 비열하고 어리석은 짓을 수없이 저질러보지 않은 사람이 어디 있는가? 멀쩡한 판단력을 가지고 있으면서도 단지 그게 법이라는 이유만으로 법을 어기고 싶은 마음이 끊임없이 생기지 않는가? 이런 심술에 결국 나는 무너지고 말았다. 오직 잘못을 위해 잘못을 저지르고 싶어 하는, 스스로의 본성을 위반하고 자신을 학대하고 싶어

하는 영혼의 불가해한 갈망에 내몰려 나는 급기야 그 죄 없는 짐승에게 가했던 악행에 종지부를 찍고야 말았다. 어느 날 아침 나는 비정하게 녀석의 목에 올가미를 걸고 나뭇가지에 매달았다. 눈물을 철철 흘리면서, 쓰디쓴 양심의 가책을 느끼며 매달았다. 녀석이 나를 얼마나 따랐는지 알고 있었기 때문에, 내게 어떤 잘못도 하지 않았기 때문에 매달았다. 녀석을 매달면서도 이게 죄라는 것을, 내 불멸의 영혼을 가장 자비로우시며 가장 두려우신 하느님의 무한한 자비조차 미치지 못하는 곳으로 보낼 정도로 위태롭게 할, 용서할 수 없는 죄—그런 일이 혹시라도 존재한다면 말이다—를 짓고 있다는 것을 알았기 때문에 매달았다.

이런 잔혹한 짓을 저지른 날 밤, 나는 불이야 하는 고함 소리에 잠에서 깼다. 침대 커튼이 화염에 휩싸여 있었다. 온 집이 활활 타오르고 있었다. 아내와 하인과 나는 가까스로 화재에서 탈출했다. 모든 것이 완전히 파괴되었다. 불길은 내 전 재산을 삼켜버렸고, 그때부터 나는 절망의 구렁텅이에 빠졌다.

나는 그 재난과 악행 사이에 인과관계를 찾으려 할 정도로 약해빠진 인간이 아니다. 하지만 일련의 사실들을 다루고 있으니 완전하진 않더라도 연결 고리가 될 만한 일을 빠뜨리고 싶지는 않다. 불이 난 다음 날 난 폐허가 된 집을 찾아갔다. 벽은 하나만 빼고 다 무너져 있었다. 그 예외는 집 한가운데쯤 자리한 벽으로, 그다지 두껍지 않은 침대 머리맡의 칸막이벽이었다. 이 벽은 회반죽이 불길을 상당히 막아줬는데, 최근에 회칠을 했기 때문인 것 같았다. 이 벽을 둘러싸고 사람들이 빼곡하게 모여 있었고, 상당수가 어느 특정 부분을 끔찍이 면밀하게 커지□고 있는 것 같았다. "놀랍군!" "신기해!" 그러

말들에 호기심이 동했다. 다가가서 봤더니, 하얀 표면 위에 얕은 부조를 새긴 것처럼 거대한 고양이의 형상이 있었다. 정말로 경이로울 정도로 똑같은 모양이었다. 그 짐승의 목에는 밧줄이 둘러져 있었다.

이 유령—그게 아니라고는 생각할 수조차 없었다—을 처음 본 순간, 나는 대경실색하면서 왈칵 공포에 질렸다. 하지만 생각을 더듬어보며 겨우 정신을 수습했다. 내 기억에 그 고양이를 매단 곳은 집 근처 공원이었다. 불이야라는 소리가 나자마자 이 공원은 사람들로 가득 찼고, 그중 누군가가 고양이를 나무에서 끌어내려 열린 창문 너머 방 안으로 던졌던 게 틀림없다. 아마 나를 깨우려는 생각에서 그랬을 것이다. 다른 벽들이 무너지면서 내 잔인함의 희생양은 새로 회칠한 벽에 눌려 들어갔고, 벽의 석회와 불길, 사체에서 나온 암모니아가 공조해서 내가 본 그 초상을 완성했던 것이다. 이런 식으로 양심에는 아니더라도 머리에다가는 즉시 설명을 내놓긴 했지만, 그렇다고 그 경악스러운 사실이 상상 속 깊이 새겨지지 않은 것은 아니었다. 몇 달이 지나도록 나는 그 고양이의 망령을 마음속에서 떨칠 수가 없었고, 그런 즈음 딱히 후회라고는 할 수 없지만 그 비슷한 애매모호한 심정이 다시 들기 시작했다. 나는 그 고양이를 잃은 것을 후회하면서 녀석을 대체할 동종에 비슷한 생김새의 고양이를 찾아 상습적으로 가던 천한 단골집들 주위를 기웃거리기까지 했다.

어느 날 밤 그런 오욕의 소굴에서 인사불성 상태로 앉아 있던 내 눈에 갑자기 어떤 검은 형체가 들어왔다. 그 형체는 그 변변찮은 술집에서 유일한 가구처럼 쓰이는, 진 또는 럼주가 담긴 커다란 술통 위에 앉아 휴식을 취하고 있었다. 몇 분 동안이나 이 술통 윗부분을 물끄러미 바라보고 있었는데 그 위에 뭐가 있는 걸 진즉에 알아채

116

지 못했다는 게 놀라웠다. 나는 다가가서 손으로 만져봤다. 그건 검은 고양이, 굉장히 큰 고양이로 플루토만큼이나 컸고, 한 가지를 제외하고는 모든 면에서 플루토와 닮았다. 플루토는 몸 어디에도 흰 털이라곤 한 오라기도 없었는데, 이 고양이는 모양은 분명하지 않지만 커다란 흰 반점이 거의 가슴 전체를 덮고 있었다.

만져주자 녀석은 곧장 일어나 커다란 소리로 가르랑거리며 내 손에 몸을 비볐다. 알아봐줘서 기뻐하는 것 같았다. 이 녀석이 바로 내가 찾고 있던 고양이였다. 당장 주인에게 고양이를 사겠다고 하자 주인은 자기한테는 권리가 없다고 했다. 전혀 모르는 고양이고 전에 본 적도 없다는 것이다.

계속 고양이를 쓰다듬다 집에 갈 채비를 하자 고양이도 따라올 기색을 보였다. 나는 그러라고 내버려뒀고 가는 도중에도 가끔 몸을 숙여 쓰다듬어줬다. 집에 도착하기 무섭게 녀석은 집고양이가 다 되어 금세 아내의 사랑을 독차지했다.

그와 달리 나는 곧 녀석이 싫어졌다. 이건 애초의 예상과 정반대였지만, 어째서인지 왜인지도 모르지만 녀석이 나를 너무 따르는 게 정떨어지고 성가셨다. 점차 이 정떨어지고 성가신 기분이 모진 증오심으로 변했다. 나는 녀석을 피했다. 일말의 수치심과 과거의 잔혹한 행위에 대한 기억 때문에 녀석을 학대하지는 못했다. 몇 주 동안은 때리지도 않았고 다른 식의 폭력도 행사하지 않았지만, 점점, 아주 서서히 뭐라 할 수 없이 혐오감이 들었고 그 불쾌한 녀석을 보면 역병이라도 만난 듯 조용히 자리를 피했다.

내 증오심이 커진 것은 분명 녀석을 집에 데려온 다음 날 발견한 게 일 때문이었다. 플루토처럼 녀석에게도 눈이 하나 없었다. 하지만 바로 그 때문에 녀석에 대한 아내의 애정은 더 각별해졌다. 이미 말했듯이 아내는 한때는 나의 특징이자 소박하고 순수한 기쁨의 원천이었던 인정이 흘러넘치는 사람이었으니까.

하지만 고양이에 대한 내 반감이 커질수록 나에 대한 녀석의 애정도 더 커져가는 것 같았다. 녀석은 독자들이 이해할 수 없을 정도로 집요하게 나를 졸졸 따라다녔다. 내가 의자에 앉을 때마다 그 아래 웅크리고 앉는가 하면 무릎 위에 뛰어 올라와 지긋지긋하게 치대곤 했다. 일어나 걸으려 하면 발 사이에 끼어들어 꼬꾸라질 뻔하게 하거나 길고 뾰족한 발톱으로 옷을 움켜쥐고 그런 식으로 가슴께까지 기어 올라오곤 했다. 그럴 때면 단박에 죽여버리고 싶었으나 그래도 꾹 참았다. 예전 악행의 기억 때문이기도 했지만, 솔직히 고백하자면 그보다는 놈에 대한 끔찍한 두려움 때문이었다.

이 두려움은 딱히 실재하는 물리적 악에 대한 두려움은 아니었다. 하지만 달리 뭐라고 해야 할지 모르겠다. 차마 고백하기 부끄럽지만—그렇다, 이런 이 중죄인의 감방에서마저 차마 고백하기 부끄럽지만—그 고양이로 인한 공포와 두려움은 상상하기도 힘들 한낱 망상 때문에 더 심해졌다. 아내는 앞서 말한 바 있는, 새로운 고양이와 내가 죽인 짐승의 유일한 차이점인 흰 털 부분을 몇 번이나 내게 강조하곤 했다. 독자들도 기억하겠지만, 이 반점은 처음에는 크기는 해도 뭐가 뭔지 알 수 없는 모양이었는데 서서히, 거의 알아차리지도 못할 만큼 서서히 변해가더니 마침내 윤곽이 선명해지기 시작했다. 오랫동안 단지 망상에 불과하다며 머리로 애써 부정해왔지만, 이제 그건 입에 담기조차 소름 끼치는 물건의 모양을 하고 있었다. 그 무엇보다 이것 때문에 그 괴물이 진저리 치게 싫고 두려웠고, 그럴 용기만 있다면 없애버리고만 싶었다. 그 반점의 모양은 이제 무시무시한, 소름 끼치는 교수대의 모습이었다! 아아, 공포와 범죄, 고통과 죽음으로 얼룩진, 그 슬프고도 끔찍한 기구 말이다!

정말이지 내가 느끼는 불행은 단지 인간의 불행과는 비교도 할 수 없었다. 한낱 짐승 주제에, 내가 멸시하며 죽여버린 놈이랑 같은 한낱 짐승 주제에 높으신 하느님의 형상을 따라 만든 인간인 내게 대적하다니, 이런 참을 수 없는 비애가 있나! 아아, 밤이고 낮이고 내겐 더 이상 휴식의 축복이라고는 없었다! 낮에는 놈이 나를 한시도 홀로 내버려두지 않았고, 밤에는 매시간 말할 수 없는 악몽에서 소스라치며 깨어날 때마다 그놈이 내 얼굴에 뜨거운 숨결을 내뱉으며 떨쳐낼 수 없는 악몽의 화신처럼 그 육중한 무게로 영원히 내 가슴을 짓누르고 있었다!

이런 고통에 짓눌리다 보니 내 안에 희미하게 남아 있던 선마저 무너지고 말았다. 사악한 생각, 칠흑같이 어둡고 악랄하기 그지없는 생각만이 내 유일한 동무가 되었다. 가뜩이나 음울하던 성격은 만물과 만인에 대한 증오심으로 커져갔다. 그러는 사이 맹목적으로 덮쳐오는 억제할 수 없는 분노의 폭풍을 묵묵히 감내하는 주된 희생자는 불평할 줄 모르는 내 아내였다.

어느 날 아내와 난 가난에 내몰려 살게 된 낡은 건물의 지하실에 볼일이 있어 함께 내려갔다. 가파른 계단을 따라 내려오던 고양이 때문에 나는 거의 계단에서 구를 뻔했고, 순간 화가 머리끝까지 치솟았다. 분노에 휩싸인 나머지 나는 이제껏 나를 자제시켜왔던 어린애 같은 두려움을 잊어버렸다. 도끼를 치켜들고 놈에게 일격을 날렸다. 물론 비킬 데로 되었더면 놈은 도끼에 단번에 치명타를 입었을 것이다. 하지만 아내의 손이 이 일격을 막았다. 아내가 끼어드는 바람에 더욱 악마 같은 분노에 휩싸인 나는 붙드는 아내의 손을 홱 뿌리치고 도끼를 치켜들어 바로 그 머리에 내리꽂았다. 아내는 신음 소리조차 내지 못하고 그 자리에서 죽어버렸다.

끔찍한 살인을 저질러버린 나는 즉시 신중하게 시체를 숨기는 작업에 돌입했다. 이웃들의 눈에 띄지 않고 그 집에서 시체를 옮겨 나가는 것은 낮이건 밤이건 불가능했다. 여러 가지 계획이 머릿속에 떠올랐다. 시체를 잘게 토막 내 불에 태워버릴까 하는 생각도 했다. 또 지하실 바닥에 무덤을 파서 묻어야겠다는 결심도 했다. 그러다가는 마당에 있는 우물에 던져 넣는 건 어떨까, 보통 상품을 포장하는 것처럼 상자에 넣고는 짐꾼을 시켜 가지고 나가게 하는 건 어떨까도 곰곰이 생각해봤다. 마침내 나는 그 어떤 것보다 훨씬 더 기막힌 방법을 생각해냈다. 희생자들을 벽에 넣고 묻어버렸다는 중세 수도승들의 기록처럼 시체를 지하실 벽 안에 넣고 벽을 발라버리는 것이었다.

이런 목적에 그 지하실은 완전히 안성맞춤이었다. 벽들이 허술하게 지어진 데다가 최근에 전체적으로 대충 새로 회칠을 했는데, 눅눅한 습기 때문에 아직 다 굳지 않은 상태였다. 게다가 한쪽 벽에는 가짜 굴뚝인지 벽난로인지 툭 튀어나온 부분이 있었는데, 그걸 메워서 나머지 부분과 비슷하게 만들어놓았다. 그 부분의 벽돌들을 치우고 시체를 집어넣은 다음 벽 전체를 전처럼 다시 쌓는 것은 어렵지 않을 것 같았고, 누구도 수상쩍은 점은 발견할 수 없을 것이다.

내 계산은 틀리지 않았다. 나는 지렛대로 벽돌들을 쉽사리 들어내고 시체를 안쪽 벽에 조심스레 기대 세웠고, 별다른 수고 없이 전체를 다시 원상태로 돌려놓았다. 극도의 신중을 기하며 모르타르와 모래, 털을 구해 와서 예전 것과 차이 나지 않는 회반죽을 만들었고 이걸로 새로 쌓은 벽돌 위를 정성스레 발랐다. 작업을 마치고 나자, 모든 일이 잘 풀려 만족스러웠다. 벽은 건드린 흔적이라고는 전혀 없이 감쪽같았다. 바닥의 쓰레기는 주도면밀하게 다 치웠다. 나는 의기양양하게 주위를 둘러보며 혼잣말했다. "자, 적어도 이 정도면 헛수고는 아니군."

다음 할 일은 그렇게 큰 불행의 씨앗이 된 그 짐승을 찾는 것이었다. 드디어 놈을 죽여버리기로 굳게 결심했기 때문이었다. 그때 마주쳤으면 절대 목숨을 부지하지 못했겠지만, 그 교활한 놈은 내가 격분하는 걸 보고 놀라서 이런 내 눈에 띄지 않으려 몸을 사리고 있는 것 같았다. 그 지긋지긋한 놈이 사라지자 내가 느낀 깊고 행복한 안도감은 이루 말할 수 없었다. 놈은 밤새도록 나타나지 않았고, 그리하여 나는 놈을 이 집에 들인 후 적어도 하룻밤은 깊은 단잠에 빠질 수 있었다. 그렇다, 심지어 살인이라는 무거운 짐을 영혼에 지고도 단잠을 잤다!

이틀이 지나고 사흘이 지났는데도 여전히 내 고문관 녀석은 나타나지 않았다. 다시 한 번 나는 자유로운 인간으로 숨을 쉴 수 있었다. 그 괴물은 공포에 질려 이 집에서 영원히 달아나버린 것이다! 더 이상 놈을 보는 일은 없을 것이다! 이보다 더 행복할 수는 없었다! 악행으로 인한 죄책감도 거의 느끼지 않았다. 몇몇 질문을 받았지만 쉽사리 대답했다. 심지어 수색까지 벌어졌지만, 물론 아무것도 나오지 않았다. 미래의 지복은 확실히 보장된 것이나 다름없었다.

살인을 저지른 지 나흘째 되는 날, 한 무리의 경찰들이 느닷없이 집에 들이닥치더니 다시 한 번 가내를 철저하게 수사하기 시작했다. 하지만 나는 그 은닉 장소는 절대 찾아낼 수 없다고 확신하고 있었기 때문에 조금도 당황하지 않았다. 경찰관들은 내게 수색에 따라오라고 명했다. 그들은 한구석도 남기지 않고 샅샅이 뒤졌다. 마침내 그들은 세 번째인가 네 번째로 지하실로 내려갔다. 나는 조금도 떨지 않았다. 내 심장은 아무 죄 없이 잠든 사람의 심장만큼이나 평온하게 뛰었다. 나는 지하실 끝에서 끝까지 걸었다. 팔짱을 끼고 느긋하게 이리저리 거닐었다. 철저히 수색을 마친 경찰이 떠날 준비를 했다. 나는 승리를 자축하면서 경찰에게는 내 무죄를 거듭 확신시킬 말을 한마디 하고 싶어 좀이 쑤셨다.

"경찰나리." 경찰들이 계단을 올라가자 결국 나는 입을 열었다. "의심을 거두신 것 같으니 기쁩니다. 건강들 하시고, 앞으로는 조금만 예의를 갖추시면 좋겠군요. 그건 그렇고, 경찰나리, 이 집 말입니다, 참 잘 지어지지 않았습니까? [뭔가 주절주절 말하고 싶은 광기에 사로잡혀 나는 내가 무슨 소리를 하고 있는지도 몰랐다.] 탁월하게 잘 지어진 집이라고 할까요. 이 벽 말입니다. 가시려고요? 이 벽, 참 잘 쌓지 않았습니까?" 그리고 순간 나는 한낱 허세에 눈이 멀어 손에 들고 있던 지팡이로 사랑하는 아내의 시체를 숨기고 있는 바로 그 벽돌 벽을 힘껏 두드렸다.

하느님께서 대악마의 날카로운 이빨로부터 부디 나를 보호하고 구해주시길! 지팡이 소리의 반향이 사라지자마자 무덤 안에서 화답의 소리가 들렸다! 처음에는 소리 죽여 훌쩍훌쩍하는 아이의 울음소리 비슷하더니 이내 길고 크게 계속되는 비명 소리로 변했다. 너무나 이상하고 인간의 것이라고도 할 수 없는, 울부짖는 짐승 소리 같기도 하고 통곡 같기도 한 비명 소리였다. 고통에 몸부림치는 죄인들과 천벌 받는 죄인들을 보며 희희낙락하는 악마들의 목소리가 합쳐진 지옥에서나 나올 법한, 공포와 승리의 함성이 뒤섞인 소리였다.

그때 내 생각이 어땠는지는 말할 필요조차 없다. 나는 정신이 아득해진 채 반대쪽 벽으로 휘청휘청 뒷걸음쳤다. 계단 위의 경찰들은 일순 극도의 공포와 두려움에 휩싸여 미동조차 하지 않았다. 다음 순간 열두 개의 강인한 팔들이 벽에 달려들었다. 벽은 통째로 무너져 내렸다. 이미 상당히 부패하고 피떡이 된 시체가 관중들의 눈앞에 꼿꼿이 서 있었다. 그 머리 위에 그놈, 간교하게 나를 꼬여 살인을 저지르게 만들고 그 목소리로 나를 고발해 교수대로 인도한 그 끔찍한 짐승이 시뻘건 입을 쩍 벌린 채 외눈을 이글거리며 앉아 있었다. 내가 그 괴물을 벽에 묻어버렸던 것이다!

황금 벌레

수년 전 나는 윌리엄 르그랑이라는 사람을 알게 되었다. 그 친구
는 유서 깊은 위그노 집안 출신으로 한때는 부유했지만 일련의 불운
한 사태를 겪으면서 곤궁한 신세가 되었다. 이런 불행에 따른 굴욕을
피하기 위해 그는 선조들의 도시인 뉴올리언스를 떠나 사우스캐롤
라이나의 찰스턴 근처에 위치한 설리번 섬에 새 터전을 마련했다.

이 섬은 매우 독특한 곳이다. 바닷모래 외에는 거의 아무것도 없
고 길이는 3마일 정도 된다. 폭은 어느 지점에서 재도 4분의 1마일
을 넘지 않는다. 섬은 뜸부기들이 즐겨 모이는 갈대 무성한 늪지대
를 가로지르며 보일락 말락 하게 졸졸 흐르는 샛강으로 본토와 분
리되어 있다. 짐작하겠지만 초목은 찾아보기 힘들고, 있어봤자 난쟁
이처럼 자그마한 것들뿐이다. 크기를 막론하고 나무라고는 전혀 없
다. 몰트리 요새가 위치해 있고 여름 동안 찰스턴의 먼지와 열기를

41　아일랜드 작가 아서 머피의 1761년 희극.

피해 온 사람들이 빌려 사는 초라한 목조 건물들이 있는 서쪽 끝에는 잎을 곤두세운 야자수들이 있기도 하지만, 이 서쪽 말단과 해변을 따라 늘어선 하얀 모래사장을 제외한 섬 전역에는 영국 원예가들의 애호를 받는 향기로운 도금양 덤불만 빽빽하게 우거져 있다. 이 덤불들은 종종 15 내지 20피트까지도 자라 거의 뚫고 들어갈 수 없는 덤불숲을 이루며 대기에 진한 향기를 내뿜는다.

더 멀찍이 자리한 말단 지점인 동쪽 끝에서 멀지 않은 이 덤불숲 깊숙한 안쪽에 르그랑은 조그만 오두막집을 지었고, 내가 우연히 그를 알게 된 시점에 거기서 살고 있었다. 우리 사이에는 곧 우정이 싹텄다. 그 은둔자에게 흥미롭고 존경스러운 점이 많았기 때문이다. 그는 비범한 지성의 소유자로 교육을 잘 받았지만 염세주의에 찌들어 있었고 금세 열광했다가 침울해지는 등 감정이 널을 뛰곤 했다. 책은 많았지만 읽는 일은 좀처럼 없었다. 가장 즐겨 하는 일은 사냥과 낚시, 혹은 해변이나 도금양 덤불을 따라 어슬렁거리면서 조개껍데기나 곤충 표본을 모으는 것이었다. 그 곤충 표본은 스바메르담[42]도 부러워할 정도였다. 이런 산책길에는 주로 주피터라는 늙은 흑인이 동반했는데, 그는 르그랑 집안이 몰락하기 전 해방된 노예였지만 어떤 협박이나 약속을 들이밀어도 젊은 "윌 주인님"을 보필할 권리를 포기하려 들지 않았다. 르그랑의 지력이 다소 불안정하다고 생각한 친척들이 이 떠돌이를 감독하고 보호할 목적으로 주피터에게 그런 고집을 심어줬을 가능성이 없지 않다.

설리번 섬 위도에서는 겨울이 혹독한 경우는 거의 없고 가을에도 불이 필요한 경우는 실로 드물다. 하지만 18**년 10월 중순 어느 날 놀랍게 매서운 추위가 닥쳤다. 나는 일몰 직전 상록수들 사이를 힘겹게 헤치고 친구의 오두막집에 찾아갔다. 몇 주만의 방문이었다. 당시 나는 섬에서 9마일 떨어진 찰스턴에서 살고 있었는데 오고 가는 길이 요즘에 비하면 매우 불편했기 때문이다. 오두막에 도착하자 평소 습관대로 문을 두드렸지만 대답이 없어, 익히 알고 있던 비밀 장소에서 열쇠를 찾아 문을 열고 들어갔다. 난로에 불이 활활 타고 있었다. 처음 보는 광경이었다. 난롯불은 헛되지 않았다. 나는 코트를 벗어 던지고 타닥거리는 장작 옆으로 안락의자를 가져와 앉아 집주인이 돌아오기를 끈기 있게 기다렸다.

그들은 날이 저문 직후 돌아와 나를 따뜻하게 반겨줬다. 주피터는 입이 귀에 걸리도록 미소를 지으며 저녁 식사로 부산하게 뜸부기 요리를 했다. 르그랑은 그 특유의 발작적—달리 뭐라고 부를 수 있겠는가—인 흥분 상태에 빠져 있었다. 새로운 종이 될 미지의 조개류를 발견한 데다가 풍뎅이까지 잡았기 때문이다. 그는 주피터의 도움을 받아가며 쫓아가 잡은 이 풍뎅이가 완전히 새로운 종류라고 믿고 있었고 이에 대해 내일 내 의견을 들어보고 싶다고 했다.

"왜 오늘 밤에 안 하고?" 나는 풍뎅이 따위 다 지옥에나 가버리라고 생각하며 난로 불길 위로 손을 비비며 물었다.

"아, 자네가 올 줄 알았더라면 그랬겠지!" 르그랑이 말했다. "하지만 자네를 본 지도 한참인 데다가, 하고 많은 날 중 바로 오늘 밤에 자네가 날 찾아올 줄 어떻게 알았겠나? 집에 오는 길에, 요새에서 오는 G중위를 만나서 바보같이 그 벌레를 빌려줘버렸어. 그러니 아침까지는 볼 수가 없지. 오늘 밤 여기서 자면 동틀 때 주피터를 시켜

가지고 오게 하겠네. 정말이지 세상에서 제일 아름답다네!"

"뭐가? 일출이?"

"무슨 소린가! 아니! 벌레 말일세. 아주 눈부신 황금색에다 크기는 큼직한 호두만 한데, 등 한쪽 끝 근처에 새까만 점이 두 개 있고 반대쪽 끝에는 조금 더 기다란 점 하나가 있어. 더듬이는—"

"암것도 없다니까요, 주인님, 몇 번이나 말했잖아요." 주피터가 끼어들었다. "그 벌레는 날개 빼고는 안이고 밖이고 몽땅 황금색이구먼요. 평생 그렇게 무거운 벌레는 처음 봤다니까요."

"뭐, 그런 것 같기도 하군, 주피터." 르그랑은 내가 보기에 필요 이상으로 진지하게 대답했다. "그런데 그게 새 요리를 태워먹을 이유가 되나? 색깔은," 여기서 그는 다시 나를 돌아보며 말했다. "사실 주피터의 생각을 거의 충분히 뒷받침해줘. 그 껍데기에서 뿜어 나오는 금속성 광채라니, 그보다 더 눈부신 광채는 한 번도 본 적 없을걸. 하지만 내일까지는 어차피 어떤 판단도 불가능해. 그사이에 내 자네한테 그 모양을 알려주지." 그는 이렇게 말하며 펜과 잉크가 놓인 조그만 탁자 앞에 앉았지만 거기에는 종이가 없었다. 서랍 안을 뒤졌으나 거기에도 종이라고는 없었다.

"괜찮아." 그가 마침내 말했다. "이거면 될 걸세." 그러더니 조끼 주머니에서 굉장히 지저분해 보이는 종잇조각을 꺼내 거기다가 펜으로 대충 그림을 그렸다. 그가 그림을 그리는 동안 아직도 한기가 가시지 않았던 나는 계속 불가에 앉아 있었다. 그림이 완성되자 그는 앉은 채로 내게 종이를 건넸다. 종이를 받는 순간, 커다랗게 으르렁하는 소리가 들리더니 곧이어 문을 긁는 소리가 났다. 주피터가 문을 열자 르그랑이 키우는 커다란 뉴펀들랜드가 달려 들어와 내 어깨에 올라타고는 나를 온통 핥아대기 시작했다. 올 때마다 내가 많이 예뻐해줬기 때문이다. 녀석의 장난이 끝나고 나서야 종이를 들여다본 나는 솔직히 말해서 친구가 그려놓은 그림에 적지 않게 당황하고 말았다.

"음!" 나는 몇 분 동안 그림을 물끄러미 보고 말했다. "**진짜로 이상**하게 생긴 풍뎅이로군. 고백하지만 정말 한 번도 본 적 없는 새로운 녀석이야. 해골 같은 게 아니라면 말이지. 내가 이제껏 본 것들 중 그 어떤 것보다 해골과 가장 흡사한 것 같은데."

"해골이라고!" 르그랑이 내 말을 되풀이했다. "아, 그래, 종이에 그려놓으면 분명 그런 모양 비슷해 보이기도 하겠지. 위에 있는 검은 점 두 개가 눈처럼 보이고, 어? 아래쪽 긴 점은 입 같고 말이지. 거기다 전체 모양은 타원형이고."

"그럴 수도 있겠지만," 내가 말했다. "르그랑, 자네는 화가 자질은 없는 것 같아. 그게 어떻게 생겼는지 이해하려면 직접 볼 때까지 기다리는 수밖에 없겠어."

"글쎄, 모르겠군." 그는 약간 언짢아하며 말했다. "나도 제법 그린다고. 적어도 그릴 줄은 알아. 좋은 선생들한테 배웠고 바보는 아니라고 자부하네."

"이 친구, 농담하고 있군." 내가 말했다. "이건 암만 봐도 해골이지. 생리학 표본에 대한 통속적 의견에 따르면 굉장히 **탁월한 두개골이**라고도 할 수 있을 거야. 자네 풍뎅이가 해골을 닮았다면 분명 세상에서 가장 특이한 풍뎅이가 틀림없어. 이 기회에 흥미진진한 사교邪教를 세울 수도 있겠는걸. 자네는 그 벌레에다 '스카라베우스 카푸트 호미니스scarabœus caput hominis**43**'나 그 비슷한 이름을 붙여주겠지. 왜 박물학에 그런 이름 많잖은가. 그런데 자네가 말한 더듬이는 어디 있지?"

"더듬이라!" 르그랑은 이상할 정도로 점점 더 열을 올리며 말했다. "자네 눈에 안 보일 리가 있나. 원래 벌레에 있는 대로 선명하게 그렸고 그 정도면 충분하다고 생각하는데."

"그래, 그래." 내가 말했다. "그랬겠지. 그래도 내 눈에는 안 보여." 나는 친구의 화를 돋우고 싶지 않아 더 이상 아무 말 없이 종이를 돌려줬다. 하지만 상황의 전개에 상당히 놀란 상태였다. 친구의 언짢은 기분이 당혹스러웠다. 풍뎅이 그림에는 더듬이라고는 눈을 씻고 봐도 없을뿐더러 그 전체가 평범한 해골 모양과 매우 흡사했다.

친구는 몹시 언짢은 기색으로 종이를 받아 들고 난롯불에 던질 기세로 구기려다 그림을 슬쩍 봤고, 그 순간 그의 시선이 갑자기 못 박힌 듯 종이에 고정됐다. 순식간에 얼굴이 시뻘게지더니 다음 순간 핏기 하나 없이 창백해졌다. 그는 한동안 앉은자리에서 그림을 구석구석 면밀히 관찰했다. 마침내 자리에서 일어나더니 탁자에서 양초를 가져와 방 저쪽 구석에 놓인 사물함 위에 앉았다. 여기서 그는 다시 종이를 사방으로 돌려가며 열심히 살펴봤다. 하지만 말은 한마디도 하지 않았고, 그의 행동에 나는 몹시 놀랐다. 하지만 뭐라도 말을 했다가 점점 더해가는 화를 돋우기라도 할까 봐 아무 말도 하지 않는 게 현명하다는 생각이 들었다. 그는 이내 코트 주머니에서 지갑을 꺼내 종이를 조심스레 그 안에 넣은 뒤 책상 서랍 안에 넣고 잠갔다. 태도는 더 차분해졌지만 애초의 열광은 온데간데없이 사라졌다. 하지만 뚱하다기보다는 얼이 빠진 듯한 모습이었다. 밤이 깊어갈수

43   '인간 머리 풍뎅이'라는 의미.

록 그는 점점 더 생각에 깊이 빠져들어 어떤 농담을 던져도 꿈쩍도 하지 않았다. 원래 계획은 흔히 그랬던 것처럼 오두막집에서 하룻밤 자고 갈 생각이었지만 주인의 기분 상태를 보자 떠나는 게 좋겠다 싶었다. 친구도 군이 나를 붙들지 않았지만, 떠나는 내 손을 잡고 유달리 진심을 담아 악수를 건넸다.

이 일이 있고 약 한 달(그동안 르그랑을 만난 적은 없다)이 지난 어느 날 르그랑의 하인 주피터가 찰스턴의 우리 집에 찾아왔다. 이 충실한 늙은 흑인이 그렇게 풀이 죽은 모습을 보는 것은 처음이라 나는 친구에게 무슨 심각한 사태라도 생겼을까 봐 걱정이 되었다.

"주피터, 무슨 일인가? 자네 주인은 잘 지내고?" 내가 말했다.

"솔직히 말해서, 나리, 주인님은 잘 못 지내시는구면요."

"잘 못 지낸다고! 이런 안타까운 일이 있나. 무슨 문제라도 있나?"

"아! 그게 문제구면요! 주인님이 당최 아무 말씀도 하질 않으시 니. 그라믄서 엄청 많이 아프시고."

"많이 아프다고! 주피터, 왜 당장 그렇게 말하지 않았나? 몸져누 운 건가?"

"아니, 그런 것이 아니구요! 당최 뵐 수가 없습니다요. 그냥 발 가 는 데로 돌아댕기셔서. 월 주인님 때문에 맘이 천근만근 무겁구면 요."

"주피터, 무슨 소리를 하는 건지 도무지 모르겠네. 자네 주인이 아 프다고 했잖나. 어디가 아픈지 말을 안 하던가?"

"나리, 화내봤자 소용없구면요. 월 주인님은 뭐가 문젠지 일절 말 씀을 안 하시니. 하지만 그렇다믄 왜 고개는 숙이고 어깨는 세우고 서, 허연 얼굴로 여기저기 살피며 돌아다닌대요? 거기다 허구한 날

암허나 붙들고 있고—"

"뭘 붙들고 있다고, 주피터?"

"암허요, 석판에 숫자들이 쓰여 있는 암허. 듣도 보도 못한 괴상하기 짝이 없는 숫자들이라니까요. 정말이지, 슬슬 겁이 나는구먼요. 주인님이 뭘 하는지 똑바로 지켜보고 있어야지 원. 얼마 전에는 해 뜨기도 전에 슬쩍 나가더니 온종일을 안 들어왔다니까요. 들어오면 흠씬 두들겨 패주려고 커다란 몽둥이를 준비했는데 지가 바보라 결국 그러지도 못했구먼요. 몰골이 어찌나 형편없던지."

"어? 뭐라고? 아, 그래! 그 불쌍한 친구한테 그렇게 심하게 굴지는 말게. 때리지는 마, 주피터. 그런 건 못 버틸 걸세. 그건 그렇고 어쩌다 이런 병이, 아니 행동의 변화가 생겼는지 자네 뭐 짚이는 데가 없나? 내가 다녀간 후 무슨 안 좋은 일이라도 있었나?"

"아뇨, 나리, 그 후로 안 좋은 일은 없었구먼요. 지 생각엔 그 전인 것 같은데요, 나리께서 오신 바로 그날요."

"그게 무슨 소린가?"

"그러니까, 나리, 바로 그 벌레 말입니다요."

"그 뭐?"

"그 벌레요. 그 황금 벌레가 월 주인님 머리 어디를 문 게 확실하구먼요."

"무슨 근거로 그렇게 생각하는 거지, 주피터?"

"발톱만 봐도 충분허지요, 나리, 그리고 그 주둥이도요. 그런 어마어마한 벌레는 진짜로 본 적이 없다니까요. 가까이 오는 건 뭐든 차고 물고 그러더라구요. 월 주인님이 먼저 잡았는데 금세 놓쳤거든요. 그께 물린 게 틀림없습죠, 검 그놈 주둥이 생긴 게 맘에 안 들어서

손가락으로 안 잡고 주운 종이쪼가리로 잡았거든요. 종이로 싸고 주
둥이에 종이쪼가리를 쑤셔 넣었는데, 그게 제대로 한 거구먼요."

"그럼 자넨 자네 주인이 정말로 그 풍뎅이에 물려서 아프다고 생
각한다는 건가?"

"그것 말곤 암것도 없어요, 지가 아는구먼요. 그놈한테 물린 게 아
니라면 왜 황금 벌레 꿈을 그렇게 꾼대요? 그놈의 황금 벌레가 그런
꿈을 꾸게 만든다는데."

"하지만 황금 벌레 꿈을 꾸는지 자네가 어떻게 아나?"

"어떻게 아느냐구요? 자면서 잠꼬대를 막 하시니까, 그래서 아는
거죠."

"음, 주피터, 자네 말이 맞을지도 모르지. 그런데 오늘은 무슨 연유
로 여기까지 왕림해주셨나?"

"뭐라고요, 나리?"

"르그랑에게서 무슨 전갈이라도 가져온 건가?"

"아, 나리, 이걸 가져왔습죠." 주피터는 내게 편지를 건넸고, 그 내
용은 이러했다.

　　___에게

　　어쩌다 자네를 이렇게 오래 못 만났지? 내가 조금 무뚝뚝하게 굴
었다고 바보같이 기분 상하지 않았기를 바라네. 하지만 안 그랬을
거야.

　　자네가 다녀간 후 내겐 큰 걱정거리가 있었네. 자네한테 할 말이
있지만 어떻게 말해야 할지 모르겠어. 아니 말을 해야 하는지 아닌
지도 모르겠네.

지난 며칠 동안은 아주 괴로웠다네. 딱한 주피터가 날 위한답시고 거의 참을 수 없을 지경으로 어찌나 성가시게 하는지. 믿을 수 있겠나? 요 전날은 몰래 집에서 빠져나가 본토 산에서 혼자 하루 종일 돌아다닌 데 대한 체벌을 하겠답시고 커다란 몽둥이를 준비해 놓고 기다리고 있지 뭔가. 정말이지 내 초췌한 얼굴이 아니었다면 매질을 피할 수 없었을 걸세.

지난번 만난 이후로 진열장에 새로 추가된 수집품은 없어.

어떻게든 할 수 있으면 주피터와 함께 와주지 않겠나? 꼭 그래주게. 중요한 일로 오늘 밤 자네를 봤으면 싶네. 정말로 세상에서 가장 중요한 일일세.

자네의 친구
윌리엄 르그랑

편지의 어조에 담긴 뭔가에 몹시 불안한 기분이 들었다. 평소 르그랑의 문체와는 완전히 달랐다. 그는 무슨 꿈을 꾸는 걸까? 흥분 잘하는 그 머리가 또 어떤 새로운 변덕에 사로잡힌 걸까? 어떤 "세상에서 가장 중요한 일"을 처리해야 하는 걸까? 주피터의 설명으로 봐서는 예감이 좋지 않았다. 잇단 불행의 중압감에 마침내 머리가 이상해져버린 게 아닐까 겁이 났다. 그런고로 나는 한순간도 주저하지 않고 흑인 하인을 따라나섰다.

부두에 도착해서 보니 우리가 타려는 배 바닥에 누가 봐도 새것인 낫 하나와 삽 세 자루가 놓여 있었다.

"이건 다 뭔가, 주피터?" 내가 물었다.

"낫이죠, 나리, 삽이라고요."

"그렇고말고. 그런데 이게 왜 여기 있느냐고?"

"뭘 주인님이 시내에서 사 오라고 한 낫이랑 삽입죠. 이 망할 것들 사느라 한 재산 썼구먼요."

"그런데 궁금한 건 말이야, 도대체 자네의 '뭘 주인님'이 이 낫과 삽들로 뭘 하려고 하는 건가?"

"그걸 제가 무슨 수로 알겠습니까요? 지 목숨을 걸고 말씀드리는 데, 주인님도 모를걸요? 어쨌거나 그건 다 그 벌레 때문이구먼요."

지력을 '그 벌레'에 몽땅 흡수당해버린 듯한 주피터에게서 만족스러운 대답이 나오지 않자, 나는 배에 타고 섬으로 향했다. 우리는 순풍을 타고 곧 몰트리 요새 북쪽에 있는 작은 만에 도착했고 거기서 2마일 정도 걸어 오두막에 도착했다. 오후 3시경이었다. 르그랑은 목이 빠져라 우리를 기다리고 있었다. 친구가 내 손을 어찌나 불안하게 꽉 잡는지 나는 깜짝 놀랐고 기존에 품고 있던 의혹은 더 커졌다. 르그랑의 표정은 송장처럼 창백했고 움푹 꺼진 눈에선 이상한 광채가 번득였다. 나는 건강에 대해 몇 가지 질문을 한 다음, 달리 할 말도 없어서 G중위에게 풍뎅이를 돌려받았는지 물었다.

"아, 그럼." 그가 얼굴을 확 붉히며 대답했다. "다음 날 아침에 받았다네. 세상 그 무엇을 준다 해도 그 풍뎅이는 못 내놓지. 주피터 말이 맞았다는 거 알고 있나?"

"뭐가?" 내가 슬픈 예감을 안고 물었다.

"그게 **진짜 황금**으로 된 벌레라고 했던 것 말일세." 이렇게 말하는 친구의 몹시 진지한 태도에 나는 뭐라 할 수 없이 충격을 받았다.

"이 벌레가 한 재산을 가져다줘서 우리 가문 재산을 회복시켜줄 거야." 그는 의기양양하게 미소 지으며 말을 이었다. "그러니 소중히 여기는 게 당연하지 않겠는가? 행운의 여신이 녀석을 내게 하사해주시기로 하셨으니 그저 이 녀석을 제대로 활용하기만 하면 이 지표가 가리키는 황금에 도달하게 될 걸세. 주피터, 그 풍뎅이 가져와!"

"뭐라고요! 그 벌레를요, 주인님? 지는 그 벌레는 안 건드리고 싶구먼요. 직접 가지고 오시지요." 그 말에 르그랑이 위풍당당한 태도로 일어나더니 유리 상자에서 풍뎅이를 꺼내 내 쪽으로 가져왔다. 풍뎅이는 아름다웠고 당시 박물학자들에게 알려지지 않은 종류이니 물론 과학적 관점에서도 대단한 가치가 있는 놈이었다. 등 한쪽 끝에 둥글고 까만 점이 두 개 있었고 반대쪽 끝 근처에 기다란 점이 하나 있었다. 껍데기는 엄청나게 딱딱하고 반질반질했는데, 누가 봐도 번쩍이는 황금 같았다. 무게도 굉장히 무거워서, 이 모든 점들을 다 감안하면 주피터가 그런 생각을 하는 것도 딱히 비난할 수는 없었다. 하지만 르그랑까지 맞장구를 치는 것은 도무지 어떻게 받아들여야 할지 알 수가 없었다.

내가 풍뎅이를 다 살펴보고 나자 르그랑이 과장된 어조로 말했다. "운명의 여신의 계획을 추진해나가는 데 조언과 도움을 얻고자 자네를 오라고 했네. 또 그 벌레의―"

"르그랑, 이 친구야." 나는 그의 말을 끊으며 외쳤다. "자네 확실히 몸이 안 좋아. 좀 조심하는 게 좋겠어. 침대에 가서 누워 있게. 자네가 건강을 회복할 때까지 내 여기 며칠 머물지. 자넨 열도 있고, 또―"

"내 맥을 짚어봐." 그가 말했다.

맥을 짚어봤더니 정말로 열의 징후라고는 조금도 없었다.

"하지만 아프면서도 열이 없을 수 있잖나. 이번 한 번만 내 처방을 들어주게. 우선 기기에 눕게. 그리고―"

"잘못 봤어." 그가 말을 잘랐다. "흥분한 건 맞지만 이 상태에서는 최대한으로 멀쩡해. 정말로 내 건강을 바란다면 이 흥분을 좀 가라앉혀주게."

"어떻게 하면 되나?"

"매우 쉬워. 주피터와 내가 본토 산으로 탐험을 갈 텐데, 이 탐험에는 믿을 수 있는 사람의 도움이 필요하네. 우리가 믿을 수 있는 사람은 자네가 유일해. 성공하든 실패하든 지금 이 흥분은 똑같이 가라앉을 걸세."

"기꺼이 도와주고 싶네." 내가 대답했다. "그런데 이 끔찍한 풍뎅이가 자네의 탐험과 관련이 있다는 건가?"

"그렇네."

"그렇다면 르그랑, 그런 얼토당토않은 일은 같이 할 수 없네."

"유감스럽군, 정말 유감이야. 그럼 우리끼리 해보는 수밖에 없겠군."

"자네들끼리 해본다고! 이 친구 완전히 미쳤군! 그런데 잠깐만! 얼마나 있다 올 건가?"

"아마 밤새 걸릴 거야. 당장 출발할 거니까, 어쨌거나 동틀 녘까진 돌아올 걸세."

"그럼 자네 명예를 걸고 약속해주게. 그 기행이 끝나고 그 벌레 일(하느님 맙소사!)이 흡족하게 마무리되면 집에 와서 자네 주치의인 내 충고를 무조건 따르겠다고!"

"그래, 내 약속하지. 그럼 이제 가세. 지체할 시간이 없어."

나는 무거운 마음으로 친구를 따라나섰다. 르그랑과 주피터, 애완견, 그리고 나는 4시에 집에서 출발했다. 주피터가 낫과 삽들을 들었다. 그는 몽땅 다 자기가 들겠다고 고집했는데, 내가 보기에는 성실함이나 공손함이 넘쳐나서라기보다 주인 손에 도구를 하나라도 맡기는 게 불안해서인 것 같았다. 그는 극도로 완강한 태도를 견지했고 가는 내내 "그 빌어먹을 벌레"라는 말 외에는 어떤 말도 하지 않았다. 나는 각등 두 개를 들었고, 르그랑은 풍뎅이만 들고 갔는데 벌레를 채찍 끝에 묶어서 마치 마법사라도 된 듯이 앞뒤로 흔들면서 걸어갔다. 친구가 제정신이 아님을 보여주는 이 최후의 명명백백한 증거에 나는 눈물을 참을 수가 없었다. 그래도 적어도 지금은, 아니면 성공 가능성이 있는 더 강력한 조처를 취할 수 있기 전까지는 친구의 망상에 맞장구를 쳐주는 게 최선이라고 생각했다. 그사이에 이 탐험의 목적을 떠보려고 해봤지만 헛수고였다. 날 끌어들여 함께 가는 데 성공한 이후로 그는 시답잖은 대화는 뭐든 마땅치 않아 하는 기색이었고, 무슨 질문을 하든 하나같이 "곧 알게 될 거야!"라고 대답할 뿐이었다.

우리는 소형 보트로 섬 앞쪽의 샛강을 건너 본토의 해안 고지대로 올라간 다음 사람의 발자취라고는 없는 황량하고 쓸쓸한 벌판을 지나 북서쪽으로 나아갔다. 르그랑은 전에 왔을 때 자기가 표시해둔 듯한 지표들을 확인하려고 여기저기 잠깐씩 멈춰 서는 것 외에는 과감하게 앞장서서 갔다.

이런 식으로 두 시간 정도 가서 태양이 막 지고 있을 때, 이제껏 본 적 없는 지독하게 황량한 지대에 들어섰다. 산꼭대기 근처에 자리한 일종의 고원 같은 곳이었는데, 아래에서 산봉-우리까지 숲이 빽빽하게 우거져 있는 데다가 나무들이 아래에서 지탱해주고 있지만 않다면 당장에라도 저 아래 계곡으로 굴러떨어질 것처럼 느슨하게 땅에 박힌 커다란 바윗덩어리들이 곳곳에 즐비해서 거의 범접하기 힘든 곳이었다. 사방에 자리한 깊은 계곡이 그 광경에 더 엄숙하게 장엄한 분위기를 더하고 있었다.

우리가 힘들게 올라간 고원은 가시나무 덤불이 빽빽하게 우거져 있었다. 그 사이를 헤치고 가 보니 곧 낫 없이는 뚫고 가는 게 불가능하다는 것을 깨달았다. 주피터가 주인의 지시에 따라 어마어마하게 큰 튤립나무 아래까지 길을 내며 나아갔다. 그 튤립나무는 여덟 내지 열 그루 정도 되는 떡갈나무와 함께 평원에 서 있었는데, 무성한 잎사귀와 아름다운 형태, 넓게 뻗은 가지, 웅장한 모습이 옆의 떡갈나무들뿐만 아니라 이제껏 내가 보아온 어떤 나무들과도 비교가 되지 않을 정도로 빼어났다. 나무에 도달하자 르그랑이 주피터를 돌아보더니 나무에 올라갈 수 있겠느냐고 물었다. 늙수그레한 하인은 그 질문을 받고 잠시 주저하며 아무 대답도 하지 않았다. 마침내 그는 거대한 나무둥치로 다가가 그 둘레를 천천히 돌면서 면밀히 관찰했다. 관찰을 마치자 그저 이렇게 말했다.

"예, 주인님, 주피터는 어떤 나무라도 다 올라갈 수 있습죠."

"그럼 최대한 빨리 올라가. 곧 너무 어두워져서 우리가 찾는 걸 못 볼 수도 있으니까."

"얼마나 높이요, 주인님?" 주피터가 물었다.

"먼저 줄기를 타고 올라가. 그러고 나면 어느 쪽으로 가야 하는지 알려줄 테니. 그리고 여기, 잠깐만! 이 풍뎅이를 가지고 가."

"그 벌레를, 윌 주인님! 황금 벌레를!" 흑인이 고함을 질렀다. "가지고 올라가라구요? 아뇨, 절대로 그렇게는 못 하는구면요!"

"주피터, 자네처럼 덩치 큰 흑인이 작고 무해한 죽은 풍뎅이를 잡는 게 무섭다니, 그럼 이 끈을 잡고 가. 하지만 어떻게든 이걸 가지고 가지 않겠다면 자네 머리를 이 삽으로 깨버릴 수밖에 없을 거야."

"왜 이러세요, 주인님?" 주피터는 창피함을 못 이겨 순종할 태세로 돌아섰다. "왜 노상 이 늙은이를 못 잡아먹어 난리래요. 그냥 재미로 한 소리구먼요. 제가 그 벌레를 무서워하다뇨! 그게 뭐라고?" 그러더니 끈 맨 끝부분을 조심스레 잡고 최대한 몸에서 멀찍이 떨어뜨린 채 나무에 오를 준비를 하기 시작했다.

미국 수종 중 가장 장대한 나무인 튤립나무, 즉 리리오덴드론 튤리피페룸은 어릴 때는 줄기가 매끈하고 종종 옆가지도 없이 쭉쭉 뻗으며 자라지만, 고령이 되면 나무껍질에 마디가 지고 울퉁불퉁해지며 짧은 가지들이 옆으로 수두룩하게 자라난다. 그래서 지금 경우 나무에 오르기 어려운 것은 실제로 그렇다기보다는 겉보기 탓이 더 컸다. 주피터는 팔과 무릎으로 거대한 나무둥치를 최대한 꽉 끌어안은 다음 손으로는 튀어나온 부분을 잡고 발가락으로는 돌출된 부분을 디디며 첫 번째 분기점까지 올라갔고, 이제 큰일은 다한 거나 다름없다고 생각하는 것 같았다. 땅에서 60 내지 70피트 정도밖에 안 올라갔지만 실제로 위험한 일은 다 끝난 셈이었다.

"이제 어느 쪽으로 갈까요, 주인님?" 그가 물었다.

"제일 큰 가지로 계속 가. 이쪽에 있는 가지." 르그랑이 말했다. 주피터는 별 어려움 없이 즉시 그 말에 따라 점점 더 높이 올라갔고, 마침내 쪼그리고 앉은 그의 모습은 무성한 나뭇잎에 가려 사라졌다. 곧 주피터의 고함 소리가 들려왔다.

"얼마나 더 올라가야 혀요?"

"어디까지 올라갔나?" 르그랑이 물었다.

"아주 높이요." 흑인이 대답했다. "나무 꼭대기 너머로 하늘이 보이는구먼요."

"하늘에는 신경 끄고 내 말이나 들어. 나무줄기를 내려다보면서 이쪽 편으로 자네 아래에 있는 가지들의 숫자를 세어봐. 나뭇가지를 몇 개나 지나 올라갔나?"

"하나, 둘, 셋, 넷, 다섯. 이쪽 편으로 큰 거 다섯 개 지나왔는데요, 주인님."

"그럼 하나 더 올라가."

몇 분 후 일곱 번째 가지까지 올라왔다고 알리는 목소리가 다시 들려왔다.

"자, 주피터." 르그랑이 흥분을 감추지 못하며 외쳤다. "그 가지 바깥쪽으로 갈 수 있는 데까지 최대한 가봐. 뭐든 이상한 게 보이면 알려주고."

이때쯤에는 나는 가엾은 친구가 미친 게 아닐지도 모른다는 일말의 기대마저 마침내 다 놓아버렸다. 완전히 미쳐버렸다고 결론 내리는 수밖에 없었다. 이 친구를 어떻게 집에 데리고 돌아갈지 진심으로 걱정이 되기 시작했다. 어떻게 하는 게 가장 좋을지 고민하고 있는데 주피터의 목소리가 또 들려왔다.

"이 가지를 타고는 무서워서 멀리까지 못 가겠구먼요, 거진 다 죽은 가지라."

"죽은 가지라고 했나, 주피터?" 르그랑이 떨리는 목소리로 말했다.

"예, 주인님, 죽은 걸로 치면 대갈못이나 진배없어요. 완전히 죽었다니까요. 이승 것이 아니구먼요."

"그럼 어쩌지?" 르그랑이 어쩔 줄 모르는 기색으로 물었다.

"뭘 해야 하느냐고!" 끼어들 틈이 생긴 걸 기뻐하며 내가 말했다. "집에 가서 누워 있어야지. 지금 가세! 그래야 좋은 친구지. 시간이 늦었어. 자네가 한 약속 기억하지?"

"주피터." 그는 내 말은 귓등으로 넘기고 외쳤다. "내 말 들리나?"

"예, 주인님, 아주 잘 들리는구먼요."

"칼로 나무를 한번 잘라봐. 심하게 썩었는지 한번 보라고."

"썩었어요, 주인님, 건 확실해요." 하인이 몇 분 후 대답했다. "헌데 생각보다 많이는 아니구먼요. 혼자서는 조금은 가볼 수 있을 것 같은데."

"혼자서라니! 그게 무슨 소린가?"

"뭐긴요, 벌레 이야기지. 이 오지게 무거운 벌레 말여요. 이걸 내려놓으면 이 한 몸 무게 때문에 저 나뭇가지가 동강 날 일은 없을 것 같구먼요."

"이런 나쁜 놈이 있나!" 르그랑이 한시름 놓은 표정으로 외쳤다. "그런 말도 안 되는 소리는 왜 하나? 어디 그 벌레를 떨어뜨리기만 해봐, 당장 목을 분질러놓을 테니. 여기 봐, 주피터, 내 말 들리나?"

"예, 주인님, 이 불쌍한 검둥이헌테 그렇게 소리 지르실 필요는 없는데."

"자, 잘 들어! 위험하지 않은 선에서 최대한 멀리까지 가. 벌레 버리지 말고. 내려오면 은화 1달러를 선물로 주지."

"갑니다요, 주인님, 가고 있어요." 대답이 재깍 나왔다. "거의 끝까지 왔습니다요."

"끝이라고!" 르그랑이 소리를 꽥 질렀다. "그 나뭇가지 끝에 가 있다고?"

"이제 곧요, 주인님. 으아아악! 식겁이야! 나무 위에 뭐 이런 게 있담?"

"자!" 르그랑이 좋아서 어쩔 줄 모르며 외쳤다. "뭐가 있는데?"

"아무리 봐도 해골인데. 누가 나무 위에다 머리를 뒀는데 살점은 까마귀들이 다 뜯어먹었구먼요."

"해골이랬지! 좋아, 그게 가지에 어떻게 붙어 있나? 어떻게 고정되어 있지?"

"예, 예, 주인님, 봐야지요. 이거 상황이 엄청스럽게 신기한데, 해골에 대못이 박혀 있고 그걸로 나무에 고정되어 있구먼요."

"자, 그럼 주피터, 내가 말하는 그대로 따라해. 듣고 있나?"

"예, 주인님."

"자, 똑똑히 들어! 해골 왼쪽 눈을 찾아."

"험! 아, 됐다! 이런, 남아 있는 눈이 하나도 없는데요?"

"이런 바보! 왼손 오른손은 구분할 줄 아나?"

"아, 그건 알죠. 잘 알다마다요. 장작 패는 손이 왼손이잖아요."

"그렇지! 자네는 왼손잡이니까. 왼쪽 눈은 왼손과 같은 쪽에 있는 거야. 이제 해골 왼쪽 눈을 찾을 수 있겠지? 아니면 왼쪽 눈이 있었던 자리를. 찾았나?"

긴 침묵이 이어졌다. 마침내 하인이 물었다.

"해골 왼쪽 눈이니까 해골 왼손과 같은 쪽에 있는 거겠죠? 해골에 손이 하나도 없어서. 아, 됐구먼! 지금 찾았구먼요. 이게 왼쪽 눈이네! 이제 뭘 할까요?"

"풍뎅이를 그 안으로 넣어. 끈 길이 최대한. 그래도 조심해. 끈 놓치지 말고."

"다 했구먼요, 주인님. 구멍 안으로 벌레를 넣는 거야 식은 죽 먹기죠. 거기 아래서 벌레 한번 찾아보세요!"

이 대화가 오가는 동안 주피터의 모습은 전혀 보이지 않았다. 하지만 주피터가 내려 보낸 풍뎅이는 끈 끝에 매달린 채 모습을 드러냈다. 우리가 선 언덕에 아직 희미한 빛을 던지고 있는 저물어가는 마지막 태양빛을 받아 벌레가 황금 공처럼 찬란하게 빛났다. 풍뎅이는 나뭇가지들과 거리를 두고 매달려 있었는데, 떨어뜨렸다면 바로 우리 발아래 떨어졌을 것이다. 르그랑은 즉시 낫을 들고 벌레 바로 아래 지름 3~4야드 정도의 땅을 싹 정리했고 작업을 끝내자 주피터에게 끈을 놓고 나무에서 내려오라고 했다.

친구는 풍뎅이가 떨어진 정확한 지점에 딱 맞춰 말뚝을 박고 주머니에서 줄자를 꺼냈다. 줄자 한쪽 끝을 말뚝에서 가장 가까운 나무줄기에 붙이고 말뚝까지 줄자를 펼치더니, 나무와 말뚝 두 지점에 의해 이미 결정된 방향을 따라 거기서부터 줄자를 50피트 더 펼쳤다. 주피터는 낫으로 덤불들을 정리했다. 그렇게 해서 도달한 지점에 두 번째 말뚝을 박고 그걸 중심으로 둘레에 지름이 약 4피트 정도 되는 원을 대충 그렸다. 그러더니 본인이 삽을 하나 들고 하나는 주피터, 하나는 내게 건네더니 최대한 빨리 땅을 파라고 간청했다.

솔직히 난 어떤 때건 이런 놀이에는 그다지 취미가 없을뿐더러 특히 그때는 정말이지 사양하고 싶었다. 밤은 오고 있지, 이미 한 운동만으로도 피곤해 죽을 지경이었다. 하지만 피할 도리가 없는 데다, 거절하면 가엾은 친구의 평정심이 무너질까 두려웠다. 사실 주피터가 도와주기만 한다면 주저 없이 그 미치광이를 강제로 집으로 끌고 갔겠지만, 주인과 내가 부딪히는 상황에서 그 늙은 하인이 ¹

를 도와줄 거라고 기대하기에는 그 성격을 너무 잘 알았다. 나는 친구가 숨겨진 보물에 대한 남부의 수많은 미신에 물들어 있다고 확신했다. 그 상상이 풍뎅이를 발견하고 주피터가 그게 "진짜 황금으로 된 벌레"라고 끈덕지게 주장하는 바람에 확신으로 변한 것이다. 광기에 전염되기 쉬운 정신은 그런 암시에, 특히 그런 암시가 자기 머릿속에 이미 있던 즐거운 상상과 맞아떨어질 경우에는 쉽게 넘어간다. 그러자 이 가엾은 친구가 이 풍뎅이가 "행운의 지표"라고 말했던 게 생각났다. 이 모든 게 안타깝게 짜증나고 당황스러웠지만 결국 필요에 응하기로 했다. 너그럽게 땅을 파줘서 시각적 증거를 통해 자신의 망상의 오류를 조금이라도 더 빨리 깨닫게 해줘야겠다 싶었다.

우리는 각등을 밝혀놓고 더 이성적 대의에 바쳐야 마땅할 열정을 쏟아가며 작업에 매달렸다. 우리와 삽을 비추는 불빛을 보고 있노라니 우리 일행이 얼마나 눈에 띄는지, 혹여 누가 우연히 이 근처에 발을 들였다가 우리가 하고 있는 일을 본다면 얼마나 기이하고 의심스러워 보일지를 생각하지 않을 수가 없었다.

우리는 두 시간 동안 성실하게 땅을 팠다. 말도 거의 하지 않았다. 가장 곤혹스러운 것은 르그랑의 개가 우리 일에 지나치게 관심을 보이며 컹컹 짖어대는 것이었다. 결국 이 녀석이 너무 날뛰어대는 통에 혹시 근처에 돌아다니는 사람이 소리를 들을까 봐 걱정되기 시작했다. 아니 사실 그것은 르그랑의 걱정일 뿐이었다. 내 입장에서야 이 방랑자를 집에 데려가게만 해준다면 어떤 방해도 환영했을 것이다. 결국 소음은 주피터가 아주 효과적으로 잠재웠다. 파고 있던 구멍에서 신중하고 단호한 태도로 나온 주피터가 멜빵 하나를 풀어 개의 주둥이를 묶은 다음 소리 죽여 킬킬 웃으며 다시 하던 일로 돌아갔던 것이다.

두 시간이 지났을 때 구덩이 깊이는 5피트까지 내려갔지만 보물이 나타날 기미라고는 전혀 보이지 않았다. 침묵이 이어졌고 나는 이 어처구니없는 짓이 곧 끝나리라는 희망에 부풀었다. 하지만 르그랑은 당황한 기색이 완연한 와중에도 생각에 잠긴 채 이마의 땀을 닦더니 다시 일을 시작했다. 우리는 지름 4피트짜리 구덩이를 다 판 다음 조금 더 경계를 넓혀 2피트를 추가로 팠다. 그래도 어떤 일도 벌어지지 않았다. 마침내 딱하기 그지없는 보물사냥꾼이 쓰라린 실망감이 완연한 표정으로 구덩이에서 기어 올라오더니 작업하느라 벗어 던져놓았던 코트를 마지못해 느릿느릿 입기 시작했다. 그동안 나는 아무런 말도 하지 않았다. 주피터는 주인이 손짓하자 도구를 챙긴 다음 개의 주둥이를 풀어줬다. 우리는 무거운 침묵 속에서 집을 향해 출발했다.

그 방향으로 열두 걸음이나 걸었을까, 갑자기 르그랑이 고래고래 욕설을 퍼부으며 주피터에게 성큼 걸어가더니 멱살을 턱 잡았다. 깜짝 놀란 하인은 눈을 동그랗게 뜨고 입을 쩍 벌린 채 삽을 떨어뜨리고 무릎을 꿇었다.

"이 나쁜 놈!" 르그랑이 이를 악물고 한 음절 한 음절을 내뱉듯이 말했다. "이 악마 같은 악당 같으니! 말해봐! 발뺌하려 들지 말고 당장 대답해! 네 왼쪽 눈이 어디야?"

"아이고, 주인님! 이쪽이 당연히 왼쪽 눈이잖아요?" 겁에 질린 주피터는 손을 오른쪽 눈 위에 갖다 대고는 마치 주인이 당장 눈알을 뽑기라도 할까 봐 겁에 질린 것처럼 필사적으로 눈을 가렸다.

"네 그럴 줄 알았어! 그럴 줄 알았다고! 아호!" 르그랑은 주피터의 멱살을 놓고 소리를 냅다 지르며 펄쩍 뛰고 빙빙 돌았고, 깜짝 놀란 하인은 자리에서 일어나 말없이 주인을 봤다가 나를 봤다가 다시 또 주인을 쳐다보기만 했다.

"이리 와! 돌아가야 해." 르그랑이 말했다. "게임은 아직 안 끝났다고." 그는 다시 앞장서서 튤립나무로 걸어갔다.

"주피터." 나무 아래 도착하자 그가 말했다. "이리 와! 해골이 얼굴을 바깥쪽으로 한 채 못 박혀 있었나, 아니면 얼굴이 나뭇가지 쪽을 향하고 있었나?"

"얼굴이 바깥쪽을 향하고 있었구면요, 주인님. 그러니 까마귀들이 눈을 홀라당 파먹었지요."

"자, 그럼 자네가 풍뎅이를 떨어뜨린 눈이 이쪽인가 저쪽인가?" 르그랑이 주피터의 양쪽 눈을 건드리며 물었다.

"이쪽입죠, 주인님. 왼쪽 눈이요. 주인님 말씀하신 대로요." 그러면서 주피터는 오른쪽 눈을 가리켰다.

"그거면 됐어. 다시 시작해야겠군."

이제 내 눈에는 친구의 광기 속에 자리한 어떤 질서정연한 체계의 징조가 보였다, 아니 보이는 것 같았다. 르그랑은 풍뎅이가 떨어진 자리를 표시해둔 말뚝을 빼서 원래 위치보다 서쪽으로 3인치 정도 떨어진 지점으로 옮겼다. 그리고 전처럼 가장 가까운 나무에서 말뚝까지 줄자를 펼치고 거기서 일직선으로 50피트를 더 펴자, 우리가 파던 곳에서 몇 야드 떨어진 지점에 새로운 위치가 표시되었다.

우리는 새 위치를 중심으로 이전 것보다 좀 더 큰 원을 그린 다음 다시 삽을 들고 작업에 돌입했다. 죽을 듯이 피곤했지만, 무엇 때문에 마음이 바뀐 건지 잘 이해도 안 됐지만, 더 이상 이 노동이 지긋지긋하게 싫지 않았다. 도무지 설명할 길 없는 흥미가, 아니 심지어 흥분이 느껴졌다. 르그랑의 터무니없는 행동 속에 자리한 뭔가가, 미리 생각하고 신중하게 고려한 듯한 어떤 분위기가 나를 압도하는 것 같았다. 나는 열심히 땅을 팠고, 이따금 정신을 차려 보면 내 불쌍한 친구를 미치게 만들었던 환상의 보물을 어느덧 나도 기대 비슷한 걸 품고 진짜로 찾고 있었다. 그런 말도 안 되는 생각에 사로잡혀서 한 시간 반 정도 땅을 팠을 때, 또다시 개가 격하게 울부짖으며 우리 일을 방해했다. 아까의 불안한 기색은 분명 장난이나 변덕 때문이었는데, 이번에는 격렬하고 심각한 어조의 울음소리였다. 주피터가 다시 주둥이를 묶으려 하자 녀석은 맹렬히 저항하다 구덩이로 뛰어 들어가더니 발톱으로 미친 듯이 흙을 파헤쳤다. 몇 초 후 완전한 골격 두 개 분량의 인골 덩어리가 몇 개의 금속 단추, 썩어 부스러진 모직 가루 같은 것들과 뒤섞인 채 모습을 드러냈다. 삽으로 한두 번 더 파자 커다란 스페인 칼의 칼날이 나왔고 더 파고 들어가자 금화와 은화 서너 개가 나타났다.

이걸 보고 주피터는 기쁨을 감추지 못했지만, 그 주인의 얼굴에는 극도로 실망한 기색이 완연했다. 하지만 그는 계속 더 파보자고 재촉했고, 그 말이 나오기 무섭게 나는 땅속에 반쯤 묻혀 있던 커다란 쇠고리에 발이 걸려 앞으로 고꾸라졌다.

이제 우리는 본격적으로 작업에 돌입했다. 내 인생에서 가장 가슴 터질 듯이 흥분된 10분이었다. 그사이 우리는 직사각형 나무 상자 하나를 파냈는데, 완벽한 보존 상태와 뛰어난 강도로 볼 때 아마도 염화 제2수은 같은 걸로 광물화 처리를 한 게 분명했다. 상자는 길이가 3피트 반, 폭이 3피트, 깊이는 2피트 반이었고, 대갑무요로 고정시킨 단철 테가 상자 전체를 둘러싸고 일종의 격자무늬를 이루고 있었다. 상자 옆면 윗부분에는 쇠고리가 세 개씩, 총 여섯 개가 달려 있어서 여섯 사람이 안정되게 들 수 있도록 되어 있었다. 하지만 셋이서는 안간힘을 써봐도 궤짝은 바닥에서 조금 들썩일 뿐이었다. 그런 엄청난 무게를 옮긴다는 것은 불가능했다. 다행히 뚜껑에 잠금장치라고는 빗장 두 개밖에 없었다. 우리는 떨리고 긴장된 마음으로 그 빗장을 풀었다. 다음 순간 셀 수조차 없는 어마어마한 보물이 눈앞에 번쩍이는 자태를 드러냈다. 구덩이 안에 각등 불빛이 흘러들자 어지러이 쌓인 황금과 보석 더미에서 쏟아져 나오는 휘황찬란한 빛에 눈이 멀 지경이었다.

그걸 보는 심정이 어땠는지는 감히 묘사할 수도 없다. 물론 놀라움이 가장 컸다. 르그랑은 너무 흥분해서 기진맥진했는지 거의 말도 하지 않았다. 잠시 동안 주피터의 얼굴은 흑인의 안색이 창백해질 수 있는 최대치로 창백해졌다. 심한 충격으로 망연자실한 기색이었다. 그는 이내 구덩이 안에 털썩 무릎을 꿇고 앉더니 호화로운 목욕이라도 즐기듯이 황금 더미 안에 팔을 깊숙이 묻고 꼼짝도 하지 않았다. 그러더니 마침내 깊은 한숨을 내쉬고 독백이라도 하듯 소리쳤다.

"이게 다 그 황금 벌레 덕분이구먼! 아이고 예쁜 것! 불쌍하기도 하지, 그렇게 징하게 욕을 퍼부어댔으니! 부끄러운 줄 알아, 이 검둥아! 어디 대답해보라고!"

결국 내가 혼이 나가 있는 주인과 하인을 보물을 옮겨야 한다며 일깨우는 수밖에 없었다. 밤이 깊어가고 있어서 해 뜨기 전에 보물을 다 챙기려면 전력을 다해야 했다. 무엇을 해야 할지 알 수가 없어서 생각을 정리하는 데만도 한참 걸렸다. 모든 게 혼란스러웠다. 상자 안 보물을 3분의 2 정도 덜어내 무게를 줄인 후에야 마침내 상자를 구덩이에서 가까스로 들어냈다. 꺼낸 보물들은 덤불들 사이에 두고 개를 남겨두어 지키게 했다. 개에게는 우리가 돌아올 때까지 어떤 일이 있어도 자리를 떠나지도 말고 짖지도 말라고 주피터가 엄명을 내렸다. 그런 다음 상자를 들고 서둘러 집으로 향했고, 죽어라 고생한 끝에 새벽 1시에야 무사히 오두막집에 도착했다. 어찌나 녹초가 되었는지 당장 뭔가를 더 한다는 것은 인간의 한계를 넘어선 일이었다. 우리는 2시까지 휴식을 취하고 저녁을 먹은 다음 다행히 집에 있던 튼튼한 자루 세 개를 챙겨 즉시 산으로 다시 향했다. 4시가 조금 못 되어 구덩이에 도착한 우리는 나머지 전리품을 최대한 똑같이 나눠 담고 구덩이는 그대로 둔 채 다시 오두막으로 출발했다. 첫 새벽 햇살이 동쪽의 나무들 위에서 희미하게 비칠 때 두 번째 보물 짐을 부렸다.

이제 다들 완전히 탈진했지만 너무 흥분한 나머지 잠도 오지 않았다. 서너 시간 정도 얕은 잠을 청한 후 다들 약속이라도 한 듯이 일어나 보물을 살펴봤다.

상자에는 보물이 터질 듯이 가득해서 그 내용물을 꼼꼼히 확인하는 데만도 하루 밤낮이 거의 꼬박 걸렸다. 순서나 체계 같은 것도 없었다. 모든 것이 뒤죽박죽 쌓여 있었다. 꼼꼼하게 분류해보니 처음 추정했던 것보다 더 어마어마한 보물이었다. 시대별 분류표를 보며 최대한 정확하게 가치를 환산해보니 주화만도 45만 달러가 넘었다. 은화는 하나도 없었다. 모두 엄청나게 다양한 종류의 옛날 금화들이었다. 프랑스, 스페인, 독일 금화 들에다 영국 기니 주화기 그고,

생전 처음 보는 경화들도 약간 있었다. 굉장히 크고 무거운 동전들도 몇 개 있었는데 너무 닳아서 명각을 알아볼 수가 없었다. 미국 돈은 없었다. 보석의 가치는 더욱 계산하기 힘들었다. 작은 건 하나도 없는 데다 엄청나게 크고 근사한 것도 몇 개 포함한 다이아몬드가 110개, 눈부시게 반짝이는 루비가 18개, 사파이어가 21개, 오팔이 1개 있었다. 다 장신구에서 떼서 상자 안에 던져 넣은 보석들이었다. 그 장신구들도 황금과 뒤섞여 있었는데 골라놓고 보니 원래 모습을 알아보지 못하게 하려는 것처럼 망치로 두들겨서 편 것 같았다. 거기다가 순금 장식품들도 어마어마하게 많았다. 묵직한 반지와 귀고리가 거의 200개, 화려한 목걸이 30개, 아주 크고 무거운 십자가 83개, 고가의 황금 향로 5개, 마구 뒤얽힌 포도 덩굴과 주신 숭배자들이 새겨진 거대한 황금 사발, 정교한 돈을새김 장식이 있는 칼자루 2개, 그 외에 기억도 안 나는 자잘한 물건들이 수두룩했다. 이 귀중품들의 무게만 해도 350파운드가 넘었다. 근사한 황금 시계 197개는 제외하고도 말이다. 그 시계들 중 세 개는 가치가 족히 500달러는 되어 보였다. 다수는 너무 낡아서 시계로서는 쓸모가 없고 이래저래 부식되어 있었지만 다들 보석으로 화려하게 장식되어 있고 값비싸 보이는 케이스에 들어 있었다. 그날 밤 우리는 상자 속 보물 전체의 가치를 150만 달러로 추정했지만, 나중에 (우리가 하려고 둔 몇 개는 빼고) 자질구레한 장신구와 보석까지 처분하고 보니 한참 과소평가한 것이었다.

드디어 보석 검사를 다 마치고 미친 듯한 흥분도 어느 정도 가라앉고 나자, 이 놀라운 수수께끼의 풀이가 궁금해 있는 대로 조바심이 나 있는 내게 르그랑이 상황을 자세히 설명해주었다.

"내가 자네한테 풍뎅이를 대충 그려서 줬던 날 기억나지? 내 그림이 해골 같다고 한 자네 말에 내가 상당히 불쾌해했던 것도 기억할거야. 처음 자네 말을 들었을 때는 농담을 한다고 생각했지. 하지만 벌레 등짝에 있던 특이한 점들을 떠올리자 자네 말도 사실 약간은 일리가 있다 싶었어. 그래도 내 그림 실력을 조롱하는 것은 불쾌했다네. 그림을 잘 그린다는 말을 듣고 살았으니까. 그래서 자네한테 그 양피지 조각을 받았을 때 그냥 구겨서 불 속에 내팽개치려고 했어."

"종잇조각 말이지?" 내가 말했다.

"아냐. 꼭 종이처럼 생기긴 했어, 처음에는 나도 종이인 줄 알았으니까. 하지만 그림을 그리는 순간 바로 굉장히 얇은 양피지 조각이라는 걸 알았네. 기억하겠지만 굉장히 지저분한 양피지였지. 하여간 그걸 막 구기려는 순간 자네가 보고 있던 그림이 휙 눈에 들어온 걸세. 풍뎅이를 그렸다고 생각한 바로 그 자리에 진짜 해골이 있는 걸 보고 내가 얼마나 놀랐는지 아나? 잠깐 동안은 너무 기함해서 아무 생각도 나지 않더군. 전체적인 윤곽은 비슷할지 몰라도 내 그림은 세부 면에서 그것과는 많이 달랐거든. 당장 촛불을 들고 방 저쪽 구석에 앉아 양피지를 면밀히 살피기 시작했지. 뒤집어 보니까 내가 그린 그림은 뒷면에 고스란히 있더라고. 처음에는 윤곽선이 기가 막히게 비슷하다는 게 그저 놀라웠어. 전혀 몰랐지만 내가 그린 풍뎅이 바로 뒷면에 해골 그림이 있었는데, 이 해골이 기막힌 우연의 일치로 윤곽선뿐만 아니라 크기까지도 내 그림과 거의 똑같았던 거야. 그 기막힌 우연에 나는 한동안 완전히 망연자실해 있었네. 그런 우연에 대한 흔한 반응이지. 인과관계 같은 관련성을 찾아보려고 애쓰만 정신이 좀 돌아오고 나니까 우연의 일치보다 훨씬 더 기함할 확신이 서서히 들기 시작하더라고. 내가 풍뎅이 그림을 그릴 때는 양피지 위에 어떤 그림도 없었다는 게 확실히, 똑똑히 기억나기 시작했거든. 완전히 확신이 들었지, 깨끗한 부분을 찾아서 이쪽저쪽을 뒤집어 봤던 게 생각났으니까. 그때 해골 그림이 거기 있었으면 못 봤을 리가 없어. 그게 정말 도무지 설명할 길 없는 수수께끼였지. 하지만 심지어 그때조차도 내 머리 저 깊숙한 비밀의 방 안에서는 진실이 반딧불처럼 희미한 빛을 반짝였던 것 같네. 어젯밤의 모험이 장대하게 증명해준 그 진실 말일세. 나는 당장 일어나 양피지를 안전하게 넣어둔 다음 혼자 있을 때까지는 더 이상 아무 생각도 하지 않기로 했어.

자네가 가고 주피터가 깊이 잠들고 나자 이 일을 좀 더 조직적으로 검토해보기 시작했네. 우선 그 양피지가 내 손에 들어온 경로를 생각해봤어. 우리가 풍뎅이를 발견한 장소는 섬에서 동쪽으로 1마일 정도 떨어진 본토 해안이었네. 만조 수위선에서 조금 더 올라온 곳이었어. 그때 풍뎅이를 잡는 순간 놈이 나를 꽉 무는 바람에 엉겁결에 떨어뜨렸거든. 주피터는 자기 쪽으로 날아온 벌레를 잡기 전에 평소의 조심성을 발휘해 벌레를 잡는 데 쓸 잎사귀나 그 비슷한 것을 찾으려고 주위를 둘러보았고. 바로 그 순간 주피터와 내가 동시에 그 양피지 조각을 발견한 거야, 그때는 종이라고 생각했지만. 모래에 반쯤 파묻힌 채 한쪽 모서리가 나와 있었지. 양피지를 발견한 곳 근처에는 배의 대형 보트처럼 보이는 선체의 잔해가 있었고. 아주 오랫동안 거기 있었던 것처럼 보이더군. 배의 늑재 형태를 거의 찾아보기 힘들었거든.

주피터가 양피지를 집어 풍뎅이를 싸서 내게 줬네. 그 직후에 집으로 출발했고 오는 길에 G중위를 만났지. 벌레를 보여줬더니 요새로 가져가게 해달라고 간청을 하더라고. 그러라고 하자, 싸고 있던 양피지는 두고 벌레만 냉큼 조끼 주머니에 집어넣더군. G중위가 벌레를 살펴보는 동안 양피지는 내가 계속 들고 있었거든. 아마 내가 마음을 바꿀까 봐 두려워서 물건을 당장 확보하는 게 최고라고 생각했던 것 같아. 중위가 박물학에 얼마나 열광하는지 잘 알지? 동시에 나는 무의식적으로 양피지를 내 주머니에 넣었고.

기억하지? 풍뎅이 그림을 그리려고 내가 탁자로 갔을 때 평소 종이를 두던 곳에 종이가 하나도 없었던 거. 서랍 안을 찾아봤지만 거기도 없었지. 예전 편지라도 있나 싶어서 주머니를 뒤졌더니 그 양피지가 손에 잡힌 거야. 정확히 그렇게 해서 그게 내 손에 들어오게 된 걸세. 대단히 인상적인 정황이지.

자넨 분명 내 공상이라고 하겠지만, 난 이미 일종의 연관성을 파악했네. 두 개의 큰 고리를 연결했거든. 해변에 보트가 있었고 거기서 멀지 않은 곳에 양피지가 있었잖아, 종이가 아니라. 물론 자네는 어디에 연관성이 있냐고 묻겠지. 내 대답은 이렇네. 해골은 유명한 해적의 상징 아닌가. 전투를 벌일 때면 항상 해골 깃발을 올리지.

그 조각은 종이가 아니라 양피지였네. 양피지는 오래가. 거의 영구적이지. 별로 중요하지 않은 일을 양피지에 기록하는 일은 거의 없어. 따라서 별것 아닌 그림을 그리거나 글을 쓸 때 양피지를 종이처럼 사용하지는 않아. 이런 생각들을 하자 해골이 가진 의미, 어떤 연관성을 알 것 같았네. 양피지의 모양도 눈여겨보았지. 한쪽 모서리가 무슨 일로 찢겨지긴 했지만 원래 모양이 기다랗게 직사각형이었다는 것은 알 수 있었네. 딱 비망록으로 쓸 법한 조각이었지. 오랫동안 기억하고 잘 보존해야 할 뭔가를 기록하기 위한 비망록 말일세."

"하지만," 내가 끼어들었다. "자네가 풍뎅이를 그릴 때는 양피지에 해골이 없다고 하지 않았나. 그렇다면 그 배와 해골 사이에 어떤 연관성이 있다는 것을 어떻게 추적해낸 거지? 자네 말에 의하면 그 해골은 (누가 어떻게 그렸는지는 몰라도) 자네가 풍뎅이 그림을 그린 후에 그려진 게 분명하니 말일세."

"아, 그게 수수께끼의 핵심이지. 비록 그 비밀은 비교적 별 어려움 없이 풀기는 했지만. 내 추리 단계는 확실하고 단 하나의 결론밖에 나올 수밖에 없어. 예를 들자면 이렇게 추리한 걸세. 내가 풍뎅이를 그리고 있을 때 양피지에는 분명 아무런 해골도 없었어. 그림을 다 그리고 나서는 자네한테 줬고 자네가 다시 돌려줄 때까지 아주 유심히 지켜보고 있었네. 따라서 자네는 그 해골을 그리지 않았고 그럴 사람도 달리 없었어. 그렇다면 그 그림은 사람이 그린 게 아니지. 그런데도 그림이 거기 있었지 않나.

이 지점에서 나는 문제의 시간 동안 있었던 일들을 조목조목 똑똑히 기억해내려고 애썼고 마침내 기억해냈네. 그날은 날씨가 추워서(아, 정말 드물고 감사한 우연 아닌가!) 난로에는 불이 타고 있었어. 나는 돌아다니느라 열이 나서 탁자 근처에 앉았지만, 자네는 의자를 굴뚝에 바싹 끌어당겨 앉아 있었지. 내가 자네한테 양피지를 주고 자네가 그걸 보려는 순간 우리 뉴펀들랜드 울프가 들어와 자네 어깨에 뛰어올랐잖아. 자네는 왼손으로는 개를 만져주면서 옆에서 떨어뜨리려고 했고, 양피지를 쥐고 있던 오른손은 난롯불 바로 앞 무릎 사이에 맥없이 늘어뜨리고 있었지. 양피지에 불길이 붙을 것만 같아서 자네한테 조심하라고 말하려는데, 말을 꺼내기 전에 자네가 양피지를 다시 들고 살펴보기 시작하더군. 이 모든 것들을 생각하자 양피지 위에 있던 해골 그림이 나타나게 된 것은 **열기** 때문이라는 게 추호도 의심되지 않았어. 종이나 양피지에 쓴 글자가 열을 가할 때만 보이도록 하는 화학약품이 아득한 옛날부터 있었다는 걸 자네도 잘 알 거야. 산화코발트를 진한 염산과 질산의 혼합액에 삭혀 네 배의 물에 희석해서 종종 사용하지. 그럼 초록색이 나와. 코발트 침전물을 초석 알코올에 녹이면 빨간색이 되고. 이 색은 글자를 써놓은 종이나 양피지가 식으면 길건 짧건 시간이 지나면서 사라지지만 열을 가하면 다시 또렷하게 나타나지.

이제 나는 해골을 아주 꼼꼼하게 살펴봤네. 바깥쪽 윤곽선—양피지 가장자리 가장 가까이 그려진 선—이 다른 곳보다 훨씬 더 선명하더군. 열이 완전히 미치지 못했거나 고르게 미치지 못했던 게 분명했어. 당장 불을 피워서 양피지 구석구석에 열을 쬐었네. 처음에는 해골의 희미한 선들만 선명해지더군. 하지만 실험을 계속하자 해골이 그려진 부분의 대각선 맞은편 모서리에 어떤 형상이 나타나는 걸세. 처음에는 염소라고 생각했는데 자세히 들여다보니 새끼 염소더라고."

"하하하! 물론 난 자네를 비웃을 자격은 없어. 150만 불은 절대 웃을 일이 아니니까. 그래도 세 번째 연결 고리는 못 찾을 것 같은데. 해적과 염소 사이에 특별한 연관 관계를 못 찾을 테니까. 해적은 염소와는 아무런 관계가 없어. 염소는 농사와 관련 있고."

"하지만 방금 그 형상이 염소가 아니라고 했잖나."

"그래, 새끼 염소라 쳐. 그래 봤자 마찬가지 아닌가."

"어느 정도는, 하지만 완전히는 아니지." 르그랑이 말했다. "키드 선장[44]'이란 이름 들어본 적 있을 걸세. 그 염소 그림을 보자마자 이게 말장난이나 그림 서명이라고 생각했어. 서명 말일세. 그림이 있는 위치를 보니 딱 그런 생각이 들더라고. 같은 식으로 대각선 반대편 모서리에 있는 해골도 인장이나 도장 같았어. 하지만 애가 타는 건 그 외에는 아무것도 없었다는 걸세. 내가 상상한 문서, 내가 만든 문맥의 본문이 없었던 거지."

"도장과 서명 사이에 편지가 있을 거라 기대했군."

"그 비슷한 거야. 사실 엄청난 행운이 다가오고 있다는 예감을 떨칠 수가 없었네. 이유는 나도 몰라. 아마도 결국 그건 실제 믿음이라기보다 열망이었으니까. 하지만 그 벌레가 진짜 황금이라는 주피터의 허황한 말이 내 상상을 얼마나 자극했는지 아나? 게다가 우연한 사건들이 연속해서 벌어졌고. 보통이 아닌 일들이 말이야. 이 일들이 하고 많은 날들 중 딱 그날, 불을 지펴야 할 정도로 추웠던 날 일어난 건 정말이지 그저 우연일 뿐이잖아? 난롯불이 없었다면, 딱 그 순간에 개가 방해하지 않았다면, 절대 해골이 있다는 걸 알지도 못했을 테고, 따라서 보물을 가지지도 못했을 거 아닌가?"

"어서 계속하게. 궁금해 죽을 지경이니까."

"자, 물론 세간에 돌아다니는 이야기들을 많이 들어봤을 거야. 키드와 그 일당들이 대서양 연안 어딘가에 묻었다는 보물에 대한 온갖 떠도는 소문들 말일세. 이 소문들에는 사실 분명히 근거가 있을 걸세. 게다가 이 소문들이 그렇게 오랫동안 끈덕지게 지속되어왔다

---

44   영국의 해적 윌리엄 키드William Kidd. '새끼 염소'를 뜻하는 kid와 발음이 같다.

는 건 내가 보기엔 그 보물들이 여전히 묻혀 있기 때문이야. 키드가 약탈품을 잠시 숨겼다가 후에 다시 찾아갔다면 지금까지 똑같은 소문이 돌아다니지는 않겠지. 돌아다니는 이야기는 다 보물을 찾아다니는 사람들에 관한 것이지 보물을 찾았다는 이야기는 없어. 해적이 자기 돈을 찾아갔다면 소문도 거기서 끝났을 걸세. 내가 보기에 상황은 이래. 모종의 사고, 가령 보물의 위치를 표시해둔 메모를 잃어버렸다거나 하는 사고가 생겼던 걸세. 그리고 그 사고가 부하들에게 알려진 거지. 그런 일이 없었으면 보물이 숨겨져 있다는 사실조차 몰랐을 부하들은 정보도 없이 좌충우돌 보물을 찾아 나섰다 실패했고. 그렇게 소문이 처음으로 등장하고 온 세상에 퍼져나가면서 지금의 흔한 이야기가 된 걸세. 해변에서 뭔가 굉장한 보물을 찾았다는 소리 들어본 적 있나?"

"한 번도."

"하지만 키드가 어마어마한 재물을 축적했다는 것은 널리 알려진 사실이야. 그러니 그 보물은 분명 여전히 묻혀 있다고 생각했지. 이쯤 되면 기묘하게 내 손에 들어온 그 양피지가 보물의 위치를 표시한 사라진 기록이라는 희망, 아니 거의 확신을 품게 되었다 해도 놀랄 일은 아니지 않은가."

"하지만 어떻게 알아낸 거지?"

"불을 좀 더 세게 한 다음 양피지를 다시 갖다 대봤지만 아무것도 나타나지 않더군. 때가 묻어서 안 되는 것일 수도 있겠다 싶어서 따뜻한 물을 부어 양피지를 조심스레 씻은 다음 해골 그림을 아래쪽으로 해서 양철 냄비에 넣고 숯불 화덕 위에 올려놨어. 몇 분 뒤 냄비가 완전히 달기긴 후 양피지를 꺼내 보니 얼럴코 적힌 숫기 같은 것이 여기저기 보이더군. 정말이지 형언할 수 없이 기뻤다네. 양피지를 다시 냄비에 넣고 1분 동안 더 뒀어. 그러고 다시 꺼내니까 지금 자네가 보고 있는 그림이 나타난 거지."

르그랑이 다시 데운 양피지를 내게 건네주며 보라고 했다. 해골과 염소 사이에 다음 문자들이 붉은색으로 조잡하게 쓰여 있었다.

53‡‡†305))6*;4826)4‡.)4‡);806*;48†8¶60))85;1‡(;:‡
8†83(88)5†;46(;88*96*?;8)*‡(;485);5*†2:*‡(;4956*2(5*—
4)8¶8*;4069285);)6†8)4‡‡;1(‡9;48081;8:8†1;48†85;4)485†
528806*81(‡9;48;(88;4(‡?34;48)4‡;161;:188;‡?;

"하지만 난 여전히 전혀 모르겠네." 내가 양피지를 돌려주며 말했다. "이 수수께끼를 풀면 골콘다의 보석들이 몽땅 내 차지가 된다고 해도 난 절대 못 가질 것 같군."

"그래도 이 문자들을 처음 훑어볼 때 생각하는 것만큼은 절대 어렵지 않아. 이 문자들은 누구나 쉽게 짐작할 수 있듯이 암호라네. 그러니까, 의미를 담고 있다는 말이지. 하지만 키드에 대한 이야기로 짐작해볼 때 아주 난해한 암호를 만들어낼 수 있는 사람은 아니라고 봐. 그래서 즉시 이건 단순한 암호라고 생각했어. 하지만 머리 나쁜 뱃사람들에게는 힌트 없이는 절대 풀 수 없어 보이는 그런 암호 말일세."

"그런데 자네가 그걸 정말로 풀었단 말이지?"

"금세 풀었지. 그보다 만 배는 더 난해한 암호들도 풀었는걸. 상황도 그렇고 취향에도 맞아서 그런 수수께끼에 흥미를 가지게 되었는데, 인간이 창의력을 적절히 동원했을 때 풀지 못할 수수께끼를 인간 창의력으로는 만들 수 없는 법이거든. 사실 일단 연결된 명료한 문자들을 파악하고 나면 그 의미를 알아나가는 것은 별로 어려운 일도 아니야.

이 경우—사실 모든 암호가 다 그렇지만—첫 번째 문제는 암호의 언어일세. 왜냐하면 지금까지 해독의 원칙은, 특히 쉬운 암호일수록, 특정 언어의 특성에 달려 있고 거기에 따라 변화하거든. 대체로 암호를 풀려면 알고 있는 언어를 가지고 (확률에 따라) 다 실험을 해 봐서 해당되는 언어를 찾을 수밖에 없어. 하지만 우리 앞에 있는 암호의 경우 서명 덕분에 그런 어려움이 사라졌지. 키드를 동음이의어로 장난칠 수 있는 언어는 영어밖에 없거든. 이게 없었다면 스페인어와 프랑스어부터 시작했을 걸세. 스페인 해적들이 이런 비밀을 적었을 언어라면 응당 스페인어나 프랑스어였을 테니까. 하지만 덕분에 나는 이 암호가 당연히 영어로 되어 있다고 생각했네.

자네가 보듯이 여긴 단어 사이에 띄어쓰기가 없어. 띄어쓰기가 있으면 작업이 비교적 쉬웠을 걸세. 그런 경우에는 짧은 단어부터 대조 분석을 시작했겠지. (a나 I처럼) 한 글자짜리 단어가 있다면 다 푼 거나 다름없어. 하지만 띄어쓰기가 없으니 가장 많이 쓰인 문자와 가장 적게 쓰인 문자를 확인하는 작업부터 시작했네. 문자를 다 세어보니 이런 표가 나오더군.

8은 33개

;는 26개

4는 19개

ㅑ과)은 16개

*는 13개

5는 12개

6은 11개

†과 1은 8개

0은 6개

9와 2는 5개

:과 3은 4개

?는 3개

¶는 2개

—과 .은 1개

영어에서 가장 자주 쓰이는 철자는 e야. 그다음은 a o i d h n r s t u y c f g l m w b k p q x z 순이고. e는 압도적으로 많이 쓰이기 때문에 길이를 막론하고 e가 가장 많이 쓰이지 않는 문장은 드물어.

그렇다면 우선 이걸로 단순히 추측이 아닌 초석은 마련한 걸세. 보통 이런 표를 어떻게 사용하는지는 뻔하지만, 이 암호의 경우에는 아주 부분적으로만 도움을 받을 걸세. 8이 가장 많이 쓰였으니까 이게 e라고 가정하면서 시작하세. 이 가정을 입증하기 위해서 8이 두 개씩 쓰이는 경우가 잦은지 살펴보도록 하지. 왜냐하면 meet나 speed, seen, been, agree 등의 단어에서 볼 수 있듯이 영어에서는 e가 두 번 연속으로 쓰이는 경우가 아주 많거든. 이 경우에는 암호가 짧은데도 5번이나 연속으로 등장하고 있어.

그러니 8이 e라고 가정하세. 자, 영어에서 가장 흔한 단어는 the야.

그러니 마지막이 8로 끝나면서 세 문자가 같은 순서로 배열되어 반복되는 경우가 있는지 찾아보세. 그런 배열로 반복되는 문자가 있다면 그게 the를 나타낼 가능성이 커. 살펴보니 그런 게 7개나 있더군. 바로 ;48일세. 그러니 ;가 t, 4가 h, 8이 e를 나타낸다고 추정할 수 있지. 마지막은 이제 확실히 입증된 거야. 그래서 큰 진전이 이루어졌네.

한 단어를 알아냄으로써 아주 중요한 점을 파악할 수 있게 되었어. 바로 단어들이 시작하는 곳과 끝나는 곳을 알 수 있게 된 거지. 예를 들어, 마지막에서 두 번째 ;48을 살펴보세. 암호 끝에서 멀지 않은 곳에 있어. 바로 뒤에 따라 나오는 ;가 단어의 시작점이라는 것을 알 수 있는데, 이 the를 뒤따르는 여섯 문자 중에 다섯 개가 뭔지 알고 있거든. 그럼 모르는 것은 비워두고 이 문자들을 그것들이 나타내는 철자들로 바꿔보세.

t eeth

여기서 첫 번째 t로 시작되는 단어에는 th가 들어갈 수 없으니 당장 버릴 수 있어. 빈 칸에 적당한 철자를 찾기 위해 알파벳 전체를 다 넣어봐도 이렇게 th가 들어갈 수 있는 단어는 없거든. 그러면 가능성은 이렇게 좁혀지네.

t ee

그리고 필요하다면 전처럼 알파벳들을 차례로 대입해보면 tree가 나와. 유일하게 말이 되는 단어지. 그래서 the tree라는 단어가 나란히 놓이게 되면, 이제 (가 r을 나타낸다는 것도 밝혀진 거지.

이 단어에서 조금 더 가보면 ;48 조합이 또 나오네. 그걸 바로 앞에 나오는 단어가 끝나는 곳이라고 생각해보자고. 그러면 이렇게 돼.

the tree ;4(‡?34 the

이걸 알아낸 철자들로 대체해보면 다음과 같고.

the tree thr‡?3h the

자, 모르는 문자들을 빈 칸이나 점으로 바꿔보세.

the tree thr...h the

그럼 단박에 through라는 단어가 보일 걸세. 이 발견으로 세 개의 철자가 더 주어졌네. ‡와 ?와 3이 각각 o, u, g라는 걸 알게 된 거지.

이제 암호를 처음부터 끝까지 꼼꼼히 살피면서 밝혀낸 문자들의 조합을 찾아보면 시작 부분에서 얼마 되지 않은 곳에 이런 문자 배열이 보이네.

83(88 또는 egree

이건 degree의 뒷부분이 분명하니, †는 d가 되지. 새 철자를 하나 더 알아낸 걸세.

그리고 degree에서 문자 네 개를 건너뛰면 이런 배열이 나와.

;46(;88

알려진 문자들을 변환시키고 모르는 것들은 전처럼 점으로 표시하면 이렇게 되고.

th.rtee

딱 보면 thirteen이 생각나지 않나? 그래서 6과 *이 i와 n에 해당된다는 걸 찾아냈다네.

이제 암호 첫 부분으로 가보면 이런 배열이 등장해.

53‡‡†

전처럼 대입해보면 다음 단어가 되고.

.good

그럼 첫 번째 문자는 A이고 처음 두 단어는 'A good'이라는 게 확실하지.

자 이제 혼란을 막기 위해 이제까지 알아낸 문자들을 표로 정리해보자고.

5는 a

†는 d

8은 e

3은 g

4는 h

6은 i

*는 n

‡는 o

(는 r

;은 t

?는 u

이렇게 해서 열 개나 되는, 가장 중요한 문자의 의미를 찾아냈네. 암호를 어떻게 풀었는지 계속 자세하게 이야기할 필요는 없겠지? 이 정도면 이런 식의 암호는 쉽게 풀 수 있다는 걸 자네도 충분히 알았으리라 생각하네. 이런 암호가 만들어지는 원리에 대한 통찰도 생겼을 테고. 하지만 우리 앞의 이 암호는 가장 단순한 종류라는 건 알아두게. 자 이젠 자네한테 이렇게 해서 푼 양피지 문자들의 전문을 보여주는 일만 나있고. 여기 있네."

좋은 유리 주교의 호스텔에서 악마의 의자에서 41도 13분 북동 미북 큰 줄기 일곱 번째 가지 동쪽 해골 왼쪽 눈에서 쏴라 나무에서 일직선 탄환을 지나서 바깥으로 50피트.[45]

"하지만 수수께끼는 여전히 전과 다름없이 오리무중인걸." 내가 말했다. "'악마의 의자'니 '해골'이니 '주교의 호스텔'이니 이런 은어들이 무슨 소리인지 어떻게 알아낸단 말인가?"

"인정하네." 르그랑이 말했다. "얼핏 보면 여전히 모를 소리지. 나는 우선 암호를 만든 사람이 의도한 대로 이 문장을 자연스럽게 나눠보기로 했네."

"쉼표를 넣어봤단 말인가?"

"그 비슷해."

"하지만 그걸 어떻게 안단 말인가?"

"암호 쓴 사람이 문장을 나누지 않고 붙여 쓴 것은 암호 해독을 더 어렵게 만들기 위해서야. 그런데 아주 빈틈없는 사람이 아닌 경우에는 그런 목적에 매몰된 나머지 오히려 과해지기 십상이지. 글을 써나가다 통상적으로 쉬거나 마침표가 필요한 지점에 이르면 다른 곳보다 더 붙여 쓰게 되는 걸세. 저 필사 암호를 보면 다섯 군데에서 글자들이 유독 바짝 붙어 있는 게 쉽게 보일 걸세. 그걸 힌트 삼아 문장을 이렇게 나눠보았네."

---

45   원문은 다음과 같다. A good glass in the bishop's hostel in the devil's seat forty-one degrees and thirteen minutes northeast and by north main branch seventh limb east side shoot from the left eye of the death's-head a bee-line from the tree through the shot fifty feet out.

주교의 호스텔 악마의 의자에서 좋은 유리—41도 13분—북동 미북—큰 줄기 동쪽 일곱 번째 가지—해골 왼쪽 눈에서 쏴라—나무에서 탄환을 지나 바깥쪽으로 50피트 일직선.

"이렇게 나누어봐도 여전히 전혀 모르겠는걸." 내가 말했다.

"나도 며칠 동안은 마찬가지였네." 르그랑이 대답했다. "그사이에 설리번 섬 근처를 돌아다니며 주교의 호텔이라는 이름의 건물이 있는지 열심히 조사하고 다녔어. 물론 요새는 잘 안 쓰는 호스텔이라는 이름은 빼고. 하지만 아무런 정보도 없더군. 영역도 더 넓히고 더 체계적인 방식으로 조사를 해볼까 하고 있던 어느 날 아침, 이 '주교의 호스텔Bishop's Hostel'이라는 게 아주 오래전 섬 북쪽으로 4마일 정도 떨어진 곳에 있던 영주 저택을 소유했던 유서 깊은 베숍Bessop 가문을 가리키는 게 아닐까 하는 생각이 갑자기 드는 걸세. 그래서 그 숲 속 영지를 찾아가 그곳에 있는 늙은 흑인들을 대상으로 다시 조사를 했네. 마침내 아주 나이 지긋한 노파 하나가 베숍 성Bessop's Castle 이라는 곳을 들어봤다며 자기가 안내해줄 수도 있을 것 같다고 하더군. 하지만 그곳은 성도, 숙박업소도 아니고 높다란 바위산이었네.

그 노파는 수고비를 후하게 주겠노라고 했는데도 약간 이의를 제기하다가 그곳까지 안내해주기로 동의했네. 바위는 어렵지 않게 찾았고, 거기서부터는 노파를 보내고 혼자 조사해봤지. 그 '성'이라는 것은 절벽과 바위들이 마구 뒤섞여 있는 곳이더군. 그중 다른 바위들과 뚝 떨어져서 일부러 깎아놓은 것처럼 생긴, 유독 높은 바위가 하나 있었네. 그 꼭대기까지 올라갔는데 이제 뭘 해야 하는지 알 수가 없더라고.

열심히 머리를 굴리고 있는데 바위 동쪽 사면에 좁다란 바위턱이 보이는 게 아닌가. 내가 서 있는 꼭대기에서 1야드 정도 아래였지. 이 바위턱은 18인치 정도 길이로 튀어나와 있었고 너비는 1피트가 채 되지 않았어. 그 턱 바로 위 절벽에 움푹 들어간 부분이 있는데, 얼핏 보면 꼭 옛날 사람들이 쓰던 등받이 들어간 의자 비슷하게 생겼더라고. 저게 바로 암호에서 말하는 '악마의 의자'라고 확신했지. 수수께끼의 비밀은 이제 다 풀린 거나 같았네.

'좋은 유리'가 가리키는 것은 당연히 망원경일 수밖에 없어. 뱃사람들은 '유리'라는 단어를 다른 의미로는 거의 사용하지 않거든. 이제 망원경을 사용해야 한다는 것, 그리고 한 치의 오차도 없이 여기서 망원경을 사용해야 한다는 것을 나는 당장 알았네. '41도 13분'과 '북동미북北東微北'[46]이라는 문구는 틀림없이 망원경으로 바라보아야 할 방향이었지. 이걸 발견하고 흥분한 나는 서둘러 집으로 가서 망원경을 가지고 바위산으로 다시 돌아왔네.

바위턱으로 내려가 보니 딱 한 군데를 제외하고는 앉는 자세를 유지할 수가 없더군. 그걸 보자 내 생각이 틀림없구나 싶었어. 망원경을 꺼냈지. 당연히 '41도 13분'은 수평선 위 고도일 테지. '북동미북'이라는 말은 분명 수평 방향을 나타내니까. 나는 즉시 나침반으로 이 방향을 찾은 다음 망원경을 아래위로 움직여가며 어림짐작으로 최대한 고도 41도에 맞춰봤네. 그러다 보니 저 멀리 다른 나무들 위로 우뚝 솟아 있는 커다란 나무 잎사귀 사이로 동그랗게 뚫린 구멍 같은 게 보이는 걸세. 그 구멍 한가운데 하얀 점이 보이는데 처음

46　동북에서 110도 15분 북쪽으로 치우친 방위.

에는 그게 뭔지 몰랐어. 망원경 초점을 조절하고 다시 보니 사람의 해골이더군.

이걸 발견하니 수수께끼를 다 풀었다 싶어 마구 흥분되더라고. '큰 가지, 일곱 번째 가지, 동쪽'이라는 문구가 가리키는 것은 나무 위 해골의 위치일 수밖에 없으니까. '해골 왼쪽 눈에서 쏴라'도 묻혀 있는 보물을 찾는 문제와 관련해서 보면 한 가지 해석밖에 나올 수 없어. 이렇게 계획된 거지. 해골의 왼쪽 눈에서 총알을 떨어뜨리고, 가장 가까운 나무에서 그 '저격 지점'을 통과하고 거기서부터 50피트 더 연장해서 일직선을 그었을 때 나오는 정확한 지점, 적어도 이 지점 아래 보물이 숨겨져 있을 가능성이 있는 걸세."

"모든 게 기막히게 분명하군. 기발하면서도 단순명료해. 주교의 호텔은 언제 떠났나? 그 후에는 뭘 했고?"

"나무의 위치를 꼼꼼히 살핀 다음 집으로 왔어. 하지만 '악마의 의자'를 벗어나자마자 동그란 구멍도 사라지더군. 몇 번을 돌아봐도 그 후에는 조금도 보이지 않더라고. 이 일에서 가장 정교한 부분은 그 문제의 둥근 구멍이 그 바위 사면 위 좁은 턱에서가 아니면 아무 데서도 보이지 않는다는 사실일세(몇 번이고 실험을 해봐서 그게 사실이라는 것을 확인했네).

'주교의 호텔'로 가던 날은 주피터를 동반하고 갔어. 그간 몇 주 동안 내가 멍하니 정신을 못 차리고 있으니까 나를 혼자 두지 않으려고 특별히 신경을 쓰면서 나를 주시하고 있었거든. 하지만 다음 날 나는 새벽같이 일어나 주피터를 따돌리고 그 나무를 찾으러 산으로 갔지. 그날 밤 집에 돌아오니 하인이 나를 두들겨 패려고 준비를 하고 있더군. 나머지 모험담은 자네도 나만큼이나 잘 알 테고."

"처음 땅을 팠을 때는 주피터가 멍청하게도 해골 왼쪽 눈이 아니라 오른쪽 눈을 통해 벌레를 떨어뜨리는 바람에 제자리를 못 찾았던 거지?" 내가 말했다.

"맞아. 그 실수 때문에 '탄환'이 2인치 반 정도 빗나갔어. 그러니까 나무에서 가장 가까운 말뚝 위치 말일세. 보물이 '탄환' 바로 밑에 묻혀 있었다면 그 실수는 별로 중요하지 않았겠지. 하지만 '탄환'과 거기서 가장 가까운 나무는 직선 방향을 정하는 두 지점에 불과하거든. 당연히 그 실수는 처음에는 아무리 사소하다 해도 직선 방향을 따라갈수록 커지고 50피트를 갔을 때는 완전히 엉뚱한 곳에 이르게 되지. 여기 어딘가 보물이 실제로 묻혀 있다고 내가 철썩같이 확신하지 않았더라면 우리 고생은 완전히 헛수고가 될 뻔했어."

"하지만 자네의 호언장담과 풍뎅이를 흔들어대는 행동이 얼마나 이상했는지 아나! 난 진짜 자네가 미친 줄 알았네. 게다가 왜 해골에서 그 벌레를 떨어뜨려야 한다고 고집했나, 총알이 아니라?"

"솔직히 말해서 내 정신이 온전치 않다고 자네가 너무 의심하는 통에 살짝 화가 났거든. 그래서 내 나름의 약간의 속임수로 조용히 벌을 주기로 결심했지. 그런 이유로 풍뎅이를 흔들고, 그런 이유로 그걸 나무에서 떨어뜨린 걸세. 벌레가 아주 무겁다고 한 자네 말에 나무에서 떨어뜨려야겠다는 생각이 들었지."

"그렇게 된 거군. 그럼 이제 궁금한 건 딱 하나밖에 안 남았어. 그 구덩이에서 발견된 뼈들은 어떻게 된 건가?"

"그건 자네나 나나 모르긴 마찬가지네. 하지만 그럴듯한 설명은 한 가지밖에 없을 것 같아. 하지만 그게 암시하는 잔인함은 너무 끔찍하군. 키드—키드가 정말로 이 보물을 감췄다면 말일세, 나야 전혀 의심하지 않지만—는 그 작업을 할 때 분명 도움이 필요했을 거야. 하지만 작업이 끝나자 비밀을 아는 모든 사람을 없애버리는 게 좋겠다고 생각했겠지. 부하들이 정신없이 구덩이를 파고 있을 때 곡괭이로 두어 번 내리치는 걸로 충분하지 않았겠나? 열두 번쯤 쳤어야 했을지도 모르지. 누가 알겠나?"

라이지아

아무리 생각해도 레이디[47] 라이지아를 어떻게, 언제, 심지어 정확히 어디서 처음 알게 되었는지 기억이 나지 않는다. 그 후로 오랜 세월이 흘렀고, 수많은 고통을 겪으며 내 기억도 흐려졌다. 아니 어쩌면 지금 이런 것들이 기억나지 않는 이유는 사실 내 연인의 성격과 보기 드문 지식, 독특하면서도 차분한 아름다움, 사람을 뒤흔들고 사로잡는 설득력을 지닌 나지막하고 음악 같은 말투가 너무나 살며시 은밀하게 내 마음속으로 스며 들어와 알아차리지도 못했고 알지도 못했기 때문이다. 하지만 라이지아와 처음으로, 또 가장 자주 만난 곳이 라인 강 근처의 쇠락해가는 커다랗고 오랜 도시라는 것은 기억한다. 집안에 대해서는, 분명 이야기를 듣긴 했다. 아주 유서 깊은 집안이라는 것만은 분명하다. 라이지아! 라이지아! 그 어떤 학문보다 바깥세상의 영향에 무감각해지는 연구에 묻혀 있다가도 그 달

---

47   귀족의 부인이나 딸을 지칭하는 호칭.

콤한 한마디—라이지아—만 들으면 이젠 존재하지 않는 그녀의 모습이 눈앞에 선명하게 떠오른다. 이 글을 써 내려가는 지금, 내 친구이자 약혼녀, 학문의 동반자에다 마침내 소중한 아내가 된 여인의 성도 몰랐다는 사실이 불현듯 머리를 스친다. 여기에 대해 내가 어떤 질문도 하지 않은 것은 라이지아가 주도한 장난이었을까, 아니면 내 애정의 힘에 대한 시험이었을까? 아니면 오히려 내 종잡을 수 없는 생각, 그러니까 가장 열정적 애정의 성지에 바친 낭만적 제물 같은 것이었을까? 그 사실조차 기억이 희미하다. 그러니 처음의 상황과 부수적으로 벌어진 일들을 완전히 잊어버린 것은 놀라울 일도 아니지 않나? 정말로 로맨스라는 이름의 정령이, 희미한 날개를 단 창백한 이집트의 우상신 아스다롯[48]이 사람들의 말대로 불길한 결혼생활을 관장했다면, 내 결혼도 그 여신이 관장한 게 분명하다.

하지만 절대 기억에서 사라지지 않는 소중한 주제가 하나 있다. 바로 라이지아라는 사람이다. 라이지아는 키가 크고 호리호리한 편이었고, 마지막 즈음에는 심지어 여위기까지 했다. 그 위풍당당하고 차분하고 편안한 태도, 이해할 수 없을 정도로 가볍고 경쾌한 걸음걸이를 초상으로 그려보려 했지만 허사였다. 라이지아는 그림자처럼 오고 갔다. 그녀가 내 어깨에 대리석 같은 손을 올리고 음악 같은 달콤한 저음의 목소리로 말을 건네기 전까지는 서재 문을 열고 들어오는 것을 한 번도 알아차리지 못했다. 얼굴은 어떤 처녀보다 아름다웠다. 그 얼굴은 아편에 취한 꿈속에서 보는 빛이었고, 델로스의 딸들의 잠든 영혼 속을 떠도는 백일몽보다 훨씬 거룩한, 공기처럼 가볍고 영혼을 고양시키는 환상이었다. 하지만 라이지아의 이목구비는 잘못된 가르침으로 이교도들의 고전 작품 속에서 숭배받아온 균형 잡힌 모습은 아니었다. 베룰럼 백작 프랜시스 베이컨은 모든 형태와 종류의 아름다움에 대해 논하면서 "절묘한 아름다움은 균형 면에서 어딘가 기묘한 구석이 있기 마련이다"라고 했다. 라이지아의 이목구비가 고전적 균형을 갖추지 않은 것은 알았지만, 또 그 사랑스러움이 진정 '절묘'하고 '기묘한' 분위기가 충만하다고 느끼긴 했지만, 그 불균형을 감지해서 내가 느낀 '기묘함'의 근원을 찾아내기란 불가능했다. 라이지아의 오뚝하고 창백한 이마의 윤곽을 살펴보았다. 완전무결했다. 하지만 그 거룩한 위엄에 갖다 대면 그저 시들하기만 한 단어일 뿐! 순백의 상아에 필적하는 살결, 당당한 크기와 평안한 자태, 부드럽게 돌출된 관자놀이 윗부분, 칠흑같이 검고 윤기 흐르는 삼단 같은 곱슬머리는 호메로스가 묘사한 히아킨토스[49]의 현현과도 같았다! 섬세한 콧날을 바라보았다. 이 정도의 완벽함은 우아한 히브리 메달에서 말고는 본 적이 없다. 윤기 흐르는 부드러운 살결, 거의 알아차릴 수도 없을 정도로 살짝 구부러진 매부리코, 자유로운 정신을 보여주는 조화로운 곡선의 콧구멍이 똑같았다. 달콤한 입을 보았다. 그 입술은 진정 거룩한 모든 것들—멋들어진 굴곡을 그리는 짧은 윗입술, 포근하고 육감적인 잠에 빠진 것 같은 아랫입술, 장난스러운 보조개, 말을 건네는 듯한 입술색, 고요하고 평온하지만 눈부시게 찬란한 미소를 지을 때마다 가닿는 신성한 빛을 깜짝 놀랄 만큼 환하게 반사하는 치아—의 승리였다. 턱의 형

[49] 그리스 신화 속 아폴론 신의 사랑을 받은 미소년.

태도 자세히 살펴보았다. 여기에서도 그리스인 같은 고상한 넓이, 부드러움과 당당함, 풍만함과 영성을 찾아볼 수 있었다. 아폴론이 아테네 청년 클레오메네스에게 오직 꿈에서만 보여줬던 그런 윤곽 말이다. 그런 뒤 나는 라이지아의 커다란 두 눈을 자세히 들여다보았다.

그 눈은 먼 고대에서 예를 찾아볼 수 없다. 베룰럼 백작이 암시한 비밀도 내 연인의 이 두 눈에 숨어 있었을지 모른다. 확신컨대, 그 두 눈은 보통 인간의 눈보다 훨씬 컸다. 가젤 같은 눈을 가진 누르자하드 계곡 부족 사람들[50] 눈 중에서도 가장 큰 눈보다 훨씬 더 컸다. 하지만 이런 특이한 개성이 약간이라도 눈에 띄는 것은 아주 가끔, 라이지아가 크게 흥분했을 때뿐이었다. 그럴 때면 라이지아의 아름다움은—과열된 내 상상의 소산일 수도 있지만—이 세상을 초월한, 혹은 이 세상과 동떨어진 존재의 아름다움, 후어리[51]의 아름다움 같았다. 눈동자색은 가장 아름다운 검정색이었고, 그 멀찌감치 위로 칠흑 같은 기다란 속눈썹이 달려 있었다. 약간 윤곽이 들쭉날쭉한 눈썹도 같은 색이었다. 하지만 그 눈에 담긴 '기묘함'은 눈의 형태나 색, 광휘와는 별개로, 결국 그 눈의 표정과 연관되었다고 봐야 한다. 아아, 의미 없는 말이여! 그 의미 없는 말의 거창한 소리 뒤에 숨어 우리는 영적인 것에 대한 무지를 감추는구나. 라이지아의 눈 속에 담긴 표정! 얼마나 오랜 시간을 그 표정에 대해 생각했던가! 한여름 밤 내내 그 표정을 헤아려보려고 얼마나 애썼던가! 내 연인의 눈동자 저 깊이 담겨 있는, 데모크리토스의 우물보다 더 심오한 그것은 무엇이

---

50   아일랜드 작가 프랜시스 셰리든의 소설 《누르자하드의 역사》에서 인용.

51   이슬람교에서 천국에 산다고 믿는 완벽한 미녀.

었을까? 정녕 무엇이었을까? 나는 그것을 알아내고 싶은 열정에 사로잡혔다. 그 눈! 그 크고 빛나는 성스러운 눈동자! 그건 내게 레다의 쌍둥이별이 되었고, 나는 그 별의 가장 독실한 점성술사가 되었다.

　정신과학의 수많은 이해할 수 없는 이상한 현상들 중 가장 오싹하리만치 흥미진진한—학계에서는 전혀 인지하지 못한—점은 오랫동안 잊고 있던 뭔가를 기억하려 애쓰다 보면 종종 거의 기억이 떠오를 듯한 바로 그 순간 결국 기억을 하지 못한다는 사실이다. 그런 식으로, 라이지아의 눈을 뚫어질 듯 살펴보고 있다 보면 그 표정이 실로 무엇을 의미하는지를 알 것만 같은, 잡힐 듯 가물가물하지만 아직은 완전히 뚜렷하지 않은 느낌이 들었다가 결국 완전히 사라져버린 적이 한두 번이 아니었다. 그리고 난 세상에 있는 흔해빠진 대상에서 그 표정과 닮은 것들을 발견했다. (기이한, 기이하기 짝이 없는 수수께끼다!) 그러니까, 라이지아의 아름다움이 내 마음속에 들어와 성지처럼 자리 잡은 이후부터 그 크고 빛나는 눈동자가 내 마음에 불러일으키는 감정을 물질세계의 수많은 존재들로부터 느꼈다는 말이다. 하지만 그 감정은 그 이상으로는 정의할 수도 분석할 수도 없었고, 심지어 꾸준히 볼 수 있는 것도 아니었다. 때로는 쑥쑥 자라나는 포도 덩굴을 보다가, 나방이나 나비, 번데기, 흐르는 물을 보다가 그런 감정이 들었다. 바다에서도, 떨어지는 유성에서도 느꼈다. 아주 나이 많은 노인들의 눈길에서도 느꼈다. 하늘에 뜬 별 한두 개—특히 거문고자리의 큰 별 근처에서 볼 수 있는 변화무쌍한 6등성 쌍성—를 망원경으로 관찰하다가도 그런 감정을 깨닫곤 했다. 현악기의 특정 소리를 들을 때, 종종 책 구절들을 읽을 때 그런 감정이 북받쳐 올라오곤 했다. 수많은 예들이 있지만, 조지프 글랜빌의 책 어느 구절은 읽을 때마다 그런 감정이 들곤 했던 기억이 생생하다. (단지 기묘해서일 수도 있겠지만, 누가 알겠는가?) "그 속 의지는 죽지 않는다. 그 누가 힘찬 의지의 신비를 알겠는가? 신이란 결국 본질적 강렬함으로 만물에 충만해 있는 거대한 의지 아니겠는가. 나약한 의지로 인한 경우만 아니라면 인간은 천사들에게도, 죽음에도 완전히 굴복하지 않는다."

여러 해 동안 계속해서 숙고한 끝에 나는 영국 윤리학자가 쓴 이 구절과 라이지아의 어떤 특징 사이에 존재하는 희미한 연관성을 발견할 수 있었다. 오랜 교제 기간 중 라이지아의 마음속에 자리한 거대한 의지의 존재를 보여주는 다른 증거, 혹은 더 직접적인 증거는 없었지만, 그 강렬한 생각과 행동, 말이 아마도 그 의지의 산물, 혹은 적어도 지표였을 것이다. 내가 아는 모든 여인들 중 겉으로는 침착하고 늘 차분했던 라이지아야말로 거친 독수리와도 같은 단호한 열정에 가장 맹렬하게 사로잡힌 포로였던 것이다. 그 열정이 어느 정도였는지는 가늠할 수가 없다. 그저 내게 기쁨과 두려움을 동시에 줬던, 믿을 수 없이 커지는 눈, 거의 마법처럼 음악적이고 또렷하고 차분하며 나직한 목소리, 습관적으로 쓰곤 했던 거친 말들에서 뿜어나오는 (말하는 방식과의 대조로 인해 두 배로 효과적이었던) 격렬한 에너지를 통해서만 느낄 수 있을 뿐.

라이지아의 지식은 앞서 말했듯이 어마어마하게 방대했다. 여인들에게서 한 번도 본 적 없는 방대한 지식이었다. 라이지아는 고전 언어에 능통했고, 유럽의 근대 방언에 대해서도 내가 아는 한에서는 틀린 적이 한 번도 없었다. 사실 학계에서 떠벌리는 학식 중에서 도 기껏 인해에니는 시미민으로 깅융피는 기세에 메메 느릴 페도

라이지아는 틀리는 법이라고는 없었다. 아내의 이런 점이 이렇게 뒤늦게야 이다지도 기묘하게, 이다지도 격렬하게 내 관심을 사로잡다니! 라이지아가 여인들에게서는 전혀 본 적 없는 지식을 가지고 있다고 말했지만, 남자라 해도 윤리학, 물리학, 수학의 모든 방대한 영역을 성공적으로 넘나드는 사람이 어디 있단 말인가? 지금은 이렇게 명명백백한 사실이, 라이지아가 엄청나게 방대하고 경이로운 지식을 가지고 있다는 사실이 그때는 내 눈에 보이지 않았다. 그래도 라이지아의 무한한 우위를 충분히 인지했던 나는 아이 같은 믿음으로 라이지아의 안내에 의탁한 채 신혼 시절 몰두해 있던 형이상학 연구의 혼란스러운 세계를 헤쳐나갔다. 거의 연구도 되지 않고 잘 알려지지 않은 분야를 연구하고 있는 내게 라이지아가 다가와 몸을 기울일 때면 어찌나 가슴이 터질 듯이 벅차오르고 환희가 춤추고 보이지 않는 희망이 솟구치는지, 눈앞에 달콤한 전망이 서서히 펼쳐지고 아무도 밟지 않은 그 길고 멋진 길을 내가 걸어 내려가서 너무도 신성하기에 금지되었던 지식의 목표에 마침내 도달할 수 있을 것만 같았다!

그렇다면, 몇 년 후 그 굳건한 기대가 날개를 달고 날아가버리는 것을 봤을 때 내 슬픔이 얼마나 통렬했겠는가! 라이지아 없는 나는 그저 어둠 속을 더듬거리는 아이에 불과했다. 라이지아의 존재, 라이지아의 지식만이 우리가 열중했던 초월주의의 수많은 수수께끼에 빛을 밝혀주었다. 라이지아 눈의 환한 광채 없이는 부드럽게 빛나던 황금빛 글자도 사투르누스[52]의 납보다 빛을 잃었다. 그리고 이제

---

52   로마의 농경의 신.

그 눈빛이 내가 몰두해 읽는 책장을 비추는 일이 점점 줄어들었다. 라이지아는 병이 들었다. 그 열정적인 눈에는 지나치게 찬란한 광채가 번득였다. 파리한 손가락은 무덤 속 투명한 밀랍색처럼 변했다. 오뚝한 이마에는 온화한 감정이 파도를 칠 때마다 푸르스름한 핏줄이 부풀어 올랐다가 가라앉았다. 라이지아의 죽음은 기정사실이었다. 나는 마음속으로 무자비한 아즈라엘[53]과 필사적으로 싸웠다. 열정적인 아내는 놀랍게도 나보다 더 격렬하게 투쟁했다. 극히 단호한 성격으로 보아 라이지아는 죽음이 다가와도 두려워하지 않은 거라 믿었다. 하지만 그렇지 않았다. 라이지아가 죽음의 그림자에 얼마나 격렬하게 저항했는지는 어떤 말로도 제대로 전달할 수 없다. 나는 그 애처로운 광경에 고통스러워하며 신음했다. 위로를 해줄 수도 있었다. 이성적으로 설득할 수도 있었다. 하지만 미칠 듯이 생을, 오로지 생을 욕망하는 라이지아에게 위안과 이성은 똑같이 어리석은 일에 불과했다. 하지만 마지막 순간까지도, 맹렬한 영혼이 가장 필사적으로 몸부림치던 순간에마저 라이지아의 평온한 태도는 겉으로는 전혀 흐트러지지 않았다. 목소리는 더 부드럽고 더 낮아졌지만, 차분히 던진 그 말들에 담긴 미친 의미에 대해서는 생각하고 싶지 않았다. 인간의 것이 아닌 선율을, 인간이 이제껏 알지 못했던 가설과 열망을 듣고 있자니 머리가 어지럽고 황홀했다.

　라이지아가 나를 사랑했다는 것을 의심하지 말았어야 했다. 그랬다면 라이지아 같은 여인의 가슴속 사랑은 보통 평범한 열정과는 차원이 다르다는 것을 쉽게 깨달았을 것이다. 하지만 죽음에 이르러

53　죽음의 천사.

서야 나는 라이지아의 애정의 힘을 전적으로 느끼게 되었다. 그녀가 오랜 시간 동안 내 손을 꼭 잡고 맹목적 숭배나 다름없는 격정적 애정이 넘치는 속내를 쏟아냈던 것이다. 내가 무슨 복을 받았기에 그런 고백을 받았을까? 무슨 저주를 받았기에 사랑하는 이에게 그런 고백을 받는 순간 그녀를 빼앗겼을까? 하지만 이 부분에 대해서는 더 이상 자세히 설명하기조차 고통스럽다. 다만 자격도 가치도 없는 내게 여성다움에 구애받지 않고 거침없이 쏟아붓는 라이지아의 애정 고백을 들으며 나는 마침내 왜 그녀가 급속히 사라져가고 있는 생명을 그렇게 간절하게 갈구하는지 그 본질을 깨달았다. 그것은 너무나 미칠 듯한 갈망, 생을 향한, 오직 생을 향한 너무나 간절한 욕망이고, 내겐 그걸 묘사할 역량도, 표현할 수 있는 말도 없다.

세상을 떠나던 밤 자정, 라이지아는 내게 자기 곁으로 오라고 지엄하게 손짓하더니 며칠 전 자기가 지은 어떤 시들을 반복해서 읽어달라고 말했다. 나는 그 말에 따랐다. 그 시들은 다음과 같다.

보라! 쓸쓸한 노년에 누리는

축제의 밤이다!

날개 달린 천사 한 무리가

베일로 치장을 하고 극장에 착석하더니

온통 눈물에 젖어

희망과 두려움의 연극을 본다

오케스트라가 천체의 음악을

숨을 헐떡이듯 발작적으로 연주하는 동안.

신의 형상으로 분장한 무언극 배우들이
높은 곳에서 입을 오물오물 낮게 웅얼거리며
여기저기 날아다닌다.
그들은 그저 꼭두각시일 뿐이니,
형체 없는 거대한 것들이 콘도르 같은 날개를 퍼덕이며
장면들을 앞으로 뒤로 바꾸고
보이지 않는 슬픔을 퍼뜨릴 때
그것들의 명령에 따라 왔다 갔다 할 뿐이어라!

저 뒤죽박죽 부조리한 희곡. 오, 확신하라
저 희곡은 잊히지 않으리란 것을!
한 무리의 군중은 저 '환영'을 영원히 좇으면서도
결코 그것을 포획하지 못하고 원을 돌아
항상 똑같은 장소로 되돌아오게 되는 저 희곡은,
그 '환영'과 무수한 '광기'와 그보다 더 많은 '죄'
그리고 플롯의 핵심인 '공포'가 있는 저 희곡은
결코 잊히지 않으리란 것을.

그러나 보라, 저 광대극 무리 한가운데로
침입해 들어가 기어 다니는 한 형체를!
무대 뒤에 고독히 있다가 꿈틀거리며 나오는
핏빛 붉은 것을!
무언극의 배우들은 그것의 먹이가 되고
그것은 인간이 그토스로 까득 까득거린다!

그리고 천사들은 인간이 흘린 피로 물든
그 독 있는 벌레의 송곳니에 흐느껴 운다.

  꺼진다, 빛이 꺼진다, 모두 꺼진다!
  떨고 있는 모든 형체들 하나하나 위로
  커튼은, 장례식의 관 덮개는,
  급습한 폭풍처럼 일시에 내려오고
  천사들은 모두 파리하게 창백해져
  베일을 벗어던지고 솟아오르며 단언한다,
  이 연극이 〈인간〉이라는 제목의 비극이고
  주인공은 그 '정복자 벌레'라는 것을.

"오, 하느님!" 시를 다 읽자 라이지아는 벌떡 일어나 발작적으로 팔을 높이 쳐들며 비명에 가까운 소리를 내질렀다. "오, 하느님! 거룩하신 성부여! 이런 일들이 예외가 없어야만 하나요? 이 정복자는 단한 번도 정복될 수는 없나요? 우리가 당신에겐 중요하지 않은가요? 그 누가 힘찬 의지의 신비를 알겠어요? 나약한 의지로 인한 경우만 아니라면 인간은 천사들에게도, 죽음에도 완전히 굴복하지 않아요."

그러고는 감정에 못 이겨 기진맥진했는지 하얀 팔을 늘어뜨리고 죽음의 침상으로 엄숙히 돌아갔다. 마지막 한숨을 내쉬는 그녀의 입에서 나지막한 중얼거림이 섞여 나왔다. 몸을 숙여 귀를 갖다 댔을 때, 다시 한 번 들은 것은 글랜빌의 마지막 구절이었다. "나약한 의지로 인한 경우만 아니라면 인간은 천사들에게도, 죽음에도 완전히 굴복하지 않아."

라이지아는 죽었다. 슬픔으로 초토화된 나는 라인 강 유역의 어두침침하고 쇠락해가는 도시에서의 고독한 생활을 더 이상 견딜 수가 없었다. 세상에서 재산이라 부르는 것은 부족하지 않게 있었다. 라이지아가 사람들이 보통 갖게 되는 것보다 훨씬 더 많은 재산을 내게 주었기 때문이다. 그리하여 지치고 목적 없이 몇 개월을 방황한 끝에 나는 지명은 말할 수 없지만 영국에서 가장 황량하고 사람들 인적이 드문 지역에 있는 수도원 하나를 사서 약간 수리했다. 건물의 음울하고 황량한 위엄, 거의 야생에 가까운 분위기의 영지, 그 둘과 관련된 침울하고 유서 깊은 수많은 기억들이 철저히 버림받은 심정으로 그 고립된 외딴 지역을 찾은 내 기분과 잘 맞아떨어졌다. 썩어가는 식물들이 들러붙어 있는 수도원 외부는 별로 개조하지 않았지만, 아이 같은 고집과 어쩌면 슬픔을 달랠 수 있을지도 모른다는 일말의 희망에서 내부에는 왕궁보다 더 장엄한 과시에 탐닉했다. 어린 시절 그런 낭비성 건축에 취미를 가진 적이 있는데, 이제 슬픔으로 망령이 들기라도 한 듯 그런 취미가 다시 찾아온 것이다. 아아, 화려하고 환상적인 커튼에서, 엄숙한 이집트 조각들에서, 야단스러운 벽 둘레 장식과 가구에서, 금색 술 장식이 달린 카펫의 정신없는 무늬에서 광기의 전조가 얼마나 많이 드러났겠는가! 나는 아편의 족쇄에 매인 노예가 되었고, 내 노력과 주문 물품들은 백일몽의 색에 물들었다. 하지만 이런 어리석은 일들은 자세히 말할 수 없다. 다만 한 개의 방에 대해서만 이야기하겠다. 제정신이 아니었던 어느 순간, 금발에 푸른 눈을 가진 트레메인 출신의 레이디 로위나 트레버니언을 내 신부—잊지 못할 라이지아의 후임자—로 맞아 제단에 이 데리고 들이갔던 연인이 기구했은 방에 매케이.

그 신혼 방의 건축과 장식은 하나도 빠짐없이 지금까지도 눈앞에 생생하다. 황금에 눈이 멀어 그렇게 화려하게 장식한 방 문턱 너머로 애지중지하는 젊은 딸을 들여보낸 그 불손한 신부 가족의 영혼은 어디에 있었을까? 그 방 장식이 세세하게 다 기억난다고 말했는데—하지만 애석하게도 난 중요한 일들은 잘 잊어버린다—보란 듯이 환상적으로 장식한 그 방에는 기억에 남을 체계라곤 없었다. 그 방은 성곽 형태 수도원의 높은 탑에 위치한 오각형 모양의 널찍한 방이었다. 오각형의 남쪽 면은 베네치아에서 공수해 온 한 장짜리 거대한 유리로 만든 전면창이 차지하고 있었는데, 이 유리는 납빛을 띠고 있어서 햇빛이나 달빛이 창을 통해 들어오면 방 안 물건들에 섬뜩한 빛을 던졌다. 거대한 창문 위쪽으로는 탑 벽을 기어 올라온 오래된 덩굴이 격자 모양으로 뻗어 있었다. 울적해 보이는 떡갈나무 천장은 아치형으로 지나치게 높았고, 극히 야단스럽고 기괴한 세미고딕 도안과 세미드루이드 도안이 정교하게 새겨져 있었다. 이 우울한 아치 모양 천장의 꼭대기 중심부에는 커다란 사라센 양식 금향로가 긴 고리 달린 금사슬에 매달려 있었는데, 향로에는 너무 무리하게 많은 구멍들이 나 있어서 다채로운 불길이 마치 뱀의 활력을 얻기라도 한 것처럼 그 구멍 사이를 들락거리며 끊임없이 꿈틀댔다.

방 여기저기에는 동양식 긴 의자 몇 개와 황금 촛대들이 놓여 있었다. 단단한 흑단을 조각해 만들고 위에 관 덮개처럼 차양을 드리운 인도풍의 나지막한 신부용 긴 의자도 있었다. 방의 구석마다 검정 화강암으로 만든 거대한 석관이 똑바로 서 있었다. 룩소르에 있는 왕들의 무덤에서 가져온 것으로, 오래된 뚜껑에는 고대 조각들이 빼곡하게 새겨져 있었다. 하지만 방 안에서 가장 환상적인 것은 휘장이었다. 높이가 굉장한, 심지어 균형이 안 맞다 싶을 정도로 높은 벽들에는 묵직하고 거대해 보이는 태피스트리—바닥의 카펫, 긴 의자와 흑단 침대 덮개, 침대의 차양, 멋지게 휘감기며 창문을 일부 가리고 있는 커튼과 같은 소재의 태피스트리—가 걸려 있었다. 소재는 화려한 금빛 직물이었고, 칠흑같이 까만 아라베스크 문양이 지름 1피트 정도의 크기로 불규칙한 간격을 두고 그려져 있었다. 하지만 이 문양은 한 가지 각도에서 볼 때만 진정한 아라베스크 문양처럼 보였다. 지금은 흔하게 쓰이지만 실로 머나먼 고대까지 거슬러 올라가는 방법을 이용하여 모양이 다르게 보이게 되어 있었기 때문이다. 방에 들어오면서 보면 단지 기괴하게만 보였지만, 좀 더 들어오면 그 모습은 서서히 사라졌다. 방문객이 방 안에서 움직이는 대로 노르만 미신이나 죄책감에 시달리는 수도승의 꿈에 등장하는 무시무시한 형상들이 사방에서 차례차례 끝없이 나타났다. 이 주마등 같은 효과는 강한 바람을 뒤쪽에 인공적으로 끌어들여 휘장 전체가 소름 끼치고 불안하게 흔들리게 만듦으로써 훨씬 더 극대화되었다.

　이런 방에서—이런 신혼 방에서—나는 트레메인의 레이디와 죄 많은 결혼 첫 달을 별다른 동요 없이 보냈다. 아내는 극도로 우울한 기분에 빠져 있는 나를 두려워했다. 아내가 나를 피하기만 하고 애정도 거의 없다는 것은 내 눈에도 뻔했지만, 오히려 기분이 좋았다. 인간이 아니라 악마를 증오하듯 아내를 혐오했기 때문이다. 내 기억은 지금은 땅에 묻힌 당당하고 아름다운 내 사랑 라이지아에게로 (극도의 회한과 함께!) 날아갔다. 라이지아의 순수함, 라이지아의 지혜, 라이지아의 숭고하고 영묘한 자질, 라이지아의 열정적이고 맹목적인 사랑에 대한 기억에 탐닉했다. 이제 내 영혼은 연정으로 불타던 라이지아의 영혼보다 더한 열기로 활활, 자유롭게 불타고 있었다. 아편의 환각에 빠져 흥분할 때면 고요한 한밤중에도, 낮의 으슥한 계곡에서도 라이지아의 이름을 소리쳐 불렀다. 떠난 이를 갈망하는 나의 미칠 듯한 간절함, 엄숙한 열정, 절실한 열의가 라이지아가 버리고 떠났던─아, 그게 영원일 수 있단 말인가?─지상의 길 위로 그녀를 다시 불러오기라도 할 것처럼 소리쳐 불렀다.

결혼 2개월째에 접어들 무렵, 레이디 로위나는 갑자기 병이 들었고 회복은 느렸다. 그녀는 고열로 편히 잠을 이루지 못했고, 비몽사몽 불안한 상태에서 탑에 있는 방과 근처에서 소리가 나고 움직임이 느껴진다는 말을 했지만, 나는 혼란스러운 백일몽 때문이거나 어쩌면 주마등 같은 방 장식 자체의 영향 탓이라고 결론 내렸다. 로위나는 마침내 차도를 보이기 시작했고, 결국 건강해졌다. 하지만 얼마 가지도 않아 더 심한 병으로 다시 병상에 눕는 신세가 되었고, 늘 허약했던 몸은 그 이후 결코 완전히 회복하지 못했다. 이 시기 이후 병세는 더 심각해지고 더 자주 재발해서 주치의들의 지식과 노력도 소용이 없었다. 만성병이 더 심해지면서 인간의 힘으로는 뿌리 뽑을 수 없을 정도로 단단히 자리를 잡자, 이에 비례해서 신경도 더 예민해지고 사소한 공포에도 더 격하게 반응했다. 로위나는 전에 넌지시 이야기했던 조그만 소리들과 태피스트리에서 느껴지는 이상한 움직임에 대해 또 이야기하기 시작했고, 이번에는 더 자주, 더 끈덕지게 했다.

9월 말 어느 날 밤, 로위나는 이 괴로운 이야기를 평소보다 더 끈질기게 들이밀었다. 그녀는 불안한 잠에서 막 깨어난 참이었고, 나는 불안감과 막연한 공포심이 반반 뒤섞인 심정으로 그 수척한 표정을 지켜보고 있었다. 나는 흑단 침대 옆에 놓인 긴 인도 의자에 앉아 있었다. 아내가 몸을 약간 일으키더니 나는 듣지 못한 어떤 소리를 그때 들었다고, 또 나는 보지 못한 어떤 움직임을 그때 봤다고 소리 낮춰 진지하게 속삭였다. 바람이 태피스트리 뒤에서 세차게 불고 있었다. 나는 들릴 듯 말 듯한 숨결 같은 소리와 벽 위 무늬들의 사소한 변화는 그저 불어오는 바람으로 인해 자연히 나타난 현상이라는 것을 아내에게 보여주고 싶었다. (고백하지만, 나도 그걸 다 믿지는 않았다.) 하지만 시체처럼 창백해져가는 아내의 얼굴을 보자 그녀를 안심시키려는 내 노력은 다 헛수고라는 것을 알았다. 곧 기절이라도 할 것 같았지만, 가까이에는 하인들이 아무도 없었다. 주치의들이 처방한 약한 와인을 어디에 두었는지 생각이 나서 나는 병을 가져오려고 서둘러 방을 가로질러 갔다. 하지만 향로 불빛 아래를 지나는 순간, 깜짝 놀랄 현상 두 가지가 내 주목을 끌었다. 보이진 않지만 명백히 존재하는 무엇인가가 내 옆을 살며시 지나가는 게 느껴졌고, 향로에서 나온 그윽한 빛 바로 한가운데 황금빛 카펫 위에 천사 같은 형체의 희미하고 모호한 그림자, 그림자의 그림자라고 착각할 수도 있을 것 같은 그런 그림자가 있는 것이 보였다. 하지만 나는 과다한 아편 투약으로 제정신이 아니었기 때문에 별로 눈여겨보지도 않았고, 로위나에게 이야기하지도 않았다. 와인을 찾아서 다시 방을 가로질러 온 나는 한 잔 가득 따라 정신을 잃어가는 아내 입에 갖다 댔다. 로위나는 약간 정신을 차리더니 잔을 직접 쥐었고, 나는 아내에게서 시선을 떼지 않은 채 옆의 긴 의자에 털썩 앉았다. 그 순간 의자 근처 카펫을 밟는 가벼운 발소리가 내 귀에 똑똑히 들렸다. 그리고 1초나 지났을까. 로위나가 와인 잔을 들어 입술에 갖다 대는 순간, 방 안 공기 속 어딘가 존재하는 보이지 않는 샘에서 솟기라도 한 것 같은 눈부신 루비색 액체가 와인 잔 안으로 서너 방울 뚝뚝 떨어지는 것이 보였다, 아니 봤다고 상상했을지도 모른다. 내가 본 게 맞다 해도, 로위나는 보지 못했다. 그녀는 망설임 없이 와인을 들이켰고, 나는 그 상황을 이야기하지 않기로 했다. 그건 결국 아내에 대한 두려움과 아편, 밤늦은 시각으로 인해 병적으로 활발해진 상상력 탓에 본 헛것이 분명했다.

하지만 루비색 물방울이 떨어진 직후 아내의 병이 급속히 악화된 것만은 스스로도 부정할 수 없는 사실이었다. 그리하여 사흘째 밤에는 하인들이 장례를 준비했고, 나흘째 되던 날 나는 로위나를 신부로 맞이했던 그 환상적인 방에서 수의로 감싼 아내의 시신 옆에 홀로 앉아 있었다. 아편이 만들어낸 기이한 환상들이 눈앞에서 그림자처럼 휙휙 오갔다. 나는 불안한 시선으로 방구석에 놓인 석관과 변화무쌍한 휘장의 무늬들, 머리 위 향로에서 널름대는 다채로운 불꽃을 응시했다. 지난밤의 상황을 떠올리던 중, 희미한 그림자의 흔적을 봤던 향로 불빛 아래 지점에 문득 눈길이 가닿았다. 하지만 그림자는 없었다. 나는 안도의 한숨을 내쉬며 침대 위에 누운 창백하고 뻣뻣한 시신으로 시선을 돌렸다. 그러자 라이지아에 대한 수천 가지 기억이 휘몰아쳐왔다. 이렇게 수의로 감싼 라이지아를 바라보며 느꼈던 형언할 수 없는 비통함이 고스란히 홍수처럼 거세게 다시 몰려왔다. 밤은 깊어갔고, 나는 유일하게 최고로 사랑했던 사람에 대한 고통스러운 기억들을 가슴 가득 품은 채 로위나의 시신을 계속해서 물끄러미 바라보았다.

아마 자정 무렵이었을 것이다. 아니, 시계를 보지 않았기 때문에 그보다 조금 전이거나 뒤였을 수도 있다. 생각에 잠겨 있던 나는 나지막하고 조용하지만 아주 분명하게 들려오는 흐느낌 소리에 화들짝 놀랐다. 소리는 임종 자리였던 흑단 침대에서 나오는 것 같았다. 미신적인 공포에 시달리며 귀를 기울였지만 소리는 다시 들리지 않았다. 눈을 부릅뜨고 시신에 무슨 움직임이라도 있는지 봤지만 미동조차 없었다. 하지만 내 착각이었을 리가 없었다. 아주 미약하기는 했지만 나는 분명히 그 소리를 들었고 정신이 번쩍 들었다. 나는 시신에서 시선을 떼지 않고 단호하고 끈덕지게 바라봤다. 몇 분이 지나고서야 수수께끼에 실마리를 던져주는 것 같은 상황이 벌어졌다. 마침내 뺨과 쑥 들어간 눈꺼풀의 실핏줄들에 아주 미약하고 희미한, 거의 눈치채기조차 힘든 혈색이 확실히 돌았다. 인간의 언어로는 실감나게 표현할 수 없는 공포와 두려움으로 심장은 박동을 멈추고 사지는 앉은 그대로 뻣뻣하게 굳어버리는 것 같았다. 하지만 마침내 의무감 덕분에 침착을 회복했다. 우리가 너무 성급하게 준비한 게 분명했다. 로위나는 아직 살아 있었던 것이다. 즉시 뭔가 조치를 취해야 했다. 하지만 탑은 하인들 거처와 동떨어져 있었고 가까운 곳에는 아무도 없었다. 한참 동안 방을 비우지 않고는 하인들을 부를 방법이 없었지만 그럴 엄두가 나지 않았다. 그래서 아직 떠돌고 있는 영혼을 다시 불러오기 위해 홀로 안간힘을 다했다. 하지만 잠깐 사이에 상황은 다시 안 좋아졌다. 눈꺼풀과 뺨에서 혈색이 사라지면서 대리석보다 더 창백하게 변했다. 입술도 시체처럼 소름 끼치는 모습으로 반으로 쪼그라들었다. 불쾌한 끈적임과 냉기가 피부에 급속히 퍼져갔다. 통상적인 사후경직이 즉시 일어났다. 나는 깜짝 놀라 벌떡 일어났던 의자에 덜덜 떨며 다시 주저앉아 또다시 라이지아에 대한 강렬한 백일몽에 빠져들었다.

한 시간이나 지났을까, 다시 한 번 침대 쪽에서 나는 희미한 소리에 정신이 들었다. (그게 가능한 일일까?) 나는 공포에 몸서리치며 귀를 기울였다. 다시 한 번 소리가 들려왔다. 한숨 소리였다. 시신 쪽으로 달려간 내 눈에 입술이 떨리는 것이 보였다, 똑똑히 보였다. 잠시 후 입술이 벌어지면서 진주처럼 빛나는 치아가 드러났다. 이제까지는 극심한 두려움만 가득하던 가슴속에 이제 놀라움이 비집고 들어왔다. 눈이 흐려지고 정신이 오락가락하는 것 같았다. 안간힘을 다한 끝에 나는 겨우 마음을 다잡고 다시 한 번 의무를 수행했다. 이제는 이마와 뺨과 목에 살짝 혈색이 돌았다. 온기가 꽤 많이 전신에 감돌았다. 심지어 심장에서 희미한 박동도 느껴졌다. 로위나는 살아났다. 나는 두 배로 열성을 다해 로위나를 소생시키는 일에 몰두했다. 관자놀이와 손을 비비고 닦아줬고, 경험과 적지 않게 읽은 의학서에서 얻은 지식을 총동원해 할 수 있는 일은 다 했다. 하지만 소용이 없었다. 갑자기 혈색이 사라지고 맥박이 멈추며 입술이 죽은 색으로 되돌아가더니, 순식간에 온몸이 얼음장같이 차가워지고 납빛으로 변하면서 뻣뻣하게 홀쭉해졌고 며칠 동안 무덤에 묻혀 있던 시체에서 보이는 온갖 불쾌한 특징들이 나타났다.

나는 또다시 라이지아에 대한 환상에 빠져들었고, (이 글을 쓰는 지금도 놀라움에 몸이 떨린다) 또다시 흑단 침대 쪽에서 나지막한 흐느낌이 들려왔다. 하지만 말로 할 수 없는 그날 밤의 공포를 왜 세세하게 이야기해야 할까? 회색빛 새벽이 가까워올 때까지 이 소름 끼치는 부활의 드라마가 몇 번이나 반복되었는지, 상태가 다시 악화될 때마다 죽음이 얼마나 더 준엄하고 더 구제 불가능해 보였는지,

고통이 왜 매번 보이지 않는 적과의 사투처럼 보였는지, 사투가 끝날 때마다 시체의 모습에 어떤 알 수 없는 변화가 생겨났는지를 왜 이야기해야 할까? 빨리 이야기를 마무리하겠다.

그 두려운 밤이 거의 끝나가고 있었다. 죽었던 여자가 다시 한 번 꿈틀거렸다. 어떤 때보다도 희망이라고는 전혀 없었기에 더욱 끔찍했던 죽음에서 깨어났지만 이번에는 지금까지보다 움직임에 더 힘이 있었다. 나는 싸우거나 움직일 기운도 사라진 지 이미 오래라 그냥 뻣뻣하게 의자에 앉아 있었다. 마음속에서는 폭풍 같은 감정이 속절없이 소용돌이쳤지만, 극도의 두려움은 어쩌면 그중 가장 덜 끔찍하고 가장 덜 절실한 감정이었다. 다시 말하지만, 시체가 꿈틀거렸고 이번 움직임은 전보다 더 힘찼다. 얼굴에는 전과 달리 생기가 생생하게 넘쳤고 사지의 긴장도 풀렸다. 눈꺼풀이 아직 굳게 닫혀 있고 붕대와 휘감긴 수의 탓에 여전히 납골당 시체처럼 보이는 것만 제외하면, 로위나가 정말 죽음의 족쇄를 완전히 벗어던져버렸다고 착각했을지도 모른다. 하지만 심지어 그때까지 이 생각을 완전히 받아들이지 않았다 하더라도, 적어도 더 이상은 의심할 수 없었다. 그 순간 수의에 싸여 있던 그것이 눈을 감은 채 꿈에 취한 사람처럼 연약한 발걸음으로 비틀대며 침대에서 일어나, 과감하고 분명하게 방 한가운데로 걸어 나왔던 것이다.

나는 떨지 않았다. 꼼짝도 하지 않았다. 그 형상의 분위기, 키, 태도와 관련된 말할 수 없는 상상들이 머릿속으로 물밀듯이 쏟아져 들어와 꼼짝도 못한 채 돌처럼 굳어버렸기 때문이다. 나는 꼼짝도 하지 않고 그 유령을 응시했다. 머릿속이 뒤죽박죽이었다. 머릿속에 진정시킬 수 없는 난동이라도 벌어진 것 같았다. 나를 마주 보고 있는 저것이 정말로 살아 있는 로위나일까? 저게 정말이지 로위나일 수는 있는 걸까? 금발에 파란 눈을 한 트레메인 출신의 레이디 로위나일 수 있을까? 왜, 도대체 왜 내가 그걸 의심하는 걸까? 입 주위에는 붕대가 꽁꽁 매여 있었다, 그래도 저건 살아 있는 트레메인 레이디의 입이 아니던가? 그리고 저 뺨, 한창때인 양 장미처럼 붉었다. 그렇다, 그건 정말 살아 있는 트레메인 레이디의 하얀 뺨이 맞을 것이다. 그리고 건강할 때와 마찬가지로 보조개처럼 움푹 들어간 자리가 있는 저 턱도 그녀 것이 아니던가? 그런데 병이 든 후로 키가 더 커진 걸까? 무슨 말도 안 되는 광기에 사로잡혀 그런 생각을 한 거지? 한 번 성큼 뛰자 그녀의 발에 가닿았다! 그녀가 내 손길에 몸을 움츠리며 머리칼을 감싸고 있던 섬뜩한 수의를 머리에서 풀자 방 안으로 휘몰아쳐 들어오는 바람에 길고 헝클어진 머리채가 물결처럼 흘러내렸다. 그 머리칼은 까마귀처럼 새까만 한밤의 날개보다 더 검었다! 그 순간 내 앞에 서 있던 형상이 천천히 눈을 떴다. 나는 커다랗게 비명을 질렀다. "이제는 적어도 절대, 절대 착각이 아니야. 이 크고 검고 열정적인 두 눈! 이건 죽은 내 사랑, 레이디, 레이디 라이지아의 눈이야!"

소용돌이 속으로의 하강

인간사에서와 마찬가지로 자연에서 하느님이 역사하시는 방식은 우리의 방식과는 다르다.
하느님의 역사는 데모크리토스의 우물보다 더 깊어서 우리가 만드는 어떤 모델도
그 방대함과 심원함, 신비함에 필적하지 못한다.
_조지프 글랜빌

우리는 이제 드높은 바위산 꼭대기에 이르렀다. 노인은 너무 지쳐서 몇 분 동안 말도 하지 못했다.

"얼마 전까지만 해도," 노인이 겨우 말했다. "우리 막내 아들놈 못지않게 너끈히 이 길을 안내했을 겁니다. 하지만 3년 전쯤 어떤 인간도 겪어본 적 없는, 아니 적어도 살아 돌아와 이야기는 할 수 없었을 그런 일을 겪었죠. 그때 그 끔찍한 공포를 여섯 시간 동안 견뎌내면서 제 몸과 영혼은 완전히 부서져버렸습니다. 절 완전히 노인네라고 생각하시겠지만 그렇지 않아요. 채 하루도 안 되는 사이에 칠흑같이 새까맣던 머리가 백발이 되고 팔다리에선 기운이 빠지고 담력이 다 약해진 겁니다. 이제는 조금만 힘을 써도 온몸이 떨리고 그림자만 봐도 소스라쳐요. 현기증이 나서 이 조그만 벼랑도 제대로 못 내려다본다니까요."

노인은 그 '조그만 벼랑' 가장자리에 무심하게 철퍼덕 누워서 쉬고 있었는데, 머리를 벼랑 위로 쑥 내민 채 미끌미끌한 가장자리 끝

을 오로지 팔꿈치로만 아슬아슬하게 지탱해서 떨어지지 않고 버티고 있었다. 이 '조그만 벼랑'은 저 아래 즐비한 바위들보다 1500 내지 1600피트 정도 더 높이 치솟아 있어 앞이 훤히 트인 매끄러운 검은 암석 벼랑이었다. 나라면 그 무엇을 준다 해도 그 벼랑가 6야드 이내에는 절대 안 갔을 것이다. 사실 나는 동행의 위태위태한 자세에 너무 기함한 나머지 바닥에 납작 엎드려 주위 관목을 꼭 붙든 채, 고개를 들고 하늘을 쳐다보지도 못했다. 그렇게 납작 엎드린 채 산이 토대부터 흔들릴 정도로 거센 바람이 몰아치고 있다는 생각을 떨쳐버리려고 애썼다. 한참 시간이 흐르고서야 나는 겨우 이성적으로 마음을 가다듬고 용기를 내어 일어나 앉아 저 멀리 경치를 내다볼 수 있었다.

"그런 상상을 떨쳐버려야 합니다." 안내인이 말했다. "여기로 모셔 온 것은 아까 말한 사건이 벌어진 장소가 가장 잘 보이기 때문이에요. 바로 그 장소를 굽어보면서 그 이야기를 들려드리려고요."

그는 특유의 자세한 설명조로 이야기를 계속했다. "지금 우리가 있는 곳은 노를란 주 로포텐 제도의 황량한 지역으로, 위도 68도에 위치한 노르웨이 연안입니다. 이 산꼭대기는 '구름의 산'이라 불리는 헬세겐 산이고요. 조금 더 몸을 일으켜보세요. 어지러우시면 풀을 움켜잡고요. 자, 그렇게. 그리고 저 아래 수증기 띠 너머 바다를 보십시오."

나는 어지러움을 무릅쓰고 광대한 바다를 바라보았다. 잉크처럼 새까만 바닷물을 보자마자 누비아의 지리학자가 말한 마레 테네브라룸Mare Tenebrarum[54]이 떠올랐다. 그보다 더 가슴 저미게 황량한 풍경은 인간의 상상력으로 그려낼 수 없을 것이다. 오른쪽과 왼쪽으로는 툭 튀어나온 시커먼 절벽이 시선이 가닿는 저 끝까지 마치 온 세상을 둘러싼 성벽처럼 길게 펼쳐져 있었고, 끝도 없이 울부짖으며 비명을 지르는 무시무시한 하얀 물마루를 연신 절벽에 부딪쳐대는 높은 파도가 그 풍경의 우울함을 한층 배가시키고 있었다. 우리가 자리한 높다란 곳의 맞은편에서 바다를 향해 5, 6마일 나간 지점에 쓸쓸해 보이는 조그만 섬이 하나 자리하고 있었다. 더 정확히 말하자면 섬을 에워싸고 있는 험한 파도 사이로 그 위치가 간신히 보였다. 육지 쪽으로 2마일 정도 더 온 지점에 끔찍하게 바위투성이에다 척박한, 조금 작은 섬이 하나 더 있었고, 시커먼 바위 무더기들이 그 주변 여기저기에 산재해 있었다.

더 멀리 있는 섬과 해안 사이의 바다는 모양새가 뭔가 굉장히 묘했다. 그 시각 육지 쪽으로 엄청나게 강한 돌풍이 불고 있어서 멀리 앞바다에 쌍돛대 범선 한 척이 작은 세로돛을 2단으로 줄인 채 정박하고 있었는데, 선체 전체가 시야에서 사라질 정도로 연신 파도 속으로 곤두박질하고 있었다. 하지만 이곳에는 규칙적으로 몰려오는 너울 같은 것이 전혀 없었고 그저 짧고 재빠른 파도가 바람 방향과 역방향을 가리지 않고 사방으로 사납게 교차할 뿐이었다. 물거품도 바위 바로 근처만 제외하면 거의 보이지 않았다.

"저 멀리 있는 섬은 노르웨이 사람들이 부르그라고 부릅니다." 노인이 다시 입을 열었다. "중간에 있는 건 모스쾨고요. 북쪽으로 1마일 지점에 있는 섬은 암바렌, 저쪽에 있는 섬들은 이슬레젠, 호트홀

54 '암흑의 바다'라는 뜻. 영국의 신화학자 제이컵 브라이언트의 《고대 신화에 대한 새로운 체계 또는 분석》(1774~76)에 나오는 내용으로, 대서양을 이렇게 표현했다.

름, 카일트헬름, 수아르벤, 부크홀름입니다. 저기 더 멀리 모스쾨와 부르그 사이에 있는 섬들은 오테르홀름, 플리멘, 산드플레젠, 스톡홀름이고요. 이게 다 저 섬들의 실제 지명이지만, 왜 저 섬들에 이름을 붙여야 한다고 생각했는지는 아무도 모를 일이죠. 무슨 소리 안 들려요? 바다가 변한 것 같지 않습니까?"

이제 헬세겐 꼭대기에 올라온 지도 10분 정도가 되었는데, 올라올 때는 로포텐 안쪽 길로 왔기 때문에 코빼기도 보이지 않던 바다가 꼭대기에 오자 갑자기 눈앞에 확 펼쳐졌다. 노인의 말을 듣고 보니, 미국 대평원을 질주하는 거대한 물소 떼 울음소리 같은 소리가 점점 크게 들려오고 있었다. 그와 동시에 우리 발아래서 휘몰아치고 있던, 뱃사람들 말로 삼각파 같은 파도가 동쪽 방향 해류로 급속히 변화하고 있었다. 지켜보고 있는 내 눈 앞에서 이 해류는 무시무시하게 속도를 더해갔다. 시시각각 속력이 빨라지며 맹렬하게 돌진했다. 5분 만에 부르그 섬까지 바다 전체가 걷잡을 수 없이 사납게 요동쳤지만 그중 파도가 가장 맹위를 떨치는 곳은 모스쾨 섬과 해안 사이였다. 어지러이 교차하는 천 갈래 수로로 갈라진 광활한 해저가 이곳에서 갑자기 섯섯거리며 솟구쳐 끓어올라 미친 듯이 경련을 일으키더니 커다란 소용돌이를 수도 없이 그리며 쏜살같이 동쪽으로 휘몰아쳐 갔다. 가파른 절벽에서 떨어지는 물이 아니고서는 절대 볼 수 없는 속도였다.

풍경은 몇 분 후 또다시 급변했다. 바다 표면이 좀 잔잔해지면서 소용돌이들이 하나씩 사라지더니 전에는 전혀 없었던 엄청난 물거품이 줄지어 나타났다. 이 거품 줄기들이 마침내 아득히 멀리까지 퍼져나가 서로 합쳐지면서 나선형으로 돌기 시작했는데, 더 거대한 소용돌이가 생기려는 것 같았다. 그러더니 돌연히—아주 돌연히—지름이 1마일도 더 되는 뚜렷하고 확실한 원 모양의 소용돌이가 되었다. 소용돌이 가장자리에는 반짝이는 물보라가 넓은 띠를 이루고 있었지만 그중 단 한 방울도 그 무시무시한 깔때기 입구로는 들어가지 않았다. 깔때기 안쪽은 육안으로 헤아려볼 수 있는 한 매끄럽고 빛나는 칠흑 같은 물의 벽으로 이루어져 있었고 이는 수평선과 약 45도의 각도를 이루며 기울어진 채 어지러울 정도로 맹렬하게 빙빙 돌고 있었다. 고통에 신음하는 거대한 나이아가라 폭포도 하늘을 향해 쏟아낸 적 없는, 반은 비명 같고 반은 포효 같은 끔찍한 소리가 바람을 타고 들려왔다.

산이 토대까지 뒤흔들렸고 바위도 진동했다. 나는 바짝 엎드려 얼굴을 묻은 채 극도로 불안해하며 듬성듬성 난 풀을 꽉 움켜쥐었다.

"이게," 마침내 내가 노인에게 말했다. "이게 바로 그 대단한 말스트룀 소용돌이군요."

"때로 그렇게 부르기도 하죠." 노인이 말했다. "우리 노르웨이 사람들은 모스쾨스트룀이라고 부릅니다. 저 중간에 있는 모스쾨 섬 이름을 따서요."

이 소용돌이에 대한 세간의 묘사들은 실제로 본 것과는 전혀 달랐다. 아마 가장 상세하다 할 수 있을 요나스 라무스의 설명도 그 광경의 웅장함이나 공포, 보는 사람이 어리둥절할 정도로 당황스러운 신기한 느낌은 조금도 전달하지 못한다. 그 작가가 어느 지점에서 언제 관찰한 것인지는 모르겠지만, 헬세겐 산꼭대기에서 본 것도 아니고 폭풍이 칠 때도 아니라는 것만은 분명하다. 그래도 세부 묘사 면에서 인용할 만한 몇몇 구절들이 있기는 하다. 비록 그 장관이 주는 인상을 전달하기에는 턱도 없이 미약하긴 하지만 말이다.

　로포텐과 모스쾨 사이의 수심은 35~40패덤[55]이지만, 건너편 베르(부르그) 쪽으로 가면 수심이 점점 얕아져 배들이 암초에 부딪치는 위험을 무릅쓰지 않고서는 편히 지나다닐 수가 없다. 이런 충돌 사고는 심지어 아주 평온한 날씨에도 벌어진다. 만조 때는 물살이 로포텐과 모스쾨 사이로 거세게 몰려 올라가지만 다시 맹렬하게 바다로 빠져나오는 썰물의 포효 소리는 가장 거대하고 무시무시한 폭포 소리와도 비교가 안 된다. 그 소리는 몇 리그[56] 밖에서도 들리고 소용돌이들도 어찌나 크고 깊은지 근처를 지나가는 배는 어김없이 빨려들어 바닥까지 끌려 내려가 바위에 부딪혀 산산조각 나고 그 파편은 파도가 잠잠해질 때 다시 바다 위로 떠오른다. 하지만 이런 잠잠한 휴지기는 고요한 날씨에 밀물과 썰물이 바뀔 때만 나타나 15분 정도 지속될 뿐 파도는 다시 점차 거칠어진다. 태풍으로 물살이 아주 거칠고 광포해질 때면 그런 소용돌이의 반경 1노르웨이마일[57] 이내로 접근하는 것도 위험하다. 경계하지 않고 있다가 그 반경 내에 들어간 보트나 요트, 함선들은 속절없이 휩쓸려 들어갔다. 이와 마찬가지로 고래들도 너무 가까이 왔다가 그 거센 물살에 꼼짝 못하고 휩쓸리는 일이 자주 벌어지는데, 거기서 빠져나오려고 속절없이 사투를 벌이는 고래의 울부짖음은 묘사조차 불가능하

55　주로 바다의 깊이를 재는 데 쓰는 단위로, 1패덤은 약 1.83미터.

56　거리 단위로 약 5킬로미터.

57　보통 1마일은 1.6킬로미터 정도이지만 노르웨이마일은 약 10킬로미터를 지칭한다.

다. 한번은 곰 한 마리가 로포텐에서 모스쾨로 헤엄쳐 가려다가 물살에 빨려 들어갔는데 어찌나 처절하게 울부짖는지 그 소리가 해안까지 들릴 정도였다. 물살에 빨려 들어갔던 커다란 전나무와 소나무 둥치들은 마치 빳빳한 털이라도 자라난 것처럼 온통 갈라지고 찢어져서 다시 떠오른다. 이것만 봐도 해저가 온통 울퉁불퉁한 바위로 이루어져 있고 거기서 나무둥치들이 이리저리 굴렀다는 것을 알 수 있다. 이 물살은 여섯 시간 단위로 계속 높아졌다가 낮아졌다가 하는 조수의 간만에 의해 조절된다. 1645년 사순절 두 번째 일요일에는 이른 아침부터 물살이 어찌나 시끄럽고 사납게 날뛰는지 바닷가 집들의 돌들까지 무너져 내렸다.

수심 문제에 대해서는, 그게 소용돌이 바로 근처에서 어떻게 확인이 될 수 있었는지 도무지 모르겠다. '40패덤'이라는 깊이는 오로지 모스쾨나 로포텐 해안 근처의 해협에만 해당되는 게 분명하다. 모스쾨스트룀 중심부 수심은 분명히 잴 수 없을 정도로 더 깊을 것이다. 헬세겐 바위산 꼭대기에서 소용돌이의 심연 속을 슬쩍 보는 것만으로도 그 증거는 충분하다. 이 꼭대기에서 저 아래 아우성치고 있는 플레게돈[58]을 바라보고 있으려니 고래와 곰의 일화를 믿기 힘든 일인 양 기록해놓은 정직한 요나스 라무스의 순진함에 실소하지 않을 수 없다. 사실 세상에서 가장 큰 배도 그 무서운 소용돌이의 영향권 안에 들어가면 태풍 속 깃털처럼 아무런 저항도 못 한 채 순식간에 통째로 사라질 것이 자명해 보였기 때문이다.

58　부위 갑 □□□□ 난□에서 서쪽으로 가기 위해 건너야 하는 다섯 개의 강 중 하나.

이 현상을 설명하려 했던 시도들 중 몇몇은 자세히 읽어봤을 때 꽤 그럴듯하게 느껴졌던 기억이 있는데, 이제 보니 완연히 다르고 어설퍼 보였다. 일반적 생각으로는 페로 제도에 있는 더 작은 소용돌이 세 개뿐만 아니라 이 소용돌이도 "그저 조수 간만 차로 높아졌다 낮아졌다를 반복하는 파도가 바위 능선과 암초에 부딪혀서 생긴 현상일 뿐이다. 바위 능선과 모래톱에 갇힌 바닷물은 폭포처럼 밀려 떨어진다. 따라서 수면이 높아질수록 폭포 길이도 길어지므로 그 자연적 결과로 소용돌이가 만들어져 실험해볼 필요 없이 잘 알려진 대로 거대한 흡인력을 갖게 된다." 이것이 브리태니커 백과사전에 실린 설명이다. 키르허[59] 등은 소용돌이 한가운데 지구를 관통해서 아주 먼 곳—보트니아만ᵃ을 명확하게 거론하고 있는 예도 있다—으로 나오는 심연이 있다고 상상한다. 이것은 근거 없는 의견이기는 하지만 소용돌이를 지켜보고 있노라면 내 상상으로도 가장 쉽게 동의할 수 있는 이야기였다. 안내인에게 이 이야기를 하자 놀랍게도 그 견해는 노르웨이 사람들도 보편적으로 동의하기는 하지만 자신은 아니라고 했다. 앞의 의견은 자신으로서는 이해를 못 하겠다고 고백했는데, 그건 나도 동의하는 바였다. 책에서는 아무리 결론적으로 제시되었다 해도 정작 이 심연의 천둥소리 한가운데 있으면 도통 이해할 수도 없고 심지어 터무니없어 보였기 때문이다.

노인이 말했다. "이제 소용돌이를 자세히 보셨으니, 이 바위를 끼고 살살 기어서 바람 불어오는 쪽, 그래서 저 우레 같은 파도 소리가 들리지 않는 쪽으로 가실 수 있으면 모스쾨스트룀에 대해 제가 아

---

59 독일의 자연과학자, 수학자, 고고학자, 예수회 수사인 아타나시우스 키르허.

는 바를 이야기해드리죠."

노인이 바라는 대로 자리를 잡자 그는 이야기를 시작했다.

"제 형제 둘과 저는 한때 70톤급 스쿠너식 소형 범선을 가지고 있었습니다. 그걸 타고 모스쾨 너머 섬들 사이, 거의 부르그 섬까지 가서 고기를 잡곤 했죠. 바다에 아무리 소용돌이가 거세다 해도 나갈 용기만 있으면 적절한 기회에 고기를 많이 낚을 수 있지만, 로포텐 해안 주민들 중 주기적으로 그 섬들까지 가는 사람은 사실 우리 셋뿐이었습니다. 보통 조업하는 구역은 남쪽으로 훨씬 더 내려간 곳에 있어요. 거기서는 별 위험을 무릅쓰지 않아도 늘 고기가 잡히니 그쪽을 더 선호하는 거죠. 하지만 우리가 선택한 이곳 바위들 사이 바다에서는 최고의 어종들이 잡힐 뿐만 아니라 양도 훨씬 더 많아서 소심한 친구들이 일주일 걸려도 못 잡는 양을 종종 하루 만에 잡곤 했습니다. 사실 우리에겐 필사적인 도박이었죠. 고된 노동 대신 목숨을 걸고, 용기로 큰돈을 보장받는 거니까요.

배는 여기보다 5마일 정도 더 위쪽에 있는 작은 만에 댔습니다. 날씨가 좋을 때면 15분 정도 물결이 잠잠한 휴조休潮를 이용해 웅덩이 저 위쪽, 모스쾨스트룀 본류를 건너간 다음 다른 곳만큼 소용돌이가 거칠지 않은 오테르홀름이나 산드플레젠 근처 어딘가에 정박했어요. 거기서 다시 휴조가 될 때까지 머물다 고기 무게를 재고 집으로 돌아가곤 했죠. 나가고 들어오는 데 필요한 안정된 횡풍 없이는 절대 조업에 나서지 않았습니다. 돌아오기 전까지 절대 우리를 저버리지 않을 그런 횡풍 말입니다. 그 계산이 틀린 적은 거의 없었어요. 바람이 완전히 죽는 바람에 밤새도록 정박해야만 했던 건 지난 6년 동안 두 번 있었는데, 이곳에서는 정말 드문 일입니다. 한번은 도착 직후 돌풍이 부는 통에 엄두도 못 낼 만큼 바다가 거칠어져 거기서 거의 일주일 동안 꼼짝도 못한 적도 있었어요. 그때는 무슨 짓을 해도 바다로 쓸려 나갔어야 할 상황이었지만 다행히—오늘은 여기 있다가 내일이면 온데간데없어지는—수많은 역류 중 하나를 타서 운 좋게 플리멘 섬 근처로 흘러간 덕분에 바람을 피할 수 있었습니다.

우리가 '그곳에서' 한 고생을 다 말하자면 끝도 없을 겁니다. 그곳은 날씨가 좋을 때조차 위험하지만 우린 모스쾨스트룀의 시련을 사고 없이 늘 그럭저럭 헤쳐 나왔어요. 하지만 가끔 휴조를 잘못 맞춰 1분이라도 먼저 나서거나 늦게 나서면 심장이 튀어나올 것 같은 상황을 겪곤 했습니다. 때로는 출발할 때 생각했던 것만큼 바람이 세지 않아서 바라던 만큼 나가지도 못하면서 해류 때문에 배가 속수무책으로 흔들리기도 했어요. 형님에게는 열여덟 살짜리 아들이 하나 있고 제게도 건장한 아들이 둘 있었어요. 이 아이들이라면 큰 노를 쓸 때도, 그 후에 고기를 잡을 때도 큰 도움이 되었겠지만, 우리 목숨은 걸어도 애들을 위험하게 할 용기는 없더라고요. 이러니저러니 해도 그건 정말 **끔찍한** 일이었고 그게 사실이니까요.

이제부터 들려드릴 일이 벌어진 지도 이제 3년하고도 며칠이 지났군요. 18**년 7월 10일이었습니다. 이 동네 사람들은 절대 잊지 못할 날이죠. 그날 역대 최악의 태풍이 불어닥쳤거든요. 그런데도 아침에는 내내, 사실 오후 늦게까지도 햇살이 환히 빛나고 남서쪽에서는 계속 미풍이 불었기 때문에 최고참 어부도 나중에 어떤 일이 벌어질지 전혀 예측하지 못했을 겁니다.

우리 세 사람, 그러니까 형제들과 저는 오후 2시쯤 섬들 쪽으로 건너갔고 곧 잡은 고기로 배가 거의 만선이 되었어요. 다들 말했지만 그렇게 고기가 많은 날은 이제까지 처음이었습니다. 제 시계로 딱 7시가 되었을 때 고기 무게를 달고 집을 향해 출발했어요. 휴조 때 생기는 최악의 스트룀을 최대한 피하기 위해서였지요. 우리가 알기로 그게 8시에 시작될 예정이었거든요.

우린 우현에 상쾌한 바람을 맞으며 출발해 한동안은 빠른 속도로 질주했습니다. 위험은 꿈에도 생각하지 못했죠. 그런 걱정을 할 이유가 조금도 없었거든요. 그러다 느닷없이 헬세겐 쪽에서 바람이 불어오길래 깜짝 놀랐습니다. 전에는 한 번도 없었던 일이었거든요. 딱히 뭐라 할 수는 없었지만 슬슬 불안한 기분이 들더군요. 바람을 거슬러 가려 했지만 소용돌이들 때문에 전혀 앞으로 나아가지지가 않아서 정박지로 다시 돌아가자고 막 말하려던 순간, 고물 쪽을 보자 특이한 구릿빛 구름이 엄청난 속도로 솟구쳐 오르면서 수평선 전체를 뒤덮고 있더라고요.

그러는 사이 진로를 방해하던 바람이 잦아들며 바람 한 점 없는 상태가 되었고 우리 배는 사방으로 이리저리 떠다녔죠. 하지만 이 상태도 우리에게 생각할 시간을 줄 정도로 오래가지는 않았습니다.

채 1분도 지나지 않아 폭풍이 들이닥쳤고, 2분도 안 되어 온 하늘이 구름으로 뒤덮였습니다. 여기다 물보라까지 몰아치면서 배 안에 탄 사람들조차 서로를 볼 수 없을 정도로 갑자기 온 사방이 깜깜해졌습니다.

그때 들이닥친 것 같은 태풍을 묘사하려 하는 건 어리석은 짓일 뿐입니다. 노르웨이에서 최고참 선원도 그런 태풍은 겪어보지 못했을걸요. 태풍이 우릴 완전히 끝장내기 전에 먼저 급히 돛들을 버렸죠. 하지만 바람이 불어닥치기 무섭게 우리 돛대들은 톱질이라도 한 것처럼 넘어가버렸고, 안전을 위해 주돛대에 몸을 묶고 있던 막내도 돛대와 함께 쓸려가버리고 말았습니다.

우리 배는 대해 위를 떠다니는 가볍디가벼운 깃털 신세였죠. 우리 배는 뱃머리에서 선미까지 평갑판으로 이루어져 있었고 뱃머리 쪽에만 조그만 승강구가 하나 있었는데, 스트룀을 건널 때는 요동치는 파도에 대비하느라 늘 꼭 닫아놓곤 했습니다. 그렇게 하지 않았으면 금세 침몰해버렸을 겁니다. 배가 족히 몇 분은 파도에 완전히 묻혀 있었거든요. 형님이 어떻게 죽음을 면했는지는 모르겠습니다. 물어볼 기회도 없었거든요. 저로 말하자면, 앞돛을 버리자마자 뱃머리 좁은 뱃전에 발을 갖다 붙이고 손으로는 앞돛대 발치 근처의 고리볼트를 잡은 채 갑판에 납작 엎드렸습니다. 그저 본능에 따른 행동이었지만 그건 분명 제가 할 수 있었던 최상의 방책이었습니다. 왜냐하면 너무 당황해서 아무 생각도 할 수가 없었거든요.

잠시 동안 우리는 파도에 완전히 뒤덮여 있었고, 저는 그러는 내내 숨을 꾹 참고 볼트에 매달려 있었어요. 마침내 더 이상 참을 수가 없어서 손으로는 볼트를 여전히 단단히 붙든 채 무릎으로 몸을 지탱하고 일어나 머리를 물 밖으로 내놓았어요. 곧 조그만 우리 배는 개가 물 밖에 나올 때 그러듯이 요동치기 시작했고 그러느라 배에 들어온 물을 어느 정도 내보낼 수 있었습니다. 망연자실 상태에서 벗어나 정신을 차리고 무엇을 해야 하는지 생각하려고 안간힘을 쓰고 있는데 누가 제 팔을 턱 잡지 뭡니까. 형님이었어요. 기뻐서 가슴이 터져나갈 것 같았습니다. 바다에 빠져버린 줄 알았거든요. 하지만 다음 순간 이 모든 기쁨이 공포로 돌변했습니다. 형님이 제 귀에 입을 바싹 갖다 대고는 '모스쾨스트룀!'이라고 외쳤거든요.

　그 순간 제 심정이 어땠는지는 세상 누구도 모를 겁니다. 극심한 학질에 걸려 발작이라도 걸린 사람처럼 머리부터 발끝까지 온몸이 덜덜 떨렸어요. 그 한마디가 무엇을 의미하는지 너무도 잘 알고 있었거든요. 형님이 뭘 알리고 싶어 하는지 전 잘 알았어요. 지금 우리 배를 밀고 있는 바람을 타고 가면 곧장 스트룀 소용돌이를 향해 가게 되어 있었습니다. 우린 꼼짝 없이 죽은 목숨이었죠!

　아시겠지만 스트룀 물길을 건널 때면 우린 늘, 심지어 바람 한 점 없는 날에도 소용돌이 위쪽으로 멀찌감치 돌아갔고 그런 다음에는 휴조가 시작되길 기다리며 바다를 주시했죠. 하지만 이제 우린 소용돌이를 향해 곧장 돌진하고 있었어요. 그것도 이런 폭풍 속에서 말입니다! 전 생각했죠. '분명 딱 휴조 즈음해서 거기 도달하게 될 거야. 조금은 희망이 있어.' 하지만 다음 순간 바보 천치처럼 조금이라도 희망을 품었던 스스로를 저주했죠. 함포 아흔 개짜리 군함보다 열 배는 더 큰 배라 해도 죽을 수밖에 없는 상황이라는 걸 너무 잘 알고 있었거든요.

　그때쯤엔 태풍의 맹렬한 첫 기세가 한풀 꺾인 건지 아니면 우리가 태풍 앞에서 질주하고 있느라 별로 못 느꼈는지 알 수 없지만, 하여간 파도가 처음에는 바람과 함께 잠잠해지면서 잔잔히 거품만 일고 있더니 이제는 완전히 산처럼 솟아올랐어요. 하늘도 심상치 않게 변했습니다. 사방은 여전히 칠흑처럼 캄캄했지만 느닷없이 머리 위쪽 하늘이 빙빙 돌며 틈이 생기더니 청명한 하늘, 이제껏 본 중 가장 맑고 새파란 하늘이 나타났고 그 틈새로 드러난 보름달이 이제껏 본 적 없는 형형한 빛을 내뿜었습니다. 달빛이 사방 모든 것들을 똑똑히 비추었죠. 하지만 맙소사, 그 빛에 드러난 광경이라니!

형님께 한두 번 말을 걸어봤지만, 무슨 영문인지 몰라도 사방이 어찌나 점점 시끄러워지는지 귀에다 대고 고래고래 소리를 지르는 데도 단 한마디도 전달할 수가 없었습니다. 형님은 죽은 사람처럼 창백한 얼굴로 이내 고개를 젓더니 들어봐!라고 하듯이 손가락 하나를 치켜들더군요.

처음에는 무슨 소리인지 이해를 못 했지만 곧 섬뜩한 생각이 뇌리를 스쳤습니다. 주머니에서 시계를 끄집어내 봤죠. 시계는 안 가고 있었어요. 달빛에 시계를 비춰 본 저는 울음을 터뜨리며 시계를 저 멀리 바다에 집어 던졌습니다. 시계가 7시에 멈춰 있는 겁니다! 휴조 때는 이미 넘어가버렸고 스트룀 소용돌이의 맹위는 정점에 달해 있었던 거예요!

잘 만들고 제대로 다듬고 과적하지 않은 배는 강풍을 받아 최고 속도로 달릴 때 항상 파도가 배 아래를 미끄러져 지나가는 것처럼 보입니다. 육지 사람들 눈에는 아주 이상하게 보일 거예요. 이게 뱃사람들 말로 소위 파도를 탄다는 겁니다.

하여간 그때까지는 우리 배가 너울을 굉장히 요령 있게 타고 있었는데, 곧 어마어마하게 거대한 파도가 덮쳐 와 우리를 선미 돌출부 아래에 처박더니 점점 높이, 더 높이, 거의 하늘까지 솟구치면서 배를 휩쓸어 갔습니다. 파도가 그렇게 높이 솟구칠 수 있다고는 절대 믿지 못했을 거예요. 다음 순간 우리는 휙 미끄러져 내려와 풍덩하고 바다에 처박혔죠. 마치 꿈속에서 까마득한 산꼭대기에서 떨어지는 것처럼 속이 메스껍고 현기증이 나더군요. 하지만 그 위에 있는 동안 재빨리 사방을 둘러봤는데, 그 잠깐 본 것만으로도 충분했습니다. 단번에 우리가 어디에 있는지 정확한 위치를 알 수 있었어요. 모스쾨스트룀 소용돌이는 우리 앞 약 4분의 1마일 지점에 있었지만, 그 소용돌이는 지금 보고 계시는 소용돌이가 물방아용 물줄기와 다른 것처럼 우리가 매일 보던 모스쾨스트룀이 아니었어요. 우리가 어디 있는지, 앞으로 어떤 일이 벌어질 것인지 몰랐다면 전혀 알아보지 못했을 겁니다. 사실 너무 끔찍해서 저도 모르게 눈을 감아버렸어요. 경련이라도 일으킨 것처럼 눈꺼풀이 저절로 꽉 닫히더군요.

한 2분이나 지났을까, 갑자기 파도의 기세가 약해지더니 사방이 물거품으로 둘러싸이더군요. 배가 좌현으로 휙 반 바퀴 돌더니 그 방향으로 번개처럼 튀어나갔어요. 동시에 울부짖던 파도 소리는 날카로운 비명 같은 소리에 완전히 묻혀버렸고요. 수천 대의 증기선이 배수관으로 한꺼번에 증기를 내뿜는 것 같은 그런 소리였습니다. 이제 우린 늘 소용돌이를 둘러싸고 있는 연안의 파도 띠 안에 들어와 있었죠. 물론 전 우리가 당장이라도 심연 속으로, 엄청난 속도로 내달리고 있었기 때문에 제대로 보이지도 않는 그 깊은 바닷속으로 빠지게 될 거라 생각했어요. 그런데 배는 전혀 가라앉을 기세가 없었고 오히려 파도 표면을 공깃방울처럼 스쳐가는 것 같더군요. 소용돌이는 우현 쪽에 있었고 좌현 쪽으로는 우리가 지나온 바다가 높게 치솟아 있었습니다. 우리와 수평선 사이에서 거대한 벽처럼 꿈틀거리면서요.

이상하게 들릴지도 모르겠지만 막상 그 소용돌이 입 안에 들어와 있으니 그쪽으로 내달리고 있을 때보다 마음이 차분히 가라앉더군요. 더 이상 희망을 품지 말자고 결심하고 나니 처음 저를 무력하게 만들었던 공포가 많이 가셨던 거죠. 제가 긴장했던 건 절망 때문이었던 것 같습니다.

허풍처럼 들릴지 모르겠지만, 지금 말씀드리는 건 사실입니다. 그런 식으로 죽으면 얼마나 멋질까, 하느님의 위용을 보여주는 그런 멋진 광경 앞에서 제 개인의 목숨 같은 하찮은 생각이나 하다니 얼마나 어리석은 짓인가 이런 생각들이 들기 시작했죠. 이런 생각이 머리를 스치자 정말이지 부끄러워서 얼굴이 확 달아오르더군요. 조금 있자니 소용돌이 자체에 대한 맹렬한 호기심이 솟구쳤습니다. 어차피 죽게 될 목숨을 걸고라도 소용돌이가 얼마나 깊은지 알아보고 싶은 바람이 간절하게 들었습니다. 다만 정말 애통한 것은 제가 보게 될 신비를 해안에 있는 오랜 친구들에게 절대 이야기해줄 수 없으리라는 사실이었죠. 이건 그런 극한 상황에 처했을 때 드는 기이한 망상이 틀림없습니다. 나중에 종종 생각한 건데 배가 소용돌이 주위를 빙빙 돌고 있어서 머리가 살짝 이상해졌던 것 같아요.

또 다른 상황이 벌어지면서 약간 침착을 되찾을 수 있었습니다. 바람이 멎었거든요. 그 상황에서는 바람이 우리 배에 와 닿을 수가 없었어요. 왜냐하면 보시다시피 연안의 파도 떠가 보통 바다보다 훨씬 낮아서 이 바다가 우리 위로 높고 검은 산마루처럼 치솟아 있었거든요. 강풍이 휘몰아칠 때 바다에 있어본 적이 없다면 바람과 물보라가 함께 들이칠 때 사람 혼을 얼마나 쏙 빼놓는지 상상이 안 갈 겁니다. 아무것도 안 보이고 안 들리고 목이 조이고 움직이거나 생각할 힘도 모조리 사라져버리죠. 하지만 우리는 이런 괴로움에서는 상당 부분 벗어난 상태였습니다. 판결이 아직 불분명할 때는 금지되었던 사소한 도락들이 사형선고를 받은 중죄인들에게는 허용되는 것처럼요.

　파도 띠를 몇 바퀴나 돌았는지는 모르겠습니다. 아마 한 시간 정도 빙빙 돌았을 거예요. 우린 물에 떠 있다기보다 날다시피 하며 점점 더 요동치는 파도 한가운데로 다가가 무시무시한 안쪽 경계 가까이로 접근하고 있었습니다. 그러는 내내 전 한 번도 고리볼트를 놓치지 않고 꽉 움켜잡고 있었어요. 형님은 이물 쪽에서 선미 돌출부 어살 아래 꽁꽁 묶어둔 조그만 빈 물통을 붙들고 있었고요. 강풍이 처음 덮쳐 왔을 때 갑판에 있던 물건 중 바다로 휩쓸려 가지 않은 유일한 물건이었죠. 소용돌이 가장자리에 거의 다 오자 형님은 잡고 있던 통을 내팽개치고는 고리 쪽으로 왔습니다. 고리가 두 사람이 제대로 붙들 수 있을 정도로 크지 않자 공포에 질린 형님은 기를 쓰고 고리에서 억지로 제 손을 떼어내려고 하더군요. 공포에 질린 나머지 미쳐 날뛰는 광인의 행동일 뿐이라는 걸 알고 있으면서도 형님이 그런 짓을 하는 걸 보자 가슴이 미어질 듯 아팠습니다. 하지만 형님과 그 자리를 놓고 다투고 싶지 않았어요. 둘 중 누가 거기 매달려 있건 달라질 건 별로 없다는 걸 알고 있었기 때문에 형님께 볼트를 넘기고 선미의 물통 쪽으로 갔습니다. 그건 별로 어렵지 않았어요. 배가 소용돌이치는 거대한 파도의 요동과 함께 이리저리 흔들리기만 할 뿐 수평을 유지한 채 안정되게 빙빙 돌고 있었거든요. 제가 새 자리에 제대로 안착하기도 전에 배가 우현 쪽으로 휙 기울더니 심연 속으로 곤두박질쳤습니다. 저는 하느님께 황급히 기도를 읊조리며 이제 끝이라고 생각했죠.

　속이 뒤집어질 것 같은 추락의 느낌에 본능적으로 통을 꽉 붙들고 눈을 감았습니다. 몇 초 동안은 감히 눈도 뜨지 못했어요. 배는 즉시 산산조각 날 테고 바다와 사투를 벌일 단계도 이미 지났을 거라고 생각했죠. 하지만 시시각각 시간이 흘러가는데도 전 여전히 살아 있었어요. 추락하는 느낌도 멈추었고요. 좀 더 기울어져 있다는 것만 제외하면 배의 움직임도 이전에 물거품 띠에 휩싸여 있을 때와 별다를 바 없더군요. 저는 용기를 내서 다시 한 번 주변을 둘러보았습니다.

주변 광경을 바라볼 때 느꼈던 그 두려움과 전율, 경탄은 절대 잊지 못할 겁니다. 우리 배는 마치 마법처럼 둘레가 방대하고 어마어마하게 깊은 깔때기의 안쪽면 중간쯤에 매달려 있었습니다. 완벽하게 매끄러운 그 측면은 정신없이 빠른 속도로 빙빙 돌고 있지만 않았다면, 또 앞서 설명한 구름 사이 둥근 틈으로 쏟아져 내려와 까마득한 아래 심연의 가장 깊은 곳까지 비추는 황금색 보름달빛을 받아 섬뜩한 광채를 발하고 있지만 않았다면, 흑단으로 착각할 정도였어요.

처음에는 너무 당황해서 아무것도 제대로 보이지 않았습니다. 보이는 것이라고는 사방에서 굉장한 장관이 펼쳐지고 있다는 것뿐이었어요. 하지만 약간 정신을 차리자 시선이 본능적으로 아래로 향했죠. 배가 소용돌이의 비스듬한 표면에 매달려 있었기 때문에 이 방향으로 봐야 가리는 것 없이 앞이 잘 보였거든요. 배는 균형을 꽤 잘 유지하고 있었습니다. 그러니까 갑판이 수면과 평행을 유지하고 있었다는 말인데, 이 수면이 45도 이상 기울어져 있었기 때문에 우리 배도 옆으로 누워 있는 것처럼 보였죠. 그럼에도 이 상황에서 통을 붙들고 발로 버티고 있는 게 완전히 수평 상태일 때보다 별로 힘들지 않았어요. 아마도 회전 속도 덕분이었던 것 같습니다.

달빛이 깊은 소용돌이의 저 밑바닥까지 비추는 것 같았지만 사방을 감싸고 있는 짙은 해무 때문에 제 눈엔 여전히 아무것도 똑똑히 보이지 않았어요. 그 해무 위로 장대한 무지개가 이슬람교도들이 시간과 영원 사이의 유일한 통로라고 말하는 좁고 흔들리는 교각처럼 걸려 있었습니다. 이 해무나 물보라는 깔때기의 거대한 벽들이 바닥에서 만날 때 서로 부딪히면서 생긴 게 분명했지만, 그 물보라에서 나와 하늘로 올라가는 고함 소리는 감히 묘사할 엄두도 못 내겠습니다.

위쪽의 거품 띠에서 그 심연 속으로 처음 미끄러져 들어가던 순간에는 경사를 따라 한참을 아래로 추락했지만 그다음부터는 하강 거리가 일정하지 않았어요. 우리는 빙글빙글 돌고 또 돌았습니다. 일정한 움직임이 아니라 어지러울 정도로 흔들리고 확 돌진해가며 때로는 몇백 야드씩, 때로는 소용돌이 둘레를 거의 한 바퀴씩 돌았죠. 한 바퀴 돌 때마다 느리지만 눈에 띌 정도로 아래쪽으로 내려갔습니다.

우리를 떠받치고 있는 출렁대는 흑단의 광활한 황무지를 둘러보니 소용돌이의 품에 휩싸여 있는 건 우리 배만은 아니었습니다. 우리 위아래로 배의 파편, 커다란 건축 목재와 나무줄기와 더불어 가구, 부서진 상자, 통, 막대기 같은 작은 물건들이 수두룩하게 있었어요. 아까 처음의 공포감 대신 기묘한 호기심이 생겨났다고 말씀드렸잖아요. 그 호기심은 끔찍한 운명에 더 가까이 다가갈수록 점점 커져가는 것 같았습니다. 이제 저는 묘한 흥미를 갖고 우리와 함께 떠다니는 그 수많은 물건들을 관찰하기 시작했어요. 분명 제정신이 아니었죠. 심지어 저 아래 거품을 향해 떨어져 내려가는 몇몇 물건들의 상대적 속도를 추측하며 재미를 찾기까지 했으니까요. 한번은 이렇게 중얼거리기도 했습니다. '다음번에 저 아래로 곤두박질쳐 사라질 물건은 분명 이 전나무일 거야.' 그러고는 네덜란드 상선 파편이 전나무를 앞질러 먼저 추락하는 걸 보며 실망했죠. 결국 이렇게 몇 번의 추측을 하고 그게 다 틀리고 나자, 이 사실—하나같이 다 틀렸다는 사실—로부터 일련의 생각이 떠올랐어요. 그러자 다시 사지가 와들와들 떨리고 심장이 다시 한 번 쿵쾅거리며 뛰기 시작했습니다.

제가 떤 이유는 새로운 공포 때문이 아니라 더 설레는 희망의 서광을 봤기 때문이었습니다. 이 희망의 일부는 기억에서, 일부는 지금의 관찰에서 생겨난 것이었어요. 로포텐 해안에 흩어져 있던 온갖 부유물들, 모스쾨스트룀에 빨려 들어갔다가 다시 떠오른 온갖 부유물들이 생각나더군요. 그중 대부분 물건들은 아주 이상한 방식으로 박살이 나 있었습니다. 심하게 쓸리고 거칠거칠해져서 가시가 수두룩하게 박힌 것 같은 꼴이 되어 있었죠. 하지만 똑똑히 기억하는데 그중엔 전혀 망가지지 않은 물건들도 일부 있었어요. 그 차이를 설명할 수 있는 유일한 추측은 거칠어진 파편들만 소용돌이에 완전히 빨려 들어갔던 것들이라는 겁니다. 다른 것들은 조수가 끝나갈 때 소용돌이에 들어갔거나, 무슨 이유에서인지 소용돌이에 빨려 들어간 후에 너무 느리게 내려가서, 조수가 바뀌어 밀물이 들어오거나 썰물이 빠지기 전까지 바닥에 닿지 않았던 것들인 거죠. 그중 어떤 경우이건 이 물건들은 소용돌이에 더 일찍 휘말렸거나 더 급속히 빨려 들어간 물체들의 운명을 겪지 않고 해수면으로 다시 떠오를 수 있었을 거라는 생각이 들더군요. 또 세 가지 의미심장한 현상도 보였습니다. 첫 번째는 대체로 크기가 클수록 하강 속도가 빠

르다는 것, 두 번째는 길이는 같아도 하나는 구 모양이고 다른 하나
는 다른 모양일 경우 하강 속도가 더 월등히 빠른 것은 구 모양 물체
라는 것, 세 번째는 같은 크기라도 하나는 원통 모양이고 다른 하나
는 다른 모양일 경우 원통 모양 물체가 더 천천히 빨려 들어간다는
것이었습니다. '원통'과 '구'라는 단어는 소용돌이에서 탈출한 후에
이 문제를 놓고 이 지역 나이 지긋한 선생님과 몇 번 대화를 나누었
는데 그분에게서 배운 겁니다. 비록 설명은 잊어버렸지만, 그 선생님
께선 제가 관찰한 게 사실 부유하는 파편의 모양에 따른 당연한 결
과라며 소용돌이에 휘말린 원통형이 부피는 같고 모양은 다른 물체
보다 소용돌이의 흡인력에 대한 저항력이 더 커서 빨려 들어가기도
더 어렵다는 것을 보여줬죠.[60]

이런 관찰을 밀어붙이고 설명하고 싶어 조바심이 나게 만든 한 가
지 놀라운 정황이 있었습니다. 소용돌이를 한 바퀴 돌 때마다 우리
배는 통이나 배의 활대나 돛대 같은 것들을 지나쳤는데, 처음에 이
경이로운 소용돌이 현상을 목격했을 때는 이들 중 많은 것들이 우
리와 비슷한 높이에 있었는데 이제는 우리보다 훨씬 더 위에 있는
데다가 처음 위치에서 거의 움직이지도 않은 것 같았다는 거죠.

저는 더 이상 무엇을 할까 망설이지 않았습니다. 지금까지 붙들
고 있던 물통에 몸을 단단히 묶고 선미에서 통을 떼어낸 다음 바다
에 뛰어들기로 결심했죠. 손짓으로 형님을 불러 우리 가까이 떠다니
는 통들을 가리키고는 내가 무엇을 하려고 하는지 알리려고 안간힘
을 썼습니다. 마침내 형님이 제 계획을 이해한 것도 같더군요. 하지

60 [원주] 아르키메데스의 《떠 있는 물체에 내하여》2권 참조.

만 그게 맞든 아니든 형님은 절망적으로 고개를 저으며 고리볼트 옆에서 떠나지 않으려 하더라고요. 형님에게 가는 건 불가능했고 긴박한 상황상 지체할 틈도 없어서 저는 쓰라린 번민 끝에 형님은 형님의 운명에 맡기고 통을 선미에 묶어놓았던 밧줄로 내 몸을 통에 묶고 잠시도 주저하지 않고 통과 함께 바다로 뛰어들었습니다.

그 결과는 제가 바랐던 바로 그대로였어요. 지금 제가 직접 이 이야기를 들려드리고 있으니 정말로 탈출에 성공했다는 것을 아실 테고 어떤 방법으로 탈출했는지도 이미 알고 계시니 앞으로 남은 이야기도 당연히 짐작하고 계실 테죠. 그러니 빨리 이야기를 매듭짓겠습니다. 배에서 뛰어내린 지 한 시간쯤 지났을 때 저보다 한참 더 아래에 내려가 있던 배가 미친 듯이 서너 번 연속으로 회전하더니 사랑하는 형님을 실은 채 저 아래 혼돈의 거품 속으로 영원히 곤두박질쳤습니다. 제가 몸을 묶고 있던 통이 소용돌이 바닥과 제가 배에서 뛰어내린 지점 사이 거리를 반 정도 내려갔을 때 소용돌이의 모양새에 커다란 변화가 일어났습니다. 거대한 깔때기 측면의 경사가 시시각각 완만해지더군요. 소용돌이의 회전도 점차 약해졌고요. 거품과 무지개도 서서히 사라졌고 소용돌이의 바닥도 천천히 위로 올라오는 것 같았습니다. 모스쾨스트룀 소용돌이가 치고 있던 자리에서 로포텐 해안이 훤히 보이는 수면 위로 올라왔을 때는 하늘은 맑고 바람은 약해졌고 보름달이 환한 빛을 내며 서쪽에서 지고 있었습니다. 휴조 시간이었지만 태풍의 영향으로 바다에는 여전히 집채 같은 파도가 요동치고 있었어요. 저는 스트룀 해류 안으로 휩쓸려 들어갔고 몇 분 후에는 해안 쪽으로 급속히 밀려가 어부들의 '어장' 안으로 들어갔습니다. (위험은 사라졌지만) 공포의 기억으로 말문이 막힌 채 기진맥진해 있는 저를 어느 배 한 척이 건져 올렸습니다. 저를 배에 태운 사람들은 오랜 동료들로 매일같이 보는 친구들이었지만 저세상에서 온 여행자를 알아보지 못하는 것처럼 저를 몰라보더군요. 전날까지만 해도 까마귀 깃털처럼 검던 제 머리가 지금 보시듯 하얗게 세어 있었거든요. 제 얼굴 표정도 완전히 변했다고 하더라고요. 제 이야기를 들려주자 다들 믿지도 않았어요. 지금 선생님께 이 이야기를 하고 있긴 하지만 로포텐의 유쾌한 어부들보다 제 이야기를 더 믿어줄 거라고는 거의 기대하지도 않습니다."

고자쟁이 심장

그래요! 신경과민. 난 엄청난, 끔찍한 신경과민에 시달려왔고, 지금도 그렇습니다. 하지만 왜 나보고 미쳤다는 거죠? 내 감각은 병 때문에 날카로워졌지, 망가지지도 무뎌지지도 않았어요. 무엇보다 청각이 예민했죠. 천상과 지상의 소리가 내 귀엔 다 들렸습니다. 지옥에서 나는 수많은 소리들도 들렸고. 그런데 내가 어떻게 미쳤다는 겁니까? 들어봐요! 내가 얼마나 멀쩡하고, 얼마나 차분하게 이 이야기를 다 하는지 잘 보라고요.

어쩌다 그런 생각을 처음 하게 되었는지는 모르겠어요. 하지만 일단 그렇게 되고 나자 낮이고 밤이고 머릿속에서 그 생각이 떠나질 않는 겁니다. 목적은 없었어요. 화가 난 것도 아니었고. 난 그 노인을 좋아했거든요. 나한테 아무것도 잘못한 게 없었어요. 모욕을 준 일도 전혀 없고. 노인의 금붙이를 욕심낸 적도 없고요. 내 생각에 그건 눈 때문이에요! 맞아, 바로 그거예요! 노인은 한쪽 눈이 독수리 눈처럼 푸르스름했죠, 막이 덮인 것처럼 뿌옇고. 그 눈이 나를 볼 때마다 피가 얼어붙는 것 같았어요. 그래서 점차, 아주 서서히 그 노인을 죽이자고, 그래서 그 눈을 영원히 떨쳐버리자고 결심했죠.

　자, 중요한 건 이겁니다. 여러분은 내가 미쳤다고 생각하죠. 정신이 나가서 아무것도 모른다고요. 여러분이 내 모습을 봤어야 하는 건데. 내가 얼마나 현명하게 일을 진행했는지, 얼마나 조심하고 상황을 예측해가며 시치미 뚝 떼고 일을 했는지 봤어야 하는데 말입니다! 노인을 죽이기 전 일주일 동안은 더할 나위 없이 싹싹하게 굴었어요. 그러곤 매일 밤 자정 무렵 방문 빗장을 돌리고 열었죠. 정말로 살살! 그리고 머리가 들어갈 만큼 문이 열리면, 빛이 새어 나오지 않도록 꼭꼭 닫은 랜턴을 먼저 들이민 다음 머리를 집어넣었어요. 얼마나 교묘하게 머리를 들이밀었는지 그 모습을 봤으면 아마 웃음을 터뜨렸을걸요! 노인의 잠을 깨우지 않으려고 천천히, 아주 천천히 움직였어요. 침대에 누운 노인이 보일 때까지 문틈으로 머리를 다 들이미는 데 한 시간이 걸렸다니까요. 나 참! 정신 나간 사람이 어디 이렇게 분별 있게 굴 수 있었겠습니까? 그러고는 머리를 다 방에 들이밀고 나면 랜턴을 조심스레, 아주 조심조심, 조심조심 열었어요 (경첩이 삐걱거렸거든요). 그 독수리눈에 딱 한 줄기 가느다란 빛이 비칠 정도로만. 이 짓을 일주일 동안 매일 자정마다 했건만 그 눈이 늘 감겨 있지 뭡니까. 그래서 일을 할 수가 없었어요. 왜냐하면 날 짜증나게 한 건 노인이 아니라 그 사악한 눈이었으니까. 그리고 매일 아침 날이 밝으면 대담하게 방에 들어가 용감하게 말을 건넸습니다. 따뜻하게 이름을 부르고 밤새 잘 주무셨냐고 물었죠. 그러니 매일 밤 자정 자기가 잠들어 있는 동안 내가 들여다본다고 의심했다며 그 노인은 김민 씨서 내난반 사람이었을 겁니다.

여드레째 되던 밤 난 평소보다 훨씬 더 조심조심 문을 열었죠. 시계 분침 움직이는 게 나보다 더 빨랐다니까요. 그날 밤 이전에는 내 힘과 내 머리가 어느 정도로 대단한지 실감을 못 했어요. 의기양양한 기분을 억누를 수가 없습다. 거기서 내가 문을 조금씩 열고 있는데, 노인은 내 비밀스러운 행동이나 생각을 꿈에도 모르고 있다고 생각하니 참을 수가 있어야죠. 그 바람에 실제로 키득하고 웃어버렸지 뭡니까. 노인이 내 웃음소리를 들은 것 같더라고요. 갑자기 깜짝 놀란 것처럼 뒤척거렸거든요. 내가 물러났을 것 같죠? 천만에. 노인의 방은 (도둑이 들어올까 봐 덧문을 굳게 닫아두기 때문에) 칠흑처럼 어두웠고, 그래서 문이 열린 걸 볼 수 없다는 걸 알고 있었기 때문에 계속해서 조금씩, 조금씩 문을 밀었습니다.

머리를 들이밀고 막 랜턴을 열려는데 엄지손가락이 양철 잠금쇠 위에서 미끄러졌고, 그 바람에 노인이 침대에서 벌떡 일어나 외쳤어요. "거기 누구요?"

나는 꼼짝하지 않고 서서 아무 말도 하지 않았습니다. 꼬박 한 시간 동안 근육 하나 안 움직였는데, 그사이 노인이 눕는 소리가 안 들리더군요. 여전히 침대에 앉아 귀를 기울이고 있었던 게죠. 내가 밤이면 밤마다 벽 속 '죽음의 시계'[61] 소리에 귀 기울이고 있었던 것처럼 말입니다.

곧 약한 신음 소리가 들리더군요. 공포의 신음 소리였죠. 고통이나 슬픔의 신음이 아니었어요. 절대! 그건 두려움에 사로잡힌 영혼

---

61 '빗살수염벌레deathwatch beetle'를 의미. 나무를 갉아먹는 소리가 시계가 째깍거리는 소리와 비슷해서 붙은 이름.

의 밑바닥에서 솟아 나온, 나지막이 숨죽인 신음 소리였습니다. 제가 잘 아는 소리였죠. 수많은 밤, 온 세상이 잠든 자정이면 내 가슴속에서 솟아 올라와 끔찍하게 메아리치며 심란한 공포를 더 깊게 만드는 소리였으니까요. 잘 알다마다요. 그 노인이 어떤 심정인지 알겠고 동정심도 들었지만, 마음속으로는 킬킬대며 웃음이 나더군요. 노인은 처음 작은 소리가 나서 뒤척였을 때부터 계속 깨어 있었던 겁니다. 공포가 계속해서 커져갔을 테고요. 아무것도 아니라고 생각하려 애를 써도 그럴 수가 없거든요. 이렇게 혼잣말을 했겠죠. "그냥 굴뚝에 들어온 바람 소리야, 그저 바닥에 쥐가 지나가는 소리야"라거나 "그냥 귀뚜라미가 한 번 운 소리겠지"라고. 그렇습니다, 이런 상상으로 마음을 달래려 했겠지만, 다 소용없는 짓이었죠. 다 부질없어요. 검은 그림자를 두른 죽음이 노인에게 성큼성큼 다가와 희생자를 감싸 안았으니까요. 그 보이지 않는 그림자의 음산한 영향력 때문에—보이지도 들리지도 않는데도—내 머리가 그 방에 있다는 것을 느낄 수 있었던 겁니다.

오랫동안 몹시 끈기 있게 기다렸는데도 눕는 소리가 들리지 않자, 나는 랜턴을 아주, 아주 조금 열기로 마음먹었어요. 그래서 조금 열었습니다. 상상할 수 없을 정도로 조심하면서 살금살금. 마침내 거미줄 같은 희미한 빛 한 줄기가 틈에서 새어 나와 노인의 독수리 같은 눈 위로 떨어졌어요.

노인은 눈을 뜨고 있었어요. 아주, 아주 크게. 그 눈을 바라보자 분노가 치밀어 올랐습니다. 그 눈이 더할 수 없이 또렷하게 보이더라고요. 섬뜩한 뿌연 막이 뒤덮인 푸르스름한 눈을 보니 뼛속까지 소름이 끼쳤어요. 하지만 얼굴이나 몸은 선혀 보이지 않더군요. 마치 본능에 이끌리기라도 한 듯이 정확하게 그 저주받은 지점에 빛줄기를 향하게 했거든요.

여러분이 광기로 착각한 건 지나치게 예민한 감각이라고 제가 말하지 않았던가요? 자, 그때 내 귀에 면으로 감싼 시계에서 나는 소리 같은 낮고 둔탁하고 빠른 소리가 들리는 겁니다. 그 또한 잘 아는 소리였죠. 노인의 심장박동 소리였어요. 그러자 북소리가 군인들의 사기를 북돋우는 것처럼 분노가 더 치밀어 오르더군요.

하지만 그래도 꾹 참고 꼼짝 않고 있었습니다. 숨도 거의 쉬지 않았죠. 랜턴이 흔들리지 않도록 꼭 쥐고, 노인의 눈에 불빛을 얼마나 안정되게 비출 수 있는지 시험했어요. 그러는 사이 소름 끼치는 심장박동 소리는 커져만 갔습니다. 노인의 공포심이 **분명** 굉장했던 거죠! 소리는 매 순간 점점 더 커졌어요! 내 말 듣고 있어요? 내가 신경이 예민하다고 했잖아요. 진짜 그래요. 쥐 죽은 듯 고요한 한밤중, 오래된 집의 무시무시한 고요 속에서 그런 이상한 소리를 들으니 걷잡을 수 없이 공포심이 몰려왔어요. 그래도 몇 분 더 꾹 참으며 가만히 서 있었습니다. 하지만 박동 소리는 점점 더 커져만 갔어요! 심장이 터지는 줄 알았다니까요. 그러자 새로운 불안이 엄습하더군요. 이웃이 그 소리를 들으면 어쩌나! 때가 온 겁니다! 나는 커다랗게 고함을 지르며 랜턴을 열고 방 안으로 뛰어 들어갔어요. 노인은 외마디 비명을 질렀습니다. 딱 한 번. 순식간에 난 노인을 바닥으로 끌어내리고 육중한 침대를 당겨 노인 위로 뒤엎었어요. 그러고는 이제 일이 다 되었다 싶어 유쾌하게 미소를 지었죠. 하지만 심장은 몇 분 동안이나 둔탁한 소리를 내며 계속해서 뛰었습니다. 그래도 그 소리에 짜증이 나지는 않았어요. 벽 너머로 들리지는 않을 테니까. 마침내 소리가 멈췄습니다. 노인이 죽은 거죠. 침대를 치우고 시체를 살펴봤어요. 그렇습니다, 노인은 완전히 싸늘한 시체가 되어 있었어요. 나는 손을 심장에 얹고 한참을 가만히 있었어요. 맥박이 없었어요. 완전히 죽은 거죠. 그 눈은 더 이상 날 괴롭히지 못할 겁니다.

만약 아직도 내가 미쳤다고 생각한다면, 시체를 숨기기 위해 취한 현명한 조치들을 들으면 더 이상은 그렇게 생각하지 못할 겁니다. 밤은 깊어갔고, 난 신속하면서도 조용하게 움직였어요. 먼저 시체의 사지를 절단했습니다. 머리와 팔, 다리를 잘랐죠.

그러고는 방바닥에서 판자 세 개를 들어 올린 후 그 목재 사이에 토막들을 다 집어넣었어요. 그러고는 판자들을 너무나 똑부러지게, 너무나 교묘하게 되돌려놓았기 때문에 누가 봐도—심지어 노인의 눈으로 봐도—뭔가 잘못된 점을 발견할 수 없었을 겁니다. 씻어낼 것—무슨 얼룩 같은 것—도, 핏자국도 전혀 없었어요. 정말로 주의했거든요. 통 하나에 다 담았으니까. 하하!

작업을 다 마치고 나니 4시였어요. 사방은 아직 자정처럼 캄캄했죠. 시계종이 울리고 있는데, 현관문을 두드리는 소리가 들렸어요. 가벼운 마음으로 가서 문을 열었습니다. 이제 두려워할 게 뭐가 있겠어요? 남자 셋이 들어오더니 몹시 정중하게 경찰이라고 소개하더군요. 밤중에 비명 소리가 이웃에 들렸고, 범죄일지도 모른다는 의혹에 경찰에 신고가 들어왔고, 그래서 그 사람들(경찰들)이 집을 수색할 임무를 맡았다는 거예요.

나는 미소 지었습니다. 두려울 게 뭐가 있겠어요? 신사들에게 들어오라고 했어요. 비명 소리는 꿈을 꾸다 내가 지른 것이다, 노인은 시골에 가서 안 계시다 말했죠. 집 안 곳곳을 다 데리고 다니며 보여췄습니다. 수색도 하라고, 마음대로 하라고 했죠. 그러고는 마침내 노인의 방으로 안내했습니다. 귀중품들이 건드린 흔적도 없이 안전하게 있는 걸 보여줬죠. 자신감에 들뜬 나는 의자들을 가져와 경찰들에게 여기서 피로를 좀 푸시라고 청하고는 완벽한 승리에 대담해진 나머지 내 의자를 희생자의 시체가 누워 있는 바로 그 자리 위에 놓았습니다.

경찰들은 만족했어요. 내 예의 바른 태도에 확신을 얻은 거죠. 이상하게 편안했어요. 경찰들은 자리에 앉아서 내가 질문에 기분 좋게 대답하는 사이 익숙한 이야기들을 나눴습니다. 하지만 얼마 가지 않아 얼굴이 창백해지는 느낌이 들면서 경찰들이 갔으면 하는 마음이 들었어. 머리가 지끈거렸고 귓속에서 울리는 소리가 나는 것 같았죠. 하지만 경찰들은 여전히 앉아 잡담을 나누고 있었어요. 울림이 점점 또렷해졌어요. 계속되면서 더 또렷해졌습니다. 그 느낌을 없애려고 더 떠들어댔지만, 소리는 계속되고 더 또렷해졌어요. 그러다 마침내 깨달았어요. 그 소리는 내 귀에서 나는 게 아니었던 겁니다.

당연히 내 얼굴은 백짓장처럼 창백해졌죠. 하지만 더 거침없이, 더 소리 높여 지껄였어요. 그래도 그 소리는 더 커져만 가더군요. 어쩌면 좋을까? 낮고 둔하고 빠른 소리였습니다. 천으로 감싼 시계에서 나는 것 같은 소리요. 나는 숨을 헐떡였지만, 경찰들은 못 듣더군요. 더 빨리, 더 격렬하게 떠들어댔지만, 소리는 계속해서 커져갔어요. 자리에서 일어나 격렬한 몸짓을 하며 사소한 문제들을 놓고 소리 높여 따지기 시작했습니다. 하지만 소리는 계속해서 커져갈 뿐이었죠. 경찰들이 왜 안 가는 거지? 나는 경찰들의 시선에 화라도 난 것처럼 마루 위를 이리저리 성큼성큼 돌아다녔어요. 그래도 그 소리는 계속해서 커지기만 했죠. 아 맙소사! 어쩌면 좋단 말인가? 거품을 물었습니다. 헛소리를 했어요. 욕설을 내뱉었습니다! 앉아 있던 의자를 흔들다 판자와 맞부딪혀 삐걱거리는 소리가 났지만, 그 소리는 모든 소리를 뛰어넘어 계속해서 커졌어요. 더 커지고, 더 커지고, 더 커졌어요! 그래도 경찰들은 즐겁게 담소를 나누며 미소를 짓고 있더군요. 어떻게 이 소리를 못 들을 수가 있지? 전능하신 하느님! 아냐, 아니야! 들었어! 의심하고 있어! 알고 있다고! 내 공포를 조롱하고 있는 거야! 그렇게 생각했고, 지금도 그렇게 생각해요. 하지만 뭐든 이 고통보다는 나았어요! 뭐든 이 조롱보다는 참을 만했어요! 그 위선적인 미소를 더 이상은 참을 수가 없었습니다. 비명을 지르지 않으면 죽을 것 같았죠! 지금, 또! 들어봐! 더 크게! 더 크게! 더 크게! 더 크게!

"이 악당들아!" 나는 비명을 질렀습니다. "위선 떨지 마! 내 죄를 인정한다고! 판자들을 뜯어내! 여기 말이야, 여기! 이건 그 소름 끼치는 심장박동 소리잖아!"

도둑맞은 편지

분별력에 가장 해로운 것은 지나친 잔꾀다.
_세네카

18**년 가을 폭풍우가 몰아치는 어느 날 해가 진 직후, 파리 포부르 생제르맹 뒤노 가 33번지 3층 뒤쪽에 있는 조그만 서재에서 나는 친구 C. 오귀스트 뒤팽과 함께 메르샤움 파이프를 피우며 생각에 잠겨 있는 이중의 사치를 누리고 있었다. 우리는 적어도 한 시간은 족히 깊은 침묵에 빠져 있었다. 누군가 우연히 이런 우리 모습을 보았다면, 두 사람 다 방 안을 나선형으로 자욱하게 감싼 담배 연기에만 정신이 팔려 있다고 생각했을지도 모른다. 하지만 나는 초저녁에 친구와 함께 나누었던 어떤 이야기에 대해 곰곰이 생각하고 있었다. 모르그 가 사건과 마리 로제 살인사건에 관한 수수께끼 말이다. 따라서 바로 그 순간 아파트 문이 벌컥 열리고 오랜 지인인 파리 경찰국장 G가 들어온 것이 뭔가 우연의 일치처럼 여겨졌다.

우리는 그를 따뜻하게 맞이했다. G는 한심하긴 해도 그 반 정도는 재미있는 사람이기도 했고, 몇 년 동안 얼굴을 못 보기도 했던 참이었다. 캄캄한 방에 앉아 있었던 터라 뒤팽이 램프에 불을 켜려고 일어났지만, G국장이 아주 골치 아픈 공무 문제로 우리와 상의하기 위해, 아니 내 친구의 의견을 묻기 위해 왔다고 하자 불을 켜지 않고 다시 자리에 앉았다.

"깊이 생각해야 하는 문제라면, 어둠 속에서 검토하는 게 더 효과적일 겁니다." 뒤팽이 양초 심지에 불을 붙이지 않고 말했다.

"그것도 자네의 기묘한 생각 중 하나로군." 자기가 이해하지 못하는 것들은 모두 '기묘'하다고 말하는 버릇이 있는, 그래서 수많은 '기묘한 것들'에 둘러싸여 사는 국장이 말했다.

"바로 그렇습니다." 뒤팽이 방문객에게 담배파이프를 권하고 그쪽으로 편한 의자를 밀어주며 말했다.

"자, 그 골칫거리가 뭡니까?" 내가 물었다. "또 살인사건은 아니겠죠?"

"아니, 그런 건 아닐세. 사실 사건 자체는 정말 아주 단순해서, 분명히 우리끼리도 충분히 해결할 수 있을 거야. 하지만 너무도 기묘한 사건이라 뒤팽 자네가 자세한 이야기를 듣고 싶어 할 것 같아서 말이야."

"단순하고 기묘하다." 뒤팽이 말했다.

"그렇다네. 그런데 딱히 그중 어느 한쪽은 아니야. 사실 사건 자체는 너무 단순한데 계속 헛물을 켜고 있으니 다들 당혹스러워하고 있는 상황이라네."

"어쩌면 너무 단순하기 때문에 헛물을 켜고 있는 것일 수도 있죠." 내 친구가 말했다.

"무슨 말도 안 되는 소린가!" 국장이 호탕하게 웃으며 말했다.

"수수께끼가 지나치게 쉬운 것일 수도 있다는 말입니다." 뒤팽이 말했다.

"맙소사! 무슨 그런 소리가 다 있나?"

"지나치게 자명하다고 할까."

"하! 하하! 하하하! 허허허!" 방문객이 재미있어 죽겠다는 듯이 박장대소했다. "뒤팽, 자네 날 잡겠구먼!"

"그래서 대체 맡으신 사건이란 게 뭡니까?" 내가 물었다.

"아, 말하겠네." 국장은 생각에 잠긴 듯 담배 연기를 길게 내뿜더니 의자에 앉았다. "짧게 이야기하지. 하지만 그 전에 이 일은 극도의 기밀이라는 것, 그리고 내가 이 일을 누군가에게 털어놓았다는 사실이 알려지면 십중팔구 국장 자리를 내놓아야 한다는 것을 먼저 경고해야겠네."

"계속 말씀하시죠." 내가 말했다.

"아니면 하지 마시든지." 뒤팽이 말했다.

"자 그럼. 왕실 저택에서 극히 중요한 서류가 도난당했다는 정보를 고위 소식통으로부터 직접 들었네. 훔친 사람이 누구인지는 알아. 그건 확실해. 그 사람이 서류를 가져가는 게 목격되었으니까. 또 그 서류가 여전히 그 사람 손에 있다는 것도 알고 있고."

"그걸 어떻게 압니까?" 뒤팽이 물었다.

"서류의 성격상 그 서류가 도둑의 손에서 벗어나면, 그러니까 그자가 결국 그걸 쓰려던 대로 사용할 경우 벌어지게 되어 있는 일이 아직 벌어지지 않은 데서 확실히 짐작할 수 있지." 국장이 대답했다.

"좀 더 구체적으로 말씀해주시죠." 내가 말했다.

"음, 이 정도만 말해두지. 그 서류는 소지자에게 모종의 영역에서 모종의 권력을 주지. 그 권력이 막대하게 중요한 영역에서 말이야."

국장은 외교적 말투를 즐겨 썼다.

"그래도 잘 이해가 안 되는군요." 뒤팽이 말했다.

"안 된다고? 음, 그 서류가 이름을 밝힐 수 없는 제삼자에게 공개될 경우 아주 높으신 명사의 명예에 문제가 생길 걸세. 그리고 그 서류를 소지한 자는 그 사실을 이용해 명예와 평화가 아주 위태롭게 된 그 명사를 휘두를 수 있게 되는 거지."

"하지만 그런 지배력을 가지려면 서류를 잃어버린 사람이 도둑을 알고 있다는 것을 도둑 자신도 알아야 할 텐데요. 도대체 누가 감히—"

"도둑은 바로 D장관일세." G국장이 말했다. "사람으로서 할 짓 못할 짓 안 가리고 뭐든 하는 그 인간 말일세. 도둑질한 방법도 독창적이고 대담해. 문제의 서류는—솔직히 말하지, 편지일세—도둑맞은 명사가 왕실 내실에 혼자 있다가 받았어. 그런데 편지를 읽고 있던 중 다른 고위 명사가 갑자기 들어왔는데, 하필이면 특히나 편지를 보이고 싶지 않은 사람이었던 걸세. 이 부인은 황급히 편지를 서랍에 쑤셔 넣으려 했지만 잘 되지 않자 테이블 위에 펼친 채 둘 수밖에 없었어. 하지만 주소가 맨 위에 있어서 내용은 보이지 않았고 편지는 주목을 끌지 않았지. 이 중대한 순간에 D장관이 들어온 걸세. 장관은 살쾡이 같은 눈으로 즉시 편지를 보고 주소를 쓴 필체를 알아봤어. 그리고 수신자의 당황스러운 모습을 지켜보고는 그 비밀을 헤아린 거지. 평소대로 재빨리 업무를 마친 장관은 문제의 편지와 비슷하게 생긴 편지를 꺼내 펼치고 읽는 척하다가 다른 편지 옆에 나란히 놓았네. 그러고는 다시 15분 정도 더 공무에 대한 대화를 나눴지. 그리고 마침내 자리를 뜨면서 자기 것이 아닌 편지를 테이블에서 가져간 걸세. 편지의 적법한 주인도 그걸 봤지만, 물론 바로 옆에 제삼자가 있는 상황에서 감히 그 행동을 지적할 수는 없었지. 장관은 전혀 중요하지 않은 자기 편지를 테이블 위에 놔둔 채 달아나버렸던 거야."

"그렇다면," 뒤팽이 나에게 말했다. "자네가 말했던 완전한 지배력의 조건이 정확하게 맞아떨어지는군. 도둑맞은 사람이 도둑을 알고 있다는 걸 도둑 자신도 알고 있다는 것 말이야."

"그렇지." 국장이 말했다. "그리고 장관은 그렇게 얻은 권력을 지난 몇 달 동안 아주 위험할 지경까지 정치적으로 휘둘러왔어. 도둑맞은 분은 편지를 되찾아야 할 필요성을 매일매일 절감하고 있네. 하지만 이 일은 물론 공개적으로 처리할 수 없어. 결국 그분은 절망적 심정으로 내게 이 일을 맡긴 걸세."

"국장님보다 더 현명한 수사관은 바랄 수도, 상상할 수도 없겠죠." 뒤팽이 완벽한 나선형 모양의 담배 연기에 에워싸인 채 말했다.

"입에 발린 말이겠지만, 그런 생각을 했을 수도 있지." 국장이 대답했다.

"말씀하신 대로 그 편지는 아직 장관 손에 있는 게 확실하군요. 권력은 그 편지를 어떤 식으로든 이용하는 게 아니라 가지고 있는 데서 생기니까요. 사용해버리면 권력도 사라지는 거고."

"그렇지." G국장이 말했다. "이런 확신을 토대로 나는 수사를 진행했네. 처음 할 일은 장관의 집을 샅샅이 수색하는 거였지. 그런데 여기서 큰 문제는 바로 장관 모르게 수색해야 한다는 걸세. 무엇보다도 장관이 우리 계획을 알아챌 경우 위험한 일이 생길 수 있다는 경고를 받았거든."

"하지만 국장님께선 이런 수사에 아주 정통하시잖아요." 내가 말했다. "파리 경찰도 이런 일을 전에 자주 해봤고요."

"아 그렇고말고. 그래서 절망하지 않았네. 장관의 습관도 우리에게 크게 유리하게 작용했어. 밤새도록 집을 비우는 일이 잦았거든. 하인들도 절대 많지 않고. 하인들은 주인의 거처에서 먼 곳에서 자는 데다가, 대부분 나폴리인들이라 술에 취해 있기 다반사였지. 알다시피 나는 파리의 어떤 방이든 캐비닛이든 다 열 수 있는 열쇠들이 있잖나. 석 달 동안 하룻밤도 빠짐없이 거의 밤새도록 직접 D장관의 집을 샅샅이 뒤졌어. 내 명예가 걸린 일이기도 했고, 게다가 극비이긴 하지만 보상도 어마어마하다네. 그래서 도둑이 나보다 더 기민한 자라는 걸 완전히 납득하게 될 때까지 수색을 포기하지 않았네. 집 안에서 편지를 숨길 만한 곳은 한구석도 빼지 않고 다 뒤져봤어."

"하지만 그 편지가 장관의 손에 있을 거라 해도, 그리고 물론 확실히 그렇기는 하지만, 그래도 자기 집 말고 다른 곳에 숨겼을 가능성도 있지 않습니까?"

"그건 거의 불가능해." 뒤팽이 말했다. "현재 궁정의 정황, 특히 D장관이 연루되었다고 알려진 음모의 특별한 상황을 생각할 때, 편지를 즉각 이용할 수 있는 것—언제라도 내놓을 수 있는 것—이 거의 편지를 가지고 있는 것만큼이나 중요하거든."

"언제라도 내놓을 수 있다니?"

"그러니까, 없애버린다는 거지." 뒤팽이 말했다.

"그렇군." 내가 말했다. "편지는 분명히 집에 있겠군. 장관이 몸에 지닐 가능성은 완전히 배제해두 되겠어."

"물론 노상강도처럼 두 번 매복 습격해서 철저히 몸수색도 했네. 내가 직접 감독해서." 국장이 말했다.

"괜한 수고를 하셨군요." 뒤팽이 말했다. "D장관이 완전 바보도 아닌 것 같고, 그렇다면 이런 매복은 당연히 예상했을 겁니다."

"완전 바보는 아니지만." G국장이 말했다. "장관은 시인이라네. 내 생각에 그건 바보와 종이 한 장 차이야."

"그렇죠." 뒤팽은 메르샤움 파이프에서 길고 신중하게 연기를 한 모금 뿜어낸 후 말했다. "저도 졸렬한 시를 좀 끄적거리기는 합니다만."

"수색 작업에 대해 좀 자세히 말씀해주시죠." 내가 말했다.

"사실 우린 서두르지 않고 온갖 곳을 다 뒤졌네. 내가 이런 일에는 경험이 많잖나. 건물 전체의 방을 하나하나 다 수색했어. 방마다 꼬박 일주일 밤씩 들여서 말일세. 먼저 각 방의 가구부터 살폈지. 서랍 비슷한 건 모조리 다 열어봤네. 알고 있겠지만 제대로 훈련받은 수사관에겐 비밀 서랍이라는 건 있을 수 없거든. 이런 수색 작업에서 '비밀' 서랍을 못 보고 놓친다면 그건 멍청이야. 그건 너무 명백하거든. 캐비닛들이란 다 차지하는 용적―공간―이 있으니까. 그리고 우리에겐 정확한 자가 있고. 줄 하나의 50분의 1도 우리 눈을 피해 갈 수는 없다고. 캐비닛 다음에는 의자들을 살폈네. 쿠션은 자네도 본 적 있는 가늘고 긴 바늘로 면밀히 찔러봤어. 테이블은 상판을 들어냈고."

"왜요?"

"때로는 테이블이나 그 비슷하게 생긴 가구들 경우에 상판을 들어내고 물건을 숨기려는 사람들이 있거든. 그러고는 다리에 구멍을 뚫어 그 공간 안에 물건을 숨기고 상판을 다시 덮는 거지. 침대 기둥 위아래도 이런 식으로 사용하고."

"하지만 그런 공간은 두드려보면 알지 않습니까?" 내가 물었다.

"물건을 넣은 다음 그 주변을 솜으로 충분히 채워 넣으면 절대 알 수가 없네. 게다가 이 경우에는 소리를 내지 않고 수사해야만 했거든."

"하지만 말씀하신 방법으로 물건을 넣을 수 있을 법한 가구들을 모두 분해할 수는 없었을 텐데요. 편지는 모양이나 부피 면에서 커다란 뜨개바늘 비슷하게 나선형으로 얇게 말아 압축시켜서 의자 가로대 같은 것 안에 끼워 넣을 수도 있고요. 의자를 다 분해하진 않았겠죠?"

"물론 아닐세. 하지만 더 좋은 방법이 있지. 우린 집 안 의자들의 가로대들뿐만 아니라 가구의 이음새까지 다 고성능 현미경으로 살펴봤어. 최근 건드린 흔적이 조금이라도 있었다면 분명 금세 알아볼 수 있었을 걸세. 예컨대 송곳으로 파다가 먼지 한 점만 떨어졌어도 사과만큼이나 분명하게 보였을 거야. 접착제가 흐트러진 흔적이나 이음새가 이상하게 벌어진 데가 조금만 있었어도 바로 알아볼 수 있었을 거고."

"거울 판자와 유리 사이도 살펴보고, 커튼과 카펫뿐만 아니라 침대와 침대보도 면밀히 조사해보셨겠죠."

"물론일세. 이런 식으로 가구란 가구는 완벽하게 끝낸 후 집 자체를 조사했어. 집 전체 표면을 구획화해서 나누고 번호를 붙여서 빠뜨리는 곳이 없도록 했지. 그러고 나서 바로 옆에 붙은 집 두 채를 포함해 집 전체를 전처럼 현미경을 가지고 평방인치마다 샅샅이 조사했네."

"옆에 붙은 집 두 채까지요!" 내가 소리 질렀다. "정말로 엄청난 고생을 하셨군요."

"그랬네. 하지만 보상금이 워낙 막대하니까."

"집 둘레 마당도 포함하신 거죠?"

"마당은 모두 벽돌로 포장되어 있었네. 상대적으로 고생이 덜했지. 벽돌들 사이에 낀 이끼를 살펴봤더니 건드린 흔적이 없더군."

"물론 D장관의 서류들과 서재의 책들도 살펴보셨겠죠?"

"당연하지. 봉투와 소포를 다 열어봤네. 책을 다 들춰본 건 물론이고, 일부 수사관들 하는 대로 그냥 흔들어보는 데 만족하지 않고 책장들까지 하나하나 다 넘겨봤어. 책 표지 두께도 제일 정확한 측정기로 다 재어보고 현미경으로 철저하게 검사했지. 최근 제본을 건드린 데가 있었다면 절대 눈에 띄지 않을 수 없었을 거네. 방금 제본소에서 온 대여섯 권은 바늘을 써서 세로 방향으로 면밀하게 탐침해봤고."

"카펫 아래쪽 바닥도 보셨겠죠?"

"물론이지. 카펫을 다 치우고 현미경으로 판자들을 조사했네."

"벽지도요?"

"그렇다네."

"지하실도 보셨고요?"

"그렇고말고."

"그렇다면 잘못 생각하셨네요." 내가 말했다. "추측하신 것처럼 그 편지가 집에 있는 게 아닌 겁니다."

"그 말이 맞을지도 모르지." 국장이 말했다. "자, 뒤팽, 뭐라고 조언해줄 텐가?"

"집 안을 다시 한 번 철저히 조사해보십시오."

"그건 전혀 필요 없네." G가 대답했다. "편지가 그 집에 없다는 것은 내가 숨 쉬고 살아 있다는 것만큼이나 확실해."

"그럼 드릴 조언이 없군요." 뒤팽이 말했다. "물론 편지의 모양은 정확하게 아시겠죠?"

"아, 물론이지!" 국장은 메모장을 꺼내 사라진 편지의 안쪽과 특히 바깥쪽 모양을 자세하게 묘사한 메모를 읽기 시작했다. 메모를 다 읽고 난 G국장은 곧 자리를 떴다. 국장을 본 이래 그렇게 철저하게 풀이 죽은 모습은 처음이었다.

약 한 달쯤 뒤 국장이 다시 우리를 찾아왔고, 우리는 전과 거의 똑같이 생각에 빠져 있었다. 그는 의자에 앉아 파이프를 건네받고 평범한 대화를 시작했다. 마침내 내가 말했다.

"저, 그런데 G국장님, 도둑맞은 편지는 어떻게 됐습니까? 결국 장관을 한 수 앞지를 수 없다고 결론 내리셨나 보죠?"

"허를 찌르는 거라면, 그렇네. 하지만 뒤팽의 제안대로 다시 조사를 했어. 하지만 완전히 헛수고였네, 그럴 줄 알았지만."

"보상금이 얼마라고 했죠?" 뒤팽이 물었다.

"엄청나지, 굉장히 후한 액수일세. 정확히 얼마라고는 말하고 싶지 않네만, 이 한 가지는 말하지. 누구든 내게 그 편지를 가져다준다면, 내 기꺼이 개인수표로 5만 프랑을 줄 참일세. 사실 매일매일 그 중요성이 더해지고 있어. 보상금은 최근 두 배가 됐고. 하지만 세 배가 된다 해도 더 이상 할 일이 없어."

"아, 그럼요." 뒤팽이 담배 연기를 뻐끔뻐끔 내뿜는 사이사이 느릿느릿하게 말했다. "전 정말로, 국장님이 이 문제에 최선을 다하시 않았다고 생각합니다. 어쩌면, 좀 더 애써볼 수도 있지 않을까요?"

"어떻게? 어떤 방법으로?"

"글쎄요, 후— 이를테면 후— 전문가의 조언을 들어본다거나? 후— 애버네시 이야기 기억하십니까?"

"아니, 오라질 애버네시 따위!"

"아무렴요! 오라지건 말건 제 알 바는 아닙니다만. 들어보세요, 옛날 옛적에 한 돈 많은 구두쇠가 이 애버네시에게 의학적 소견을 우려낼 계획을 세웠죠. 그럴 목적으로 개인적인 자리에서 평범하게 대화를 시작하다가 상상의 인물 이야기라며 의사에게 넌지시 말한 겁니다.

'이 사람 증세가 이러저러하다고 치고, 자, 의사 선생이라면 어떤 약을 먹으라고 하시겠소?'

그러자 애버네시가 말했죠. '물론 의사의 조언을 들어야지요.'"

"하지만." 국장이 약간 침착을 잃으며 말했다. "난 조언을 듣고 그 값을 치를 자세가 완벽하게 되어 있네. 이 일을 도와주는 사람에게는 5만 프랑을 **진짜로** 줄 거라니까."

"그렇다면," 뒤팽이 서랍을 열고 수표책을 꺼내며 대답했다. "말씀하신 금액을 수표로 써주시지요. 서명을 하시면 편지를 드리겠습니다."

나는 기절초풍했다. 국장은 완전히 벼락이라도 맞은 표정이었다. 그는 몇 분 동안 튀어나올 것처럼 눈을 크게 뜨고 입을 딱 벌린 채 아무 말도 못 하고 믿을 수 없다는 표정으로 미동조차 없이 내 친구를 쳐다보기만 했다. 그러다 어느 정도 정신을 수습하더니 펜을 잡고 몇 번 멈칫거리며 멍하니 바라보다가, 마침내 수표에 5만 프랑을 적고 서명하고는 테이블 너머 뒤팽에게 건넸다. 뒤팽은 수표를 꼼꼼하게 살펴보고 자기 지갑에 넣었다. 그러고는 잠겨 있던 책상 서랍을 열고 편지를 꺼내 국장에게 주었다. 공무원은 기쁨을 주체하지 못하고 편지를 덥석 받아 들더니 손을 덜덜 떨며 열어 내용을 휙 훑어보고는 허우적대며 허둥지둥 문 쪽으로 달려갔다. 그는 예의도 차리지 않고 문밖으로, 다시 집 밖으로 뛰쳐나갔다. 뒤팽이 수표를 써 달라고 청한 이후로 국장은 한마디도 하지 않았다.

국장이 사라지고 나자 친구가 설명을 시작했다.

"파리 경찰은 자기 나름대로는 엄청나게 유능하지. 끈덕지고 독창적이고 영리하고 임무 수행에 꼭 필요할 것 같은 지식은 완벽하게 숙지하고 있어. 그래서 G국장에게 D장관 가택 수색 방법을 상세하게 들었을 때, 국장이 노력해서 할 수 있는 한은 충분한 수사를 했을 거라고 굳게 믿었네."

"국장이 노력해서 할 수 있는 한은?" 내가 물었다.

"그렇지." 뒤팽이 말했다. "채택된 방법은 있는 중 최고일 뿐만 아니라 완벽하게 수행되었어. 편지가 수색 범위 안에 있었다면 이 친구들이 분명 찾아냈을 걸세."

나는 그저 웃기만 했지만, 뒤팽은 다 진지하게 하는 말 같았다.

그가 계속 말했다. "방법들은 훌륭하고 제대로 수행되었네. 단점은 그 사건과 그자에게는 통하지 않았다는 데 있지. 고도로 정교한 방책이 국장에게는 프로크루스테스[62]의 침대와도 같아. 거기에 억지

---

62   그리스 신화의 노상강도. 잡아 온 사람이 자기 침대보다 크면 머리나 다리를 잘라서 죽이고 작으면 잡아 늘려서 죽였다.

로 자기 계획을 맞추거든. 하지만 사건을 너무 깊거나 얕게 파서 계속 실수만 저지르는 거지. 수많은 학생들이 오히려 추리력은 국장보다 더 나을 거야. 그런 여덟 살짜리 아이를 하나 알고 있는데, 홀짝 게임을 잘해서 칭찬이 자자한 아이지. 그건 구슬로 하는 단순한 게임인데, 한 명이 손에 구슬 몇 개를 쥐고 상대방에게 그 숫자가 홀인지 짝인지 맞혀보라고 하는 거야. 추측이 맞으면 추측한 사람이 구슬 하나를 따고, 틀리면 하나를 잃는 거지. 내가 말한 아이는 온 학교 구슬을 다 땄어. 당연히 그 아이에게는 몇 가지 추측 원칙이 있는데, 이건 그저 상대방의 기민함을 관찰해서 재어보는 것뿐일세. 예를 들어, 소문난 바보랑 붙었는데 상대가 주먹을 쥐고 '홀이게 짝이게?' 하고 묻는다고 쳐. 이 학생은 '홀'이라고 답하고 지겠지만, 두 번째 게임에서는 이겨. 왜냐하면 이렇게 중얼거리거든. '저 바보가 처음에 짝을 쥐었으니 그 머리로 두 번째는 홀을 쥘 게 뻔해. 그러니 홀을 불러야겠다.' 아이는 '홀'이라고 말하고 이기는 거야. 이제 첫 번째보다는 한 수 위인 바보와 붙게 되면 이렇게 추론하는 거지. '이 녀석은 이전 게임에서 내가 홀이라고 한 걸 아니까 두 번째 게임에선 짝에서 홀로 간단히 바꿔보자는 생각이 우선은 단박에 들겠지, 먼젓번 바보가 그랬던 것처럼. 하지만 다시 생각해보면 이렇게 변화를 주는 것은 너무 단순하니까 결국엔 전과 똑같이 짝수를 내기로 할 거야. 그러니 짝을 불러야겠다.' 아이는 '짝'을 부르고 이겨. 자, 친구들은 '행운'이라고 부르는 이 학생의 추리 방법 말일세, 결국 그건 뭘까?"

"그냥 추론자의 머리를 상대방의 머리에 맞춘 거지." 내가 말했다.

"맞아. 어떻게 해서 그렇게 철저하게 상대방과 생각을 맞춰서 계속 승리를 거둘 수 있었는지 물어봤더니 이렇게 대답하더군. '어떤 사람이 얼마나 현명한지 멍청한지, 착한지 악한지, 혹은 그 순간 무슨 생각을 하고 있는지 알고 싶으면 상대방의 표정과 제 표정을 최대한 똑같이 만들어봐요. 그러고는 제 마음속에서 어떤 생각이나 감정이 생겨나는지 기다리는 거죠. 마치 그 표정과 어울리게 하거나 일치시키려 하는 것처럼요.' 이 대답은 로슈푸코, 라 브뤼예르, 마키아벨리, 캄파넬라의 공으로 여겨져왔던 온갖 그럴듯한 심오한 사상의 토대이지."

"추론자와 상대방의 생각을 일치시키는 것은, 내가 제대로 이해했다면, 상대방의 생각을 정확히 재는 데 달려 있는 거 아닌가?"

"실제로 활용하려면 그렇네." 뒤팽이 대답했다. "국장과 그 동료 경찰들은 우선 이 일치 작업을 게을리했고, 두 번째로 자기들과 맞붙은 상대의 지력을 잘못 쟀거나 아예 재지 않았기 때문에 번번이 실패한 걸세. 그저 자기들이 창의적이라고 생각하는 것만 고려해서, 숨겨진 물건을 찾을 때 자기들이 숨겼을 법한 방법들에만 신경을 쓰는 거야. 자기들의 창의성이 다수의 창의성을 잘 대표하고 있다는 것 정도까지는 맞는 이야기지. 하지만 악당의 꾀가 그들의 꾀와 다를 때면 당연히 그 악당이 경찰의 허를 찌르게 되는 거야. 이런 일은 악당이 경찰보다 영리하면 어김없이 벌어지고, 악당이 경찰보다 모자랄 때도 빈번히 일어나지. 경찰은 수사 원칙을 바꿀 줄을 몰라. 흔치 않은 긴급 상황이거나 어마어마한 보상금이 걸려야지 기껏해야 원칙은 건드리지 않은 채 케케묵은 수사 관행을 잡아 늘이거나 확대해서 해보는 정도랄까. 예를 들어, 이번 D장관 사건에서 행동 원칙에 무슨 변화가 있었나? 구멍 뚫고 찔러보고 두드려보고 현미경으로 들여다보고 건물 표면을 단위 구획으로 나누고 그런 게 다 뭔가? 그래 봤자 다 국장이 오랜 경찰 생활에서 익숙해진 인간 독창성에 대한 생각에 바탕을 둔 한 가지 원칙 혹은 수색 원칙 세트를 확대해서 적용한 것 아닌가? 한 사람이 의자 다리에 송곳으로 구멍을 뚫어 편지를 은닉하고 싶어 한다면, 딱히 송곳으로 의자 다리에 뚫은 구멍 안은 아니라 해도 그 생각의 연장선상에서 적어도 모든 사람들이 어떤 예상치 못한 구멍이나 구석에 편지를 숨길 거라고 국장이 생각하고 있다는 걸 모르겠나? 그런데 또 그렇게 공들인 은닉처는 평범한 사건에나 어울리고 평범한 머리나 택할 거라는 걸 모르겠나? 왜냐하면 모든 은닉 사건에서 은닉물을 이렇게 공들인 방식으로 처리한다는 것은 가장 먼저 추정할 수 있을뿐더러 실제로 그렇게 추정하거든. 그래서 물건을 발견하는 것은 수색팀의 통찰력뿐만 아니라 진정성과 끈기, 의지에 전적으로 달려 있어. 사건이 중대하거나, 또 경찰 눈에야 뭐 같은 이야기지만, 보상금이 어마어마할 때는 이런 자질들이 절대 실패하는 법이 없었어. 도둑맞은 편지가 국장의 조사 범위 안 어딘가에 숨겨져 있었다면, 다시 말해 편지를 숨긴 원칙이 국장의 원칙 안에서 이해되는 것이었다면, 편지는 반드시 발견되었을 거라는 내 말 이제 이해가 가나? 하지만 이 공무원은 완전히 혼란에 빠져버렸는데, 그 실패의 간접적 원인은 장관이 시인으로 유명하기 때문에 바보라고 가정한 데 있네. 국장은 바보는 다 시인이라는 느낌을 가지고 있어. 국장에게 잘못이 있다면, 거기서 시인은 다 바보라고 추론하는 '매개념 부주연媒槪念 不周延의 오류'[63]를 저지른 것일세."

63　삼단논법에서 발생할 수 있는 오류 중 하나.

"하지만 이자가 정말 시인이긴 하나?" 내가 물었다. "내가 알기로 형제가 둘인데, 둘 다 학문으로 명성을 얻었어. 장관은 미분법에 대해 박식한 글을 쓰기도 했지. 장관은 수학자이지 시인이 아니야."

"자네가 잘못 안 걸세. 그자는 내가 잘 아는데, 둘 다야. 시인이자 수학자로서 장관은 추리를 잘하지. 단순한 수학자라면 추리를 전혀 못 했을 테니 국장의 밥이 되었을 테지만."

"놀라운 의견이군." 내가 말했다. "그건 세간에서 이미 다 반박된 의견 아닌가. 수세기에 걸쳐 잘 정리된 의견을 무시하려는 건 아니겠지? 수학적 이성은 오랫동안 최고의 이성으로 여겨져왔지 않나."

"사회적 통념이라든지 통상적 관습은 완전히 어리석은 것에 불과하다고 내기를 해도 좋다. 왜냐하면 모두 다수의 입맛에 맞는 생각이기 때문이다." 뒤팽은 샹포르의 말을 인용해서 대답했다. "수학자들이 자네가 말한 그릇된 속설을 세상에 퍼뜨리는 데 최선을 다했다는 것은 나도 인정하네만, 아무리 진리라고 세상에 공표해도 틀린 건 틀린 거야. 수학자들은 그런 목적에는 과분한 예술적 전략을 써서 '대수학algebra'에다 '분석analysis'이라는 용어를 슬쩍 갖다 붙였지. 이런 종류의 사기를 처음 고안한 건 프랑스인들이네만, 하여간 만약 용어가 중요하다면, 만약 단어의 가치가 그 적용 가능성에서 나온다면, 라틴어 단어 '순회ambitus'가 '야심ambition'을, '초자연적religio'이 '종교regligion'를, '저명한 사람들homines honesti'이 '정직한 사람들honorable men'의 의미를 시사하는 만큼은, '분석'이라는 단어도 '대수학'에 대해 함축하는 바가 있다고 할 수 있겠지."

"파리의 대수학자들과 싸움 붙을 날이 멀지 않았군." 내가 말했다. "그래도 계속해보게."

"난 추상적 논리가 아닌 특수한 형태로 계발된 논리의 유효성과 가치가 의심스럽네. 특히 수학 연구를 통해 추출된 이성이 의심스러워. 수학은 형식과 수량의 과학이야. 수학적 추론이라는 것은 단지 형식과 수량의 관찰에 적용되는 논리에 불과하거든. 그런데 크나큰 오류는 이른바 순수 대수학의 진리를 추상적이거나 일반적인 진리로 간주하는 걸세. 이건 정말 너무 터무니없는 오류여서 그게 이렇게 보편적으로 받아들여졌다는 게 당혹스러울 지경이야. 수학적 공리는 일반적 진리의 공리가 아니야. 예를 들어, 형식과 수량의 관계 문제에서는 진리인 공리도 윤리 문제에서는 턱도 없이 틀리는 일이 종종 있거든. 윤리학에 있어서는 부분들의 합이 전체와 일치하는 경우가 거의 없으니까 말일세. 화학에도 수학 공리는 적용이 안 돼. 동기를 고려할 때도 안 맞아. 왜냐하면 각각 다른 값을 지닌 두 가지 동기를 합친다고 해서 반드시 그 두 개의 값의 합과 같아지는 것은 아니거든. 관계의 한계 내에서만 진리로 성립되는 수학적 진리는 그 밖에도 수없이 많네. 그럼에도 수학자는 자신의 제한적인 진리가 마치 절대적으로 보편적으로 적용될 수 있는 것처럼 주장하는 버릇이 있어. 온 세상도 실제로 그렇게 착각하고 있고. 브라이언트의 역작 《신화》를 보면 그 비슷한 오류의 원인에 대한 언급이 있네. '사람들은 이교도의 우화를 믿지도 않으면서 그런 자신을 끊임없이 잊어버리고 그걸 마치 실재 현실처럼 간주하고 거기서 추론을 끄집어낸다'고 말일세. 하지만 대수학자들은 실제로 이교도들이니 이교도의 우화를 믿으면서 추론을 하는 거야. 기억을 착각해서가 아니라 설명할 수도 없이 머릿속이 뒤죽박죽이니까. 간단히 말해서, 지금까지 내가 만난 수학자들 중에서 등근^{等根} 이상의 문제를 맡길 수 있는 인풀이나 x^2+px는 절대적, 무조건적으로 q라는 것을 남몰래 의심해본 인물은 한 번도 본 적이 없네. 원한다면 실험 삼아 아무 수학자나 잡고 x^2+px가 반드시 q가 되지 않는 상황도 있을 수 있다고 생각한다고 말해보게나. 그런데 그 작자한테 자네 말을 이해시키고 나면 최대한 빨리 곁에서 도망쳐야 해. 그자가 백발백중 자네를 때려눕히려고 할 테니까."

내가 마지막 이야기를 듣고 웃고 있는 동안 뒤팽은 계속해서 말했다. "내 말은, 장관이 그저 수학자에 불과했으면 국장은 내게 이 수표를 줄 필요가 없었겠지. 하지만 나는 장관이 수학자이자 시인이라는 것을 알고 있으니 장관을 둘러싼 환경을 참작해서 그자의 능력에 맞는 대책을 세웠네. 장관은 궁정 신하이자 대담한 책략가야. 그런 사람이 흔한 경찰 수사 방식을 모를 리가 없지. 매복 습격도 예상하지 못했을 리가 없는 데다가, 실제로 예상했었다는 게 증명되었지 않았나. 비밀 가택 수색도 분명히 예상했을 거라고 보네. 장관이 밤에 집을 자주 비우는 것을 가지고 국장은 하늘이 자기 일을 돕는다며 반색했지만, 내가 보기에는 경찰들에게 집을 철저히 수색할 기회를 주기 위한 장관의 계략에 불과해. 그래야 G국장이 하루라도 빨리 그 편지가 집에 없다는 확신을 갖게 될 테니까 말일세. 실제로 결국 국장은 그렇게 믿게 되었고. 은닉물 수색 작업을 할 때 경찰이 고수하는 불변의 수사 원칙과 관련해서 자네한테 힘들게 설명한 바 있는 일련의 생각들 역시, 장관이라고 그런 생각들을 모조리 하지 않았을 리가 없지. 그 결과 흔히 물건을 숨기는 구석 자리들은 필수적으로 무시하게 된 걸세. 집에서 제일 난해하고 후미진 구석이라 해도 국장의 눈과 탐침, 송곳, 현미경 앞에서는 흔해빠진 벽장이나 다름없다는 것을 모를 정도로 장관이 멍청이는 아니었을 거야. 요컨대, 내가 보기에 일부러 선택한 것은 아니라 해도 결국 장관은 당연히 단순한 방법을 쓰게 되었어. 기억나나? 국장이 처음 왔을 때 내가 국장이 그렇게 골치를 썩이는 것은 오히려 이 수수께끼가 너무나 자명하기 때문일 수도 있다고 하자 국장이 미친 듯이 웃었던 것?"

"그럼. 아주 즐거워했지. 경련이라도 일으키는 줄 알았다니까."

뒤팽은 계속해서 말했다. "물질세계는 비물질세계와 극히 유사한 점들로 가득해. 그래서 은유나 직유가 묘사를 아름답게 장식할 뿐만 아니라 주장을 강화시켜줄 수 있다는 수사학 교의에 일말의 진리가 있는 걸세. 관성의 힘의 원리는 물리학에서나 형이상학에서나 동일해 보여. 물리학에서 커다란 물체가 작은 물체보다 더 움직이기 힘들고 그 결과 나타나는 운동량도 그 어려움에 비례하듯이, 형이상학에서도 뛰어난 지적 능력을 가진 사람이 열등한 사람보다 더 힘차고 일정하고 중대하게 움직이지만 처음 몇 발을 뗄 때는 오히려 더 쉽게 움직이지 못하고 당황하며 주저하는 법이지. 다시. 자네는 상점들 위로 걸린 거리 표지판들 중 어떤 것이 가장 사람들 시선을 끄는지 아나?"

"그런 생각은 해본 적 없는데."

"지도를 보며 하는 퍼즐 게임이 있네." 뒤팽이 말을 이었다. "간단히 말해서, 알록달록하고 복잡한 지도 위에서 어떤 단어를 찾아내게 하는 게임이야. 도시, 강, 국가, 제국, 어떤 이름이든 상관없어. 초보자는 보통 상대방을 곤란하게 만들려고 아주 깨알 같은 글씨로 쓰인 이름을 내놓지. 하지만 이 게임을 많이 해본 사람은 지도 이쪽 끝에서 저쪽 끝까지 커다랗게 쓰인 단어를 고른다네. 대문짝만 한 글씨의 거리 표지판이나 벽보와 마찬가지로 이런 단어들은 너무 뚜렷하기 때문에 오히려 눈에 들어오지 않거든. 이런 식의 시각적 간과와 완전히 비슷한 상황이 바로 너무나 대놓고 자명한 사항들을 인지하지 못하고 지나쳐버리는, 이해할 수 없는 현상이지. 하지만 이건 국장의 이해 범위를 넘어서거나 못 미치는 일인 것 같네. 국장은 설마 장관이 그 편지를 사람들 코앞에다 버젓이 두었을 거라고는 꿈에도 생각하지 못했거든. 세상 그 누구도 그 편지를 알아채지 못하게 하려는 최선의 방책으로 말일세.

하지만 D장관의 대담하고 힘차고 차원이 다른 독창성, 편지를 잘 이용하려면 늘 손에 닿는 곳에 두어야 한다는 사실, 틀에 박힌 수색 범위 내에 편지가 숨겨져 있지 않았다는 국장의 결정적 제보에 대해 생각하면 생각할수록, 장관이 아예 편지를 숨기지 않는 배포 크고 현명한 방편을 써서 편지를 숨겼다는 확신이 들었네.

이 문제를 골똘히 생각해본 끝에 나는 어느 맑은 날 아침 초록색 안경을 준비해서 우연인 양 장관의 저택을 방문했지. D장관은 평소처럼 빈둥빈둥 늘어져 하품을 하면서 따분해 죽는 시늉을 하고 있더군. 어쩌면 지금 살아 있는 사람들 중 가장 기운이 넘치는 사람이면서 말이지. 단, 아무도 보는 사람이 없을 때만 말일세.

이에 질세라 나도 눈이 안 좋아서 안경을 쓰게 되었다고 한탄을 늘어놓으며 겉으로는 대화에 집중하는 척하면서 안경 뒤로 방 전체를 신중하고 철저하게 살펴봤지.

특히 장관 옆에 있는 커다란 책상을 눈여겨봤는데, 그 위에는 잡다한 편지들과 여타 서류들, 악기 한두 개, 책 몇 권이 어수선하게 놓여 있었어. 하지만 오래 찬찬히 살펴봤는데도 특별히 수상한 구석은 없더군.

결국 난 방 안을 휘휘 둘러봤고, 그러다 판지로 세공해서 만든 싸구려 편지꽂이를 보게 된 걸세. 벽난로 중앙 부분 바로 밑에 달린 조그만 놋쇠 장식에 지저분한 파란 리본으로 묶여 매달려 있는 편지꽂이인데, 서너 개로 구분된 칸 안에 대여섯 장의 방문카드와 편지 한 통이 들어 있더라고. 편지는 몹시 더럽고 구겨진 데다 가운데를 따라 거의 둘로 찢겨 있었어. 마치 처음에는 필요 없다고 다 찢어버리려다가 마음이 바뀌었거나 그냥 둔 것처럼 말이야. D장관의 이름 첫 글자를 완전히 대문짝만 하게 새긴 검은 인장이 찍혀 있었고 자그마한 여자 글씨로 D장관 본인의 주소가 적혀 있었어. 편지는 편지꽂이 맨 위 칸에 무심하게, 아니 심지어 아무렇게나 되는대로 꽂아둔 것처럼 보였네.

이 편지를 보자마자 난 그것이 바로 내가 찾던 편지라고 결론 내렸어. 물론 그 편지는 어느 모로 보나 국장이 자세히 읽어줬던 묘사와는 딴판이었지. 여기 찍힌 인장은 크고 검은색이고 D장관의 이름 첫 자였지만, 그 편지에는 붉은색으로 작게 S공작 가문의 인장이 찍혀 있었어. 이 편지에는 장관의 주소가 여성의 섬세한 필체로 적혀 있었지만, 그 편지에는 왕실 인물의 주소는 뚜렷하게 대담하고 단호한 필체로 쓰여 있었고, 일치하는 것은 편지의 크기뿐이었어. 하지만 이 지나치게 극단적인 차이점들 말일세. 더럽게 얼룩지고 찢어진 편지의 상태는 D장관의 **몹**시 꼼꼼한 습관과 너무 안 맞을뿐더러 이 편지가 중요하지 않다고 보는 사람을 속이려는 의도가 너무 빤하게 보이지 않나. 이와 더불어, 누구나 볼 수 있는 자리에 여봐란 듯이 둔 점이 내가 도달한 결론과 정확하게 일치했지. 이런 정황들이 의심하기로 작정하고 찾아간 사람의 의심을 확실하게 입증해줬네.

　나는 최대한 시간을 끌었어. 장관이 좋아하고 흥미를 가지고 있는 화제를 꺼내 활발하게 논의를 하면서도 실제로는 편지에 온통 신경을 집중하고 있었지. 편지를 관찰하면서 겉모양, 편지꽂이에 꽂혀 있는 위치를 잘 기억해뒀고, 그러는 동안 마음 한구석에 남아 있던 사소한 의문도 결국 풀 수 있었어. 편지 가장자리를 꼼꼼히 살펴보다 보니 다들 필요 이상으로 나달나달하더라고. 그건 빳빳한 종이를 한 번 접어서 꾹 눌렀다가 원래 접었을 때 생긴 금이나 테두리를 따라 반대 방향으로 다시 접으면 생기는 꺾인 자국이었지. 그걸로 충분했어. 편지를 장갑처럼 안팎을 뒤집어 방향을 바꾸고 인장을 다시 찍은 게 확실했지. 나는 책상 위에 금으로 만든 코담배 상자를 남겨놓고는 장관에게 인사한 뒤 곧장 그 집에서 나왔네.

　다음 날 아침 나는 담배 상자를 찾으러 갔고 전날 하던 이야기를 다시 신나게 나눴네. 하지만 그러던 중 창문 바로 밑에서 총소리 같은 폭발음이 나더니 곧이어 귀를 찢는 비명 소리와 겁에 질린 사람들의 고함 소리가 들리는 거야. D장관은 창가로 달려가 창문을 열어젖히고 밖을 내다보았지. 그러는 사이 나는 편지꽂이로 가서 편지를 꺼내 내 주머니에 넣고는 그 대신 집에서 정성껏 만들어온 (적어도 외관상으로는 똑같은) 복사본을 넣어뒀어. D장관의 이름 첫 글자는 빵으로 만든 인장으로 쉽게 위조했지.

　거리의 소동은 소총을 든 사내가 미친 짓을 저지르는 바람에 생긴 일이었어. 여인들과 아이들이 모여 있는 곳에서 총을 쏘았지 뭔가. 하지만 알고 보니 총알도 없어서 그 작자는 미치광이나 주정뱅이 취급을 받으면서 그냥 자기 갈 길을 갔어. 그가가 사라지자 D장관도 창가에서 돌아왔지. 물론 나도 소기의 목적을 달성한 즉시 그 뒤를 따라 창가에 가 있었지. 그리고 조금 더 있다가 인사를 하고 나왔네. 미치광이 행세를 했던 작자는 내가 고용한 사람이었네."

"하지만 무슨 목적으로 복사본으로 바꿔치기를 한 건가?" 내가 물었다. "처음 갔을 때 그냥 당당하게 편지를 집어 나왔으면 더 좋지 않나?"

"D장관은 지독하고 배짱도 좋은 작자야." 뒤팽이 대답했다. "집에도 헌신적인 하인들을 두고 있고. 자네가 말한 것처럼 대담한 짓을 했으면 그 집에서 살아서 나오지 못했을 거야. 선량한 파리 시민들은 더 이상 내 소식을 듣지 못했을 테고. 하지만 그것 말고도 다른 목적이 있었네. 자네는 내 정치적 입장을 알지 않나. 이 문제에 있어 난 그 귀부인의 지지자일세. 장관은 1년 반 동안 그분을 자기 손아귀에 쥐고 흔들었어. 이젠 그분이 장관을 손아귀에 넣은 거야. 장관은 편지가 자기 손에 없다는 것을 모르고 계속해서 부당한 요구를 할 걸세. 그래서 결국 순식간에 정치적 파멸을 자초하게 되겠지. 꼴사납고 급속한 몰락이 될 거야. '지옥으로 떨어지기는 쉽다facilis descensus Averni'[64]고 다들 말하지만, 카탈라니[65]가 성악에 대해 말했듯이 무엇을 오르든지 올라가는 것이 내려가는 것보다 훨씬 더 쉬워. 이번 경우에는 내려가는 자에게 일말의 연민―적어도 동정심―도 들지 않아. 그자는 끔찍한 괴물monstrum horrendum[66], 파렴치한 천재니까.

---

64   고대 로마 시인 베르길리우스의 서사시 《아이네이스》에서 인용.

65   이탈리아의 오페라 스타 안젤리카 카탈라니.

66   베르길리우스의 《아이네이스》에서 인용.

하지만 한 가지는 몹시 궁금하군. 국장이 '어떤 명사'라고 부른 그분에게 무시당하고 내가 편지꽂이에 두고 온 편지를 열어 보게 되는 상황이 왔을 때 장관의 머릿속에 정확히 어떤 생각이 오갈지."

"왜? 무슨 특별한 말이라도 적어두었나?"

"뭐랄까, 내용을 완전히 비워두는 것이 별로 옳지 않은 것 같고 예의도 아닌 듯해서. 예전에 빈에서 D장관이 나한테 나쁜 짓을 한 적 있는데, 그때 기억해두겠노라고 사람 좋게 말하고 넘어간 적이 있어. 자기의 허를 찌른 사람이 누군지 궁금해할 사람이니까 실마리는 남겨줘야 할 것 같더군. 장관은 내 필체를 잘 알고 있으니 빈 종이 한가운데에 그냥 이렇게만 적어두었네.

> 그런 비열한 계략은
> 아트레우스에게는 어울리지 않고 티에스테스에게 어울린다.

크레비용의 《아트레우스와 티에스테스》[67]에 나오는 구절일세."

---

[67] 미케네의 왕좌를 탐하다 파멸일로를 걷는 형제 아트레우스와 티에스테스의 이야기를 소재로 한 프랑스의 극작가 크레비용의 비극. 티에스테스는 아트레우스의 아내 아이로페를 유혹해 왕좌를 얻으려 하고 이에 대한 복수로 아트레우스는 티에스테스의 아들들을 죽여 요리로 내놓는다.

밀회

거기서 나를 기다려주오!
그 깊은 계곡에서 그대를 반드시 만날 터이니.
_죽은 아내를 추도하며, 치체스터 주교 헨리 킹

불운하고 불가사의한 사람! 뛰어난 상상력 속에서 길을 잃고, 젊음의 불길 속에 빠져버린 사람! 환상 속에 또다시 그대가 보인다! 한 번 더 그대의 모습이 눈앞에 떠오른다! 지금 그대가 있는 차가운 계곡과 그늘 속에서의 모습이 아니라, 그대가 **마땅히 있어야 할** 저 아스라한 도시, 그대의 도시 베네치아, 별들의 사랑을 받는 바다의 엘리시움이자 팔라디오 건축 양식 궁전의 커다란 창문들이 심각하고 처연한 분위기로 고요한 수로의 비밀을 내려다보고 있는 베네치아에서 장엄한 사색에 빠진 채 거침없이 살아가고 있는 그 모습이. 그렇다! 다시 한 번 말하건대, 그것이 그대가 **마땅히 지녀야 하는** 모습이다. 필시 이 세상 이외에도 다른 세상이, 다수 대중의 생각 이외에도 다른 생각이, 철학자의 추론 이외에도 다른 추론이 존재한다. 그렇다면 누가 그대의 행동을 문제 삼을 것인가? 누가 그대가 환상을 본다고 비난할 것이며, 그런 일은 인생의 낭비라고 폄하할 것인가? 그저 무한한 에너지가 솟아 나와 흘러넘친 것뿐인데.

지금 이야기하는 사람을 서너 차례 만난 것은 '탄식의 다리'라 불리는 베네치아의 아치형 다리 밑에서였다. 그때의 상황을 머릿속에 떠올려보아도 정확한 기억은 나지 않는다. 하지만 잊을 수 없는 것은—아! 어찌 잊을 수가 있을까?—칠흑처럼 깊은 밤, 탄식의 다리, 아름다운 여인, 그곳의 좁다란 운하를 따라 살금살금 돌아다니는 로맨스의 정령이다.

유난히 어두운 밤이었다. 광장의 큰 시계가 일몰 이후 다섯 시간이 지났음을 알렸다. 캄파닐레 광장은 텅 비어 고요했고, 고색창연한 후작의 저택에서 반짝이던 불빛도 급속히 희미해지고 있었다. 나는 피아제타에서 대운하를 통해 집으로 돌아가던 중이었다. 하지만 산마르코 운하 어귀 맞은편에 곤돌라가 도착했을 때, 불현듯 어둠 속에서 미친 듯이 날카로운 여인의 비명 소리가 길게 들려와 밤의 적막을 깨뜨렸다. 나는 그 소리에 소스라쳐 벌떡 일어났다. 곤돌라 사공이 하나뿐인 노를 놓치면서 시커먼 물속에 빠뜨리는 바람에 노를 영영 잃어버렸고, 결국 우리는 더 큰 운하에서 작은 운하로 흘러드는 물의 흐름에 몸을 내맡기게 되었다. 거대한 검은 깃털 콘도르처럼 우리가 탄식의 다리를 향해 서서히 떠가고 있을 때, 후작 저택의 숱한 창문과 계단에서 천 개쯤 되는 횃불이 번쩍이면서 캄캄하던 밤이 순식간에 시퍼런 빛깔의, 초자연적인 대낮으로 변했다.

한 아이가 제 어미의 품에서 미끄러져 그 높은 건물 위층의 창문에서 깊고 시커먼 운하 속으로 곤두박질쳤던 것이다. 고요한 물은 희생자를 집어삼키고 곧 잔잔해졌다. 주위에 보이는 것이라고는 내가 탄 곤돌라뿐이었지만, 건장한 사람들 여럿이 이미 물속으로 뛰어들어 수면 위에서 심연 속으로 가라앉아버린 보물을 헛되이 찾고 있었다. 저택의 입구 널따란 검은 대리석 판석 위, 운하에서 몇 발자국 올라온 자리에 그 순간 그 모습을 본 사람이라면 결코 잊을 수 없는 어느 한 사람이 서 있었다. 바로 후작부인 아프로디테였다. 온 베네치아의 흠모 대상이자 그 누구보다도 화려한 미모의 주인공, 미인들만 모인 곳에서도 가장 아름다운 여인이지만, 늙은 음모가 멘토니의 젊은 아내이자 지금 저 아래 시커먼 물속에서 제 어머니의 달콤한 손길을 생각하고 그 이름을 부르려 안간힘을 쓰며 여린 생명을 소진시키고 있는 그 어여쁜 아이, 첫 아이이자 유일한 아이의 어머니였다.

그녀는 홀로 서 있었다. 자그만 은빛 맨발이 검은 거울 같은 대리석 위에서 빛났다. 무도회를 위해 숱한 다이아몬드로 장식했다가 미처 절반도 풀지 못한 머리카락은 고전미가 돋보이는 머리를 둘러싸고 마치 어린 히아신스처럼 동글동글 말려 있었다. 그 섬세한 몸을 가려주는 유일한 옷가지는 눈처럼 희고 거즈처럼 얇은 천 한 장밖에 없는 듯했다. 하지만 한여름 한밤중의 대기는 뜨겁고 음습하고 고요했으며, 조각상 같은 그녀의 몸도 니오베[68]를 감싼 무거운 대리석처럼 꼼짝하지 않아서 주위를 겹겹이 에워싼 물안개조차 흩어지지 않았다. 하지만—참으로 이상하게도!—그녀의 크고 빛나는 두 눈이 향하는 시선은 가장 빛나는 희망을 집어삼킨 무덤이 있는 아래쪽이 아니라 전혀 다른 곳에 고정되어 있었다! 그 구舊공화국 감옥이 베네치아 전체에서 가장 웅장한 건물이긴 하지만, 그 밑에서 자식이 숨을 쉬지 못하고 있는데 어떻게 그 건물을 그토록 뚫어져

___

68　테베의 여왕으로 아폴론과 아르테미스에게 벌을 받아 자식들을 잃고 돌로 변했다.

라 응시할 수 있었을까? 저기 어둡고 음산한 벽감[69] 역시 부인의 침실 창문 바로 맞은편에서 입을 벌리고 있는데, 그렇다면 그 어둠 속에—그 건축물 속에—담쟁이덩굴이 휘감고 있는 장중한 처마장식 중에—멘토니 후작부인이 이전에도 경탄 가득한 눈으로 천 번쯤 바라보지 않았던 것이 있기는 할까? 터무니없는 소리! 이런 때면 사람의 눈이 산산조각 난 거울처럼 슬픔의 상像을 증식시키고 수많은 멀고 먼 곳들에서 지척의 비애를 본다는 것을 누가 모른단 말인가?

후작부인의 자리에서 한참 위, 수문 아치 안쪽에, 마치 사티로스 같은 모습을 한 멘토니 후작이 의복을 모두 갖춰 입고 서 있었다. 그는 이따금 기타를 연주했고, 자식의 시신을 수습하도록 띄엄띄엄 명령을 내리면서 죽음이 지겹다는 표정을 짓고 있었다. 나는 그 비명 소리를 듣자마자 벌떡 일어났고 너무나 놀라 온몸이 굳어버린 나머지 꼼짝도 할 수 없었다. 그렇게 장례식에나 어울릴 법한 검은 곤돌라를 타고 새하얗게 질린 얼굴에 뻣뻣하게 굳은 팔다리로 그들 사이로 떠내려갔으니, 불안해진 사람들 눈에 내 모습은 유령처럼 불길한 존재로 보였을 것이다.

온갖 노력이 허사였다. 수색에 가장 열심히 참여했던 이들이 기력이 다해 쉬면서 우울과 비탄에 빠져들고 있었다. 아이에게는 희망이 거의 없어 보였다. (어머니에겐 얼마나 더 그러했을까!) 하지만 그때, 앞서 말한 구공화국의 감옥이자 후작부인의 침실 창문을 마주하고 있는 그 어두운 벽감 안쪽에서 망토로 몸을 가린 한 사람이 빛이 비추는 곳까지 걸어 나오더니 아찔한 끄트머리에서 잠시 멈추었다가 수로로 곧장 뛰어들었다. 잠시 후 그 사람이 아직 살아 숨 쉬는 아이를 안고 후작부인 옆 대리석 판석 위에 섰고, 물에 흠뻑 젖어 무거워진 망토가 풀려 발치로 주르르 미끄러지면서 놀라워하는 구경꾼들 앞에 아주 젊은 청년의 아름다운 모습이 드러났다. 순간 유럽 전역에서 명성을 날리고 있는 이름이 여기저기서 들려왔다.

청년은 아무 말도 하지 않았다. 하지만 후작부인은! 그녀는 아이를 받아 가슴에 꼭 끌어안고 그 작은 몸을 꼭 붙들고서 쓰다듬어주려고 했다. 아뿔싸! 하지만 다른 이의 손이 아이를 낯선 이에게서 받았고, 다른 이가 아이를 빼앗아 들고 멀리, 아무도 모르게, 저택 안으로 데려가버렸다. 그렇다면 후작부인은! 부인의 입술이, 아름다운 입술이 떨린다. 그 눈, 플리니우스[70]가 묘사한 아칸서스처럼 "부드럽고 촉촉한" 눈에 눈물이 그렁그렁해졌다. 그렇다! 그 눈에 눈물이 고이고, 보라! 영혼까지 떨리기 시작하더니 석상 같았던 몸이 살아 움직이기 시작한다! 새하얗기만 하던 대리석 얼굴, 꼼짝 않던 대리석 가슴, 정결함 그 자체였던 대리석 발이 문득 걷잡을 수 없이 발그레하게 달아올랐고, 섬세한 몸은 나폴리의 산들바람이 풀밭에 핀 탐스러운 은색 백합 위로 불어올 때처럼 작은 전율을 일으키며 떨리고 있었다.

여인은 어째서 얼굴을 붉힌 걸까! 그 질문의 답은 알 수가 없다. 다만, 아이가 물에 빠진 것을 본 어머니가 다급하고 두려운 마음에 내실을 떠나면서 조그마한 발에 실내화를 신지도 않고 미끈한 어깨에 제격인 망토를 두르는 것도 잊었다는 사실뿐. 다른 무슨 이유가

70　고대 로마의 박물학자이자 정치가. 자연계를 아우르는 백과사전《박물지》를 썼다.

있어서 그렇게 얼굴을 붉혔겠는가? 간절한 호소를 담은 그 눈길 때문에? 가슴이 유독 시끄럽게 고동쳐서? 멘토니가 저택에 들어가는 순간 떨리는 손이 어쩌다 낯선 이의 손에 닿으며 발작적으로 꽉 잡은 바람에? 다급하게 작별인사를 하며 던진 뜻 모를 말을 그렇게 유난히 나지막하게 말한 까닭은 무엇이었을까? "당신이 이겼어요." 그녀는 이렇게 말했다. 아니, 어쩌면 물소리 때문에 내가 착각한 것인지도 모른다. "당신이 이겼어요. 해가 뜨고 한 시간 뒤에 만나게 될 거예요. 그렇게 해요!"

*   *   *

소란은 가라앉았고, 저택 안의 불빛도 잦아들었으며, 그 남자는 판석 위에 혼자 서 있었다. 그제야 나도 남자를 알아보았다. 그는 불안한지 몸을 떨더니 곤돌라를 찾아 주위를 둘러보았다. 나는 도와주겠다고 나서지 않을 수 없었고, 그는 내 호의를 받아들였다. 수문에서 노를 하나 얻어서 다 함께 그의 집으로 향하는 동안 그는 빠르게 평정을 되찾았고 겉보기에는 매우 상냥한 태도로 이전에 만났을 때 있었던 일에 대해 이야기했다.

내가 상세히 설명하기를 즐기는 주제가 몇 가지 있다. 그 낯선 이가—세상 사람들에게는 여전히 낯선 사람이므로 이렇게 부르도록 하겠다—어떤 사람인지 설명하는 것도 그중 하나이다. 키로 따지면 그는 중간을 넘지 않았고, 오히려 그 이하였을 것이다. 하지만 강렬한 감정을 느끼는 순간이면 체구가 실제로 커지면서 이 주장을 거짓으로 만드는 경우도 있었다. 몸이 가볍고 날렵한 것을 보면 탄식의 다리에서 보여주었던 민첩한 행동만 기대하게 되지만, 더 위험하고 다급한 상황이 닥치면 별 노력을 하지 않고도 헤라클레스처럼 강한 힘을 발휘했다. 신과도 같은 입매와 턱, 갈색에서 강렬하고 빛나는 검은색으로 변하는 독특하고 사나우며 크고 촉촉한 눈. 새카맣고 풍성한 곱슬머리와 이따금 밝은 빛과 상아색을 발하는 유난히 넓은 이마. 그 생김새는 콤모두스 황제의 대리석 조각상이라면 모를까, 그 밖에는 어디서도 본 적 없는 고전적인 균형을 담고 있었다. 하지만 그럼에도 그 얼굴은 모든 사람이 평생 언젠가 한 번은 보았지만 그 후 다시는 보지 못한 그런 얼굴이었다. 특별한 점도, 기억에 남는 습관적인 독특한 표정도 없었다. 보고 나면 곧 망각하게 되지만, 망각한다 하더라도 자꾸 되새겨보고 싶은 알 수 없는 욕망이 사라지지 않는 그런 얼굴이었다. 그렇다고 해서 급속히 지나가는 감정이 거울 같은 그 얼굴에 또렷한 상을 비추지 않는 것은 아니었지만, 그 감정이 떠나고 나면 거기에는 마치 거울처럼 어떤 자취도 남지 않았다.

모험을 함께한 밤에 헤어질 때가 되자, 그는 간절한 어조로 이튿날 아침 일찍 자신을 찾아와달라고 부탁했다. 동이 튼 직후 나는 그 청에 따라 그의 저택에 찾아갔다. 리알토 근처 대운하 위로 솟아 음침하면서도 환상적인 장관을 이루는 거대한 건물 중 하나였다. 나는 모자이크로 장식한 넓은 나선형 계단을 올라가 어느 방으로 안내되었는데, 방문이 열리자 비할 데 없는 화려한 장식이 진짜로 눈부신 빛을 발하는 통에 그 호화로움에 눈이 멀고 머리가 어질어질해질 지경이었다.

이 친구가 부유하다는 것은 익히 알고 있었다. 그의 재산에 대한 소문이 터무니없는 과장이라는 소리가 절로 나오지 않을 수 없는 말들로 돌아다녔으니까. 하지만 주위를 살펴보니, 유럽의 그 어떤 신민도 그때 사방에서 찬란한 빛을 발하던, 제왕에게나 어울릴 법한 호화로움을 누릴 재산을 지닐 수는 없을 것 같았다.

앞서 말했듯이 해는 이미 떠올랐지만 실내에는 아직도 불이 환하게 밝혀져 있었다. 그때의 상황에 비추어 볼 때, 또 이 친구의 지친 표정에 비추어 볼 때, 밤새 잠자리에 들지 않았던 것 같았다. 그 방의 건축과 장식은 누가 봐도 사람을 홀리고 놀라게 할 의도로 만들어진 것이었다. 여러 나라 물건들의 적절한 어울림, 소위 조화라 불리는 예법에는 거의 신경도 쓰지 않았다. 내 눈길은 이 물건에서 저 물건으로 방황했지만 그 어디에도—그리스 화가들의 그로테스크 작품에도, 이탈리아 최고 시기의 조소에도, 세련미 없는 거대한 이집트 조각 작품에도—머물지 못했다. 실내 곳곳에 걸어둔 화려한 휘장들이 근원을 알 수 없는 낮고 구슬픈 음악의 진동에 흔들렸다. 기묘한 소용돌이 꼴의 향로에서 흘러나오는 향이 너울대며 타오르는 에메랄드빛과 보랏빛 불길과 함께 뒤섞이고 충돌하며 감각을 짓눌렀다. 떠오른 태양빛이 창문을 통해 쏟아져 들어오면서 유리창 하나하나가 자줏빛으로 물들었다. 녹인 은물로 이루어진 폭포수처럼 벽위 장식에서부터 흘러 내려오는 커튼에 천 개로 반사된 찬란한 자연의 빛은 마침내 인공 불빛과 단속적으로 뒤섞이면서 매끄럽고 화려한 붉은 금빛 카펫 위에 차분하게 모여 넘실댔다.

"하하하! 하하하!" 내가 들어가자 집주인은 내게 자리를 권하고 자기도 오토만 의자에 큰대자로 털썩 드러누우면서 너털웃음을 터뜨렸다. "알겠습니다." 그는 내가 특이한 환영 예절에 적응하지 못하는 것을 알아차리고 말했다. "이 방, 이 조각상들, 이 그림들, 이 건축과 가구 구상의 독창성에 놀라셨군요! 음, 이 웅장함에 완전히 취해버린 거 아닙니까? 하지만 용서해주십시오, 친애하는 선생. [이 대목에서 그의 음성은 낮아지면서 상냥해지다시피 했다.] 내 인정머리 없는 웃음을 용서해주시죠. 너무 놀란 표정을 짓고 계셔서. 게다가 어떤 것들은 하도 터무니없이 우스꽝스러워서, 웃지 않으면 죽을 것 같은 일도 있으니 말입니다. 웃다가 죽는 것은 영광스러운 죽음 가운데 가장 영광스러운 일 아니겠습니까! 토머스 모어 경—아주 훌륭한 사람이었죠, 토머스 모어 경은—그 토머스 모어 경이 웃다가 죽었다지 않습니까. 라비시우스 텍스터[71]의 《부조리》에도 그런 멋진 최후를 맞이한 사람들이 길게 열거되어 있죠. 그런데 그거 아십니까?" 그는 곰곰이 생각에 잠긴 말투로 이야기했다. "(현재 팔레오초리에 해당하는) 스파르타에, 그러니까 스파르타에서 요새의 서쪽, 눈에 잘 띄지 않는 어수선한 폐허 속에 주춧돌 같은 것이 하나 있는데, 그 위에 ΛΑΣΜ라는 글자가 아직 눈에 띄게 남아 있거든요. 의심의 여지 없이 ΓΕΛΑΣΜΑ의 일부죠. 자, 스파르타에는 천 가지 신들에게 바친 천 곳의 신전과 성지가 있었어요. 그런데 웃음의 신에게 바친 제단이 다른 어떤 곳보다 오래 살아남다니, 참으로 기이한 일 아닙니까! 하지만, 지금 이 경우에는," 그의 음성과 태도가 싹 바뀌었다. "당신을 불편하게 하면서 내가 즐거워할 권리는 없죠. 놀라신 게 당연합니다. 유럽은 이 조그만 멋진 방처럼 훌륭한 걸 만들어낼 능력이 없어요. 제 다른 방들은 전혀 다릅니다. 무미건조한 유행의 극단을 보여주는 것에 불과하죠. 이건 유행보다 뛰어나요. 안 그렇습니까? 하지만 이걸 세상에 내놓는 순간 엄청난 유행이 되겠죠.

---

71   16세기 초 프랑스의 인본주의 학자였던 장 티시에르 드 라비시를 가리킨다.

자기 집안 전 재산을 내놓을 여력이 있는 사람들에게는 말입니다. 하지만 그런 신성모독이 벌어지지 않도록 내가 지켜왔죠. 한 번의 예외만 제외하면, 이곳이 이렇게 화려하게 장식된 이후로 이 수수께끼의 제국에 들어온 사람은 나와 시종 외에는 당신뿐입니다!"

나는 인정의 의미로 고개를 숙였다. 그의 말과 태도에서 풍기는 의외의 기묘한 느낌에 더해 압도적인 화려함과 향기, 음악 때문에 내 감상을 찬사의 말로 표현할 수 없었기 때문이다.

"자." 그는 일어나 내 팔에 기대어 방을 돌아다니면서 말했다. "이 것들은 그리스인들로부터 치마부에[72]에 이르는, 그리고 치마부에에서 현재에 이르는 화가들의 작품입니다. 보시다시피 미술품 애호가들의 의견은 별로 존중하지 않고 선택한 것들이 많아요. 하지만 모두 이런 방에 잘 어울리는 장식품이죠. 여기에는 무명의 위대한 작가들이 남긴 걸작들도 있습니다. 그리고 여긴 당대에는 찬양받았지만 통찰력 있는 학자들이 후세에 이름을 전해주지 않은 이들의 미완성 작품이 있고요. 그런데," 그가 갑자기 돌아서면서 물었다. "이 마돈나 델라 피에타를 어떻게 생각하십니까?"

"귀도의 작품이군요!" 이미 그 작품의 뛰어난 아름다움을 골똘히 살피고 있던 내가 열띤 목소리로 말했다. "귀도의 작품이에요! 이걸 어떻게 구하셨지요? 회화에서 이 성모는 조각에서 비너스나 마찬가지 아닙니까."

"하!" 그가 생각에 잠겨 말했다. "비너스? 그 아름다운 비너스요? 메디치가의 비너스? 작은 머리에 금빛 머리카락을 한? 그건 왼쪽 팔

---

72   13세기 이탈리아의 화가, 공예가.

일부와 [여기서 그의 음성이 낮아져서 겨우 들을 수 있었다] 오른쪽 팔 전체가 복원되었죠. 그 오른쪽 팔에 흐르는 교태는 가식의 정수라고 생각합니다. 내겐 카노바[73]를 줘요! 아폴론 역시 모사품입니다. 의심의 여지가 없어요. 만인이 자랑하는 아폴론의 영감이 보이지 않으니 내가 눈먼 바보죠! 어쩔 수 없습니다. 불쌍히 여겨주세요! 안티노우스[74]가 더 좋은 걸 어쩌겠습니까? 조각가는 대리석 덩어리에서 자신의 조각상을 발견한다고 말한 게 소크라테스 아니었나요? 그렇다면 미켈란젤로의 이 시는 결코 독창적인 게 아니었던 거죠.

> 예술가가 착안할 수 있는 최고의 작품 가운데
> 돌덩이에서 나오지 않은 것은 없다."

진정한 신사의 행동을 보면 천한 자들의 태도와 어떤 차이가 있는지 정확히 짚지는 못해도 그 차이를 늘 인식하게 된다는 옛말이 있다. 맞는 말이다. 그 파란만장한 아침 내 지인이 보여준 행동에 이 말을 적용해봤을 때, 그의 도덕적 기질과 성품에 이 말이 더 전적으로 들어맞는다는 것을 느꼈다. 또한, 그를 다른 인간들과 근본적으로 다른 존재로 만드는 듯한 영혼의 특별함은 강렬하고 지속적인 사고의 습관이라고 부르는 것 외에는 달리 설명할 방법이 없다. 그의 이러한 습관은 매우 사소한 행동에도 스며들어 있고, 빈둥거리고 있

---

73 18~19세기 이탈리아의 조각가. 나폴레옹의 여동생 폴린 보나파르트를 모델로 한 비너스 상을 남겼다.

74 오디세우스의 아내 페넬로페에게 구애하고, 오디세우스에게 살해되었다.

을 때도 끼어들며, 마치 페르세폴리스 신전을 둘러싼 처마장식에 달린 미소 짓는 가면의 눈에서 꿈틀거리며 기어 나오는 독사처럼 유쾌한 순간들에도 뒤얽혀들었다.

하지만 별로 중요하지도 않은 문제들에 대해 다급히 장광설을 늘어놓는, 경박함과 진중함이 뒤섞인 그의 어조에서는 모종의 두려움이 계속해서 보였다. 행동과 말에는 불안한 거짓 열정이 담겼고, 들뜨고 흥분한 태도는 늘 이해가 안 되었지만 가끔은 공포스럽기까지 했다. 또 그는 종종 말을 하는 도중에 왜 그 말을 시작했는지 잊어버린 양 딱 멈추고는 마치 손님을 기다리거나 자기의 상상 속에서만 존재하는 소리라도 듣는 것처럼 몹시 집중하며 귀를 기울이곤 했다.

이런 생각에 잠겨 있었거나 잠깐 아무 생각 없이 멍하니 있던 중, 옆의 오토만 의자에 시인이자 학자인 폴리치아노의 아름다운 비극 《오르페오》(이탈리아어로 쓴 최초의 비극)가 놓여 있는 것을 보고 책장을 넘기다가 연필로 밑줄을 그어놓은 부분을 발견했다. 3막 마지막 부분으로 가장 심금을 울리는 구절이었는데, 아무리 세속에 오염된 사람이라도 남자라면 새로운 감정의 전율을 느끼고 여자라면 한숨짓지 않고는 읽을 수 없는 대목이었다. 한 페이지 전체가 눈물로 얼룩져 있었고, 반대편 간지에는 영어로 다음과 같은 시가 적혀 있었는데, 내 지인의 독특한 글씨체와는 너무나 달라서 그가 쓴 것임을 알아보는 데 약간의 어려움이 있었다.

　　그대는 내게 모든 것이었소, 사랑이여,
　　내 영혼이 애타게 그리는 상대여—
　　바다의 푸른 섬이요, 사랑이여,

요정의 열매와 꽃으로 온통 장식된

샘물이자 성지요,

그 꽃은 전부 내 것이었소.

아, 너무 밝아 계속 꿀 수 없는 꿈이여!

아, 떠오르되 구름에 뒤덮이고 마는

별 같은 희망이여!

저 멀리 미래에서 누군가의 목소리가

"전진!"이라고 외치지만—내 영혼은

과거(어두운 심연!) 위에 떠다닌다오.

소리 없이—움직임도 없이—겁에 질린 채로!

슬프도다! 슬프도다! 내게

생명의 빛은 끝났기에.

"이제 다시는—이제 다시는—이제 다시는"

(그런 말에는 근엄한 바다도

 해변의 모래밭에 묶여 꼼짝할 수 없소)

천둥을 맞은 나무에 꽃이 피지도,

다친 독수리가 날아오르지도 못하리!

이제 나의 시간은 모두 영혼 없이 흘러가고,

밤에 꾸는 꿈은 전부

검은 눈이 흘깃거리는 곳이며,

그대의 발자국이 반짝이는 곳이오.

알 수 없는 이탈리아의 시냇가에서
이름 모를 천상의 춤을 추면서.

슬프도다! 그 저주받을 시간을 향해
그들이 그대를 구름 가마에 싣고 갔소,
연인에게서 귀족 노인과 범죄로,
그리고 신성치 못한 베갯머리로!—
내게서, 그리고 은빛 버드나무가 구슬피 우는
우리의 안개 자욱한 땅에서!

이 시가—그가 알고 있는 줄 몰랐던 언어인—영어로 쓰여 있다는 사실은 별로 놀랍지 않았다. 그가 방대한 학식을 지니고 있다는 것, 또 그것을 사람들에게 숨기면서 특이한 즐거움을 느낀다는 것을 너무 잘 알고 있었기 때문에 이 비슷한 일들을 알게 되어도 거의 놀랍지 않았다. 하지만 솔직히 말해 집필 장소를 봤을 때는 적잖이 놀랐다. 그 시는 원래 런던에서 썼고 후에 그 위에 선을 그어 공들여 지워 놓았지만, 꼼꼼하게 살펴보는 사람의 눈을 속일 정도로 잘 지워져 있지는 않았다. 다시 말하지만, 그걸 보고 나는 상당히 놀랐다. 전에 대화를 하던 중 런던에서 (결혼하기 전 그 도시에서 몇 년 동안 살았던) 디 멘토니 후작부인을 만난 적이 있는지 구체적으로 물어본 적이 있었는데, 내 착각이 아니라면 그는 대영제국의 수도에는 한 번도 가본 적 없다고 대답했기 때문이다. 여기서 또한 (물론 온갖 말도 안 되는 이야기들이 포함된 소문을 믿는 것은 아니지만) 내가 이야기하는 사람이 영국 출생일 뿐 아니라 교육도 거기서 받은 영국인이라는 이야기를 몇 번이나 들었다는 것을 말해두는 게 좋겠다.

* * *

"그림이 하나 더 있어요." 내가 그 비극을 알아챈 것을 모르고 그가 말했다. "당신이 아직 보지 못한 그림이 하나 더 있어요." 그가 휘장을 걷더니 아프로디테 후작부인의 전신 초상화를 내보였다.

인간의 솜씨로 그녀의 초자연적인 아름다움을 그 이상으로 묘사해낼 수는 없었을 것이다. 그 전날 밤, 후작의 저택 계단에서 내 앞에 서 있던 그 천사 같은 여인이 다시 한 번 내 눈앞에 서 있었다. 그렇지만 환하게 미소 짓는 그 얼굴 표정에는 완벽한 아름다움과 떼려야 뗄 수 없는 우수의 흔적이(도무지 알 수 없는 변칙이여!) 여전히 설핏 도사리고 있었다. 오른쪽 팔은 가슴 위에 고이 접혀 있었다. 왼팔은 아래로 내려 신기하게 생긴 화병을 가리키고 있었다. 요정처럼 작은 발은 하나만 보였는데, 땅을 거의 밟지도 않고 있었다. 그 아름다움을 에워싸 모시고 있는 듯한 환한 배경 속에는 더할 나위 없이 섬세하게 그린 날개 한 쌍이 겨우 보일락 말락 하게 떠 있었다. 내 시선은 그 그림으로부터 친구에게로 향했고, 채프먼의 《뷔시 당부아》[75]의 힘찬 대사가 나도 모르게 입에서 튀어나왔다.

"그는 일어섰다.

저기 마치 로마의 조각상처럼! 그는 버틸 것이다.

죽음이 그를 대리석으로 만들 때까지!"

75   영국의 극작가이자 시인 조지 채프먼의 비극.

"자." 그는 한참 만에 말하더니, 화려한 법랑 장식이 된 묵직한 은제 테이블을 향해 돌아섰다. 테이블 위에는 화려한 색의 술잔 몇 개와 초상화 전경에 있던 것과 똑같이 근사한 모양의 큼지막한 에트루리아 화병 두 개가 놓여 있었고, 거기에는 요하네스베르거[76]로 추정되는 술이 가득 담겨 있었다. "자." 그가 불쑥 말했다. "마십시다! 이른 시각이지만 마셔요. **진짜** 이른 시각이군." 묵직한 금 망치를 든 천사가 일출 후 한 시간이 지났음을 알리는 소리가 방에 울려 퍼지자 그가 조용히 이렇게 말했다. "정말로 이른 시각이지만 무슨 상관이람? 마십시다! 이 천박한 등불과 향로가 이기려고 안간힘을 쓰는 저 근엄한 태양에 제물을 바치는 겁니다!" 그는 내게 건배하게 하더니, 포도주를 몇 잔이나 재빨리 연달아 들이켰다.

"꿈꾸는 것이," 그는 향로의 그윽한 불빛에 화려한 화병 하나를 들어 올리며 두서없는 어조로 다시 대화를 시작했다. "꿈꾸는 것이 내 일생의 업이었지요. 그래서 보다시피 이 꿈의 방을 지었소. 베네치아 한복판에 이보다 더 훌륭하게 지을 수 있었겠습니까? 주위를 둘러봐요. 이건 진짜로 온갖 건축 장식의 결합체입니다. 이오니아의 정결함을 케케묵은 장치들이 해치고, 이집트의 스핑크스들은 금사 카펫 위에 쭉 뻗어 있죠. 하지만 이것들이 부조화라고 느끼는 건 소심한 자들뿐입니다. 장소가 적절해야 한다, 특히 시기가 적절해야 한다는 관념은 위대한 것을 생각하지 못하도록 사람들을 겁주는 방해꾼이에요. 한때는 나도 예법을 중시했죠. 하지만 그 승화된 어리석음에 신물이 났어요. 지금 여기 존재하는 모든 것들이 내 목적에는 훨씬 더 잘 어울립니다. 내 영혼은 이 아라베스크 향로처럼 불길 속에서 몸부림치고 있고, 이 방의 황홀한 광경이 지금 내가 서둘러 향하고 있는 진정한 꿈의 나라의 더 환상적 광경에 잘 적응할 수 있도록 준비시켜주고 있으니까요." 그는 여기서 말을 뚝 멈추더니 내게는 들리지 않는 소리라도 경청하듯이 고개를 가슴팍에 떨어뜨리고 있었다. 한참 뒤 그는 몸을 일으켜 세우고 정면을 응시하며 치체스터 주교의 시를 읊었다.

> "거기서 나를 기다려주오!
> 그 깊은 계곡에서 그대를 반드시 만날 터이니."

다음 순간 그는 포도주에 취해 오토만에 몸을 던진 채 뻗어버렸다.

그때 계단에서 황급한 발소리가 들리고 이어서 누가 문을 요란하게 두드렸다. 또 무슨 소동이 벌어지는구나 지레짐작하고 있는데, 멘토니 집안의 심부름꾼이 방으로 뛰어들더니 목이 메어 울먹거리며 뜻을 알 수 없는 말을 더듬거렸다. "마님, 마님께서! 독약을! 독약을! 아, 아름다우신, 아, 아름다우신 아프로디테 마님께서!"

나는 당황해서 오토만으로 달려가 잠든 이를 깨워 이 놀라운 소식을 알리려 했다. 하지만 그의 팔다리는 굳어버렸고, 입술은 시퍼렇게 질려 있었으며, 방금 전까지도 빛나던 두 눈은 죽어서 꼼짝도 하지 않았다. 나는 비틀거리며 테이블로 돌아가, 갈라지고 검게 변한 잔을 잡았다. 그러자 끔찍한 진실의 전모가 섬광처럼 내 영혼을 스치고 지나갔다.

병 속의 수기

죽음을 목전에 둔 사람은
더 이상 감출 것이 없네.
_퀴노, 〈아티스〉[77]

조국과 가족에 대해서는 별로 할 이야기가 없다. 푸대접과 긴 세월에 조국과는 멀어지고 가족과는 남남이 되었다. 물려받은 유산으로 상당한 교육을 받았고, 깊이 사색하는 습관 덕분에 어린 시절 열심히 배운 것을 체계적으로 정리할 수 있었다. 다른 무엇보다 독일 윤리학자들의 저작을 탐독했다. 그들이 멋들어지게 읊어대는 미친 소리를 분별없이 우러러보아서가 아니라, 엄정하게 사고하는 습관 덕분에 그 속의 오류를 쉽게 찾아낼 수 있어서였다. 나는 종종 재능이 빈약하다는 책망을 들었고, 상상력이 부족한 것이 죄라도 되는 것처럼 비난을 받았으며, 절대회의론을 바탕으로 한 의견을 내놓아 늘 악명을 얻었다. 사실 자연과학을 몹시 좋아한 탓에 나도 이 시대가 흔히 저지르는 오류에 물든 것은 아닌가 싶다. 다시 말해, 어떤 일이 벌어졌을 때 그것이 자연과학이 적용되는 분야가 아니더라도

77   1676년에 초연한 프랑스의 초기 오페라.

전부 자연과학 원칙 탓으로 돌리는 오류 말이다. 전반적으로 나는 미신이라는 '이그니스 파투이$^{ignis\ fatui}$'[78]에 현혹되어 엄정한 진리의 영역에서 멀어질 사람이 아니다. 이렇게 미리 전제해두는 것은, 앞으로 전할 이 믿기 어려운 이야기가 공상의 환각에 휘둘리는 법 없는 사람이 몸소 겪은 확실한 경험이 아니라, 조악한 상상력에서 비롯한 헛소리로 간주되는 일이 없도록 하기 위함이다.

18**년 나는 오랜 세월 외국을 떠돈 끝에 부유하고 인구가 많은 자바 섬 바타비아 항구에서 순다 열도의 군도를 향해 항해를 떠났다. 승객으로 승선했는데, 악마처럼 내게서 떨어지지 않는 초조한 마음의 동요 이외에 그 여행을 떠난 이유는 달리 없었다.

우리가 탄 배는 봄베이에서 말라바의 티크 목재와 구리로 건조한 약 400톤급의 아름다운 선박이었다. 그 배에는 라카디브 제도의 면직물과 모직물, 기름이 실려 있었다. 야자껍질로 만든 섬유와 재거리 설탕, 인도 버터, 코코아 열매, 아편 몇 통도 싣고 있었다. 짐을 서투르게 싣는 바람에 배가 불안정했다.

우리 배는 산들바람을 타고 순항했고, 많은 날들을 자바 섬의 동쪽 연안을 따라가며 보냈다. 우리의 목적지인 군도에서 온 소형 가로돛배 몇 대를 이따금 만나는 것 이외에 단조로운 항해에 활력을 줄 만한 사건은 없었다.

어느 날 저녁, 선미 난간에 기대어 있다가 북서쪽에서 굉장히 특이한 구름 한 점을 보았다. 빛깔도 그랬지만 바타비아에서 출항한 후 처음 본 구름이라는 점도 놀라웠다. 해가 질 때까지 그 구름을

---

78 '도깨비불'을 의미하는 라틴어.

주의 깊게 지켜보았는데, 석양과 함께 구름이 갑자기 동쪽과 서쪽으로 퍼지면서 수평선에 좁다란 수증기의 띠를 둘러 마치 길게 펼쳐진 해안선처럼 보였다. 그 직후 어스름히 떠오른 붉은 달과 특이한 바다가 시선을 끌었다. 바다는 빠르게 변화하고 있었고, 물은 평소보다 더 투명하게 느껴졌다. 바닥이 또렷이 보였지만, 측심연을 던져 수심을 재보면 배는 15패덤 깊이로 물에 가라앉아 있었다. 대기가 견딜 수 없이 뜨거워지고 달군 쇠에서 생기는 것처럼 증기가 소용돌이 모양으로 가득 피어올랐다. 밤이 되면서 바람은 모두 잦아들었고 더할 나위 없이 완전한 적막이 내려앉았다. 선미루에서 타고 있는 촛불은 미동도 하지 않았고, 긴 머리카락 한 올을 엄지와 검지로 쥐어보면 떨릴 기미도 없이 축 늘어져 있었다. 하지만 선장은 위험한 징조 없이 순조로이 해안으로 떠가고 있다고 하면서 돛을 모두 걷고 닻을 내리라고 명령했다. 주로 말레이 사람들로 구성된 선원들은 불침번도 없이 보란 듯이 갑판에 몸을 뉘었다. 나는 불길한 예감을 느끼며 아래로 내려갔다. 사실 보이는 모든 것들이 시뭄[79]이 다가오고 있음을 알리고 있었다. 선장에게 내가 우려하는 바를 알렸지만 그는 내 말에 귀도 기울이지 않고 대답하는 시늉도 없이 가버렸다. 하지만 불안해서 잠을 이룰 수 없었던 나는 자정이 다 되었을 즈음 갑판 위에 올라가보았다. 배 안의 계단을 오르는 순간, 물레방아 바퀴가 빠르게 회전할 때 나는 것 같은 요란한 우르릉 소리에 깜짝 놀랐다. 그 의미를 미처 확인하기도 전에 배 가운데가 떨리는 것이 느껴졌다. 바로 다음 순간, 파도가 우리를 기둥 끝으로 던져버

---

79   아라비아 사막의 모래폭풍.

렸고, 바닷물이 앞뒤에서 밀려들면서 이물에서 고물까지 갑판 전체를 뒤덮어버렸다.

나중에 알고 보니 우리 배는 그 거센 광풍 덕분에 살아남았다. 돛대는 완전히 물에 잠겨 쓸모없어졌지만, 배는 잠시 후 바다에서 쑥 올라왔고 엄청난 폭풍의 힘에 기우뚱거리다가 마침내 바로 섰다.

무슨 기적이 있어서 내가 살아났는지 알 수 없는 노릇이다. 밀려드는 바닷물의 충격에 놀랐다가 정신을 차리고 보니 나는 선미의 버팀대와 방향타 사이에 껴 있었다. 힘겹게 일어서서 어질어질한 상태로 주위를 둘러보니 기함하게도 우리 배는 큰 파도에 둘러싸여 있었다. 산더미처럼 크고 거품이 부글대는 바다가 소용돌이치며 우리를 집어삼키고 있는 광경에 상상을 초월하는 두려움이 밀려들었다. 잠시 후, 항구를 떠날 때 함께 배에 탔던 스웨덴 노인의 목소리가 들렸다. 나는 있는 힘을 다해 그를 불렀고 곧 그가 비틀거리며 다가왔다. 금세 살아남은 사람은 우리뿐이라는 사실이 드러났다. 갑판 위에 있던 것들은 우리만 제외하고 전부 물에 떠밀려 나갔다. 선장과 선원들은 선실에 물이 밀려드는 바람에 자다가 죽은 것이 틀림없었다. 도움 없이는 배를 지킬 방법이 없었고, 처음에는 배가 가라앉을 거라는 생각에 아무런 노력도 할 수 없었다. 처음 허리케인이 불어닥치는 순간 밧줄은 노끈처럼 끊어져버렸고, 그러지 않았으면 우리는 곧장 끝장나고 말았을 것이다. 우리는 무시무시한 속도로 파도를 앞질러 질주했고, 파도는 우리 위로 투명하게 갈라졌다. 고물의 골조가 심하게 파손되었고, 어느 모로 보나 배 전체가 상당히 망가진 상태였다. 하지만 매우 다행스럽게도 펌프는 막히지 않았고 바닥짐의 배치도 크게 바뀌지 않았다. 폭풍우도 고비는 이미 넘겼기 때문에 거센 바람이 위험이 될 일은 별로 없을 것 같았다. 하지만 바람이 완전히 멈추는 것도 두려웠다. 배가 다 부서진 상태라서 뒤이어 큰 놀이 닥치게 되면 결국 죽게 될 테니 말이다. 하지만 이 마땅한 불안은 당장 현실이 되어 닥치지는 않는 듯했다. 꼬박 닷새 동안—그동안 우리가 먹은 것은 선원 선실에서 겨우 꺼내 온 재거리 설탕 조금뿐이었다—선체는 도저히 계산할 수도 없는 속도로 날다시피 질주했다. 처음에 우리를 강타한 시뭄의 강도까지는 아니라도 여전히 내가 겪어본 어떤 폭풍보다 더 무시무시한 속도로 바람이 연달아 불었기 때문이다. 처음 나흘 동안 우리 항로는 근소한 변화가 있긴 해도 남동쪽과 남쪽 방향이었다. 오스트레일리아의 해안을 지난 것이 분명했다. 닷새째는 바람이 좀 더 북쪽으로 불긴 했지만 추위가 극심해졌다. 누리끼리한 빛을 띤 해가 지평선 살짝 위로 떠올랐으나 환한 빛은 거의 발하지 않았다. 딱히 보이는 구름은 없었으나 바람이 거세지고 발작적으로 불안정하게 불어닥쳤다. 우리 짐작에 정오쯤 다시 태양이 나타나서 우리 눈길을 끌었다. 그 태양은 제대로 된 빛은 전혀 발하지 않았고 그저 반사되지도 않는 희미하고 음침한 빛을 발할 뿐이었다. 마치 모든 빛이 편광이 된 것 같았다. 불어난 바닷물에 가라앉기 직전, 뭔가 알 수 없는 힘에 급하게 눌린 것처럼 태양의 중심 불꽃이 꺼졌다. 깊이를 가늠할 수 없는 바다를 향해 곤두박질 치는 것은 흐릿한 은색 테두리뿐이었다.

우리는 아무 희망도 없이 엿새째 날이 밝기를 기다렸다. 그날은 내게는 아직 오지 않았고, 스웨덴 노인에게는 영영 오지 않았다. 그 때부터 칠흑 같은 어둠이 우리를 에워싸 배에서 스무 발자국 떨어진 곳조차 전혀 보이지 않았다. 영원한 밤이 우리를 덮었다. 연해지방 바다에서 흔히 보았던 희미한 불빛도 전혀 없었다. 또한 폭풍이 전혀 잠잠해지는 기미 없이 계속해서 맹위를 떨치긴 했지만 그때까지 우리를 따라다녔던 특이한 파도나 거품은 더 이상 보이지 않았다. 사방이 공포, 짙은 어둠과 새카만 흑단의 사막뿐이었다. 스웨덴 노인의 영혼에 미신적인 공포가 차츰 스며들었고, 내 영혼은 고요한 경이감에 사로잡혔다. 배를 돌봐봤자 유해무익할 뿐이라 손을 놓아버린 채 우리는 부러지고 남은 뒤쪽 돛대에 가능한 한 몸을 고정시키고 비통한 심정으로 망망대해를 바라보고 있었다. 시간을 계산할 도구도 없었고, 상황을 짐작할 방법도 없었다. 하지만 이전의 어떤 항해사보다 더 남쪽으로 깊이 내려간 것은 알 수 있었기 때문에 이쯤에서 보통 빙하를 맞닥뜨릴 법한데 만나지 않는 게 굉장히 놀라웠다. 그러는 동안 매 순간 우리는 죽음의 위협을 느꼈다. 산더미 같은 파도가 우리를 덮칠 때마다 그랬다. 큰 놀은 내가 상상한 그 무엇보다 어마어마해서 우리가 곧바로 물에 잠기지 않은 것이 기적이었다. 동행은 가벼운 뱃짐을 언급하며 우리 배의 뛰어난 성능을 일깨워줬다. 하지만 나는 희망 자체가 전혀 없다는 느낌을 떨칠 수 없었다. 배가 1노트[80]씩 전진할수록 시커멓고 거대한 바다도 점점 더 무시무시해졌기 때문에 한 시간도 못 되어 죽음을 맞게 될 거라고 암담한 마음으로 각오했다. 때로는 배가 앨버트로스보다 더 높이 치솟는 바람에 헉 하고 숨을 멈추기도 했고, 때로는 공기는 정체되고 크라켄[81]의 잠을 깨울 소리 하나 없는 수중 지옥을 향해 내리

---

80 배의 속도를 나타내는 단위. 1노트는 한 시간에 1852미터를 달리는 속도.

81 노르웨이 앞바다에 나타난다는 전설 속의 괴물.

꽂히는 속도에 속이 메스껍기도 했다.

　이런 심연의 바닥에 가라앉아 있을 때, 적막한 밤을 무시무시하게 가르며 동행의 다급한 비명 소리가 들려왔다. "저 보게! 저걸!" 그는 내 귓전에 대고 비명을 질렀다. "전능하신 주여! 보게! 보게!" 그 말을 듣고 보니, 희미하고 음침한 붉은 불빛이 우리가 있던 넓은 파도 골의 가장자리를 타고 내려와 갑판을 발작적으로 비추고 있었다. 위를 바라보자 피가 얼어붙는 것 같은 광경이 펼쳐져 있었다. 우리 머리 위로 굉장한 높이까지 솟아오른 절벽 같은 파도 가장 끄트머리에 아마도 4천 톤은 되어 보이는 거대한 배가 걸려 있었다. 선체 높이보다 100배는 높은 파도 정상으로 끌려 올라가 있긴 했지만, 그 배의 실제 크기는 현존하는 어떤 해군 전함이나 동인도회사 배보다 컸다. 거대한 선체는 짙고 우중충한 흑색이었고, 선박에서 흔히 볼 수 있는 조각 장식 하나 없었다. 열린 좌현에서는 일렬로 황동 대포가 튀어나와 있었고, 반들반들한 표면에는 전투용 등불이 숱하게 내걸려 삭구 주위에서 흔들리고 있었다. 하지만 진정 공포스럽고 경악스러운 사실은, 그 배가 그 초자연적인 바다와 제멋대로 날뛰는 폭풍 속에서 돛을 전부 올리고 버티고 있다는 것이었다. 처음 봤을 때 그 배는 파도 너머 어둡고 무시무시한 심연의 바다에서 서서히 떠오르고 있어서 뱃머리만 보였다. 끔찍하게 두려운 한순간, 그 배가 마치 자신이 얼마나 높은 곳에 올라갔는지 가늠해보기라도 하듯이 어찔한 정점에서 멈추었다 다음 순간 떨면서 휘청거리더니 곧장 아래로 내려왔다.

　이 순간 내가 갑자기 그렇게 침착해진 까닭이 무엇인지는 모르겠다. 나는 최대한 멀찌감치 물러서서 곧 닥칠 파멸을 용감하게 기다렸다. 우리 배는 마침내 분투를 멈추고 바닷속으로 곤두박질치며 가라앉고 있었다. 강하하는 배와 우리 배가 충돌하면서 이미 거의 물에 잠겨 있던 부분에 큰 충격이 왔고, 그 불가피한 결과로 나는 그 배의 삭구 위에 걷잡을 수 없이 거칠게 내동댕이쳐졌다.

내가 떨어지는 순간, 그 배가 바람 부는 쪽으로 들썩이더니 움직이기 시작했다. 이어지는 혼란을 틈타 나는 선원들의 눈을 피할 수 있었다. 수월하게 사람들의 눈에 띄지 않고 반쯤 열려 있던 주승강구 쪽으로 다가갔고, 곧 짐칸에 숨어들 기회를 잡았다. 왜 그랬는지는 잘 모르겠다. 그 배의 항해사들을 보자마자 영문을 알 수 없는 두려움이 솟구쳤고, 아마 그래서 숨기로 한 것 같다. 대충 흘깃 보았을 때, 어딘가 기이하고, 의심스러우며, 불안해 보이는 사람들에게 내 운명을 맡기는 것이 내키지 않았다. 그래서 짐칸에 은신처를 마련하는 것이 좋겠다고 여겼다. 그리고 짐이 움직이지 않도록 하는 고정판 일부를 움직여 그 배의 거대한 가로장 사이에 편안히 숨어 있을 자리를 만들었다.

숨을 곳을 만들자마자 짐칸에서 발소리가 들려와 곧바로 몸을 숨겼다. 어떤 사람이 기운 없이 불안정한 발걸음으로 내가 숨은 곳을 지나갔다. 얼굴은 보이지 않았지만 전체적인 모습을 관찰할 기회는 있었다. 굉장히 노쇠한 사람 같았다. 세월의 무게에 무릎은 삐걱거렸고, 몸 전체가 체중을 지탱하지 못하고 떨렸다. 그는 내가 알아듣지 못하는 언어로 몇 마디를 나지막이 띄엄띄엄 중얼거리더니 이상하게 생긴 장치와 낡은 해도海圖 더미의 한쪽 구석을 더듬었다. 짜증을 부리는 노인과 위엄 있는 신의 태도를 모두 가진 사람이었다. 그는 한참 뒤에 갑판으로 올라갔고, 더는 그를 보지 못했다.

　　　　*　　*　　*

　무엇이라 부를지 알 수 없는 감정이 내 영혼을 사로잡았다. 분석할 수도 없고, 지난 세월의 교훈도 쓸모없으며, 미래가 되어도 그 해답을 구할 수 없는, 그런 느낌이었다. 나 같은 사고방식을 가진 사람은 이런 식의 고찰을 싫어한다. 나는 이런 생각의 본질을 결코 납득하지 못할 것이다. 결코 그러지 못할 것을 알고 있다. 하지만 이런 생각이 불분명한 것은 놀랍지 않다. 완전히 새로운 근원에서 나온 생각이기 때문이다. 새로운 감각, 새로운 본질이 내 영혼에 더해졌다.

　　　　*　　*　　*

　이제 이 무시무시한 배의 갑판을 처음 밟은 지도 한참이 되고 보니, 내 운명이 어떻게 될지도 차츰 분명해지는 것 같다. 도무지 이해할 수 없는 사람들! 그들은 알 수 없는 명상에 빠진 채 나를 알아보지 못하고 스쳐 지나간다. 그들이 나를 보지 않으니, 숨어서 지낸 것은 완전히 헛수고였다. 방금 전 나는 항해사 바로 앞을 지나갔다. 얼마 전에는 선장의 개인 선실에 들어가서 지금까지 쓰고 있는 필기도구를 가져왔다. 이 일지는 틈틈이 계속해서 쓸 작정이다. 이 글을 세상에 전할 기회를 얻지 못할 수도 있지만 노력을 멈추지는 않을 것이다. 마지막 순간 이 수기를 병에 넣어 바다에 던질 생각이다.

　　　　*　　*　　*

　새로운 사색의 여지를 가져다준 사건이 있었다. 이런 일은 제멋대로 날뛰는 우연의 작용일까? 예전에 갑판 위로 나가서 사람들의 시선을 피해 노 젓는 작은 배 바닥에 밧줄 사다리와 낡은 돛을 모아놓은 더미 위에 몸을 던지고 앉아 있었던 적이 있다. 기이한 내 운명에 대해 생각하다가 나도 모르게 타르용 붓으로 내 옆의 나무통 위 잘 접어놓은 보조돛 가장자리에 타르칠을 해버렸다. 이제 그 보조돛이 배 뒤로 둥그렇게 펼쳐져 있는 모습을 보니, 아무 생각 없이 한 붓질이 돛이 퍼지면서 '발견'이라는 단어가 되어 있었다.

최근에는 배의 구조에 대해 여러 차례 관찰을 해보았다. 무기가 잘 장착되어 있긴 해도 이 배는 내 생각에 전함은 아닌 것 같다. 삭구와 크기, 전체적인 장비로 보아 그렇게 보기는 어렵다. 전함이 아니라는 것은 알겠는데, 정체가 무엇인지는 도저히 모르겠다. 영문은 모르겠지만, 이 배의 기묘한 모습과 특이한 돛대 형태, 거대한 크기와 엄청나게 큰 돛, 매우 소박한 뱃머리와 구식의 선미를 살피다 보면, 이따금 낯익은 느낌이 머릿속을 스치고 지나가면서 먼 옛날 오래전 타국의 기록을 보았던 아련한 기억과 어렴풋한 회상이 늘 뒤섞이곤 한다.

* * *

이 배를 건조하는 데 쓴 목재를 살펴봤다. 처음 보는 자재로 건조된 배다. 목재에는 특이한 점이 있는데, 내가 보기에는 배를 건조하는 목적으로는 적합하지 않은 것 같다. 이런 바다에서 항해하다 보면 생기기 마련인 좀이나 오래되어 썩는 것과는 별개로, 목재 자체에 굉장히 구멍이 많다. 호기심이 과해 보일 수도 있겠지만, 스페인 참나무를 비정상적인 방법으로 팽창시키면 이 목재와 똑같은 성질을 갖게 될 것 같다.

위에 적은 내용을 읽다 보니, 바다에서 산전수전을 겪은 네덜란드인 늙은 항해사가 하던 알 수 없는 말이 떠오른다. 그는 자신의 말에 누가 조금이라도 의문을 제기하면 이렇게 말하곤 했다. "이건 살아 있는 뱃사람 몸집이 커지듯이 배 자체가 커지는 바다가 있다는 사실만큼이나 확실하다니까."

*　　*　　*

한 시간 전쯤, 나는 대담하게도 모여 있는 선원들 사이로 불쑥 들어가보았다. 그들은 전혀 관심을 보이지 않았고, 내가 한가운데 서 있어도 내 존재를 모르는 눈치였다. 처음에 짐칸에서 본 사람처럼 그 선원들도 모두 백발이 성성한 노인 같았다. 기력이 없어 무릎이 떨리고 노쇠한 어깨는 반으로 접히듯 굽어 있었다. 쪼글쪼글해진 피부가 바람에 덜렁거렸다. 음성은 낮고 떨렸으며 띄엄띄엄 끊어졌다. 눈은 세월의 더께가 내려앉아 번들거렸고, 잿빛 머리카락은 거친 바람에 마구 휘날렸다. 그 주위 갑판 여기저기에는 고색창연한 구식 항해 장치들이 흩어져 있었다.

*　　*　　*

얼마 전, 보조돛을 달았다고 이야기한 적이 있다. 그때부터 배는 바람을 정통으로 맞으며 남쪽으로 향했고, 돛대 꼭대기부터 보조돛대 아래 활대에 이르기까지 누더기 돛을 전부 활짝 펼치고 윗돛대 양쪽 활대 끝을 흔들며 인간이 상상할 수 있는 가장 섬뜩한 지옥의 바다로 진입했다. 갑판 위에 제대로 서 있을 수가 없어서 방금 돌아와 보니 선원들은 전혀 불편을 느끼지 못하는 것 같았다. 이 거대한 배가 지금이라도 당장 바다에 영영 잠겨버리지 않는 것이 기적 중의 기적 같다. 심연을 향해 최후의 곤두박질을 치기 전에 영원의 가장자리를 계속 떠다니는 저주에 걸린 것이 틀림없다. 여태까지 본 것보다 천 배는 더 큰 파도가 덮쳐도 이 배는 쏜살같이 날아다니는 갈매기처럼 빠져나온다. 거대한 파도가 심해의 악마처럼 우리 머리 위로 솟아오르지만, 그저 협박만 할 줄 알지 파멸시키는 능력은 없는 모양이다. 이처럼 자주 나타 위기를 피하는 가연스러운 이유는 배가 뿐이라는 생각이 든다. 이 배가 뭔가 강력한 해류나 난폭한 저류의 영향을 받는 것이 틀림없다.

* * *

　선장의 선실에서 얼굴을 마주한 채 선장을 바라봤지만, 예상대로 그는 아무런 관심도 보이지 않았다. 얼핏 봐서 그 외양에는 사람처럼 보이는 면이 하나도 없지만, 그래도 나는 그에게서 경이로움, 그리고 억누를 수 없는 존경심과 경외심이 뒤섞인 감정을 느꼈다. 체격으로 말할 것 같으면 선장의 키는 나와 비슷하다. 즉 5피트 8인치 정도 된다. 건장하고 다부진 몸집이긴 하지만, 원기 왕성하지도 않고 그 밖에 눈에 띄는 점도 없다. 하지만 얼굴에는 특이한 표정을 짓고 있었는데, 강렬하고 경이로우며 섬뜩한 노년의 징후가 너무나 완연하고 극단적으로 나타나 있어 내 영혼을 뭐라 말할 수 없이 뒤흔든다. 이마에 주름살은 별로 없지만 셀 수 없는 세월의 각인이 찍힌 것 같다. 잿빛 머리카락은 과거의 기록이며, 더욱 짙은 잿빛의 두 눈은 미래를 점치는 예언자이다. 선실 바닥에는 잠금장치가 달린 이상한 2절판 원고와 부식된 과학 장치들, 낡고 오래된 해도들이 잔뜩 흩어져 있었다. 그는 양손으로 머리를 괴고 이글거리는 불안한 눈으로 의뢰서로 짐작되는 문서를 노려보고 있었는데, 어쨌든 국왕의 서명이 있기는 했다. 그는 처음 짐칸에서 보았던 뱃사람과 마찬가지로 짜증 섞인 말투로 외국어 몇 마디를 나지막이 중얼거렸다. 바로 내 옆에 있는데도 그의 음성은 1마일쯤 떨어진 곳에서 내 귀에 와 닿는 것 같았다.

* * *

　이 배와 배에 실린 모든 것에는 과거의 영혼이 깃들어 있다. 선원들은 먼 과거 시대의 유령처럼 미끄러지듯이 돌아다닌다. 그들의 눈에서는 간절하고 불안한 기색이 느껴진다. 그리고 전투용 등불의 환한 불빛 속에서 선원들의 손가락이 불쑥 내 앞길을 가로막을 때면, 평생을 골동품상으로 일하면서 내 영혼 자체가 황폐해질 지경으로 바알베크와 타드모르, 페르세폴리스[82] 폐허의 음울한 공기를 마시며 살아왔는데도 이전에는 한 번도 느껴보지 못한 감정이 든다.

*   *   *

주위를 둘러보면 이전에 느꼈던 불안이 부끄러워진다. 지금까지 우리를 따라다닌 강풍에 몸이 떨렸다면, 지금 바람과 바다가 벌이고 있는 전쟁에는 경악할 수밖에 없지 않겠는가? 그게 어떤 것인지 설명하려 해봐도 토네이도나 시뭄 같은 말이 하찮고 무의미할 정도다. 배와 직접 면한 주위는 온통 영원한 밤의 어둠과 거품 없는 바다의 혼돈뿐이다. 하지만 우리 양옆으로 1리그쯤 떨어진 곳에는 황량한 하늘 위로 솟아 우주의 벽처럼 버티고 있는 거대한 얼음 성벽이 이따금 언뜻언뜻 보인다.

*   *   *

내 생각대로 이 배는 해류—새하얀 빙하 옆에서 울부짖고 고함치며 아래로 곤두박질치는 폭포의 속도로 남쪽으로 향하는 조수를 이렇게 불러도 된다면—에 휘말린 것이 확실하다.

*   *   *

내가 느낀 공포를 상상해보기란 완전히 불가능하지 싶다. 하지만 이 지독한 지역의 신비를 파헤쳐보려는 호기심이 절망보다 우세해

---

82   모두 멸망한 고대 도시들이다.

서, 끔찍하기 짝이 없는 죽음도 결국 받아들이게 해줄 것이다. 우리는 분명 모종의 흥미진진한 사실—그것을 아는 순간 파멸을 맞이하게 되는, 남에게 결코 전달할 수 없는 비밀—을 향해 달려가고 있었다. 어쩌면 이 해류가 우리를 남극으로 데려가 줄지도 모른다. 그렇게 터무니없어 보이는 가정이 옳다고 밝혀질 가능성이 아주 높다는 것을 고백하지 않을 수 없다.

*　　*　　*

선원들이 불안하게 떨리는 발걸음으로 갑판 위를 오간다. 하지만 그들의 얼굴에는 무감각한 절망보다는 간절한 희망의 기색이 떠올라 있다.

그사이 바람은 여전히 선미 쪽에서 불고 있고, 우리 배는 돛을 가득 펼치고 있기 때문에 이따금 바다에서 완전히 날아오르기도 한다! 오, 끝없는 공포여! 얼음이 갑자기 오른쪽으로, 그리고 왼쪽으로 갈라지고, 우리는 벽의 꼭대기가 저 멀리 어둠에 가려 보이지 않을 정도로 거대한 원형극장의 가장자리를 거대한 동심원을 그리며 빙글빙글 어지럽게 돌고 있다. 하지만 내 운명이 어떻게 될지 생각할 시간도 얼마 남지 않았다! 동심원은 빠른 속도로 작아지고 있고, 우리는 소용돌이의 손아귀 안에서 미친 듯이 곤두박질치고 있다. 고함지르고 울부짖고 포효하는 바다와 폭풍 속에서 배가 사정없이 떨리더니, 오, 신이여! 이제 침몰한다!

참고.

〈병 속의 수기〉는 1831년 출판되었으며 그 후로 여러 해가 지난 뒤에야 나는 메르카토르[83]의 지도를 알게 되었다. 그 지도에서 대양은 네 개의 입구를 통해 북극만으로 흘러가 지구 속으로 흡수되는 것으로 표현되어 있다. 북극은 엄청난 높이로 솟아 있는 검은 바윗덩어리로 제시된다.

83   16세기 독일-플랑드르의 지리학자이자 지도 제작자.

윌리엄 윌슨

뭐라고 할 테냐? 내 앞을 가로막고 선 저 유령,
냉혹한 양심을 뭐라고 할 테냐?
_체임벌린, 〈패로니다〉

일단 내 이름은 윌리엄 윌슨이라고 해두자. 내 진짜 이름으로 앞에 놓인 이 깨끗한 종이를 더럽힐 필요는 없으니까. 그 이름은 사람들 사이에서 이미 충분히 경멸과 공포와 증오의 대상이 되었다. 성난 바람이 비견할 데 없는 그 악명을 이 세상 구석구석까지 전하지 않았던가? 아, 철저히 버림받은 추방자 중 추방자여! 그대는 세상에서 영원히 죽은 존재 아닌가? 명예도, 번영도, 황금빛 포부도 모두 끝장나지 않았나? 그대의 희망과 천국 사이에는 암울한 먹구름만이 영원히 끝도 없이 걸려 있지 않은가?

여기서 혹은 오늘, 말할 수 없이 비참한 내 말년과 용서받을 수 없는 범죄에 대해 낱낱이 고할 생각은 없다. 가능하다 해도 그러고 싶은 생각은 없다. 이 글의 목적은 이 시기 내 악행이 갑자기 크게 증가한 원인을 밝히는 것뿐이다. 인간은 보통 서서히 비열해진다. 내 경우에는 모든 덕성이 외투라도 벗어 던지듯이 순식간에 통째로 떨어져 나가버렸다. 비교적 사소한 심술궂은 장난을 지나 엘라가발루

278

스[84]를 능가하는 악행 속으로 거인처럼 성큼성큼 진입했다. 어떤 우연으로 인해, 어떤 한 사건으로 인해 이런 사악한 일이 벌어지게 되었는지 부디 내 이야기를 들어주기 바란다. 죽음이 다가오고 있다. 죽음에 앞서 온 그림자의 영향으로 마음이 약해진다. 어스레한 골짜기를 지날 때 동료 인간들이 내 처지에 공감—동정이라고 거의 말할 뻔했다—해주기를 바라는 마음이 간절하다. 어느 정도는 인간의 힘으로 어쩔 수 없는 상황 때문에 벌어진 일이라고 믿어줬으면 좋겠다. 앞으로 할 이야기에 등장할 죄악의 황무지 한가운데에서 숙명이라는 조그만 오아시스를 발견해줬으면 좋겠다. 그렇게 엄청난 유혹이 혹여 이전에 존재했다 하더라도, 적어도 전에는 그렇게 유혹받은 사람도 없었고 그렇게 몰락한 사람도 절대 없었다는 사실을 사람들이—도저히 참작하지 않을 수 없기 때문에—참작해주길 바란다. 그러니, 그런 고통을 겪은 사람도 이제까지 없지 않았겠는가? 정말이지 내가 꿈을 꿨던 것은 아닐까? 지금 나는 지상에서 가장 이해할 수 없는 수수께끼와 공포에 희생되어 죽어가고 있는 것이 아닐까?

　우리 집안은 늘 상상력이 풍부하고 쉽게 흥분하는 기질로 유명했다. 내가 그런 집안 내력을 고스란히 이어받았다는 것은 아주 어린 시절부터 분명했다. 자랄수록 그런 기질은 더 괴팍해져서, 여러모로 친구들을 극히 불안하게 만들고 스스로에게도 해를 끼치는 지경이 되었다. 나는 제멋대로에다 죽 끓듯이 변덕을 부렸고 화를 억제할 줄 모르고 길길이 날뛰었다. 나와 비슷한 체질적 약점을 가진 데다 마음도 약한 부모님은 내 못된 성질을 제어할 능력이 없었다. 방향

84　　극단적 기행을 일삼은 고대 로마의 황제.

을 잘못 잡은 몇몇 미약한 노력들은 부모님 입장에서는 철저한 실패로, 내 입장에서는 물론 완전한 승리로 끝났다. 그때부터 내 말이 곧 집안의 법이 되었다. 대부분의 아이들이 부모의 보호와 감독을 받으며 자랄 나이에 나는 누구의 지시도 받지 않은 채 실질적으로 제멋대로 행동하고 살았다.

학교생활의 첫 기억은 커다랗고 복잡한 구조의 엘리자베스 양식 건물에 대한 것이다. 이리저리 비틀린 거대한 나무들과 고색창연한 저택들이 즐비한, 안개처럼 뿌연 영국의 어느 마을에 있는 학교였다. 그 유서 깊은 마을은 정말이지 영혼을 어루만져주는 꿈같은 곳이었다. 지금 이 순간도 그때를 상상하면 대로변 짙은 나무 그늘 아래 상쾌하게 쌀쌀한 공기와 천 그루 관목림에서 풍겨 나오던 향기가 생생하게 느껴지고, 안달하며 잠들어 있는 고딕 첨탑을 에워싸고 있던 음울한 대기의 고요를 갑자기 육중한 포효로 깨뜨리며 매 시각 울려 퍼지는 깊은 교회 종소리에 형언할 수 없는 기쁨이 솟아 새로이 온몸이 떨려온다.

학교와 관련된 이런저런 일들을 하나하나 자세하게 떠올려보는 것이 어쩌면 지금 내가 가질 수 있는 최대의 행복이다. 이렇게 비참한 처지, 아아, 실로 너무나 비참한 처지에 있다 보니 장황한 몇 마디 말에서라도 잠시 조금이나마 위안을 얻으려는 것인데, 그게 뭐 그리 죄가 되겠는가. 게다가 그 자체로는 극도로 사소하고 심지어 우습기까지 한 이 기억들은 훗날 나를 완전히 짓누른 운명의 경고를 처음으로 희미하게 인식했던 시기와 장소와 관련되어 있기 때문에 생각지도 못한 중요성을 띠고 있다. 그러니 기억을 더듬어보겠다.

앞서 말한 건물은 불규칙적인 구조의 오래된 건물이었다. 드넓은 학교 부지는 높고 단단한 벽돌담이 둘러싸고 있었는데, 담 위에는 깨진 유리를 회반죽에 섞어 발라놓았다. 이 감옥 같은 성벽이 우리 영토의 경계선이었다. 그 너머 세상은 일주일에 세 번밖에 볼 수 없었다. 토요일 오후에는 두 보조 교사와 함께 단체로 근처 들판을 잠깐 산책했고, 일요일이면 마을에 단 하나 있는 교회에서 예배를 드리기 위해 아침저녁 두 차례 전교생이 줄지어 행진해 갔다. 이 교회의 목사는 우리 학교 교장이었다. 엄숙하고 느린 걸음으로 연단을 오르는 교장을 멀리 떨어진 신도석에서 바라볼 때마다 얼마나 놀랍고 혼란스러웠는지! 번쩍대는 화려한 사제복을 걸치고 빈틈없이 분칠한 뻣뻣하고 거대한 가발을 뒤집어쓴 채 한껏 점잖고 온화한 표정을 하고 있는 저 거룩하신 분, 저 사람이 어떻게 바로 며칠 전만 해도 코담배에 찌든 제복 차림으로 손에는 몽둥이를 들고 험악하게 인상을 써가며 드라코[85]의 법을 강제하던 사람과 동일인일 수 있단 말인가? 아, 도저히 답을 알 수 없는 기괴하고 거대한 모순이었다!

육중한 벽 한쪽 귀퉁이에는 더 육중한 문이 험상궂게 서 있었다. 문에는 강철 나사못이 단단히 박혀 있었고 위에도 날카로운 담장못이 삐죽삐죽 박혀 있었다. 간담이 서늘한 광경이 아닐 수 없었다! 그 문은 앞서 말한 세 번의 정기 외출 때를 제외하고는 절대 열리는 법이 없었다. 그 거대한 경첩이 삐걱거릴 때마다 우리는 불가사의의 극치를 경험했다. 그것은 엄숙한 소견을, 더 엄숙한 명상을 요구하는 사건이었다.

담장 안 넓은 경내에는 쑥 들어간 널찍한 공터들이 많아서 모양

85   가혹한 형벌로 유명한 아테네의 입법가.

이 반듯하지 않았다. 그중 가장 넓은 공터 서너 개가 운동장으로 쓰였다. 자잘하고 단단한 자갈이 덮인 평평한 땅이었다. 나무도 벤치도 없었고, 그 비슷한 것조차 없었다. 물론 그 운동장은 학교 건물 뒤쪽에 있었다. 앞쪽에는 회양목과 기타 관목들이 심겨진 화단이 있었지만, 이 성스러운 구역을 지나는 일은 극히 드물었다. 학교에 처음 왔던 날이나 마지막으로 떠나는 날, 그리고 부모님이나 친구가 방문하거나 크리스마스나 여름 방학을 보내러 신나게 귀가하는 날 정도나 될까.

하지만 그 학교 건물! 그 건물은 너무나 기묘하고 고풍스러웠다! 진정 마법의 궁전 같은 곳이었다! 건물은 정말 끝도 없이 굽이굽이 이어져 있었고, 이해할 수 없을 정도로 무수한 구획으로 나뉘어 있었다. 2층으로 이루어진 건물 안에 서 있으면 지금 있는 곳이 어느 층인지 절대 정확하게 알 수가 없었다. 한 방에서 다른 방으로 가기 위해서는 늘 계단을 서너 개 올라가거나 내려가야 했다. 거기다가 옆으로 갈라져 뻗은 복도가 셀 수 없이, 상상할 수 없이 많아서 걷다 보면 제자리로 돌아오기 일쑤였다. 건물 전체를 파악해보려고 아무리 노력해봐도 그것은 무한에 대한 이해 정도와 크게 다르지 않았다. 이곳에서 5년을 보냈지만, 열여덟에서 스무 명쯤 되는 학우들과 내가 썼던 조그만 침실이 얼마나 멀리 떨어진 곳에 있었는지 결코 정확히 알지 못했다.

학교 건물에서 가장 큰 방은 교실이었는데, 당시에는 아무리 생각해도 세상에서 제일 큰 방 같았다. 뾰족한 고딕 양식 창들이 있고 천장이 오크나무로 이루어진, 아주 길고 좁고 음울하게 나지막한 방이었다. 교실 저 멀리 한쪽 구석에서는 교장 선생님이던 브랜스비 목사의 '업무 시간' 성소로 쓰이는 8 내지 10피트 정도 크기의 정사각형 방이 무시무시한 분위기를 풍기고 있었다. 그 견고한 방에는 묵직한 문이 달려 있었는데, '목사님'이 자리를 비운 사이에 그 문을 여느니 다들 차라리 압사형을 받고 죽는 쪽을 택했을 것이다. 방의 다른 귀퉁이에도 그 비슷하게 생긴 상자형 방이 두 개 더 있었는데, 사실 존경심은 훨씬 덜했지만 그래도 여전히 위압감을 풍기는 방이었다. 그중 하나는 '고전' 보조 교사의 연단이었고, 다른 하나는 '영어와 수학' 연단이었다. 교실 안 여기저기에는 손때가 잔뜩 묻은 책들이 어수선하게 쌓여 있는, 오랜 세월에 찌든 낡고 시커먼 의자와 책상들이 어떤 질서도 없이 마구 엇갈린 채 수두룩하게 흩어져 있었다. 이름 머리글자와 이름 전체, 기괴한 그림, 그 외 온갖 칼질의 노작들이 빼곡하게 새겨진 책상에서는 오래전 원래 모습이라고는 흔적조차 찾아볼 수 없었다. 교실 한쪽 끝에는 물이 담긴 커다란 양동이가 놓여 있었고, 반대쪽 끝에는 거대한 시계가 서 있었다.

이 유서 깊은 학교의 육중한 담장에 둘러싸여 나는 열 살부터 열다섯 살 때까지 5년을 보냈다. 지루하지도 지긋지긋하지도 않았다. 상상력 풍부한 아이의 뇌는 외부 세상에서 벌어지는 일 같은 것 없이도 바쁘고 즐거운 법이다. 황량하고 단조로워 보이는 학교생활은 이후 청년기에 누렸던 화려한 생활이나 성인기에 저질렀던 범죄보다 더 짜릿한 흥분으로 가득했다. 하지만 나의 초창기 정신적 성장은 많은 부분 평범하지 않았고, 심지어 기이하기까지 했다. 대부분의 사람들의 경우, 아주 어린 시절 겪은 일들이 성인이 될 때까지 선명하게 남는 경우는 거의 없다. 모든 것이 흐릿한 그림자, 어렴풋하고 어수선한 기억, 아스라한 즐거움과 환영 같은 고통이 뒤섞여 되찾아오는 것뿐이다. 나는 그렇지 않았다. 어린 시절 나는 지금 내 기억 속에 카르타고 메달 각명부의 글자처럼 선명하고 깊고 지워지지 않게 각인된 일들을 어른과 같은 기억력으로 생생하게 느꼈던 것이 틀림없다.

하지만 사실—세상의 관점에서 볼 때—별스러운 추억거리가 뭐가 있겠나! 아침 기상과 저녁 취침, 속임수와 암송, 반쪽 자리 정기 휴일과 순회, 운동장, 거기서 벌어졌던 싸움과 놀이와 계략들. 이런 것들이 오랫동안 잊고 있던 마음의 마법을 통해 무수한 감각, 재미있는 사건들로 가득한 세상, 열정적이고 영혼을 뒤흔드는 온갖 감정과 흥분으로 가득 찬 우주가 되는 것이다. "아아, 혹독한 시절이여, 그 얼마나 좋았던 시절이었던가!"[86]

사실 나는 열의와 열정이 넘치고 오만한 기질로 곧 급우들 사이에서 눈에 띄는 존재가 되었고, 서서히 그러나 자연스럽게 또래들 위에 군림하게 되었다. 단 한 명을 제외하고. 그 예외는 친척도 아니면서 나와 성과 이름이 완전히 똑같은 어느 학생이었다. 사실 그것은 별로 특이한 상황도 아니었다. 귀족 혈통이기는 해도 내 이름은 아득한 옛날부터 관례적으로 군중의 공동 재산이기라도 했던 것처럼 흔한 이름이었기 때문이다. 그래서 내 이름을 윌리엄 윌슨, 내 본명과 상황이 그리 다르지 않은 가명으로 정한 것이다. 학교 용어로 '우리 패거리'에 속했던 학생들 중에서 나와 이름이 같은 그 녀석만이 수업 시간이건 체육 시간이건 싸움이 났을 때건 감히 내 주장에 불신을 내비치고 내 의지에 복종하지 않았을 뿐만 아니라 내 독단

---

86 볼테르의 풍자철학시 〈속물〉에서 인용.

적 지시에 사사건건 훼방을 놓고 다녔다. 세상에 궁극의 절대적 독재가 존재한다면, 그것은 사내아이들이 자기보다 더 약한 또래들을 휘두르고 지배하려는 독재이다.

윌슨의 저항은 내게는 크나큰 골칫거리였다. 친구들 앞에서는 허세를 떨며 윌슨과 윌슨의 주장을 무시했지만 속으로는 두려웠다. 그렇게 편안하게 나랑 맞먹는 녀석의 태도가 사실은 녀석이 진정으로 나보다 우월하다는 것을 보여주는 증거라는 생각을 떨쳐버릴 수가 없었다. 녀석에게 지지 않으려고 쉴 새 없이 고군분투해야만 했기 때문이다. 하지만 녀석의 우월성, 심지어 대등함조차 실제로는 나 빼고는 누구도 인정하지 않았다. 설명할 수 없이 맹목적으로 나를 따르던 우리 패거리들은 그런 의심조차 하지 않는 것 같았다. 사실 경쟁하고 저항하고 내 목적에 건방지고도 끈질기게 간섭하는 윌슨의 태도가 신랄하다기보다 별로 눈에 띄지 않았기 때문이다. 윌슨에게는 나를 추동하는 야심도, 열정적인 에너지도 없어 보였다. 녀석은 오로지 내게 좌절과 놀라움과 굴욕을 주려는 변덕스러운 마음에서 맞서는 것 같았지만, 가끔은 그 상처와 모욕과 반박 속에 몹시 부적절하며 절대 원치 않는 애정 어린 태도가 뒤섞여 있는 것이 보여서 경악과 굴욕, 분노를 느끼지 않을 수 없었다. 아무리 생각해도 이런 이상한 행동은 윗사람이라도 된 듯이 나를 감싸주고 보호하는 척하는 고도의 허영심에서 나온다고밖에 보이지 않았다.

선배들 사이에서 우리가 형제라는 말이 떠돈 것은 우리가 이름이 똑같고 우연히 같은 날 학교에 들어왔을 뿐만 아니라 아무래도 윌슨이 이렇게 보호자연하는 태도를 보였기 때문이었을 것이다. 선배들은 보통 후배들의 개인사를 꼬치꼬치 묻지 않으니까. 앞서 말했듯이, 아니 말했어야 했지만, 윌슨은 우리 집안과는 일절 관계가 없었다. 하지만 혹여 우리가 형제였다면 쌍둥이였던 게 틀림없다. 브랜스비 선생의 학교를 떠난 후 어쩌다 동명이인 윌슨이 1813년 1월 19일에 태어났다는 사실을 알게 되었기 때문이다. 정말 기가 막힌 우연이 아닐 수 없다. 왜냐하면 그날은 바로 내가 태어난 날이기 때문이다.[87]

난 늘 나와 겨루고 참을 수 없이 날 반박하는 윌슨 때문에 늘 불안에 시달렸지만, 이상하게도 녀석을 전적으로 미워할 수가 없었다. 우리는 거의 매일 싸우다시피 했는데, 녀석은 친구들 앞에서는 내게 승리의 영예를 넘겨줬지만 어딘지 모르게 진정으로 승리한 사람은 그 자신이라는 기분이 들게 만들었다. 그래도 내 자존심과 윌슨의 참된 기품 덕분에 우리는 늘 '말은 나누는 사이'로 지냈다. 우리는 성격상 굉장히 잘 맞는 점이 많아서, 이런 입장만 아니었다면 우정으로 발전할 감정이 들었을지도 모른다. 사실 윌슨에 대한 내 진짜 감정이 어떤 것인지는 정의하기가, 심지어 묘사하는 것조차 어렵다. 증오까지는 아니지만 약간의 짜증 섞인 반감, 약간의 존중, 많은 존경심과 두려움, 막대한 불편한 호기심 등 이질적이고 잡다한 감정들이 뒤섞여 있었기 때문이다. 게다가 두말할 것도 없지만, 도덕주의자 눈에는 윌슨과 내가 떼려야 뗄 수 없는 동반자로 보였을 것이다.

윌슨에 대한 (공공연하게건 은밀하게건 수많았던) 나의 공격이 작정하고 심각하게 적의를 품은 행동이 아니라 (그저 재미인 척하면서 고통을 주는) 조롱이나 짓궂은 장난의 형태를 띤 것은 분명 우리 사이에 존재하는 이 이상한 상황 때문이었다. 하지만 그런 식의

---

87   1월 19일은 포가 태어난 날이기도 하다.

노력은 가장 재치 넘치는 계획을 짰을 때조차 한결같이 실패로 돌아갔다. 나의 동명이인에게는 성격상 잘난 체하지 않고 차분하게 엄격한 분위기가 있어서, 그런 신랄한 농담을 즐기기는 해도 자신은 약점이 없는 탓에 절대 조롱거리가 되는 법이 없었다. 내가 기어이 한 가지 약점을 찾기는 했다. 그것은 아마 체질성 질환에서 기인한 듯한 특이점이어서, 나처럼 막다른 지경까지 이른 적수가 아니라면 누구라도 그냥 넘겼을 약점이었다. 내 경쟁자는 구개 또는 인후 쪽에 문제가 있어서 아주 나지막한 속삭임 이상으로 목소리를 높이지 못했다. 이 약점으로 얻은 보잘것없는 우세를 나는 놓치지 않고 써먹었다.

윌슨도 내 방식을 그대로 따라 숱하게 보복했는데, 그중 나를 미치게 괴롭히는 장난이 하나 있었다. 그렇게 사소한 것이 내 짜증을 돋운다는 것을 비상하게도 어떻게 알아챘는지 도무지 알 수가 없다. 어쨌든 일단 알고 나자 녀석은 끊임없이 그걸로 내 심기를 건드렸다. 나는 품위 없는 내 성과 서민적이지는 않다 해도 흔해빠진 내 이름이 늘 지긋지긋하게 싫었다. 그 단어들을 들으면 귀에 독약을 퍼붓는 것 같았다. 내가 학교에 오고 두 번째 윌리엄 윌슨도 왔던 날, 그 이름을 가지고 있다는 것만으로 녀석에게 화가 났고 다른 사람이 그 이름을 가지고 있다는 이유로 내 이름에 대한 혐오감도 두 배로 커졌다. 녀석으로 인해 그 이름이 두 배는 더 불릴 테고, 녀석이 끊임없이 눈앞에서 얼쩡댈 테고, 그 혐오스러운 우연의 일치 때문에 학사 일정에서 녀석의 일들과 내 일들 사이에 자주 혼동이 생길 것이 뻔했기 때문이었다.

그렇게 시작된 짜증은 경쟁자와 내가 정신적으로나 신체적으

닮았다는 모습을 보여주는 상황이 생길 때마다 더 커져갔다. 그때는 우리가 동갑이라는 기함할 사실은 몰랐지만, 우리는 척 봐도 키도 같았고 심지어 체격과 이목구비까지도 기이할 정도로 닮은꼴이었다. 선배들 사이에서 돌고 있는 형제설에도 짜증이 솟구쳤다. (신중하게 감정을 감추고 있기는 했지만) 한마디로, 성격이건 외모건 조건이건 우리 둘의 공통점을 넌지시 언급하는 말보다 더 기분 나쁜 것은 없었다. 하지만 사실 (형제설이 돌고 있고 윌슨 본인이 존재한다는 사실만 제외한다면) 학우들이 우리 둘이 닮았다는 이야기를 나눈다거나 심지어 우리 둘의 공통점을 알아본다는 것조차 근거 없는 내 생각일 뿐이었다. 행동거지로 보아 윌슨도 분명 우리 사이의 공통점을 알고 있었고 나만큼이나 집요하게 신경 쓰고 있었지만, 오히려 그런 상황에서 내 화를 돋울 소재를 무궁무진하게 찾아낸 것은 앞서 말한 보통이 넘는 통찰력 덕분이라고 말하지 않을 수 없다.

윌슨이 택한 방법은 내 말과 행동을 완벽하게 흉내 내는 것이었다. 정말이지 감탄이 절로 나오는 연기였다. 옷차림을 따라 하는 거야 쉬운 일이었다. 걸음걸이와 전반적인 태도도 어렵지 않게 훔쳐 갔다. 체질적 약점에도 불구하고 목소리까지 놓치지 않았다. 물론 커다란 목소리야 어쩔 도리가 없었지만 어조는 완전히 똑같았다. 녀석의 독특한 속삭임은 고스란히 내 목소리의 메아리가 되었다.

이 절묘한 묘사가 나를 얼마나 고통스럽게 했는지는 이루 말로 다 할 수가 없다. (그 흉내는 단순한 캐리커처 수준을 넘어선 것이었다.) 그나마 유일한 위안이라면 그 흉내를 눈치챈 사람이 나뿐이라는 것, 따라서 내 동명이인의 의미심장하고 기이하게 빈정대는 미소

하나만 감내하면 된다는 사실이었다. 의도한 효과를 거둔 데 만족한 녀석은 내가 괴로워하는 모습을 보며 남몰래 낄낄대는 것 같았고, 그 재치 넘치는 노력으로 손쉽게 얻었을 친구들의 박수갈채에는 그답게 연연하지 않았다. 내가 불안에 시달렸던 몇 달 동안 어떻게 다른 학생들은 그 계획을 알아차리지도, 성공을 인식하지도, 조롱에 동참하지도 않았는지 수수께끼가 아닐 수 없었다. 아무래도 너무 조금씩 모방의 도를 더해갔기 때문에 다들 쉽게 알아차리지 못했든지, 아니면 (아둔한 사람들이 그림에서 유일하게 알아보는) 서명은 무시한 채 오로지 나만 보고 분개할 수 있도록 원작의 정신을 온전히 구현한 흉내쟁이의 장인 정신 덕분에 급우들의 조롱을 피할 수 있었던 것일지도 모른다.

내 보호자라도 되는 양 역겹게 굴거나 곧잘 주제넘게 참견하는 윌슨의 행동에 대해서는 이미 말한 바 있다. 그 참견은 종종 달갑지 않은 조언의 형태를 띠었는데, 남들 앞에서 공공연히 하는 것이 아니라 귀띔이나 암시를 통해 조언하는 식이었다. 나는 녀석의 충고가 몸서리치게 싫었고 그 반감은 해가 갈수록 더 커졌다. 그래도 오랜 세월이 지난 지금, 인정할 것은 인정해줘야겠다. 돌이켜 보면, 어떤 경우에도 내 경쟁자의 조언에서는 미성숙한 나이와 경험 부족에서 흔히 나오는 실수나 어리석음이 보이지 않았고, 일반적 재능과 세속적 지혜는 몰라도 적어도 도덕성만큼은 나보다 훨씬 더 높았다. 그때는 진심으로 증오하고 냉혹하게 경멸했던 그 의미심장한 속삭임들에 담긴 충고를 번번이 무시하지 않았더라면, 지금 나는 더 괜찮은, 그래서 더 행복한 사람이 되었을 수도 있지 않을까.

현실은 달랐다. 결국 나는 그 불쾌한 감시의 시선이 진저리 나게 싫어졌고 그 참을 수 없는 오만에 점점 더 공공연히 분통을 터뜨렸다. 말했다시피, 동급생이 되었던 첫해에는 녀석에 대한 감정이 쉽게 우정으로 발전했을 수도 있을 정도로 그다지 나쁘지 않았지만, 그 학교를 다녔던 마지막 몇 달 동안은 녀석의 흔한 간섭은 어느 정도 눈에 띄게 줄어들었는데도 내 감정은 오히려 거의 그와 반비례해서 명실상부한 증오심으로 화했다. 어느 순간 녀석도 이를 알아챘는지, 그 후로는 나를 피하거나 적어도 피하는 시늉을 했다.

내 기억이 옳다면, 그즈음에 녀석과 격한 언쟁을 벌였는데, 그때 녀석은 평소와 달리 방심해서 성격에 어울리지 않게 솔직한 말과 행동을 보여줬다. 그 어투와 분위기, 전반적 모습 속에서 나는 처음에는 놀랐지만 다시 보니 굉장히 흥미로운 뭔가를 발견했다, 아니 발견했다고 생각했다. 아주 어린 시절의 흐릿한 기억, 기억이라는 것이 아직 생기지도 않았던 시절의 혼란스러운 기억이 물밀 듯이 밀어닥쳤다. 그 압도적 느낌을 잘 설명할 길이 없지만, 내 눈앞에 서 있던 사람이 아주 오래전, 무한히 먼 과거의 어느 순간 알았던 사람이라는 믿음을 겨우 떨쳐내었다고만 말해두겠다. 하지만 그 환상은 찰나의 순간 왔다가 사라져버렸고, 이 이야기를 하는 것도 다만 그 학교에서 그 기이한 동명이인과 마지막으로 대화를 나눴던 날을 분명히 해두기 위해서일 뿐이다.

셀 수 없이 많은 구역으로 구획된 그 거대하고 고색창연한 학교 건물에는 서로 연결된 커다란 방이 몇 개 있었고 대부분의 학생들이 그 방에서 잠을 잤다. 하지만 (그렇게 어설프게 지어진 건물이 응당 그렇듯이) 쑥 들어간 조그만 자투리 공간들이 여기저기 많이 있었는데, 다들 벽장 남짓한 크기밖에 되지 않았다. 브랜스비 선생은 겨우 한 명만 들어가는 이런 공간도 경제적 독창성을 발휘하여 기숙사로 활용했고, 윌슨도 그런 조그만 방 하나를 사용하고 있었다.

　학교를 다닌 지 5년이 다 되어가던 어느 날 밤 앞서 말한 언쟁을 벌인 직후 나는 다른 학생들이 다 잠든 것을 확인하고 자리에서 일어나 램프를 들고 내 방에서 경쟁자의 방까지 수많은 좁은 복도를 살금살금 걸어갔다. 지금까지 한 번도 성공한 적은 없었지만, 오랫동안 녀석을 대상으로 사악한 장난을 계획하고 있었기 때문이다. 이제 그 계획을 실행에 옮겨 내 마음속 악의를 고스란히 느끼게 해줄 작정이었다. 그 벽장 같은 공간에 도착한 나는 램프에 가리개를 씌워 바깥에 두고 소리 없이 안으로 들어갔다. 한 걸음 더 안으로 들어서자 녀석의 고요한 숨소리가 들렸다. 잠들어 있는 것을 확신한 나는 되돌아가서 램프를 들고 다시 녀석의 침대로 다가갔다. 침대 주위에는 두꺼운 커튼이 쳐져 있었다. 계획을 실행하기 위해 커튼을 살며시 천천히 걷자 잠든 사람 위로 환한 불빛이 떨어졌고, 순간 윌슨의 얼굴이 시선에 들어왔다. 그 얼굴을 보자 순식간에 온몸이 싸늘하게 얼어붙었다. 가슴이 미친 듯이 뛰고 무릎이 후들후들 떨렸다. 뭐가 뭔지 알 수 없는 참을 수 없는 공포가 온 영혼을 사로잡았다. 나는 숨을 헐떡이며 램프를 얼굴 더 가까이 가져갔다. 이것이, 이것이 정녕 윌리엄 윌슨의 얼굴이란 말인가? 분명 녀석의 얼굴이었지만 그게 아니라는 생각에 마치 학질에라도 걸린 것처럼 온몸이 덜덜 떨렸다. 그 얼굴의 무엇이 나를 이렇게 혼란스럽게 하는 것일까? 뚫어져라 그 얼굴을 쳐다보고 있는 동안 머릿속에서는 온갖 종잡을 수 없는 생각들이 빙빙 돌았다. 윌슨은 이렇게 생기지 않았다. 활기찬 날 시간 동안은 분명 이런 얼굴이 아니었다. 이름이 같다! 체격도 같다! 학교도 같은 날 들어왔다! 그리고 녀석은 내 걸음걸이와 목소리, 습관, 태도를 끈덕지게 의미 없이 흉내 냈다! 그렇다면 내가 지금 보고 있는 이것이 진실로 냉소적 모방을 습관적으로 실천한 것만으로 가능한 결과란 말인가? 나는 두려움에 전율하며 램프를 끄고 조용히 그 방에서 나와 곧바로 그 고색창연한 학교 건물을 떠났고, 다시는 그곳에 발을 들이지 않았다.

나는 몇 달 동안 집에서 빈둥거리며 시간을 보내다가 이튼에 들어갔다. 그 짧은 시간은 브랜스비 선생의 학교에서 있었던 일들에 대한 기억을 어느 정도 지우기에 충분했다. 적어도 그 기억에 대한 감정은 분명히 변했다. 그 극적 사건의 비극적 진실은 이제 더 이상 존재하지 않았다. 이제 나는 직접 보고 들은 일들을 의심할 마음의 여유가 생겼고, 어쩌다 드물게 그 일을 떠올린다 해도 너무 쉽게 속아 넘어가는 인간의 어리석음과 우리 집안 내력인 과다한 상상력이 그저 놀랍고 웃길 뿐이었다. 이튼에서 내가 사는 방식상 이런 식의 회의주의가 개선될 가망은 없었다. 나는 그곳에 가기 무섭게 어리석은 생활의 소용돌이 속으로 걷잡을 수 없이 빠져 들어갔기 때문이다. 그 소용돌이는 견고하고 진지한 생각은 즉시 깊숙이 삼켜버리고 거품을 제외한 과거의 모든 것을 씻어내려 오직 과거의 경박한 모습만 기억 속에 남겼다.

하지만 학교의 감시를 교묘하게 피하는 한편 법까지 무시했던 그 참담한 방탕의 흔적을 여기서 되짚어 보고 싶지는 않다. 아무런 소득 없이 흘려보낸 어리석은 3년이 내게 남긴 것이라고는 깊이 뿌리박힌 악한 습성과 유별나게 커진 키뿐이었다. 아무 생각 없이 흥청망청 일주일을 보낸 후 어느 날, 나는 학교 최고의 난봉꾼 몇몇을 내 방에 초대해서 비밀 술파티를 벌였다. 우리는 새벽까지 거나하게 놀 작정이었기 때문에 한밤중이 다 돼서 만났다. 와인이 흘러넘쳤고, 다른 유흥거리들이나 술보다 더 짜릿한 유혹도 모자람이 없었다. 그러니 어스름한 새벽이 벌써 동쪽 하늘을 물들였을 때 광란의 파티는 정점에 달해 있었다. 내가 카드놀이와 술에 취해 화끈 달아오른 얼굴로 평소보다 더 상스러운 건배사를 주절대며 술잔을 들라고 우기고 있을 때, 갑자기 기숙사 문이 일부 벌컥 열리는 소리와 밖에서 애타게 나를 찾는 하인의 목소리가 들려와 신경이 그쪽으로 쏠렸다. 하인이 어떤 사람이 복도에서 나와 이야기하고 싶다며 굉장히 다급하게 나를 찾고 있다고 말했다.

나는 고주망태가 되도록 술을 마셔댄 터라 이 뜻밖의 방해가 놀랍다기보다 재미있었다. 나는 당장 휘청대며 걸어 나가 몇 걸음 만에 건물 현관에 다다랐다. 이 좁고 나지막한 공간에는 램프가 없어서 반원형 창문을 통해 아스라이 들어오는 여명 외에는 불빛이라고는 없었다. 문지방에 발을 올려놓는 순간 내 키 정도 되는 청년의 모습이 눈에 들어왔다. 청년은 그때 내가 입고 있던 새 유행 방식으로 재단된 흰 캐시미어 코트를 입고 있었다. 희미한 여명 덕분에 그 정도는 보였지만 얼굴 이목구비까지는 보이지 않았다. 내가 나타나자, 청년은 황급히 성큼성큼 다가와 화난 듯이 성마르게 내 팔을 붙잡더니 귀에다가 "윌리엄 윌슨!" 하고 속삭였다.

순간 술기운이 확 달아났다.

그 낯선 청년의 태도, 내 눈과 여명 사이로 들어 올린 떨리는 손가락에는 지독하게 놀라운 뭔가가 있었다. 하지만 그것 때문에 그렇게 격렬하게 동요한 것은 아니었다. 무제는 그 특이한 나지막한 쉿소리에 담긴 의미심장하고 엄숙한 훈계였다. 무엇보다 그 짧고 단순하고 낯익은 속삭임의 특징과 음색, 어조가 지나간 시절의 수많은 기억들을 물밀 듯이 몰고 와 내 영혼에 감전이라도 된 듯한 충격을 던졌다. 내가 제대로 정신을 수습하기도 전에 그 청년은 이미 사라지고 없었다.

이 사건은 내 혼란스러운 상상력에 깊은 인상을 남기기는 했지만, 생생한 인상만큼이나 덧없이 사라져버렸다. 실제로 나는 몇 주 동안 열심히 알아보기도 했고 병적일 정도로 그 생각에 골똘히 빠져 있었다. 내 일에 그렇게 끈질기게 참견하고 넌지시 조언을 건네며 나를 괴롭히는 그 괴이한 인간의 정체를 모르는 척 스스로를 속일 생각은 없었다. 하지만 이 윌슨이라는 자는 도대체 누구이며 무엇을 하는 인간일까? 어디서 왔을까? 목적이 무엇일까? 어느 것 하나 알 수가 없었다. 윌슨에 대해 알아낸 사실이라고는 내가 브랜스비 선생의 학교를 떠났던 날 오후 윌슨도 집안에 갑작스레 일이 생겨 학교를 떠났다는 것뿐이었다. 하지만 나는 예정된 옥스퍼드 입학 문제에 정신이 온통 팔려 이내 그 문제에 대해서는 더 이상 생각하지 않았다. 나는 곧 옥스퍼드로 갔고, 허영심 넘치는 부모님은 내게 필요한 의복과 연간 생활비를 아낌없이 퍼주셨다. 이미 사치스러운 생활에 젖어 있는 내가 쓰기에도 전혀 모자람이 전혀 없었고 흥청망청 낭비하기로 따지면 대영제국에서 가장 부유한 백작의 오만한 상속자들과 겨루어도 될 정도였다.

못된 짓을 마음껏 즐길 수 있는 날개까지 주어지자 타고난 내 기질은 두 배로 폭주했고 광적인 향응에 빠진 나는 기본적인 체면마저 무시했다. 하지만 그 방탕한 생활을 자세히 적는 것은 어리석은 짓일 뿐이다. 그저 사치스러운 씀씀이에 있어서는 헤롯 왕을 능가할 정도였으며, 수많은 못된 짓을 새로이 창안함으로써 유럽에서 가장 방종한 대학에서 흔히 볼 수 있는 악행의 기나긴 목록에 결코 짧지 않은 부록을 덧붙였다고만 해두자.

하지만 아무리 상황이 그러하다 해도 내가 신사의 지위를 완전히 잊고 전문 도박꾼의 야비한 기술을 배울 정도로 전락했다고는, 그리고 그 비열한 기술을 숙달한 뒤 그걸 어리석은 동창들에게 상습적으로 써서 안 그래도 어마어마한 수입을 늘리는 수단으로 사용했다고는 차마 믿기 힘들 것이다. 그렇지만 그것이 사실이었다. 그런 짓을 저지르고도 꼬리가 밟히지 않은, 유일하지는 않다 해도 주된 이유는, 분명 그것이 모든 인간성과 명예에 정면으로 도전하는 극악한 범죄였기 때문이다. 그 타락한 친구들 중 실로 누구라도 유쾌하고 솔직하고 관대한 윌리엄 윌슨이 그런 짓을 한다고 의심하느니 차라리 자기 눈으로 똑똑히 본 것을 의심했을 것이다. 윌리엄 윌슨이 누군가? 옥스퍼드에서 가장 고결하고 가장 인심 좋은 학생으로, 어리석음이 있다면 그저 젊음과 억제되지 않는 상상력이고, 잘못이 있다면 단지 흉내 낼 수 없는 변덕이며, 가장 큰 허물이라 해봤자 태평하고 성급한 낭비벽 정도가 아니던가?

젊은 벼락부자 글렌디닝이 이 대학에 왔을 때, 나는 2년 동안 이런 식으로 분주하게 성공을 거둬왔다. 사람들 말에 의하면, 글렌디닝은 헤로데스 아티쿠스[88]만큼 부자였고 그 재산도 그 못지않게 손쉽게 벌어들인 것이라고 했다. 글렌디닝이 명석하지 않다는 것을 이내 파악한 나는 당연히 그를 만만한 사냥감으로 점찍었다. 걸핏하

---

88 고대 그리스 제일의 대부호의 아들.

면 그를 게임에 끌어들였고, 도박꾼이 흔히 쓰는 수작대로 상당한 돈을 따게 만들어주었는데, 이는 더 효과적으로 덫에 걸려들게 하기 위함이었다. 마침내 계획이 무르익자, 나는 양쪽과 다 친한 친구(프레스턴 군)의 방에서 (이번이 최후의 결정적 모임이라는 결의를 단단히 다진 채) 그를 만났다. 프레스턴을 오해하는 일이 없도록 한마디 하자면 그 친구는 내 계획에 대해 추호의 의심도 품고 있지 않았다. 더 그럴싸한 구색을 갖추기 위해 나는 친구를 여덟에서 열 명 정도 불러 모았고, 세심하게 공을 들여 카드 게임 이야기도 내가 속이려고 작정한 호구 본인이 우연히 먼저 꺼내도록 유도했다. 그 비열한 이야기를 간단히 요약하자면, 그 비슷한 상황에서 식상할 정도로 쓰이는 온갖 비열한 계략을 총동원한 마당이라 그런 음모에 걸려들 정도로 멍청한 인간이 아직도 있다는 것이 놀라울 정도였다.

게임은 밤늦게까지 계속되었고, 나는 마침내 글렌디닝과 나의 일대일 대결로 상황을 교묘하게 끌고 갔다. 게다가 게임은 내가 가장 좋아하는 에카르테[89]였다. 우리 게임이 돌아가는 상황에 흥미를 느낀 다른 친구들은 자기들 카드는 다 접고 주위에 둘러서서 지켜보고 있었다. 내 계략에 걸려들어 초저녁부터 줄기차게 술을 마셔댄 졸부는 이제 굉장히 불안한 모습으로 카드를 섞고 돌리고 게임을 하고 있었다. 술에 취해서이기도 하지만 완전히 술 탓만은 아닌 것 같았다. 잠깐 사이에 내게 엄청난 돈을 빚지게 된 그가 술을 길게 한 모금 들이켜더니, 내 예상대로 이미 커질 대로 커진 판돈을 두 배로 올리자고 제안했다. 거듭된 나의 거절에 화가 난 글렌디닝이 폭

---

89 32장의 카드로 두 사람이 하는 게임.

언을 퍼붓고 그 바람에 내가 살짝 울컥해서 따르는 모양새가 되고서야 나는 못내 내키지 않는 시늉을 하며 겨우 승낙했다. 물론 그 결과는 그 먹잇감이 얼마나 내 손아귀에서 놀아나고 있는지를 보여줬을 뿐이다. 한 시간도 안 되어 그의 빚은 네 배로 불어났다. 이미 얼마 전부터 그의 안색에서는 술기운에 올랐던 혈색이 사라지고 있었지만, 이제는 놀랍게도 무시무시하게 창백해졌다. 다시 말하지만, 정말로 놀라웠다. 그동안 열심히 조사해본 바에 따르면 글렌디닝은 헤아릴 수 없을 정도로 부자였다. 그러니까 지금까지 잃은 돈이 대단히 큰돈이기는 해도 심각하게 속을 태우는 것은 고사하고 전혀 엄청난 타격을 입을 액수가 아니었다. 방금 들이켠 와인의 영향 아닐까 하는 생각이 가장 먼저 들었다. 이익 때문이라기보다 친구들 앞에서 체면을 지키려는 목적에서 게임을 그만하자고 단호하게 말하려던 순간, 옆에 서 있던 몇몇 친구들의 표정과 글렌디닝의 절망적인 고함 소리로 나는 깨달았다. 누구도 동정하지 않을 수 없으며 심지어 악마가 악의를 품었다 해도 보호해줬어야 하는 처지의 글렌디닝을 내가 완전히 파산시켜버렸다는 것을.

내가 어떻게 행동했어야 했는지는 지금도 말하기 어렵다. 내 호구의 가련한 처지에 방 안에는 당황스럽고 우울한 분위기가 무겁게 내려앉았다. 잠시 동안 무거운 침묵이 이어졌고, 그사이 내 뺨은 무리 중 그나마 덜 방종한 친구들이 던지는 매서운 경멸과 책망의 시선에 따끔거리며 달아올랐다. 그 순간 갑자기 이상한 일이 벌어졌다. 오죽했으면 그 덕분에 참을 수 없이 가슴을 짓누르고 있던 불안감으로부터 잠깐이나마 한숨을 돌린 기분이었다. 넓고 무거운 접이문이 갑자기 힘차게 활짝 열리더니 바지 바람서도 빠른 삿치림 방 안의 모든 촛불이 꺼졌다. 꺼져가는 불빛에 키가 나 정도 되고 외투를 꼭꼭 여민 낯선 사람이 들어왔다는 것만 겨우 볼 수 있었다. 하지만 이제는 온 방 안이 완전히 깜깜해져서 그 사람이 우리 사이에 서 있다는 느낌밖에 없었다. 다들 이 무례한 행동에 경악해서 제대로 정신도 못 차리고 있는 사이, 침입자의 목소리가 들려왔다.

"신사 여러분." 나지막하고 또렷하고 절대 잊을 수 없는, 골수까지 전율하게 만드는 속삭이는 목소리로 그자가 말했다. "신사 여러분, 제 행동에 대해 사과는 하지 않겠습니다. 이렇게 함으로써 전 단지 의무를 다하고 있는 것뿐이니까요. 분명 여러분은 오늘 밤 에카르테 게임에서 글렌딩 경으로부터 엄청난 돈을 따낸 저자의 실체를 모르고 계실 겁니다. 그러니 이 중요한 정보를 얻을 수 있는 신속하고 결정적인 방법을 가르쳐드리죠. 시간이 되시면 저자가 입고 있는 자수 가운 왼쪽 소매 커프스의 안감을, 그리고 작은 꾸러미들이 들어 있을지도 모르니 널찍한 주머니 안도 한번 살펴보시죠."

그자가 말하는 동안 방 안에는 바늘이 떨어져도 들릴 것 같은 정적이 감돌았다. 말을 마친 사람은 들어올 때만큼이나 느닷없이 순식간에 사라져버렸다. 내 기분을 말할 수 있을까, 아니 말해도 될까? 지옥에 떨어진 사람들이 느낀 공포를 모조리 느꼈다는 말을 꼭 해야 할까? 사실 그런 생각에 빠져 있을 새도 없었다. 수많은 손들이 바로 그 자리에서 내게 달려들었고, 불도 즉시 다시 켜졌다. 뒤이어 수색이 벌어졌다. 소매 안감에서는 에카르테에 꼭 필요한 최고패 카드가 모조리 나왔고, 가운 주머니에서는 게임에 사용했던 것과 똑같은 카드가 몇 벌 나왔다. 유일한 차이라면 내 카드는 높은 패들은 위아래가 약간 볼록하고 낮은 패들은 양쪽 옆이 약간 볼록한 '동글이 카드'라고 불리는 것이었다. 이런 모양을 하고 있으면 패를 뗼 때 관례대로 카드를 세로로 잡고 뗴는 호구는 늘 상대에게 높은 패를 주게 되고, 도박꾼은 가로로 뗴기 때문에 점수가 될 수 있는 패들을 절대 먹잇감에게 주지 않게 되는 것이다.

이를 발견한 친구들이 차라리 분노를 터뜨렸다면 그 정도로 비참하지는 않았을 것이다. 하지만 돌아온 반응은 싸늘한 경멸과 냉정한 냉소뿐이었다.

"윌슨 군." 방 주인이 허리를 굽혀 발밑에 있던 사치스럽기 그지없는 희귀한 모피 망토를 집어 들며 말했다. "윌슨 군, 자네 물건이야." (날씨가 추웠기 때문에 방에서 나올 때 가운 위에 걸쳤다가 게임 현장에 와서 벗어둔 망토였다.) "(쓸쓸한 미소를 띤 채 그 옷의 주름을 바라보면서) 여기서 자네 기술의 증거를 더 찾아볼 필요는 없다고 봐. 정말이지 이 정도면 충분하지. 옥스퍼드에서, 그리고 어쨌거나 당장 이 방에서 떠나야 한다는 것을 이해하길 바라네."

참혹하게 치욕적인 순간이긴 했지만, 그 순간 너무나 놀라운 어떤 일에 정신이 온통 팔리지만 않았더라도 이 쓰라린 말에 분노해 당장 폭력으로 응수했을지도 모른다. 내가 입고 온 망토는 아주 희귀한 종류의 모피로 만들어서 말로 할 수 없을 정도로 진귀하고 값비싼 옷이었다. 그 디자인도 내가 직접 구상한 환상적인 디자인이었다. 이런 시시한 문제에 있어서는 어처구니없을 정도로 까다롭게 멋을 부렸기 때문이다. 그래서 프레스턴 군이 접이문 근처 바닥에서 주운 물건을 건넸을 때 나는 경기를 일으킬 정도로 깜짝 놀랐다. 내 망토는 이미 내 팔 위에 걸쳐져 있던 데다가, 내게 건네진 그 망토가 모든 면에서, 심지어 아주 세세한 부분에 이르기까지 내 것과 정확하게 똑같았기 때문이다. 내 정체를 처참하게 폭로했던 그 기이한 작자가 외투를 꽁꽁 여미고 있었던 것과 나 빼고는 일행 중 누구도 외투를 입고 오지 않았다는 사실이 떠올랐다. 나는 애써 평정을 지키면서 프레스턴이 내민 망토를 받아 아무도 모르게 내 망토 위에 놓고는 도전이라도 하듯 사람들을 단호히 쏘아보며 그 방에서 나왔다. 다음 날 아침 동이 트기도 전, 나는 극도의 공포와 수치심에 시달리며 황급히 옥스퍼드를 떠나 대륙행 여정에 올랐다.

　도망은 허사였다. 사악한 운명은 희희낙락하며 내 뒤를 쫓았다. 정말이지 불가사의한 운명의 지배는 이제 겨우 시작되었을 뿐이었다. 파리에 발을 들여놓자마자 윌슨이 내 일에 지긋지긋하게 관심을 가지고 있다는 새로운 증거가 나타났다. 몇 년이 흐르는 동안 내게 안식이라고는 없었다. 사악한 놈 같으니! 로마에서는 불시에 유령처럼 끼어들어 내 야심 찬 계획을 망쳐놓았다! 빈에서도, 베를린에서도, 모스크바에서도! 사실 마음 깊은 곳에서부터 처절하게 놈을 저주할 이유가 없는 장소가 과연 있기는 하나? 마침내 나는 도무지 헤아릴 길 없는 놈의 폭정을 피해, 역병을 피해 달아나듯 공포에 질린 채 도망쳤다. 세상 끝까지 도망쳤지만 아무 소용이 없었다.

　내 영혼과 비밀 교감을 나눌 때면 몇 번이고 반복해서 이 질문들을 던졌다. "놈은 누굴까? 어디서 왔을까? 목적이 무엇일까?" 하지만 마음속에서는 어떤 대답도 찾을 수 없었다. 이제 나는 놈의 주제넘은 감시의 형태와 방법, 주된 특징을 면밀히 조사해봤다. 그러나 여기마저 추측할 근거라고는 거의 없었다. 정말 특이한 점은 최근 놈이 내 앞길을 가로막은 수많은 사건들의 경우, 그 목적이 하나같이 끝까지 갔으면 큰 해악을 끼쳤을지도 모를 계획이나 행동을 좌절시키고 방해하기 위해서였다는 것이다. 하지만 그렇게 전제적인 권위를 정당화하기에는 사실 설득력 없는 핑계일 뿐이다! 그렇게 집요하게, 그렇게 모욕적으로 인간의 타고난 자율권을 부정해놓고서 어떻게 면책을 바라겠는가!

또 하나 특이점은 나를 괴롭히는 그놈이 아주 오랫동안 갖가지 방법으로 내 일을 방해해오면서도 용케 어떤 경우에도 내게 자기 얼굴을 보여준 적이 없었다는 것이다. 윌슨이 어떤 작자이건 간에, 적어도 이것은 있을 수 없는 가식이거나 어리석은 짓이었다. 이튼에서 내게 경고했던 자, 옥스퍼드에서 내 명예를 실추시킨 자, 로마에서는 야심 찬 계획을, 파리에서는 복수를, 나폴리에서는 열정적인 사랑을, 이집트에서는 내 탐욕이 벌인 일이라고 제멋대로 간주한 계획을 좌절시켰던 자, 나의 주적이자 악귀인 자를 보면서 어떻게 단 한순간이라도 내가 학창 시절의 윌리엄 윌슨, 나의 동명이인이자 동반자이자 경쟁자, 브랜스비 선생 학교에서 증오하고 두려워했던 경쟁자를 알아보지 못할 것이라고 생각할 수 있었단 말인가? 말도 안되는 일이다! 하지만 이제 이 드라마 최후의 극적 장면으로 빨리 넘어가도록 하자.

지금까지 나는 이 전횡에 무기력하게 굴복해왔다. 나는 윌슨의 고결한 인품, 당당한 지혜, 사방에 편재하는 전지전능함에 습관적으로 깊은 경외심을 품어왔을뿐더러, 그 외 다른 본질적 특성과 추정한 특성들에 대해 두려움까지 느껴왔다. 이로 인해 지금까지 나는 나 자신이 철두철미하게 나약하고 무기력한 존재라고 믿게 되었고, 못내 내키지 않았음에도 그의 자의적 의지에 나도 모르게 암묵적으로 따르게 되었다. 하지만 그즈음 나는 완전히 술독에 빠져 살았고,

타고난 기질에 술의 악영향까지 더해지자 점점 더 통제가 거슬리게 느껴졌다. 나는 중얼대고, 주저하고, 저항하기 시작했다. 내 의지가 더 군건해질수록 나를 괴롭히는 녀석의 의지가 약해지고 있다는 느낌은 단순히 나만의 착각일까? 어쨌거나 이제 나는 불타는 희망이 솟아오르는 것을 느끼기 시작했고, 마침내 이제는 절대 굴복하지 않겠다는 단호하고 필사적인 결심을 남몰래 키워갔다.

18**년 로마에서의 일이었다. 축제 기간 중 나는 디브롤리오 나폴리 공작의 저택에서 열리는 가면무도회에 참석했다. 평소보다 더 과하게 술을 퍼마셔댄 나는 어느 순간 사람들로 북적대는 방 안의 숨막히는 공기에 참을 수 없이 짜증이 났다. 빽빽하게 들어찬 사람들 사이를 미로처럼 힘들게 헤집고 나가야 하는 것도 울화통을 돋웠다. 늙고 노망난 디브롤리오 공작의 젊고 명랑하고 아름다운 아내를 애타게 찾고 있었기 때문이다. (어떤 부끄러운 목적에서였는지는 말하지 않겠다.) 부인은 파렴치한 확신을 품고는 자기가 무슨 옷을 입을지 미리 내게 몰래 알려줬다. 부인이 얼핏 보이기에 나는 서둘러 그쪽으로 발걸음을 옮겼다. 그 순간 어깨에 가벼운 손길이 느껴지더니 영원히 잊을 수 없는 그 빌어먹을 나지막한 속삭임이 내 귀에 들려왔다.

치솟는 분노로 이성을 상실한 나는 곧장 그 방해꾼을 향해 돌아서서 난폭하게 멱살을 잡았다. 예상대로 녀석의 차림새는 나와 완전히 똑같아서, 파란 벨벳으로 만든 스페인풍 망토를 걸치고 단도를 매단 진홍색 허리띠를 하고 있었다. 얼굴은 검정색 비단 가면에 완전히 가려져 있었다.

"이 악당아!" 나는 격분한 나머지 쉰 목소리로 말했다. 음절 하나

하나를 내뱉을 때마다 분노가 더 치솟는 것 같았다. "이 악당! 사기꾼! 천벌을 받을 악한 같으니! 네놈은, 네놈은 절대 죽을 때까지 날 따라오지 못해! 따라와, 안 그러면 지금 서 있는 그 자리에서 칼로 찔러줄 테니까!" 그러고는 연회장을 박차고 그 옆의 조그만 대기실로 들어갔다. 놈은 내가 잡아당기는 대로 저항하지 않고 끌려왔다.

방에 들어가기 무섭게 나는 녀석을 거칠게 뿌리쳤다. 놈은 비틀거리며 벽에 가 부딪쳤고, 나는 욕설을 퍼부으며 문을 닫은 뒤 칼을 뽑으라고 명했다. 놈은 순간적으로 주저했지만, 곧 작게 한숨을 내쉬며 조용히 칼을 뽑더니 방어 자세를 취했다.

결투는 정말이지 순식간에 끝났다. 극도로 흥분한 나머지 미친 듯이 날뛰고 있으려니 내 한쪽 팔에서만도 장정 수십 명의 괴력이 나오는 것 같았다. 몇 초도 지나지 않아 나는 순전히 힘으로 놈을 벽에 몰아붙여 제압했고 놈의 가슴을 야수처럼 포악하게 찌르고 또 찔렀다.

그 순간 누군가 빗장을 열려고 했다. 나는 급히 가서 방해꾼을 막았고, 그 즉시 죽어가는 적에게 다시 돌아왔다. 하지만 그 순간 눈앞에 펼쳐진 광경에 내가 느낀 그 공포, 그 경악을 그 어떤 인간의 언어가 제대로 표현할 수 있단 말인가! 아주 잠깐 눈을 돌렸을 뿐인데, 그 짧은 사이에 방 저쪽 끝이 분명히 변해 있었던 것이다. 아무것도 없었던 곳에 이제 커다란 거울—혼란스러운 와중에 처음에는 그렇게 보였다—이 서 있었다. 공포에 벌벌 떨며 다가가자 거울에 비친 내가, 하지만 피투성이가 된 채 창백한 얼굴의 내가 힘없이 비틀거리며 내 쪽으로 다가왔다.

내 눈에는 그렇게 보였지만, 사실은 그렇지 않았다. 그것은 나의

적, 윌슨이었다. 놈이 단말마의 고통에 시달리며 내 앞에 서 있었다. 녀석이 벗어 던진 가면과 망토는 바닥에 그대로 놓여 있었다. 녀석이 입고 있는 옷의 실오라기 하나, 그 이목구비의 특징적 선 하나하나까지 나와 완벽하게 일치하지 않는 곳은 하나도 없었다!

그자는 윌슨이었다. 하지만 녀석은 더 이상 속삭이며 말하지 않았다. 녀석이 말하고 있는데 마치 내가 말하고 있는 것만 같았다.

"네가 이기고 내가 졌다. 하지만 지금부터는 너 또한 죽은 거나 다름없어. 세상을, 천국을, 희망을 다 잃었으니까! 너는 내 안에서 존재했어. 나의 죽음을, 너와 똑같은 이 모습을 보면서 네가 얼마나 철저히 자기 자신을 죽여버렸는지를 잘 봐."

베르니스

벗들이 말하네, 사랑하는 이의 무덤을 찾으면
불행이 조금은 덜해질 거라고.
_이븐 자이어트

 불행은 다양하다. 지상의 비참함은 각양각색이다. 무지개처럼 드넓은 지평선 위에 걸쳐진 불행은 무지개만큼이나 색깔이 다양하고 뚜렷하면서도 딱 붙어 뒤섞여 있다. 무지개처럼 드넓은 지평선 위에 걸쳐져 있다니! 어째서 나는 아름다움에서 불쾌한 것을, 평화의 서약에서 슬픔의 비유를 끄집어내는 것일까? 하지만 윤리학에서 악이 선의 결과인 것처럼, 슬픔은 사실 기쁨에서 태어난다. 행복했던 과거의 기억이 오늘날의 고통이 되거나, 현재의 고뇌가 지난날 있었을지도 모를 희열에서 비롯된다.

 내 세례명은 에지우스다. 성은 말하지 않겠다. 하지만 조상 대대 내려온 음울한 회색 저택은 이 지역에서 가장 유서 깊은 건물이다. 우리 가문은 몽상가 집안으로 불려왔다. 그 믿음을 정당화시킬 증거들은 저택의 특징이나 대응접실의 프레스코 벽화, 공동침실의 태피스트리들, 무기고 버팀벽의 조각들은 물론, 특히 오래된 그림들이 걸린 회랑과 서재의 양식, 마지막으로 서재에 있는 서적들이 몹시 독특한 성격에 이르기까지 여러 가지 놀라운 것들에서 충분히 발견할 수 있다.

어린 시절 최초의 기억들은 그 서재와 거기 있던 서적들과 관련되어 있지만, 책에 대해서는 더 이상 말하지 않겠다. 이 방에서 어머니가 돌아가셨다. 여기서 내가 태어났다. 하지만 내게 전생이 없고, 영혼에 과거의 존재가 없다는 것은 헛소리일 뿐이다. 그렇지 않다고? 이 문제를 놓고 논쟁은 하지 말자. 나 자신은 확신하지만 남을 설득하려 하지는 않겠다. 하지만 영묘한 형상들, 영적이고 의미심장한 눈빛, 음악처럼 아름답지만 슬픈 소리가 기억난다. 밀어낼 수 없는 기억, 희미하고 변화무쌍하고 막연하고 불안정한 기억, 환한 내 이성이 존재하는 한 그림자처럼 떨쳐버릴 수 없는 기억이.

나는 그 방에서 태어났다. 실재가 아닌 것 같았지만 실재했던 기나긴 밤에서 깨어나 곧장 요정의 나라, 상상의 궁전, 수도사의 사고와 학식이 지배하는 영지로 들어왔다. 그러니 내가 어린 시절을 빈둥빈둥 책에 파묻혀 보내고 공상에 젖어 청춘을 흘려보낸 것은 이상한 일도 아니다. 하지만 세월이 지나 성년의 한창때에 이르러서도 여전히 선조들의 저택을 떠나지 않은 것은 이상한 일이다. 놀랍게도 그곳의 어떤 침체된 기운이 내 생명의 샘에 떨어졌던 것이다. 놀랍게도 내 가장 평범한 생각조차 완전히 정반대로 바뀌어버렸다. 세상의 현실은 그저 환상, 오로지 환상처럼 느껴졌고, 반대로 꿈속 세계의 엉뚱한 생각들이 내 일상의 제재가 아니라 정말이지 완전히 유일하게 삶 그 자체가 되었다.

* * *

베르니스와 나는 사촌이었고, 우리는 선조들의 저택에서 함께 자랐다. 하지만 우리는 다르게 성장했다. 나는 병약하고 우울에 휩싸여 있었지만, 베르니스는 민첩하고 우아하고 활기가 넘쳤다. 베르니스는 언덕을 활보했지만, 나는 수도원 같은 도서관에 처박혀 있었다. 나는 내 머릿속 세상에서 살면서 가장 치열하고 고통스러운 명상에 심신을 바쳤지만, 베르니스는 앞날에 펼쳐진 그늘이나 까마귀 날개처럼 조용히 획 날아가버리는 시간에 대해서는 생각도 하지 않고 태평하게 어슬렁어슬렁 살아갔다. 베르니스! 그 이름을 불러본다. 베르니스! 그 소리에 기억의 회색 폐허 속에서 수천 가지 폭풍 같은 기억들이 화들짝 놀란다. 아, 낙천적이고 즐거웠던 어린 시절 베르니스의 모습이 지금 내 눈 앞에 생생하다. 아아, 찬란하면서도 환상적인 아름다움이여! 아아, 아른하임 관목숲 속 공기의 요정이여! 아아, 분수 속 물의 정령이여! 그 이후는 모든 것이 수수께끼와 공포, 말해서는 안 되는 이야기다. 병마가, 치명적인 병마가 사막의 폭풍처럼 베르니스를 덮쳤다. 지켜보는 내 눈 바로 앞에서 변화의 기운이 베르니스를 휩쓸어 그 마음과 습관과 성격에 스며들었고 가장 미묘하고 끔찍한 방법으로 베르니스의 정체성까지 뒤흔들었다! 슬프도다! 파괴자는 왔다 갔다! 그런데 희생자는, 베르니스는 어디에 있는가? 그녀는 모르는 사람이었다. 내가 알던 베르니스가 아니었다!

내 사촌의 정신과 육체에 너무나 끔찍한 격변을 가져온 최초의 치명적 병은 수많은 다른 병들을 가져왔고, 그중 가장 고통스럽고 끈질긴 것은 일종의 간질이었다. 발작은 종종 거의 죽음과도 같은 혼수상태로 끝났고 회복될 때도 대부분의 경우 느닷없이 깨어났다. 그러는 사이 나의 병—그거 병이라고밖에 부를 수 없다고 했다—도

깊어져서 마침내 이상하고 특이한 편집증적인 성격을 띠게 되었다. 증상은 시시각각 심해져서 마침내 불가사의하게 나를 지배했다. 이 편집증은―이렇게 불러야만 한다면―, **집중력**이라는 형이상학적 정신력이 병적으로 과민해진 것이다. 아마 독자들은 내 말을 이해하지 못할 것이다. 사실 단순한 일반 독자들에게는 세상에서 가장 흔한 대상에 과민하게 **강렬한 관심**을 가지고 골똘히 (형식적으로가 아니라 진짜) 명상에 잠기는 것이 어떤 것인지 제대로 전달할 길이 없을 것 같다.

나는 책의 서체 혹은 여백에 있는 시시한 무늬에 골똘히 정신을 집중한 채 지치지도 않고 몇 시간을 보냈다. 태피스트리나 바닥 위로 비스듬히 떨어진 기묘한 그림자를 정신없이 바라보며 여름 한나절을 흘려보냈다. 흔들리지도 않고 타오르는 램프 불빛이나 타다 남은 불씨를 넋을 잃고 응시하며 밤을 꼬박 새웠다. 꽃향기에 빠져 며칠을 멍하니 보냈다. 흔한 단어의 소리에서 어떤 의미도 떠오르지 않을 때까지 단어를 되풀이, 또 되풀이해서 단조롭게 읊조렸다. 오랫동안 모든 신체 활동을 완고하게 중지함으로써 움직임의 감각과 육체가 존재한다는 느낌 자체를 사라지게 하려고 애써봤다. 이런 일들은 사실 어디서도 본 적 없다고 할 수는 없지만 분명 어떤 분석과 설명도 거부하는 정신 상태로 인해 저지른 변덕스러운 짓들 중 가장 흔하고 덜 해로운 몇 가지 예일 뿐이다.

하지만 오해는 하지 말기 바란다. 별것 아닌 대상에 자극받아 과도하고 진지하고 병적인 관심을 기울이는 이런 성향을 모든 인간들이 가지고 있는, 특히 열렬한 상상력을 가진 사람들이 즐기는 사색적인 기질과 혼동해서는 안 된다. 처음에는 그런 기질이 극대화되거나 과장된 것이라고 생각할 수도 있겠지만, 그런 것과는 본질적으로, 근본적으로 다르다. 우선 몽상가나 열광자는 보통 시시하지 않은 대상에 흥미를 가지기 때문에 그런 대상에서 나온 온갖 추론과 암시들 사이에서 자기도 모르는 사이에 그 대상은 잊어버리고 **종종 화려한 백일몽으로 빠져들어** 결국 동기, 즉 그런 사색을 하게 된 최초의 원인은 완전히 망각해버린다. 나의 경우, 최초로 관심이 간 대상은 예외 없이 별것 아닌 것들이지만, 이들은 병적인 공상을 거치면서 굴절되고 비현실적인 중요성을 띠게 된다. 추론은 거의 하지 않으며, 혹시 한다 해도 그 추론은 끈질기게 원래의 대상으로 다시 회귀했다. 명상은 결코 즐겁지 않았고, 공상이 끝날 때면 최초의 원인을 망각하기는커녕 불가사의할 정도로 관심이 확대되었다. 그것이 내 병의 주요 특징이었다. 한마디로 말해, 내 경우 특별히 행사되는 정신력은 앞서 말한 **집중력**이고, 몽상가의 경우는 **사색**의 힘이다.

그 시절 내가 읽던 책들은 내 병을 실제로 악화시킨 것은 아니라 해도 대개 공상적이고 대수롭지 않은 책들이어서, 책들 자체가 대체로 내 병의 특성을 띠고 있었다고도 볼 수 있다. 그중 이탈리아 귀족 코엘리우스 세쿤두스 쿠리오[90]의 《광대한 하느님의 신성왕국론》과 아우구스티누스의 역작 《신국론》, 테르툴리아누스의 《그리스도 육신론》이 생생히 기억나는데, 특히 《육신론》에 있던 "신의 아들의 죽음은 너무나 터무니없기 때문에 전적으로 믿을 수 있는 사실이다. 죽은 자들 가운데서의 부활은 불가능하기 때문에 확실한 사실이다"라는 역설적 문장에 마음을 온통 빼앗겨 별다른 결실도 없이 몇

90   16세기 이탈리아의 인문주의자 첼리오.

주 동안이나 힘들게 연구한 적도 있다.

　그러니 사소한 일에만 평정심을 잃는 내 이성은 프톨레미 헤파이스티온이 말한 바닷가 험한 바위와 유사해 보일 것이다. 폭력적인 인간의 공격, 파도와 바람의 사나운 분노에는 끄덕도 않다가 수선화 꽃이 닿자 부르르 떠는 바위 말이다. 별생각 없는 사람이 보기에는 불행한 병이 베르니스의 정신에 가져온 변화가 지금까지 내가 힘들여 설명해온 그 강렬하고 비정상적인 명상에 많은 소재를 제공했을 것 같겠지만, 실제는 전혀 그렇지 않았다. 증상에 시달리다 맑은 정신이 돌아오는 순간이면 베르니스의 불행에 정말로 마음이 아팠고, 그 아름답고 상냥한 삶이 완전히 무너져버렸다는 사실이 가슴 깊이 사무쳐오면서 그렇게 이상한 변화가 그렇게 갑자기 나타나게 된 경이로운 방식에 대해 종종 쓰라린 고민을 했다. 하지만 이런 고민은 내 병의 독특한 성격과는 상관없었고 비슷한 상황에서 평범한 사람들이 할 법한 그런 생각들이었다. 병의 특징에 걸맞게 내 관심은 온통 베르니스의 육체에 나타난, 덜 중요하지만 더 경악스러운 변화, 베르니스의 정체성에 일어난 특이하고도 가장 섬뜩한 왜곡에만 쏠렸다.

　베르니스가 견줄 데 없이 아름다웠던 전성기 시절, 나는 분명 베르니스를 사랑하지 않았다. 나라는 존재는 기묘하게 비정상적이어서, 가슴에서 감정이 나온 적이 없었고 언제나 머리에서 열정이 솟구쳤다. 회색빛 이른 아침에, 어른거리는 정오의 숲 그림자 사이로, 고요한 밤의 서재에서 베르니스는 내 눈앞을 스쳐 지나갔고, 나는 그녀를 봤다. 내 눈에 비친 베르니스는 숨 쉬며 살아 있는 존재가 아니라 꿈속의 환상이었고, 지상의 속악한 존재가 아니라 관념적 존재였으며, 숭배의 대상이 아니라 분석의 대상이었고, 사모의 대상이 아니라 종잡없지만 가장 난해한 사색의 주제였다. 이제, 이제 나는 베르니스가 있으면 몸이 떨렸고 다가오면 얼굴이 창백해졌다. 하지만 그 망가지고 적막한 처지를 애달파하다 보니 베르니스가 오랫동안 나를 사랑했었다는 것이 떠올랐고, 결국 베르니스에게 결혼 이야기를 꺼내지 않을 수 없었다.

마침내 결혼식 시기가 다가왔다. 아름다운 할시온[91]을 지켜주려는 듯이 때 아니게 온화하고 고요하고 안개가 자욱했던 어느 날, 나는 서재 안쪽 깊숙이 앉아 있었다(혼자 앉아 있다고 생각했다). 하지만 고개를 들자 베르니스가 내 앞에 서 있었다.

그 윤곽이 그렇게 흔들리고 흐릿하게 보인 것이 내 흥분된 상상력 때문이었을까, 사방에 자욱한 안개의 영향 때문이었을까, 방 안에 어슴푸레하게 감돌던 땅거미 때문이었을까, 아니면 그 몸을 휘감고 있는 주름진 회색 옷 때문이었을까? 모르겠다. 베르니스는 아무 말도 하지 않았다. 나도 한마디도 할 수 없었다. 얼음장 같은 한기가 온몸에 감돌았다. 참을 수 없는 불안이 나를 짓눌렀다. 호기심에 속이 타들어갔다. 나는 의자에 몸을 깊숙이 묻은 채 숨도 못 쉬고 미동조차 없이 베르니스에게서 시선을 떼지 못하고 있었다. 아아! 베르니스는 너무나 수척해져서 예전 모습은 조금도 찾아볼 수가 없었다. 내 불타는 시선이 마침내 그 얼굴에 가닿았다.

오뚝한 이마에는 핏기 하나 없었고 기이할 정도로 평온했다. 칠흑 같던 머리카락이 일부 이마 위로 흘러내려 움푹 꺼진 관자놀이를

---

91 [원주] 제우스는 겨울 중 14일 동안 따뜻한 날씨를 주었는데, 인간들은 이 온화한 시기를 일컬어 할시온을 지켜주는 때라고 했다. _시모니데스

뒤덮고 있었다. 이제는 샛노랗게 변해버린 그 수북한 고수머리가 내뿜는 환상적인 분위기는 얼굴에 짙게 드리운 음울한 표정과 어울리지 못하고 불협화음을 일으키고 있었다. 눈은 생기 없이 빛을 잃었고 동공조차 없어 보였다. 그 텅 빈 눈빛에 나도 모르게 움찔한 나는 얇고 쪼그라든 입술로 시선을 옮겼다. 그 입술이 벌어지면서 기묘하게 의미심장한 미소를 띠더니 변해버린 베르니스의 치아가 서서히 드러났다. 그 치아를 보지 않았더라면 좋았을 텐데! 혹여 보았다 해도 차라리 내가 죽어버렸으면 좋았을 텐데!

*　　*　　*

문 닫히는 소리에 정신을 차려 고개를 들어 보니 내 사촌은 이미 방에서 나가고 없었다. 하지만 내 혼란스러운 머릿속에서는 그 유령처럼 소름 끼치는 하얀 치아가 떠나지 않았고 떨치려 해도 떨쳐지지가 않았다. 그 치아는 표면에 얼룩 하나, 그림자 하나 없었고, 가장자리에 흠 하나 없이 매끈했다. 찰나의 미소였지만 그 치아가 내 기억에 각인되기에는 충분했다. 직접 보고 있던 그때보다 지금 눈앞에 심지어 더 선명하게 떠오른다. 그 치아! 그 치아! 그 치아는 여기, 저기, 어디에나 다 있었다. 만질 수 있을 것처럼 눈앞에 생생했다. 핏기 없는 입술에 둘러싸인 치아는 그 이가 처음 나기 시작했던 끔찍한 순간처럼 길고 가늘고 지나치게 하앴다. 그러자 나의 편집증이 맹렬하게 폭발했고, 저항할 수 없는 그 기이한 힘에 나는 속절없이 굴복했다. 바깥세상을 채우고 있는 수많은 대상에는 아랑곳없이 내 머릿속에는 오로지 그 치아 생각뿐이었다. 나는 그 치아만을 미칠 듯이 간절히 바랐다. 모든 다른 문제와 관심은 이 한 가지 생각에 묻혀버렸다. 내 마음의 눈에는 그 치아만 보였고, 유일무이한 개성을 지닌 그 치아만이 내 정신세계의 본질이 되었다. 모든 빛에 그 치아를 비추어보았고 모든 각도로 돌려보았다. 그 특징을 조사했다. 그 특색에 대해 골똘히 생각했다. 그 형태에 대해 숙고했다. 그 변화에 대해 명상했다. 상상 속에서 그 치아에 감각과 의식을, 심지어 입술 없이도 마음을 표현할 수 있는 능력을 부여하며 몸서리쳤다. 마드무아젤 살레[92]를 보고 사람들은 "그녀의 모든 스텝에 감정이 담겨 있다"고 말했다. 베르니스의 경우, 나는 더 진지하게 믿는다. 그녀의 치아 하나하나에 관념이 담겨 있다고. 관념이! 이 멍청한 생각이 나를 망가뜨렸다! 관념! 그렇기 때문에 나는 그렇게 미친 듯이 그 치아를 탐했던 것이다! 그 치아를 가져야만 마음에 다시 평화가 찾아오고 이성이 돌아올 것 같았다.

그렇게 저녁이 찾아왔고 어둠이 다가와서 머물다 갔다. 다시 동이 텄다. 두 번째 밤의 안개가 몰려왔지만, 나는 여전히 그 고적한 방에 미동도 없이 앉아 있었다. 여전히 명상에 잠겨 있었다. 그 치아의 환영은 여전히 나를 끔찍하게 사로잡은 채, 끔찍하게 선명한 모습으로 방 안에 어른대는 빛과 그림자 사이를 떠다녔다. 그러다 마침내 공포와 절망의 비명 소리가 내 꿈속에 난입했고, 잠시 정적이 흐르더니 슬픔과 고통에 가득 찬 나지막한 신음 소리와 당황한 목소리들이 뒤섞여 들려왔다. 자리에서 일어나 서재 문 한쪽을 휙 열어젖히자, 눈물범벅이 된 하녀 하나가 전실에 서서 베르니스가 더 이상 이 세상 사람이 아니라고 전했다! 베르니스는 이른 아침에 간질 발작을 일으켰다. 저녁이 다 되어가는 지금은 무덤이 주인을 맞을 준비를 마쳤고 모든 장례 준비가 끝났다.

*　　*　　*

정신을 차려보니 나는 서재에 앉아 있었다. 또다시 홀로 앉아 있었다. 혼란스럽고 흥미진진한 꿈에서 깨어난 것 같은 기분이었다. 지금 시각은 자정이었고, 해가 진 이후 베르니스는 땅에 묻혀 있다는 것을 잘 알고 있었다. 하지만 그사이의 황량한 시간에 대해서는 아무런 기억이 없었다. 적어도 정확한 기억은 없었다. 하지만 그 기억은 공포로 가득했다. 흐릿하기 때문에 더 무시무시했고 모호하기 때문에 더 끔찍한 기억이었다. 희미하고 소름 끼치고 이해할 수 없는 기억으로 가득 찬, 내 인생에서 두려운 시간이었다. 그 의미를 해독하기 위해 애썼지만 알 수가 없었고, 그러는 사이 귓속에서는 떠나간 영혼이 질러대는 것처럼 찢어지게 날카로운 여자 비명 소리가 윙윙거리는 것 같았다. 내가 무슨 짓을 저지른 것이다. 뭐였을까? 큰소리로 질문하자 방 안에서 속삭이는 듯한 메아리 소리가 대답했다. "뭐였을까?"

곁에 놓인 테이블 위에서는 램프가 타고 있었고, 그 옆에는 조그만 상자가 놓여 있었다. 아무 특징도 없고 전에도 많이 본 적 있는 상자였다. 집안 주치의의 물건이었기 때문이다. 하지만 그게 왜 내 테이블 위에 있는 걸까? 왜 그 상자를 보는데 몸이 벌벌 떨리는 걸까? 도무지 설명이 되지 않았다. 마침내 내 시선은 펼쳐진 책에, 책 속의 어느 밑줄 쳐진 문장에 가닿았다. 시인 이븐 자이어트가 쓴 기묘하지만 단순한 문장이었다. "벗들이 말하네, 사랑하는 이의 무덤을 찾으면 불행이 조금은 덜해질 거라고." 그런데 왜 그 구절을 읽는데 머리털이 쭈뼛 곤두서고 온몸의 피가 혈관 속에서 얼어붙는 걸까?

서재 문을 가볍게 두드리는 소리가 들리더니, 무덤 속 시체처럼 창백한 얼굴의 하인이 까치발로 조심조심 들어왔다. 공포에 질린 표정이었다. 하인은 덜덜 떨리는 쉰 목소리로 몹시 나지막하게 말했다. 뭐라는 거지? 띄엄띄엄 몇 문장은 들렸다. 밤의 고요를 찢는 비명, 한자리에 모인 집안사람들, 소리의 방향을 따라간 수색, 그러더니 갑자기 그 목소리가 오싹하게 또렷해졌다. 하인은 속삭이고 있었다. 파헤쳐진 무덤, 수의를 입은 채 훼손된, 하지만 아직 숨 쉬고 있던, 아직 심장이 뛰고 있던, 아직 살아 있던 육신에 대해!

하인이 내 옷을 가리켰다. 옷은 진흙투성이에 피로 얼룩져 굳어 있었다. 내가 아무 말도 하지 않자 하인이 내 손을 살짝 잡았다. 손에 사람 손톱자국이 움푹움푹 패어 있었다. 하인이 벽에 놓인 어떤 물체를 가리켰다. 몇 분 동안 그 물건을 멍하니 쳐다보았다. 삽이었다. 나는 비명을 지르며 테이블에 달려들어 그 위에 있던 상자를 움켜잡았다. 하지만 열리지가 않았다. 손이 벌벌 떨리는 바람에 상자가 손에서 미끄러져 바닥에 세게 부딪히면서 산산조각이 났다. 상자에서 덜그럭거리며 치과 수술 도구들이 굴러 나왔다. 그리고 그와 함께 상아 같은 조그맣고 하얀 물체 서른두 개가 쏟아져 나와 바닥을 이리저리 나뒹굴었다.

어셔가의 몰락

그대 가슴은 팽팽하게 당겨진 류트,
손길만 스쳐도 울리는군요.
_드 베랑제

　구름이 답답하도록 나지막이 뒤덮인 어둑어둑하고 지루하고 적
막했던 그해 가을 어느 날, 나는 하루 종일 말을 타고 유난히 황량
한 시골길을 지나 저녁 어스름이 다가올 무렵에야 드디어 어셔가의
음울한 저택이 보이는 곳에 다다랐다. 어째서인지는 알 수 없지만,
처음 그 저택을 본 순간 참을 수 없는 우울함이 스며들었다. 참을
수 없다고 한 이유는 인간은 극도로 황량하거나 무시무시한 풍광을
볼 때조차 보통은 시적 정서로 인해 반쯤은 유쾌한 감정을 느끼기
마련인데, 이 우울함에는 그런 감정이 전혀 포함되어 있지 않았기
때문이다. 눈앞에 펼쳐진 광경, 덩그러니 선 저택, 단출한 풍경의 영
지, 황폐한 벽들, 텅 빈 눈 같은 창문들, 무성하게 자란 몇몇 사초들,
썩은 허연 나무둥치들을 바라보고 있자니 형언할 수 없는 우울함이
영혼을 짓눌렀다. 그 느낌을 지상의 어떤 감각과 비교할 수 있을까?
아편의 환각에서 깨어나 일상으로 돌아올 때의 쓰라림, 베일이 휙
떨어져 나갈 때의 끔찍한 느낌이 그나마 비슷할까? 속이 얼음장처

럼 싸늘해지고 무겁게 가라앉고 메스꺼웠다. 아무리 상상력을 자극해 비틀어봐도 도저히 숭고함으로는 포장할 수 없는 구제 불가능한 황량함이었다. 도대체 무엇일까? 나는 말을 멈추고 생각에 잠겼다. 어셔 저택의 어떤 점이 내 기분을 이렇게 무력하게 만드는 것일까? 도저히 풀 수 없는 수수께끼였다. 생각에 잠긴 사이 나를 에워싼 무서운 상상들과 맞서 싸울 수도 없었다. 결국 나는 인간에게 엄청난 영향력을 행사하는 단순한 자연물들이 있긴 하지만, 그 힘을 분석하는 것은 인간의 능력을 넘어서는 일이라는 불만족스러운 결론으로 다시 돌아올 수밖에 없었다. 그 광경을 구성하는 요소들, 그 그림의 세부 사항들을 조금만 다르게 배열하기만 해도 그 우울한 느낌이 달라지거나, 어쩌면 완전히 사라질 수도 있을 것 같았다. 나는 저택 옆 가파른 절벽 가장자리에서 말을 멈추고 그 아래에서 고요히 빛나는 섬뜩한 검은 호수와 수면에 재구성되어 거꾸로 비친 회색 사초, 유령 같은 나무줄기, 텅 빈 눈 같은 창문들을 내려다보았다. 전보다 훨씬 더 오싹하게 몸이 떨렸다.

그럼에도 나는 이 우울한 저택에서 몇 주 머물기로 했다. 저택의 주인인 로더릭 어셔는 어린 시절 죽마고우였지만 마지막 만난 후로 벌써 여러 해가 흘렀다. 그런데 최근 먼 곳에 있는 내게 한 통의 편지가, 어셔가 쓴 편지가 도착했는데, 그 내용이 어찌나 절박하던지 직접 답을 하지 않을 도리가 없었다. 편지에는 신경 불안의 기색이 역력했다. 어셔는 살을 에는 고통과 자신을 짓누르고 있는 정신병에 대해 토로하며 자신의 가장 친한 친구이자 유일한 친구인 내가 함께 지내면서 기운을 북돋워줘서 병고를 좀 덜어주기를 간절히 바라고 있었다. 이런 내용을 말하는 방식, 그러니까 그 부탁에 담긴 진심이 너무나 여실히 보여서 나는 조금도 주저할 수 없었다. 따라서 정말로 이상한 소환이라는 생각을 여전히 떨치지 못하면서도 지체 없이 그 청에 따랐다.

어린 시절 살가운 친구 사이이긴 했지만 사실 난 내 친구에 대해 거의 아는 바가 없었다. 어셔는 늘 지나치게 과묵한 습성을 가지고 있었다. 하지만 유서 깊은 어셔 가문이 아득한 옛날부터 특별한 감수성을 가진 것으로 유명하다는 것은 잘 알고 있었는데, 이런 감수성은 오랜 세월에 걸쳐 수많은 탁월한 예술 작품 속에서 드러났다. 또 최근에는 후하지만 생색은 내지 않는 수많은 자선 활동은 물론, 정통적이고 쉽게 알아볼 수 있는 아름다운 음악보다 어쩌면 복잡한 음악에 훨씬 더 헌신적인 열정을 바치는 데서도 분명히 나타났다. 또 알게 된 놀라운 사실은 어셔가의 줄기는 역사가 깊기는 해도 그 어떤 시기에도 생명력 질긴 가지를 뻗은 적이 없었다는 것이다. 다시 말해 그 가문은 전 일가가 직계로만 이루어져 있으며, 미미하고 일시적인 변화는 있어도 늘 그런 식으로 내려왔다. 이런 결핍이 아닐까, 나는 생각했다. 일가의 공인된 특징과 완벽하게 일치하는 영지의 특징에 대해, 또 오랜 세월이 흐르는 동안 한쪽이 다른 쪽에 미쳤을지도 모를 영향력에 대해 곰곰이 숙고하다 보니 어쩌면 이 방계의 결핍, 그리고 그에 따라 아버지에게서 아들로 일직선으로만 세습되어 온 재산과 이름이 그 둘을 너무나 동일시하게 만든 나머지 원래의 신분 직함이―아마도 그 명칭을 쓰던 소작농들의 마음속에서는 일가와 일가의 저택을 통칭하는 것으로 보였던―'어셔가'라는 예스럽고 다의적인 명칭으로 합쳐지게 된 게 아닐까 하는 생각이 들었다.

호수를 내려다보는 내 다소 유치한 실험이 미친 유일한 영향이라면 기이한 첫인상이 더 깊어진 것뿐이라고 말했다. 미신적인 생각—그렇게 못 부를 이유가 뭐가 있겠나—이 급속히 증가한다고 의식할수록 그 증가 속도가 더 빨라진다는 것은 분명한 사실이다. 오랫동안 알아온 바이지만, 그것이 공포를 바탕으로 하는 모든 감정의 역설적 법칙이다. 호수에 비친 그림자에서 눈을 들어 다시 저택을 쳐다봤을 때 마음속에서—정말이지 너무나 어처구니없어서 그저 나를 짓누르던 그 생생한 느낌을 보여주기 위해서 말하는 것뿐인—이상한 상상이 점점 커져갔다. 상상력을 어찌나 발동했던지 그 저택과 영지 전체, 그리고 바로 그 주변만 독특한 대기가 휘감고 있다고 진짜로 믿을 지경이었다. 천상의 공기와는 전혀 다른, 썩은 나무와 잿빛 벽, 고요한 호수에서 뿜어 나오는 흐릿하고 느릿느릿하고 거의 잘 보이지도 않는 납빛의 독하고 신비로운 증기가.

아무래도 환상임이 **분명한** 망상을 마음속에서 털어내려 애쓰며 나는 그 저택을 더 유심히 관찰했다. 가장 큰 특징으로 보이는 것은 어마어마하게 오래된 건물이라는 점이었다. 세월로 인한 퇴색이 대단했다. 미세한 곰팡이가 건물 외벽을 온통 뒤덮고도 모자라 처마 끝에 거미줄처럼 가느다랗게 얽혀 매달려 있었다. 하지만 이것만으로는 특별히 황폐하다고 할 수 없었다. 석공 어디에도 떨어져 나간 구석은 없어서, 부분들이 모여 이룬 여전히 완벽한 건물과 부스러지고 있는 하나하나의 돌들 사이에 기묘한 불일치가 보이는 것 같았다. 뭔가 방치된 지하실에서 오랫동안 썩어 들어간 오래된 목공품의 멀쩡해 보이는 겉모습을 연상시키는 데가 있었다. 하지만 이러한 전체적 쇠퇴의 징후를 제외하면 구조적으로 불안정한 느낌은 전혀 없었다. 세심한 관찰자라면 저택 정면 지붕에서부터 지그재그를 그리며 벽을 타고 내려와 음침한 호수 속으로 사라지는 보일까 말까 한 균열을 발견했을지도 모르겠다.

이런 것들을 눈에 담으며 나는 짧은 둑길을 달려 집에 도착했다. 기다리던 하인이 말을 데려갔고, 나는 고딕 양식의 아치형 입구로 들어갔다. 거기서부터 시종 하나가 아무 말 없이 어둡고 복잡한 복도를 살금살금 걸어 주인의 화실로 나를 안내해 갔다. 어째서인지는 알 수 없지만, 가는 도중 마주친 것들도 앞서 말한 막연한 느낌을 증폭시켰다. 천장 조각, 벽에 걸린 음침한 태피스트리들, 칠흑같이 새까만 바닥, 걸음을 내디딜 때마다 덜그럭 소리를 내는 환영 같은 문장 전리품 등 주위 물건들은 어릴 때 익히 봤던 것들이라 이 모든 게 얼마나 낯익은지 인정하지 않을 수 없었지만, 그 일상적 이미지들이 불러일으키는 상상들은 놀라울 정도로 생소했다. 한 계단에서 집안 주치의를 만났다. 그 얼굴에는 비열한 잔꾀와 당혹스러움이 뒤섞여 있는 것처럼 보였다. 주치의는 당황한 표정으로 내게 인사를 하고 지나갔다. 마침내 시종이 어느 문을 열더니 주인 앞으로 나를 안내했다.

내가 들어간 방은 굉장히 크고 천장이 높았다. 기다랗고 좁고 끝이 뾰족한 창문들은 검은 오크 바닥에서 전혀 손이 닿을 수 없는 높은 곳에 있었다. 희미한 빨간 햇살이 격자무늬 유리창을 통해 들어와 눈에 잘 띄는 주위 물건들을 뚜렷이 비추었다. 하지만 저 멀리 방구석이나 아치형 우물천장 깊숙한 곳까지는 애써봐도 잘 보이지 않았다. 벽에는 짙은 커튼이 드리워져 있었다. 가구가 사방에 널려 있었지만 쓸쓸해 보였고 다 오래되어 낡아 있었다. 책과 악기가 여기저기 흩어져 있었지만 방 안에 생기를 주지는 못했다. 마치 슬픔의 공기를 들이마시는 기분이었다. 엄숙하고 깊고 구제할 수 없는 우울한 공기가 온 방에 퍼져 있었다.

내가 들어가자 소파에 길게 누워 있던 어셔가 일어나 활기차고 따뜻한 인사로 나를 맞이했다. 그 인사는 처음에는 권태에 지친 사람이 억지 노력으로 지나치게 상냥하게 구는 것처럼 보였다. 하지만 어셔의 표정을 흘깃 보자 전적으로 진심이라는 확신이 들었다. 우리는 자리에 앉았고, 잠시 동안 어셔가 아무 말도 하지 않아서 나는 동정과 두려움이 뒤섞인 심정으로 그를 바라보고 있었다. 분명 그렇게 짧은 기간 사이에 로더릭 어셔처럼 끔찍하게 변한 사람은 없을 것이다! 내 앞에 앉은 사람이 어린 시절 친구와 동일인이라는 게 도저히 믿을 수가 없었다. 그래도 그 얼굴의 개성은 언제나처럼 대단했다. 시체처럼 창백한 낯빛, 형형하게 빛나는 촉촉하고 커다란 눈, 얇고 핏기 하나 없지만 비할 데 없이 아름다운 곡선을 그리는 입술, 섬세한 유대인 코 같지만 콧구멍 크기는 좀 다른 코, 튀어나온 데가 없어 강단도 없어 보이는 단아한 턱, 거미줄보다 더 부드럽고 가는 머리카락, 이런 특징들이 관자놀이 위쪽으로 넓게 펼쳐진 이마와 함께 쉽게 잊을 수 없는 인상을 만들었다. 그런데 지금은 이런 이목구비의 특징과 그것들이 전달하는 느낌이 단지 더 확대되었을 뿐인데도 너무 많이 달라 보여서 내가 누구와 이야기하고 있는지 믿을 수 없을 정도였다. 무엇보다 시체처럼 창백한 피부와 불가사의할 정도로 빛나는 눈이 너무 놀랍고 심지어 두렵기까지 했다. 부드러운 머리카락도 제대로 손질되지 않은 채 멋대로 자라 거미줄 같은 느낌 그대로 얼굴을 둘러싸고 흘러내린다기보다 떠다니고 있었다. 아무리 노력해도 그 기하학적 모양을 단순한 인간의 새가과 연결 기은 수가 없었다.

나는 친구의 태도에 조리도, 일관성도 없다는 사실을 금세 알아차렸고, 이내 이것이 극도의 신경 불안으로 인한 습관적 떨림을 극복하려는 미약하고 헛된 노력에서 나왔다는 것을 알았다. 이런 일에 대해서는 어셔의 편지뿐만 아니라 어린 시절 특징에 대한 기억, 그리고 어셔의 특이한 체격과 체질로부터 유추해 내린 결론을 통해 이미 대비한 상태였다. 어셔는 유쾌하게 행동했다가 침울해지기를 반복했다. 목소리도 (야성적 기운이 완전히 나가 보였을 때는) 덜덜 떨며 주저하는 목소리였다가 간결하게 기운찬 음성으로, 또 무뚝뚝하고 무겁고 느긋하고 공허하게 울리는 발성으로, 그러다가는 고질적인 술주정뱅이나 구제 불능의 아편 중독자가 극도로 흥분했을 때 들을 수 있는, 균형 잡히고 완벽하게 조절된 단조로운 후두음으로 순식간에 변했다.

그렇게 그는 나를 초대한 목적과 나를 간절하게 보고 싶었던 이유, 내게서 바라는 위안에 대해 이야기했다. 자신이 생각하는 병의 본질에 대해서도 제법 길게 이야기했다. 그 병은 체질적인 유전병으로 치료법을 찾는 것은 포기했다고 하더니, 곧장 뒤이어 분명 곧 사라질 신경 질환에 불과하다고 했다. 병의 증상은 온갖 부자연스러운 감각들이었다. 그가 자세하게 설명한 증상들은 용어와 설명 방식이 중요할 수도 있긴 하지만 그중 일부가 흥미롭고 당혹스러웠다. 어셔는 병적으로 예민한 감각으로 몹시 고통 받고 있었다. 밍밍하기 이를 데 없는 음식도 참을 수가 없었다. 특정 직물로 만든 옷만 입을 수 있었다. 꽃향기는 종류를 막론하고 숨이 막혔다. 희미한 빛만 봐도 고문이라도 당하는 것처럼 눈이 아팠다. 두려움 없이 들을 수 있는 소리는 특정한 소리, 현악기에서 나오는 소리뿐이었다.

어셔는 이상한 공포에서 사로잡혀 있었다. "나는 죽게 될 걸세." 그는 말했다. "이 통탄할 어리석음으로 인해 **분명** 죽고 말 거야. 그렇게, 다른 방식으로가 아니라 바로 그렇게 사라지게 되겠지. 난 미래의 일들이 두렵네. 그 자체가 아니라 결과가 말이야. 아무리 사소하다 해도 이 견딜 수 없이 동요하는 마음을 건드릴 수도 있는 일들을 생각하면 그것만으로도 몸서리가 쳐져. 위험은 전혀 두렵지 않아. 그 절대적 결과인 공포가 두려운 것이지. 이런 무기력하고 비참한 상황에서는 두려움이라는 무자비한 유령과 싸우다 목숨과 이성을 모두 버려야 하는 때가 조만간 오고야 말 것 같네."

또 띄엄띄엄 주어지는 모호한 암시를 통해 어셔의 정신 상태의 또 다른 특징에 대해서도 알 수 있었다. 그는 자신이 사는 곳이자 몇 년 동안 한 번도 나간 적 없는 이 저택에 대해, 그리고 여기에 옮겨 쓰기에는 너무나 어렴풋한 말로 설명된 상상의 힘을 발휘하는 영향력─저택의 형태와 재료의 어떤 기묘한 특수성이 오랜 묵인에 의해 자신의 영혼에 행사하게 된 영향력, 잿빛 벽과 작은 탑, 그들이 내려다보고 있는 어둑어둑한 호수의 지세가 마침내 그의 정신에 미친 효과─에 대해 어떤 미신적 생각에 사로잡혀 있었다.

하지만 자신을 이토록 괴롭히는 기이한 우울증은 상당 부분 더 자연스럽고 훨씬 더 명백한 이유에서 기인한다고 그는 주저하면서도 인정했다. 그것은 오랜 시간 그의 유일한 벗이자 지상에 남은 마지막 유일한 혈육인 사랑하는 누이가 오래도록 시달려온 위중한 병, 그리고 명백히 다가오고 있는 죽음이었다. "누이의 병이," 그는 결코 잊지 못할 비통한 목소리로 말했다. "나를, 이 희망 없고 유약한 나를 유서 깊은 어셔가의 최후의 생존자로 만들고 말 걸세." 어셔가 말하는 사이, 레이디 매들린(그게 누이의 이름이었다)이 내가 있는 것을 눈치채지 못하고 멀리 방 저쪽을 천천히 가로질러 사라졌다. 나는 경악해서 매들린을 바라보았다. 두려움도 없지 않았다. 하지만 왜 그런 기분이 드는지는 도저히 설명할 수 없었다. 멀어져가는 그녀를 바라보고 있자니 망연자실한 기분이 나를 짓눌렀다. 마침내 매들린이 문을 닫고 사라지자, 내 눈은 본능적이고도 간절하게 그 오빠의 얼굴로 돌아갔다. 하지만 어셔는 손으로 얼굴을 감싸고 있어서, 내 눈에는 평소보다 더 창백해진 수척한 손가락과 그 사이로 뚝뚝 떨어지는 뜨거운 눈물밖에 보이지 않았다.

오랫동안 의사들은 매들린의 병과 고군분투했다. 생소한 진단은 뿌리 깊은 무감각과 점진적 쇠약, 일시적이지만 빈번히 발생하는 부분 강직증이었다. 지금까지 매들린은 병의 압력에 부단히 맞서왔으며 끝내 자리에 눕는 지경까지 가지는 않았다. 하지만 내가 그 저택에 도착한 날 밤이 다가올 무렵, (밤에 어셔가 몹시 동요하며 말한 바에 의하면) 그녀는 파괴자의 공격에 굴복하고 말았다. 그러니 아마도 그때 흘낏 본 모습이 적어도 내가 보는 그녀의 생전 마지막 모습이 될 것이다.

그 후 며칠 동안은 어셔도 나도 매들린의 이름은 입에 올리지 않았고, 그동안 나는 친구의 우울함을 달래주기 위해 백방으로 노력했다. 우리는 함께 그림을 그리고 책을 읽었고, 나는 어셔의 환상적인 즉흥 기타 연주를 꿈결처럼 들었다. 그렇게 점점 더 가까워져 어셔의 영혼 깊숙한 곳까지 거리낌 없이 들어가게 될수록, 타고난 자질인 듯한 어둠을 정신적, 물질적 우주의 온갖 대상에 쏟아부어 오로지 우울의 한길로 내모는 마음을 위로하려는 것이 얼마나 소용없는 일인지를 나는 더욱 쓰라리게 깨달았다.

그렇게 어셔가의 주인과 단둘이 보낸 그 수많은 엄숙한 시간들은 언제까지나 내 마음속 깊이 간직될 것이다. 하지만 아무리 노력해도 어셔가 이끌었거나 참여시킨 공부나 일이 정확히 어떤 것들인지는 전달할 수 없을 것 같다. 흥분되고 매우 병적인 관념적 상상력이 모든 것을 유황색 광채로 뒤덮었다. 어셔가 즉흥적으로 지은 긴 만가는 영원히 내 귓가에 울릴 것이다. 무엇보다 폰 베버의 마지막 왈츠의 환상적 분위기를 특이하게 변조하고 증폭시킨 연주를 생각하면 지금도 가슴이 저릿하다. 어셔가 정교한 상상력을 쏟아붓고 붓질을 더할 때마다 더 모호해져서 나를 오싹하게 만들었던, 왜 떨리는지 그 이유를 알 수 없었기 때문에 더 오싹했던 그림들, (아직도 눈 앞에 생생한) 이 그림들로부터 나는 단순한 문자의 한계 안에 있는 작은 부분보다 더 많은 것을 추론하려고 애써보곤 했지만 허사였다. 그는 철저한 단순함과 적나라한 구도로 시선을 사로잡고 위압했다. 관념을 그릴 수 있는 사람이 있다면 그건 바로 로더릭 어셔였다. 당시 주변 상황이 그러하다 보니, 적어도 내 마음속에서는 그 우울증 환자가 캔버스에 쏟아부은 순수한 추상에 대해 억제할 수 없는 강렬한 경외심이 솟아났다. 분명 강렬하기는 하나 지나치게 구체적인 퓨젤리[93]의 백일몽을 볼 때는 그 비슷한 것조차 느낀 적 없는 감정이었다.

친구가 그린 환영 같은 그림 중 하나는 지나치게 완고하게 추상적이지는 않아서 미약하게나마 말로 어렴풋이 설명해볼 수도 있을 것

93　스위스 태생의 영국 낭만주의 화가 헨리 퓨젤리.

같다. 그것은 벽이 매끈하고 희고 낮고 아무런 방해물이나 장치가 없는 어마어마하게 긴 직사각형 지하실 혹은 터널 내부를 그린 그림이었다. 구도상 일부 보조적 암시들이 이 굴이 지표면에서 엄청나게 아래쪽에 있는 것을 잘 전달하고 있었다. 광대하게 뻗은 굴 어디에도 출구는 보이지 않았고, 횃불이나 그 외 어떤 인공 불빛도 찾아볼 수 없었다. 하지만 강렬한 빛이 온 사방에 퍼져 그림 전체를 섬뜩하고 어울리지 않는 빛으로 뒤덮고 있었다.

현악기의 특정 소리를 제외하고는 어떤 음악 소리도 견디지 못하는 어셔의 병적인 청각 신경 상태에 대해서는 앞에서 말한 바 있다. 어쩌면 어셔의 환상적인 연주는 상당 부분 그렇게 기타밖에 칠 수 없는 좁은 한계에 기인한 것일지도 모르겠다. 하지만 그의 열정적인 **즉흥연주** 솜씨는 그렇게만은 설명할 수 없다. 그 연주는 열정적인 환상곡의 가사(그는 종종 운을 맞춘 가사를 즉석에서 붙였다)에 있어서나 선율에 있어서나, 틀림없이, 또 명실상부 인공적 흥분이 최고도에 달한 특정 순간에만 볼 수 있다고 앞서 언급한 바 있는 강렬한 정신적 집중의 소산이었다. 나는 그중 한 광시곡의 가사를 쉽게 외웠다. 어셔가 그 곡을 불러줄 때 더 강한 인상을 받았던 이유는 어쩌면 그 가사 아래 숨겨진 신비한 의미 속에서 어셔가 자신의 고결한 이성이 왕좌 위에서 비틀거리고 있다는 것을 전적으로 의식하고 있다는 것을 처음으로 깨달았다는 느낌이 들었기 때문이다. 〈유령이 사는 궁전〉이라는 제목의 그 시는 정확하지는 않지만 거의 이런 식이었다.

옛날 착한 천사들이 깃들어 사는

우리 계곡들 중 가장 푸르른 곳에
아름답고 웅장한 궁전, 빛나는 궁전이
머리를 반듯이 세웠다네.
그곳의 군주 '생각'이 다스리는 영토, 거기에
그 궁전이 서 있었다네!
그 절반만이라도 아름다운 구조 위로
천사가 날개 펼친 적은 없었네.

  궁전 지붕 위 노란 깃발들은
영광의 황금빛으로 둥둥 떠 흘렀고
(이것은, 이 모든 것은
오래전 옛날의 일이라네)
그 달콤했던 시절
나른히 희롱하던 부드러운 공기는 모두
깃털 달린 창백한 성벽을 따라
향기로운 날개 저어 날아가버렸네.

방랑자들은 이 행복한 계곡을 지나며
빛나는 두 개의 창을 통해 보았다네,
왕좌의 주위로 요정들이
잘 조율된 류트 가락에 맞춰
음악적으로 움직이는 것을.
그 왕국의 통치자 폴피로진이!
자신의 영광에 맞는 당당한 모습으로

왕좌에 앉아 있는 것을.

그리고 그 아름다운 궁전의 문은
진주와 루비의 광채로 온통 빛났고
한 무리의 메아리가 그 문을 통해
불꽃을 반짝이며 끝도 없이 흘러,
흘러, 흘러나오고 있었다네.
그 메아리들의 기쁜 의무는 오로지
비할 데 없이 아름다운 목소리로
왕의 재치와 지혜를 노래하는 것.

그러나 슬픔의 관복을 차려입은 사악한 것들이
군주의 높은 존엄을 집요히 공격했으니
(아, 애도할지어다! 비참한 그에게
내일은 밝아오지 않으리!)
그의 터전 주위로 붉게 꽃피웠던 영광은
한낱 무덤에 묻힌 옛 시대의,
희미하게 떠오르는
이야기일 뿐이라네.

그리하여 이제 그 계곡의 여행자들은
붉게 불 밝혀진 창문을 통하여 본다네,
엄청나게 큰 형체들이 불협화음의 멜로디에 맞추어
광적으로 움직이는 것을.

그 창백한 문을 통하여 소름 끼치는 한 무리가

무시무시하게 빠른 강물처럼

끝도 없이 세차게 몰려 나와 소리 내어 웃는 것을.

더 이상 미소 짓지는 않는 것을.

똑똑히 기억나는데, 이 발라드에서 풍기는 암시를 따라가면 어셔
의 의견이 분명히 드러나는 일련의 생각들과 만나게 되는데, 이 이
야기를 하는 것은 그 생각이 (다른 사람들도[94] 그런 생각은 하기 때
문에) 새로워서라기보다 어셔가 하도 끈질기게 주장했기 때문이다.
대체로 그 의견은 모든 식물에 지각이 있다는 주장이었다. 하지만
어셔의 어지러운 상상 속에서 그 생각은 더욱 대담한 형태를 띠어
서 특정 상황에서는 무생물의 왕국으로까지 넘어갔다. 나로서는 그
신념이 어느 정도이며 그가 얼마나 물불 가리지 않고 진지하게 나를
설득하려 들었는지 제대로 표현할 길이 없다. 하지만 그 믿음은 (앞
서 암시했듯이) 이 선조들 저택의 잿빛 돌들과 연관되어 있었다. 이
돌들의 배치 방법과 배열 순서뿐만 아니라 그 위를 뒤덮고 있는 곰
팡이와 주위에 늘어선 썩은 나무들의 배열, 무엇보다 이런 배치가
어지럽혀지는 일 없이 오랫동안 지속되어왔다는 사실과 그 모든 것
이 호수의 고요한 물에 비쳐 복제된다는 것에서 지각의 조건은 완성
되었다고 어셔는 상상했다. 그 증거는 호수와 벽 근처에 서서히, 그
러나 확실하게 응축된 그 특유의 대기 속에서 찾아볼 수 있다고 했
다(순간 그의 말에 나는 깜짝 놀랐다). 그 결과가 수세기 동안 가문

94   [원주] 왓슨, 퍼시벌 박사, 스팔란자니, 특히 랜다프 주교. 《화학 에세이》 5권 참조.

의 운명을 결정지었고 내가 지금 보고 있는 자신을 만든 그 고요하지만 끈질기고 끔찍한 영향력이라고 그는 덧붙였다. 그 의견에 대해서는 어떤 논평도 필요 없으며, 나도 하지 않겠다.

우리가 읽은 책들―여러 해 동안 이 병약자의 정신세계를 적지 않게 형성해온 책들―은 예상 가능하듯이 이 환상적 특성과 딱 맞아떨어지는 책들이었다. 우리는 그레세의 《베르베르》와 《카르투지오회 수도원》, 마키아벨리의 《벨페고르》, 스베덴보리의 《천국과 지옥》, 홀베르의 《닐스 클림의 지하 여행》, 로버트 플루드, 장 댕다지네, 들라 샹브르가 각각 쓴 《수상술手相術》, 티크의 《머나먼 대양으로의 여행》, 캄파넬라의 《태양의 도시》 같은 작품들을 함께 열심히 읽었다. 우리가 가장 좋아했던 책은 도미니크회 신부 에이메릭 드 지론이 쓴 8절판 소책자 《종교재판 안내서》였다. 폼포니우스 멜라가 고대 아프리카의 사티로스와 아이기판에 대해 쓴 구절들도 있었는데, 어셔는 이에 대한 몽상에 빠진 채 몇 시간이고 앉아 있곤 했다. 하지만 어셔가 가장 즐겨 정독했던 책은―지금은 잊힌 교회의 기도서인―《마인츠 교회식에 따른 사자를 위한 철야기도》라는 극히 희귀하고 신기한 고딕체 4절판 책이었다.

어느 날 밤 어셔가 느닷없이 레이디 매들린은 더 이상 존재하지 않는다고 고하면서 (최종적으로 매장하기 전) 두 주 동안 시체를 저택 담 안의 수많은 지하실 중 한 곳에 보존하고 싶다고 했을 때, 나는 이 책에 적힌 기이한 의식과 그것이 우울증 환자에게 미쳤을지도 모를 영향에 대해 생각하지 않을 수가 없었다. 하지만 이런 독특한 절차에 부여된 세간의 이유는 내가 멋대로 문제 삼을 일이 아니었다. 어셔가 그런 결심을 한 이유는 망자의 병이 흔한 것이 아니었고,

주치의들이 주제넘을 정도로 열심히 캐고 드는 데다가, 가족 묘지가 멀고 비바람에 노출된 상황이었기 때문이었다(고 그는 설명했다). 계단에서 마주쳤던 주치의의 불길한 얼굴을 떠올리자, 기껏해야 해될 것도 없고 절대 부자연스러운 조치라고는 할 수 없는 일에 굳이 반대하고 싶지 않았다.

어셔의 요청에 따라 나는 임시 매장 과정을 직접 도왔다. 우리는 시신을 관에 넣고 오직 우리 둘이서 안치소로 메고 갔다. 관을 안치한 (너무 오랫동안 문을 열지 않아 답답한 공기에 횃불이 반쯤 꺼지는 바람에 잘 살펴볼 수도 없었던) 지하실은 좁고 눅눅했고 빛이 들어올 구석이라고는 전혀 없는 공간으로, 내가 자는 방 바로 밑 땅속 깊이 자리하고 있었다. 분명 오래전 봉건시대에는 최악의 지하 감옥으로, 나중에는 화약이나 불에 잘 타는 물질의 저장고로 쓰였던 것 같았다. 바닥 일부와 우리가 지나온 긴 아치형 복도의 내부 전체가 동판으로 꼼꼼하게 덮여 있었기 때문이다. 육중한 철문 또한 비슷한 보호 조치가 되어 있었고, 엄청난 무게 때문에 문을 여닫을 때마다 경첩에서 쩨지는 것처럼 삐걱대는 소리가 났다.

우리는 이 무시무시한 공간의 버팀대 위에 슬픔의 짐을 내려놓은 후 아직 못을 박지 않은 관 뚜껑을 약간 밀고 안에 누운 망자의 얼굴을 내려다보았다. 그제야 오빠와 누이가 깜짝 놀랄 정도로 닮았다는 사실이 처음으로 눈에 들어왔다. 어셔가 내 생각을 눈치챘는지 몇 마디 중얼거렸고, 그 말에서 나는 고인과 그가 쌍둥이였으며 거의 이해하기 힘든 공감대가 두 사람 사이에 늘 존재해왔다는 것을 알게 되었다. 하지만 우리의 시선은 망자에게 오랫동안 머물지 않았다. 보기만 해도 섬뜩했기 때문이다. 젊음의 최정상에서 매들린을 관에 넣어버린 병은 강직증을 특징으로 하는 병들이 흔히 그렇듯이 가슴과 얼굴에는 희미한 가짜 홍조를, 입술에는 시신이기에 더욱 섬뜩한 보일 듯 말 듯한 미소를 남겼다. 우리는 뚜껑을 다시 덮고 못으로 고정한 뒤 철문을 단단히 닫고 나서 무거운 발걸음을 옮겨 우리 방으로 돌아왔다. 저택 위쪽이지만 우울하기로는 별다르지 않았다.

비통한 슬픔에 빠져 며칠을 보낸 후, 친구의 정신 상태에 눈에 띄는 변화가 생겼다. 평소 어셔의 태도는 완전히 사라졌다. 그는 평소에 하던 일들은 무시하거나 아예 잊어버렸다. 이 방 저 방을 조급하고 흐트러진 걸음걸이로 하릴없이 배회했다. 창백한 안색은, 그런 게 가능하다면, 더 송장같이 변했다. 형형하던 눈빛도 완전히 사라져버렸다. 가끔씩 허스키한 목소리가 되곤 하던 예전 어조는 사라지고, 말할 때마다 늘 극도로 공포에 질린 듯이 덜덜 떨었다. 실로 때로는 어셔에게 뭔가 마음을 짓누르는 비밀이 있어서 끊임없이 불안에 시달리는 마음이 그 비밀을 폭로할 용기를 그러모으기 위해 애쓰고 있는 게 아닌가 생각한 적도 있었다. 하지만 또 때로는 모든 게 그저 설명할 수 없는 광기의 변덕에 불과하다고 생각하지 않을 수가 없었다. 왜냐하면 어셔가 무슨 상상의 소리라도 듣고 있는 것처럼 완전히 집중한 자세로 몇 시간이고 허공을 멍하니 바라보고 있는 모습을 보았기 때문이다. 그의 상태로 인해 내가 두려움에 떨고 영향을 받는 것은 당연한 일이었다. 터무니없지만 인상적인 어셔의 미신의 영향이 느리지만 확실하게 스멀스멀 다가오는 게 느껴졌다.

레이디 매들린을 지하 감옥에 두고 온 후 7일 혹은 8일째 되던 밤, 늦게 잠자리에 들러 가는데 그런 느낌이 특별히 강력하게 엄습했다. 밤은 점점 깊어가는데 잠은 침대 근처에도 오지 않았다. 나는 압도적인 불안감을 이성으로 쫓아보려고 애썼다. 그 느낌의 전부는 아니라도 많은 부분이, 방 안의 음침한 가구나 아니면 거세지는 폭풍 때문에 벽에서 발작하듯 이리저리 흔들리다 침대 장식에 부딪쳐 뒤숭숭하게 바스락거리는 너덜너덜한 짙은 커튼 탓이라고 믿으려고 애썼다. 하지만 내 노력들은 다 소용없었다. 온몸이 점점 더 억제할 수 없이 떨리더니, 마침내 전혀 까닭 모를 공포의 악령이 내 심장 바로 위에 내려앉았다. 숨을 헐떡거리며 발버둥을 쳐서 악령을 떨쳐내고 베개에 기대앉은 나는 칠흑같이 어두운 방 안을 뚫어져라 응시하며 이따금씩 폭풍이 잠잠해질 때마다 바람 소리를 뚫고 어디선가 들려오는 낮고 불분명한 소리에―본능이 이끌었다고밖에는 설명할 수 없는 이유로―귀를 기울였다. 설명할 수도 견딜 수도 없는 극심한 공포에 압도된 나는 (그날 밤은 잠들기 틀렸다고 생각했기 때문에) 허둥지둥 옷을 걸쳐 입고 빠른 걸음으로 방 안을 왔다 갔다 하며 이 비참한 상황에서 빠져나오려고 애썼다.

이런 식으로 몇 번 왔다 갔다 했을 때 옆 계단에서 가벼운 발소리가 들려왔다. 나는 그게 어셔의 발소리라는 것을 즉시 알아챘다. 잠시 후 그가 내 방문을 살짝 두드리더니 램프를 들고 들어왔다. 안색은 평소와 다름없이 시체처럼 창백했지만, 그뿐만 아니라 눈빛에 광적인 환희 같은 것이 담겨 있었고 전체적으로 **병적 흥분**을 억누르고 있는 게 여실히 보였다. 그 분위기에 소름이 끼쳤지만, 뭐가 됐건 오랫동안 혼자서 견뎌온 것보다는 나았기 때문에 구원자라도 만난 듯 어셔가 반갑기까지 했다.

"자네 그걸 못 봤나?" 그는 말없이 주위를 둘러보더니 느닷없이 물었다. "그럼 그걸 못 봤단 말인가? 아니, 잠깐 기다리게! 곧 보게 될 거니까." 그렇게 말하고 그는 램프를 조심스레 손으로 가리며 급히 창문 쪽으로 가더니 폭풍을 향해 창문을 활짝 열어젖혔다.

창문으로 들이닥친 거센 돌풍에 우리 둘 다 거의 내동댕이쳐질 뻔했다. 정말이지 광포하지만 무섭게 아름다운 밤, 공포와 아름다움이 뒤섞인 특이한 밤이었다. 바람 방향이 빈번히 맹렬하게 바뀌는 것으로 보아 분명 저택 근처에서 거센 회오리바람이 일어난 것 같았다. (저택의 작은 탑들에 닿을 정도로 낮은) 구름이 엄청나게 빽빽하게 뒤덮여 있는데도 저 멀리 흘러가버리지 않고 살아 있는 것처럼 사방에서 서로를 향해 질주하고 있는 구름들의 속도가 눈에 보였다. 엄청나게 빽빽하게 덮여 있는데도 구름이 움직이는 속도가 눈에 보였다고 했지만, 달이나 별들은 전혀 보이지 않았고 번개도 번쩍이지 않았다. 하지만 휘적거리며 들썩이는 거대한 수증기 덩어리의 아래쪽 표면뿐 아니라 우리를 바싹 둘러싸고 있는 지상의 사물들도 저택을 휘감으며 걸려 있는, 어렴풋이 빛나지만 또렷하게 보이는 기체의 기괴한 빛 속에서 빛을 발하고 있었다.

"절대 이런 건 봐서는 안 돼!" 나는 부르르 떨며 어셔를 창문에서 끌고 와 의자에 앉히고 말했다. "자네를 홀리고 있는 저것들은 그저 흔한 전기 현상일 뿐이야. 아니면 호수에서 내뿜는 고약한 독기에서 나온 것이거나. 창문을 닫도록 하세. 공기가 차서 자네 몸에 위험해. 여기 자네가 제일 좋아하는 로맨스[95]가 있군. 내가 읽을 테니 자네는 그냥 들어. 그렇게 이 끔찍한 밤을 함께 넘기자고."

내가 집어 든 오래된 책은 랜슬롯 캐닝 경의 《광기의 밀회》였지만,

---

95 중세의 기사모험담.

그걸 어셔가 가장 좋아하는 책이라고 부른 것은 진짜로 한 말이 아니라 씁쓸한 농담이었다. 사실 그 조야하고 상상력 없는 장광설에는 내 친구의 숭고하고 정신적인 관념성이 흥미를 가질 내용이라곤 거의 없었다. 하지만 손닿는 곳에 있는 책이라고는 그것뿐인 터라, (정신 이상의 역사는 그 비슷한 변칙으로 가득하니) 심지어 앞으로 읽을 이 어리석기 짝이 없는 이야기 속에도 우울증 환자의 흥분 상태를 달래줄 거리가 있을 수도 있다는 막연한 희망을 품었다. 이야기를 실제로 들었건 듣는 척했건 간에 지나칠 정도로 억지스럽게 쾌활한 분위기를 풍기는 어셔의 태도로만 봤다면 내 계획이 성공했다고 자축하고도 남았을 것이다.

나는 밀회의 주인공 에설리드가 은자의 집 안으로 평화롭게 들어가는 것을 포기하고 강제로 침입하는 유명한 장면에 이르렀다. 기억하겠지만, 그 부분은 이러하다.

"용맹한 심장을 타고난 데다 좀 전에 마신 와인의 힘으로 이제 힘까지 넘치는 에설리드는 실로 완고하고 심술궂은 은자와의 협상을 더 이상 기다리지 않았다. 어깨에 빗방울이 떨어지는 것을 보고 폭풍우가 몰려올 것을 우려한 그는 바로 철퇴를 들고 내리쳐 문의 판자에 장갑 낀 손이 들어갈 만한 틈을 재빨리 만들었다. 그러고는 거기서부터 힘껏 잡아당기고 부수고 쪼개고 잡아 뜯어 산산조각을 내니, 마르고 텅 빈 나무 소리가 온 숲에 오싹하게 울려 퍼졌다."

이 구절 끝에서 나는 깜짝 놀라 잠시 낭독을 멈췄다. (흥분한 상상력의 기만이라고 이내 결론짓긴 했지만) 저택 저 멀리 어딘가에서 (분명 더 둔탁하고 희미하긴 해도) 랜슬롯 경이 자세하게 묘사한 부수고 쪼개는 소리와 어찌나 똑같은지 그 메아리라 해도 될 만한 소리가 어렴풋하게 들려온 것 같았기 때문이다. 그 소리가 내 주의를 끈 것은 분명 오로지 우연의 일치 때문이었다. 덜그럭거리는 창틀 소리와 점점 더 거세져가는 폭풍이 만들어내는 온갖 잡음들 사이에서 그 소리 자체에는 흥미를 끌거나 불안을 느낄 거리가 전혀 없었기 때문이다. 나는 계속해서 책을 읽었다.

"하지만 이제 문 안으로 들어간 용감한 전사 에설리드는 그 심술궂은 은자의 흔적이 조금도 없는 것을 보고 놀라고 분개했다. 대신 거기에는 온몸이 비늘로 덮여 있고 입에서는 불을 내뿜는 장대한 위용의 용이 있었다. 용은 바닥이 은으로 된 황금 성 앞에 앉아 성을 지키고 있었다. 벽에는 이런 명銘이 새겨진 번쩍이는 황동 방패가 걸려 있었다.

> 여기 들어오는 자, 정복자가 되었고
> 용을 해치우는 자, 방패를 얻으리.

에설리드가 철퇴를 치켜들고 머리를 내리치자 용이 고꾸라지며 독기 어린 숨을 내뿜었다. 그와 함께 귀청을 찢을 듯한 무시무시하고 날카로운 비명을 내지르는 통에 에설리드는 손으로 귀를 틀어막지 않을 수 없었다. 한 번도 들어본 적 없는 끔찍한 비명 소리였다."

여기서 나는 또다시 경악해서 갑자기 읽기를 멈췄다. 이번에는 그게 뭐든 간에 소리가 분명히 실제로 들렸기 때문이다. (그 소리가 어디서 나오는지는 알 수 없었지만) 분명 멀리서 들리긴 해도 낮고 거칠고 길고 아주 이상한 비명 혹은 삐걱거리는 소리 같았다. 이 모험담의 작가가 묘사한 용의 기이한 비명 소리를 머릿속에서 상상했던 것과 완전히 똑같은 소리였다.

두 번이나 되풀이된 기이하기 짝이 없는 우연의 일치에 경악과 공포를 필두로 하는 수천 가지 감정이 혼란스럽게 가슴을 짓눌렀지만, 그래도 무슨 말을 해서 친구의 예민한 신경을 자극하지 않을 정도의 분별은 남아 있었다. 어셔가 문제의 소리를 눈치챘는지는 알 수 없었다. 하지만 지난 몇 분 사이 그의 태도에는 분명 이상한 변화가 있었다. 어셔가 나와 마주 보고 있던 자세에서 서서히 의자를 돌려 방문 쪽으로 얼굴을 향한 채 앉아 있었던 것이다. 그래서 얼굴이 조금밖에 보이지 않았지만, 들리지 않게 혼잣말이라도 중얼거리는 것처럼 떨리는 입술은 보였다. 머리는 가슴 쪽으로 떨구고 있었으나 잠이 든 것은 아니었다. 옆모습을 보니 눈을 크게 부릅뜨고 있는 게 흘낏 보였다. 몸의 움직임을 봐서도 잠이 든 것은 아니었다. 부드럽지만 줄기차게 좌우로 몸을 흔들고 있었기 때문이다. 이 모든 것을 빠르게 간파한 나는 랜슬롯 경의 이야기를 다시 읽어나가기 시작했다.

"이제 전사는 무시무시한 용의 분노에서 벗어나, 황동 방패와 그 방패에 걸린 마법을 깰 생각을 하며 용의 시체를 치우고 방패가 걸린 벽을 향해 성의 은빛 도로 위를 용감하게 걸어갔다. 실로 방패도 그가 다 오기를 기다리지 않고 무시무시한 굉음을 내며 그의 발아래 은빛 바닥으로 떨어졌다."

이 구절을 내뱉기 무섭게, 바로 그 순간 황동 방패가 진짜로 은빛 바닥에 쿵 떨어지기라도 한 것처럼 둔탁하지만 쨍강거리는 금속성 울림이 또렷하게 들려왔다. 나는 완전히 기겁해서 벌떡 일어났지만, 자로 잰 듯 일정하게 몸을 흔들고 있는 어셔의 동작에는 전혀 동요가 없었다. 나는 어셔가 앉아 있는 의자로 달려갔다. 그는 무표정하게 굳은 표정으로 뚫어져라 앞만 쳐다보고 있었다. 하지만 어깨에 손을 올리자 온몸을 사시나무 떨 듯 떨었고 입가도 씁쓸한 미소로 떨렸다. 어셔는 내가 앞에 있는 것도 모르는 것처럼 알 수 없는 말을 나지막이 재빠르게 중얼거렸다. 그에게 바싹 몸을 구부리자 그제야 그 소름 끼치는 의미가 귀에 들어왔다.

"안 들려? 응, 난 들려. 계속 들렸어. 오래, 오래, 오랫동안. 분들이 흐르고, 시간이 흐르고, 날들이 가는 동안 계속 듣고 있었지. 하지만 감히, 아, 비참한 나를 가엾게 여겨주게, 난 감히, 감히 말할 수가 없었어! 우리가 누이를 산 채로 무덤에 넣었다고! 내 감각이 예민하다고 말하지 않았나? 지금 말하지만, 그 우묵한 관 안에서 매들린이 처음 미약하게 움직였을 때부터 그 소리를 들었어. 여러, 아주 여러 날 전에 들었지만 감히, 감히 말할 수가 없었어! 그런데 오늘 밤 에설리드가 하하하! 은자의 문을 부수고, 용이 단말마를 내지르고, 방패가 쨍그렁하고 떨어진다고! 차라리 말해, 누이가 관을 잡아 뜯고, 감옥의 철경첩이 삐걱대며 열리고, 동판 덮인 지하실 아치길에서 몸부림치는 소리라고! 아, 어디로 도망가야 하지? 곧 여기 오지 않을까? 뭐가 그리 급했느냐고 책망하러 서둘러 오지 않을까? 계단을 올라오는 발소리가 들리지 않나? 무시무시하고 육중하게 뛰는 그 심장소리를 내 못 알아들을까? 미친놈!" 여기서 그는 맹렬하게 벌떡 일어나더니 영혼이라도 내놓으려고 애쓰는 것처럼 날카롭게 소리 질렀다. "미친놈! 자, 매들린이 지금 저 문밖에 서 있다고!"

그 말의 초인적 에너지 안에 마법의 힘이라도 있는 것처럼 그 순간 어셔가 가리킨 크고 오래된 문이 육중한 검은 입을 천천히 벌렸다. 휙 불어온 돌풍의 짓이었다. 하지만 그 문밖에 정말로 수의를 입은 레이디 매들린 어셔가 우뚝 서 있었다. 하얀 수의에는 피가 묻어 있었고 수척한 몸 오만 곳에 무시무시한 사투의 흔적이 남아 있었다. 그녀는 잠시 동안 문간에서 덜덜 떨고 앞뒤로 휘청거리며 서 있더니, 다음 순간 낮은 신음 소리를 내뱉으며 오빠의 몸 위에 털썩 쓰러졌고 격렬한 최후의 단말마와 함께 어셔를 스스로 예상했던 공포의 희생자로, 바닥에 널브러진 주검으로 만들었다.

나는 소스라쳐서 그 방에서, 그 저택에서 달아났다. 정신을 차려 보니 오래된 둑길을 달리고 있었고, 폭풍은 여전히 사방에서 날뛰고 있었다. 갑자기 길을 따라 이상한 빛이 비치기에, 어디서 그런 기이한 빛이 나올 수 있나 싶어서 고개를 돌렸다. 내 뒤에는 그 거대한 저택과 그림자밖에 없었기 때문이다. 그 빛은 저물어가는 핏빛 보름달이 발하는 달빛이었다. 앞서 말한 바 있는, 저택 지붕에서 바닥까지 지그재그로 뻗어 내린 보일락 말락 했던 균열 사이로 이제 달빛이 선명하게 비치고 있었다. 내가 쳐다보는 사이, 이 틈이 급격히 넓어지면서 맹렬한 회오리바람이 일어나더니 둥근 달이 돌연 통째로 눈앞에 나타났다. 거대한 벽들이 산산이 무너지는 광경을 보자 정신이 혼미했다. 천 개의 강이 한꺼번에 쏟아져 흐르는 것 같은 요란한 굉음이 한참 동안 진동하더니, 발아래 깊고 축축한 호수가 '어셔가'의 잔해를 고요하고 음침하게 뒤덮었다.

아몬티야도 술통

　포르투나토가 가한 수천 가지 위해를 나는 최대한 참았다. 하지만 감히 모욕을 줬을 때 나는 복수를 결심했다. 하나 내 성격을 너무 잘 아는 여러분은 내가 협박을 했다고는 생각지 않을 것이다. 결국 복수는 하고야 만다. 그것은 확정된 사실이다. 하지만 결심이 단호한 만큼 위험 가능성부터 미리 배제했다. 놈을 응징하되, 내가 처벌받는 일은 없는 응징이어야 했다. 응징하는 사람이 벌을 받는다면 그 죄는 처벌된 것이 아니다. 또 죄인이 누구에게 복수당하고 있는 것인지 제대로 알지 못하면 그것 또한 제대로 된 처벌이 아니다.

　알아둬야 할 게, 나는 말로든 행동으로든 포르투나토에게 내 호의를 의심케 할 일을 한 적이 없다. 나는 평소와 다름없이 포르투나토를 보면 미소 지었고, 그는 지금 내가 그를 산 제물로 바칠 생각을 하며 미소 짓고 있다는 것을 전혀 눈치채지 못했다.

　다른 면에서는 사람들에게 존경받았고 심지어 두려움의 대상이기도 했지만, 이 포르투나토에게는 약점이 하나 있었다. 그는 와인

감식가로 자부심을 가지고 있었다. 이탈리아인들 중 진정한 감정가의 영혼을 가진 사람은 거의 없다. 대부분의 경우 때와 기회에 맞춰—영국과 오스트리아의 **백만장자**들에게 사기를 치려고—열정적인 모습을 보일 뿐이다. 그림과 보석에 있어서는 포르투나토도 다른 이탈리아인들과 마찬가지로 엉터리였다. 하지만 오래된 와인을 대할 때면 진지했다. 이 점에서 나도 그와 크게 다르지 않았다. 나는 이탈리아산 와인에 조예가 있었고 기회가 될 때마다 넉넉하게 사들이곤 했다.

사육제의 광기가 절정에 달하고 있던 어느 날 저녁 황혼 무렵 나는 친구와 마주쳤다. 포르투나토는 나를 과하게 반기며 말을 걸었다. 이미 술을 거나하게 마신 것이다. 그는 어릿광대 차림을 하고 있었다. 여러 색 줄무늬가 있는 딱 맞는 옷을 입고 머리에는 방울들이 달린 원추형 모자를 얹고 있었다. 나도 그를 만난 게 어찌나 반가운지 맞잡은 손을 영원히 놓지 않을 수도 있을 것만 같았다.

내가 말했다. "친애하는 포르투나토, 잘 만났네. 오늘 신수가 아주 훤하시군! 그런데 내가 아몬티야도라고 해서 큰 통 하나를 들였는데, 좀 미심쩍어서 말이지."

"어쩌다?" 그가 말했다. "아몬티야도라고? 한 통을? 말도 안 돼! 사육제 한중간에!"

"미심쩍다고 했잖나." 내가 대답했다. "내 바보같이 자네한테 한번 물어보지도 않고 아몬티야도 값을 고스란히 지불했지 뭔가. 자네는 보이지도 않고, 거래를 놓칠까 봐 걱정이 돼서."

"아몬티야도라니!"

"의심스러워."

"아몬티야도라!"

"아무래도 확실히 확인을 해봐야겠네."

"아몬티야도!"

"자네가 바쁘니 루케시에게 가던 참이었어. 확실히 말해줄 수 있
는 사람이 있다면 바로 그 친구지. 그 친구가 말—"

"루케시는 아몬티야도랑 셰리도 구별 못 하는 작자야."

"그래도 어떤 멍청이들은 그 친구 미각이 자네에 필적한다던데."

"가세, 가자고."

"어디로?"

"자네 집 지하 저장고로."

"이 친구야, 아닐세. 자네의 선의에 편승할 순 없지. 자네는 약속
이 있는 것 같은데. 루케시가—"

"약속 같은 거 없네. 가자고."

"아닐세. 약속이 아니라, 보아하니 자네가 심한 감기로 몸이 안 좋
은 것 같아서 그래. 지하실이 말도 못하게 눅눅하잖나. 온통 초석[96]
으로 뒤덮여 있고."

"그래도 가세. 감기는 별것 아니야. 아몬티야도라니! 자네가 속
은 거야. 그리고 루케시라면 셰리랑 아몬티야도도 구분할 줄 모른다
고."

그렇게 말하며 포르투나토는 내 팔을 잡았다. 나는 검정색 실크
가면을 쓰고 로클로르[97]를 단단히 여미고는 그가 재촉하는 대로 내

---

96   칼륨의 질산염 광물.

97   무릎까지 내려오는 18세기의 남자 외투.

집으로 향했다.

집에는 하인 하나 없었다. 다들 축제를 즐기러 내뺐기 때문이다. 하인들에게는 내가 아침까지 돌아오지 않을 테니 다들 꼼짝 말고 집에 있으라고 신신당부를 해뒀다. 이렇게 명령을 해두면 내가 등을 돌리기 무섭게 다들 사라질 거라는 것을 잘 알고 있었다.

나는 벽에 붙은 촛대에서 횃불 두 개를 가져가 하나를 포르투나토에게 주고, 여러 개의 방을 지나 지하 저장고로 들어가는 아치형 통로로 안내했다. 조심해서 따라오라고 부탁하면서 긴 나선형 계단을 내려갔다. 드디어 우리는 바닥까지 내려와 몬트레소 가문 지하 묘지의 눅눅한 바닥에 함께 섰다.

친구의 불안정한 걸음걸이 때문에 걸을 때마다 모자의 방울들이 딸랑거렸다.

"한 통이라고?" 그가 말했다.

"더 가야 하네." 내가 말했다. "동굴 벽에 저 희끄무레하게 빛나는 거미줄 좀 보게."

그는 나를 향해 돌아서서 술에 취해 눈물이 질질 흐르는 흐릿한 눈으로 나를 쳐다봤다.

"초석인가?" 그가 마침내 물었다.

"초석이지." 내가 대답했다. "그 기침 얼마나 된 건가?"

"콜록! 콜록! 콜록-콜록! 콜록! 콜록-콜록! 콜록! 콜록-콜록! 콜록! 콜록-콜록! 콜록! 콜록!"

가엾은 친구는 몇 분 동안 대답조차 하지 못했다.

"별것 아냐." 그가 마침내 말했다.

"가세." 내가 단호하게 말했다. "돌아가기고, 기내 건강이 중요아지. 자네는 부자에다 존경과 칭찬과 사랑을 받고 있잖나. 자넨 행복한 사람일세. 예전엔 나도 그랬었지. 자네는 없으면 안 되는 사람이야. 나야 뭐 없어도 그만이지만. 돌아가세. 이러다 병나겠어. 그런 책임은 질 수 없네. 게다가 루케시가 있고—"

"그만하게." 그가 말했다. "기침은 아무것도 아니야. 안 죽어. 기침으로는 안 죽는다고."

"그래, 그렇고말고." 내가 대답했다. "사실 자네를 쓸데없이 놀라게 할 생각은 없었어. 그래도 조심, 또 조심해야지. 이 메도크 와인 한 잔 하게. 눅눅한 게 좀 가실 테니."

나는 틀 위에 길게 줄지어 놓여 있는 술병들 중 하나를 들어 주둥이를 쳐서 깼다.

"마시게." 나는 와인을 건네며 말했다.

그는 곁눈질하며 병을 입술에 갖다 댔다. 그러고는 잠시 멈추더니 내게 친숙하게 고개를 끄덕였다. 방울들이 딸랑댔다.

"여기 잠들어 계신 고인들을 위하여." 그가 말했다.

"자네의 장수를 위하여."

그는 다시 내 팔을 잡았고 우리는 계속 걸어갔다.

"이 지하실은 굉장히 크군." 그가 말했다.

"몬트레소가는 대단하고 큰 가문이었으니까." 내가 대답했다.

"자네 가문 문장이 뭐였더라."

"하늘색 바탕에 커다란 황금색 발이잖나. 뒤꿈치에 엄니를 꽂고 있는 사나운 뱀을 밟고 있는 발."

"제명題銘은?"

"나를 해하는 자 무사하지 못하리."

"좋군!" 그가 말했다.

포르투나토의 눈에서는 와인이 빛을 발했고 방울들은 딸랑거렸다. 내 상상도 메도크와 함께 달아올랐다. 우리는 크고 작은 술통들이 뒤섞여 놓여 있고 유골들이 켜켜이 쌓여 있는 벽들을 지나 지하묘지 가장 안쪽까지 들어왔다. 나는 다시 걸음을 멈추고 이번에는 대담하게 포르투나토의 팔뚝을 잡았다.

"초석 좀 보게!" 내가 말했다. "점점 늘어나고 있어. 이끼처럼 천장에 매달려 있군. 지금 우리가 있는 곳이 강바닥 아래야. 습기 때문에 물방울이 맺혀 유골들 사이로 똑똑 떨어지는군. 가세, 너무 늦기 전에 돌아가세. 자네 기침이—"

"별것 아니라니까." 그가 말했다. "계속 가. 하지만 우선 메도크 한모금 더 하고."

나는 데그라브 와인을 따서 건넸다. 그는 단숨에 한 병을 다 비웠다. 눈이 사납게 번득였다. 그는 웃음을 터뜨리더니 이해하지 못할 몸짓으로 병을 위쪽으로 던졌다.

나는 놀라서 그를 쳐다보았다. 그는 동작을 반복했다. 기괴한 동작이었다.

"모르겠나?" 그가 말했다.

"모르겠는데." 내가 대답했다.

"그럼 자네는 동지가 아니군."

"뭐라고?"

"프리메이슨이 아니군."

"아, 맞아." 내가 말했다. "그럼, 그렇고말고."

"자네가? 말도 안 돼. 메이슨이라고?"

"메이슨일세." 내가 대답했다.

"암호." 그가 말했다.

"이거지." 나는 로클로르 주름 밑에서 흙손[98]을 꺼내며 대답했다.

"농담도 잘하는군." 그가 몇 발짝 뒤로 물러나며 소리 질렀다. "아몬티야도나 보러 가세."

"그러지." 나는 망토 아래 도구를 다시 집어넣고 그에게 팔을 내밀었다. 그는 내 팔에 기대 의지했다. 우리는 아몬티야도를 찾아 계속해서 걸어갔다. 나지막한 아치들을 지나 아래로 내려가서 계속 앞으로 걸어갔다가 또다시 내려가 깊은 토굴에 도달했다. 이곳은 공기가 너무 탁해서 횃불이 활활 타오르는 게 아니라 어른거리며 빛만 발했다.

토굴 가장 안쪽까지 들어가자 조금 더 작은 토굴이 하나 더 나왔다. 그 벽에는 파리의 거대 지하 묘지처럼 인골이 아치형 천장까지 켜켜이 쌓여 있었다. 안쪽 토굴의 벽 세 면은 이런 식으로 장식되어 있었지만, 네 번째 벽에 있던 유골들은 무너져 내려 어수선하게 널브러진 채 한쪽에서 조그만 더미를 이루고 있었다. 유골들이 무너지면서 드러난 벽 안쪽에는 깊이 4피트, 너비 3피트, 높이 6~7피트 정도의 쑥 들어간 벽감이 있었다. 그 자체로 특별한 용도가 있어서 만든 게 아니라 지하 묘소 천장을 떠받치는 두 개의 거대한 기둥 사이에 자연스럽게 생긴 공간으로, 뒤쪽은 묘소를 둘러싼 단단한 화강암으로 막혀 있었다.

포르투나토는 희미한 횃불을 들고 벽감 저 안쪽까지 살펴보려 했

---

98 메이슨mason은 '석수石手'라는 의미다.

지만 소용이 없었다. 그 약한 빛으로는 안쪽 끝이 보이지 않았다.

"계속 가게." 내가 말했다. "이 안에 아몬티야도가 있어. 루케시라면—"

"그 작자는 아는 체하는 바보라니까." 친구가 비틀비틀 걸어가며 내 말을 잘랐다. 나는 바싹 붙어서 뒤를 따라갔다. 순식간에 그는 벽감의 끝에 다다랐고, 바위가 앞을 가로막자 당황해서 멍하니 서 있었다. 다음 순간 나는 그에게 차꼬를 채웠다. 화강암 벽에는 철쇠 두 개가 2피트 간격으로 나란히 박혀 있었다. 그중 한쪽에는 짧은 사슬이, 나머지 한쪽에는 자물쇠가 달려 있었다. 사슬을 허리에 감고 자물쇠를 채우는 데는 몇 초밖에 걸리지 않았다. 포르투나토는 너무 놀라서 저항조차 하지 못했다. 나는 열쇠를 빼서 벽감 밖으로 물러났다.

"손으로 벽을 더듬어보게. 온통 초석투성이지. 진짜 **몹시** 축축할 걸세. 내 다시 한 번 **청하지**. 돌아가세. 싫다고? 그럼 단호히 두고 갈 수밖에 없군. 하지만 먼저 내 힘닿는 데까지는 돌봐주겠네."

"아몬티야도는!" 친구는 아직 경악에서 회복하지 못하고 고함질 렀다.

"그렇지." 내가 대답했다. "아몬티야도."

그렇게 말하며 나는 앞서 말한 유골 더미를 바삐 뒤졌다. 유골들을 옆으로 치우자 곧 건축용 석재와 회반죽이 모습을 드러냈다. 나는 이 재료들과 흙손을 사용해 벽감 입구에 힘차게 벽을 쌓기 시작 했다.

돌을 채 한 단도 쌓기 전에 포르투나토가 술이 상당히 깼다는 것을 알았다. 처음 그것을 알게 된 것은 벽감 저 안쪽에서 나지막이 흐느끼는 소리가 들렸기 때문이었다. 그것은 술 취한 사람의 울음소리가 아니었다. 그러더니 오랫동안 끈질기게 침묵이 이어졌다. 2단, 3단, 4단을 올렸을 때, 사슬이 세차게 철커덩거리는 소리가 났다. 소리는 몇 분 동안 계속되었고, 나는 그 소리를 만족스럽게 음미하고 싶어서 일을 그만두고 유골들 위에 자리를 잡고 앉았다. 마침내 철커덩거리는 소리가 잦아들자 다시 흙손을 들고 5단, 6단, 7단까지 쉬지 않고 돌을 쌓아 올렸다. 이제 벽은 거의 내 가슴 높이까지 올라왔다. 나는 다시 작업을 멈추고 돌담 위로 횃불을 들어 그 안의 인물에게 희미한 빛줄기를 던졌다.

사슬에 묶인 형상의 목에서 갑자기 크고 날카로운 비명 소리가 터져 나왔다. 마치 내 몸을 거칠게 뒤로 밀쳐내는 것 같은 비명 소리였다. 나는 잠시 멈칫했다. 몸이 와들와들 떨렸다. 칼집에서 칼을 뽑아 들고 벽감 안을 더듬거려봤지만, 순간 떠오른 생각에 마음이 안정되었다. 단단한 지하 묘지 벽을 만져보니 안심이 되었다. 나는 다시 벽으로 다가갔다. 그리고 그 요란한 울부짖음에 화답했다. 비명을 되받아치고, 더 보탰다. 크기에서건 강도에서건 한 술 더 뜨며 악다구니를 썼다. 그렇게 하자 아우성이 잠잠해졌다.

이제 시간은 자정이 되었고, 작업도 거의 끝나가고 있었다. 8단, 9단, 10단을 다 쌓았다. 이제 마지막 11단도 거의 마무리했다. 이제 돌 하나만 더 집어넣고 회반죽을 바르면 끝이었다. 끙끙대며 돌을 들어 남은 빈자리에 일부 맞춰 넣는 순간, 벽감 안에서 나지막한 웃음소리가 흘러나왔다. 머리털이 쭈뼛해지는 소리였다. 곧이어 슬픈 목소리가 그 뒤를 이었다. 고귀하신 포르투나토 님의 목소리라고 생각할 수 없는 목소리였다. 그 목소리가 말했다.

"하! 하! 하! 히! 히! 정말이지 멋진 장난이었네. 굉장한 장난이야. 집에 가서 이야기하면서 신나게 웃을 수 있겠어 히! 히! 히! 와인 한 잔 하면서 말일세. 히! 히! 히!"

"아몬티야도로!" 내가 말했다.

"히! 히! 히! 히! 히! 히! 그렇지, 아몬티야도로. 하지만 늦은 거 아닌가? 집에서 사람들이 우릴 기다리지 않겠나, 포르투나토 부인이랑 다들? 이제 가세."

"그러지." 내가 말했다. "이제 가세."

"제발, 몬트레소!"

"그래." 내가 말했다. "제발."

하지만 귀를 기울여도 이 말에는 아무런 대답이 없었다. 점점 조바심이 났다. 나는 큰 소리로 외쳤다.

"포르투나토!"

아무 대답이 없었다. 다시 불러봤다.

"포르투나토!"

여전히 대답이 없었다. 나는 마지막 남은 구멍 너머로 횃불을 밀어 넣어 벽 안쪽으로 떨어뜨렸다. 대답으로 들려오는 소리라고는 딸랑거리는 방울 소리뿐이었다. 속이 답답했다. 지하 묘지의 습기 탓이었다. 나는 서둘러 작업을 마무리했다. 마지막 돌을 제자리에 밀어 넣고 회반죽을 발랐다. 새로 쌓은 돌벽 앞에는 예전의 유골 성벽을 다시 쌓아 올렸다. 반세기가 지나는 동안 그 유골들을 건드린 사람은 아무도 없었다. 고이 잠드시기를!

구덩이와 추

무고한 피에 기갈이 든 사악한 고문자 무리가
한때 여기서 오랜 광기를 채웠네.
이제 조국은 안전하고 장송의 동굴은 파괴되었으니
끔찍한 죽음이 있던 자리에 건강한 삶이 나타나리.
_파리 자코뱅 당사 자리에 세워질 시장 정문에 새길 4행시

속이 메스꺼웠다. 오랜 괴로움으로 인해 죽을 지경으로 메스꺼웠다. 마침내 그들이 나를 풀어주면서 앉으라고 했을 때는 온몸의 감각이 사라져가는 느낌이었다. 그 선고, 그 무시무시한 사형선고는 내가 마지막으로 또렷하게 들은 말이었다. 그 이후 들려온 종교재판관들의 목소리는 하나로 합쳐져 꿈결에서처럼 웅웅거려 알아들을 수가 없었다. 그 소리에 혁명이란 생각이 떠올랐다. 아마도 물레방아가 윙윙 도는 소리가 연상되었기 때문인 것 같다.[99] 이것도 잠깐 동안이었을 뿐, 곧 내 귀에는 아무 소리도 들리지 않았다. 하지만 한순간 나는 보았다. 검은 법복 차림 판사들의 끔찍하게 확대된 입술을! 그 입술은 허연, 아니 지금 이 글을 쓰고 있는 종이보다 더 허옇고 기괴할 정도로 가늘어 보였다. 엄함과 확고부동한 결심, 인간의 고통에 대한 단호한 경멸이 강렬하게 담긴 가느다란 입술이었다. 그 입술에

---

99 '혁명'을 뜻하는 단어 revolution에는 '회전'이라는 의미도 있다.

서 내 운명을 결정하는 선고가 아직도 흘러나오고 있었다. 꿈틀꿈틀 죽음의 어구를 내뱉고 있었다. 내 이름을 또박또박 발음하고 있었다. 하지만 아무 소리도 이어지지 않았기 때문에 몸서리가 쳐졌다. 정신이 아득해지는 공포의 순간 방의 벽을 둘러싸고 있는 검은 커튼들이 거의 보일 듯 말 듯하게 살짝 흔들렸다. 그리고 내 시선은 테이블 위에 놓인 기다란 초 일곱 개에 가닿았다. 그 촛불들은 처음에는 자비로운 표정을 띠고 있었고, 나를 구원해줄 흰옷 입은 가냘픈 천사들처럼 보였다. 하지만 다음 순간 갑자기 죽을 것처럼 속이 뒤집히면서 전깃줄이라도 건드린 듯 온몸의 세포가 전율했다. 천사로 보이던 형상들이 머리에 불꽃을 얹은 의미 없는 유령으로 변하는 것을 보며 거기서 어떤 도움도 받을 수 없다는 것을 깨달았다. 다음 순간, 무덤 속에 있을 달콤한 휴식에 대한 생각이 아름다운 음악처럼 살며시 머릿속을 파고들었다. 그 생각은 너무나 부드럽게 살며시 파고 들어와서 한참 만에야 그 의미를 제대로 깨달았지만, 마침내 내 머리가 그 생각을 본격적으로 음미해보려는 순간 판사들의 모습이 마법처럼 내 눈앞에서 사라졌다. 기다란 초들도 아무것도 아닌 것이 되고 촛불도 완전히 꺼졌다. 뒤이어 칠흑 같은 어둠이 찾아왔다. 나타난 모든 감각이 지옥으로 떨어지는 영혼처럼 미친 듯한 하강의 소용돌이에 집어삼켜졌다. 그러고는 침묵과 정적, 밤이 온 세상을 뒤덮었다.

나는 기절했었다. 그래도 의식을 다 잃었다고는 말하지 않겠다. 무엇이 남아 있었는지는 정의할 수도, 심지어 묘사할 수도 없지만 의식을 다 잃은 것은 아니었다. 곤히 잠에 빠져 있을 때도 그렇지 않다! 망상의 황홀경에 빠져 있을 때도 그렇지 않다! 기절했을 때도 그렇지 않다! 죽음 속에서도 그렇지 않다! 심지어 무덤 속에서도 의식을 다 잃는 것은 아니다. 그게 아니라면 인간에게 불멸이라는 것은 없다. 아주 깊은 잠에서 깨어날 때면 거미줄 같은 꿈의 잔상을 걷어낸다. 하지만 (그 거미줄은 너무나 약했던지라) 바로 다음 순간이면 꿈을 꿨다는 것도 기억하지 못한다. 기절했다가 의식을 회복할 때는 두 단계를 거친다. 첫 번째는 정신 또는 영혼이 깨어나는 단계이고, 두 번째는 육체 또는 실체가 깨어나는 단계이다. 두 번째 단계에 도달하면서 첫 번째의 느낌을 기억할 수 있다면 그 느낌이 심연 너머의 기억을 생생하게 담고 있다는 것을 알게 될 것이다. 그 심연이란 무엇인가? 적어도 우리가 어떻게 그 그림자와 무덤의 그림자를 구분할 수 있겠는가? 하지만 내가 첫 번째 단계라고 칭한 것의 느낌이 뜻대로 기억나지 않는다 해도, 오랜 시간이 지난 후에는 부르지도 않았는데 불쑥 나타나는 바람에 도대체 그 기억이 어디에서 온 것인지 놀라게 되지 않나? 기절해본 적이 없는 사람은 달아오른 석탄 속에서 이상한 궁전들과 기이하게 낯익은 얼굴들을 보는 사람이 아니다. 많은 사람들에게는 보이지 않을 슬픈 환영이 허공에 떠 있는 것을 보는 사람이 아니다. 새로운 꽃의 향기를 맡으며 깊은 생각에 잠기는 사람이 아니다. 전에는 한 번도 빠져본 적 없는 운율의 의미에 머리가 현혹되는 사람도 아니다.

몇 번이고 집중해서 기억하려고 노력하다 보면, 내 영혼이 떨어져 들어간 그야말로 무無와 같은 상태의 특징들을 재구성해보려고 진지하게 애쓰다 보면, 성공할 것 같은 기분이 드는 순간들도 있었다. 시간이 지나 명료해진 이성으로 판단할 때 그 무의식 같은 상태와 연관된 게 분명한 것 같은 기억들이 떠오르는 순간들이, 아주 찰나의 순간들이 있었다. 분명하지는 않지만 이 어렴풋한 기억 속에서 어떤 키 큰 형상들이 말없이 나를 안아 올리더니 아래로, 아래로, 더 아래로, 이 하강이 끝이 없다는 생각만 해도 끔찍한 현기증으로 가슴이 답답해질 때까지 내려갔다. 또 심장이 부자연스럽게 정지해 있어서 심장이 막연한 공포로 옥죄어왔다. 그러더니 모든 것이 돌연 정지하는 느낌이 들었다. 마치 나를 데려가던 자들(소름 끼치는 기차!)이 하강 중 무한의 한계를 넘어버렸고 그 노고가 지루해서 멈춰버린 것만 같았다. 그다음에는 평평하고 축축한 기억이 나고, 그러고는 모든 것이 미쳐 날뛰었다. 금지된 것들이 넘쳐나는 미친 기억이었다.

돌연 영혼에 움직임과 소리가 다시 돌아왔다. 심장이 격렬하게 움직였고 그 박동 소리가 귀에 들렸다. 그러고는 다시 모든 것이 정지하며 텅 비었다. 그러더니 다시 소리가, 움직임이, 감각이 돌아왔다. 온몸에 얼얼함이 스쳐갔다. 그러고는 아무 생각도 없이 그저 존재한다는 의식만이 오랫동안 지속되었다. 그러다 갑자기 생각이, 몸서리쳐지는 공포가, 실제 내 상태가 어떤지 이해하고자 하는 간절한 노력이 시작되었다. 다음 순간 무감각 상태로 스르르 빠져버리고 싶은 강렬한 욕구가 엄습했다. 그러더니 정신이 급속히 돌아오면서 움직임이 가능해졌다. 이제 재판과 판사들, 검은 법복, 판결, 현기증, 기절, 모든 것이 완전히 기억났다. 그 뒤에 벌어진 일은 전혀 기억이 없었다. 그 일들은 나중에 열심히 노력해봐도 어렴풋한 기억밖에 떠오르지 않았다.

지금까지 나는 눈을 뜨지 않고 있었다. 똑바로 누워 있는 느낌이었다. 줄에 묶여 있지도 않았다. 손을 뻗자 축축하고 딱딱한 뭔가에

탁 부딪혔다. 나는 몇 분 동안 손을 거기 그대로 내버려둔 채 여기는 어디며 나는 어떤 상태인지 생각하려고 애썼다. 눈을 뜨고 싶었지만 엄두가 나지 않았다. 주위를 둘러보기가 두려웠다. 끔찍한 것을 볼까 봐 두려운 것이 아니라 보이는 게 아무것도 없을까 봐 겁이 났다. 마침내 필사적인 심정으로 살짝 눈을 떠봤다. 내 최악의 상상이 맞았다. 칠흑 같은 영원한 밤이 나를 둘러싸고 있었다. 나는 숨을 쉬려고 발버둥 쳤다. 새까만 어둠이 나를 짓누르며 숨통을 조여오는 것 같았다. 공기가 참을 수 없이 답답했다. 나는 가만히 누워서 이성적으로 생각하려고 노력했다. 심문 과정을 돌이켜 보며 그때부터 지금 내가 처한 상황을 추론해보려고 했다. 판결은 내려졌다. 그런데 그때부터 아주 오랜 시간이 흐른 것 같았다. 하지만 내가 진짜로 죽었다는 생각은 단 한 순간도 하지 않았다. 소설에서 읽은 것과는 달리, 그런 가정은 현실과는 전혀 맞지 않다. 그렇다면 나는 지금 어디에서 어떤 상태로 있는 것일까? 내가 알기로 사형선고를 받은 사람들은 보통 화형에 처해지며, 내가 재판을 받던 그날 밤에도 화형이 한 건 집행되었다. 앞으로 몇 달 동안은 없을지도 모를 다음 화형 집행 때까지 지하 감옥으로 돌려보내진 걸까? 곧 그럴 리 없다는 생각이 들었다. 희생자들은 나오기 무섭게 처형되었으니까. 게다가 이 지하 감옥은 톨레도의 모든 사형수 감방과 마찬가지로 바닥이 돌로 되어 있었고 빛도 완전히 차단되지 않았다.

갑자기 무서운 생각이 들면서 피가 심장으로 왈칵 몰렸고, 잠깐 동안 또다시 정신을 잃었다. 정신이 들자마자 나는 온몸을 와들와들 떨며 벌떡 일어섰다. 팔을 뻗어 위로, 사방으로 미친 듯이 휘저었다. 아무것도 만져지지 않았다. 그래도 무덤의 벽이 앞을 가로막을까 두려워 한 발짝도 뗄 수가 없었다. 온몸의 땀구멍에서 땀이 솟아났고, 이마에는 굵은 식은땀이 맺혔다. 고통스러운 긴장감이 점점 커지더니 마침내 참을 수 없을 지경이 되었다. 나는 양팔을 앞으로 쭉 뻗은 채 조심조심 한 걸음씩 내디뎠다. 실오라기 같은 빛이라도 잡아보려는 희망으로 힘껏 부릅뜬 눈이 당장이라도 튀어나올 것 같았다. 몇 걸음 걸어갔지만 여전히 사방에는 텅 빈 어둠뿐이었다. 숨 쉬는 게 조금 더 편해졌다. 적어도 가장 끔찍한 운명에 처해진 것은 아닌 것 같았다.

계속해서 조심스레 조금씩 앞으로 발을 내딛는 동안, 톨레도에 관한 수천 가지 불분명한 끔찍한 소문들이 마구잡이로 떠올랐다. 지하 감옥에 대해서도 이상한 이야기들이 많았다. 늘 꾸며낸 이야기라고 치부하고 말았지만, 너무나 이상하고 소름 끼쳐서 소리 낮춰 속삭이지 않고는 옮길 수조차 없는 소문들이었다. 나는 이 암흑의 지하 세계에 방치된 채 굶어 죽게 되는 걸까? 아니면 어쩌면 그보다 훨씬 더 무시무시한 운명이 기다리고 있는 것일까? 그 결과가 죽음이라는 것, 보통 아닌 끔찍한 죽음이라는 것은 재판관들의 기질로 볼 때 자명한 사실이었다. 언제, 어떤 방식으로 죽을 것인지가 나를 온통 사로잡고 괴롭히는 문제였다.

앞으로 뻗은 손이 마침내 뭔가 단단한 것에 닿았다. 벽이었다. 돌을 쌓아 만든 벽 같았는데 몹시 매끄럽고 미끈거리고 차가웠다. 벽을 따라 가봤다. 옛날이야기들을 떠올리며 한 발 한 발 조심조심 경계하며 내디뎠다. 하지만 그렇게 해서는 이 지하 감옥의 크기를 확인할 길이 없었다. 한 바퀴를 돌아 출발 지점으로 되돌아온다고 해도, 벽이 하나같이 일정해 보였기 때문에 그 사실을 알 수가 없었다.

그래서 나는 종교재판소에 끌려올 때 넣어두었던 단도를 찾아 주머니를 뒤졌다. 하지만 단도는 사라지고 없었다. 내 옷은 원래 입고 있던 옷이 아니라 거친 옷감으로 짠 가운 같은 옷으로 바뀌어 있었다. 돌 사이 조그만 틈에 칼날을 쑤셔 넣어서 출발 지점을 표시해볼 생각이었지만 다 틀렸다. 하지만 그 문제는 별것 아닌 일에 불과했는데도 제정신이 아닌 상태라 처음에는 도저히 해결할 수 없는 문제처럼 느껴졌다. 나는 입고 있던 가운 아랫단 일부를 찢어 좌 편 다음 벽과 직각 방향으로 놓았다. 벽을 더듬으며 감옥을 돌다 보면 한 바퀴를 다 돌았을 때 이 천 조각을 틀림없이 다시 만나게 되어 있었다. 적어도 나는 그렇게 생각했다. 하지만 내가 계산하지 못했던 것은 지하 감옥의 크기나 허약해진 내 몸 상태였다. 바닥은 축축하고 미끄러웠다. 나는 휘청거리며 조금 걸어갔지만 곧 비틀대며 넘어지고 말았다. 극심한 피로에 지친 나는 누운 채 꼼짝도 하지 못했고 곧 그대로 잠들어버렸다.

잠에서 깨어나 팔을 뻗어보니 옆에 빵 한 덩어리와 물 주전자가 놓여 있었다. 어떻게 된 상황인지 따져보기에는 너무 피곤했던지라 나는 게걸스럽게 먹고 마셨다. 그러고는 곧 다시 감옥 벽을 따라 걷기 시작했고, 고생고생 끝에 마침내 다시 천 조각까지 돌아왔다. 넘어진 시점까지 52보를 세었고 새로 걷기 시작해서 천 조각에 도착할 때까지 48보를 더 세었다. 그렇다면 총 100보가 된다. 2보를 1야드라고 치면, 감옥 둘레는 50야드 정도 되는 것 같았다. 하지만 벽에 꺾이는 지점이 많았기 때문에 지하 감옥의 모양은 전혀 추정이 되지 않았다. 여기가 지하 감옥이 아니라고는 생각할 수 없었다.

이 조사 작업에는 목적도 거의 없고 희망이라고는 전혀 없었지만,

나는 막연한 호기심에 이끌려 조사를 계속했다. 벽 쪽은 그만두고 내부 공간을 가로질러보기로 했다. 바닥이 단단해 보이기는 했지만 끈적끈적해서 방심할 수 없었기 때문에 처음에는 극도로 조심하며 발을 내디뎠다. 하지만 결국에는 용기를 내서 주저하지 않고 최대한 일직선으로 가로지르려고 애쓰며 단호히 발걸음을 뗐다. 이런 식으로 열 걸음에서 열두어 걸음 정도 전진했을 때 찢어진 아랫단 남은 자락이 다리 사이에 얽혔다. 그 부분을 밟은 나는 얼굴을 세게 박으면서 넘어지고 말았다.

넘어진 충격으로 정신이 하나도 없었던 터라, 넘어지고 몇 초 후 아직 누워 있는 동안 깨닫게 된 놀라운 상황을 당장은 이해하지 못했다. 상황은 이러했다. 내 턱은 감옥 바닥에 닿아 있는데, 입술과 머리 위쪽은 턱보다 더 낮은 곳에 있는데도 아무 데도 닿은 데가 없었다. 동시에 이마는 축축한 증기에 푹 젖어 있는 것 같았고 썩은 곰팡이 특유의 악취가 코를 찔렀다. 팔을 뻗어보자, 몸서리 쳐지게도 내가 넘어진 곳은 바로 어떤 둥그런 구덩이의 가장자리였다. 물론 그 구덩이의 크기는 현재로서는 알아낼 길이 없었다. 나는 가장자리 바로 아래 돌을 더듬어 조그만 조각 하나를 겨우 떼어낸 다음 까마득한 구렁 아래로 떨어뜨렸다. 떨어지는 돌조각이 구렁 벽면 여기저기 부딪히면서 울리는 소리가 몇 초 동안이나 들리더니 마침내 물에 빠지는 음침한 소리가 났고 뒤이어 긴 메아리 소리가 이어졌다. 동시에 머리 위에서 문이 재빨리 열리고 급히 닫히는 소리 같은 것이 들렸고, 그와 함께 희미한 빛이 갑자기 어둠을 뚫고 비쳤다가 다시 순식간에 사라졌다.

나는 나를 위해 준비된 운명을 똑똑히 보았고 시기적절한 사고로 그 운명을 피한 행운을 자축했다. 한 걸음이라도 더 가서 넘어졌다면 나는 이 세상 사람이 아니었을 것이다. 방금 모면한 죽음이야말로 바로 종교재판소에 관한 소문들을 들을 때는 황당무계하고 바보같다고 생각했던 일들이었다. 그 포악의 희생자들은 지독한 육체적 고통을 겪으면서 죽거나 끔찍하기 이를 데 없는 정신적 공포에 시달리며 죽게 되어 있었는데, 나는 두 번째로 예정되어 있었던 것이다. 오랜 고통으로 신경이 약해질 대로 약해져 내 목소리에도 놀라 자지러지는 지경이 된 나는 모든 면에서 예비된 고문에 딱 들어맞는 대상이었다.

나는 사지를 덜덜 떨면서 다시 벽 쪽으로 기어갔다. 구덩이에 떨어져 끔찍하게 죽기보다는 차라리 거기서 죽을 작정이었다. 이제 내 상상 속에서는 지하 감옥 곳곳에 구덩이들이 수두룩하게 패어 있는 것 같았다. 정신 상태가 이렇지만 않았다면 그 구덩이 중 하나에 뛰어들어 이 고통을 단번에 끝내버릴 용기를 낼 수도 있었겠지만, 지금 나는 겁쟁이 중의 겁쟁이였다. 이런 구덩이에 대해 예전에 읽었던 이야기도 잊을 수가 없었다. 목숨을 단번에 끊어버리는 것은 잔혹하기 이를 데 없는 저들의 계획에서는 절대 있을 수 없는 일이었다.

불안한 마음에 한참 동안 잠을 이룰 수 없었지만 결국에는 다시 잠이 들었다. 잠에서 깨어나자 전처럼 옆에 빵 한 덩어리와 물 한 주전자가 놓여 있었다. 목이 타들어가는 것처럼 갈증이 나서 단숨에 한 주전자를 다 들이켰다. 약에 물을 탄 게 틀림없었다. 물을 마시자마자 참을 수 없이 졸음이 몰려왔기 때문이다. 나는 죽음과도 같은 깊은 잠에 빠져들었다. 시간이 얼마나 지났는지는 물론 알 길이 없었지만, 다시 눈을 떴을 때는 주변의 사물들이 보였다. 어디서 나오는지 처음에는 알 수 없었던 지옥불 같은 기괴한 빛에 힘입어 감옥의 크기와 모양을 볼 수 있었다.

나는 감옥의 크기를 완전히 잘못 생각하고 있었다. 벽은 총 둘레가 25야드를 넘지 않았다. 잠시 동안 나는 이 사실을 놓고 부질없이 머리를 싸매고 고민했다. 정말로 부질없는 게, 이 끔찍한 상황에서 지하 감옥의 크기 따위보다 하찮은 일이 뭐가 있단 말인가? 하지만 내 영혼은 하찮은 일에 미친 듯이 호기심을 가져서 내 계측에서 어디가 잘못된 것인지 알아내려고 골몰했다. 마침내 정답이 떠올랐다. 처음 걷기 시작했을 때 52보까지 걷고 넘어졌었다. 그때 내 위치는 천 조각에서 한두 걸음 못 미친 곳이 틀림없다. 사실 한 바퀴를 거의 다 돈 셈이었다. 그런 다음 잠이 들었다가 깨어나서는 온 길을 되짚어가는 바람에 둘레를 실제보다 거의 두 배로 어림잡게 된 것이다. 제정신이 아니다 보니 처음에는 벽을 왼쪽에 두고 걷기 시작했다가 끝날 때는 벽이 오른쪽에 있었던 것도 눈치채지 못했던 것이다.

내부 모양에 대해서도 잘못 생각했다. 손으로 벽을 더듬으며 갔을 때 꺾이는 지점이 많았기 때문에 굉장히 불규칙하게 생긴 곳이라고 추론했었다. 혼수 상태나 잠에서 깨어난 사람에게 칠흑 같은 암흑이 미치는 영향이 그 정도로 강력했다! 그 꺾이는 지점들은 그냥 여기저기 살짝 들어간 자리들일 뿐이었다. 감옥 모양은 전반적으로 사각형이었다. 내가 돌을 쌓았다고 생각했던 벽은 지금 보니 철 또는 다른 금속으로 만든 거대한 판들이었고, 그 판들을 연결하고 이으면서 움푹 들어간 자리들이 생긴 것이었다. 이 금속 감옥은 표면 전체에 수사들의 섬뜩한 미신이 만들어낸 온갖 끔찍하고 역겨운 장치들이 덕지덕지 붙어 있었다. 뼈다귀밖에 없는 위협적인 악마들과 다른 소름 끼치는 형상들이 벽을 가득 뒤덮어 흉측한 꼴을 만들고 있었다. 이 괴물들의 윤곽은 충분히 또렷했지만 눅눅한 공기의 영향 탓인지 색은 바래고 흐릿했다. 그제야 바닥을 바라보니 돌로 되어 있었다. 바닥 한가운데는 내가 추락할 뻔했던 둥그런 구덩이가 입을 쩍 벌리고 있었는데, 지하 감옥에 구덩이는 그것뿐이었다.

안간힘을 쓰고서야 이 모든 것들을 그나마 불분명하게라도 볼 수 있었다. 잠든 사이 내 상황이 크게 바뀌어 있었기 때문이다. 이제 나는 나지막한 나무틀 위에 대자로 똑바로 누워 있었고, 뱃대끈[100] 비슷한 기다란 끈으로 단단히 틀에 묶여 있었다. 끈은 머리와 왼팔 조금만 제외하고 사지와 몸통을 몇 번이나 휘감으며 꽁꽁 묶여 있어서, 기를 써야지만 옆의 바닥에 놓인 도기 그릇의 음식을 간신히 집어 먹을 수 있었다. 끔찍하게도 주전자가 사라지고 없었다. 끔찍하다고 한 것은 미칠 듯한 갈증으로 온몸이 타들어가는 것 같았기 때문이다. 접시에 담긴 음식이 맵게 양념한 고기인 것으로 보아 이 갈증도 나를 고문하는 자들의 계획인 것 같았다.

시선을 들어 감옥 천장을 살펴보았다. 천장은 30~40피트 정도 위에 있었고 벽과 비슷하게 만들어져 있었다. 내 시선은 그중 한 금속판에 있는 아주 특이한 그림에 못 박혔다. 그 그림은 흔한 방식으로 형상화된 시간이었는데, 차이점은 낫 대신 얼핏 보기에 커다란 시계에서 볼 수 있는 거대한 추 같은 것을 들고 있다는 점이었다. 하지만 이 추에 뭔가 예사롭지 않은 점이 있어서 더 자세히 살펴보았다. (그 그림의 위치가 바로 내 위였기 때문에) 똑바로 쳐다보고 있

---

100   안장이 말 등에 안전하게 고정되도록 말의 배에 두르는 끈.

으려니 추가 움직이는 것 같은 느낌이 들었다. 얼마 지나지 않아 그 것이 상상이 아니라는 게 밝혀졌다. 추가 짧게, 그리고 물론 천천히 흔들리고 있었다. 나는 몇 분 동안 그 움직임을 주시했다. 두렵기도 했지만 그보다는 놀라움이 더 컸다. 마침내 그 지루한 움직임을 관 찰하는 데 싫증이 나자 감옥 안의 다른 물건들로 눈을 돌렸다.

뭔가 소리가 나서 바닥을 봤더니 엄청나게 큰 쥐 몇 마리가 돌아 다니고 있었다. 오른쪽으로 시선을 돌리면 겨우 보이는 구덩이에서 나온 쥐들이었다. 내가 보고 있는 사이에도 쥐들은 고기 냄새에 이끌 려 게걸스러운 눈빛으로 잽싸게 꾸역꾸역 올라오고 있었다. 겁을 줘 서 놈들을 고기에서 쫓기 위해서는 굉장한 노력과 집중이 필요했다.

(정확한 시간을 알 수 없었기 때문에) 30분 어쩌면 한 시간 정도 가 지났을 때 나는 다시 위쪽을 쳐다봤다. 내가 본 광경은 당황스럽 고 놀라웠다. 추의 진동 폭이 거의 1야드 가까이 늘어나 있었다. 당 연한 결과이지만, 그 속도 또한 훨씬 빨라져 있었다. 하지만 나를 가 장 불안하게 만든 것은 그 추가 눈에 띄게 아래로 내려와 있었다는 점이었다. 지금 보니—얼마나 끔찍했는지 말할 필요도 없겠지만— 추의 말단 부분은 번쩍이는 강철로 초승달 모양으로 만들어져 있었 다. 끝에서 끝까지 길이는 약 1피트 정도로, 양끝은 위로 올라가 있 고 아래쪽 모서리는 면도날처럼 날카로웠다. 또 면도날처럼 아래쪽 모서리에서 위로 올라갈수록 넓고 단단한 구조로 이루어져 거대하 고 무거워 보였다. 추는 육중한 놋쇠 봉에 매달려 있었고, 공기를 가 르며 흔들릴 때는 전체에서 쉭쉭 소리가 났다.

고문의 천재인 수사들이 나를 위해 어떤 운명을 준비했는지 이제 확실히 알 수 있었다. 내가 구덩이의 존재를 알았다는 것이 종교재판관들에게 알려진 것이다. 소문에 의하면 저들의 형벌들 중 최후의 극한이자 지옥과도 같은 구덩이는 나처럼 복종을 거부하는 자들을 위해 준비된 공포의 형벌이었다. 나는 오로지 우연에 의해 이 구덩이에 빠지는 것을 모면했다. 내가 알기로, 이 지하 감옥 사형의 온갖 기괴한 특징들 중 중요한 것은 느닷없는 기습, 덫에 가두고 고문하는 것이었다. 나를 떨어뜨리는 데 실패했다고 해서 구렁 안으로 나를 밀어버리는 것은 그 악마들의 계획이 아니었다. 그래서 (다른 대안이 없는 관계로) 좀 더 온건한 죽음을 준비한 것이다. 더 온건하다니! 그런 용어를 쓸 생각을 하다니 고통스러운 와중에도 피식 웃음이 났다.

그 강철 칼날의 진동을 세며 보낸 죽음보다 더한 그 길고 긴 고통의 시간을 말해서 무슨 소용이 있으리. 그 추는 수세기는 되는 듯한 시간이 지나고서야 겨우 알아볼 수 있을 만큼 아주 조금씩 조금씩 내려오고 있었다! 며칠—며칠은 지났을 것이다—이 지나고서야 심술궂은 숨결이 느껴질 정도로 추가 내 위로 바싹 다가왔다. 날카로운 쇠 냄새가 코를 찔렀다. 나는 기도했다. 더 빨리 내려오게 해달라고 하늘도 지칠 정도로 기도했다. 미칠 것 같은 심정이 되어 그 끔찍한 언월도가 휙 지나갈 때 가슴을 위로 내밀려고 안간힘을 썼다. 그러다가는 갑자기 조용해져서 희귀한 싸구려 장난감을 쳐다보는 아이처럼 그 번득이는 죽음의 칼날을 바라보며 미소 지었다.

또다시 완전히 정신을 잃었다. 아주 잠깐 동안이었다. 다시 정신을 차렸을 때 추가 조금이라도 더 아래로 내려온 기색이 없었기 때문이다. 하지만 아주 오랫동안이었을지도 모른다. 내가 기절한 것을 알아채고 그 악마들이 재미 삼아 추를 멈췄을지도 모른다는 것을 알기 때문이다. 또 정신이 돌아오자 오랫동안 영양실조에라도 시달린 것처럼 뭐라 할 수 없이 어지럽고 기운이 없었다. 그런 고통을 겪는 와중에도 인간은 본능적으로 음식을 갈망했다. 나는 고통을 무릅쓰고 줄이 허락하는 한까지 왼팔을 뻗어 쥐들이 남긴 찌꺼기를 움켜잡았다. 음식 조각을 입에 집어넣자 마음속에서 기쁨, 희망 비슷한 막연한 생각이 솟아올랐다. 하지만 희망이 나와 무슨 상관이란 말인가? 말했듯이 그건 막연한 생각에 불과하고, 인간들에게는 완성되지 않은 생각들이 많은 법이다. 그것은 기쁨, 희망 같은 느낌이기는 했지만, 생기는 와중에 벌써 사라져버렸다. 그 생각을 완성시켜보려고, 다시 잡아보려고 애써봤지만 헛수고였다. 오랜 고통으로 내 평소 정신력은 거의 망가지다시피 해서 나는 바보 천치나 다름없었다.

추는 내 몸을 직각으로 가로질러 흔들리고 있었다. 초승달 부분이 내 가슴을 가로지르도록 설계되어 있는 게 보였다. 반복해서 다시, 또다시 오가다 보면 내 옷의 옷감을 긁게 될 것이다. 추는 (약 30피트가 넘을 정도로) 무시무시하게 진동 폭이 넓고 철벽을 가르고도 남을 정도로 힘차게 쉿쉿거리며 내려오지만, 몇 분 동안은 옷감을 긁는 정도 이상은 아무런 해도 미치지 못할 것이다. 그 지점에서 나는 생각을 멈추었다. 감히 그 이상은 생각할 수가 없었다. 끈덕지게 그 부분만 생각했다. 마치 그렇게 생각하고 있으면 이 지점에서 칼날의 하강을 멈출 수 있기라도 한 것처럼 말이다. 언월도가 옷 위를 스쳐가는 소리, 천이 마찰될 때 신경이 느끼는 기이하게 끔찍한 감각에 대해 생각하려고 안간힘을 썼다. 이런 부질없는 생각들에 빠져 이를 악물고 있었다.

추는 아래로, 꾸준히 아래로 내려왔다! 나는 추의 하강 속도와 좌우 진동 속도를 대조하며 미친 재미를 즐겼다. 추는 지옥에 떨어진 영혼 같은 비명을 내지르며 오른쪽으로, 왼쪽으로, 멀리 넓게 흔들렸다. 호랑이처럼 은밀하게 내 심장을 향해 다가왔다. 나는 둘 중 어느 쪽이 우세하느냐에 따라 웃다 울부짖기를 반복했다.

아래로, 확실히, 무자비하게 아래로 내려왔다! 이제 추는 내 가슴에서 3인치도 떨어지지 않은 곳에서 흔들리고 있었다! 나는 왼팔을 빼보려고 격렬하게, 미친 듯이 몸부림쳤다. 왼팔은 팔꿈치에서 손까지만 자유로웠다. 안간힘을 써서 팔을 뻗으면 옆에 놓인 접시에서 입으로 음식을 가져올 수 있지만, 그 이상은 아무것도 할 수 없었다. 팔꿈치 위쪽에 매인 줄을 풀 수만 있다면 추를 붙잡아 멈출 수도 있을 것 같았다. 차라리 눈사태를 막으려 하는 게 더 나을 것이다!

아래로, 여전히 끊임없이, 여전히 필연적으로 아래로 내려왔다! 나는 추가 흔들릴 때마다 숨을 헐떡이며 몸부림쳤다. 추가 쓸고 지나갈 때마다 발작적으로 몸을 움츠렸다. 눈은 멍한 절망을 간절히 담은 채 추가 바깥쪽으로, 왼쪽으로 흔들릴 때마다 그 움직임을 쫓았다. 차라리 죽어버리면 편할 것 같았지만, 추가 내려올 때면 눈이 경련하듯 절로 감겼다. 아, 입에 담을 수도 없는 고통이여! 그래도 그 장치가 조금만 더 내려오면 그 번뜩이는 날카로운 도끼가 내 가슴을 가르게 된다는 생각을 하면, 그 생각만으로도 온몸의 신경이 덜덜 떨렸다. 신경을 떨게 하고 온몸을 움츠러들게 하는 희망이었다. 고문대 위에서 승리를 거두는 희망, 종교재판소의 지하 감옥에서조차 사형수들의 귀에 속삭이는 희망이었다.

이제 열 번 내지 열두 번만 더 진동하면 칼날이 내 옷에 닿게 될

판이었다. 이 생각을 하자 갑자기 절망에 내몰린 영혼이 얼음장처럼 냉정하게 차분해졌다. 몇 시간, 아니 어쩌면 며칠 만에 처음으로 나는 생각을 했다. 나를 묶고 있는 뱃대끈이 하나뿐이라는 생각이 문득 머리를 스쳤다. 나는 떨어지지 않은 긴 끈 하나로 묶여 있었다. 면도날 같은 언월도 칼날이 그 끈 어디라도 한 번 스치기만 하면 끈이 끊어지면서 내 왼손으로 결박을 풀 수 있을지도 모른다. 하지만 그 경우 바싹 다가온 칼날이 얼마나 무서울까! 몸을 조금 뒤척이기만 해도 그 결과가 얼마나 끔찍할까! 게다가 고문자의 앞잡이들이 그런 가능성도 다 미리 예상하고 대비해놓지 않았을까? 가슴을 가로지르는 끈이 추가 지나가는 경로에 있긴 할까? 실낱같은 마지막 희망이 좌절될까 두려워 가슴 부분을 똑똑히 보기 위해 고개를 들었다. 뱃대끈은 내 사지와 몸통을 온갖 방향으로 꽁꽁 묶고 있었지만, 죽음의 초승달이 지나가는 경로에만은 아무것도 없었다.

머리를 제자리에 털썩 놓자마자, 타는 듯한 입술에 음식을 가져갔을 때 머릿속에서 막연하게 반만 떠돌던, 앞서 언급한 바 있는 구조 계획의 나머지 반이라고밖에 설명할 수 없는 아이디어가 문득 머리를 스쳤다. 희미하고 제정신이라 할 수 없고 구체적이지도 않지만 그래도 이제는 완전한 생각이었다. 나는 불안한 절망을 원동력 삼아 당장 그 계획 실행에 착수했다.

내가 누워 있던 나지막한 나무틀 바로 옆에는 몇 시간째 쥐들이 문자 그대로 들끓고 있었다. 거칠고 대담하고 게걸스러운 놈들은 마치 내가 움직임을 멈추고 자기들의 먹잇감이 되기를 기다리는 것처럼 시뻘건 눈을 내게 부라리고 있었다.

'이놈들은 구덩이에서 뭘 먹고 살았을까?' 나는 생각했다.

막아보려고 안간힘을 썼지만 놈들이 접시의 음식을 거의 다 먹어 치운 바람에 이제 찌꺼기밖에 남지 않았다. 나도 이제는 관성적으로 접시 위에서 손을 위아래나 옆으로 흔드는 것밖에 하지 않았고, 결국 그 무의식적이고 단조로운 동작은 어떤 효과도 내지 못했다. 탐욕에 눈이 먼 놈들은 종종 내 손가락에 날카로운 송곳니를 박기도 했다. 나는 남아 있는 기름기와 양념 찌꺼기를 손이 닿는 끈 아무 데나 마구 문지른 다음, 손을 바닥에서 올리고 숨죽인 채 가만히 누워 있었다.

갑작스레 움직임이 정지되자 이 탐욕스러운 짐승들은 처음에는 놀라고 겁을 먹었다. 놈들은 놀라서 뒤로 움찔 물러났고, 많은 수는 다시 구덩이로 돌아갔다. 하지만 그건 잠시뿐이었다. 놈들의 탐욕에 대한 내 계산은 틀리지 않았다. 내가 움직이지 않고 가만히 있는 걸 보더니 그중 가장 대담한 한두 놈이 나무틀 위로 뛰어올라 뱃대끈 냄새를 맡기 시작했다. 그것이 신호라도 된 것처럼 다들 와르르 몰려왔다. 구덩이에서 새로운 놈들이 허겁지겁 기어 올라왔다. 나무틀에 매달리고 그 위로 올라오더니 수백 마리가 내 몸 위로 달려들었다. 규칙적으로 흔들리는 추에는 겁도 먹지 않았다. 놈들은 추가 다가오면 피해가며 음식 찌꺼기가 묻은 끈을 물고 늘어졌다. 그 수가 끝도 없이 불어나며 나를 짓누르고 내 몸 위에서 우글거렸다. 내 목덜미에서 꿈틀댔고, 차가운 입술로 내 입술을 건드렸다. 쥐떼의 무게에 눌려 숨도 제대로 쉴 수 없었다. 세상 어떤 말로도 표현하지 못할 역겨움으로 가슴은 터져버릴 것 같았고, 그 끈적끈적한 무게로 심장은 싸늘하게 얼어붙었다. 하지만 조금만 더 있으면 이 고통도 끝날 거라는 느낌이 들었다. 끈이 느슨해지는 감이 왔다. 벌써 한 군데 이상 끊어진 게 틀림없었다. 나는 초인간적인 결의로 **꼼짝도 않고** 누워 있었다.

내 계산은 틀리지 않았고, 내 인내 또한 헛수고가 아니었다. 마침내 몸이 **자유로워진** 느낌이 들었다. 뱃대끈은 갈가리 찢긴 채 내 몸 위에 늘어져 있었다. 하지만 추는 이미 거의 가슴께까지 육박해 내려와 있었다. 가운의 천이 잘려나갔다. 그 아래 속옷도 잘려나갔다. 두 번 더 왔다 갔다 하자, 온 신경에 날카로운 통증이 퍼져나갔다. 하지만 드디어 탈출의 기회가 왔다. 손을 휘젓자 나의 구원자들은 앞다투어 사라졌다. 조심스럽게 옆으로 몸을 움츠리면서 천천히 조금씩 움직인 끝에 나는 끈에서 미끄러져 나와 언월도의 칼날이 미치지 않는 곳으로 피했다. 적어도 잠시 동안 나는 자유였다.

자유다! 종교재판관들의 손아귀에서 자유를 얻었다! 내가 공포의 나무 침대에서 일어나 감옥 돌바닥에 발을 딛기 무섭게 그 끔찍한 기계도 움직임을 딱 멈추더니 보이지 않는 힘에 이끌려 천장으로 끌어올려졌다. 나는 절망적인 교훈 한 가지를 깨달았다. 내 일거수일투족은 분명 감시당하고 있었던 것이다. 자유라니! 나는 그저 한 가지 형태의 고통을 모면했을 뿐이고 그보다 더 끔찍한 죽음 속으로 던져질 것이다. 그 생각을 하며 주위를 둘러싸고 있는 철제 장벽을 따라 불안하게 눈을 굴렸다. 처음에는 분명하게 알아볼 수 없었지만 감옥 안에 뭔가 예사롭지 않은 변화가 일어난 게 분명했다. 나는 멍하니 망연자실하게 떨면서 앞뒤가 맞지 않는 추측들을 하느라 부질없이 몇 분을 낭비했다. 그러는 동안 감옥을 비추고 있는 지옥불 같은 불빛의 출처를 처음으로 깨달았다. 그 불빛은 약 1인치 정도의 폭으로 감옥 벽 아래쪽을 완전히 둘러싸고 있는 틈새에서 나오고 있었다. 벽은 그런 모양으로 바닥에서 완전히 분리되어 있었다. 그 틈 사이를 들여다보려고 했지만 물론 아무 소용 없었다.

틈을 들여다보려는 시도를 포기하고 일어서는데, 방에 뭔가 변화가 있었던 것 같은 수수께끼가 즉시 이해되었다. 전에 봤을 때 벽면의 형상들은 윤곽은 충분히 또렷했지만 색은 바래고 흐릿한 것 같았다. 그런데 이제는 그 색채가 놀랄 만큼 강렬하게 화려한 데다가 시시각각 더 화려해져서, 나보다 훨씬 더 신경이 튼튼한 사람도 공포에 질릴 정도로 무시무시한 분위기를 그 유령 같고 악마 같은 형상들에 더하고 있었다. 끔찍하고 미친 활기를 띤 악마의 눈이 이전에는 아무것도 보이지 않았던 수천 개의 방향에서 나를 노려보고 있었다. 아무리 현실이 아니라고 상상하려고 해도 사라지지 않는 이글거리는 불빛으로 빛나고 있었다.

현실일 리가 없다! 숨만 들이쉬어도 달아오른 쇠 냄새가 콧속으로 들어왔다! 숨 막히는 냄새가 감옥 안을 가득 채웠다! 내 고통을 노려보고 있는 눈들은 시시각각 더 강렬하게 빛났다! 선혈 낭자한 끔찍한 그림 위로 더 선명한 핏빛이 물들었다. 나는 숨을 헐떡였다! 숨이 막혀 죽을 것 같았다! 고문자들의 계획은 의심의 여지가 없었다. 아, 피도 눈물도 없는 무자비한 자들! 오, 악마 같은 자들! 나는 빨갛게 타들어가는 쇠벽을 피해 감옥 한가운데로 갔다. 불에 타 죽는 게 멀지 않았다고 생각하자 시원한 구덩이가 영혼의 향유처럼 느껴졌다. 그 끔찍한 가장자리로 달려갔다. 있는 힘껏 눈을 크게 뜨고 아래를 내려다보았다. 타오르는 천장의 불빛이 구덩이 저 안쪽까지 구석구석 밝히고 있었다. 하지만 충격의 한순간 내 영혼은 내 눈에 비친 것의 의미를 이해하기를 거부했다. 마침내 그 의미가 억지로 내 영혼을 비집고 들어왔다. 몸서리치는 이성에 화인을 남겼다. 아! 말이 나오지 않았다! 그 끔찍함이라니! 이것만 아니라면 그 어떤 공포라도 받아들일 수 있을 것 같았다! 나는 외마디 비명을 지르며 구덩이 가장자리에서 황급히 물러나 손에 얼굴을 묻고 비통하게 울었다.

열기는 급속히 올라갔지만, 나는 학질이라도 걸린 것처럼 몸을 떨며 다시 한 번 위를 쳐다보았다. 방에 두 번째로 변화가 있었고, 이번에는 형태가 달라진 게 분명했다. 아까와 마찬가지로 처음에는 무슨 일이 벌어지고 있는지 이해하려고 노력해봤자 소용이 없었다. 하지만 의구심은 오래가지 않았다. 내가 두 번이나 탈출하는 바람에 종교재판관들은 복수를 서둘렀고, 공포의 왕을 가지고 희롱하며 시간을 낭비하지 않을 작정이었다. 전에는 방이 정사각형이었다. 지금은 강철판 모서리 두 개는 예각이었고, 결과적으로 나머지 둘은 둔각이 되어 있었다. 그 끔찍한 차이는 신음 소리 같기도 하고 낮게 울리는 소리 같기도 한 소음과 함께 급속히 커져갔다. 순식간에 감옥은 마름모꼴로 변했다. 하지만 변화는 거기서 그치지 않았다. 나 역시 그치기를 희망하지도, 바라지도 않았다. 그 불타는 벽을 영원한 안식의 옷으로 삼아 가슴에 끌어안을 수도 있을 것 같았다. "죽음." 나는 말했다. "저 구덩이만 아니면 어떤 죽음이라도 상관없어." 바보같으니! 구덩이에 뛰어들게 만드는 것이 저 불타오르는 강철판의 목적이라는 걸 몰랐단 말인가? 그 불길을 피할 수 있을까? 그렇다 하더라도 그 압력은 어떻게 피하겠는가? 이제 마름모는 점점 더 급속히 납작해져서 생각할 여유도 없었다. 마름모의 한가운데, 그러니까 물론 가장 넓은 면이 입을 쩍 벌리고 있는 구덩이 바로 위까지 다가왔다. 몸을 움츠리며 뒤로 물러났지만 육박해오는 벽들은 기어 없이 나를 앞으로 몰아댔다. 마침내 불길에 그을리고 고통에 몸부림치는 내 몸을 의탁할 자리는 단단한 감옥 바닥에 단 1인치도 남지 않았다. 나는 저항을 포기했다. 하지만 고통스러운 영혼은 마지막 절망의 울부짖음을 단 한 번 길게, 길게 토해냈다. 구덩이 가장자리에서 몸이 비틀거리는 게 느껴졌다. 나는 시선을 돌렸다.

사람 목소리들이 시끄럽게 들려왔다! 수많은 트럼펫이 한꺼번에 울려 퍼지는 듯한 소리도 들렸다. 수천 개의 천둥이 한꺼번에 친 것처럼 귀를 찢는 굉음도 들렸다. 불타는 벽이 급속히 물러났다! 정신을 잃고 심연 속으로 떨어지는 나를 팔 하나가 불쑥 다가와 잡았다. 라살 장군[101]의 팔이었다! 프랑스 군이 톨레도에 입성한 것이다. 종교재판소는 적들의 손아귀에 들어갔다.

101　　나폴레옹 군이 이베리아 반도를 침략한 반도전쟁 당시 스페인 톨레도를 점령한 장군.

래기드 산 이야기

    1827년 가을 버지니아 주 샬러츠빌 근처에 살고 있던 나는 우연히 어거스터스 베들로를 알게 되었다. 이 젊은 신사는 모든 면에서 놀라웠고 내게 굉장한 흥미와 호기심을 불러일으켰다. 그의 정신적 혹은 신체적 연고를 이해하기란 불가능했다. 가족에 대해서는 전혀 만족할 만한 설명을 듣지 못했다. 어디 출신인지도 확인하지 못했다. 젊은 신사라고 부르기는 하지만 심지어 나이조차 적지 않게 당혹스러운 부분이 있었다. 분명히 젊은 사람 같았고 스스로도 분명 젊다고 이야기했는데도, 종종 백 살이라고 상상해도 전혀 이상하지 않을 때가 있었다. 하지만 무엇보다 특이한 점은 외모였다. 그는 이상할 정도로 키가 크고 말랐다. 허리는 구부정했고, 팔다리는 지나치게 길고 야위었다. 이마는 넓고 낮았으며 안색은 핏기 하나 없었다. 입은 크고 유연했고 치아는 건강하긴 했지만 내가 이제껏 본 사람들 치아 중 가장 엉망진창으로 들쭉날쭉했다. 그래도 그 미소는 절대 생각하는 것만큼 불쾌하지는 않았지만 어떤 변화도 없었다. 그

것은 깊은 우울, 한결같고 끝도 없는 우울이 담긴 미소였다. 눈은 비정상적으로 컸고 고양이 눈처럼 동그랬다. 눈동자도 빛이 늘거나 감소하면 고양잇과에서 볼 수 있는 것처럼 수축하고 팽창했다. 흥분하면 안구가 상상할 수 없을 정도로 밝아졌는데, 빛을 반사하는 게 아니라 촛불이나 태양처럼 자체적으로 빛을 발하는 것 같았다. 하지만 평소에는 활기라고는 전혀 없이 흐릿해서 오랫동안 땅속에 묻혀 있었던 시체의 눈 같았다.

이런 특징들이 그로서는 상당히 괴로웠던 모양으로, 반쯤은 설명하듯 반쯤은 사과하듯 계속해서 넌지시 언급했는데, 처음 들었을 때는 상당히 안타까운 심정이 들었다. 하지만 곧 그런 데 익숙해졌고 거북함도 사라졌다. 그의 외양이 늘 지금 같았던 것은 아니었다. 오랜 세월에 걸쳐 일련의 신경 발작을 겪으면서 보통 이상의 외모가 지금 내가 보는 모습으로 영락했다는 것이다. 이런 이야기를 그는 직접적으로 말하고 싶지는 않은지, 에둘러 말했다. 지난 수년 동안 그는 템플턴이라는 의사에게 치료를 받았는데, 선생은 일흔 정도 된 노신사로 새러토가에서 처음 만났다. 그곳에 있는 동안 그 치료 덕분에 베들로의 병세는 많이 좋아졌다, 아니 좋아졌다고 생각했다. 그 결과 부유한 베들로는 템플턴 선생과 합의를 했고, 그에 따라 선생은 후한 연봉을 받고 오로지 이 환자를 돌보는 데만 자신의 시간과 의학적 경험을 바치기로 동의했다.

템플턴 선생은 젊은 시절 여행을 많이 다녔고, 파리에서 메스머[102]

---

[102] 오스트리아의 의사로 '동물자기설動物磁氣說'에 의거한 최면 요법으로 병을 치료할 수 있다고 주장했다.

의 교리로 상당 부분 개종했다. 그가 환자의 급성 통증을 완화시킬 수 있었던 것은 전적으로 자기磁氣 치료법 덕분이었고, 덕분에 환자는 그 치료법을 내놓은 이론에 대해 자연스럽게 어느 정도 확신을 갖게 되었다. 하지만 모든 광신자들이 그렇듯이 의사 선생은 제자를 철저히 개종시키기 위해 부단히 노력했고 마침내 환자가 여러 가지 실험에 참여하게 하는 데까지 성공했다. 자주 실험을 반복한 끝에, 요즘에야 어떤 주목도 받지 못할 정도로 흔해졌지만 그 시절에는 미국에서 거의 알려지지 않았던 결과를 얻어냈다. 그러니까, 템플턴 선생과 베들로 사이에 점차 매우 뚜렷하고 강력한 신뢰감, 즉 자기적 관계가 자라난 것이다. 하지만 이 신뢰감이 단순히 수면을 유도하는 힘의 영역을 넘어섰다고 주장하려는 것은 아니다. 그래도 이 힘 자체는 굉장히 강력해졌다. 자기로 수면을 유도하려는 최면술사의 첫 번째 시도는 완전히 실패로 끝났다. 다섯 번째, 여섯 번째 시도에서는 오랫동안 계속 노력한 끝에 아주 미약한 성공을 거두었다. 열두 번째에 가서야 시도는 완벽하게 성공했다. 이후 환자의 의지는 의사의 의지에 급속히 굴복했고, 따라서 내가 처음 두 사람을 알게 되었을 때는 오로지 집도자의 의지에 따라 거의 순식간에 잠이 오는 경지까지 가 있었다. 심지어 환자가 집도자가 있다는 것을 모르고 있을 때조차 그랬다. 수천 명의 사람들이 이 비슷한 기적을 목격하는 1845년 현재에 이르러서야 나는 이 말도 안 되는 이야기를 감히 진지하게 기록해보려 한다.

베들로는 기질이 극도로 예민하고 열성적이며 쉽게 흥분했다. 상상력은 보통 넘게 활발하고 창의적이었다. 분명 이를 더 부추긴 것은 상습적인 모르핀 복용이었다. 그는 모르핀을 다량으로 복용했고, 모르핀 없이는 살아갈 수 없다고 생각했을 것이다. 매일 아침 식사 직후, 아니면 오전에는 아무것도 먹지 않기 때문에 진한 커피를 한 잔 마신 직후 다량의 모르핀을 복용하는 것이 그의 습관이었다. 그러고 나서는 혼자서 아니면 개만 데리고 래기드 산이라는 그럴듯한 이름이 붙어 있는, 샬러츠빌 남서쪽에 자리한 거칠고 황량한 산으로 긴 산책에 나섰다.

11월 말의 흐리고 따스하고 안개 낀 어느 날, 미국에서 인디언 서머라고 부르는 기이한 계절의 공백 기간 중 베들로는 평소처럼 산으로 산책을 나갔다. 그런데 날이 저물었는데도 여전히 돌아오지 않았다.

밤 8시가 다 되어 이렇게 늦게까지 돌아오지 않는 게 심각하게 걱정이 되어 막 찾으러 나가려는 순간, 그가 불쑥 나타났다. 몸 상태도 평소보다 나빠 보이지 않았고 기분은 오히려 평소보다 좋아 보였다. 그를 붙들어놓은 사건들과 탐험에 대해 그가 들려준 이야기는 정말이지 기묘했다.

그는 말했다. "기억하겠지만 제가 샬러츠빌을 떠난 건 아침 9시경이었습니다. 전 곧장 산으로 향했고 10시쯤 완전히 처음 보는 골짜기로 들어갔어요. 호기심이 들어서 구불구불한 길을 따라갔죠. 사방에 펼쳐진 풍경은 절대 장엄하다고 할 수는 없었지만 형용할 수 없이 울적하고 황량했는데, 제가 보기에는 좋더군요. 그 고적함은 완전히 천연 그대로 같았어요. 제가 밟고 있는 푸른 잔디와 잿빛 바위는 아무리 봐도 인간의 발이 한 번도 닿은 적 없어 보였습니다. 골짜기 입구가 완전히 외진 데 있고 일련의 우연이 아니고서는 사실상 접근 불가능한 곳이라 제가 그 깊은 골짜기까지 들어온 최초이자 유일한 모험가일 수도 있겠다 싶더군요.

사방에 무겁게 깔린 인디언 서머 특유의 짙은 안개 때문에 그곳 분위기에서 풍기는 모호한 인상이 더 강하게 느껴졌습니다. 이 기분 좋은 안개가 어찌나 짙었던지 앞에 펼쳐진 길이 한순간도 12야드 이상으로는 보이지 않았어요. 길은 엄청나게 구불구불했고 해도 보이지 않아서 곧 방향 감각을 잃어버리고 말았습니다. 그러는 사이 모르핀의 전형적인 효과가 나타났죠. 바깥세상 오만 것들에 대해 솟구치는 엄청난 호기심 말입니다. 잎사귀의 떨림, 풀잎의 색깔, 세 잎 식물의 모양, 윙윙대는 벌 소리, 반짝이는 이슬, 산들거리는 바람, 숲에서 풍겨 나오는 은은한 향기, 온 우주가 뭔가 암시하는 것 같고 환상적이고 무질서한 생각들이 유쾌하고 잡다하게 끝도 없이 흘러 들어왔습니다.

이런 생각에 빠져 몇 시간 동안 계속 걸어가는데, 그사이 주변 안개가 너무 짙어져서 마침내 손으로 길을 더듬으며 나아가야 할 지경이 되었습니다. 그러자 뭐라 할 수 없는 불안감이, 불안한 망설임과 떨림 같은 게 덜컥 들더군요. 아득한 낭떠러지 같은 데서 떨어지기라도 할까 봐 발을 내딛기도 두려웠습니다. 이 래기드 산, 그리고 이곳 숲과 동굴에 살고 있다는 거칠고 잔인한 인종에 관한 이상한 이야기들이 떠올랐어요. 수천 가지 모호한 상상에 가슴이 답답하고 머리가 어지러웠습니다. 모호해서 더 괴로운 상상들이요. 그러던 중 갑자기 커다란 북소리가 들려 정신이 번쩍 들었습니다.

물론 기함하게 놀랐죠. 이 산중에 북이라니 있을 수 없는 일이니까요. 대천사의 나팔 소리가 울렸다 해도 그보다는 덜 놀랐을 겁니다. 하지만 곧 더 놀랍고 당황스러운 일이 벌어져 절 깜짝 놀라게 했죠. 커다란 열쇠 꾸러미를 흔드는 것처럼 마구 덜그럭거리는 소리가 들리더니, 그 순간 가무잡잡하고 헐벗은 남자가 날카롭게 비명을 지르며 제 앞을 지나 달려가지 뭡니까. 어찌나 가까웠는지 그 남자의 뜨거운 숨결이 얼굴에 느껴질 정도였어요. 한 손에는 쇠고리들을 모아 만든 도구를 들고 있었는데, 달려가면서 그걸 미친 듯이 흔들어 대더군요. 그 남자가 안개 속으로 사라지자마자, 눈을 번득이고 입을 쩍 벌린 커다란 짐승이 헐떡거리며 남자 뒤를 쫓아갔습니다. 모를 수가 없는 짐승이었어요. 그건 하이에나였습니다.

그 짐승을 보자 공포심이 깊어지기보다 오히려 안심이 되더라고요. 이제는 내가 꿈을 꾸고 있다는 확신이 들었기 때문에 정신을 차리려고 노력했습니다. 대담하고 힘차게 앞으로 발을 내디뎠죠. 눈을 비볐습니다. 커다랗게 소리를 지르고 팔다리를 꼬집었어요. 앞에 조그만 샘이 나타나기에 몸을 숙여 손과 얼굴과 목을 씻었습니다. 지금까지 절 괴롭히던 모호한 감각이 사라지는 것 같았어요. 전 새사람이 된 기분으로 흡족하게 일어나 알 수 없는 길을 계속해서 걸어갔습니다.

마침내 저는 걷기와 답답한 공기에 지쳐서 나무 아래 앉았습니다. 곧 희미한 햇살이 비치면서 풀밭 위로 나뭇잎 그림자들이 희미하지만 선명하게 드리워졌죠. 전 놀라서 몇 분 동안 이 그림자를 물끄러미 바라봤습니다. 그 모양이 망연자실할 정도로 놀라웠어요. 고개를 들어봤죠. 그 나무는 야자나무였습니다.

전 겁에 질려 벌떡 일어났습니다. 이게 꿈이라는 상상은 이제 먹히지 않았어요. 전 분명히 봤고, 제 감각들은 완전히 제 통제하에 있었습니다. 그런데 이 감각들이 완전히 새롭고 기이한 느낌을 가져왔어요. 돌연 참을 수 없는 열기가 느껴졌습니다. 바람에는 낯선 냄새가 실려 왔죠. 크지만 부드럽게 흐르는 강물 소리처럼 나지막이 웅얼대는 소리가 수많은 사람들이 내는 이상한 웅웅 소리와 뒤섞여 끊임없이 들려왔습니다.

설명할 필요도 없겠지만, 혼이 나갈 정도로 놀라서 그 소리를 듣고 있는데 세찬 돌풍이 휙 불어오더니 마법사가 지팡이를 휘두른 것처럼 걸리적거리던 안개가 휙 사라지더군요.

주위를 둘러보니 전 높은 산기슭에서 광활한 평원을 내려다보고 있었습니다. 평원을 가로질러 커다란 강이 흐르고 있었고요. 이 강가에 《아라비안나이트》에서 읽은 것과 비슷하지만 그보다 훨씬 더 기묘한 동양풍의 도시가 있었습니다. 제가 있던 곳이 훨씬 더 지대가 높아서 지도를 보는 것처럼 도시 구석구석이 다 보이더군요. 길이 셀 수 없을 정도로 많았고 사방으로 불규칙하게 교차했습니다. 거리라기보다는 길고 꼬불꼬불한 골목 정도의 길이었는데 사람들이 완전히 바글거리더군요. 집들은 그림처럼 아름다웠습니다. 사방으로 발코니, 베란다, 첨탑, 제단, 환상적으로 조각한 창들이 빼곡하게 자리하고 있었습니다. 시장도 많았어요. 상점에는 실크, 모슬린, 눈부시게 윤이 나는 식사 도구들, 화려한 장신구와 보석 등 온갖 물건들이 수도 없이 다양하고 넘치게 진열되어 있었어요. 그 외에도 베일로 꽁꽁 감싼 품위 있는 여성들을 태운 깃발 달린 가마, 장식마의를 입은 코끼리, 기괴하게 잘라 만든 조각상, 북, 깃발과 징, 창, 은철퇴와 금박철퇴가 사방에 보였습니다. 군중과 소음과 복잡과 혼란 와중에, 터번을 쓰고 가운을 입고 수염을 휘날리는 백만 명의 흑인과 황인 사이로 리본으로 장식한 신성한 소들이 셀 수 없이 수두룩하게 돌아다녔습니다. 지저분하지만 신성한 원숭이들도 자기들끼리

깩깩거리며 모스크의 처마를 기어오르거나 첨탑과 건물의 창에 매달려 있었죠. 북적대는 거리에서 강둑까지 수많은 계단들이 내리막을 이루어 헤엄치는 장소로 이어져 있었는데, 강 자체도 사방에서 수면을 뒤덮고 있는 짐을 가득 실은 선박들의 함대 사이를 간신히 헤치고 흘러가는 것 같았어요. 도시 경계 너머에는 야자나무와 코코아나무가 다른 특이하고 거대한 나이 많은 나무들과 당당하게 무리 지어 서 있는 게 자주 보였습니다. 여기저기 논과 농부들의 초가집, 저수지, 홀로 떨어진 사당, 집시 야영지, 머리에 항아리를 이고 장대한 강둑으로 홀로 걸어가는 우아한 아가씨가 보였죠.

물론 제가 꿈꾼 거라고 말하겠죠. 하지만 아니에요. 제가 본 것, 들은 것, 느낀 것, 생각한 것에는 틀림없이 꿈에서만 보이는 특징이 전혀 없었습니다. 모든 것이 철두철미하게 앞뒤가 맞았어요. 처음에는 제가 진짜 깨어 있는 게 맞나 싶어서 여러 가지 시험을 해봤는데, 그걸로 정말 깨어 있는 게 맞다는 확신이 들었습니다. 사람이 꿈을 꿀 때는 말이죠, 꿈속에서 이게 꿈인가 의심하면, 의심은 언제나 확신이 되고, 거의 그 즉시 잠에서 깨어나게 되거든요. 그래서 '꿈꾸는 꿈을 꾸면 거의 깰 때가 된 것이다'라는 노발리스의 말이 옳은 겁니다. 꿈이라는 걸 의심하지 않은 채 앞서 묘사한 환상을 보았다면, 그건 분명 꿈이었을 겁니다. 하지만 그런 환상이 나타났고 꿈인지 의심해서 시험까지 해봤기 때문에 다른 실제 현상들과 같은 부류에 넣지 않을 수 없는 거죠."

"이 점에서는 자네가 틀렸는지 확신을 못 하겠군." 템플턴 선생이 말했다. "그래도 계속해주게. 자네는 일어나 도시로 내려갔지."

"일어났죠." 베들로는 대단히 놀란 표정으로 의사를 바라보며 이야기를 계속했다. "선생님 말씀대로 일어나 도시로 내려갔습니다. 가는 도중 대로마다 엄청난 사람들 무리와 마주쳤는데 다들 같은 방향으로 가고 있었고 굉장히 흥분해 있더군요. 느닷없이 상상할 수 없는 충동이 들면서 지금 무슨 일이 벌어지고 있는지가 말도 못하게 궁금해졌습니다. 뭔지는 정확히 알 수 없지만 제가 해야 할 중요한 역할이 있는 것 같았죠. 하지만 저를 둘러싸고 있는 무리에는 깊은 적대감이 들었어요. 그 무리를 피해 재빨리 우회로를 택해 도시로 들어갔습니다. 도시 안은 아주 난리법석이었습니다. 일부 영국 제복을 입은 신사들의 지휘 아래, 반은 인도식, 반은 유럽식 옷을 입은 소규모 무리가 골목길로 꾸역꾸역 밀려드는 떼거지와 치열한 싸움을 벌이고 있었어요. 저는 쓰러진 장교의 무기로 무장하고 약한 쪽에 합류해서 절망감에 기를 쓰며 누군지도 모르는 적과 싸웠습니다. 우린 곧 수적으로 제압당해 정자 비슷한 곳으로 피신했습니다. 여기서 바리케이드를 쳤고 당분간은 안전했죠. 정자 꼭대기 즈음에 있는 구멍으로 보니 엄청나게 흥분한 군중이 강 위로 돌출되게 지어진 화려한 궁전을 둘러싸고 공격하고 있더군요. 곧 궁전 위쪽 창에서 여자처럼 약해 보이는 사람이 수행원들의 터번으로 만든 줄을 타고 내려오더니, 가까이 준비된 보트를 타고 반대편 강둑으로 탈출했습니다.

이제 새로운 목표가 강력하게 제 마음을 사로잡았습니다. 저는 동료들에게 서둘러 힘차게 몇 마디 해서 제 목적에 동조하는 몇 명을 확보한 다음 정자에서 맹렬히 돌격했어요. 정자를 둘러싸고 있는 무리들 사이로 돌진했죠. 그자들은 처음에는 우리 앞에서 물러나더니, 다시 집결해 미친 듯이 싸우다 또다시 후퇴했습니다. 그사이 우리는 정자에서 멀리까지 나가서 당황한 나머지, 외층이 돌출된 꼬리긴 긴

들이 즐비한 좁은 골목으로 휩쓸려 들어갔어요. 햇빛이 한 번도 들어온 적 없는 구석진 골목이었죠. 그 무리는 창으로 쑤셔대고 화살을 퍼부어대며 맹렬하게 육박해 들어왔습니다. 이 화살이 아주 대단했는데 어떤 면에서 말레이시아 사람들이 쓰는 물결 모양 단도랑 비슷했어요. 기어가는 뱀 모양으로 길고 검은색이었는데 화살촉에는 독이 발려 있었습니다. 그중 하나가 제 오른쪽 관자놀이에 박혔습니다. 저는 비틀거리며 쓰러졌죠. 온몸에 즉시 무시무시한 통증이 퍼져 나갔습니다. 저는 몸부림쳤고, 숨을 헐떡거렸고, 죽어버렸습니다."

"그럼 자네는 지금 살아 있지 못할 것 아닌가." 내가 미소 지으며 말했다. "자네 모험이 다 꿈이 아니라면 말일세. 자네가 죽었다고 주장하려는 건 아니겠지?"

이렇게 말했을 때 물론 나는 베들로가 재치 있게 반격하리라고 생각했지만, 놀랍게도 그는 주저하며 몸을 떨더니 무섭도록 창백해진 채 가만히 있었다. 나는 템플턴 선생을 바라보았다. 선생은 의자에 꼿꼿이 앉아 있었다. 이가 딱딱 맞부딪쳤고 눈은 튀어나올 것 같았다. "계속하게!" 선생이 마침내 쉰 목소리로 베들로에게 말했다.

베들로가 계속했다. "몇 분 동안 감각이라고는, 느껴지는 것이라고는 죽음에 대한 의식과 함께 어둡고 아무것도 없다는 느낌뿐이었습니다. 마침내 갑자기 격렬한 충격이 마치 전기처럼 제 영혼을 관통했어요. 그와 함께 회복하는 느낌, 빛의 느낌이 오더군요. 빛을 본 게 아니라 느꼈어요. 순식간에 제가 땅에서 떠오르는 것 같았습니다. 하지만 어떤 육체적 존재감도 느껴지지 않았어요. 보이지도 들리지도 만져지지도 않았습니다. 군중은 떠나고 없었어요. 혼란도 멈췄고요. 도시는 상대적으로 조용해졌습니다. 제 아래 제 시체가 놓여 있었어요. 관자놀이에는 화살이 꽂혀 있고 머리 전체가 엄청나게 부풀고 꼴사납게 변해 있었죠. 하지만 이 모든 것도 느낀 거지, 본 게 아닙니다. 아무것에도 관심이 없었어요. 심지어 그 시체조차 나와는 상관없는 문제 같았습니다. 아무런 의지도 없었지만 움직여야 될 것 같은 압박이 느껴져 두둥실 떠서 도시를 떠나 아까 들어올 때 걸어왔던 우회로를 다시 되짚어 돌아갔어요. 산속 골짜기로 가 하이에 나를 만났던 지점에 도착했을 때, 다시 한 번 감전되는 듯한 충격을 느꼈습니다. 무게감, 의지, 실체감이 다시 돌아오더군요. 전 다시 원래의 제 자신이 되어 열심히 집으로 돌아왔습니다. 하지만 그 과거는 현실의 생생함을 잃지 않았고, 지금도, 심지어 아주 잠깐 동안도 전 그 과거를 절대 꿈이라고는 생각할 수 없습니다."

"꿈이 아니지." 템플턴이 아주 엄숙한 분위기로 말했다. "하지만 달리 뭐라고 불러야 하는지는 어려운 문제일세. 그저 현재 인간의 영혼이 어떤 엄청난 정신적 발견을 이루기 직전이라고만 해두세. 우선은 이 가정으로 만족하자고. 나머지에 대해서는 설명할 말이 있어. 여기 수채화가 있네. 전에 보여줬어야 했지만 설명할 수 없는 두려움 때문에 지금까지 보여주지 못한 걸세."

우리는 선생이 내민 그림을 보았다. 나는 그림에서 아무 특별한 점을 발견하지 못했지만, 그림이 베들로에게 미친 영향은 엄청났다. 그림을 본 그는 거의 기절할 기색이었다. 하지만 그 그림은 그저 그의 남다른 특징을 기적적으로 정확하게 그린 조그만 초상화였을 뿐이다. 적어도 그림을 본 내 생각은 그랬다.

"이 그림의 날짜가 보일 걸세." 템플턴이 말했다. "여기, 이쪽 구석에, 거의 안 보이게, 1780년이라고, 이 초상화는 그해에 그려졌네. 오뎁이라는 죽은 친구의 초상이야. 워런 헤이스팅스가 통치하던 시기 캘커타에서 가까워진 친구였지. 그때 난 고작 스무 살이었어. 새러토가에서 자네 베들로를 처음 봤을 때 자네에게 다가가 말을 걸고 친구가 되고 그런 치료들을 해서 결국 자네의 변치 않는 벗이 된 것은 자네와 이 그림이 기적처럼 비슷했기 때문이었네. 이렇게 된 것은 부분적으로, 아니 주로 죽은 친구에 대한 후회스러운 기억 때문이었어. 하지만 부분적으로는 불편하면서도 두려움이 없지만은 않은, 자네에 대한 호기심 때문이었네.

산에서 나타난 환상을 상세히 말하면서 자네는 신성한 강가에 자리한 인도의 도시 바라나시를 아주 정확하게 묘사했네. 그 폭동과 전투, 학살은 1780년에 일어난 체이트 싱 반란 때 실제 일어났던 사건들이었어. 그때 헤이스팅스가 거의 목숨을 잃을 뻔했지. 터번 줄로 탈출한 사람은 체이트 싱 본인이고. 정자에서 싸우던 사람들은 헤이스팅스가 이끌던 인도인 용병들과 영국 장교들이었네. 나도 거기 있었고, 그 복잡한 골목에서 뱅골인의 독화살을 맞고 쓰러진 장교가 무모하게 돌격해 나가 죽지 않게 하려고 안간힘을 다했지. 그 사람이 바로 올뎁이었네. 이 글을 보면 알겠지만, (이 대목에서 선생은 공책 하나를 꺼냈는데, 그중 몇 페이지는 새로 쓴 것처럼 보였다) 자네가 산에서 이런 환상에 빠져 있던 바로 그때, 나는 여기 집에서 그 일을 상세히 적고 있었다네."

이 대화를 나누고 약 일주일 후, 다음 기사가 샬러츠빌 신문에 실렸다.

본지는 가슴 아픈 의무를 다해 온후한 태도와 선행으로 오랫동안 샬러츠빌 주민들의 사랑을 받아온 어거스터스 베들로 씨의 부고를 알리는 바이다.

베들로 씨는 지난 몇 년간 신경통을 앓아왔으며 종종 생명의 위협을 받을 정도로 위중한 상태에 처하기도 했다. 하지만 이는 베들로 씨 사망의 간접적 원인에 불과하다. 주원인은 매우 기이하다. 베들로 씨는 며칠 전 래기드 산으로 산책을 갔다가 가벼운 감기와 열병에 걸렸고 이로 인해 머리에 피가 과도하게 몰렸다. 이를 완화시키기 위해 템플턴 선생은 국소 출혈을 시도하여 관자놀이에 거머리들을 올려놓았다. 환자는 무시무시할 정도로 순식간에 사망했고, 그제야 거머리들을 넣어둔 항아리에 인근 연못에서 이따금 발견되는 독거머리 한 마리가 우연히 들어온 것이 밝혀졌다. 이 독거머리는 오른쪽 관자놀이 소동맥에 달라붙었다. 의료용 거머리와 몹시 흡사하게 생긴 탓에 실수를 발견하지 못했고, 결국 모든 것이 너무 늦어버린 것이다.

주의: 샬러츠빌의 독거머리는 다음을 살피면 의료용 거머리와 확실히 구분할 수 있다. 독거머리는 검은색이고 특히 뱀과 거의 흡사하게 꿈틀대거나 구불구불 움직이는 것이 특징이다.

문제의 신문 편집자와 이 놀라운 사건에 대해 대화를 나누던 중, 어쩌다 고인의 이름이 '베들로Bedlo'로 기재되었을까 하는 생각이 나서 물어보았다.[103]

"제 생각에는 이렇게 철자를 쓰신 근거가 있을 것 같군요." 내가

말했다. "전 항상 그 이름 끝에 e가 붙는다고 생각했거든요."

"근거요? 아닙니다." 편집자는 대답했다. "그저 오타가 난 겁니다. 그 이름은 세계 어디를 가나 e가 붙는 베들로^{Bedloe}죠. 평생 다르게 쓰이는 것은 본 적이 없습니다."

나는 돌아서며 중얼거렸다. "그렇다면 정말이지 진실이 어떤 소설보다 기이하군. e가 없는 베들로^{Bedlo}는 올뎁^{Oldeb}을 거꾸로 쓴 이름 아닌가? 그런데 이 편집자는 오타라고 하다니."

군중 속의 남자

큰 불행은, 혼자 있을 수 없다는 것.
_라 브뤼예르[104]

어떤 독일 책을 두고 "독서를 용납하지 않는 책"이라고 하는데, 그건 옳은 말이다. 세상에는 말해서는 안 되는 비밀들이 있다. 밤마다 사람들이 고해신부의 손을 비틀 듯 꼭 쥐고 그 눈을 애처롭게 바라보며 절망하고 경련을 일으키며 침상에서 죽어간다. 세상에 밝힐 수 없는 끔찍한 비밀 때문이다. 가끔 인간의 양심은 무덤 속에서나 내려놓을 수 있는 너무나 끔찍하고 무거운 짐을 지고 간다. 그러기에 모든 범죄의 핵심이 누설되지 않는 것이다.

얼마 전 어느 가을날 밤이 다 되어가는 시각에, 나는 런던 D카페의 커다란 궁형 창가 자리에 앉아 있었다. 몇 달 동안 건강이 좋지

---

104 라 브뤼예르의 《성격론》(1866)에서 가져온 이 구절의 원문은 "인간의 모든 폐해는 혼자 있을 수 없다는 데서 기인한다tout notre mal vient de ne pouvoir etre seuls"인데, 여기서 포가 살짝 비틀어 "큰 불행은, 혼자 있을 수 없다는 것Ce grand malheur, de ne pouvoir etre seul"으로 썼다. 라 브뤼예르의 이 원문은 포의 다른 단편인 〈메첸거슈타인〉에서도 인용된다.

않았지만 지금은 회복 중이고 기력도 돌아와서 죽을 것 같은 권태와 딱 정반대인 행복한 기분에 젖어 의욕이 절정에 달해 있었다. 활발하지만 공정한 라이프니츠의 이성이 무모하고 얄팍한 고르기아스의 이성을 능가하듯이, "머릿속에서 막이 걷히면서"[105] 지성이 감전이라도 된 듯 흥분해 평소 상태를 훨씬 능가하는 그런 느낌이었다. 숨만 쉬어도 기뻤고, 고통스러운 게 당연한 상황에서조차 적극적으로 기쁨을 찾아냈다. 모든 것에서 흥분하지 않으면서도 꼬치꼬치 알고 싶은 흥미를 느꼈다. 나는 담배를 물고 다리에 신문을 올려놓은 채 광고를 꼼꼼히 들여다보기도 하고 카페 안 다양한 인간 군상을 관찰하기도 하고 뿌연 유리창을 통해 거리를 내다보기도 하며 오후 시간 대부분을 홀로 즐겁게 보냈다.

그 거리는 도시의 주요 대로 중 하나여서 하루 종일 굉장히 북적댔다. 하지만 어둠이 다가오면서 사람들이 시시각각 더 늘어나 가로등 불빛이 들어왔을 무렵에는 두 줄기의 빽빽한 인파가 끊임없이 카페 문 앞을 서둘러 지나치고 있었다. 이런 저녁 시각에 이렇게 앉아 있어본 적이 한 번도 없었기 때문에 떠들썩한 인파를 보는 게 신기하고 즐거웠다. 마침내 나는 호텔 안의 번잡한 일들에 신경을 끄고 바깥 광경을 바라보는 데만 몰두했다.

처음에는 추상적이고 일반적인 방식의 관찰이었다. 군중 속의 행인들을 바라보며 그들의 집단적 관계를 생각했다. 하지만 곧 구체적 특징들로 빠져들어 체격, 옷차림, 분위기, 걸음걸이, 얼굴, 표정 등 온갖 다양한 면모들을 자세히 관찰했다.

105　그리스의 서사시 《일리아드》에 나오는 구절. 원문은 그리스어로 인용되어 있다.

대부분의 사람들은 만족스러운 사무적 태도로 걸으면서 오로지 인파를 뚫고 지나갈 생각만 하는 것 같았다. 그들은 눈썹을 찌푸리고 재빨리 눈알을 굴렸고, 행인들이 밀쳐도 짜증내지 않고 옷매무새를 가다듬은 후 계속해서 서둘러 걸어갔다. 또 다른 많은 사람들은 주위를 빽빽하게 둘러싼 사람들 때문에 오히려 외로움을 느끼는 것처럼 얼굴을 붉힌 채 약간 들뜬 몸짓으로 혼잣말을 해가며 걸어갔다. 이 사람들은 진로를 방해받으면 갑자기 중얼거림은 멈췄지만 손짓은 두 배로 크게 하고 입술에는 공허하고 과장된 미소를 띤 채 길을 막은 사람이 지나가기를 기다렸다. 누가 밀치면 밀친 사람에게 연신 고개를 숙이며 영문을 알 수 없다는 듯 당황한 표정을 지었다. 행인들의 다수를 차지하는 이 두 부류의 사람들에게는 지금껏 말한 것 이상의 특징은 없었다. 옷차림은 누가 봐도 점잖은 계층에 속했다. 분명 귀족이나 상인, 변호사, 무역상, 증권중개인 같은 사람들, 즉 세습 귀족과 평범한 시민들, 또는 유한계급과 책임지고 자기 사업을 하며 자기 일에 적극적으로 종사하는 사람들이었다. 이 사람들은 내 관심을 크게 끌지 못했다.

눈에 띄는 사무원 집단은 두 부류로 뚜렷이 구분되었다. 우선 별 것 아닌 집안 출신의 하급 사무원들은 꽉 끼는 코트에 밝은색 부츠를 신고 머리는 기름을 반지르르 발라 넘기고는 입술을 젠체하며 꽉 다물고 있었다. 적당한 용어가 없는 관계로 사무주의라고 부름직한 말쑥한 몸가짐을 제외하면 이들의 태도는 1년이나 1년 반 전쯤 상류사회에서 완성된 태도를 완벽하게 복제한 것 같았다. 그들은 신사계급이 폐기해버린 품위를 지니고 있었는데, 이것이 이 계급을 가장 잘 정의한다고 생각한다.

탄탄한 회사의 상급 사무원이나 '안정된 노장' 부류는 척 보면 알수 있다. 앉기 편한 검정색이나 갈색 코트와 바지에 흰 네커치프와조끼, 튼튼해 보이는 넓은 구두에 두꺼운 양말이나 각반을 한 사람들은 백발백중 이 부류다. 머리는 다들 살짝 벗어졌고, 오른쪽 귀는오랜 세월 펜을 끼워둔 바람에 이상하게 바깥쪽으로 벌어져 있다.이들은 언제나 두 손으로 모자를 벗거나 썼고, 짧은 금사슬이 달리고 고색창연한 문양이 빽빽하게 새겨진 시계를 차고 있었다. 그들을정의하는 것은 체면 차리기였다. 실로 명예롭게 젠체한다는 게 존재한다면 말이다.

멋지게 차려입고 있지만 대도시마다 들끓고 있는 일류급 소매치기들이라는 걸 쉽게 알 수 있는 사람들도 있었다. 호기심을 가지고이 신사들을 꼼꼼히 살펴보았더니 진짜 신사들이 어떻게 이들을 신사로 착각하는지 이해할 수가 없었다. 지나치게 솔직한 분위기를 풍기는 넉넉한 소맷동만 봐도 이들의 정체를 당장 알 수 있을 것이다.

도박꾼들도 적지 않게 발견했는데, 이들은 훨씬 더 알아보기 쉬웠다. 이들은 벨벳 조끼에 화려한 네커치프, 금박 사슬, 세공 단추로장식한 야바위꾼에서부터 무엇보다 의심을 덜 받는 수수한 성직자에 이르기까지 온갖 다양한 차림새를 하고 있었다. 그래도 푸석푸석하고 거무스레한 안색, 흐리멍덩한 눈빛, 핏기 없이 앙 다문 입술을 보면 구분이 갔다. 이뿐만 아니라 도박꾼을 언제나 알아볼 수 있는 두 가지 특징이 더 있었다. 대화할 때 조심스레 어조를 낮추는 것과 엄지손가락을 다른 손가락들과 직각 방향으로 유독 길게 뻗고있는 것이었다. 가끔 뭔가 다른 옷차림의 사람들이 이런 사기꾼들과함께 있는 게 보이기도 했지만, 결국 유유상종일 뿐이다. 이들을 정의하자면 잔머리로 살아가는 신사들이라고 할 수 있겠다. 대중을 등쳐먹고 사는 이들은 대충 멋쟁이와 군인, 두 대대로 나뉜다. 첫 번째의 주된 특징은 긴 머리와 미소이고, 두 번째는 프록코트와 찌푸린 얼굴이다.

고상함이라는 척도의 아래쪽으로 내려가면 더 어둡고 심오한 고찰거리가 나온다. 눈은 매처럼 번득이지만 눈을 제외하고는 오로지 비굴하게 겸손한 표정을 짓고 있는 유대인 행상이 보인다. 건장한 전문 걸인은 오로지 절망에 쫓겨 자비를 구하러 밤거리로 나온, 더 나아 보이는 처지의 걸인을 매섭게 쏘아본다. 죽음의 인장이 확실하게 찍혀 있는 쇠약하고 유령 같은 환자들은 우연한 위로나 잃어버린 희망을 찾아다니기라도 하는 것처럼 비틀대며 군중에게 다가가 애원하는 표정으로 그 얼굴을 하나하나 들여다본다. 오랫동안 늦은 시각까지 일하다 쓸쓸한 집으로 돌아가는 얌전한 처녀들은 불량배들의 시선에 분개하기보다 울먹이며 피해보지만 그 노골적인 시선을 피할 길이 없다. 겉은 파로스 섬 대리석처럼 매끈하지만 안은 쓰레기로 가득한 루키아노스[106]의 작품 속 조각상을 떠올리게 하는 여성미의 절정에 다다른 아름다운 여인에서부터 넝마를 걸친 역겹고 가망 없는 나환자, 젊어 보이려고 최후의 발악이라도 하는 것처럼 보석을 달고 주름진 얼굴에 덕지덕지 화장을 한 노파, 아직 앳된 나이지만 오랜 업계 종사로 끔찍한 교태가 몸에 밴 데다 타락한 선배들과 나란히 어깨를 겨루려는 맹렬한 야심에 불타는 소녀까지 온갖 부류와 연령대의 여자들도 보인다. 주정뱅이들도 수도 없고 형언할

106 그리스 시대 풍자작가로, 그녀스어로 다음들 썼다. 여기서 말하는 작품은 〈꿈〉.

수도 없다. 일부는 누더기를 입고 멍든 얼굴에 흐리멍덩한 눈을 하고 알아듣지 못할 소리를 중얼대며 비틀거렸고, 또 일부는 지저분한 옷이나마 갖추어 입고 관능적인 두꺼운 입술과 불그스레한 얼굴에 친절한 표정을 하고는 살짝 비틀대지만 으스대며 걸어갔고, 한때는 고급이었을 소재에 지금도 여전히 꼼꼼히 손질한 옷을 입고 있는 사람들도 있었고, 자연스럽게 활발하게 걷고 있었지만 얼굴은 지독하게 창백하고 눈은 끔찍하게 핏발이 서 있었으며 군중 사이로 걸어가는 동안 손에 닿는 모든 것을 떨리는 손으로 붙드는 남자들도 있었다. 그 외에도 파이 만드는 사람, 짐꾼, 석탄 하역부, 청소부, 풍각쟁이, 원숭이 묘기 장사꾼, 거리의 가수, 가수 옆에서 공연하는 사람들, 가지각색의 남루한 직공과 지친 노동자들로 거리는 귀가 따갑고 눈이 아플 정도로 소음과 엄청난 활력이 넘쳐흘렀다.

밤이 깊어갈수록 바깥 광경에 대한 내 관심도 깊어갔다. (정숙한 부류가 점차 줄어들면서 온화한 품위는 사라지고, 늦은 밤이 온갖 악명 높은 부류를 그들의 소굴에서 불러냄에 따라 거친 특성이 더 두드러지면서) 군중의 전반적 특성이 바뀌었을 뿐만 아니라, 처음에는 저물어가는 햇살과 경쟁하느라 희미했던 가스등이 이제 우위를 점하고 모든 것에 발작적이고 화려한 빛을 던지고 있었다. 테루툴리아누스[107]의 문체에 비견되는 흑단처럼, 모든 것이 어두웠지만 화려하게 빛났다.

강렬한 가로등 불빛에 힘입어 나는 사람들의 얼굴을 하나하나 관

---

107   고대 로마의 기독교 신학자. 그의 문체를 흑단에 비유한 이는 17세기 프랑스 문인
     이자 비평가인 장 발자크이다.

찰했다. 불빛에 비친 세상이 너무나 재빨리 창 앞을 지나가는 바람에 각각의 얼굴들은 흘낏 정도밖에 볼 수 없었지만, 그래도 그때의 기묘한 정신 상태에서는 심지어 그렇게 짧게 슬쩍 본 것만으로도 종종 오랜 세월의 역사가 다 읽히는 것 같았다.

창문에 눈썹을 바싹 대고 군중을 뚫어져라 유심히 관찰하고 있는데 갑자기 (예순다섯이나 일흔 정도 되어 보이는 쇠약한 노인의) 얼굴이 눈에 들어오더니 그 특이한 표정으로 내 관심을 순식간에 사로잡았다. 그 표정과 조금이라도 비슷한 표정은 이제껏 전혀 본 적이 없었다. 그 얼굴을 보자마자 레치[108]가 이 노인을 봤다면 자신이 그린 악마보다 훨씬 더 좋아했을 거라는 생각을 했던 기억이 난다. 노인을 본 그 잠깐 사이에 그 의미를 분석해보려고 애쓰는 동안, 엄청난 정신력, 조심, 인색함, 탐욕, 냉정, 악의, 잔인함, 승리, 즐거움, 과도한 공포, 궁극의 절망감 같은 생각들이 머릿속에서 혼란스럽고 모순적으로 계속 솟아났다. 이상하게 흥분되고 놀라고 매혹되었다. 나는 혼자 중얼거렸다. "얼마나 거친 역사가 그 가슴속에 새겨져 있을까!" 그러자 그 노인을 계속 보고 싶고 더 알아보고 싶은 간절한 갈망이 생겼다. 나는 서둘러 코트를 입고 모자와 지팡이를 챙겨 거리로 나섰지만 노인은 이미 사라진 후였다. 노인이 간 방향으로 군중을 헤치며 급히 걸어갔다. 약간의 고생 끝에 마침내 노인을 발견한 나는 노인의 시선을 끌지 않으려고 조심하며 그 뒤에 바싹 따라붙었다.

이제 노인을 살펴볼 좋은 기회가 생겼다. 노인은 키가 작고 굉장

100   (개그를 [T노 미인그그]의 메노_로)를 그런 뺵닐의 와가 보브스 레시.

히 마르고 허약해 보였다. 옷은 전체적으로 지저분하고 남루했지만 이따금 환한 불빛 아래를 지날 때 보니 더럽기는 해도 좋은 소재의 리넨이었다. 그리고 내가 잘못 본 건지 모르겠는데, 중고가 분명한 로클로르의 단추를 꼭꼭 여미고 있었지만 해진 틈 사이로 다이아몬드와 단도가 흘낏 보였다. 이걸 보고 나니 호기심이 더 고조되어 나는 노인이 어디로 가든 따라가겠다고 결심했다.

이제 밤이 깊었다. 습기 찬 깊은 안개가 온 도시를 뒤덮고 있다가 곧 작심한 듯 비가 세차게 내리기 시작했다. 날씨의 변화는 사람들에게 기묘한 영향을 미쳐 다들 일순 동요하더니 곧 우산이 온 세상을 뒤덮었다. 망설임과 밀치기, 소음이 열 배는 더 커졌다. 나로 말하자면, 비는 별로 개의치 않았다. 몸속에 남아 있던 오랜 열 때문에 습기가 위험할 정도로 상쾌하게 느껴졌다. 나는 손수건으로 입을 감싸고 계속해서 걸어갔다. 노인은 약 30분 동안 넓은 대로를 힘겹게 걸어갔고 나도 놓칠까 봐 그 뒤에 바짝 붙어 갔다. 노인은 한 번도 뒤를 돌아보지 않아 나를 보지 못했다. 이윽고 대로와 교차하는 길로 꺾어 들어갔는데, 방금 나온 길만큼은 아니지만 여기도 사람들로 붐볐다. 여기서 노인의 태도는 확연하게 변했다. 전보다 걸음이 더 느려졌고 목적도 별로 없는 것처럼 더 주저하며 걸었다. 노인은 별다른 목표도 없이 길을 건너고 또 건넜다. 인파가 여전히 붐비고 있었기 때문에 그럴 때마다 나는 그 뒤에 바짝 붙어 따라갈 수밖에 없었다. 거리는 좁고 길었고, 노인이 거의 한 시간 가까이 걷는 동안 행인들도 점차 줄어들어 보통 정오 무렵 브로드웨이 공원 근처에서 볼 수 있는 정도만 남았다. 미국에서 가장 붐비는 도시와 런던 인파의 차이점이 그렇게 크다. 두 번째로 다른 길로 꺾어 들어가자 불이

392

환히 켜지고 사람들이 북적이는 광장이 나왔다. 노인은 다시 예전 태도를 취했다. 턱을 가슴까지 당기고 눈썹을 찌푸린 채 자신을 에워싼 사람들을 향해 눈을 사방으로 굴렸다. 노인은 한결같이 참을성 있게 길을 재촉했다. 하지만 놀랍게도 광장을 한 바퀴 돌고 나자 돌아서서 왔던 방향으로 다시 돌기 시작했다. 더 놀라운 것은 그렇게 몇 바퀴를 돌았다는 것이다. 한번은 느닷없이 돌아서는 통에 거의 나를 볼 뻔한 적도 있다.

노인은 이렇게 한 시간을 더 걸었고, 그즈음이 되자 처음보다는 앞을 가로막는 사람들이 훨씬 줄어들었다. 비는 세차게 내렸고 공기는 차가워졌고 사람들은 집으로 돌아가고 있었다. 그는 초조한 몸짓을 하며 비교적 인적이 드문 뒷골목으로 들어갔다. 그가 이 길을 따라 그 나잇대 사람의 움직임이라고는 상상할 수 없는 속도로 4분의 1마일을 달려가는 바람에 쫓아가느라고 아주 애를 먹었다. 몇 분 뒤 우리는 북적대는 커다란 시장에 이르렀는데, 노인이 잘 아는 지역 같았다. 그는 다시 원래 태도로 돌아가 상인들과 손님들 사이를 목적 없이 왔다 갔다 했다.

이곳에서 보낸 한 시간 반 남짓 동안 나는 노인의 시선을 끌지 않으면서도 가까이에서 있기 위해 몹시 주의해야만 했다. 다행히 나는 방수용 생고무 덧신을 신고 있어서 아무 소리도 내지 않고 움직일 수 있었다. 노인은 한순간도 내가 지켜보고 있는 것을 보지 못했다. 그는 이 가게 저 가게에 들렀지만 아무것도 사지 않고 말도 한마디 없이 멍하니 물건들을 쳐다보기만 했다. 이제 나는 노인의 행동에 완전히 놀라서 노인에 대해 어느 정도 흡족할 만큼 알게 되기 전까지는 절대 떨어지기 않게되고 굳게 결심했다.

시계가 커다란 소리로 11시를 알리자, 사람들이 급속히 시장을 떠나기 시작했다. 덧문을 닫고 있던 상인이 노인을 밀치자 순간 노인의 몸이 심하게 떨렸다. 그는 황급히 거리로 나와 잠시 주위를 불안하게 둘러보다 인적 없는 꼬불꼬불한 골목을 믿을 수 없이 재빠르게 달려갔고, 마침내 우리는 우리가 출발했던 D호텔이 있는 대로로 다시 나왔다. 하지만 그곳 분위기는 아까와 달랐다. 여전히 가스등이 환하게 밝혀져 있었지만 비가 세차게 퍼붓고 있어서 사람들은 거의 보이지 않았다. 노인의 얼굴이 창백해졌다. 그는 한때 사람들로 북적였던 거리를 몇 걸음 울적하게 걸어가다 깊은 한숨을 내쉬며 강 쪽으로 방향을 틀어 온갖 꼬불꼬불한 길을 거쳐 마침내 큰 극장들이 보이는 곳으로 나왔다. 극장 문이 닫힐 시간이 다 되어 관객들이 문으로 쏟아져 나오고 있었다. 노인은 숨을 쉬기 힘든 것처럼 헐떡거리며 군중 속으로 몸을 던졌지만, 극히 고통스러웠던 표정은 어느 정도 편해진 것 같았다. 그는 다시 고개를 숙이고 처음 봤을 때의 모습으로 돌아갔다. 노인은 이제 가장 많은 사람들이 갔던 길을 따라가고 있었지만, 나는 그 종잡을 수 없는 행동이 대체적으로 도무지 이해가 되지 않았다.

노인이 걷고 있는 동안 사람들은 점점 흩어졌고, 그러자 그는 다시 아까처럼 불안해하며 동요했다. 한동안은 열두어 명 정도 되는 술꾼 무리를 바싹 따라갔지만, 이 무리에서도 사람들이 하나둘 떨어져 나가더니 인적 드문 좁고 음울한 골목에 이르렀을 때에는 결국 셋밖에 남지 않았다. 노인은 걸음을 멈추고 잠시 생각에 잠긴 듯했다. 그러다 역력히 불안한 기색으로 걸음을 재촉해 도시 외곽까지 갔다. 지금까지 다녔던 곳과는 매우 다른 지역이었다. 이곳은 런던에서 가장 불쾌한 구역으로, 모든 것에 비참한 가난과 지독한 범죄로 얼룩진 최악의 낙인이 찍혀 있었다. 간간이 마주치는 램프에서 나오는 희미한 불빛에 사방팔방으로 곧 쓰러질 것처럼 비스듬히 서 있는 오래되고 벌레 먹은 높은 목조 주택들이 보였다. 그 비스듬한 건물 사이로는 길 비슷한 것조차 찾기 힘들었다. 포석도 아무렇게나 깔려 있었고 그 사이로 무성하게 자라 나온 잡초 때문에 자리에서 어긋나 있었다. 더러운 시궁창에서는 역겨운 오물이 썩어가고 있었다. 분위기는 온통 황량했다. 그래도 계속 걸어가고 있으니 점차 다시 사람 사는 소리들이 들렸고 마침내 런던에서 가장 소외된 사람들이 무리 지어 이리저리 비틀거리며 걷는 모습이 보였다. 마치 꺼질 때가 다 된 램프처럼 노인의 기운이 다시 깜박대며 불타올랐다. 그는 다시 발걸음도 가볍게 앞으로 걸어갔다. 갑자기 모퉁이를 돌자 휘황찬란한 불빛이 눈앞에 나타났다. 우리는 교외에 자리한 거대한 폭음의 사원, 술이라는 악마의 궁전 앞에 서 있었다.

이제 거의 동틀 녘이 다 되었는데도, 수많은 비참한 고주망태들이 깃발 펄럭이는 술집 입구를 여전히 들락거리고 있었다. 노인은 날카로운 환호성을 내지르며 안으로 들어가 즉시 원래의 자세를 되찾더니 특별한 목적도 없이 사람들 사이를 왔다 갔다 했다. 하지만 오래지 않아 사람들이 문 쪽으로 몰려 나가는 것으로 보아 곧 주인이 문을 닫는다는 것을 알 수 있었다. 순간 그렇게 끈덕지게 지켜봐 온 이상한 노인의 얼굴에서 절망보다 더 강렬한 어떤 감정이 보였다. 그래도 그는 주저하지 않고 있는 힘을 짜내 거대한 런던의 중심부로 당장 발길을 돌렸다. 노인은 오랫동안 도망치듯 재빨리 걸었다. 나는 놀라움을 금치 못하며 그 뒤를 따라고 내 관심을 온통 사로잡고 있는 이 노인을 관찰하는 것을 절대 그만둘 수 없다고 단단히 결심했다. 그렇게 걷고 있는 동안 해가 떠올랐다. 수많은 인구를 자랑하는 이 도시에서 가장 북적대는 상업 중심지, D호텔이 자리한 거리에 다시 도착했을 때, 거리는 전날 저녁 보았던 광경에 거의 뒤지지 않을 정도로 떠들썩하게 들썩이고 있었다. 시시각각 커져가는 당혹감에도 불구하고 나는 여기서 오랫동안 노인의 뒤를 끈질기게 쫓았다. 하지만 전과 마찬가지로 그는 이리저리 걸으며 낮 내내 거리의 소란에서 벗어나지 않았다. 두 번째 밤의 어스름이 다가오자, 죽을 지경으로 지친 나는 그 방랑자 바로 앞에 발을 멈추고 얼굴을 뚫어져라 바라보았다. 노인은 나를 알아차리지 못하고 그 엄숙한 걸음을 계속했다. 나는 따라가기를 그만두고 그 자리에 남아 생각에 잠겼다. 마침내 나는 말했다. "저 노인은 큰 범죄를 저지르는 유형이자 범죄의 귀재이다. 그는 혼자 있기를 거부하는 군중 속의 남자다. 따라가 봤자 소용없다. 노인에 대해서도, 노인이 저지른 짓에 대해서도 더 이상 알아내지 못할 테니까. 세상 최악의 마음은 《영혼의 정원》[109]보다 더 두꺼운 책이며, 그것이 '독서를 용납하지 않는 책'이라는 것이 어쩌면 신이 베푼 가장 큰 자비 중 하나가 아닐까."

---

109 [원주] 그뤼닝거(중세 독일의 인쇄공─옮긴이)의 《영혼의 작은 정원에 대한 짧은 연설》.

모렐라

그 자체로 홀로, 영원히 유일한 하나로.
_플라톤, 《향연》

　나는 깊고도 몹시 기묘한 애정으로 친구 모렐라를 대했다. 우리는 몇 년 전 우연히 알게 되었는데, 첫 만남부터 내 영혼은 전에는 몰랐던 열정으로 타올랐다. 하지만 그 열정은 에로스적 열정이 아니었다. 그 색다른 의미를 정의할 수도 없고 그 모호한 농도를 조절할 수도 없다는 것을 서서히 깨달으며 내 영혼은 쓰라리고 아팠다. 그래도 우리는 만났고, 운명은 우리 둘을 제단에서 맺어주었다. 나는 정열에 대해 이야기하지도 않았고 사랑에 대해 생각하지도 않았다. 하지만 모렐라는 사람들을 피하고 오직 내게만 집착해서 나를 행복하게 했다. 놀라운 행복이다. 꿈같은 행복이다.

　모렐라는 심오하게 박식했다. 말할 것도 없이, 재능도 보통이 아니었고 정신력도 어마어마했다. 이를 느낀 나는 많은 문제에 있어 모렐라의 제자가 되었다. 하지만 곧 모렐라는, 아마도 프레스부르크[110]에서 받은 교육 때문인지, 보통 초기 독일문학에서 별 가치 없는 것으로 평가받는 신비주의 글들을 내 앞에 내놓았다. 이유는 알 수 없지만 이것이 모렐라가 가장 좋아하고 꾸준히 연구하는 분야였다. 시간이 지나면서 나 또한 그렇게 된 것은 습관과 예시라는, 단순하지만 효과적인 영향 탓이었을 것이다.

내 생각이 틀리지 않다면, 이 모든 일에서 내 이성의 역할은 미미했다. 크나큰 착각이 아니라면, 나의 확신은 내 행동이나 생각 속에 나타나는 관념의 영향도, 내가 읽은 신비주의 글에 물든 것도 절대 아니었다. 이를 확신한 나는 아내의 지도에 전적으로 따랐고 아내가 하는 복잡한 연구에 주저 없이 뛰어들었다. 금지된 책을 탐독하면서 내 안에서는 금지된 열정이 타올랐다. 모렐라는 차가운 손을 내 손에 얹고 죽은 철학의 잔재에서 숨겨진 기묘한 말들을 긁어모았고, 그 기이한 의미는 내 기억에 화인처럼 새겨졌다. 나는 몇 시간이고 모렐라 옆을 떠나지 못하고 그 음악 같은 목소리를 음미하곤 했다. 그러다 마침내 그 음악은 공포로 물들었고 나는 파랗게 질려 이 세상의 것 같지 않은 그 어조에 남몰래 진저리 쳤다. 그리하여 기쁨은 갑자기 퇴색해 공포가 되었고, 가장 아름다운 것이 가장 끔찍하게 변했다. 힌놈이 게헤나가 되었듯이.[111]

앞서 언급한 서적들에서 발전해 나와, 아주 오랜 시간 동안 모렐라와 나의 거의 유일한 대화 주제가 되었던 그 연구의 자세한 성격

---

110 현 슬로바키아 수도 브라티슬라바. 프레스부르크는 오스트리아 지배를 받던 시기의 독일식 지명이다.

111 예루살렘 근처에 자리한 힌놈 계곡을 히브리어로 읽으면 게헤나Gehenna이다. 원래 이 계곡의 이름은 유대의 고대 영웅 힌놈의 이름을 따서 붙여졌으나, 이곳에서 우상신 바알과 몰록을 숭배하던 유대인들이 자녀를 불에 태워 바치는 제의를 벌여 지옥을 상징하는 이름이 되었다.

까지 말할 필요는 없을 것이다. 소위 신학도덕이라는 것을 배운 사람이라면 즉시 이해할 테고, 배우지 않은 사람이라면 어떻게 해도 거의 이해하지 못할 테니까. 대개 피히테의 열광적 범신론, 피타고라스의 수정 윤회론, 무엇보다 셸링이 강력히 주장한 **정체성론**이 상상력 풍부한 모렐라에게는 최고로 아름다운 토론거리였다. 존 로크는 개인적 정체성이 이성적 존재의 분별력에 있는 것으로 정의한다. 그리고 우리는 개인을 이성을 갖춘 지적 실체로 이해하며 사고에는 늘 의식이 수반되기 때문에, 이것이야말로 우리를 우리 자신으로 존재하게 하는 것이다. 그로 인해 우리는 사고하는 타인들로부터 구분되고 개인적 정체성을 갖게 된다. 하지만 내가 늘 지대한 흥미를 가지고 고찰한 주제는 '개체화의 원칙'—죽은 후에도 존재하며 영원히 사라지지 않는 정체성이라는 개념—이었다. 그 주제가 까다롭고 흥미진진했기 때문이라기보다는 그 주제들에 대해 이야기할 때면 모렐라가 눈에 띄게 흥분했기 때문이었다.

하지만 시간이 가면서 언젠가부터 아내의 알 수 없는 태도가 나를 주문처럼 압박하기 시작했다. 나는 모렐라의 창백한 손길을, 음악 같던 나지막한 어조를, 음울한 눈빛을 더 이상 참을 수가 없었다. 모렐라도 다 잘 알고 있었지만 나를 나무라지 않았다. 마치 내 유약함이나 어리석음을 안다는 듯이 미소 지으며 이를 '운명'이라고 했다. 또한 나는 모르는 바이지만, 모렐라는 내 관심이 왜 점차 사라져가는지도 알고 있는 것 같았다. 그래도 내게는 어떤 암시나 신호도 주지 않았다. 하지만 모렐라도 여자였고 결국 나날이 수척해져갔다. 머지않아 뺨에는 늘 불그스레하게 열꽃이 피었고 파리한 이마에는 푸른 정맥이 도드라졌다. 어떤 때는 마음이 녹아내리면서 연민이 들었다가도, 다음 순간 그 의미심장한 눈빛과 마주치면 갑자기 넌더리가 나면서 깊이를 알 수 없는 황량한 심연을 내려다보는 것처럼 아찔한 기분이 들었다.

그렇다면 나는 모렐라의 죽음을 간절하고 절실하게 염원했던 것일까? 사실 그랬다. 하지만 그 연약한 영혼은 흙으로 만든 육체를 떠나지 않고 찰싹 달라붙어 있었다. 며칠이, 몇 주가, 짜증나게도 몇 달이 지나자, 결국 바싹바싹 타들어가던 내 신경은 폭발해버렸다. 나는 일이 지체되는 데 악마처럼 분노했고, 하루하루를, 한 시간 한 시간을, 쓰라린 일분일초를 저주했다. 그 연약한 생명이 저물어갈수록 죽어가는 하루의 그림자처럼 시간도 점점 더 길어지는 것만 같았다.

하지만 하늘에 바람 한 점 없던 어느 가을 저녁, 모렐라가 나를 침대 옆으로 불렀다. 땅에는 안개가 어슴푸레하게 깔려 있고, 수면에는 따스한 빛이 반짝였고, 10월의 울창한 숲은 하늘에서 무지개라도 떨어진 것처럼 보였다.

내가 다가가자 모렐라가 말했다. "죽든 살든 오늘, 바로 오늘이 그날이에요. 지상의 아들들과 삶에는 좋은 날, 하늘의 딸들과 죽음에는 더 좋은 날이죠!"

내가 이마에 입을 맞추자, 모렐라는 계속 말을 이어갔다.

"지금 난 죽어가지만 계속 살아 있을 거예요."

"모렐라!"

"당신이 날 사랑할 수 있었던 날은 하루도 없었죠. 하지만 당신은 살아 있을 때 증오했던 여자를 죽어서는 사랑하게 될 거예요."

"모렐라!"

"다시 말하지만 나는 죽어가요. 하지만 내 안에는 당신이 나, 모렐라에게 품었던 그 사랑의 맹세가—아무리 작다 해도!—여전히 살아 있어요. 내 영혼이 떠나면 내 아이는 살 거예요. 당신과 나의 아이, 모렐라의 아이가. 하지만 당신에게 남은 날은 슬픔의 나날일 거예요. 가장 오래 사는 삼나무처럼 가장 오래 남는 감정인 슬픔이요. 당신의 행복한 시간은 이제 끝났어요. 파에스툼[112]의 장미는 일 년에 두 번 피어나도 즐거움은 인생에 두 번 오지 않죠. 그러면 마침내 테오스의 시인[113] 놀이도 끝날 거예요. 도금양과 포도나무를 모르는 채 지상에서 수의를 두르고 있게 되겠죠.[114] 메카의 이슬람교도들처럼."

"모렐라!" 나는 외쳤다. "모렐라! 당신은 어떻게 이런 걸 아는 거요?" 하지만 모렐라는 베개에 얼굴을 묻고 사지를 부르르 떨더니 죽었다. 그 목소리는 더 이상 들리지 않았다.

하지만 그녀의 예언대로 아이는, 딸아이는 살아남았다. 아내가 죽으면서 낳은 아이가 어미가 숨을 거두자 숨을 쉬기 시작했던 것이다. 아이는 별나게 크고 총명하게 자랐고, 세상을 떠난 어머니와 판박이처럼 닮았다. 나는 세상 어떤 존재를 이렇게나 사랑하는 것이 가능할까 싶을 정도로 열렬하게 딸아이를 사랑했다.

그러나 얼마 안 가서 이 순수한 사랑의 낙원에 어둠이 닥쳐왔고, 우울과 공포, 슬픔이 몰려와 그 위를 뒤덮었다. 앞서 아이가 별나게 크고 총명하게 자랐다고 말한 바 있다. 정말이지 아이는 신체도 이

---

112   이탈리아 남부의 고대 도시.

113   와인과 여인과 노래를 찬미했던 테오스 출신 시인 아나크레온을 의미.

114   도금양과 포도나무는 비너스와 바쿠스에게 바쳐진 식물로 사랑과 풍요를 상징.

상할 정도로 급속하게 성장했지만, 그 머리의 발달을 지켜보고 있노라면 머릿속에 온갖 무시무시한 생각들이 폭풍처럼 밀려들었다. 매일매일 아이의 생각 속에서 어른의 힘과 여인의 능력을 발견할 때, 유아의 입에서 경험에서 얻은 교훈이 쏟아질 때, 그 크고 호기심 어린 눈 속에서 시시각각 원숙한 지혜와 열정의 빛을 발견할 때, 어떻게 그런 생각이 들지 않을 수가 있겠나? 두려움에 떠는 감각으로 이 모든 것들을 분명히 확인했을 때, 더 이상은 그런 것들을 스스로에게 감출 수도, 공포에 질려 부정하고 싶은 마음에서 떨쳐버릴 수도 없게 되었을 때, 무시무시하고 오싹한 의심이 마음속에 슬금슬금 피어오른 게, 무덤에 묻힌 모렐라가 해준 기이한 이야기들과 섬뜩한 이론들이 다시 소스라치게 생각난 게 당연하지 않겠나? 나는 운명적으로 사랑하게 된 아이를 세상의 감시로부터 차단시켜 철저히 고립된 내 집 안에 두고 사랑하는 아이와 관련된 모든 것을 애타게 조마조마한 심정으로 지켜보았다.

세월은 흘러갔다. 나는 날이면 날마다 아이의 성스럽고 온화하고 감동적인 얼굴을 응시하고 성숙해져가는 모습을 주시했고, 날이면 날마다 아이에게서 죽은 우울한 엄마와의 유사성을 더 발견해나갔다. 시시각각 이 유사성의 그늘은 더 짙어지고 더 충만해지고 더 명확해지고 더 혼란스럽고 더 소름 끼치게 끔찍해졌다. 아이의 미소가 엄마의 미소와 비슷한 것까지는 참을 수 있었지만, 그 둘이 완벽하게 똑같아지자 몸서리가 쳐졌다. 눈이 모렐라와 닮은 것은 참을 수 있었지만, 그 눈 또한 모렐라의 눈처럼 강렬하고 당혹스러운 의미를 담은 채 내 영혼 깊은 곳을 너무나 자주 내려다보곤 했다. 아이의 오뚝한 이마 윤곽이, 비단결같이 매끄러운 고수머리와 그 머리칼에 묻은 창백한 손가락들이, 슬픈 음악 같은 어조가, 그리고 무엇보다, 무엇보다도 사랑하는 아이의 살아 있는 입술에서 나오는 죽은 이의 표현과 문구가 내 마음속에 죽지 않는 벌레처럼 떨칠 수 없는 생각과 공포를 안겨주었다.

그렇게 아이의 인생에서 두 번의 루스트룸[115]이 흘렀지만, 딸아이에게는 여전히 이름이 없었다. 아버지의 애정을 담아 보통 '우리 아가'라거나 '내 사랑' 같은 호칭들을 썼고, 다른 사람들과 어떠한 교류도 없는 철저하게 고립된 생활을 했기 때문이다. 모렐라의 이름은 그녀의 죽음과 함께 죽었다. 엄마에 대해서는 딸에게 한 번도 이야기한 적 없었다. 이야기할 수가 없었다. 사실 얼마 안 되는 삶을 살아오는 동안, 딸아이는 협소한 사적 반경 안에서 주어진 정도를 제외하고는 바깥세상으로부터 어떤 영향도 받지 않았다. 하지만 마침내 세례식이 불안하고 동요한 내 마음에 내 운명의 공포로부터의 구원을 제시해주었다. 세례반 앞에서 나는 어떤 이름을 붙여야 할지 망설였다. 고대와 현대, 우리 나라와 외국의 수많은 지혜롭고 아름다운 이름들, 온화하고 행복하고 선한 이에게 마땅한 수많은 이름들이 내 입술에 맴돌았다. 그런데 도대체 무슨 생각으로 땅에 묻힌 이의 기억을 헤집은 걸까? 무슨 악마에게 홀렸기에 생각만 해도 보랏빛 피가 관자놀이에서 심장까지 썰물처럼 요동치며 빠져나가게 되는 그 소리를 입 밖에 냈을까? 어떤 악령이 내 영혼 깊숙한 곳에서부터 말했기에, 그 고요한 밤 어둑어둑한 복도에 서서 신부님의 귀에 그 음절을 속삭였던 걸까? "모렐라"라고. 악령보다 더한 무엇인가에 아

115　고대 로마에서 5년마다 행한 인구 조사나 세세식에서 유래한 5년의 기간을 뜻다.

이의 얼굴은 경련을 일으켰고 죽음의 색으로 뒤덮였다. 거의 들리지도 않은 그 소리에 화들짝 놀란 아이가 표정 없는 눈을 들어 하늘을 바라보더니 지하 납골당의 검은 석판 바닥에 엎드리며 대답했다. "제가 여기 있나이다!"

그 간단한 몇 마디 소리가 분명하게, 차갑게, 고요하도록 분명하게 내 귀에 들려오더니, 거기서부터 녹아내린 납처럼 쉿쉿거리며 머릿속으로 흘러들었다. 세월은, 세월은 흘러갈 수 있을지 몰라도 그 시절의 기억만큼은…… 절대! 나는 꽃과 포도나무를 모르지 않았지만, 독당근과 삼나무가 밤이고 낮이고 나를 짓눌렀다. 나는 시간도 장소도 생각하지 않았고, 내 운명의 별들은 하늘에서 빛을 잃어 갔다. 그리하여 세상은 어두워졌고, 세상의 형상들은 스치는 그림자처럼 내 옆을 지나쳐 갔으며, 그 가운데 내 눈에 보이는 것은 오로지 모렐라뿐이었다. 하늘에서 부는 바람이 내 귀에는 오직 한 가지 소리로만 들렸고, 바다의 잔물결 역시 끝없이 속삭였다, 모렐라라고. 하지만 딸아이는 죽었다. 나는 내 손으로 직접 아이를 무덤으로 데려갔다. 두 번째 모렐라를 뉘인 납골당에 첫 번째 모렐라의 흔적이 없는 것을 본 나는 길고 쓰라린 웃음을 터뜨렸다.

네가 범인이다

이제 나는 오이디푸스가 되어 래틀버러 수수께끼를 풀겠다. 래틀버러의 기적을 일으킨 지략의 비밀, 오로지 나만 할 수 있는 설명을 여러분에게 자세히 해주겠다. 래틀버러 주민들 사이에 존재했던 신에 대한 불신을 확실히 종식시키고 감히 회의론에 빠졌던 세속적 인간들을 정통적인 할머니들의 믿음으로 개종시킨, 유일하고 진실하고 명백하며 논박의 여지가 없고 논박할 수도 없는 그 기적에 대해서.

(어울리지 않는 경박한 어조로 말하게 되어 유감이지만) 이 사건은 18**년 여름에 일어났다. 래틀버러에서 가장 부유하고 존경받는 시민 중 하나인 바너버스 셔틀워디가 며칠 동안 실종되었는데, 정황상 살인이 벌어진 게 아니냐는 의혹이 생겨났다. 셔틀워디는 어느 토요일 아침 일찍 약 15마일 떨어진 곳에 있는 **시에 갔다가 그날 밤 돌아올 거라는 말을 남기고 말을 타고 래틀버러를 떠났다. 하지만 그가 떠나고 두 시간 후, 그의 말은 주인 없이, 출발할 때 등에

맸던 안장주머니도 없이 돌아왔다. 게다가 부상까지 당했고 온몸이 진흙투성이였다. 이런 상황에 실종자의 친구들은 당연히 몹시 놀랐고, 일요일 아침까지도 셔틀워디가 나타나지 않자 온 마을이 단체로 그의 시신을 찾아 나섰다.

이 수색에 가장 열성적으로 앞장선 사람은 셔틀워디의 절친한 친구 찰스 굿펠로로, 보통 '찰리 굿펠로' 혹은 '올드 찰리 굿펠로'라고 불리는 사람이었다. 놀라운 우연인지 그 이름 자체에 성격에 보이지 않는 영향을 미치는 뭔가가 있는지는 알 수 없지만, 찰스라는 이름을 가진 사람은 백이면 백 대범하고 남자답고 정직하고 성격 좋고 솔직한 데다 듣기 좋은 낭랑하고 명료한 목소리와 "나는 양심이 깨끗하고 누구도 두려워하지 않으며 절대 비열한 행동 같은 것은 하지 않습니다"라고 말하는 것처럼 늘 상대방을 똑바로 바라보는 눈을 가지고 있었다. 그렇기 때문에 무대에 등장하는 친절하고 근심 없는 '단역 신사들'이 모두 다 찰스라는 이름을 가지고 있는 것이다.

자, '올드 찰리 굿펠로'는 래틀버러에 온 지 반년 남짓 되었고 이곳에 와서 정착하기 전의 행적에 대해서는 아무도 알지 못했지만 아무런 어려움도 없이 지역 유지들과 친분을 쌓았다. 남자들은 언제라도 그의 말만 믿고 큰돈을 내줄 자세가 되어 있었다. 당연하지만 여자들도 그에게 호의를 베풀기 위해서라면 뭐든 할 용의가 있었다. 이 모든 것이 그의 이름이 찰스였기 때문이고, 그 결과 소위 그야말로 "최고의 추천서"라 할 수 있는 성실하고 정직한 얼굴을 가졌기 때문이었다.

앞서 셔틀워디가 래틀버러에서 가장 명망 있으며 단연코 가장 부유한 사람 중 하나라고 말한 바 있는데, '올드 찰리 굿펠로'는 그와 마치 친형제처럼 가까운 사이였다. 두 노신사는 옆집에 살았다. 셔틀워디는 좀처럼 '올드 찰리'의 집을 방문하지 않았고 그 집에서 식사를 하는 일이 전혀 없었지만, 그래도 방금 말한 것처럼 두 친구는 엄청나게 가까운 사이가 되었다. '올드 찰리'는 하루도 빠짐없이 서너 번씩 들러 이웃이 잘 지내고 있는지 확인했고, 아침을 먹거나 차를 마시는 일은 부지기수였으며, 저녁은 거의 매일 먹다시피 했다. 두 친구가 한 번에 마시는 와인의 양은 어마어마해서 정말이지 확인이 어려울 정도였다. '올드 찰리'가 가장 좋아하는 술은 샤토 마고였는데, 셔틀워디는 친구가 그 와인을 벌컥벌컥 들이켜는 걸 보며 흡족해하는 것 같았다. 그래서 어느 날 와인이 들어가고 그 당연한 결과로 분별력은 좀 사라졌을 때, 그가 친구의 등을 철썩 때리며 말했다. "내 말하는데 말이야, 올드 찰리, 자네는 내가 평생 만난 사람들 중에서 제일 착한 사람일세. 자네가 그렇게 와인 퍼마시는 걸 좋아하는데 내가 자네한테 샤토 마고를 큰 상자로 하나 선물해주지 않으면 천벌을 받지. 이런 썩을." (셔틀워디에게는 욕을 하는 딱한 습관이 있었는데, 그래 봤자 '이런 썩을'이나 '제기랄'이나 '젠장'을 넘어서는 일은 없었다.) "이런 썩을, 바로 오늘 오후에 최상품 두 상자를 주문해서 자네한테 선물함세. 아, 한다니까! 자넨 아무 말 할 필요 없어. 난 그렇게 할 거고, 이 이야기는 끝일세. 자넨 그냥 기다리기나 해. 언젠가 도착할 거니까. 자네가 전혀 기대도 하지 않고 있을 때 딱!" 셔틀워디의 후함을 보여주는 이 이야기를 한 이유는 두 친구가 얼마나 가까웠는지 보여주기 위해서이다.

　문제의 일요일 아침, 셔틀워디가 살해되었다는 게 거의 확실해지자 '올드 찰리 구맥로'처럼 큰 충격을 받은 사람도 없었다. 흥부글 필끔하게 관통하긴 했지만 목숨은 앗아 가지 않은 총상을 입고 피투성이가 된 말이 주인도, 안장주머니도 없이 돌아왔다는 소식을 듣자마자, 그는 실종자가 친형제나 아버지라도 되는 것처럼 얼굴이 하얗게 질리더니 학질에라도 걸린 듯이 몸을 벌벌 떨었다.

처음에 그는 슬픔으로 무너진 나머지 아무것도 할 수 없었고 어떤 계획도 세울 수 없었다. 그래서 잠시, 한두 주, 아니면 한두 달 정도 기다려보는 게 최선이라며 셔틀워디의 다른 친구들이 소란을 피우지 못하게 말리려고 오랫동안 애를 썼다. 무슨 소식이 올 수도 있고 셔틀워디가 자연스럽게 돌아와서 왜 말을 먼저 보냈는지 설명할 수도 있으니 기다려보자는 것이었다. 비통한 슬픔에 빠져 허우적대는 사람들은 흔히 이렇게 우물쭈물하거나 일을 미루려는 경향을 보이곤 한다. 정신력이 마비된 것처럼 어떤 행동을 하는 것도 두려워하며 그저 침대에 가만히 누워 할머니들 표현대로 "슬픔을 키우는" 것, 즉 문제를 반추하는 것 외엔 아무것도 하지 않으려는 것이다.

래틀버러 주민들은 실로 '올드 찰리'의 지혜와 분별을 높이 샀기 때문에 대다수의 사람들이 그 말에 동의하며 정직한 노신사의 말대로 "무슨 소식이 들릴 때까지" 소란을 피우지 않는 쪽으로 돌아섰다. 결국 이게 대세가 되려는 순간, 행실이 방탕하고 인성도 나쁜 셔틀워디의 젊은 조카가 굉장히 수상쩍게 간섭하고 나섰다. 페니페더라는 이름의 이 조카는 "가만히 있자"는 이유 따위는 들어볼 생각도 없이 "살해된 사람의 시신"을 당장 찾으러 가자고 고집했다. 이게 그가 쓴 표현이었다. 그 순간 굿펠로가 그건 "이상한 표현이니 더이상 쓰지 말라"고 날카롭게 지적했다. '올드 찰리'의 이 말 또한 사람들에게 큰 영향을 미쳤다. 그중 한 사람은 인상적인 질문을 던졌다. "페니페더는 부유한 삼촌의 실종과 관련된 정황을 어떻게 그렇게 속속들이 알기에 '살해되었다'고 분명하고 명료하게 단언하는 건가?" 이를 놓고 다양한 사람들 사이에, 특히 '올드 찰리'와 페니페더 사이에 약간의 비아냥과 말다툼이 벌어졌다. 두 사람의 다툼은 사실 전혀 새로운 일도 아니었다. 지난 서너 달 동안 두 사람 사이에는 호의랄 게 없었기 때문이다. 심지어 페니페더가 자신이 살고 있는 삼촌 집에서 '올드 찰리'가 너무 제멋대로 행동한다고 주장하며 삼촌의 친구를 실제로 때려눕힌 일도 있었다. 그때 '올드 찰리'는 모범적인 절제와 기독교인다운 자애를 보여주었다고 전해진다. 나가떨어졌다가 일어난 그는 옷매무새를 가다듬고 어떤 반격도 하지 않았다. 그저 "적절한 기회가 오는 즉시 간단히 갚아주겠다"고 몇 마디 중얼거렸을 뿐인데, 이는 자연스럽고 매우 정당한 분노의 격발로 아무런 의미도 없으며 실제로 터뜨린다기보다 잊어버릴 게 분명한 말이었다.

　(지금 문제가 되는 일과는 아무 관련도 없는) 이 일이 어떻게 됐건, 래틀버러 주민들은 페니페더의 설득에 힘입어 마침내 인근 지역으로 뿔뿔이 흩어져 사라진 셔틀워디를 찾아보기로 결심했다. 이게 처음 내려진 결정이었다. 수색을 해야 한다는 게 확실히 결정된 후, 인근 지역을 철저히 살펴보기 위해서는 수색자들이 흩어지는 게, 그러니까 소단위로 나누는 게 지당하다고 거의 논의가 끝난 상황이었다. 하지만 '올드 찰리'가 결국 어떤 교묘한 논리로 그것이 가장 분별없는 계획이라고 사람들을 설득했는지는 잊어버렸다. 어쨌거나 그는 페니페더를 제외한 모든 사람들을 설득하는 데 성공했고, 결국 '올드 찰리'의 지휘하에 주민들이 다들 합동으로 신중하고 철저하게 수색을 벌이기로 합의가 되었다

그 문제에 있어서는 스라소니의 눈을 가졌다고 모두가 인정하는 '올드 찰리'보다 더 나은 지휘자는 없었지만, 그가 사람들을 이끌고 온갖 한갓진 구덩이와 구석, 근처에 있는지조차 몰랐던 길들까지 살펴보며 밤낮을 가리지 않고 근 일주일 동안 계속해서 수색했는데도 셔틀워디의 흔적은 발견되지 않았다. 하지만 내가 어떤 흔적도 없었다고 한 말을 문자 그대로 받아들여서는 안 된다. 어느 정도의 흔적은 분명히 있었기 때문이다. (특이하게 생긴) 말발굽 자국을 따라 불운한 신사의 행적을 추적했더니 발자국이 래틀버러에서 도시로 이어지는 큰길을 따라 동쪽 약 3마일 지점까지 이어졌다. 여기서 발자국은 작은 숲을 가로지르는 샛길로 빠졌고, 큰길로 다시 나와 약 반 마일 정도 가다 다시 옆으로 갈라졌다. 이 소로를 따라가던 일행은 마침내 길 오른쪽 가시나무에 가려 잘 보이지 않는 웅덩이를 발견했다. 웅덩이 반대편에서 발자국의 흔적은 모두 자취를 감췄다. 하지만 여기서 어떤 몸싸움이 벌어졌던 흔적이 있었고, 사람보다 더 크고 무거워 보이는 사체가 샛길에서 웅덩이로 질질 끌려온 것처럼 보였다. 웅덩이를 두 번 꼼꼼히 써레질해보았지만 아무것도 발견되지 않았다. 아무 소득도 없을 것 같아 일행이 포기하고 돌아가려는 순간, 하늘이 굿펠로에게 웅덩이의 물을 모두 빼라는 계시를 보냈다. 사람들은 이 계획에 환호하며 '올드 찰리'의 지혜와 숙려에 수많은 찬사를 보냈다. 시체를 파내야 할 수도 있다는 생각을 하고 삽을 가져온 사람들이 많았기 때문에 배수 작업은 쉽고 빠르게 이루어졌다. 바닥이 드러나자마자 남아 있는 진흙 한가운데서 검은색 실크 벨벳 조끼가 발견되었다. 그 자리에 있던 거의 모든 사람들이 그 조끼가 페니페더의 옷임을 즉시 알아봤다. 이 조끼는 갈가리 찢기고 피로 얼룩져 있었었는데, 셔틀워디가 도시로 떠나던 바로 그날 아침에 페니페더가 입고 있었던 것을 일행 중 몇 사람이 또렷이 기억하고 있었다. 또 몇 사람은 그 잊지 못할 날 아침 **이후로**는 페니페더가 그 문제의 옷을 입지 않았다는 사실을 필요하다면 증언하겠다고 나섰다. 셔틀워디가 사라진 이후 페니페더가 그 조끼를 입은 모습을 보았다는 사람은 아무도 없었다.

이제 상황은 페니페더에게 매우 불리해졌다. 그를 향한 의심이 명백하게 확고해질수록 그는 얼굴이 하얗게 질렸고, 뭐든 할 말이 있느냐는 질문에 한마디도 대답하지 못했다. 그러자 방탕한 생활로 얻은 그나마 얼마 안 되는 친구들도 즉시 그를 등지고는 공공연한 오랜 적들보다 더 시끄럽게 당장 그를 체포하라며 난리를 쳤다. 반면 굿펠로의 관대함은 이와 대조되어 더욱 환하게 빛을 발했다. 그는 따뜻하고 웅변적으로 페니페더를 옹호했고, 그 와중에 그 거친 젊은이, 즉 "존경하는 셔틀워디의 상속인"이 분명 욱하는 바람에 그(굿펠로)에게 마땅하다고 생각하고 저지른 모욕을 진심으로 용서한다는 뜻을 몇 번이나 넌지시 비쳤다. "그는 진심으로 그(젊은이)를 용서하며, 그(굿펠로)로서는 유감스럽게도 페니페더에 대해 제기된 의심스러운 정황을 극단으로 몰고 가기보다 그(굿펠로)가 있는 힘껏 최선을 다하고 변변치 않은 말주변이나마 총동원하여 극히 혼란스러운 이 일의 최악의 정황들을 최대한 양심적으로 가라앉혀보겠다"고 말했다.

굿펠로는 이런 투로 약 30분 동안 머리와 가슴을 다 바쳐 말했다. 하지만 마음 따뜻한 사람들이 의견을 적절하게 이야기하는 일은 참으로 드물다. 친구를 위하려는 열의에 마음이 급해져 오가 신수를 하고 뜻밖의 사고를 치고 적절치 않은 말을 내뱉는다. 그래서 세상 최고의 의도를 가지고도 종종 자신의 주장을 관철시키기보다는 편견을 강화하는 데 더 무한히 일조해버리는 것이다.

이번 경우 '올드 찰리'의 웅변도 결과적으로 그렇게 되었다. 그는 용의자를 위해 진심으로 노력했지만, 의식하지 않은 의도는 몰라도 직접적인 의도는 화자에 대한 청중의 호의를 높이자는 것이 아니었는데도, 어쩌다 보니 내뱉는 말마다 자신이 옹호하고 있는 사람의 의혹을 더 깊게 하고 군중의 분노를 부추기기만 했다.

연사가 저지른 가장 이상한 실수는 용의자를 "존경하는 노신사 셔틀워디 씨의 상속인"이라고 언급한 것이다. 사람들은 정말이지 전에는 이 생각은 미처 하지 못했다. 그들은 그저 한두 해 전에 (조카 외에는 살아 있는 친척이 없는) 삼촌이 상속권을 박탈하겠다고 위협한 것만 기억하고 있었고, 따라서 그 상속권 박탈은 이미 끝난 문제라고 늘 생각하고 있었다. 래틀버러 사람들은 그렇게 하나밖에 모르는 사람들이었다. 하지만 '올드 찰리'의 말에 그들은 즉시 이 일에 대해 생각해보게 되었고, 그 협박이 그저 협박에 그쳤을 가능성이 있다는 것을 알게 되었다. 그 결과 '쿠이 보노cui bono'라는 질문이 즉시 자연스럽게 대두되었다. 이는 그 끔찍한 범죄를 젊은이가 저질렀다고 하는 데 조끼보다 더 도움이 되는 질문이다. 오해를 막기 위해 여기서 잠깐 곁길로 새서 내가 사용한 극히 짧고 간단한 라틴어 문구가 늘 잘못 번역되어 오해받고 있다는 이야기를 하는 것을 허락해주기 바란다. 온갖 일류 소설 등에서, 예를 들어 '필요한 만큼' 벡퍼드의 체계적 계획의 도움을 받은 학습을 통해 칼데아어에서 치카소어에 이르기까지 모든 언어를 인용하는 (《세실》의 작가인) 고어

부인의 소설들, 또 불위와 디킨스에서 터나페니, 에인즈워스에 이르는 온갖 일류 소설들에서 이 짧은 두 단어짜리 라틴어 '쿠이 보노'는 '무슨 목적으로' 내지 (쿠오 보노quo bono인 것처럼) '무슨 소용으로'라는 의미로 사용되었다. '쿠이cui'는 '누구에게,' '보노bono'는 '이익'을 뜻한다. 이 문구는 지금 논의 중인 사건에 딱 적용될 만한 순수한 법률 용어이다. 행위를 완수했을 때 이 사람이나 저 사람에게 미칠 이익의 가능성에 따라 그 행위를 저지른 사람을 예상할 수 있는 그런 사건 말이다. 자, 이 사건에서 쿠이 보노, 즉 누구에게 이익이 되느냐는 질문은 페니페더를 꼼짝 없이 사건에 연루시켰다. 그의 삼촌은 조카에게 유리한 유언장을 만들어놓고는 상속권을 박탈하겠다고 그를 위협했다. 하지만 그 위협은 실제로 이루어지지 않았다. 원래의 유언장은 변경되지 않은 듯했다. 만약 변경되었다면 용의자의 유일한 살인 동기로 추정할 수 있는 것은 평범한 복수였을 테지만, 심지어 이조차 삼촌의 호의를 다시 회복하려는 희망 때문에 좌절되었을 것이다. 하지만 유언장은 변경되지 않았고 유언장을 바꾸겠다는 위협은 조카의 머릿속에 남아 있었기 때문에, 이는 흉악 행위를 유발할 만한 강력한 동기로 당장 떠올랐다. 훌륭한 래틀버러 시민들은 그렇게 지혜롭게 결론 내렸다.

따라서 페니페더는 그 자리에서 체포되었고, 사람들은 조금 더 수색을 벌인 다음 마을로 돌아와 그를 수감했다. 하지만 돌아오는 길에 이미 품은 의심을 확증해주는 또 다른 정황이 벌어졌다. 언제나 사람들보다 열성적으로 한발 앞서가던 굿펠로가 갑자기 몇 걸음 앞으로 달려가 몸을 구부리더니 풀밭에서 어떤 조그만 물체를 집어 드는 게 보였다. 물건을 재빨리 살펴본 후 코트 주머니에 숨기려는 모습도 보였지만, 그 행동을 알아챈 사람들이 이를 저지했다. 굿펠로가 주운 물건은 스페인제 칼로 밝혀졌는데, 열 명 남짓한 사람들이 페니페더의 물건이라는 것을 당장 알아보았다. 게다가 칼 손잡이에는 이름이 새겨져 있었다. 칼날은 펼쳐져 있었고 피투성이였다.

조카의 죄는 이제 의심의 여지가 없었다. 페니페더는 래틀버러에 도착하자마자 치안판사 앞으로 끌려가 심문을 받았다.

여기서 사태는 다시 한 번 가장 불리한 형국이 되었다. 셔틀워디가 사라진 날 아침 어디에 있었느냐는 질문에 죄수가 완전히 뻔뻔스럽게도 바로 그날 아침 소총을 들고 웅덩이 바로 근처로 사슴 사냥을 갔다고 대답했던 것이다. 굿펠로의 지혜 덕에 피투성이 조끼를 발견한 그 웅덩이 말이다.

이제 굿펠로가 앞으로 나서서 눈물을 글썽이며 심문을 받게 해달라고 요청했다. 동료 인간보다는 하느님에 대한 엄중한 의무감에서 더 이상 입을 다물고 있을 수 없다는 것이다. 지금까지는 (페니페더가 자신을 푸대접하기는 했어도) 젊은이에 대한 깊고 깊은 애정 때문에 페니페더에게 너무나 불리해 보이는 의심스러운 정황들을 설명해보려고 상상력을 있는 대로 동원해 온갖 가설을 다 세워보았지만, 이 모든 정황들이 이제는 너무나 납득이 가고 너무도 유죄가 확실해 보이니 더 이상 주저하지 않고 그(굿펠로)의 가슴이 터져나가는 한이 있어도 아는 바를 다 말하겠다고 했다. 그리고 계속해서 말하기를, 셔틀워디가 도시로 떠나기 전날 오후, 그(굿펠로)가 있는 자리에서 그 존경하는 노신사가 조카에게 내일 파머스앤드미케닉스 은행에 엄청난 금액의 돈을 예금하러 시내에 간다고 했던 것, 또 바로 그 자리에서 전술한 셔틀워디가 전술한 조카에게 원래 작성

했던 유언장을 취소하고 1실링만 주고 인연을 끊어버릴 결심을 굳게 했다고 공언했다는 사실도 말했다. 그(증인)는 이제 피고인에게 그(증인)가 방금 말한 것이 모든 세부 사항에 이르기까지 사실인지 아닌지 엄숙하게 물었다. 그 자리에 있던 모든 사람들이 다 기함하게도, 페니페더는 그렇다고 솔직하게 인정했다.

치안판사는 이제 경관 두 명을 보내 삼촌 집에 있는 피고인의 방을 수색하게 하는 것이 자신의 의무라고 생각했다. 경관들은 노신사가 수년 동안 들고 다녀서 모두가 잘 아는, 쇠로 테두리를 두른 황갈색 가죽 지갑을 가지고 거의 즉시 돌아왔다. 하지만 그 안의 귀중품은 이미 없어졌고, 치안판사는 죄수에게 그걸 어디에 썼는지, 아니면 어디에 숨겼는지 자백하라고 강요했지만 허사였다. 실로 그는 완강하게 모른다고 부인했다. 경관들은 또한 그 불행한 인간의 침대와 침대보 사이에서 셔츠와 네커치프도 찾았는데, 둘 다 그의 이름 첫 글자가 새겨져 있었고 희생자의 피로 끔찍하게 얼룩져 있었다.

이 시점에 피살자의 말이 상처의 영향으로 방금 마구간에서 죽었다는 소식이 들려왔다. 굿펠로는 탄환이 발견될 수도 있으니 즉시 그 짐승을 부검해보아야 한다고 제안했다. 그의 제안에 따라 부검이 이루어졌다. 피고인의 죄를 의심의 여지 없이 증명하려는 것처럼 흉부의 구멍을 꼼꼼히 탐색한 굿펠로는 굉장히 큰 총알 하나를 발견해서 끄집어냈다. 시험해보았더니 총알은 페니페더의 총구에 딱 맞았고, 래틀버러나 인근 지역의 어떤 총에도 너무 커서 맞지 않았다. 일을 이보다 더 확실하게 해주려는 듯이 이 총알에는 보통 봉합선 오른쪽 귀퉁이에 흠집 또는 금 같은 게 있었는데, 조사를 해보니 이 금이 용의자가 자기 것이라고 인정한 두 개의 총알 주형에 어쩌다 살짝 튀어나온 부분과 정확하게 일치했다. 이 총알을 발견하자 심문하던 치안판사는 더 이상 어떤 증언도 듣지 않겠다며 죄수를 당장 재판에 회부했다. 보석도 단호히 불허했는데, 굿펠로가 이 가혹한 처사에 열렬히 항의하면서 돈이 얼마가 필요하건 보증인이 되겠다며 나섰다. '올드 찰리'의 아량은 그가 래틀버러에 머무는 내내 보여줬던 상냥하고 정중한 행동 그대로였다. 이 경우, 지나친 동정심에 휩쓸린 나머지 젊은 친구의 보석보증인이 되겠다고 나섰을 때 이 훌륭한 신사는 자신(굿펠로)에게 돈 한 푼 없다는 것을 완전히 잊어버린 듯했다.

범행의 결과는 쉽게 예상할 수 있을 것이다. 페니페더는 래틀버러 주민들의 시끄러운 저주를 받으며 다음 형사재판을 받게 되었고, (굿펠로가 양심의 가책에 못 이겨 더 이상 숨기지 못하고 법정에 내놓은 몇 가지 추가 사실들로 더욱 강력해진) 일련의 정황 증거들이 너무나 완전하고 철저하게 결정적이라 배심원들은 자리에서 떠나지도 않은 채 즉시 '1급살인' 평결을 내놓았다. 머지않아 그 불행한 인간은 사형선고를 받고 감옥으로 다시 보내져 법의 가차 없는 복수를 기다리는 신세가 되었다.

그러는 사이 '올드 찰리 굿펠로'는 고결한 행동으로 정직한 래틀버러 주민들의 사랑을 두 배로 받았다. 그는 이제까지보다 열 배는 더 사랑받는 총아가 되었고, 자신이 받은 후한 대접의 자연스러운 결과로 이제까지 가난에 내몰려 극히 인색한 습관을 지켜왔던 긴장을 풀고 자기 집에서 조그만 친목회를 자주 열었다. 친목회에는 재치와 흥겨움이 넘쳐흘렀지만, 물론 관대한 주인이 애도해 마지않는 죽은 친구의 조카에게 드리워진 흉악하고 우울한 운명을 가끔 떠올릴 때면 분위기가 조금 울적해졌다.

어느 화창한 날, 이 관대한 신사는 다음과 같은 기분 좋으면서도 놀라운 편지를 받았다.

수신자: 래틀버러의 찰스 굿펠로 귀하

발신자: H. F. B. 주식회사

샤토 마고 A. No.1—72병(1/2그로스[116])

찰스 굿펠로 귀하

선생님, 존경하는 고객 바너버스 셔틀워디 씨께서 두 달 전 하신 주문에 따라 오늘 아침 선생님의 주소로 앤털로프 브랜드에 보라색 봉인이 된 샤토 마고 두 상자를 발송했습니다. 상자 번호는 가장자리에 표시되어 있습니다.

귀하께 성심을 다하는

혹스, 프록스, 복스 주식회사

시, 18년 6월 21일

추신: 상자는 이 편지를 받으신 다음 날 마차로 배달될 예정입니다. 셔틀워디 씨께 안부인사 전해주십시오.

H. F. B. 주식회사

사실 굿펠로는 셔틀워디가 사망한 후 그가 약속한 샤토 마고를

---

116   1그로스는 12다스,

받을 것이라는 기대는 모두 버린 상태였고, 따라서 이제 이를 하늘이 그를 위해 베풀어준 특별한 배려라고 생각했다. 그는 물론 굉장히 기뻤고, 기쁨에 넘친 나머지 사람 좋은 셔틀워디의 선물을 꺼내보려고 다음 날 많은 친구들을 간단한 저녁 모임에 초대했다. 초청장을 보낼 때 "사람 좋은 셔틀워디"에 대해서는 일언반구 하지 않았다. 사실 많이 고심한 끝에 아무 말도 하지 않기로 한 것이었다. (내 기억이 옳다면) 그는 샤토 마고를 선물 받았다는 것을 아무에게도 말하지 않았다. 그저 친구들에게, 와서 두 달여 전에 시내에서 주문해 다음 날 받을 예정인 풍미가 아주 좋은 최상급 와인을 같이 마시자고 했을 뿐이었다. '올드 찰리'가 왜 옛 친구에게서 와인을 받았다는 말을 하지 않기로 했는지 나는 종종 생각해봤지만 입을 다문 이유를 결코 정확히 이해할 수 없었다. 하지만 분명 뭔가 굉장하고 몹시 관대한 이유가 있었을 것이다.

마침내 다음 날이 되었고, 굿펠로의 집에는 명망 있는 사람들이 수두룩하게 모였다. 실로 래틀버러 주민 절반은 온 것 같았고, 나도 그중 하나였다. 하지만 샤토 마고는 '올드 찰리'가 마련한 호화로운 저녁식사를 손님들이 다 먹을 정도로 늦은 시간까지 오지 않아 주인의 애를 태웠다. 하지만 마침내 와인이 도착했다. 어마어마하게 큰 상자였다. 다들 기분이 한껏 좋은 상태였던지라 식탁에 올려 내용물을 꺼내보기로 만장일치로 결정했다.

말이 떨어지기 무섭게 행동으로 옮겨졌다. 나도 손을 보탰다. 우리는 순식간에 상자를 병과 잔이 즐비하게 놓여 있던 식탁 가운데 올렸고, 그 소란 와중에 병과 잔을 몇 개나 깨뜨렸다. 거나하게 취해서 얼굴이 시뻘겋게 달아올라 있던 '올드 찰리'는 우스꽝스럽게 거드름을 피우며 상석에 자리를 잡고 앉아 디캔터로 식탁을 쾅쾅 내리치며 사람들에게 "보물을 발굴하는 의식이 진행되는 동안" 정숙할 것을 주문했다.

큰 소리가 오간 후 마침내 사방이 다시 완전히 조용해졌고, 이런 경우 흔히 그렇듯이 깊은 정적이 이어졌다. 뚜껑을 따달라는 부탁에 나는 물론 "무한히 기쁜 마음으로" 응했다. 끌을 집어넣고 망치로 살살 몇 번 두드리자 상자 뚜껑이 갑자기 획 날아갔고, 그와 동시에 살해당해 멍들고 피투성이에다 거의 부패한 셔틀워디의 시체가 벌떡 일어나 앉아 집주인을 똑바로 마주 봤다. 시체는 빛을 잃은 썩어들어가는 눈으로 굿펠로의 얼굴을 잠시 슬프게 뚫어져라 쳐다보더니 천천히, 그러나 또렷하고 인상적인 목소리로 말했다. "네가 범인이다!" 그러더니 완전히 만족한 듯이 한쪽으로 쓰러져 덜덜 떨리는 사지를 뻗은 채 식탁 위에 널브러졌다.

그 후 벌어진 광경은 묘사조차 불가능하다. 사람들은 문과 창문을 향해 죽을 듯이 내달렸고, 강건하기 이를 데 없는 남자들도 극심한 공포로 수두룩하게 기절해버렸다. 하지만 미칠 듯한 공포의 비명이 한 차례 지나가고 나자 모두의 시선이 굿펠로에게로 향했다. 내가 천 년을 산다 해도, 방금 전까지만 해도 승리감과 술에 취해 시뻘겋게 달아올라 있던 굿펠로의 창백한 얼굴에 떠오른 극심한 고통은 절대 잊지 못할 것이다. 그는 몇 분 동안 대리석 조각상처럼 꼼짝도 않고 앉아 있었다. 그 텅 빈 시선은 자신의 내부로 향한 채 자신의 비참하고 흉악한 영혼에 대한 생각에 잠겨 있는 것 같았다. 마침내 그 눈이 바깥세상을 향해 갑자기 번득이는가 싶더니, 그가 벌떡 의자에서 일어나 머리와 어깨를 식탁 위에 무겁게 쿵 내리박았다. 그렇게 시체와 꼭 붙은 채로 그는 지금 페니페더가 갇힌 채 죽음을 기다리고 있는 그 극악무도한 범죄에 대한 상세한 고백을 속사포처럼 쏟아냈다.

그가 설명한 이야기는 대체로 이러하다. 그는 웅덩이 근처까지 희생자를 따라갔고, 거기서 말은 권총으로 쏘고 기수는 개머리판으로 처리한 후 지갑을 챙긴 뒤 말이 죽은 줄 알고 낑낑거리며 웅덩이 옆 가시나무까지 끌고 갔다. 그리고 자기 말에 셔틀워디의 시체를 걸쳐 매달아 숲을 지나 먼 곳에 있는 안전한 은닉처까지 운반해 갔다.

조끼와 칼, 지갑, 총알은 페니페더에게 복수할 작정으로 발견된 장소에 직접 놓아두었다. 피 묻은 셔츠와 네커치프도 발견되도록 꾸며놓았다.

피가 얼어붙는 것 같은 이 무시무시한 낭송이 끝을 향해 다가가면서 죄인은 점점 말을 더듬고 목소리가 공허해져갔다. 마침내 이야기를 끝내자 그는 일어나서 식탁에서 휘청대며 뒷걸음치다가 털썩 쓰러지더니 그대로 죽어버렸다.

이 절묘한 타이밍의 자백을 끌어낸 방법은 효과적이기도 하지만 정말로 간단했다. 나는 굿펠로의 지나친 솔직함이 역겨웠고 처음부터 의심스러웠다. 페니페더가 그를 쳤을 때 나도 그 자리에 있었는데, 비록 찰나이긴 했지만 그때 그의 얼굴에 떠오른 악마 같은 표정을 보고 그가 한 복수 협박은 가능하기만 하다면 엄정하게 실행되리라는 확신이 들었다. 그래서 나는 래틀버러의 선량한 시민들이 보는 것과는 아주 다른 시각에서 '올드 찰리'의 묘책을 바라볼 준비가 되어 있었다. 나는 죄를 증명하는 발견들이 직접적이건 간접적이건 모두 그에게서 나왔다는 것을 즉시 알아챘다. 하지만 사건의 진상에 완전히 눈을 뜨게 해준 것은 굿펠로가 말의 시체에서 **발견한 총**알 건이었다. 래틀버러 주민들은 잊어버렸지만, 나는 말 몸에 총알이 들어간 구멍과 총알이 나온 구멍이 있다는 것을 잊지 않았다. 그렇다면 총알이 말 몸에서 나간 후에 말 몸속에서 발견되었다면, 그 총알을 발견한 사람이 가져다 둔 게 분명했다. 피 묻은 셔츠와 네커치프도 총알 건으로 생긴 의심을 굳혀줬다. 그 피를 조사해봤더니 붉은 와인에 불과했기 때문이다. 이런 일들과 최근 굿펠로가 후해지고 씀씀이가 커진 것을 생각하자, 내 의심은 혼자만 간직하고 있을 뿐인데도 한층 더 강해졌다.

그동안 나는 혼자서 셔틀워디의 시체를 샅샅이 찾아다녔고, 짚이는 데가 있어서 굿펠로가 사람들을 끌고 간 곳들과 가능하면 많이 떨어진 지역들을 수색했다. 그 결과 며칠 후 가시나무들에 가려져 입구가 거의 보이지 않는 오래된 마른 우물을 우연히 발견했다. 그리고 그 우물 바닥에서 찾던 것을 발견했다.

굿펠로가 친구를 구슬려 샤토 마고 한 상자를 얻기로 약속받았을 때, 어쩌다 나는 두 사람이 나눈 대화를 엿들었다. 나는 이 힌트를 사용하기로 했다. 딱딱한 고래수염을 구해 시체의 목구멍에 쑤셔 넣은 다음, 고래수염이 반으로 접히도록 공들여 시체를 반으로 접어 오래된 와인 상자에 넣었다. 이런 식으로 시체가 접힌 채로 있도록 뚜껑을 억지로 누르고 못으로 박았다. 물론 못을 제거하자마자 뚜껑이 날아가면서 시체가 일어날 거라는 예상을 했다.

그렇게 상자를 준비한 후, 이미 말한 대로 표시를 하고 숫자를 새기고 주소를 썼다. 그런 다음 셔틀워디가 거래하던 와인상 이름으로 편지를 쓰고, 하인에게 내가 신호를 보내면 상자를 수레에 싣고 굿펠로의 집으로 오라고 지시해뒀다. 시체에게 시킬 말은 내 복화술 실력을 자신 있게 믿었다. 그 결과는 살인자의 양심에 맡겼다.

이제 더 이상 설명할 게 없다. 페니페더는 곧바로 석방되어 삼촌의 재산을 물려받았다. 경험으로 얻은 교훈에 힘입어 그는 새사람이 되었고 그 이후 영원히 행복하게 새로운 삶을 살았다.

길쭉한 상자

　몇 년 전 나는 사우스캐롤라이나 주 찰스턴에서 뉴욕으로 가는 하디 선장의 고급 정기선 인디펜던스 호에 특별실을 예약했다. 배는 날씨가 괜찮으면 그달(6월) 15일에 출항할 예정이었고, 나는 선실에서 몇 가지 처리할 일이 있어서 14일에 배에 올랐다.

　배에는 평소보다 더 많은 여성 승객들을 포함해 굉장히 많은 승객들이 탈 예정이었다. 승객 명단에 아는 이름이 몇몇 보였는데, 그 중 코닐리어스 와이엇의 이름이 있는 것을 보고 몹시 반가웠다. 그는 나와 뜨거운 우정을 나눈 젊은 화가로 C대학을 함께 다녔고 그 시절 많은 시간을 함께 보낸 친구였다. 그에게는 천재들에게서 흔히 보이는, 염세주의와 감수성, 열정이 복합된 기질이 있었지만, 여기에다 단연 최고로 따뜻하고 진실한 마음이 어우러져 있었다.

　그의 이름은 특별실 세 개에 붙어 있었다. 다시 한 번 승객 명단을 조회해보니 예약자는 그와 아내, 여동생 둘이었다. 특별실은 충분히 넓었고 방마다 이층 침대가 놓여 있었다. 물론 이 침대들은 너무 좁아서 한 사람 이상은 쓸 수 없었지만, 그래도 왜 이 네 사람에게 특별실 세 개가 필요한지 이해할 수가 없었다. 그때는 사소한 일을 비정상적으로 꼬치꼬치 캐고 싶어 하는 변덕이 끓어오르던 시기라, 부끄러움을 무릅쓰고 고백하는데 이 여분의 방을 놓고 온갖 본데없고 터무니없는 추측들에 골몰했다. 물론 그건 내가 상관할 일이 아니었지만 그럼에도 그 수수께끼를 풀려고 끈덕지게 매달렸다. 마침내 난 결론에 이르렀고, 왜 진작 그 생각을 하지 못했을까 싶어 깜짝 놀랐다. "당연히 하인이지." 나는 말했다. "어리석기도 하지, 그런 뻔한 답을 빨리 생각하지 못하다니!" 그러고는 다시 한 번 승객 명단을 들여다봤다. 하지만 여기에는 하인이 일행과 함께 온다는 정보는 분명히 없었다. 사실 원래 계획은 하인을 하나 데려오려던 게 맞았다. '하인'이라는 말이 처음에는 적혀 있었는데 나중에 줄을 그어 지워져 있었기 때문이다. "아, 분명히 짐이 더 있는 거로군." 나는 혼잣말을 했다. "짐칸에 넣고 싶지 않은 뭔가가 있는 게지. 바로 눈앞에 둬야 할 물건 말이야. 아, 알겠다. 그림이라거나 그런 거로군. 이탈리아계 유대인 니콜리노와 거래한 바로 그 물건." 이 생각에 나는 만족해서 당분간 호기심을 접었다.

와이엇의 여동생 둘은 나도 잘 알고 있었는데, 아주 붙임성 있고 똑똑한 소녀들이었다. 아내는 결혼한 지 얼마 안 된 터라 한 번도 만난 적이 없었다. 하지만 와이엇은 종종 내 앞에서 그 여인 이야기를 평소처럼 열정적으로 했었다. 뛰어난 미모와 재치, 소양을 갖춘 여인이라고 했었기 때문에 무척 만나보고 싶었다.

내가 배에 들른 날(14일) 와이엇 일행도 들를 예정이라고 선장이 말해줬기 때문에, 나는 와이엇의 아내를 소개받을 기대에 부풀어 계획보다 한 시간을 더 배 위에서 기다렸다. 하지만 내게 온 것은 사과문이었다. "와이엇 부인이 몸이 약간 좋지 않아 내일 출발 때까지는 승선을 하실 수 없습니다."

다음 날이 되었다. 호텔에서 부두로 가다가 하디 선장을 만났는데 "상황이 좋지 않아"(바보 같지만 편리한 말 아닌가) "인디펜던스호 출항을 하루나 이틀 정도 미루는 게 좋을 것 같다, 준비가 다 되면 사람을 보내 알리도록 하겠다"고 말하는 것이었다. 이상한 일이었다. 남풍이 강하게 불고 있었기 때문이다. 하지만 끈덕지게 캐물어 보았지만 그 '상황'이라는 것을 도무지 내놓지 않으니, 할 수 없이 집으로 돌아가 느긋하게 조바심을 삭이는 수밖에 없었다.

거의 일주일이 다 되도록 선장에게서는 기다리는 연락이 오지 않았다. 그러다 마침내 소식이 왔고, 나는 즉시 배에 올랐다. 배는 승객들로 북적였고, 사방이 출항 준비로 야단법석이었다. 와이엇 일행은 나보다 10분 후쯤 도착했다. 일행은 여동생 둘과 신부, 화가였는데, 그는 주기적으로 찾아오는 음울한 염세주의에 빠져 있었다. 하지만 나는 이런 모습에 아주 익숙했기 때문에 전혀 신경 쓰지 않았다. 와이엇은 심지어 나를 아내에게 소개조차 해주지 않았다. 예의를 차릴 임무는 부득이 상냥하고 똑똑한 여동생 매리언에게 이양되었고, 매리언은 황급히 몇 마디 말을 해서 우리를 소개해줬다.

와이엇 부인은 베일을 길게 드리우고 있었는데, 고백건대 그녀가 내 인사에 대한 답례로 베일을 걷는 순간 나는 깜짝 놀라고 말았다. 하지만 내 화가 친구가 여인의 아름다움에 대해 논할 때 그 열정적인 묘사를 지나치게 맹목적으로 신뢰해서는 안 된다는 것을 오랜 경험을 통해 알지 못했더라면 훨씬 더 놀랐을 것이다. 아름다움을 주제로 논할 때 이 친구가 얼마나 쉽게 순수 이상의 세계로 고양되는지 잘 알고 있었기 때문이다.

사실 아무리 봐도 와이엇 부인은 지극히 평범한 외모의 여인이었다. 확실히 못생긴 것은 아니라고 해도 거기서 아주 멀다고는 할 수 없었다. 하지만 옷차림은 세련된 취향이었다. 그래서 나는 그녀가 지성과 영혼이라는 더 지속적인 매력으로 내 친구의 마음을 사로잡았다고 확신했다. 그녀는 몇 마디 하지 않고 곧장 와이엇과 함께 자신의 특별실로 들어갔다.

예전의 호기심이 다시 돌아왔다. 하인은 없었다. 그건 확실했다. 그래서 나는 추가 수하물을 찾았다. 약간의 지연 끝에 길쭉한 소나무 상자 하나를 실은 짐마차가 부두에 도착했다. 기다리고 있던 짐은 그게 다인 것 같았다. 상자가 도착하자마자 배는 돛을 올렸고, 곧 항구 어귀를 안전하게 벗어나 바다로 나갔다.

문제의 상자는 길쭉했다. 길이는 6피트, 너비는 2.5피트였다. 정확히 하고 싶어서 면밀히 살펴봤다. 모양이 特이했다. 상자를 보자마자 내 추측이 정확했다는 생각이 들어 뿌듯했다. 기억하겠지만, 나는 화가 친구가 들여온 추가 수하물이 그림들, 아니면 적어도 그림 한 점일 것이라고 결론 내렸었다. 그가 몇 주에 걸쳐 니콜리노와 협의를 하고 있었다는 것을 잘 알고 있었기 때문이다. 자, 이제 여기에 상자가 있고, 상자 모양으로 볼 때 아무리 생각해도 레오나르도의 〈최후의 만찬〉 모작 같았다. 니콜리노가 한동안 소유하고 있었던, 피렌체의 소小루비니가 그린 〈최후의 만찬〉 모작 말이다. 그러니 이 문제는 다 풀린 것 같았다. 내 예리한 통찰력에 절로 웃음이 났다. 와이엇이 내게 예술적 비밀을 알려주지 않은 것은 이번이 처음이었지만,

지금 바로 내 코앞에서 명화를 은밀히 뉴욕으로 밀수할 작정인 것은 확실했다. 내가 하나도 모를 것이라고 생각하고 말이다. 나는 이제부터 잘 심문을 해보리라 결심했다.

하지만 한 가지가 적지 않게 마음에 걸렸다. 그 상자가 여분의 특별실에 들어가지 않은 것이다. 상자는 와이엇의 방에 놓였고, 바닥을 거의 다 차지하다시피 한 채 계속 거기 있었다. 그것만으로도 화가와 아내가 엄청나게 불편할 게 뻔한데, 거기다가 상자에 글자를 써놓은 타르인지 페인트인지에서 진하고 불쾌한 냄새가 났고 뭔가 이상하게 구역질 나는 악취까지 풍기는 것 같은 기분이 들었다. 상자 뚜껑에는 휘갈긴 대문자로 다음과 같은 글자가 적혀 있었다. "뉴욕 올버니, 애들레이드 커티스 부인. 코닐리어스 와이엇 님 수하물. 이쪽이 위. 취급 주의."

올버니의 애들레이드 커티스 부인이 화가의 장모라는 것을 깨달았지만, 다시 생각해보니 그 주소는 속임수, 특히 나를 염두에 둔 속임수 같았다. 물론 나는 그 상자와 내용물이 뉴욕 체임버스 가에 있는 내 염세주의자 친구의 화실보다 더 북쪽으로 가도록 내버려두지 않겠다고 결심했다.

처음 사나흘 동안은 맞바람이 불어 해안에서 벗어나자마자 뱃머리를 북쪽으로 돌리기는 했지만 날씨는 좋았다. 덕분에 승객들도 기분 좋게 사교 생활을 즐겼다. 하지만 와이엇과 여동생들은 예외였다. 다들 다른 승객들에게 뻣뻣하게, 누가 봐도 무례하게 굴었던 것이다. 와이엇의 행동에 대해서는 신경도 쓰지 않았다. 그는 울적했다. 평소보다 상태가 훨씬 더 심해서 사실 침울하기까지 했지만, 이 친구의 특이함에는 이미 익숙해져 있었다. 하지만 7의 여동생들은 변명이 여지가 없었다. 그들은 내가 거듭 권했는데도 항해하는 동안 거의 내내 자기들 방에 틀어박혀 승객들과의 교류를 전적으로 거부했다.

와이엇 부인은 훨씬 상냥한 사람이었다. 다시 말해, 수다스러웠다. 수다스러움은 바다에서는 상당한 장점이다. 와이엇 부인은 대부분의 숙녀들과 지나치게 친해졌고, 너무나 놀랍게도 남자들에게 버젓하게 교태를 부렸다. 부인은 우리 모두를 굉장히 즐겁게 해줬다. "즐겁게 해줬다"고 말하긴 했지만, 무슨 말로 설명해야 할지 정말 모르겠다. 사실 곧 나는 와이엇 부인이 사람들과 함께 웃는 사람이라기보다는 웃음거리가 되는 일이 더 많다는 것을 알게 되었다. 남자들은 별말 하지 않았지만, 여자들은 얼마 안 가서 와이엇 부인을 "착하고 평범한 외모에 배운 것이라고는 전혀 없는 완전히 천박한" 여자로 찍었다. 어쩌다 와이엇이 그런 짝과 얽히게 되었는지 놀라울 뿐이었다. 일반적으로는 재산이 정답이지만, 이 경우는 전혀 아니었다. 부인이 지참금이라고는 1달러도 가져오지 않았고 어디서 상속받을 일도 전혀 없다는 이야기를 와이엇에게 들었기 때문이다. 그는 "오로지 사랑, 사랑 때문에 결혼했고, 신부는 그가 사랑을 바치기에는 과분한 여인"이라고 말했다. 친구가 했던 이런 말들을 생각하자 정말이지 나는 말로 할 수 없을 정도로 혼란스러웠다. 혹시 와이엇이 정신이 나가버린 걸까? 그 외에 무슨 가능성이 있을까? 그렇게 세련되고 지적이고 흠은 절묘하게 알아챌 정도로 까다롭고 날카로운 미감을 가진 사람이! 확실히 와이엇 부인은 남편을 몹시 좋아하는 것 같았다. 특히 남편이 없는 곳에서는 더해서, "사랑하는 남편 와이엇 씨"가 했다는 말을 빈번하게 인용해서 놀림거리가 되곤 했다. "남편"이라는 말은 영원히—그녀의 섬세한 표현을 빌리자면—영원히 "그녀의 혀끝에 붙어" 있는 것 같았다. 그러는 동안 그가 대놓고 아내를 피하고 아내를 중앙 선실에서 자기 좋을 대로 사람들과 어울려 즐기도록 내버려둔 채 특별실에 혼자 틀어박혀 살다시피 하는 것을 모든 승객들이 다 지켜봤다.

보고 들은 바를 통해 내가 내린 결론은, 이 친구가 설명할 수 없는 운명의 장난이나 발작적으로 치솟은 환상적인 열정으로 인해 어느 모로 보나 자신보다 못한 사람과 엮이게 됐고 당연하게도 이내 오만 정이 떨어져버렸다는 것이었다. 나는 마음 깊이 친구를 동정했지만, 그렇다고 해서 〈최후의 만찬〉 건을 이야기하지 않은 것을 용서할 수는 없었다. 이 일에 대해서는 앙갚음을 해주기로 결심했다.

하루는 그가 갑판에 나왔기에 나는 평소처럼 그의 팔을 잡고 이리저리 어슬렁대며 산책했다. 하지만 (그런 상황에서는 지극히 당연한) 우울한 기분은 전혀 나아지는 것 같지 않았다. 그는 거의 말이 없었고, 겨우 입을 열 때도 우울하게, 아주 힘겹게 했다. 한두 마디 농담을 건네보았지만 애써 미소 지을 뿐이었다. 불쌍한 친구! 그의 아내를 생각하자, 즐거운 척하고 싶은 기분이 나겠나 싶었다. 마침내 나는 과감히 급소를 공략했다. 그 길쭉한 상자에 대해 넌지시 떠보거나 빗대는 말을 해보기로 결심했다. 그냥 내가 유쾌한 속임수의 대상이나 봉은 절대 아니라는 것을 슬슬 깨닫게 해주기 위해서였다. 우선 위장된 공격의 포문을 여는 것으로 시작했다. 나는 "그 상자의 특이한 모양"에 대해 이야기를 꺼냈고, 다 알고 있다는 듯이 미소를 짓고 눈을 찡긋거리면서 집게손가락으로 친구의 옆구리를 슬쩍 건드렸다.

이 악의 없는 농담을 받아들이는 와이엇의 태도를 보고 나는 당장 그가 미쳤다고 확신했다. 그는 처음에는 내 농담을 이해할 수 없다는 듯이 나를 물끄러미 바라봤다. 하지만 서서히 그 말의 의미가 머리에 가닿으면서 그와 비례해서 눈이 튀어나올 것처럼 점점 커졌다. 그러고는 얼굴이 새빨개졌다가 곧 무시무시하게 창백해지더니, 내 암시가 굉장히 재미있었다는 듯이 큰 소리로 거칠게 웃기 시작했다. 웃음은 놀랍게도 서서히 강도를 더해가며 10분 이상 지속되었고, 결국 그는 갑판 위에 털썩 쓰러져버렸다. 일으키러 달려가 보니, 어느 모로 보나 죽은 사람 같았다.

나는 도와달라고 소리를 질렀고, 사람들과 갖은 애를 써서 겨우 정신을 차리게 만들었다. 와이엇은 정신이 들고도 한동안 횡설수설했다. 결국 사혈을 한 후 침대에 눕혔다. 다음 날 아침 그는 몸의 상태만 따지면 꽤 회복이 되었지만, 마음에 대해서는 물론 할 말이 없다. 나는 선장의 조언에 따라 남은 항해 기간 동안 친구를 피했다. 선장은 와이엇이 미쳤다는 내 생각에 전적으로 동의하는 것 같았지만, 배 안의 누구에게도 이 일에 대해서는 말하지 말라고 당부했다.

와이엇이 발작을 일으킨 직후 몇 가지 일들이 벌어졌는데, 그 일로 이미 나를 사로잡고 있던 호기심이 더 커졌다. 특히 이 일이 그랬다. 나는 신경이 예민했고 진한 녹차를 너무 많이 마셔서 밤에는 잠을 잘 자지 못했다. 사실 이틀 동안 거의 한숨도 자지 못했다. 혼자 여행하는 모든 남자 승객들의 선실과 마찬가지로 내 특별실도 중앙 선실이나 식당과 마주 보고 있었다. 와이엇이 쓰는 특별실 세 개는 후방 선실에 있었는데, 이 후방 선실은 밤에도 잠그는 법이 없는 가벼운 미닫이문으로 중앙 선실과 구분되어 있었다. 우리는 거의 내내 바람을 타고 가고 있었고 바람이 꽤 강했기 때문에, 배는 바람 방향으로 상당히 기울어져 있었다. 배의 우현이 바람 불어오는 쪽을 향할 때마다 선실들 사이 미닫이문이 스르르 열려 계속 그대로 있었지만, 아무도 굳이 일어나 문을 닫지 않았다. 하지만 내 침대의 위치상 내 방문이 열리고(내 방문은 더워서 늘 열어뒀다) 그 문제의 미닫이문까지 열리면, 후방 선실과 와이엇 가족의 특별실들이 있는 부분이 꽤 분명하게 보였다. 잠들지 못하고 깨어 있었던 (연속적으로는 아닌) 그 이틀 밤 동안 나는 와이엇 부인이 매번 11시경에 와이엇의 특별실에서 살금살금 빠져나와 여분의 방에 들어가서 동이 틀 때까지 있다가 남편이 부르면 돌아가는 것을 똑똑히 보았다. 그들이 사실상 별거 상태라는 것은 확실했다. 그들은 각방을 썼다. 더 영구적인 이혼을 고려하고 있는 게 분명했다. 결국 이것이 여분의 특별실의 비밀이었던 것이다.

내 흥미를 끈 또 다른 일도 있었다. 문제의 불면의 이틀 밤 동안, 와이엇 부인이 여분의 특별실로 사라지고 나면 이내 남편 방에서 조심조심 숨죽인 이상한 소리들이 들려왔던 것이다. 한동안 골똘히 집중해서 들어본 결과, 나는 마침내 그 의미를 완벽하게 해석해냈다. 그건 화가가 끌과 망치로 그 길쭉한 상자를 열려고 애쓰는 과정에서 나는 소리였다. 망치의 경우 머리를 부드러운 울이나 면 같은 걸로 감싸서 소리를 죽인 게 분명했다.

이런 식으로 나는 와이엇이 언제 뚜껑을 열었고, 언제 그 뚜껑을 상자에서 완전히 떼어냈으며, 언제 방 안 아래층 침대 위에 놓았는지를 정확하게 알아차릴 수 있었다. 예를 들어, 마지막 경우 뚜껑을 굉장히 살며시 내려놓으려고 애를 쓰다가—바닥에는 뚜껑을 놓을 자리가 없었기 때문이다—침대 나무 □ 서리에 살짝 부딪히면서 나는 소리로 알 수 있었다. 그 후로는 쥐 죽은 듯이 조용해졌고, 이틀 밤 모두 거의 동이 틀 때까지 더 이상 아무 소리도 들리지 않았다. 굳이 더하자면 거의 들리지 않을 정도로 숨죽인 나지막한 흐느낌 혹은 속삭임 같은 소리가 나기는 했다. 그게 다 내 상상이 만들어낸 소리가 아니라면 말이다. 흐느낌이나 한숨 소리 비슷하다고 말은 했지만, 물론 둘 다 아닐 수도 있다. 오히려 내 귀에서 울린 소리 같기도 하다. 와이엇은 분명 평소처럼 갑자기 솟구친 예술적 열정에 빠져 취미 생활을 즐기고 있었던 것뿐이다. 길쭉한 상자를 연 이유는 그 안에 든 보물 같은 그림을 감상하며 눈을 호강시키기 위해서였다. 하지만 상자 안에는 그를 흐느끼게 만들 물건이라고는 없다. 그러니 다시 말하지만 그건 그냥 하디 선장이 준 녹차 때문에 산란해진 상상의 조화 탓인 게 분명하다. 앞서 말한 이틀 밤 모두 동이 트기 직전, 와이엇이 길쭉한 상자의 뚜껑을 다시 덮고 헝겊으로 소리를 죽인 망치로 못을 제자리에 다시 박는 소리를 분명히 들었다. 이 일을 끝내고 나면 그는 옷을 차려입고 자기 방에서 나와 와이엇 부인을 방에서 불러내러 갔다.

항해한 지 일주일째 해터러스 곶을 지나고 있는데 남서쪽에서 무지막지한 강풍이 불어닥쳤다. 하지만 한동안 위협적인 날씨가 계속되었기 때문에 우리 배는 어느 정도 대비가 되어 있었다. 갑판 위건 아래건 다 문제없었다. 하지만 바람이 계속 강해지자 결국에는 앞돛대 가로돛과 후장 세로돛을 모두 이단축범하고 배를 정선시켰다.

우리 배는 이렇게 돛을 조절하고 48시간 동안 안전하게 정박했다. 배는 여러 면에서 파도에 탁월하게 잘 견디는 배여서 심각할 정도로 물이 들어오는 일은 절대 없었다. 하지만 이 시기가 끝날 무렵 강풍이 폭풍으로 변하면서 후미돛이 갈기갈기 찢어졌고 배는 거의 물받이 신세가 됐다. 커다란 파도가 몇 번 연거푸 배 안으로 쏟아져 들어왔다. 이 사고로 갑판 조리실과 세 사람이 파도에 휩쓸려 사라졌고 좌현 난간 대부분이 소실됐다. 제대로 정신을 차리기도 전에 앞돛대 가로돛이 갈기갈기 찢기는 바람에 폭풍용 삼각돛을 올렸다. 덕분에 제법 몇 시간은 잘 버텨서 전보다 더 안정되게 항해할 수 있었다.

하지만 강풍은 여전히 계속됐고 누그러질 기미는 전혀 보이지 않았다. 삭구는 제대로 맞지 않아 팽팽하게 당겨졌다. 강풍이 몰아친 지 사흘째 되던 날 오후 5시경, 후미돛대가 바람 부는 쪽으로 크게 기울어졌다가 부러져 무용지물이 되어버렸다. 한 시간쯤 미친 듯이 흔들리는 배 위에서 돛대를 치우려고 애썼지만 허사였다. 그러고 있는데 목수가 후미 쪽으로 오더니 선창에 물이 4피트가량 찼다고 알렸다. 더욱 난감한 것은 펌프가 막혀서 거의 작동을 하지 않는다는 것이다.

이제 모든 것이 혼란과 절망에 휩싸였다. 그래도 손에 잡히는 대로 화물을 최대한 바다에 던지고 남은 돛대 두 개도 잘라서 배 무게를 줄이려고 애썼다. 이 작업은 결국 성공적으로 해냈지만 펌프는 여전히 고장 상태였다. 그러는 사이 새어 들어온 물은 급속하게 차올라왔다.

해가 지면서 바람이 현저하게 약해지고 파도도 더불어 약해져서, 우리는 보트를 타고 목숨을 구할 수 있으리라는 일말의 희망을 여전히 품고 있었다. 오후 8시, 바람 부는 쪽에서 구름이 걷히면서 고맙게도 보름달이 나타났고, 이 행운 덕에 우리는 떨어져가는 사기를 북돋을 수 있었다

어마어마하게 애를 쓴 끝에 우리는 마침내 대형 보트를 별 사고 없이 배 옆에 내리는 데 성공했고, 선원 전원과 대부분의 승객들이 여기에 빼곡하게 올라탔다. 이 무리는 즉시 출발했고, 수많은 고생을 겪은 후 난파된 지 사흘 만에 마침내 무사히 오크라코크 만에 도착했다.

배에는 선장과 승객 열네 명이 선미에 있는 작은 보트에 운명을 맡기기로 결심한 채 남아 있었다. 보트는 어렵지 않게 내렸지만, 보트가 해면에 닿을 때 가라앉지 않은 것은 오로지 기적이라고밖에 할 수 없었다. 보트에는 선장과 그의 아내, 와이엇 가족, 멕시코인 장교와 아내, 아이들 넷, 그리고 나와 흑인 시종이 있었다.

물론 꼭 필요한 몇 가지 도구들과 약간의 식량, 등에 진 옷가지를 제외하고는 아무것도 실을 자리가 없었다. 뭔가를 더 챙긴다는 것은 아무도 생각조차 하지 않았다. 그러니 배에서 몇 패덤도 안 가서 와이엇이 고물에서 벌떡 일어나더니 하디 선장에게 자기의 길쭉한 상자를 가져오기 위해 보트를 돌려야 한다고 냉정하게 요구하자 다들 얼마나 놀랐겠는가!

"앉아요, 와이엇 씨." 선장이 약간 엄하게 말했다. "가만히 앉아 있지 않으면 보트가 뒤집힙니다. 지금 뱃전이 거의 물에 잠겨 있지 않습니까?"

"상자!" 와이엇은 여전히 선 채로 고함질렀다. "상자 말입니다! 하디 선장님, 선장님은 거절 못 합니다. 거절하지도 않을 테고요. 그 상자는 무게도 얼마 안 되고 그냥 없는 거나 마찬가지예요. 선장님 어머니를 걸고, 하느님의 사랑을 걸고, 구원의 희망을 걸고 애원하건대, 제발 배를 돌려주십시오!"

선장은 잠시 화가의 애절한 호소에 감동한 것처럼 보였지만, 다시 엄한 표정을 지으며 이렇게 말했다.

"와이엇 씨, 당신은 제정신이 아니오. 당신 말은 들을 수 없소. 앉아요, 그러지 않으면 배가 가라앉습니다. 가만히 있어요, 저 사람 잡아요, 붙잡아요! 보트에서 뛰어내릴 기세잖아! 이런, 내 이럴 줄 알았어. 결국 뛰어내렸잖아!"

선장의 말이 끝나기도 전에 와이엇은 실제로 보트에서 뛰어내렸고, 난파선이 아직 바람을 막아주고 있을 때 거의 초인적인 노력으로 닻사슬에 달려 있는 밧줄을 잡는 데 성공했다. 다음 순간 그는 배에 올라가 미친 듯이 선실로 내려갔다.

그사이 우리는 배 뒤쪽으로 휩쓸려가는 바람에 배에 가려 바람을 덜 맞던 곳에서 벗어나 여전히 밀려오고 있던 집채 같은 파도에 속수무책으로 휘둘리는 신세가 됐다. 배 쪽으로 돌아가려고 기를 썼지만 우리가 탄 작은 보트는 폭풍 속의 깃털에 불과했다. 그 불행한 화가의 운명은 누가 봐도 이미 끝난 것이었다.

우리 보트가 난파선으로부터 급속히 멀어지고 있을 때, 그 광인(그렇게밖에는 볼 수 없었다)이 승강계단에서 올라오는 것이 보였다. 그는 괴력이라고밖에 볼 수 없는 힘으로 그 길쭉한 상자를 통째로 끌고 올라오고 있었다. 우리가 대경실색해서 쳐다보고 있는 동안, 그는 3인치짜리 밧줄을 처음에는 상자 둘레에, 다음에는 자기의 몸 둘레에 몇 번 신속히 감았다. 다음 순간 그는 상자와 함께 바다로 뛰어들었고 순식간에 영원히 사라져버렸다.

우리는 그 자리에서 눈을 떼지 못한 채 슬픔에 잠겨 노를 잡고 한동안 그 자리를 떠나지 못했다. 마침내 우리는 움직이기 시작했다.

한 시간가량 아무도 침묵을 깨지 않았다. 마침내 내가 용기를 내어 입을 열었다.

"보셨죠, 선장님? 와이엇이 상자와 함께 얼마나 순식간에 가라앉는지? 굉장히 이상하지 않습니까? 상자에 몸을 묶고 바다로 뛰어들었을 때 전 그 친구가 결국은 구조될 거라는 일말의 희망을 품었거든요."

"물론 가라앉다마다요." 선장이 대답했다. "총알처럼 재빠르게. 하지만 곧 떠오르긴 할 겁니다. 소금이 다 녹고 나면요."

"소금이라고요!" 내가 소리 질렀다.

"쉿!" 선장이 고인의 아내와 여동생들을 가리키며 말했다. "이 이야기는 나중에 좀 더 적절한 때에 합시다."

*　　*　　*

우리는 많은 고생 끝에 구사일생으로 살아났다. 행운은 대형 보트에 탄 동료들뿐만 아니라 우리 편도 되어주었다. 나흘간 말도 못할 고생을 한 끝에 초죽음 상태이긴 해도 무사히 로아노크 섬 맞은편 해안에 도착했다. 우리는 거기서 조난선 구조자들에게 괴롭힘 당하는 일 없이 일주일간 머물렀고, 마침내 뉴욕으로 오는 배에 오를 수 있었다.

인디펜던스 호가 침몰한 지 한 달 정도가 지났을 때, 브로드웨이에서 하디 선장과 우연히 마주쳤다. 우리의 대화는 자연히 그 재난, 특히 가엾은 와이엇의 슬픈 운명으로 흘러갔다. 그렇게 해서 나는 다음 사실들을 알게 되었다.

화가는 자신과 아내, 여동생 둘, 하인의 배편을 예약했다. 그의 아내는 정말로 그가 말했던 대로 지극히 아름답고 교양 있는 여성이었다. (내가 처음 배에 들렀던) 6월 14일 아침, 그 숙녀는 갑자기 병에 걸려 죽고 말았다. 젊은 남편은 슬픔으로 제정신이 아니었지만 뉴욕으로 가는 항해를 절대 미룰 수 없는 상황이었다. 사랑스러운 아내의 시신을 장모에게 전달해야 했지만, 그런 일을 공공연히 할 수 없게 하는 세간의 편견도 잘 알고 있었다. 승객 중 열에 아홉은 시체와 함께 여행하느니 차라리 배를 타지 않으려 했을 것이다.

이런 딜레마에 처한 하디 선장은 우선 시체에 부분적으로 방부 처리를 한 뒤 다량의 소금과 함께 적당한 크기의 상자에 넣어 짐처럼 배에 싣는 방안을 강구해줬다. 부인의 죽음에 대해서는 아무 말도 하지 않았다. 하지만 와이엇이 아내의 배편을 예약했다는 사실은 잘 알려져 있었기 때문에 항해 도중 누군가가 부인의 역할을 대신해야만 했다. 죽은 부인의 하녀가 쉽게 설득당해 그 역을 맡았다. 여주인이 살아 있을 때 원래 이 하녀를 위해 예약했던 여분의 특별실은 그냥 그대로 됐다. 물론 매일 밤 가짜 부인은 이 특별실에서 잠을 잤고, 낮에는 최선을 다해 여주인 역할을 연기했다. 배에 탄 승객중 부인을 아는 사람이 아무도 없다는 것은 미리 세심하게 확인한 바였다.

나의 실수는 당연히 지나친 경솔함과 호기심, 충동적인 기질 탓에 벌어졌다. 하지만 최근 나는 깊이 잠드는 일이 거의 없다. 아무리 뒤척여도 머릿속을 떠나지 않는 표정이 있다. 내 귓속에서 영원히 울릴 것 같은 신경질적인 웃음소리가 있다.

에이러스와 차미언의 대화[117]

> 내 너에게 불을 내리겠다.
> _에우리피데스, 《안드로마케》

에이러스 왜 나를 에이러스라고 부르지?

차미언 이제부턴 그게 당신 이름이 될 거야. 당신도 이승에서의 내 이름은 잊어버리고 날 차미언이라고 불러야 해.

에이러스 이게 정말 꿈이 아니구나!

차미언 꿈은 더 이상 우리와 함께하지 않아. 하지만 이런 신비가 곧 함께하게 되지. 살아 있을 때처럼 생생하고 이성적인 당신 모습을 보니 너무 좋다. 어둠의 막은 이미 당신 눈에서 걷혔어. 기운 내고 아무것도 두려워하지 마. 정해진 마비의 날들은 다 지나갔으니까. 내일이면 내가 이 새로운 존재의 기쁨과 경이로움을 모두 알려줄게.

에이러스 정말이야. 마비된 느낌이 전혀 없어, 하나도. 미칠 듯한 메스꺼움과 끔찍한 어둠도 사라졌고, '많은 물들의 목소리' 같던 맹렬하고 거세고 끔찍한 소리도 들리지 않아. 하지만 차미언, 새로운

---

117 플루타르크의 《영웅전》에서 언급된 클레오파트라의 시녀 이라스와 카르미온.

것들이 지독히 강렬하게 인지되니 감각이 혼란스러워.

차미언 며칠 지나면 다 사라져. 그래도 난 다 이해하고 공감해. 당신이 겪은 일을 겪은 지가 이승 시간으로 10년이 흘렀지만 아직도 그 기억이 생생하거든. 하지만 에이덴에서 겪을 고통은 이제 다 겪었어.

에이러스 에이덴에서?

차미언 에이덴에서.

에이러스 오, 세상에! 날 가엾게 여겨줘, 차미언! 이 모든 것들의 장대함이 내겐 너무 무거워. 이제는 알게 된 몰랐던 것들, 장엄하고 확실한 현재와 합체된 불확실한 미래의 장대함이.

차미언 지금은 그런 생각과 씨름하지 마. 이 이야기는 내일 할 테니까. 마음이 혼란스럽겠지만 그런 동요는 간단한 기억들을 떠올리면 진정될 거야. 주위도 앞도 보지 말고 뒤만 돌아봐. 당신을 이곳으로 날려 보낸 그 엄청난 사건에 대해 자세히 듣고 싶어 죽겠어. 이야기해줘. 그렇게 끔찍하게 사라져버린 세계의 익숙한 옛 언어로 익숙한 것들에 대해 이야기해보자고.

에이러스 정말로 끔찍했지, 끔찍했어! 이게 정녕 꿈은 아니겠지!

차미언 이제 더 이상 꿈은 없어. 사람들이 내 죽음을 많이 애도했어, 에이러스?

에이러스 애도했냐고, 차미언? 아, 깊이 애도하다마다. 그 최후의 순간까지도 당신 집에는 깊은 우울과 통렬한 슬픔의 구름이 드리워져 있었지.

차미언 그 최후의 순간. 이야기해줘. 그런데 알아둬, 난 있는 그대로의 사실 외에는 그 재난에 대해 아무것도 모른다는 걸. 인간 세상에서 나올 때 나 무덤을 가니 밤에 끄으고 들어있시른. 내 기억이 옳다면, 당신을 덮친 그 재난은 그땐 전혀 예상하지 못한 것이었어. 하지만 사실 당시 사변철학에 대해서는 내가 아는 게 있어야지.

에이러스 그 재난은 당신 말대로 전혀 예상하지 못했던 일이었어. 하지만 그 비슷한 불운들은 천문학자들이 오랫동안 토론해온 문제였지. 말할 필요도 없겠지만, 당신이 죽었던 때만 해도 사람들은 만물이 불에 의해 종말을 맞게 된다고 설명한 성경 구절들을 오직 지구와만 연관시켜서 생각했었지. 하지만 혜성에는 불꽃이 없다는 당시의 천문학 지식 때문에 파괴의 직접 주체에 대해서는 잘못 추측했던 거야. 이 천체들의 밀도가 희박하다는 것은 이미 잘 알려진 사실이었어. 목성 위성들의 질량이나 궤도에 별다른 변화를 일으키지 않고 그 사이를 통과하는 것이 관찰된 바 있으니까. 오랫동안 사람들은 이 우주의 방랑자들이 상상할 수 없이 희박한 기체 물질이고, 심지어 충돌하더라도 탄탄한 우리 지구에는 어떤 해도 끼칠 수 없다고 생각했어. 충돌은 전혀 두려움의 대상이 아니었지. 모든 혜성의 구성 성분들이 정확하게 알려졌으니까. 그러니 무시무시한 불의 종말을 가져올 힘이 혜성들 중에 있으리라는 것은 오랫동안 터무니없는 생각으로 간주되었지. 하지만 최근 인간들 사이에선 불가사의한 일들과 말도 안 되는 상상들이 이상하게 만연해졌어. 천문학자들이 새 혜성에 대해 발표했을 때 실제로 두려움에 떤 것은 무지몽매한 소수에 불과했지만, 알 수 없는 동요와 불신이 전반적으로 흘렀거든.

그 낯선 천체의 구성 성분은 즉각 산정됐고, 혜성이 근일점[118]을 지날 때 지구와 매우 근접한 지점까지 올 거라는 사실이 곧 명명백

---

118 태양계의 천체가 태양에 가장 가까워지는 위치.

백해졌지. 충돌이 불가피하다고 완강하게 주장한 이류급 천문학자 두세 명이 있었어. 이 정보가 사람들한테 어떤 영향을 미쳤는지는 잘 설명하기가 힘드네. 오랫동안 세상사를 처리하는 데만 머리를 써 왔던 사람들은 며칠 동안은 도저히 이해할 수 없는 주장을 믿지 않으려 했어. 하지만 곧 둔하기 짝이 없는 사람들조차도 치명적으로 중요한 사실에 관한 진실을 이해하게 되었지. 결국 모든 이들이 천문학이 거짓말을 한 게 아니라는 것을 알게 되었고 혜성을 기다렸어. 처음에는 접근 속도가 겉보기에는 빠르지 않았어. 모양도 대단히 특이한 데는 없었고. 혜성은 희미한 붉은색이었고 꼬리도 거의 보이지 않았어. 7, 8일 정도 관찰한 결과 지름은 그다지 커지지 않았지만 색깔은 부분적으로 변하더라고. 그러는 동안 사람들은 일상사를 제쳐둔 채 철학자들의 주도하에 혜성의 본질에 대해 토론과 토론을 거듭하는 데 모든 관심을 쏟았어. 일자무식한 자들조차 아둔한 머리를 쥐어짜며 그 문제에 고심했거든. 지식인들도 이제 공포를 가라앉히거나 사랑하는 이론을 지속시키는 데 지성—그리고 영혼—을 바치지 않았어. 혜성의 모습을 제대로 보는 것만 추구하고 갈구했지. 완성된 지식을 열망했어. 진실은 혜성의 순수한 힘과 위풍당당함 속에서 나타났고, 현자들은 머리를 조아리며 경배했지.

　우려하는 충돌이 벌어지면 우리 지구와 그 거주민들이 물리적 피해를 입을 것이라는 의견은 현자들 사이에서 나날이 힘을 잃었어. 그리고 이제 현자들이 대중의 이성과 상상력을 멋대로 지배했지. 그들은 혜성 핵의 밀도가 지구에서 가장 희박한 기체의 밀도보다 작다는 것을 증명했어. 그 비슷한 혜성이 목성의 위성들 사이를 아무 피에도 기치 않고 지나갔으나, 세 별을 깡그리 기 깅졌고, 그민 세김들의 공포를 진정시키는 데 크게 일조했지. 신학자들은 공포에서 촉발된 진지한 태도로 성경의 예언에 몰두했고, 이를 유례없이 직접적이고 단순하게 사람들에게 설명했어. 지구의 종말은 반드시 불로 인해 이루어진다고 역설했고, 그 기세에 모두가 확신하지 않을 수 없었지. (이제는 모든 사람들이 알게 된) 혜성이 불로 이루어져 있지 않다는 진실이 예고된 대재앙에 대한 불안에 시달리던 사람들을 크게 안심시켜줬거든. 주목할 만한 점은—혜성이 나타날 때마다 퍼지곤 하던 오류인—흑사병과 전쟁에 대한 세간의 편견과 통속적 오류가 지금은 전혀 보이지 않았다는 거야. 마치 이성이 갑자기 필사의 노력이라도 해서 단번에 미신을 옥좌에서 내던져버린 것 같았어. 정말로 모자란 머리도 엄청난 관심을 쏟으니 힘을 얻었던 거지.

충돌로 발생할 수 있는 부차적 재해는 복잡한 쟁점이었어. 지식인들은 약간의 지질학적 교란과 기후 변화 가능성, 그리고 이에 따른 식물의 변화에 대해 이야기했고, 자기와 전기가 영향 받을 수도 있다는 예측을 내놨어. 많은 이들은 가시적이거나 감지할 만한 결과는 전혀 생기지 않을 거라고 주장했지. 이런 논의가 계속되는 동안, 토론의 대상은 눈에 띄게 지름이 커지고 점점 더 빛을 발하며 서서히 다가왔어. 혜성이 다가올수록 인류는 창백해졌고, 인간들의 활동은 모두 중단되었어.

마침내 혜성이 과거에 기록된 모든 혜성의 크기를 넘어섰을 때, 대중의 생각은 획기적으로 바뀌었지. 사람들은 이제 천문학자들이 틀렸을지 모른다는 일말의 희망을 버리고 확실한 재앙을 겪게 됐어. 상상 속 공포는 사라졌어. 가장 강건한 이들의 심장도 가슴속에서 미칠 듯이 뛰었지. 하지만 채 며칠도 지나지 않아 그런 느낌조차 더 참을 수 없는 심정으로 바뀌고 말았어. 익숙한 견해들은 그 낯선 천체에 더 이상 적용되지 않았어. 역사적 속성들은 사라졌어. 혜성은 섬뜩한 새로운 감정으로 우리를 짓눌렀어. 그건 하늘에서 벌어지는 천문학적 현상이 아니라 우리 마음을 짓누르는 악몽, 머리를 짓누르는 유령 같았어. 혜성은 믿을 수 없이 빠른 속도로 엄청난 크기의 불꽃 막이 되어 수평선에서 수평선까지 하늘을 온통 뒤덮었지.

하지만 하루 만에 숨 쉬는 게 훨씬 더 편해졌어. 혜성의 영향권에 든 것이 확실한데도 우린 살아 있었어. 심지어 몸도 여느 때와 다르게 유연하고 기분도 쾌활하더라고. 우리가 두려워하던 대상의 밀도가 엄청나게 희박한 게 확실했던 거야. 그 너머로 모든 천체가 똑똑하게 보였거든. 그러는 사이 식물들도 눈에 띄게 변화했어. 상황이 예견한 대로 돌아가는 것을 보고 우리는 현자들의 예측에 믿음을 가지게 됐어. 전에는 듣도 보도 못한 화려한 잎들이 모든 식물에서 돋아났거든.

또 하루가 지났어. 재앙은 우리를 완전히 덮치지는 않았어. 이제 혜성의 핵이 먼저 도달하리라는 게 분명해졌어. 모든 사람들에게 격렬한 변화가 찾아왔어. 처음 느낀 아픔은 비탄과 공포의 신호였지. 처음 느낀 이 아픔은 가슴과 폐가 꽉 조이고 피부가 참을 수 없이 건조해지는 것이었어. 지구의 대기가 근본적 변화를 겪고 있다는 것이 부정할 수 없는 사실이었어. 이제 이 대기에 순응하는 것과 혜성의 변화 가능성이 논의의 쟁점이 되었지. 조사 결과는 온 세상 사람들 마음에 전기 충격과도 같은 공포를 불러일으켰어.

우리를 둘러싼 공기가 대기 단위 100당 산소 21과 질소 79의 비율로 이루어진 산소와 질소의 혼합물이라는 거은 요새 긴 부 더 늘 녀 신

사실이야. 연소의 본질이자 열의 매개체인 산소는 동물의 생명 유지에 절대적으로 필요하고 자연에서 가장 강력하고 활발한 동인이지. 반면, 질소는 동물의 생명도, 불꽃도 유지시키지 못해. 그런데 산소가 비정상적으로 과다해지면 최근 우리가 경험했듯이 동물들의 기분이 고양된다는 것은 이미 규명된 바야. 그 생각을 더 밀고 나가보자 두려움이 솟구쳤어. 질소를 완전히 추출해버리면 어떤 결과가 생길까? 모든 것을 집어삼키는 불가항력의 화염이 즉각 온 세상을 뒤덮겠지. 성경에서 예언한 끔찍한 불의 위협이 토씨 하나 틀리지 않고 완전하게 이루어지는 거야.

차미언, 고삐 풀린 인간의 광기를 굳이 묘사할 필요가 있을까? 전에는 희망을 품게 했던 혜성의 희박한 밀도는 이제 비통한 절망의 근원이 되었어. 만져지지도 않는 기체 형질 속에서 우리 운명의 끝이 똑똑히 보였지. 그러는 동안 또 하루가 지났고, 마지막 희망의 그림자마저 사라졌어. 급격히 변한 공기 속에서 우리는 헐떡댔고, 붉은 피는 죄어든 혈관 속에서 요동쳤어. 사람들은 모두 격렬한 착란 상태에 빠져 무시무시한 하늘을 향해 두 팔을 뻣뻣하게 내밀고 덜덜 떨며 커다랗게 비명을 질러댔어. 하지만 이제 파괴자의 핵이 우리를 덮쳤지. 심지어 이곳 에이덴에 있는데도 그 이야기를 하니 온몸이 떨려. 짧게 이야기할게, 모든 것을 파괴해버린 파멸만큼이나 짧게. 한순간 눈부시게 번쩍거리는 한 줄기 빛이 모든 것을 뚫고 지나갔어. 그러고는—위대한 하느님의 위엄 앞에 고개를 숙이자, 차미언—마치 하느님께서 직접 입을 여신 듯한 고함 소리가 사방을 채웠지. 우리 존재를 둘러싼 대기 전체는 순식간에 폭발하며 뜨거운 불꽃을 내뿜었고, 그 압도적 빛과 뜨거운 열기는 순수 지식의 보고인저 높은 천국의 천사들조차 처음 보는 광경이었어. 그렇게 모든 것이 끝나고 말았던 거야.

메첸거슈타인

살아서는 나 그대들의 골칫거리였고,
죽어서는 그대들의 죽음이 되리.
_마르틴 루터

공포와 재난은 어느 시대나 사방에 만연했다. 그러니 지금부터 해야 하는 이야기에 군이 시기를 밝힐 필요가 있을까? 그저 이 이야기의 배경이 된 시기 헝가리에는 윤회론에 대한 비밀스러운 믿음이 굳게 자리 잡고 있었다고만 말해두겠다. 윤회론 자체, 그러니까 그게 거짓인지 그럴듯한 믿음인지에 대해서는 아무 말도 하지 않겠다. 하지만 회의懷疑도 (모든 불행에 대해 라 브뤼예르가 말한 것처럼) "혼자 있을 수 없다는 데서 기인한다"고 주장하는 바이다.[119]

하지만 헝가리인들의 미신에는 거의 엉터리나 다름없는 점들이 있다. 헝가리 사람들은 동유럽 권위자들과는 근본적으로 달랐다. 예를 들어, 전자는—예리하고 지적인 한 파리인의 말을 인용하겠

---

119 [원주] 메르시에는《2440년》에서 심각하게 윤회론을 주장하고, J. 디즈레일리는 "그렇게 이해하기 단순하고 불쾌한 체계는 없다"고 말한다. '그린 마운틴 보이' 이선 앨런 연대장도 윤회론을 진지하게 신봉했다고 한다.《2440년》은 1770년 출간된 프랑스 소설이고, '그린 마운틴 보이'는 18세기 말 창설된 민병대이다—옮긴이)

다―"영혼은 물질적 육체에 오직 잠시 머물 뿐이다. 그 나머지 시간 동안은 말이건 개건 심지어 사람에게건 영혼은 그저 잡히지 않을 환영에 불과하다"고 말한다.

베를리피칭 가문과 메첸거슈타인 가문은 수세기 동안 불화를 겪어왔다. 그렇게 유명하면서 그렇게 지독한 적개심으로 서로를 증오하는 두 가문은 일찍이 없었다. 이 증오의 기원은 고대 예언에서 찾아볼 수 있을 것 같다. "필멸의 메첸거슈타인이 불멸의 베를리피칭에게 말 위에 올라탄 기수처럼 승리를 거둘 때 고귀한 이름은 추락하리라."

분명 그 말에는 거의 아무런 의미가 없었다. 하지만 더 사소한 원인들로 인해 그만큼 파란만장한 결과들이―그것도 얼마 전에―벌어져왔다. 게다가 인접한 두 영지는 오랫동안 바쁜 공무에 경쟁적으로 영향력을 행사해왔다. 더구나 가까운 이웃은 좀처럼 친구가 되기 힘든 법인데, 베를리피칭 성의 주민들은 높은 부벽에서 메첸거슈타인 성의 창문까지 들여다볼 수 있을 정도였다. 그런 식으로 그들의 눈에 비친 봉건적 장대함은 역사에 있어서나 재산에 있어서나 뒤떨어지는 베를리피칭 가문의 성마른 감정을 전혀 달래주지 못했다. 상황이 이럴진대, 유서 깊은 질투로 이미 틈만 나면 싸울 태세가 되어 있는 두 가문의 불화가 아무리 어리석은 예언이라 해도 그 예언으로 인해 계속 지속된 것은 당연한 일 아니겠는가? 예언은 이미 더 강력한 집안의 최종적 승리를 암시하는 것 같았다. 그 예언이 뭔가를 암시한다면 말이다. 그러니 더 쓰라린 반감을 가지고 예언을 기억하는 쪽은 물론 세력과 영향력이 더 약한 가문이었다.

빈첸럽 베를리피칭 백가운 고귀한 기문의 후예였지만 이 시대의

가 벌어진 시점에는 쇠약하고 노망난 노인이었다. 노인은 경쟁 가문에 과도하고 뿌리 깊은 사적 반감을 가지고 있고 말과 사냥을 열정적으로 사랑하기로 유명했다. 쇠약하고 노령인 데다 정신이 희미한데도 매일 위험한 사냥에 나가는 것을 말릴 수가 없었다.

반면 프리드리히 메첸거슈타인 남작은 아직 성년이 되지 않았다. 아버지인 G장관은 젊은 나이에 세상을 떠났다. 어머니인 레이디 메리도 곧 그 뒤를 따랐다. 당시 프리드리히는 열여덟 살이었다. 도시에서는 18년이 긴 시간이 아니다. 하지만 황야에서는, 그 유서 깊은 공국이 자리하고 있는 그런 장엄한 황야에서라면 시계추가 더 깊은 의미를 지니고 진동하는 법이다.

아버지의 유산 관리에 수반된 특수한 상황으로 젊은 남작은 아버지가 작고하자마자 그 막대한 재산을 물려받았다. 헝가리 귀족들 중 일찍이 그런 재산을 소유한 사람은 없었다. 성은 셀 수 없이 많았다. 그중 가장 화려하고 큰 성은 '메첸거슈타인 성'이었다. 그 영지의 경계선이 정확히 규정된 적은 없지만, 주 정원의 둘레만 해도 50마일에 달했다.

성격이 너무나 잘 알려진 너무나 어린 주인이 너무나 막대한 재산을 상속받자, 남작의 향후 행동에 대해서는 추측조차 거의 나돌지 않았다. 과연 사흘 만에 상속자의 행동은 헤롯 왕을 능가했고 남작의 가장 열성적인 숭배자들의 예상을 훌쩍 뛰어넘었다. 가신들은 수치스러운 방탕과 극악무도한 기만과 전례 없는 잔학 행위에 벌벌 떨며 재빨리 깨달았다. 지금부터는 자신들이 아무리 노예처럼 굴종한다 해도 남작의 마음에 아무리 쥐꼬리만 한 양심이 남아 있다 해도 비열한 칼리굴라의 무자비한 송곳니에서 안전할 수는 없다는 것을. 나흘째 밤, 베를리피칭 성의 마구간에 불이 났다. 인근 주민들은 이미 비행과 범법으로 점철된 남작의 끔찍한 목록에 이제 방화죄가 추가된 것이라고 하나같이 말했다.

하지만 이 일로 소란이 벌어지는 동안, 젊은 귀족은 메첸거슈타인 성 위쪽에 자리한 거대하고 적막한 방에 앉아 깊은 생각에 잠겨 있었다. 벽에 우울하게 걸려 있는 화려하지만 빛바랜 태피스트리들에는 천 명에 달하는 유명한 조상들의 위풍당당한 모습이 희미하게 그려져 있었다. 그림 이쪽 편에서는 풍성한 담비 털을 두른 사제들과 교황청 고관들이 전제군주와 국왕과 스스럼없이 앉아 지상의 왕의 소망에 거부권을 행사하거나 교황의 전권으로 대적[120]의 반역적 주권에 거부권을 행사하고 있었다. 저쪽에서는 가무잡잡하고 키 큰 메첸거슈타인 공들이 강경한 표정으로 대단한 담력을 가진 사람의 간담마저 서늘하게 만들었고, 그 억센 군마들은 쓰러진 적들의 시체 위로 돌진하고 있었다. 다시 또 이쪽에서는 관능적이고 백조 같은 과거의 여인들이 상상의 선율에 맞춰 가공의 춤을 추며 이리저리 떠돌아다니고 있었다.

하지만 남작이 점점 더 커져가는 베를리피칭 마구간의 아비규환에 귀를 기울이는, 아니 귀를 기울이는 척하는 동안, 혹은 어쩌면 더 새롭고 더 단호한 안하무인 짓을 고안하고 있는 동안, 그의 시선은 자기도 모르게 이상한 색채로 칠해진 거대한 말 그림으로 향했다. 태피스트리에 그려져 있는 경쟁 가문의 사라센 조상의 말이었다. 말은 그림 전면에서 조각처럼 꼼짝도 않고 서 있었고, 저 뒤에서는 패

120   인류의 대적大敵의 사탄

배한 기수가 메첸거슈타인의 단도에 찔려 죽어가고 있었다.

자기도 모르게 시선이 어디로 향했는지 깨닫자 프리드리히의 입술에 사악한 미소가 떠올랐다. 하지만 그는 그 미소를 거두지 않았다. 도리어 왜 압도적인 불안이 관 덮개처럼 온몸을 감싸는지 도저히 이해할 수가 없었다. 꿈꾸듯 멍하고 종잡을 수 없는 기분이었지만 그래도 자신이 깨어 있는 게 확실하다고 가까스로 인지했다. 바라보면 바라볼수록 점점 더 그 마력에 빠져들어 태피스트리의 매혹에서 절대 시선을 돌릴 수 없을 것만 같았다. 하지만 바깥의 소란이 갑자기 더 거세지는 바람에 그는 불타는 마구간이 창문에 던진 번쩍이는 붉은빛을 향해 억지로 시선을 돌렸다.

하지만 그러는 것도 잠시뿐이었다. 그는 벽을 향해 기계적으로 다시 시선을 돌렸다. 놀랍고 끔찍하게도, 그사이에 거대한 준마의 머리 위치가 바뀌어 있었다. 전에는 쓰러진 주인의 몸 위로 동정하듯 수그리고 있던 말의 목이 이제는 남작 쪽을 향해 길게 뻗어 있었던 것이다. 전에는 보이지 않던 눈은 이제 힘차고 인간적인 표정이 담고 불타는 듯 기이한 붉은색으로 번득였다. 화나 보이는 말은 입술을 활짝 열어 음산하고 역겨운 이빨을 완전히 드러내고 있었다.

공포로 망연자실해진 젊은 귀족은 휘청거리며 문 쪽으로 걸어갔다. 문을 활짝 열자 방 안 깊숙이 흘러 들어온 붉은 섬광이 흔들리는 태피스트리에 남작의 그림자를 선명하게 던졌다. 문지방에서 잠시 비틀거리고 서 있던 남작은 그 그림자가 사라센 베를리피칭을 죽인 무자비하고 의기양양한 살인자와 똑같은 자세를 취하고 그 윤곽을 정확하게 채우고 있는 것을 보고 몸서리를 쳤다.

침울한 기분을 전환하려고 남작은 서둘러 밖으로 나갔다. 성의 정문에서 그는 세 명의 마부를 만났다. 마부들은 미친 듯이 날뛰는 불같은 색깔의 거대한 말을 목숨을 걸고 가까스로 붙잡고 있었다.

"누구의 말인가? 어디서 가져온 것이냐?" 이 태피스트리 쳐진 방에 있는 수수께끼의 말이 눈앞의 사나운 말과 똑같이 닮았다는 것을 즉시 알아본 청년이 못마땅한 쉰 목소리로 물었다.

"주인님 것입니다." 마부 하나가 대답했다. "적어도 주인이라고 주장하는 사람은 아무도 없습니다. 불타는 베를리피칭 마구간 쪽에서 연기를 내며 흥분해서 거품을 물고 달려오는 놈을 저희가 잡았습죠. 노백작이 소유한 외국 종마들 중 하나라고 생각해서 길 잃은 놈이라고 돌려보냈는데, 그쪽 마부들도 자기 말이 아니라지 뭡니까. 참 이상한 일이죠. 누가 봐도 화마에서 간신히 탈출한 상처들이 있는데 말입니다."

"이마에 W. V. B.라고 낙인도 선명하게 찍혀 있습니다." 두 번째 마부가 끼어들며 말했다. "분명 빌헬름 폰 베를리피칭의 머리글자라고 생각했는데, 그쪽 성 사람들 다 단호히 그런 말은 모른다네요."

"아주 이상해!" 젊은 남작은 생각에 잠겨 자기가 무슨 말을 하는지도 모른 채 말했다. "자네들 말대로 놀라운 말이야. 비범해! 비록 자네들이 제대로 본 대로 수상하고 다루기 힘든 놈이긴 하지만. 그래도 내 걸로 하기로 하지." 그러고는 잠시 후 덧붙였다. "메첸거슈타인의 프리드리히 같은 기수라면 베를리피칭 마구간에서 뛰쳐나온 악마라도 길들일 수 있을지 모르니까."

"잘못 생각하셨습니다, 주인님. 저 말은 저희가 말씀드린 것처럼 백작의 마구간에서 나온 게 아닙니다. 만약 그랬다면 이 문중 분의 안전에 이놈을 데려오지는 않았겠지요."

"그렇지!" 남작이 무미건조하게 말했다. 그 순간 침실 시종 하나가 상기된 얼굴로 고꾸라지듯이 성에서 달려왔다. 시종은 주인의 귀에 자기가 담당하는 방에 걸린 태피스트리 일부가 갑자기 사라졌다는 이야기를 속삭였다. 하도 낮은 목소리로 속삭이는 통에 마부들의 달아오른 호기심을 만족시켜줄 이야기는 전혀 새어 나가지 않았다.

젊은 프리드리히 남작은 이야기를 듣는 동안 온갖 감정이 휘몰아쳐 마음이 착잡한 것 같았다. 하지만 곧 평정을 되찾더니 결연하게 사악한 표정을 지으며 문제의 방을 당장 폐쇄하고 열쇠는 자신에게 달라고 지엄하게 명령했다.

"노사냥꾼 베를리피칭의 불운한 죽음 소식은 들으셨습니까?" 시종이 간 뒤 남작이 거둔 거대한 준마가 두 배는 더 사납게 날뛰며 메첸거슈타인 성에서 마구간까지 질주하고 있을 때, 종자 하나가 남작에게 말했다.

"아니!" 남작이 종자에게 갑자기 고개를 돌리며 말했다. "죽었다고! 설마?"

"정말입니다, 주인님. 주인님의 고귀한 이름에는 결코 언짢은 소식은 아니겠지요."

듣는 이의 얼굴에 급속히 미소가 번져갔다. "어떻게 죽었나?"

"사냥마들 중 아끼는 놈 하나를 급히 구하려다 화마 속에서 비참하게 죽었다고 합니다."

"흠, 그렇군!" 남작은 무슨 흥미진진한 생각의 진실을 알고 서서히 신중하게 감동한 것처럼 소리 질렀다.

"그렇습니다." 종자가 반복했다.

"충격적이군!" 젊은이는 냉정하게 말하고 조용히 성을 향해 돌아섰다.

이날부터 젊고 방탕한 프리드리히 폰 메첸거슈타인 남작의 외적 행실에 눈에 띄는 변화가 나타났다. 실로 그의 행동은 모든 이들의 기대를 실망시켰으며 수많은 식견들과도 일치하지 않았다. 그러는 사이 남작의 습관과 태도는 이웃 귀족들의 습관과 태도와는 예전보다 더 많이 달라졌다. 남작은 영지 밖으로는 절대 나가지 않았고, 이 넓은 사교계에 친구라고는 하나도 없었다. 그 후로 줄기차게 타고 다닌 그 기괴하고 충동적이고 불같은 색깔의 말이 실로 친구라는 호칭에 대해 어떤 기이한 권리라도 가지고 있지 않다면 말이다.

하지만 이웃들로부터는 오랫동안 주기적으로 수많은 초청장이 왔다. "남작님께서 우리 축제에 참석하셔서 자리를 빛내주시겠습니까?" "남작님께서 멧돼지 사냥을 함께하시겠습니까?" "메첸거슈타인은 사냥을 하지 않소." "메첸거슈타인은 참석하지 않을 것이오." 거만하고 간결한 대답이었다.

이런 반복된 모욕을 오만한 귀족들이 참을 리가 없었다. 초청장에는 점점 진심이 덜 담겼고 점점 수가 줄더니 마침내 완전히 뚝 끊겼다. 불운한 베를리피칭 백작의 미망인은 심지어 이런 말도 했다. "남작은 집에 있고 싶지 않을 때도 집에 있을지 몰라요. 같은 급 사람들과 같이 있는 걸 경멸하니까. 말을 타고 싶지 않을 때도 말을 타겠죠. 말과 같이 있는 걸 더 좋아하니까요." 이는 분명 유서 깊은 분노가 유치하게 폭발해서 한 말이었고, 사람들이 이례적으로 강력해 보이고 싶을 때 하는 말이 얼마나 무의미해지기 쉬운지 보여줄 뿐이었다.

그럼에도 자비로운 사람들은 사별 직후 짧은 기간 동안 젊은 남작이 보여준 극악무도하고 분별없는 행동은 다 잊어버리고 그 행동 변화를 부모님을 일찍 여읜 자식이 당연히 느끼는 슬픔 탓으로 돌렸다. 어떤 사람들은 남작이 지나치게 오만하게 젠체하고 점잔을 뺀다고도 했다. (가문 주치의를 포함한) 또 다른 사람들은 주저 없이 병적인 우울증과 유전병 이야기를 꺼냈다. 그러는 사이 더 수상쩍은 음험한 암시들이 사람들 사이에 널리 퍼졌다.

정말이지 최근 획득한 군마에 대한 남작의 기괴한 애착, 그 짐승이 잔인하고 악마 같은 성향을 새로 보여줄 때마다 더 강해지는 듯한 그 애착은 결국 제정신이 있는 사람이면 누가 봐도 끔찍하고 비정상적인 열정이 되었다. 눈부신 정오의 햇살 속에서도, 괴괴한 한밤중에도, 아플 때나 건강할 때나, 고요할 때나 폭풍우가 칠 때나, 젊은 메첸거슈타인은 그 거대한 말의 안장에 못이라도 박힌 양 앉아 있었고, 다루기 힘든 말의 대담한 행동은 주인의 기질과 너무나 잘 어울렸다.

게다가 최근 사건들과 엮인 상황이 기수의 열광과 말의 능력에 초자연적이고 불길한 느낌을 더했다. 말이 한 번 도약하는 거리를 정확하게 재보았더니 감히 상상조차 할 수 없는 거리였다. 게다가 자기 소유의 다른 말들은 모두 특유의 호칭으로 구분을 하면서도 남작은 이 말에게는 특정한 이름도 지어주지 않았다. 마구간도 나머지 말들과는 멀리 떨어진 곳에 따로 있었다. 손질과 여타 필요한 일들도 주인이 직접 처리했고, 주인 외에는 누구도 감히 그 칸에 들어가지 못했다. 또한 베를리피칭 화재 때 도망친 말을 잡은 마부 세 명은 사슬 고삐와 올가미를 이용해서 말을 잡기는 했지만, 셋 중 누구도 그 위험한 사투 중에건 또는 그 이후에건 그 짐승의 몸에 실제로 손을 댄 적 있다고 확실하게 단언하지 못했다. 고귀하고 기운찬 말의 행동에서 특별한 지능이 발견되는 경우가 있다 해도 터무니없을 정도의 관심을 불러일으키지는 않을 것이다. 하지만 극히 의심 많고 침착한 사람조차 주목하지 않을 수 없는 상황들이 있었다. 짐승을 둘러싸고 구경하고 있던 사람들이 그 심원하고 의미심장한 말발굽 소리에 공포에 질려 움츠린 일들도 있었고, 그 말이 진지하고 인간 같은 눈으로 순식간에 탐색하는 듯한 표정을 지어 젊은 메첸거슈타인 남작이 새파랗게 질려 그 시선을 피한 때들도 있었다.

하지만 남작의 수행원들 중 누구도 젊은 귀족이 불같은 성질의 말을 특히 열렬히 사랑한다는 사실을 의심하지 않았다. 적어도 어리고 미천한 불구의 시종 외에는 아무도 없었다. 그 하인의 기형은 모두가 성가셔했고 그의 의견은 누구도 귀담아듣지 않았다. (시종의 생각을 언급할 가치가 혹시라도 있다면) 그는 뻔뻔하게도 주인이 안장에 올라탈 때마다 이유는 알 수 없지만 보일 듯 말 듯하게 몸을 떨었다고 주장했다. 또 습관적으로 나가는 오랜 승마를 마치고 돌아올 때면 승리감에 젖은 사악한 미소로 온 얼굴 근육이 뒤틀려 있었다고 말했다.

폭풍이 몰아치던 어느 날 밤, 메첸거슈타인이 깊은 잠에서 깨어나 미친 사람처럼 방에서 내려오더니 황급히 말을 타고 미로 같은 숲 속으로 달려 들어갔다. 흔히 있는 일이라 그때는 누구도 특별히 관심을 기울이지 않았지만, 집을 비운 지 몇 시간이 흐른 후에는 하인들이 몹시 불안해하며 주인의 귀가를 기다렸다. 통제가 안 되는 화난 불길의 영향으로 거대하고 장엄한 메첸거슈타인 성의 성벽이 토대에서부터 금이 가고 흔들리기 시작했기 때문이다.

불길은 처음 발견되었을 때부터 무시무시하게 번져나가서 성의 일부라도 구해보려는 노력은 모두 수포로 돌아갔다. 경악한 인근 주민들은 마음 아파하는 것까진 아니라 해도 아무 말 없이 속절없이 서 있었다. 하지만 더 무시무시한 새로운 대상이 곧 사람들의 시선을 사로잡았다. 무생물이 끔찍한 고통을 겪는 광경을 보는 것보다 인간의 고통을 지켜볼 때 사람들의 마음에 얼마나 더 강렬한 동요가 일어나는지 보여주는 순간이었다.

숲에서 메첸거슈타인 성 정문으로 이어지는 오래된 오크나무 길 저 멀리서 모자도 안 쓴 엉망진창의 기수를 태운 말 한 마리가 태풍의 악령쯤은 능가할 속도로 맹렬하게 달려오는 게 보였다.

기수도 그 속도를 통제하지 못하고 있는 게 분명했다. 고통에 일그러진 표정과 경련을 일으키며 사투를 벌이는 몸짓이 그가 얼마나 초인적인 노력을 기울이고 있는지 여실히 보여줬다. 하지만 극도의 공포에 휩싸여 깨물고 또 깨물어 찢어진 그 입술에서는 단 한 번의 비명 외에는 아무 소리도 나오지 않았다. 한순간 으르렁대는 불길과 비명 같은 바람 소리 위로 달가닥거리는 말발굽 소리가 날카롭게 울려 퍼지더니, 다음 순간 말은 성 출입구와 해자를 한달음에 뛰어넘고 기우뚱거리는 성의 계단 위까지 달려 올라갔다. 그러더니 말은 기수와 함께 어지러이 타오르는 불길 속으로 사라졌다.

맹렬한 폭풍은 순식간에 잠잠해졌고 쥐 죽은 듯한 고요가 음침하게 이어졌다. 하얀 불길이 수의처럼 여전히 성을 감싸고 너울거리며 고요한 대기 저 멀리까지 불가사의한 빛을 내뿜었다. 그사이 연기구름이 성벽 위로 무겁게 내려앉았다. 그 거대한 구름은 또렷이 말 모양을 하고 있었다.

적사병의 가면극

'적사병赤死病'이 오랫동안 온 나라를 유린했다. 그렇게 치명적이고 소름 끼치는 역병은 일찍이 없었다. 선혈, 붉고 무시무시한 선혈이 그 화신이자 인장이었다. 찌르는 듯한 고통과 갑작스러운 현기증이 엄습했다가 갑자기 현기증이 찾아왔고 다음에는 온몸의 구멍이란 구멍에서 피가 철철 쏟아지며 죽음이 찾아왔다. 희생자의 몸, 특히 얼굴에 돋아난 진홍색 반점들은 동료 인간들의 도움과 연민마저 차단하는 역병의 저주였다. 발작에서 진행, 종료에 이르는 전 과정이 30분 사이에 벌어졌다.

하지만 프로스페로 대공은 행복하고 용감하고 현명했다. 영지의 인구가 반으로 줄었을 때, 그는 궁정의 기사들과 귀부인들 중 강인하고 낙천적인 친구 천 명을 소환하여 이들과 함께 세상에서 멀리 떨어진 성채 같은 수도원으로 들어가 은둔했다. 광대하고 위풍당당한 이 수도원은 대공 자신의 기이하면서도 당당한 취향의 산물이었다. 수도원은 튼튼하고 높은 성벽에 둘러싸여 있었다. 성벽에는 실문이 달려 있었다. 안으로 들어간 신하들은 화덕과 육중한 망치들을 가져와 빗장을 용접해버렸다. 수도원 안이 갑작스러운 절망이나 광기의 충동에 휩싸이더라도 드나들 방법을 전혀 남기지 않기로 결심한 것이다. 식량은 넘치게 준비해뒀다. 그렇게 만반의 대비를 해뒀으니 신하들은 역병에 감염되는 일이 없을 것이다. 바깥세상은 스스로 알아서 할 일이었다. 그동안 슬퍼하거나 생각에 잠기는 건 어리석은 일이다. 대공은 온갖 여흥거리를 마련해뒀다. 어릿광대, 즉흥시인, 무희, 악사를 준비해뒀다. 미인과 와인도 있었다. 안에는 이 모든 것들과 안전이 있었다. 바깥에는 '적사병'이 도사리고 있었다.

은닉한 지 5, 6개월이 다 되어가던 어느 날, 바깥에서 페스트의 맹위가 정점에 달하고 있을 때 프로스페로 대공은 천 명의 친구들을 위해 유례없이 성대한 가면무도회를 열었다.

화려한 정경을 자랑하는 가면무도회였다. 하지만 우선 무도회가 열린 방 이야기부터 하겠다. 방은 모두 일곱 개로 다들 위풍당당한 커다란 방이었다. 하지만 많은 성에 있는 이런 방들의 경우, 접이문을 양쪽 다 거의 벽 끝까지 밀면 시야를 가로막는 것 없이 전체가 일직선으로 길게 트이게 되어 있었다. 공작의 기괴한 취향에서 예상할 수 있겠지만, 이곳은 많이 달랐다. 방들은 몹시 불규칙하게 배열되어 있어서 한 번에 거의 하나씩밖에 보이지 않았다. 방들은 20 내지 30야드마다 급격히 꺾이며, 모퉁이를 돌 때마다 완전히 분위기가 바뀌었다. 좌우의 벽 한가운데에는 좁고 높다란 고딕풍 창이 방들을 따라 구불구불 이어지는 밀폐된 복도를 향해 나 있었다. 창은 스테인드글라스로 장식되어 있었고, 그 색들은 각 방을 장식하는 주조색에 따라 다양하게 달라졌다. 예를 들어, 동쪽 끝에 있는 방은 파란

색으로 꾸며져 있었고, 그 방의 창문들도 선명한 파란색이었다. 두 번째 방은 장식품과 태피스트리가 모두 자주색이었고 창유리들 또한 자주색이었다. 세 번째 방은 온통 녹색이었고, 여닫이창들도 마찬가지였다. 네 번째 방은 가구와 조명을 주황색으로 맞췄고, 다섯 번째는 흰색, 여섯 번째는 보라색이었다. 일곱 번째 방에는 검정색 벨벳 태피스트리가 온 천장과 벽을 빈틈없이 덮다 못해 같은 소재와 색의 카펫 위까지 묵직하게 주름 잡힌 채 늘어져 있었다. 하지만 이 방만은 창문 색이 장식 색과 일치하지 않아서, 창문들은 진홍색, 즉 짙은 핏빛이었다. 방마다 황금색 장식이 여기저기 넘치게 널려 있고 천장에도 주렁주렁 매달려 있었지만, 램프나 촛대가 있는 방은 일곱 개 중 하나도 없었다. 방 안에는 램프나 초에서 나오는 빛이라고는 일절 없었다. 하지만 방들을 따라 이어지는 복도에는 창문 맞은편마다 묵직한 삼각대가 놓여 있고 그 위에 불이 활활 타고 있는 화로를 올려두어, 거기서 나온 빛이 색유리를 통과해 방을 눈부시게 밝히고 있었다. 그리하여 수없이 화려하고 환상적인 모습들이 나타났다. 하지만 서쪽 끝 검은 방에서는 핏빛 창을 통해 들어온 불빛이 늘어진 검은 휘장들 위로 일렁거리며 극도로 소름 끼치는 분위기를 만들었고 그 방에 들어온 사람들의 얼굴도 너무나 기괴하게 보이게 해서, 그 방에 발을 들일 정도로 대담한 사람들은 거의 없었다.

또 이 방에는 서쪽 벽에 흑단으로 만든 거대한 시계가 서 있었다. 시계추는 둔탁한 소리를 내며 단조롭고 묵직하게 왔다 갔다 했지만, 분침이 한 바퀴를 돌아 정각 종이 울릴 때면 그 놋쇠 허파에서 맑고 크고 깊고 놀랄 만큼 고운 소리가 울려 퍼졌다. 하지만 그 음과 강세가 어쩌나 특이한지 정각이 될 때마다 오케스트라 악사들은 제까도 모르게 일순 연주를 중단하고 그 소리에 귀를 기울였다. 그러니 빙빙 돌며 왈츠를 추던 사람들도 부득이 동작을 멈추었고 흥겹던 연회장에는 잠시 당황스러운 분위기가 흘렀다. 시계 종이 울리는 동안, 눈이 핑핑 돌도록 흥겹게 춤추던 사람들은 얼굴이 창백해졌고 나이 지긋하고 침착한 사람들은 마치 혼란스러운 공상이나 명상에라도 빠진 듯이 손을 이마에 갖다 댔다. 하지만 종소리의 여운이 완전히 사라지고 나면 이내 가벼운 웃음소리가 사람들 사이로 퍼져나갔다. 악사들은 서로를 바라보며 마치 자신들의 불안과 어리석음을 비웃기라도 하듯 미소를 지었고 다음번 시계 종이 울릴 때는 그런 감정은 절대 느끼지 않을 거라고 서로 속삭이며 다짐했다. 하지만 그 후 60분, 그러니까 3600초의 시간이 쏜살같이 흐르고 나면 또다시 시계 종이 울리고, 그러면 전과 똑같은 당황스러움과 전율과 명상이 되풀이되는 것이다.

하지만 그럼에도 불구하고 무도회는 즐겁고 장대했다. 대공의 취향은 특이했다. 색감과 효과에 대한 그의 안목은 대단했다. 단순히 유행만 따르는 장식은 무시했다. 계획은 대담하고 강렬했고, 구상에는 원초적 광채가 번득였다. 공작이 미쳤다고 생각할 사람들도 있을 것이다. 추종자들의 생각은 달랐다. 대공을 보고 그의 말을 듣고 직접 접해보면 미친 게 아니라고 확신할 수 있었다.

일곱 개 방에 있는 움직일 수 있는 장식품들은 대부분 이 성대한 향연을 위한 대공의 연출이었고, 가면무도회 참가자들의 차림에도 대공의 취향이 반영되었다. 모두 그로테스크해야 했다. 사방은 온통 현란하고 반짝거리고 짜릿하고 환상적이었다. 〈에르나니〉[121] 이후 많이 보아온 모습이다. 어울리지 않는 날개와 장신구를 단 아라비아풍 인물들이 있었다. 미친 사람 머리에서나 나올 법한 몽롱한 환상들도 있었다. 아름다운 차림, 자유분방한 차림, 기상천외한 차림들이 수두룩했지만, 끔찍한 분장도 있었고 역겨운 모습을 한 이들도 적지 않았다. 일곱 개 방 여기저기를 어슬렁거리는 것은 실로 꿈결 같은 환영들이었다. 이 환영들은 방마다 다른 색조를 띠며 구불구불 이 방 저 방을 들락거렸고, 오케스트라의 광란의 음악은 이들 발자국의 메아리 같았다. 이윽고 벨벳 방에 서 있는 검은 시계가 종을 울린다. 일순 모든 것이 멈춘다. 시계 소리만 빼고 사방이 고요하다. 환영들은 서 있던 자리에서 그대로 얼어붙는다. 하지만 종소리의 반향이 사라지자―종소리를 견딘 것은 아주 잠깐에 불과하다―사라져가는 메아리 뒤로 숨죽인 웃음소리가 다시 살랑살랑 떠오른다. 이제 다시 음악 소리가 커지고 환영들은 되살아나 삼각대 화로의 불빛을 받은 스테인드글라스 창문의 색조를 띠고 전보다 더 경쾌하게 이리저리 구불구불 옮겨 다닌다. 하지만 일곱 개의 방들 중 서쪽 끝 방에 감히 발을 들이는 사람은 아무도 없다. 밤이 깊어가고, 핏빛 창을 통해 시뻘건 빛이 흘러 들어오고, 시커먼 휘장의 어둠이 섬뜩하기 때문이다. 검은 카펫에 발을 들인 사람에게는 가까운 검정 시계에서 나오는 둔탁한 종소리가 멀리 떨어진 방들에서 흥겹게 연회를 즐기는 사람들의 귀에 들리는 것보다 훨씬 더 장엄하게 들리기 때문이다.

 하지만 다른 방들에는 사람들이 북적댔고, 생명의 심장은 그 몸속에서 열정적으로 고동치고 있었다. 광란의 무도회는 현기증 나게

121 빅토르 위고의 음률구 그검그에 드 간린 지민 7세 툰탁 금으노 규병하나.

계속되었고, 마침내 자정을 알리는 종소리가 울리기 시작했다. 말했듯이, 순간 음악이 딱 멈췄고 왈츠를 추던 사람들의 동작도 중단됐다. 전처럼 모든 것이 불안하게 정지되었다. 하지만 이번에는 시계 종이 열두 번을 쳐야 했다. 어쩌면 시간이 더 길었기 때문에 흥청망청하던 사람들 중 사려 깊은 사람들 머릿속으로 더 많은 생각들이 슬금슬금 찾아들었을 것이다. 또 그렇기 때문에 어쩌면 마지막 종의 마지막 여운이 침묵 속으로 완전히 사라지기 전에, 많은 사람들이 전에는 아무도 주목하지 않았던 낯선 가면의 존재를 눈치챌 여유도 있었을 것이다. 이 새로운 인물에 대한 이야기가 속삭속삭 퍼져나가더니 마침내 모든 사람들이 반감과 놀라움을 표하며 웅성거렸고, 급기야는 공포와 경악, 불쾌감이 무도회장을 휘감았다.

이제껏 묘사한 환영들의 연회에서 보통 차림으로는 절대 그런 화제를 불러일으킬 수 없었으리라는 것은 능히 짐작할 수 있을 것이다. 사실 그날 밤 가면무도회의 복장은 거의 무제한으로 허용되었지만, 문제의 인물은 헤롯 왕을 능가했고 심지어 예법에 개의치 않는 대공의 대중없는 기준조차 넘어섰다. 막 나가는 사람의 가슴에도 울컥하는 심금이 있는 법이다. 삶과 죽음을 모두 웃음거리로 여기는 막장 인생에게도 조롱할 수 없는 문제들이 있다. 이제 그 자리의 모든 사람들이 그 낯선 이의 차림새나 태도가 재미있지도 적절하지도 않다는 것을 통감하는 듯했다. 그자는 키가 크고 수척하고 머리끝부터 발끝까지 온통 수의를 휘감고 있었다. 얼굴을 가린 가면은 어찌나 뻣뻣한 시체 얼굴처럼 보이는지 아무리 유심히 살펴봐도 가짜가 아닌 것만 같았다. 하지만 여기까지라면 흥청망청 무도회를 즐기던 사람들이 찬성하진 않는다 해도 견디기는 했을 것이다. 하지만 그 무언극 배우는 도를 넘었다. 그는 적사병으로 분장하고 있었다. 옷에는 피가 튀어 있었고 이목구비뿐만 아니라 넓은 이마에도 핏빛 공포가 흩뿌려져 있었다.

프로스페로 대공의 눈길이 (자신의 역할에 더 충실하려는 듯이 춤추는 사람들 사이를 느릿느릿 엄숙하게 걷고 있던) 이 유령 같은 인물에게 가닿았을 때, 그는 처음에는 공포에서인지 불쾌감에서인지 발작하듯 격렬하게 몸을 떨었지만 다음 순간에는 분노로 이마가 벌겋게 달아올랐다.

"감히 누가." 대공은 옆에 서 있던 신하들에게 쉰 목소리로 명령했다. "감히 누가 이런 불경스러운 조롱으로 우리를 욕보인단 말인가? 당장 저놈을 잡아 가면을 벗겨라. 동이 틀 때 성벽에 어떤 놈을 매달아야 하는지 어디 그 상판을 보자!"

프로스페로 대공이 이 말을 한 곳은 동쪽의 푸른 방이었다. 대공의 고함이 일곱 개 방에 쩌렁쩌렁하게 울려 퍼졌다. 대공은 대담하고 강건한 사람이었고 음악은 그가 손을 휘젓는 순간 이미 조용해졌기 때문이다.

창백해진 일군의 신하들과 대공이 함께 서 있던 곳은 푸른 방이었다. 그의 고함에 처음에는 신하들이 침입자 쪽으로 우르르 살짝 움직였다. 그 순간 그들과 얼마 떨어지지 않은 곳에 있던 침입자가 유유하고도 당당한 걸음걸이로 대공을 향해 다가왔다. 하지만 속삭이며 퍼져나간 추측이 불러일으킨 뭔가 형언할 수 없는 두려움 때문에 아무도 손을 내밀어 그를 잡으려 하지 않았다. 그리하여 그자는 아무런 방해도 받지 않고 대공 옆을 지나쳐 걸어갔다. 수많은 사람들이 마치 한 몸처럼 방 한가운데서 벽 쪽으로 물러나는 사이, 침입자는 처음부터 눈에 띄었던 한결같이 엄숙하고 계산된 발걸음으로 푸른 방에서 자주색 방으로, 자주색 방을 지나 녹색 방으로, 녹색 방을 지나 주황색 방으로, 다시 거기서 하얀 방으로, 심지어 거기서 보라색 방까지 거침없이 걸어갔고, 그때까지도 누구 하나 단호히 나서서 그를 잡지 않았다. 하지만 그 순간 잠시 겁에 질렸던 자기 자신에게 분노와 수치심을 느낀 프로스페로 대공이 여섯 개 방을 쏜살같이 가로질러 달려갔다. 그래도 무시무시한 공포에 사로잡힌 사람들은 아무도 대공을 따르지 않았다. 단검을 높이 빼어 든 대공이 멀어져가는 침입자를 맹렬하게 추격해 3, 4피트까지 거리를 좁힌 순간, 벨벳 방에 막 다다른 침입자가 돌연 획 돌아서면서 추적자를 정면으로 마주 봤다. 외마디 고함과 함께 단검이 번쩍하며 검정 카펫 위에 떨어지더니 곧이어 프로스페로 대공이 그 위에 죽어 고꾸라졌다. 자포자기해서 무모한 용기를 쥐어짜낸 사람들이 곧장 검은 방으로 달려 들어가 검은 시계 그림자 속에 미동조차 없이 꼿꼿이 서 있는 키 큰 무언극 배우를 붙잡았지만, 순간 형언할 수 없는 공포에 헉 하고 말문이 막혔다. 우악스럽게 낚아챈 수수한 수의와 시체 같은 가면 속에 어떤 실체도 들어 있지 않았던 것이다.

이제 적사병의 존재가 밝혀졌다. 그자는 야밤의 도둑처럼 찾아왔다. 흥청망청 연회를 즐기던 사람들은 피에 젖은 무도회장에서 하나하나 고꾸라져 절망적인 자세로 죽어갔다. 마지막 참가자의 죽음과 함께 검은 시계의 생명도 사라졌다. 삼각대의 불길도 꺼졌다. 어둠과 부패와 적사병이 모든 것을 끝도 없이 지배했다.

생매장

　　모두 몰입할 만큼 흥미롭긴 하지만, 적법한 소설에 쓰기에는 지나치게 끔찍한 주제가 몇 가지 있다. 단순한 낭만주의 작가가 독자에게 불쾌감이나 혐오감을 주고 싶지 않다면 이런 주제를 피해야 한다. 이런 주제는 오로지 엄정하고 당당한 진실이 정당화해주고 뒷받침해줄 때에만 제대로 다룰 수 있다. 가령, 우리는 베레지나 전투나 리스본의 지진, 런던의 흑사병, 성 바르톨로메오 축일의 학살, 캘커타 블랙홀 감옥에서 포로 123명이 열사병으로 숨진 사건에 대해 듣고, '쾌감에 가까운 고통'을 진하게 느끼며 전율한다. 하지만 이런 이야기에서 우리를 흥분시키는 것은 다름 아닌 사실, 즉 현실이며 역사라는 점이다. 지어낸 이야기라면 혐오감만 느낄 것이다.

　　앞에서는 상대적으로 유명하고 중대한 재난으로 기록된 사례들을 언급했다. 하지만 이런 경우 상상력을 생생하게 자극하는 것은 재난의 성격 못지않게 그 규모의 크기라고 할 수 있다. 인간이 겪은 비참한 사건들을 모아놓은 길고도 기이한 목록이 있지만, 이시님

광범위하고 보편적인 재난보다 근본적인 고통으로 가득한 개별 사례도 있다는 사실을 독자 여러분에게 환기시킬 필요는 없을 것이다. 실제로 진정한 비참은, 궁극의 고통은, 보편적인 것이 아니라 개별적인 것이다. 무시무시할 정도로 극단적인 고통은 인간 개인이 겪는 것이지, 인간 집단이 겪지 않는다. 여기 대해서는 자비로운 신에게 감사드리자!

산 채로 땅에 묻히는 것은 한낱 필멸의 존재인 인간의 운명에 닥쳐온 극심한 고통 중에서 단연 가장 무서운 것이다. 그런데 바로 그런 일이 자주, 매우 빈번히 일어났다는 사실은 생각을 할 줄 아는 사람이라면 그 누구도 부인할 수 없을 것이다. 생과 사를 구분하는 경계는 기껏해야 어렴풋하며 모호하다. 삶이 어디서 끝나고 죽음은 어디서 시작되는지 누가 말해줄 수 있단 말인가? 생명의 모든 기능을 완전히 정지시키되, 엄밀히 말해 이런 정지가 보류에 불과한 질병이 있다는 것을 우리는 알고 있다. 난해한 생명 기능이 일시적으로 정지하는 데 불과한 경우 말이다. 어느 정도 기간이 지나고 나면 뭔가 알 수 없는 원칙에 따라 마술의 톱니와 신비의 바퀴가 다시 돌아가기 시작한다. 은 줄이 영원히 풀린 것이 아니고, 금 그릇이 영영 깨진 것도 아니었다.[122] 하지만 그 사이에 영혼은 어디에 있었을까?

하지만 이처럼 널리 알려진 대로 생명 활동의 정지가 일어나기 때문에 당연히 생매장이 생겨날 수밖에 없다는, 즉 원인이 결과를 발

---

122 전도서 12장 6~7절에 나오는 구절. "은 줄이 풀리고 금 그릇이 깨지고 항아리가 샘 곁에서 깨지고 바퀴가 우물 위에서 깨지고/ 흙은 여전히 땅으로 돌아가고 영은 그것을 주신 하느님께로 돌아가기 전에 기억하라."

생시킨다는 연역적으로 불가피한 결론 이외에도, 그런 생매장 사례가 많이 있었음을 증명하는 의학적, 일상적 경험에 대한 직접적 증언도 있다. 필요하다면 사실임이 증명된 사례를 당장 백 건이라도 찾아볼 수도 있다. 그중에서도 매우 주목할 만한 이야기이며 몇몇 독자들은 여전히 생생히 기억할 만한 사례가 바로 얼마 전 이 근처 볼티모어에서 일어난 일이다. 그 사건이 자아낸 흥분은 고통스럽고 강렬했으며 멀리 전파되었다. 훌륭한 시민이자 저명한 변호사이며 국회의원을 역임한 인물의 부인이 갑자기 알 수 없는 병에 걸렸는데, 부인을 맡은 의사들이 아무리 애를 써도 차도가 없었다. 부인은 그 병으로 고생 끝에 결국 사망했다. 혹은, 사망한 것으로 간주되었다. 부인이 사실은 죽지 않았다고 의심한 사람도 없었거니와, 그런 의심을 할 이유도 없었다. 부인은 일반적인 죽음의 징후를 모두 보여주었다. 여느 망자들이 그러하듯이, 얼굴은 초췌하고 윤곽선이 푹 꺼졌다. 입술은 대리석처럼 새하얬다. 눈에서는 빛이 사라졌다. 체온이 느껴지지 않았다. 맥박도 멈췄다. 사흘 동안 시신을 묻지 않고 보존했는데, 그사이에 돌처럼 단단하게 굳었다. 요약하자면, 사람들은 부패가 바로 시작될 거라고 여기고 서둘러 장례를 치렀다.

부인은 그 집안의 지하 납골당에 안치되었고, 그곳에는 3년 동안 아무도 드나들지 않았다. 이 기간이 끝난 뒤, 석관을 들여놓기 위해 납골당의 문을 열었다. 하지만 저런! 그 문을 직접 연 남편에게 얼마나 무시무시한 충격이 기다리고 있었던지! 두 개의 문이 바깥쪽으로 열리는 순간, 뭔가 하얀 옷을 입은 것이 삐그덕거리면서 그의 품에 쓰러졌다. 그것은 바로 아직 곰팡이도 슬지 않은 수의를 걸친 부인의 해골이었다.

면밀한 조사 끝에 부인이 납골당에 매장된 지 이틀도 안 되어 되살아났다는 사실이 밝혀졌다. 관 안에서 발버둥을 친 바람에 관이 선반 같은 곳에서 바닥으로 떨어졌고, 관이 그렇게 부서진 덕에 부인은 빠져나올 수 있었다. 납골당 안에 실수로 두고 나왔던 등은 기름이 가득 채워져 있었지만 비어 있었다. 하지만 증발해서 없어진 것일 수도 있다. 무시무시한 안치실로 연결되는 계단 맨 위에는 커다란 관 조각이 있었는데, 부인은 그것으로 철문을 두드려 사람들을 불러보려 한 것 같았다. 그러는 동안 부인은 극심한 공포로 혼절했거나 숨이 끊어졌을지도 모른다. 그리고 쓰러지면서 납골당 안쪽으로 튀어나와 있던 철제 부품에 걸렸던 것이다. 그래서 부인은 그렇게 꼿꼿이 선 채로 부패되었다.

1810년 프랑스에서도 생매장 사건이 있었는데, 이때 상황을 살펴보면 사실이 허구보다 더 이상하다는 말에 일리가 있음을 깨닫게 된다. 이 이야기의 여주인공은 이름 있는 가문의 영애이며 엄청난 재산과 미모를 지닌 빅토린 라포카드 양이었다. 그녀의 숱한 청혼자 중에 쥘리앵 보세라는 파리의 가난한 기자가 있었다. 그의 재능과 호감 가는 성격에 상속녀의 마음이 끌렸고, 그는 진심으로 사랑받는 것 같았다. 하지만 그녀는 집안의 자존심을 버리지 못해 결국 그를 버리고 상당히 저명한 외교관 겸 은행가였던 르넬 씨와 결혼하기로 마음먹었다. 그러나 결혼을 하고 난 뒤 르넬은 아내를 무시했고, 더 나아가 학대했다. 그녀는 비참한 결혼생활을 몇 년 계속한 후 사망했다. 아니, 적어도 그녀를 본 사람을 모두 속일 만큼 죽음과 흡사한 상태가 되었다. 그녀는—납골당이 아니라—고향 마을의 보통 무덤에 매장되었다. 그러자 절망에 빠진 옛 연인 보세가 깊은 사랑의 기억으로 뜨거워진 가슴을 안고 그 마을까지 먼 길을 찾아온다. 그에게는 땅에서 시신을 꺼내 탐스러운 머리카락을 잘라 가려는 낭만적인 목적이 있었다. 그는 무덤에 다다른다. 자정이 되기를 기다려 관을 파내고 연 뒤 머리카락을 자르려는 찰나, 그토록 사랑하던 두 눈이 떠지는 것을 보고 얼음처럼 굳는다. 사실 그녀는 산 채로 묻힌 것이었다. 생명이 완전히 떠난 것이 아니었다. 그리고 그녀는 연인의 손길 덕분에 죽음으로 오인받은 의식 불명 상태에서 깨어났다. 그는 그녀를 안고 허둥지둥 마을의 숙소로 달려갔다. 학식이 깊은 의사가 처방해준 강력한 원기회복제도 사용했다. 결국 그녀는 소생했다. 그리고 자신을 살려준 사람을 알아보았다. 그녀는 원래의 건강을 서서히 회복할 때까지 그와 함께 지냈다. 그녀의 마음이 돌처럼 단단하지 않았기에 이와 같은 사랑의 가르침이 그 마음을 충분히 누그러뜨렸다. 그녀는 보세에게 마음을 주었다. 남편에게 돌아가지 않고, 자신이 되살아났음을 감추고서 연인과 함께 미국으로 달아났다. 세월이 흘러 20년 뒤, 두 사람은 여인의 외모가 많이 변했으니 친구들도 알아보지 못하리라는 생각으로 프랑스로 돌아갔다. 그러나 그것은 착각이었다. 르넬 씨가 아내를 처음 보자마자 바로 알아보고 남편으로서 권리를 주장했기 때문이다. 그 주장에 그녀는 저항했다. 그리고 법원은 그녀의 주장을 지지해주었다. 특이한 상황과 오랜 세월로 인해 형평성의 측면에서뿐만 아니라 법적인 측면에서도 남편의 권리는 만료되었다는 판결이 나왔다.

미국 서점에서도 번역해서 재발행해도 좋을 매우 권위 있고 훌륭한 정기간행물인 라이프치히의 《외과학 저널》 최근 호에서는 다음 인물에 대해 매우 고통스러운 사건을 기록하고 있다.

기골이 장대하고 건강하기 그지없는 포병대 장교 한 사람이 제멋대로 날뛰는 말에서 떨어져 머리에 심한 타박상을 입고 곧장 의식을 잃었다. 두개골에 약간 금이 갔다. 하지만 직접적인 위험은 없었다. 두개골 천공 시술이 성공적으로 실시되었다. 피를 뽑고 그 밖에도 여러 가지 일반적인 치료가 실시되었다. 하지만 그는 점점 더 절망적인 혼수상태에 빠져들었다. 그리고 결국 사망한 것으로 간주되었다.

날씨가 따뜻했다. 그래서 그는 서둘러 공동묘지 한 곳에 매장되었다. 장례식은 목요일이었다. 그 주 일요일, 여느 때와 마찬가지로 공동묘지에는 찾아온 사람들이 많았다. 그런데 정오쯤, 한 농부의 주장에 사람들은 크게 놀랐다. 장교의 무덤에 앉아 있던 농부가 누군가 밑에서 버둥거리기라도 하듯이 흙이 움직이는 것을 분명히 느꼈던 것이다. 처음에는 그의 주장이 무시당했다. 하지만 그 얼굴에 떠오른 선연한 공포심과 고집스러운 주장에, 모인 사람들도 결국 마땅한 반응을 보였다. 황급히 삽을 가져와서 부끄러울 만큼이나 얕은 묘를 몇 분 만에 파헤치자 그 주인의 머리가 나왔다. 그때 그는 이미 사망한 상태로 보였다. 하지만 관에서 거의 꼿꼿이 일어나 앉아 있었고, 안간힘을 써서 뚜껑을 반쯤 들어 올린 상태였다.

그는 곧바로 가장 가까운 병원으로 옮겨졌고, 비록 기절한 상태이긴 하지만 살아 있다는 진단을 받았다. 몇 시간 뒤 그는 되살아났고, 지인들을 알아보았으며, 무덤 속에서 얼마나 괴로웠는지 띄엄띄엄 말했다.

그가 말한 내용에서 미루어보건대, 매장되어 있을 때 한 시간 이상 자신이 살아 있다는 것을 의식하고 있다가 정신을 잃은 것이 분명했다. 무덤을 대충 채워 넣은 흙에는 구멍이 굉장히 많았다. 그래서 공기가 들어갔다. 그는 머리 위에서 사람들의 발소리를 듣고 자신도 소리를 내서 알리려고 애를 썼다. 묘지 안이 시끄러워져서 깊은 잠에서 깬 것 같지만, 잠에서 깨어나자마자 얼마나 끔찍하게 두려운 처지인지 제대로 알게 되었다고 했다.

환자의 상태는 호전되고 있었고 완전히 회복될 것 같았지만, 그만 돌팔이 의사의 실험에 희생되고 말았다. 갈바니 전지를 연결하는 바람에, 그 전지로 인해 일어나곤 하는 심한 발작을 겪다가 갑작스레 사망하고 말았던 것이다.

그럼에도 불구하고, 갈바니 전지 이야기가 나오니 이틀간 매장되어 있던 런던의 젊은 변호사가 그 전지로 인해 되살아난, 유명하고 매우 특이한 사건이 기억난다. 1831년에 있었던 일인데, 당시 전해지는 곳마다 대단한 화젯거리가 되었다.

환자인 에드워드 스태플턴 씨는 의료진의 호기심을 일으킨 모종의 변칙적인 증세를 동반한 발진 티푸스로 사망한 것으로 보였다. 그가 사망한 것으로 알려지자, 친구들은 검시 허가를 요청받았지만 거절했다. 이처럼 검시를 거절당하는 경우, 의사들이 종종 시신을 땅에서 꺼내 짬이 날 때 몰래 해부하는 경우가 있었다. 이때도 의사들은 런던에 수두룩했던 시체 도둑 몇몇을 손쉽게 수배하여 약속을 정할 수 있었다. 장례식 후 세 번째 밤, 그들은 시신을 8피트 깊이의 무덤에서 꺼내 사설 병원 한 곳의 수술실에 갖다 놓았다.

복부를 약간 절개한 뒤, 실험 대상이 부패되지 않고 멀쩡한 상태였으므로 배터리를 연결하자는 제안이 나왔다. 이런저런 실험이 이어졌고, 한두 차례 경련을 일으킬 때 유난히 꼭 살아 있는 것처럼 보인 것을 제외하면, 어느 모로 보나 특이 사항 없이 일반적인 결과만 나왔다.

밤이 깊었다. 곧 날이 밝을 때였다. 그러자 결국 당장 해부를 진행하는 것이 좋겠다는 생각이 들었다. 하지만 한 학생이 자신의 이론을 꼭 시험해보고 싶어 배터리를 흉근에 연결해보자고 주장했다. 대충 칼로 벤 뒤 급히 전선을 연결했다. 그러자 환자가 다급하게, 여느 경련과는 전혀 다른 동작으로 수술대에서 벌떡 일어나더니 수술실 가운데로 걸어가서 주위를 몇 초간 불안한 표정으로 살피고 말을 했다. 알아들을 수는 없었지만, 분명히 말이었다. 음절의 구분이 또렷했다. 그는 말을 마치고는 바닥에 픽 쓰러졌다.

모두가 경악한 나머지 잠시 아무도 꼼짝하지 못했다. 하지만 긴급한 상황인지라 그들은 곧 정신을 차렸다. 스태플턴 씨는 비록 기절하긴 했지만 살아 있는 것으로 보였다. 그는 에테르를 들이쉬고 되살아나더니 빠르게 건강을 회복했고 친구들과 다시 어울릴 수 있게 되었다. 하지만 그의 소생을 친구들에게 알려준 것은 재발이 일어나지 않으리라는 확신이 든 후였다. 그들이 얼마나 감탄하고 얼마나 놀라 열광했을지는 가히 짐작 가능할 것이다.

그럼에도 불구하고 이 사건에서 가장 오싹하고 이상한 점은 스태플턴 씨가 주장한 내용에 있다. 그는 자신이 완전히 무감각했던 기간은 전혀 없었다고 주장한다. 그는 의사들이 사망을 선고한 순간부터 병원에서 기절해 쓰러진 순간까지 멍하고 혼란스러운 상태로 자신에게 일어난 모든 일을 인지하고 있었다. 자신이 해부실에 있음을 알아차리고 어떻게든 전달해보려고 했던, 하지만 사람들이 알아듣지 못했던 말은 "나 살아 있어요"였다.

이런 선례를 더 이야기하기는 쉽지만, 이만 자제하려고 한다. 생매장이 일어난다는 사실을 증명하기 위해 그럴 필요는 없기 때문이다. 생매장이라는 사건의 성격상 그런 일이 일어난 것을 감지할 수 있는 경우가 얼마나 드문지 생각해보면, 우리도 모르는 사이에 자주 일어날 수도 있다는 것을 인정할 수밖에 없다. 사실 어떤 목적으로든 무덤을 어느 정도 깊이까지 파내고 해골의 자세가 바뀌지는 않았는지 확인해보는 경우는 극히 드무니까 말이다.

이처럼 누군가를 생매장한 것이 아닌지 의심스러운 순간도 두렵지만, 그런 운명을 맞이하는 것은 더욱 두려운 일! 채 죽기 전에 묻히는 것만큼이나 신체적으로나 정신적으로 큰 고통을 주는 일은 없다고 주저 없이 말할 수 있을 것이다. 폐가 견딜 수 없이 압박당하고, 축축한 흙에서 숨 막히는 기체가 뿜어져 나오고, 수의가 온몸에 들러붙고, 좁은 관 때문에 꼼짝도 할 수 없고, 캄캄한 밤처럼 아무것도 보이지 않고, 사방이 바다에 뒤덮인 것처럼 적막하며, '정복자 구더기'의 존재가 보이지는 않지만 뚜렷이 느껴진다면, 게다가 위에는 공기와 풀이 있다는 생각이 들고, 우리의 운명을 알기만 하면 달려와서 구해줄 소중한 친구들이 기억나며, 그렇다 하더라도 그들이 이 운명을 결코 알 수 없을 것이며, 우리의 운명은 정말로 죽은 자의 운명이라는 자각이 더해진다면. 이런 생각을 하면 제아무리 과감한 상상력도 움츠러들고 말 정도로 끔찍하고 견딜 수 없는 공포가 아직 고동치고 있는 심장을 덮칠 것이다. 이 세상에서 이보다 더 고통스러운 일을 생각할 수 없으며, 지옥 가장 깊은 곳에서도 이것의 절반만큼 무시무시한 일을 꿈꿀 수 없다. 그렇기에 이 문제에 관련된 모든 이야기가 상당히 흥미로울 것이다. 그런에도 이 문제 자체는 신성한 경외심을 요구하는 것이기 때문에, 이런 이야기의 흥미는 매우 적절하고 특별하게도 이야기가 사실이라는 확신에 달려 있다. 지금부터 내가 전하는 이야기는 몸소 직접 경험한 일이라 분명한 사실임을 밝혀둔다.

나는 몇 년 동안 특이한 병에 시달리고 있었는데, 달리 정확한 병명을 찾지 못한 의사들은 그 병을 강경증이라고 부르기로 했다. 이 병의 직접적, 소인적 원인도, 진단이 옳은지도 아직 알 수 없는 상태이지만, 병의 분명한 특징은 충분히 잘 알고 있다. 이 질병에 다양한 종류가 있다면, 주로 정도의 차이 같다. 어떤 경우 환자는 하루, 혹은 하루가 안 되는 시간 동안 극심한 무기력 상태로 누워 있다. 감각도 없고, 외적인 움직임도 없다. 하지만 심장박동은 여전히 어렴풋이 감지된다. 체온도 약간은 남아 있다. 뺨 가운데 혈색도 희미하게 보인다. 입술에 거울을 대보면 무기력하고 불규칙적인, 폐의 호흡 작용도 감지된다. 이런 가사 상태가 몇 주씩, 심지어는 몇 달씩 계속된다. 아무리 꼼꼼히 살피고 열심히 의학적 검사를 실시해도 환자의 상태와 확실한 죽음의 상태 사이에 주목할 만한 차이를 발견할 수 없다. 보통 이런 환자가 생매장을 당하지 않는 것은 그가 전에도 강경증을 겪은 적이 있다는 사실을 아는 친구들, 그리고 무엇보다도 부패가 보이지 않기 때문에 생기는 의심 덕분이다. 다행히 이 질병은 점진적으로 진행된다. 처음 병이 시작된 때는 증상이 눈에 띄긴 하지만 심하지 않다. 발작은 점차 분명해지고 전보다 더 긴 기간 동안 계속된다. 주로 이렇기 때문에 생매장을 피할 수 있다. 불운하게도 최초의 발작이 심한 경우도 가끔 있는데, 이런 환자는 산 채로 무덤에 묻히는 것이 거의 불가피할 것이다.

나의 사례는 의학 서적에 기록된 내용과 크게 다르지 않았다. 가끔 별다른 원인도 없이 반 실신 상태, 혹은 반 기절 상태로 빠져들었다. 그리고 이런 상태로, 고통도, 움직일 기력도 없이, 엄밀히 말하면 생각할 힘도 없이, 하지만 내가 살아 있다는 사실과 침대 주위에 누가 있는지에 대해서는 둔하고 무기력하게 의식하면서 누워 있다가 병의 고비가 지나고 나면 문득 완벽하게 정신을 차리게 된다. 곧바로 빠른 고통이 찾아오는 경우도 있었다. 속이 메슥거리고 무감각해지며 으슬으슬하고 어지러워 당장 쓰러지기도 했다. 그러면 몇 주 동안 사방이 시커멓게 텅 비고 조용해졌다. 우주는 아무것도 없는 무로 변했다. 더할 나위 없이 완벽한 절멸이었다. 하지만 이런 식의 발작에서도 깨어나기 마련이었다. 발작이 갑작스러운 것에 비하면 회복은 느리고 점진적이었다. 집도 의지할 데도 없이 길고 적막한 겨울 밤새 거리를 돌아다니던 거지에게 밝아오는 아침처럼, 꼭 그렇게 느릿느릿, 꼭 그렇게 힘겹게, 그렇지만 꼭 그렇게 반갑게, 영혼의 빛이 내게로 돌아왔다.

혼수상태에 빠지는 것을 제외하면 내 건강 상태는 대체로 좋아 보였다. 평소에 잠을 잘 때도 겪는 특이한 증세가 그 질병으로 인한 것이 아니라면, 강경증 하나 때문에 전체적인 건강 상태가 나쁘다고 생각할 수는 없었다. 실제로 나는 잠에서 깨어나면 당장 감각을 완전히 되찾지 못하고 늘 한동안 당혹과 혼란 상태를 겪었다. 전체적인 정신 기능, 그중에서도 특히 기억력이 완전히 정지되는 것이다.

그런 과정은 신체적인 고통은 없었지만 정신적인 고통이 어마어마했다. 내 상상력은 점점 더 죽음에 가까워졌다. 나는 '구더기와 무덤, 무비명에 대해' 이야기했다. 죽음에 대한 고사에 빠져들었고, 생매장이라는 생각이 뇌리에서 사라지지 않았다. 내가 처한 무시무시한 위험이 밤낮으로 나를 괴롭혔다. 전자인 사색의 고통은 극심했으며, 후자인 두려움의 고통은 최악이었다. 우울한 어둠이 땅 위를 뒤덮을 때면, 온갖 두려운 생각 때문에 관 위를 장식한 깃털처럼 온몸이 떨렸다. 본능이 더 이상 깨어 있는 상태를 버티지 못할 때가 되어야 어렵사리 잠자리에 들곤 했다. 눈을 뜨면 무덤 안에 있을 수도 있다는 생각 때문에 두려웠던 것이다. 그러다 겨우 잠에 빠져들면 곧바로 환상의 세계로 진입했고, 그곳은 무덤이라는 관념이 거대하고 새카만 날개로 사방에 그림자를 드리우고 있었다.

꿈속에서 나를 억눌렀던 숱한 음울한 광경 중에서 한 가지를 기록해보겠다. 아마도 강경증으로 인해 평소보다 더 오랫동안, 더 깊은 가사 상태에 빠져 있었던 것 같다. 문득 이마에 얼음장처럼 차가운 손이 닿았고, 다급하게 얼버무리는 목소리가 내 귀에 대고 "일어나!"라고 속삭였다.

나는 일어나서 앉았다. 어두워서 아무것도 보이지 않았다. 나를 깨운 사람의 모습도 보이지 않았다. 가사 상태에 빠져 있던 기간도, 당시 누워 있던 장소도 생각이 나지 않았다. 생각을 정리하느라 꼼짝도 하지 않고 있는 동안, 차가운 손이 내 손목을 꽉 잡더니 마구 흔들었고 그 목소리가 다시 들려왔다.

"일어나! 일어나라고 하지 않았나?"

"그런데 당신은 누군가요?" 내가 물었다.

"내가 사는 세계에는 이름이 없다." 그 목소리가 구슬프게 대답했다. "전에는 사람이었지만 지금은 악마다. 전에는 자비심이라곤 없었지만 지금은 남을 불쌍히 여기지. 내가 떠는 것이 느껴질 거다. 말을 할 때면 이가 부딪치지만 끝없는 밤의 냉기 때문은 아니야. 하지만 이 끔찍한 상태는 견딜 수가 없다. 자넨 어떻게 그렇게 태평하게 잘 수가 있지? 이 엄청난 고통의 비명 소리 때문에 도무지 쉴 수가 없는데. 이 광경은 참을 수가 없다. 어서 일어나! 나와 함께 밤의 밖으로 나가자. 내가 무덤들을 보여줄 테니. 참으로 통탄스러운 광경이 아닌가? 보라!"

봤더니, 여태 내 손목을 잡고 있던 보이지 않는 존재가 전 인류의 무덤을 열어놓았다. 무덤 하나하나에서 시신이 부패하며 생겨나는 인산 불빛이 희미하게 흘러나왔다. 그 덕에 무덤의 가장 안쪽까지 들여다볼 수 있었는데, 그곳에는 수의를 입은 시체들이 구더기와 함께 구슬프고 엄숙한 잠에 빠져 있었다. 하지만 오호라! 정말로 잠든 이들의 수는 전혀 잠들지 않은 이보다 수백만이나 적었다. 힘없이 버둥거리기도 하고 가련하게도 어쩔 줄 모르는 모습이 보였다. 숱한 구덩이 깊은 곳으로부터 묻힌 자들의 옷이 부스럭거리는 소리가 구슬프게 들려왔다. 게다가 고요히 잠든 것처럼 보이는 자들 중에서도, 정도에 따라 다르긴 하나 본래 매장될 때 꼿꼿이 누운 불편한 자세와는 다른 자세를 하고 있는 이들이 많이 보였다. 그 광경을 바라보고 있는데, 예의 그 목소리가 다시 말했다.

"저것이, 오! 저것이 가련한 광경이 아닌가?" 하지만 내가 미처 대답하기도 전에 그가 내 손목을 놓았고, 인산 불빛이 꺼지더니 무덤들이 갑자기 쾅하고 닫혀버렸다. 그 무덤에서 절망에 사로잡힌 고함 소리가 솟아 나오는 동안에도 그는 다시 이렇게 말했다. "저것이, 오 신이여! 저것이 정녕 가련한 광경이 아닌가?"

한밤중에 나타나는 이런 환상은 내가 깨어 있는 시간까지 무서

무시한 영향을 주었다. 내 신경은 있는 대로 곤두섰고 끊임없이 공포의 먹잇감이 되었다. 말을 타는 것도, 걷는 것도, 집에서 밖으로 나가는 어떤 운동도 즐기고 싶지 않았다. 사실 여느 때처럼 발작을 일으키는 바람에 죽지 않았다는 것이 확인되기도 전에 매장당할까 봐두려워 내 강경증을 알고 있는 사람들이 가까이 있는 곳에서 벗어날 용기를 내지 못했다. 소중한 친구들의 관심과 의리를 의심하기도했다. 평소보다 길게 가사 상태에 빠지면, 그들이 내가 회복 불가능하다고 여기게 되지 않을까 두려웠다. 내가 성가신 일을 많이 만드니, 조금이라도 길게 발작이 오면 친구들이 나를 완전히 제거해버릴구실로 삼지 않을까 두려워하기까지 했다. 친구들이 아무리 엄숙하게 약속을 해도 소용이 없었다. 부패가 확실히 진행되어 더 이상의보존이 불가능하다고 여겨질 때까지 어떤 상황에서도 나를 매장하지 않겠다고, 신에게 맹세하라고 친구들에게 요구했다. 그리고 나서도 나의 심각한 공포는 이성의 소리를 듣지 못했다. 어떤 위로도 받아들이지 못했다. 그래서 나는 일련의 정교한 예방 조치를 취하기시작했다. 여러 가지가 있었지만, 우선 가족 납골당을 개조해서 안에서도 쉽게 열 수 있도록 만들었다. 무덤 안으로 나 있는 긴 손잡이를 살짝 누르면 철제문이 활짝 열렸다. 공기와 빛이 쉽게 유입될 수있게 했고, 내 관이 들어갈 자리 바로 옆에는 음식과 물을 담는 그릇을 두었다. 관 안에는 따뜻하고 폭신한 보충재를 대었고, 납골당 문과 마찬가지로 용수철을 달아서 시신이 조금만 움직여도 쉽게 열릴수 있도록 만들었다. 이 모든 것에 더해, 납골당의 지붕 위에는 커다란 종을 달아두고, 관에 구멍을 내어 종 줄을 넣은 다음, 시신의 손에 묶어놓도록 했다. 하지만, 오호라! 인간이 제 운명에 맞서 아무리 경계한들 무슨 소용이랴? 이 괴로운 운명의 주인공은 이처럼 철두철미한 대책으로도 생매장의 끔찍한 고통에서 벗어날 수 없었으니!

전에도 종종 겪었듯이, 완전히 의식 불명인 상태에서 처음으로 미약하고도 어렴풋이나마 내 존재를 감지하는 때가 찾아왔다. 서서히, 거북이처럼 느린 속도로, 마음속에 어스름한 잿빛의 여명이 밝아왔다. 무기력한 불안. 무심히 감내하는 둔한 통증. 근심도 없고, 희망도 없으며, 노력도 없는 상태. 그러다가 한참 뒤에는 이명. 그리고 더욱 긴 시간이 지난 뒤에는 사지에 따끔거리거나 간질거리는 감각. 그다음에는 영원처럼 느껴지는 편안한 정적이 찾아오고, 그동안 깨어나는 감정이 어찌어찌 생각으로 변한다. 그러다간 잠시 아무것도 아닌 존재로 도로 빠져든다. 그리고 불현듯 회복에 이른다. 마침내 눈꺼풀이 살짝 떨리고, 곧이어 치명적이고 무한한 공포가 전기 충격처럼 찾아들면, 혈액이 관자놀이에서 심장으로 몰려간다. 처음으로 생각을 해보려는 노력을 한다. 그다음에는 처음으로 기억해보려는 노력을 한다. 잠시 어느 정도 노력에 성공한다. 그다음에는 기억이 꽤 자리를 잡으면서 내 상태를 다소 인지하게 된다. 보통의 잠에서 깨어나는 느낌이 아니다. 내가 강경증 환자임이 기억난다. 그리고 마지막으로, 떨리는 내 영혼을 그 암울한 위험—유령처럼 사라지지 않는 그 생각—이 대양의 파도처럼 덮친다.

이런 공상에 사로잡힌 후 몇 분 동안은 꼼짝할 수 없었다. 이유가 무엇인가? 움직일 용기가 나지 않았기 때문이다. 내 운명을 납득시켜볼 마음이 내키지 않았지만, 마음속 어딘가에서 그 운명이 닥친 것이 틀림없다는 속삭임이 들려왔다. 다른 어떤 종류의 비참함도 불니될 ✝ 없는 생, 그로서 그 멀징 ! 오밴 멍 닐엄 끝메 내 꾸기0

눈꺼풀을 들게 했다. 눈을 떴다. 어둠—사방이 캄캄했다. 발작은 끝나 있었다. 병은 오래전에 고비를 넘긴 것이다. 이제 시력이 완전히 회복된 것을 알 수 있었지만, 사방이 어두웠다. 밤처럼 강렬하고 완전한 어둠이 끝없이 계속됐다.

비명을 지르려고 했다. 그느라 입술과 바짝 마른 혀가 발작을 일으키듯 함께 움직였다. 하지만 폐부에서는 아무런 소리도 나오지 않았다. 어마어마한 산더미의 무게에 눌린 듯, 힘을 들여 근근이 숨을 들이쉴 때마다 폐가 심장과 함께 헐떡이며 고동쳤다.

이렇게 소리를 지르려고 턱을 움직이다 보니, 죽은 사람에게 하는 식으로 내 턱이 묶여 있다는 것을 알 수 있었다. 뭔가 단단한 물체 위에 누워 있다는 것도 느껴졌다. 비슷한 물체가 몸의 양옆도 꽉 누르고 있었다. 그때까지는 팔다리를 움직여보지 않았지만, 그제야 손목을 겹친 채로 가지런히 뻗어 있던 팔을 세게 들어 올렸다. 팔이 단단한 목재에 부딪쳤는데, 그것은 내 얼굴로부터 6인치가 넘지 않는 높이에서 몸 전체를 덮고 있었다. 결국 내가 관 속에 잠들어 있다는 것은 더 이상 의심할 수 없는 사실이었다.

그러다가 온갖 끝없는 고통 가운데 천사 같은 희망이 상냥한 모습으로 찾아왔다. 예방 조치가 떠올랐던 것이다. 관 뚜껑을 열기 위해 몸을 비틀며 경련하듯 움직였다. 하지만 뚜껑은 꿈쩍도 하지 않았다. 종 끈을 찾아 손목을 더듬어보았다. 그런 것은 없었다. 희망은 영영 달아나버리고 더욱 심한 절망이 의기양양하게 판을 쳤다. 그토록 세심하게 준비한 관 안쪽 충전재도 없다는 사실을 깨닫지 않을 수 없었기 때문이다. 게다가 축축한 흙에서 나는 특유의 냄새가 문득 콧속으로 흘러들었다. 더 이상 거부할 수 없는 결론이 나왔다. 그

곳은 납골당이 아니었다. 때나 경위는 기억나지 않았지만, 나는 출타 중에 낯선 사람들 사이에서 가사 상태에 빠졌고, 사람들이 나를 개처럼, 보통 관에 넣어 어딘가 흔해빠진 이름 없는 무덤에다 아주, 아주 깊이, 영영 파묻어버린 것이다.

이 무시무시한 확신이 내 영혼 가장 깊은 곳까지 밀고 들어오자 나는 다시 크게 고함을 질러보려고 했다. 그리고 이 두 번째 시도는 성공했다. 끝없는 밤이 이어지는 지하 공간에 길고 끝없는, 거친, 고통의 고함 소리, 혹은 비명 소리가 울려 퍼졌다.

"어이! 어이, 거기!" 걸걸한 목소리가 대답했다.

"또 무슨 일이야?" 다른 목소리가 말했다.

"그런 짓은 그만둬!" 세 번째 목소리가 말했다.

"그렇게 스라소니처럼 울부짖는 건 무슨 짓이지?" 네 번째 목소리가 말했다. 그 이후 나는 아주 거칠게 생긴 사람들 한 무리에게 잡혔고, 그들은 예의 따위 생략하고 나를 흔들어댔다. 그들이 나를 잠에서 깨운 것이 아니다. 나는 비명을 질렀을 때 이미 깨어 있었기 때문이다. 하지만 덕분에 모든 기억이 되살아났다.

이 모험은 버지니아 주 리치먼드 근처에서 일어났다. 나는 친구와 함께 사냥을 하러 제임스 강을 따라 몇 마일쯤 내려갔다. 밤이 되었고, 우리는 폭풍우를 만났다. 못자리 흙을 가득 싣고 강에 정박하고 있던 작은 범선의 선실이 구할 수 있는 유일한 은신처였다. 우리는 그곳을 최대한 이용해서 그날 밤을 선상에서 보냈다. 나는 배에 두 개뿐인 침상 한 곳에서 잤는데, 60~70톤짜리 범선의 침대가 어떤 것인지는 따로 설명할 필요도 없을 것이다. 내가 잔 침대에는 침구라고는 없었다. 폭은 17인치였다 침대 바닥에서 머리 위의 갑판까지 높이도 똑같았다. 거기 몸을 구겨 넣는 것이 굉장히 힘들었다. 그럼에도 나는 곤히 잠들었지만, 그곳 상황으로 인해, 또 일상적으로 자주 하는 생각으로 인해, 앞서 말한 대로 잠에서 깨어난 뒤 한참 동안 정신을 못 차리고 기억을 되찾지 못하는 증상으로 인해, 늘 떠오르는 상상—그것은 꿈도, 악몽도 아니었다—이 자연스레 떠올랐던 것이다. 나를 흔든 사람들은 그 범선의 선원과 뱃짐을 내리는 일꾼이었다. 흙냄새는 뱃짐에서 풍긴 것이다. 턱을 묶고 있었던 것은 평소에 쓰는 취침 모자 대신 머리에 묶은 실크 손수건이었다.

하지만 당시 내가 겪은 고통은 실제 무덤에서 겪는 고통과 거의 똑같았음이 틀림없다. 그 고통은 엄청나게, 도저히 상상도 할 수 없을 만큼 끔찍했다. 하지만 전화위복이 되었다. 그 엄청난 고통이 내 영혼에 불가피한 충격을 주었던 것이다. 내 영혼은 힘을 얻고 단련되었다. 나는 외국으로 갔다. 열심히 운동했다. 하늘의 자유로운 공기를 들이마셨다. 죽음 이외의 다른 일들을 생각했다. 의학 서적들을 내다버렸다. 버컨[123]의 책은 태워버렸다. 《밤의 사색》[124]을 읽는 것도 그만두었다. 교회 묘지 이야기도, 이런 괴담도 읽지 않았다. 한마디로 새사람으로 거듭나 인간다운 삶을 살았다. 그 잊지 못할 밤에 나는 죽음에 대한 공포를 영영 떨쳐버렸고 강경증도 그와 함께 사라졌다. 아마도 죽음에 대한 공포는 강경증의 결과가 아니라 원인이었던 모양이다.

이성의 냉정한 눈에도 우리 가련한 인간 세상이 지옥처럼 보이는

---

123   18세기 스코틀랜드의 의사로 가정 의학서를 집필했다.
124   18세기 영국 시인 에드워드 영의 시집.

순간이 있다. 하지만 인간의 상상력은 저승의 동굴을 모조리 살피고도 무사했던 캐러티스[125]가 아니다. 오호라! 무덤이 전하는 우울한 공포를 전부 공상으로 치부할 수는 없다. 하지만 아프라시아브 왕[126]과 함께 옥수스 강을 따라 내려간 악마들처럼, 그 공포는 잠들어야 한다. 그러지 않으면 그것이 우리를 집어삼키고 말 것이다. 그 공포를 잠들게 하지 않으면 우리에게는 죽음뿐이다.

125   윌리엄 벡퍼드의 고딕소설《바테크》에 등장하는 마녀.

126   페르시아의 전설적인 왕.

심술의 악령

    골상학자들은 인간 영혼이 작동하고 충동을 느끼는 원인, 그 주된 동인을 연구하면서 한 가지 성향은 빠뜨렸다.[127] 그 성향은 근본적이고, 원초적이며, 더할 나위 없이 단순한 감정으로 존재하긴 하지만, 이전의 윤리학자들도 똑같이 간과했던 바다. 우리는 순전히 이성의 오만에 빠져서 그 성향의 존재를 간과해왔다. 오로지 믿음의 결여, 신앙—기독교 신앙이든 유대교 신앙이든—의 결여로 인해 그 존재를 감지하지 못했다. 그런 성향에 대한 생각을 떠올리지 못한 이유는, 그것이 왕성하게 작용하기 때문이다. 우리는 그 성향에 대해서는 충동의 필요를 느끼지 못했다. 그런 필요성을 인지할 수 없었다. 이 주요 원동력이 무엇인지 혹시 의식했다 하더라도, 이해할

---

127   골상학은 18세기부터 19세기까지 유럽에서 유행한 유사과학으로, 두뇌에 인간의 성격과 행동을 결정하는 부분들이 골고루 분포해 있고, 이 부위들의 크기나 형태에 따라 성격 및 행동 양식의 세부적인 형태가 달라진다고 간주했다.

수는 없었을 것이다. 단기적으로나 영속적으로나, 인류의 목표를 발전시키기 위해 그것을 어떤 식으로 이용할 수 있는지, 도무지 이해할 수 없었을 것이다. 골상학이, 그리고 대체로 모든 형이상학이 선험적으로 만들어졌다는 사실을 부인할 수 없다. 이해심이나 관찰력이 있는 사람들이 아니라 지적이거나 논리적인 사람들이 신에게 목적을 주기 위해 만물의 창조에 작용한 계획을 상상하기 시작했다. 인간은 이런 식으로 자신이 만족하도록 여호와의 의도를 파악한 뒤, 그 의도로부터 수많은 사고 체계를 창출해냈다. 가령, 골상학의 경우에는 우선 당연히 인간이 음식을 먹는 것이 신의 뜻이라고 판단했다. 그다음에는 인간의 식욕을 자극하는 기관이 어딘지 지정했으며, 이 기관은 인간이 원하든 원치 아니하든, 음식을 먹게 만드는 신의 채찍이라고 했다. 둘째로, 인간이 자기 종족을 이어나가는 것이 신의 뜻이라고 판단한 뒤, 우리는 곧 호색의 기관을 발견했다. 이어서 호전성과 관념성, 인과관계, 건설적 태도를 자극하는 기관, 즉 성향이나 윤리성을 나타내는 기관과 순수한 지성을 나타내는 기관을 총망라해 모든 기관을 발견했다. 그런데 이처럼 인간 행동의 원리를 정리하는 데 있어서 스푸르자임[128] 학파는 옳든 그르든, 부분적으로든 전체적으로든, 선배들이 남긴 자취—인간의 예정된 운명과 창조주의 목적에 따라 매사를 추론하고 규명하는 것—를 따르지 않았다.

우리가 신의 의도로 당연시했던 것을 근거로 삼는 대신 인간이 보통 어떻게 행동하느냐, 혹은 늘 어떻게 행동했느냐를 근거로 삼아

---

128   19세기 초에 활동한 독일의 의사이며 골상학의 대표적인 지지자.

두뇌 기관을 (분류가 반드시 필요하다면 말이지만) 분류하는 것이 더 현명하고, 더 안전했을 것이다. 눈에 보이는 신의 작품 속에서 신을 이해할 수 없다면, 그 작품이 존재하도록 해준, 보이지 않는 신의 생각을 어떻게 이해할 수 있단 말인가? 실재하는 신의 피조물 속에서 신을 이해하지 못한다면, 천지 창조 때 신의 본질적인 심정이나 그 단계를 어떻게 이해한단 말인가?

결과에서 원인으로 분석해 들어가는 귀납법에 따라 추론해보면, 달리 더 정확한 용어가 없어 **심술**이라고 부르는 역설적인 것이 인간 행동의 선천적이고 원초적인 원리로서 존재한다는 사실을 인정할 수밖에 없을 것이다. 내 생각에, 사실 그것은 동기 없는 동력이며, 외부에서 부여된 동기가 아닌, 동기 그 자체다. 우리는 이에 자극받아 이해할 수 있는 목적 없이도 행동한다. 혹은, 이를 '명사의 모순'[129] 으로 이해한다면, 이 명제를 이렇게 바꿔 말할 수 있다. 우리는 단지 해서는 안 된다는 이유로 인해 그것의 자극을 받아 행동한다. 이론적으로 따지면, 어떤 이유도 그보다 불합리할 수 없다. 하지만 실제로는 그보다 더 강력한 이유가 없다. 특정 인간이 특정 조건하에 있을 때, 그것은 전혀 거부할 수 없는 동력이 된다. 어떤 행동이 옳지 않거나 그릇된 것이라는 믿음이 우리에게 도저히 거부할 수 없는 **충동**이 되는 경우가 많고, 그런 믿음만으로도 그 일을 추진하게 만든다고 나는 더할 나위 없이 확신한다. 이와 같이 오로지 잘못을 저지르기 위해 잘못을 저지르는 성향은 분석도 불가능하며, 그 이면에 어떤 요인이 자리 잡고 있는지 이해할 수도 없다. 그것은 근본적이

129　의미상 서로 모순되는 두 단어가 들어 있는 진술.

고 원초적인 기본 충동이다. 어떤 행동을 고집해서는 안 된다고 생각하기 때문에 그 행동을 고집스레 계속한다면, 이를 보통 골상학에서 말하는 **호전성**에서 비롯된 행동의 변형일 뿐이라고 할 것이다. 하지만 이런 생각이 틀렸음은 쉽게 알 수 있다. 골상학에서 말하는 호전성의 핵심은 자기 방어의 필요성이다. 그것은 다치지 않기 위한 보호 장치다. 그 원칙은 우리의 행복을 지켜준다. 그러므로 호전성이 발휘되는 것과 동시에 행복하고자 하는 욕구도 촉발된다. 즉 행복하고자 하는 욕구가 호전성의 변주에 해당하는 모든 원칙과 동시에 생겨나야 하지만, 내가 **심술**이라고 부르는 성향의 경우에는 행복하고자 하는 욕구가 발동하지 않을 뿐 아니라 오히려 정반대의 감정이 존재한다.

따지고 보면, 앞에서 말한 궤변에 대한 최선의 해답은 그저 마음이 끌린다는 것뿐이다. 자신의 영혼을 샅샅이 살피고 철저하게 조사해본 사람이라면, 문제의 이 성향이 대단히 근본적이라는 사실을 부인하지 않을 것이다. 이 성향은 이해할 수 없다기보다는 독특하다. 가령, 말을 빙빙 돌려 해서 듣는 사람을 감질나게 하고 싶은 간절한 욕구에 한 번쯤 시달려보지 않은 사람은 없다. 말하는 사람은 자신이 상대를 불쾌하게 한다는 것을 알고 있다. 그리고 남을 기쁘게 하고 싶은 마음도 충분히 있다. 보통은 짧고, 정확하고, 명료하게 말하는 사람이다. 매우 간결하고 선명한 의미의 말이 혀끝에서 나오려고 한다. 하지만 그 말이 쏟아져 나오는 것을 가까스로 억제한다. 상대방의 분노가 두렵고 화내지 않기를 바란다. 하지만 복잡한 문구와 삽입구를 사용하면 이 분노가 터져 나오게 할 수도 있다는 생각이 문득 든다. 그 한 번의 생각으로 충분하다. 충동으로 느껴지고,

소망은 욕망으로, 욕망은 참을 수 없는 열망으로 커져가고, (말한 사람이 깊이 후회하며 부끄러움을 느끼고, 그로 인해서 온갖 좋지 못한 결과를 책임져야 하는데도) 그 열망은 결국 채워지고 만다.

신속히 완수해야 하는 과제가 있다. 미루면 끝장이라는 것을 알고 있다. 인생에서 가장 중요한 위기가 닥쳤으니 당장 힘을 내서 행동을 취해야 한다. 그 결과로 인해 온 영혼이 기쁨으로 가득 차기를 바라고, 어서 그 일을 실행에 옮기고 싶어 얼굴이 달아오르며 어쩔 줄 모른다. 오늘 당장 일에 착수해야 해지만, 그럼에도 내일로 미룬다. 이유가 무엇일까? 무슨 원리인지 도무지 이해할 수 없지만, 심술이 나서라는 대답 이외에는 달리 내놓을 이유는 없다. 내일이 온다. 그러면 의무를 완수해야 한다는 초조함이 더욱 몰려오지만, 이렇게 커지는 불안감과 함께, 역시 이름 없고, 이해할 수 없기에 몹시 두려운 늑장도 찾아온다. 시간이 지나면서 이런 욕구는 힘을 더해간다. 행동에 착수해야 하는 최후의 순간이 닥친다. 마음속에서 벌어지는 치열한 갈등, 확실과 불확실의 갈등, 실체와 그림자의 갈등에 전율한다. 하지만, 여기까지 갈등이 진행되었다면, 우세한 것은 다름 아닌 그림자다. 아무리 애를 써도 소용없다. 시계 종이 울린다. 우리의 행복이 끝났음을 알리는 장례식 종소리다. 동시에, 아주 오랫동안 우리를 위압해온 유령에게 새벽을 알리는 수탉의 울음소리다. 유령은 달아나 사라지고, 우리는 자유가 된다. 예전의 기력이 되돌아온다. 이제 정말 일을 할 것이다. 하지만 아뿔싸, 이미 너무 늦어버렸다!

우리는 절벽 가장자리에 서 있다. 심연 같은 바닥을 내려다본다. 속이 메스껍고 어지럽다. 처음 느끼는 충동은 위험으로부터 몸을 피하는 것이다. 하지만 알 수 없는 이유로 계속 거기 서 있다. 서서히 메스꺼움과 어지러움, 두려움이 합쳐져 이름을 알 수 없는 감정의 구름 덩어리가 된다. 차차, 미처 감지할 수 없을 만큼 서서히, 마치 《아라비안나이트》의 호리병에서 연기가 스멀스멀 피어오르다가 요정으로 변하는 것처럼, 이 구름 덩어리가 형태를 취한다. 하지만 이 경우, 절벽 가장자리에서 생겨난 우리 구름은 그 어떤 요정보다, 그 어떤 이야기 속 악마보다 더 무시무시한 실체로 변화한다. 하지만 두려운 생각이기는 해도 그건 생각에 불과하다. 두려움이 주는 격렬한 즐거움 때문에 골수까지 오싹해지는 그런 생각이다. 그렇게 높은 절벽에서 추락할 때 어떤 느낌이 들 것인지 단지 생각해보는 것뿐이다. 그런데 이런 추락, 이처럼 절멸을 향해 내달리는 것은, 우리 상상 속에 등장한 온갖 무시무시하고 혐오스러운 죽음과 고통의 심상 가운데 가장 무시무시하고 혐오스러운 것을 포함한다는 이유에서, 바로 이런 이유에서 우리는 그것을 몹시 간절히 원한다. 게다가 절벽에서 몸을 던지는 것을 이성이 가로막는다는 이유만으로 충동적으로 그쪽으로 다가간다. 절벽 가장자리에서 덜덜 떨면서 몸을 던지는 상상을 하는 사람이 느끼는 것만큼 안달 나는 감정은 없다. 생각이라는 것을 시도했다가는 결국 끝장이다. 숙고해보면 참아야 한다는 생각이 들고, 따라서 **못하게** 되기 때문이다. 말리는 친구의 손이 하나도 없거나, 문득 기를 써서 절벽에서 물러나 납작 엎드리지 못한다면, 우리는 뛰어내려 파멸에 이르게 될 것이다.

이와 비슷한 행동을 살펴보면, 전부 **심술**의 악령에게서 비롯한 것임을 알게 될 것이다. 우리는 해서는 안 된다고 느끼기 때문에 그런 일을 저지른다. 그것 이외에는 이해할 수 있는 원리가 없다. 사실 이런 심술궂음이 가끔은 선행을 하도록 작동하기도 한다는 사실이 알려지지 않았다면, 바로 마왕의 직접적인 개입이라고 여길 수도 있을 것이다.

여러분의 질문에 얼마간이라도 대답해보기 위해, 내가 왜 이곳에 왔는지 설명하고, 왜 이 족쇄를 차고 이 감옥에 갇혀 있는지 적어도 조금이나마 보여주기 위해 여기까지 이야기한 것이다. 이렇게 장황하게 말하지 않았다면, 여러분은 내 말을 완전히 오해하거나, 보통 사람들과 마찬가지로 내가 미쳤다고 여겼을 것이다. 이제 내가 심술의 악령의 숱한 피해자 중 하나임을 여러분도 알 수 있을 것이다.

그 어떤 일도 이보다 더 철저하게 심사숙고할 수는 없었을 것이다. 몇 주 동안, 몇 달 동안, 나는 살인 방법을 고민했다. 탄로 날 가능성이 있다는 이유로 폐기한 계획만도 천 가지는 되었다. 마침내 어느 프랑스인의 회고록을 읽던 중, 우연히 독극물이 들어간 촛불을 통해 필로 부인이 병에 걸려 죽을 고비를 넘겼다는 이야기를 접했다. 그 이야기가 곧바로 내 상상력을 자극했다. 상대가 침대에서 책을 읽는 습관이 있는 것을 알고 있었다. 그의 방이 좁다랗고 환기가 잘 안 되는 것도 알고 있었다. 하지만 쓸모없이 자세한 사항을 늘어놓아 독자 여러분을 성가시게 할 필요는 없다. 그의 침실 촛대에 꽂혀 있던 양초를 내가 직접 만든 초로 손쉽게 바꿔놓은 과정을 설명할 필요도 없다. 이튿날 아침, 그는 침대에서 죽은 채로 발견되었고, 검시관의 증언은 "신의 섭리로 인한 사망"이었다.

그의 저택을 물려받은 뒤, 몇 년 동안은 만사형통이었다. 단 한 번도 발각되리라는 생각이 들지 않았다. 독 양초의 남은 부분은 내가 직접 처리했다. 내가 그 범죄를 저질렀다고 확인시켜주거나 의심하게 만들 실마리는 일절 남기지 않았다. 완벽하게 안전하다는 생각을 할 때면 얼마나 큰 만족감이 가슴에 차올랐는지 이루 설명할 수 없다. 아주 오랜 기간 동안 이 느낌을 즐기는 데 익숙해졌다. 내가 저지른 죄로 인해 생겨난 온갖 세속적인 이익보다도 그 느낌이 더 진정한 기쁨이 되었다. 하지만 이런 유쾌한 감정이 눈치챌 수 없을 만큼 조금씩 변해가서 벗어날 수 없이 성가신 생각으로 화하는 순간이 결국 오고야 말았다. 그 생각이 머릿속에서 떠나지 않기 때문에 성가셨다. 그 생각에서 한순간도 벗어날 수 없었다. 귓전에 울리는 이명, 혹은 어느 평범한 노래나 오페라의 그저 그런 한 소절이 자꾸만 기억날 때, 이렇게 짜증을 느끼는 것은 흔한 일이다. 자꾸 떠오르는 곡이 좋은 노래이거나 훌륭한 오페라라고 해서 덜 괴로운 것은 아니다. 결국 이런 식으로 내 안위에 대해 끊임없이 생각하던 끝에 "나는 안전하다"라고 나지막이, 숨죽여, 반복해서 읊조리게 되었다.

어느 날 거리를 느긋하게 걷던 중 문득 정신을 차리고 보니, 습관적으로 하던 이 말을 내가 꽤 커다랗게 중얼거리고 있었다. 갑자기 짜증이 치밀어 오르면서 나는 그 말을 이렇게 바꿨다. "나는 안전하다. 안전하고말고. 아암, 대놓고 자백할 만큼 천치가 아니라면!"

이 말을 하자마자 심장에 오싹한 냉기가 스며들었다. 이런 심술(그 본질에 대해서는 앞에서 자세히 설명했다)이 차오르는 것은 전에도 몇 차례 경험해보았지만, 그 충동에 제대로 저항한 기억은 한 번도 없었다. 그런데 내가 저지른 살인을 자백할 만큼 어리석을 수도 있다고 이렇게 무심하게 인정해버리다니, 내가 살해한 그 사람의 유령이 죽음을 가리키며 손짓하는 것처럼 느껴졌다.

처음에는 이처럼 영혼을 괴롭히는 악몽을 떨쳐내보려고 안간힘을 썼다. 힘차게, 더 빠리, 더욱더 빠리 건기기 건구에는 달리기 이피

했다. 비명을 지르고 싶어 미칠 것 같았다. 파도처럼 덮쳐오는 생각 하나하나가 새로운 공포를 불러일으켰다. 왜냐! 이런 상황에서 생각을 하면 끝장이라는 것을 너무나, 너무나 잘 알고 있었기 때문이다. 속도를 더 높였다. 복잡한 도로를 미치광이처럼 뛰었다. 결국 사람들이 깜짝 놀라 나를 뒤쫓았다. 그 순간 운명이 다했음을 느꼈다. 내 혀를 뽑아버릴 수 있었다면 뽑아버렸을 것이다. 귓전에서는 거친 음성이 쟁쟁 울렸고, 더 거친 손아귀가 내 어깨를 꽉 잡았다. 돌아섰다. 숨을 헐떡였다. 잠시 동안 숨이 막히는 고통이 고스란히 나를 덮쳤다. 앞이 보이지 않고, 아무것도 들리지 않고, 머리가 어지러웠다. 순간 보이지 않는 악령이 널찍한 손바닥으로 내 등을 탁 치는 것 같았다. 오랫동안 가둬둔 비밀이 내 영혼에서 터져 나왔다.

사람들이 말하길, 내가 사형 집행인과 지옥에 스스로를 인도할 짧지만 의미심장한 문장들을 또렷한 발음으로 떠들어댔을 뿐만 아니라, 마치 미처 말을 다 하기 전에 누가 방해라도 할까 봐 두려운 사람처럼 강조를 해가며 미친 듯이 서둘렀다고 한다.

재판에서 온전히 유죄판결을 받는 데 필요한 모든 이야기를 마친 뒤, 나는 정신을 잃고 쓰러졌다.

이제 이야기를 더 할 이유가 있을까? 오늘 나는 이렇게 족쇄를 차고 이곳에 있다! 내일이 되면 이 족쇄는 사라질 것이다! 하지만 그곳은 어디일까?

M. 발데마르 사건의 진실

    물론 나는 기묘한 M. 발데마르 사건이 불러일으킨 논쟁에 대해 놀라는 척할 생각이 없다. 그렇지 않은 게 기적이었을 것이다. 특히 그런 상황에서는 말이다. 사건 관련자들은 다들 적어도 당분간, 혹은 조사 기회가 좀 더 생길 때까지 이 사건을 대중에게 알리지 않기를 바랐고 우리도 그렇게 하려고 노력하는 바람에, 오히려 멋대로 왜곡되고 과장된 이야기가 세간에 퍼져나가 수많은 불쾌한 오해, 그리고 당연하게도 엄청난 불신을 불러일으켰다.

    이제 내가 이해하는 한에서 이 사건의 진실을 전해야겠다. 간단히 말해서 그 진실은 이러하다.

    지난 3년 동안 나는 최면술에 계속해서 관심을 가져왔다. 그러다 약 9개월쯤 전 지금까지 해온 일련의 실험들 중 매우 놀랍고 가장 중요한 실험이 빠져 있다는 것을 문득 깨달았다. 아직 임종 순간의 사람에게 최면을 걸어본 일이 없었던 것이다. 가장 먼저 살펴봐야 할 것은 그런 상태의 환자가 자기의 형형에 민감하게 띰 응될 능 귀시 있는지 여부였다. 두 번째는 혹여 그런 감응력이 있다면 임종 직전의 상태가 그 능력을 손상시키는지 증가시키는지 여부였다. 세 번째는 그 작용이 죽음의 접근을 어느 정도까지, 얼마나 오래 막을 수 있는 가였다. 규명해야 할 사항들이 더 많지만, 이것들이 내가 가장 호기심을 갖는 문제들이었다. 결과의 엄청난 중요성으로 볼 때 마지막 사항이 특히 궁금했다.

이 항목들을 시험해볼 수 있는 대상을 물색하던 중,《법론술 문집》의 편찬자로 유명하며 (이사카 마르크스라는 필명으로)《발렌슈타인》과《가르강튀아》의 폴란드어 판을 집필하기도 한 친구 M. 어니스트 발데마르가 떠올랐다. 1839년 이래 주로 뉴욕 할렘에서 살아온 발데마르는 무시무시하게 말라서 눈길을 끄는 사람이(었)다. 다리는 존 랜덜프[130]의 다리 같았고, 하얀 구레나룻과 선명한 대조를 이루는 까만 머리 탓에 종종 가발을 쓴다는 오해를 받았다. 그는 기질적으로 신경이 아주 예민해 최면 실험의 대상자로는 아주 안성맞춤이었다. 두세 번의 실험에서는 별다른 어려움 없이 잠이 들었지만, 그의 독특한 체질을 생각하며 기대하고 있었던 결과들은 나오지 않아 실망스러웠다. 그는 한순간도 적극적으로 혹은 철저하게 내 통제에 자신의 의지를 맡기지 않았고, 초감각적 투시력에 대해서는 그럴듯한 결과를 하나도 내지 못했다. 나는 늘 이런 실패가 그의 쇠약한 건강 탓이라고 생각했다. 나와 알게 되기 몇 달 전, 그는 주치의로부터 만성 폐결핵 진단을 받았다. 실로 그는 피할 일도 슬퍼할 일도

---

130   버지니아 주 출신의 국회위원. 머리가 작고 다리가 길고 가늘어 학처럼 보였다고 전해진다.

아니라는 듯이 다가오는 죽음에 대해 차분하게 이야기하곤 했다.

앞서 언급한 아이디어가 처음 떠올랐을 때, 발데마르 생각이 난 것은 물론 아주 자연스러운 일이었다. 그의 확고한 철학을 너무 잘 알고 있었기 때문에 주저할지도 모른다는 걱정은 전혀 하지 않았다. 게다가 이 실험에 간섭할 수 있는 친척도 미국에 하나도 없었다. 내가 실험에 대해 솔직히 이야기하자, 놀랍게도 그는 큰 관심을 보였다. 놀랍다고 한 것은 발데마르가 이제까지 내 실험에 늘 기꺼이 참여하기는 했어도 내가 하는 일에 공감을 표시한 적은 한 번도 없었기 때문이다. 그의 병은 죽는 날을 정확하게 추정할 수 있는 성격의 병이었기 때문에 우리는 의사들이 사망 날짜를 알려주면 그보다 24시간쯤 전에 그가 나를 부르기로 약속했다.

발데마르 본인에게서 여기 추가한 쪽지를 받은 지 이제 7개월이 넘었다.

친애하는 P에게

지금 오는 게 좋겠네. D와 F도 내가 내일 자정을 넘기지 못할 거라고 했어. 두 사람이 시간을 거의 정확하게 맞춘 것 같네.

발데마르

나는 쪽지가 쓰인 지 30분도 지나지 않아 이 쪽지를 받았고 그로부터 15분 뒤에는 죽어가는 친구의 방에 가 있었다. 열흘간 못 봤을 뿐인데 그 짧은 사이에 친구는 오싹하도록 무섭게 변해 있었다. 얼굴은 납빛이었고, 눈에 생기라고는 없었다. 어찌나 말랐는지 광대뼈가 피부를 뚫고 튀어나올 지경이었다. 가래가 배우 심했고 맥박도 거의 잡히지 않았다. 그래도 놀랍게도 정신력과 어느 정도의 체력을 유지하고 있었다. 말도 또렷하게 했고 다른 사람의 도움도 안 받고 완화제도 먹었다. 내가 방에 들어갔을 때는 베개에 몸을 기대고 앉아 바삐 수첩에 메모를 적고 있었다. D선생과 F선생이 함께 있었다.

나는 발데마르의 손을 꼭 잡아준 다음 의사들을 옆으로 불러 환자의 상태에 대해 자세한 설명을 들었다. 그의 왼쪽 폐는 18개월 전부터 반쯤은 뼈나 연골로 변해 있어서 생명 유지 목적으로는 당연히 어떤 기능도 하지 못하고 있었다. 오른쪽 폐 윗부분은 완전히는 아니라도 부분적으로는 경화되었고 아래쪽은 서로 뒤엉켜 있는 화농성 결절 덩어리에 지나지 않았다. 커다란 천공들이 몇 군데 있고, 한 지점에서는 늑골 영구 유착이 생겼다. 우엽의 이러한 모습은 비교적 최근 발생한 것이었다. 경화는 이례적으로 급속히 진행되어서 한 달 전만 해도 아무 조짐이 없었고 유착도 겨우 사흘 전부터 관찰되었다. 폐결핵과 별개로 대동맥류가 의심되었지만 이 시점에는 경화 증상 때문에 정확한 진단이 불가능했다. 두 의사는 모두 발데마르가 다음 날(일요일) 자정쯤에 숨을 거둘 거라는 의견을 제시했다. 그때가 토요일 저녁 7시였다.

나와 이야기하기 위해 환자의 침상을 떠나면서 D선생과 F선생은 모두 발데마르에게 마지막 작별인사를 했다. 두 사람은 원래는 다시 돌아오지 않을 생각이었지만, 내가 요청하자 다음 날 밤 10시쯤 환자를 보러 들르겠다고 승낙했다.

의사들이 돌아간 후, 나는 다가오는 죽음에 대해, 특히 내가 제안한 실험에 대해 발데마르와 기탄없이 이야기를 나눴다. 그는 여전히 기꺼이 실험을 할 자세였고 심지어 조바심을 보이며 당장 시작하라고 재촉했다. 남녀 간호사가 하나씩 있었지만, 갑자기 사고라도 생길 경우를 생각하면 이 사람들처럼 그다지 미덥지 않은 증인들과 이런 성격의 작업을 완전히 마음 편하게 할 수는 없을 것 같았다. 그래서 나는 다음 날 저녁 8시경까지 작업을 미뤘고, 안면이 좀 있는 의대생(시어도어 L)이 도착하면서 당황스러운 마음이 좀 달래졌다. 원래 내 계획은 의사들을 기다리는 것이었지만, 우선 발데마르가 시작하라고 절박하게 재촉하는 데다가 두 번째로는 그의 상태가 급속히 나빠지고 있어서 절대 더 이상 지체해서는 안 되겠다 싶어 실험을 시작하게 되었다.

일어나는 모든 일을 기록해달라는 내 부탁을 L군이 친절하게 들어줘서, 지금 내가 말하는 내용은 대부분 그가 쓴 메모를 요약하거나 그대로 베낀 것이다.

7시 55분경 나는 환자의 손을 잡고 현재 상태에서 최면을 거는 실험에 본인(발데마르)이 전적으로 동의하는지 최대한 분명하게 말해달라고 부탁했다.

그는 약하지만 제대로 들리는 목소리로 대답했다. "그래, 나는 최면술을 원하네." 그러고는 즉시 덧붙여 말했다. "자네가 너무 미룬 게 아닌가 걱정이야."

그가 이렇게 말하는 사이 나는 그를 재우는 데 가장 효과적이었던 손동작을 써서 최면을 걸기 시작했다. 이마 위로 손을 한 번 왔다 갔다 했을 뿐인데 벌써 효과가 나타났다. 하지만 온 힘을 다하고 있는데도 그 이상 눈에 띄는 효과는 나오지 않고 있던 상황에서, 10시가 좀 넘자 약속대로 D선생과 F선생이 방문했다. 내가 내 계획을 간략하게 설명하자, 의사들은 환자가 이미 편안하게 숨을 쉬고 있으니 아무런 반대도 하지 않았다. 그래서 나는 주저하지 않고 계속해서 실험을 진행했다. 이번에는 좌우로 흔들던 손을 위아래로 바꾸고 환자의 오른쪽 눈을 뚫어져라 응시했다.

이때쯤 그는 맥박이 거의 잡히지 않았고 호흡도 씩씩거리며 30초에 한 번씩만 했다.

이런 상태가 거의 변화 없이 15분 정도 지속되었다. 하지만 15분이 다 되어갈 무렵 죽어가는 사람의 가슴에서 자연스러우면서도 매우 깊은 한숨이 흘러나왔고 씩씩대는 호흡도 멈췄다. 다시 말해, 씩씩대는 소리는 들리지 않았지만 호흡 간격은 줄어들지 않았다. 환자의 손발 끝은 얼음처럼 차가웠다.

10시 55분에 최면 효과의 뚜렷한 징후가 보였다. 생기 없이 흐리멍덩하게 움직이던 눈동자가 내면을 들여다보는 듯한 불안한 표정으로 바뀐 것이다. 이는 자면서도 깨어 있는 상태에서만 볼 수 있으며 절대 착각할 수 없는 증상이었다. 손을 양옆으로 몇 번 내젓자 초기 수면 상태에서처럼 눈꺼풀이 떨렸고, 몇 번 더 흔들자 눈이 완전히 감겼다. 그래도 이 정도로는 만족스럽지 않아 의지력을 총동원해서 더 열심히 동작을 계속했다. 마침내 나는 수면에 빠진 환자의 사지를 편해 보이는 위치에 놓은 다음 완전히 딱딱하게 굳게 만들었다. 환자는 다리를 쭉 뻗고 있었고 팔도 거의 그런 상태로 허리에서 적당히 떨어진 자리에 편안히 놓여 있었다. 머리는 살짝 들려 있었다.

이 일을 마쳤을 때는 자정이 다 된 시간이었다. 나는 자리한 신사들에게 발데마르의 상태를 살펴봐달라고 요청했다. 그들은 몇 가지 실험을 하더니 굉장히 완벽한 최면 상태라고 인정했다. 두 의사 모두 굉장한 호기심을 보였다. D선생은 당장 밤새 환자와 함께 있겠다고 결심했지만, F선생은 동틀 녘에 다시 돌아오겠다고 약속하고 자리를 떴다. L군과 간호사들은 남아 있었다.

이 상태에서 발데마르를 전혀 건드리지 않고 그대로 뒀다가 새벽 3시쯤 다가가서 보니 F선생이 갔을 때와 정확히 똑같은 상태, 그러니까 똑같은 자세로 누워 있었다. 맥박은 거의 잡히지 않았고 호흡은 (거울을 입술에 갖다 대지 않고는 거의 알아차릴 수 없을 정도이긴 했지만) 부드러웠다. 눈은 자연스럽게 감겨 있었고 사지는 대리석처럼 딱딱하고 차가웠다. 그래도 전반적으로는 전혀 죽은 것처럼 보이지 않았다.

발데마르에게 다가가 팔을 몸 위에서 앞뒤로 움직이면서 그의 오른팔이 내 팔을 따라오도록 슬쩍 최면을 걸어보았다. 이 환자를 대상으로 그런 실험을 하면서 한 번도 완벽하게 성공해본 적이 없었기 때문에 당연히 이번에도 성공하리라는 기대는 거의 하지 않았다. 하지만 놀랍게도 그의 팔이 순순히 내 팔의 지시에 따라 기운 없이 온갖 방향으로 따라오는 것이었다. 나는 위험을 무릅쓰고 대화를 시도해보기로 했다.

"발데마르." 내가 말했다. "지금 잠들어 있나?" 그는 아무 대답도 하지 않았지만 입술 주변이 떨리는 것을 보고 계속 질문을 되풀이해보기로 했다. 세 번째 물었을 때, 온몸이 살짝 떨리더니 흰자위가 보일 정도로 눈꺼풀이 벌어지면서 입술이 천천히 움직였다. 그 사이로 거의 들릴 듯 말 듯한 속삭임이 흘러나왔다.

"그래. 자고 있네. 깨우지 말게! 이대로 죽게 내버려둬!"

팔다리를 만져봤더니 전과 다름없이 뻣뻣했다. 오른팔도 전처럼 내 손의 지시를 따랐다. 나는 다시 질문했다.

"아직 가슴에 통증이 있나, 발데마르?"

이번에는 즉각 대답이 나왔지만 목소리는 전보다 더 잘 들리지 않았다.

"아프지 않아. 나는 죽어가고 있네."

그 시점에서 그를 더 건드리는 것은 좋지 않을 것 같아 나는 F선생이 올 때까지 어떤 말도 행동도 하지 않았다. 해 뜨기 직전에 온 F선생은 환자가 아직 살아 있는 것을 보고 놀라움을 금치 못했다. 그는 맥박을 짚어보고 입술에 거울을 갖다 대보더니 다시 한 번 환자에게 말을 걸어보라고 했다. 나는 그렇게 했다.

"발데마르, 아직 자고 있나?"

전과 마찬가지로 대답이 나올 때까지는 몇 분의 시간이 흘렀다. 그동안 죽어가는 환자는 말할 기운을 끌어모으는 것 같았다. 네 번째로 질문했을 때 그가 거의 들리지 않을 정도로 미약하게 말했다.

"그래. 아직 자고 있어…… 죽어가고 있네."

이제 의사들은 죽음이 올 때까지 발데마르를 편안해 보이는 현재 상태로 그대로 두자는 의견, 아니 오히려 바람을 말했다. 몇 분 안에 임종할 거라는 게 모두의 의견이었다. 하지만 나는 한 번 더 말을 걸어보기로 했고, 질문은 전의 질문을 그냥 반복했다.

말을 하는 동안 환자의 얼굴에 뚜렷한 변화가 나타났다. 눈이 천천히 떠졌지만 눈동자는 위로 넘어가고 없었다. 피부는 시체처럼 창백해서 양피지라기보다 백짓장 같은 색깔이었다. 지금까지 양쪽 볼한가운데 선명하게 돋아 있던 동그랗고 붉은 반점들이 갑자기 꺼졌다. 이런 표현을 쓰는 이유는 아무리 봐도 그 갑작스러움이 촛불을 훅 불어 껐을 때와 똑같이 느껴졌기 때문이다. 동시에 치아를 완전히 덮고 있던 윗입술이 말려 올라갔고 아래턱이 툭 소리를 내며 떨어져 입이 크게 벌어지는 바람에 까맣게 부풀어 오른 혀가 모두의 눈앞에 드러났다. 그 자리에 있던 사람들 중 임종의 공포를 겪어보지 않은 사람은 없었겠지만, 그 순간 발데마르의 모습은 상상할 수 없을 정도로 끔찍해서 다들 침대에서 흠칫하며 물러났다.

이제 이 이야기를 듣는 모든 독자들이 놀라서 도저히 믿지 못할 부분에 이르렀다. 하지만 내 임무는 그냥 계속 이야기하는 것뿐이다.

발데마르에게서는 이제 더 이상 생명의 징후가 보이지 않았다. 그가 사망했다고 결론짓고 간호사들에게 인도하려는 순간, 혀가 격렬하게 떨리는 게 보였다. 이 상태가 약 1분 정도 계속되더니 벌어진 채 움직이지 않고 있던 턱에서 목소리가 나왔다. 묘사할 시도조차 할 수 없는 소름 끼치는 목소리였다. 부분적으로나마 그 소리에 갖다 붙일 수 있을 것 같은 형용사 두세 개를 예로 들어 말하자면, 거칠고 갈라지고 공허한 소리였다. 하지만 그 무시무시함을 완전하게 묘사하는 것은 불가능하다. 그 거슬리는 소리는 이제껏 인간의 귀가 한 번도 들어본 적 없는 낯선 소리였기 때문이다. 그래도 그 당시에도 그렇게 생각했고 지금도 여전히 그 어조의 특징을 표현한다고 생각하는, 또 이 세상 소리 같지 않은 그 특이함을 조금이라도 전달하는 데 적당할 것 같은 두 가지 특이 사항이 있다. 우선 그 목소리는 아득히 멀리서 혹은 땅속 깊은 곳에 자리한 동굴 같은 데서 우리 귀에—적어도 내 귀에는—들려오는 것 같았다. (사람들이 절대로 내 말을 이해할 수 없을 것 같아 걱정이 되기는 하지만) 두 번째는 젤라틴이나 끈적끈적한 물질을 만졌을 때의 느낌 같은 인상을 받았다는 것이다.

나는 '소리'와 '목소리' 두 가지에 대해 이야기했다. 그 소리가 뚜렷하게, 심지어 놀랍고 소름 끼칠 정도로 뚜렷하게 음절화되어 있었다는 것을 말하기 위해서였다. 발데마르는 분명 몇 분 전 내가 던진 질문에 대답하며 말을 했다. 기억하겠지만, 나는 그에게 아직도 잠들어 있느냐고 질문했었다. 이제 그가 대답했다.

"그래…… 아니…… 잠들어 있었지. 그런데 지금은…… 지금은…… 죽어 있네."

그 몇 마디 말만으로 뭐라 표현할 수 없을 정도로 몸서리쳐지는 공포가 완벽하게 전달됐고, 방 안에 있던 그 누구도 그 공포를 부정할 시늉도, 억눌러볼 시도도 하지 못했다. L군은 기절했다. 간호사들은 당장 방에서 나갔고 아무리 설득해도 다시 돌아오지 않았다. 내가 받은 인상은 독자들에게 전달할 수 있다는 생각조차 하지 않는다. 우리는 거의 한 시간가량 한마디 말도 없이 조용히 L군을 깨우는 데만 몰두했다. 그가 정신을 차리자 우리는 다시 한 번 발데마르의 상태를 살펴보기로 했다.

거울을 갖다 대도 더 이상 호흡의 증거가 보이지 않는다는 점만 제외하면 그는 모든 면에서 마지막으로 설명한 상태 그대로였다. 팔에서 피를 뽑아보려 했지만 불가능했다. 또 팔도 더 이상 내 의지에 따라 움직이지 않았다. 내 손이 가는 방향을 따라 움직이게 해보려 했지만 허사였다. 사실 최면의 영향을 보여주는 유일한 징후는 내가 발데마르에게 질문을 던질 때마다 혀가 떨리는 것뿐이었다. 그는 대답하려고 애쓰는 것 같았지만 더 이상 그만한 의지력이 남아 있지 않았다. 거기 있던 사람들이 다 발데마르와 최면적 신뢰 관계를 맺을 수 있도록 노력했지만 그는 내가 아닌 다른 사람이 질문을 던지면 전혀 반응하지 않는 것 같았다. 이제 그 시기 환자의 상태를 이해하는 데 필요한 이야기는 다 한 것 같다. 다른 간호사들을 구해놓은 뒤, 나는 10시에 두 의사 선생과 L군과 함께 그 집에서 나왔다.

다들 오후에 환자를 보러 다시 들렀다. 그의 상태는 정확히 똑같았다. 이제 우리는 그를 최면에서 깨우는 것이 적절하며 가능한지에 대해 잠시 논의했지만, 깨워봤자 좋을 것이 없다는 데 다들 누가 먼저랄 것 없이 동의했다. 지금까지 최면 작용이 죽음(혹은 보통 죽음이라고 불리는 것)을 저지하고 있다는 것은 명백했다. 발데마르를 깨우면 즉시, 또는 적어도 순식간에 죽게 될 뿐이라는 사실은 누가 봐도 분명해 보였다.

이때부터 지난 주말까지—거의 7개월 동안—우리는 매일 발데마르의 집을 찾아갔고, 가끔은 의학 쪽에 종사하는 친구나 다른 친구들과 함께 가기도 했다. 그러는 내내 최면에 빠진 발데마르는 내가 마지막으로 묘사한 상태 그대로 누워 있었다. 간호사들도 계속해서 그를 주시했다.

지난 금요일이 되어서야 우리는 마침내 발데마르를 깨우는 실험을, 아니 깨우려는 시도를 하는 실험을 해보기로 결정했다. 대중 사이에서 온갖 논쟁이, 근거 없는 대중적 정서라고 생각할 수밖에 없는 온갖 반응이 나타난 것은 이 실험의 (아마도) 불행한 결과 탓이다.

발데마르를 최면에서 깨우기 위해 나는 늘 하던 손동작을 사용했다. 이 동작들은 잠시 동안은 아무런 효과가 없었다. 소생의 첫 번째 징후는 홍채가 조금 내려온 것이었다. 특히 놀랍게도 이렇게 눈동자가 내려오는 것과 동시에 톡 쏘고 굉장히 불쾌한 악취가 나는 누런 고름이 (눈꺼풀 밑에서) 어마어마하게 흘러나오는 게 보였다.

그때 지금까지처럼 환자의 팔에 영향을 미치려는 시도를 해보라는 제안이 나왔다. 해봤지만 실패였다. 그러자 F선생이 질문을 던져보라고 넌지시 말했다. 나는 다음과 같은 질문을 던졌다.

"발데마르, 지금 느낌이나 바라는 바를 우리한테 설명해줄 수 있겠나?"

순간 뺨에 붉은 반점들이 다시 나타났다. 혀가 떨렸다, 아니 그보다는 (턱과 입술이 전과 다름없이 굳어 있는데도) 입안에서 격렬하게 말렸다. 마침내 앞서 묘사한 그 소름 끼치는 목소리가 터져 나왔다.

"제발……! 빨리……! 빨리……! 날 재워주든가…… 아니면 빨리……! 깨워주게……! 빨리……! 내가 죽었다고 말하잖나!"

나는 완전히 넋이 나가 잠시 동안 뭘 어째야 할지 모른 채 멍하니 있었다. 처음에는 환자를 다시 진정시키려고 노력했지만 이렇게 의지가 완전히 정지한 상태에서는 되지가 않자, 최면 절차를 되짚어 그를 깨우기 위해 열성을 다했다. 그러자 곧 성공할 것 같다는 느낌이, 적어도 완전히 성공할 거라는 생각이 들었다. 방 안에 있는 모든 사람이 환자가 깨어나는 것을 볼 준비가 되어 있다고 확신했다.

하지만 실제로 벌어진 상황은 그 어떤 인간도 절대 준비할 수 없었을 일이었다.

고통 받고 있는 환자의 입술이 아니라 혀에서 "죽었어! 죽었어!"라는 외침이 터져 나오는 가운데 내가 재빨리 최면 손동작을 취하자, 채 1분도 지나지 않아 그의 몸 전체가 즉시 줄어들며 부스러지더니 내 손 아래에서 완전히 썩어 들어갔다. 사람들 앞 침대 위에는 역겹고 불쾌한 악취가 나는, 액체나 다름없는 흐물흐물한 덩어리가 놓여 있었다.

절름발이 개구리

왕만큼 농담에 목숨을 거는 이는 본 적이 없다. 왕은 오로지 농담만을 위해 사는 사람 같았다. 재미있는 농담을 맛깔나게 잘한다면 왕의 총애는 보장된 것이나 다름없었다. 그러니 우연찮게도 왕의 일곱 명의 대신들은 다들 농담 잘하기로 유명했다. 이 대신들은 비길 데 없는 재담꾼일 뿐만 아니라 생김새도 왕과 비슷해서, 모두 덩치가 크고 비대하고 기름기가 줄줄 흘렀다. 농담을 하면 뚱뚱해지는 것인지 아니면 지방에 있는 뭔가가 농담을 즐기게 만드는 것인지는 알 수 없지만, 말라깽이 재담꾼이 거의 없다는 것만은 확실하다.

왕은 위트의 품위, 혹은 그 자신의 표현을 빌리자면 "영혼"에는 거의 신경 쓰지 않았다. 특히 다양한 농담을 좋아해서 이를 위해서라면 아무리 긴 농담도 종종 참곤 했다. 지나치게 섬세하고 고상한 농담은 지루해했다. 볼테르의《자디그》보다는 라블레의《가르강튀아》를 더 좋아했다.[131] 대체로 말로 하는 농담보다는 사람을 바보로 만드는 짓궂은 장난이 왕의 취향에 맞았다.

이 이야기의 배경이 되는 시대는 직업광대가 궁정에서 완전히 사라지지 않았던 때였다. 대륙의 몇몇 '강국'들은 여전히 '광대'를 데리고 있었고, 알록달록한 옷에 방울 달린 모자를 쓴 이들 광대들은 왕의 식탁에서 떨어지는 부스러기를 고려해서 언제나 즉시 날카로운 재치를 발휘해야 했다.

우리 왕에게도 물론 '광대'가 있었다. 사실 왕이 요구하는 것은 어리석은 짓들이었다. 오로지 자신은 물론 현명한 일곱 대신들의 묵직한 지혜와 균형을 맞추기 위해서였다.

하지만 왕의 광대, 즉 직업적 익살꾼은 그저 단순한 어릿광대만은 아니었다. 왕이 보기에 그 광대는 세 배의 가치는 더 있었다. 그는 광대일 뿐만 아니라 난쟁이에 절름발이이기까지 했기 때문이다. 그 시절 궁정에는 광대만큼이나 난쟁이들도 흔했다. (궁정에서의 하루는 다른 곳들보다 길기에) 함께 웃을 익살꾼과 놀림감으로 삼을 난쟁이 없이는 많은 군주들이 하루를 보내기가 쉽지 않았다. 하지만 이미 말했다시피 익살꾼들은 백에 아흔아홉은 뚱뚱하고 토실토실하고 거대하다. 그러니 한 사람이지만 세 배의 몫을 거뜬히 해내는 '절름발이 개구리'(이것이 그 광대의 이름이었다)는 왕의 큰 기쁨의 원천이었다.

'절름발이 개구리'라는 이름은 세례 때 대부가 지어준 이름이 아니라 다른 사람들처럼 걷지 못하는 난쟁이에게 대신들이 만장일치

---

131 《자디그》는 고대 바빌로니아의 철학자 자디그를 주인공으로 하는 풍자철학소설이고, 《가르강튀아》는 거인 가르강튀아와 그의 아들 팡타그뤼엘의 모험을 다룬 풍자소설로 상스러운 언어와 폭력, 지저분한 유머가 많이 등장한다.

로 지어준 이름이었다. 사실 절름발이 개구리는 도약도 아니고 몸부림도 아닌 어정쩡한 걸음걸이로만 걸어 다녔는데, 그 움직임은 왕에게 무한한 즐거움과 더불어 당연히 위안을 주었다. 왜냐하면 (배는 툭 튀어나오고 머리는 선천적으로 컸지만) 왕은 궁정 전체에서 중요한 인물로 간주되었기 때문이다.

뒤틀린 다리로 인해 길이나 바닥에서는 아주 고통스럽고 힘들게 움직일 수밖에 없었지만, 부족한 다리에 대한 보상으로 팔에 주어진 듯한 어마어마한 근력 덕분에 절름발이 개구리는 나무나 밧줄, 아니 올라갈 수 있는 것만 있다면 놀라운 재주를 부릴 수 있었다. 그렇게 올라갈 때면 확실히 개구리보다는 다람쥐나 새끼 원숭이를 더 닮았다.

절름발이 개구리가 정확히 어느 나라 출신인지는 모르겠다. 하지만 아무도 들어본 적 없는 야만스러운 곳, 우리 왕의 궁정에서 멀리 떨어진 곳에서 왔다. 절름발이 개구리와 (비율이 절묘하고 뛰어난 무희이기는 하지만) 그보다는 조금 덜 난쟁이 같은 소녀는 인접한 각자의 고향에서 연승을 거듭하는 장군에게 강제로 끌려와 왕에게 공물로 바쳐졌다.

이런 상황에서 조그만 두 포로 사이가 아주 가까워진 것은 놀랄 일도 아니다. 그들은 곧 언약을 나눈 친구가 되었다. 절름발이 개구리는 열심히 익살을 부렸지만 인기가 없어서 트리페타에게 큰 도움을 주지 못했다. 하지만 (난쟁이임에도) 절묘하게 아름답고 우아한 트리페타는 만인의 감탄과 총애를 받아 상당한 영향력을 가지게 되었고, 기회가 있을 때마다 이를 놓치지 않고 절름발이 개구리를 위해 그 영향력을 사용했다.

어느—무슨 일인지는 잊었지만—국가적 경사를 맞아 왕은 가장
무도회를 열기로 결정했다. 궁정에서 가장무도회나 그 비슷한 연회
가 열릴 때면 꼭 절름발이 개구리와 트리페타가 불려와 재주를 부
렸다. 특히 절름발이 개구리는 가면무도회를 위해 가장 행렬을 꾸리
고 새로운 인물을 제안하고 의상을 준비하는 아이디어가 무궁무진
했기 때문에 그의 도움 없이는 일이 진행되지 않을 정도였다.

드디어 축제의 밤이 왔다. 무도회장이 화려하게 꾸며졌다. 트리페
타가 보기에는 가장무도회의 성공을 보장할 수 있는 장식이란 장식
은 다 동원된 것 같았다. 온 궁정이 기대의 열기로 달아올라 있었다.
다들 어떤 분장을 하고 어떤 인물을 할 것인지 마음을 정한 것 같았
다. (어떤 역할을 맡을지에 대해) 일주일, 심지어 한 달 전에 결정을
내린 사람이 수두룩했다. 사실 왕과 일곱 명의 대신들만 제외하고는
결정을 주저하는 사람은 아무도 없었다. 농담으로 그런 게 아니라면
도대체 왜 머뭇거렸는지는 알 수가 없다. 너무 뚱뚱해서 결정을 내리
기가 어려웠을지도 모른다는 게 더 그럴듯한 이유일 수도 있다. 어쨌
거나 시간은 쏜살같이 흘러갔고, 그들은 마지막 보루로 트리페타와
절름발이 개구리를 불러들였다.

두 작은 친구가 왕의 소환을 받고 와보니 왕은 내각의 일곱 대신
과 함께 술판을 벌이고 있었다. 하지만 왕은 기분이 상당히 언짢아
보였다. 왕은 절름발이 개구리가 술을 좋아하지 않는다는 것을 알
고 있었다. 그 불쌍한 절름발이는 술만 마시면 거의 미칠 듯이 흥분
하는데, 그것은 절대 편안한 기분이 아니었다. 하지만 왕은 짓궂은
장난을 좋아해서 절름발이 개구리에게 억지로 술을 먹여서 '즐겁
게' 만드는 걸 즐겼다.

"이리 오너라, 절름발이 개구리야." 광대와 그의 친구가 방 안으로 들어오자 왕이 말했다. "이 자리에 없는 네 친구들의 건강을 빌며 이 잔을 들이켜고." (여기서 절름발이 개구리는 한숨을 내쉬었다.) "너의 참신한 아이디어로 우리를 도와다오. 우리는 예상을 벗어난, 굉장히 기발한 인물을 원한다. 늘 똑같은 것들에는 신물이 나거든. 자, 어서 마셔라! 술이 머리를 잘 돌게 해줄 게다."

절름발이 개구리는 평소처럼 왕의 말을 농담으로 받으려고 노력했지만 그럴 수가 없었다. 공교롭게도 그날은 불쌍한 난쟁이의 생일이었고 "이 자리에 없는 친구들"을 위해 술을 마시라는 명령에 눈물이 절로 흘렀다. 폭군의 손에서 공손하게 받아 든 술잔에 굵고 쓰디쓴 눈물방울이 후드득 떨어졌다.

"하! 하! 하!" 난쟁이가 마지못해 잔을 비우는 모습을 보며 왕이 너털웃음을 터뜨렸다. "자, 좋은 술의 효과가 어떤지 어디 보자! 저런, 벌써 눈이 반짝이고 있지 않느냐!"

불쌍한 친구! 그의 커다란 눈은 반짝인다기보다 번득이고 있었다. 술기운이 흥분하기 쉬운 난쟁이의 뇌에 즉시 영향을 미친 것이다. 그는 떨리는 손으로 잔을 테이블 위에 놓고 약간 광기에 번득이는 눈으로 주위를 둘러보았다. 다들 왕의 '장난'의 성공에 크게 즐거워하는 것 같았다.

"이제 본론으로 들어가지요." 엄청나게 뚱뚱한 재상이 말했다.

"그래." 왕이 말했다. "자, 절름발이 개구리야, 우리를 도와다오. 착한 녀석, 우린 인물이 필요하다. 우리 모두 다. 하! 하! 하!" 농담으로 한 말이 분명했기에 일곱 대신들도 왕을 따라 웃었다.

절름발이 개구리도 웃었지만, 그 웃음은 약하고 어딘가 텅 빈 웃음이었다.

"자, 자." 왕이 조바심을 내며 말했다. "뭐 좋은 생각이 없느냐?"

"기발한 아이디어를 생각하려고 애쓰는 중입니다." 술에 취해 정신이 없는 난쟁이가 멍하게 대답했다.

"애쓰고 있다고!" 폭군이 노발대발하며 고함을 질렀다. "그게 무슨 소리냐? 아, 알겠다. 골이 나서 술을 더 마시고 싶은 게로구나. 자, 여기 있다. 이걸 마셔라!" 왕이 술을 한 잔 가득 더 따라 절름발이에게 내밀었다. 그는 숨을 헐떡이며 그저 술잔을 멍하니 바라보기만 했다.

"마시라고 했다!" 괴물 같은 왕이 외쳤다. "안 그러면 악마의—"

난쟁이가 머뭇거렸다. 왕의 얼굴이 분노로 벌겋게 달아올랐다. 신하들은 능글맞게 웃었다. 트리페타가 시체처럼 창백해진 얼굴로 왕좌 앞으로 걸어와 무릎을 꿇고 친구를 살려달라고 빌었다.

폭군은 트리페타의 대담한 행동에 놀라 잠시 그녀를 바라보았다. 무슨 말을 해야 할지, 어떻게 해야 분노를 제대로 표현할지 몰라 어쩔 줄 모르는 것 같았다. 마침내 왕은 한마디 말도 없이 트리페타를 난폭하게 밀치더니 잔에 넘치도록 채운 술을 그 얼굴에 휙 뿌렸다.

불쌍한 소녀는 겨우 자리에서 일어나 한숨조차 쉬지 못하고 테이블 끝 자기 자리로 돌아갔다.

약 30초 동안 죽음과도 같은 정적이 흘렀다. 잎사귀, 아니 깃털 하나만 떨어져도 그 소리가 들릴 것만 같았다. 정적을 깨뜨린 것은 나지막하지만 거친, 뭔가를 오랫동안 가는 것 같은 소리로, 사방에서 동시에 들려오는 것 같았다.

"왜, 왜, 왜 그런 소리를 내느냐?" 분노한 왕이 난쟁이 쪽으로 휙 돌아서며 물었다.

난쟁이는 술기운이 꽤 가셨는지, 폭군의 얼굴을 빤히 조용히 바라보며 외쳤다.

"제, 제가요? 제가 어떻게 그런 소리를 낼 수 있었겠습니까?"

"그 소리는 바깥에서 들려오는 것 같던데요." 한 신하가 말했다. "창가에 있는 앵무새가 새장 창살에 부리를 가는 소리 같습니다."

"그렇군." 왕은 그 말에 마음을 놓은 듯이 말했다. "하지만 기사의 명예를 걸고 말하는데, 틀림없이 이 무례한 녀석이 이를 가는 소리처럼 들렸다고."

그 말에 난쟁이가 웃음을 터뜨리며 크고 강하고 역겨운 이를 드러냈다(왕은 누가 웃는 것에는 절대 반대하지 않는 골수 재담꾼이었다). 게다가 왕이 원하는 만큼 기꺼이 술을 마시겠다고 맹세까지 했다. 왕의 분노가 가라앉았다. 절름발이 개구리는 술 한 잔을 더 들이켜고도 별 탈 없는 모습으로 곧장 씩씩하게 가면무도회 계획을 짜기 시작했다.

"어쩌다 이런 생각이 났는지는 잘 모르겠습니다만." 그는 평생 술이라고는 한 방울도 마시지 않은 사람처럼 몹시 차분하게 말했다. "전하께서 저 아이를 밀치고 얼굴에 술을 끼얹은 직후, 그러니까 전하께서 그렇게 하신 직후 앵무새가 창문 밖에서 그 이상한 소리를 내고 있을 때, 근사한 놀이가 머릿속에 떠올랐습니다. 저희 나라 놀이로 저희끼리 가면무도회에서는 종종 하는 놀이지만, 여기서는 완전히 새롭겠지요. 하지만 안타깝게도 이걸 하자면 여덟 사람이 필요해서—"

"여기 있지 않느냐!" 이 우연의 일치를 발견한 자신의 날카로운 안

목에 웃음을 터뜨리며 왕이 외쳤다. "나와 내 신하들 일곱 해서 정확하게 여덟 사람 아니냐. 자, 그 놀이가 무엇이냐?"

"그 놀이는 쇠사슬에 묶인 여덟 마리 오랑우탄이라고 합니다." 절름발이가 대답했다. "잘하면 정말로 재미있는 놀이죠."

"우리가 하겠다." 왕이 몸을 곧추세우고 눈을 내리깔며 말했다.

"이 놀이의 핵심은," 절름발이 개구리가 계속해서 말했다. "여자들을 깜짝 놀라게 하는 데 있지요."

"근사하군!" 왕과 신하들이 이구동성으로 외쳤다.

"제가 여러분을 오랑우탄으로 만들어드리겠습니다." 난쟁이가 말했다. "제게 다 맡기십시오. 깜짝 놀랄 정도로 똑같아서 가장무도회 참석자들은 진짜 짐승이라고 생각할 겁니다. 물론 기절초풍하는 만큼이나 두려움에 벌벌 떨겠지요."

"그거 절묘하군!" 왕이 외쳤다. "절름발이 개구리! 너에게 사내 대접을 해주겠다."

"쇠사슬을 매는 것은 쩔렁거리는 소리로 혼란을 가중시키기 위해서입니다. 전하와 나리들은 주인에게서 집단 탈출을 한 오랑우탄 역을 하는 거죠. 쇠사슬에 묶인 오랑우탄 여덟 마리가 가면무도회에 나타나면 어떤 효과를 빚을지 전하께선 상상도 못 하실 겁니다. 대부분의 사람들이 진짜 오랑우탄이라고 생각할 겁니다. 화려하게 차려입은 사람들 사이로 야수처럼 울부짖으며 돌격하는 오랑우탄들. 그런 극적 대조는 어디에서도 볼 수 없을 겁니다."

"그렇고말고." 왕이 말했다. 대신들은 (시간이 얼마 없었기 때문에) 절름발이 개구리의 계획을 실행에 옮기기 위해 서둘러 일어났다.

오랑우탄 분장은 매우 간단했지만 목적을 달성하기에는 충분히 효과적이었다. 문제의 짐승은 이 이야기가 벌어진 시대에는 문명 세계에서 아주 보기 드물었던 데다가 난쟁이가 해준 분장이 충분히 야수 같고 섬뜩하게 보여서 누가 봐도 진짜로 여길 만했다.

왕과 신하들은 우선 몸에 꽉 끼는 메리야스 상의와 하의를 입었다. 그러고는 타르를 듬뿍 발랐다. 이 단계에서 대신 하나가 깃털을 붙이자고 제안했지만 그 제안은 난쟁이에게 즉시 거부당했다. 난쟁이는 오랑우탄 같은 짐승의 털은 아마로 더 잘 표현할 수 있다는 것을 직접 보여주면서 이내 여덟 사람에게 확신을 줬다. 그 결정에 따라 다들 타르 위에 아마를 빽빽하게 붙였다. 다음에는 기다란 쇠사슬을 가져왔다. 처음에는 왕의 허리에 감아 묶은 뒤, 다음 사람 허리에 감고 또 묶었다. 그러고는 차례차례 같은 방식으로 감고 묶었다. 사슬을 다 감고 나자 다들 최대한 멀리 떨어져서 원을 만들었다. 절름발이 개구리는 모든 것이 자연스럽게 보이도록 오늘날 보르네오에서 침팬지 등 거대한 유인원을 잡는 사람들이 사용하는 방식으로 남은 쇠사슬을 원을 가로질러 직각으로 엮었다.

가면무도회가 열릴 대연회장은 천장이 아주 높은 원형 방으로, 햇볕은 꼭대기에 있는 유일한 창을 통해서만 들어왔다. (밤을 위해 특별히 설계된) 이 방은 밤이면 천창 한가운데에서 내려온 쇠사슬에 매달린 커다란 샹들리에가 빛을 밝혔다. 흔한 방식대로 평형추로 올리고 내릴 수 있게 되어 있지만, (보기 좋게 하기 위해) 평형추는 돔과 지붕 위로 빼놓았다.

연회장 안 준비는 트리페타가 감독했지만, 몇몇 특별한 사안들에 있어서는 친구인 난쟁이의 냉정한 판단에 따른 것 같았다. 이번 무도회 때 샹들리에를 치운 것도 그의 제안이었다. 연회장의 복잡한 상황을 생각하면 연회장 한가운데, 그러니까 샹들리에 바로 밑을 비워둘 도리도 없을 텐데, (날씨가 너무 더워서 막을 도리가 없는) 촛농이 흘러내리면 손님들의 비싼 드레스가 완전히 망가질 수도 있기 때문이다. 사람들에게 방해되지 않는 곳을 택해 연회장 여기저기 촛대들을 놓았고, 벽 앞에 늘어선 여인상들의 오른손에는 달콤한 향기를 풍기는 횃불을 총 50개에서 60개가량 설치했다.

여덟 마리 오랑우탄은 절름발이 개구리의 조언대로 (연회장이 사람들로 가득 차는) 자정까지 연회장에 들어오지 않고 끈질기게 기다렸다. 하지만 시계 종소리가 그치기 무섭게 다들 한꺼번에 달려 들어왔다, 아니 굴러 들어왔다. 사슬에 걸리는 바람에 대부분이 넘어졌거나 비틀거리면서 들어왔기 때문이다.

가면무도회 참가자들이 대경실색하자 왕은 기뻐서 흡족했다. 예상했던 대로 적지 않은 손님들은 그 흉측한 것들이 딱히 오랑우탄은 아니더라도 실제로 존재하는 짐승이라고 생각했다. 많은 여자들이 놀라서 기절했다. 연회장 안에 무기들을 들일 수 없도록 왕이 미리 예방책을 세우지 않았더라면, 왕의 일행은 곧 이 짓궂은 장난을 피로 속죄해야 했을지도 모른다. 당연히 대부분의 사람들이 문 쪽으로 몰려갔지만 왕은 자기가 들어오자마자 문을 잠그라고 명령해두었고, 난쟁이의 제안에 따라 열쇠는 난쟁이가 가지고 있었다.

소란이 최고조에 달하고 사람들이 오로지 자기 안위를 챙기는 데만 급급할 때(사실 흥분한 군중이 몰려드는 통에 **정말로** 위험한 상황이었다), 평상시에는 샹들리에가 매달려 있었지만 샹들리에를 치우면서 위쪽으로 당겨둔 쇠사슬이 아주 서서히 내려오더니 마침내 갈고리가 바닥에서 3피트 남짓한 곳에 다다랐다.

비틀거리며 연회장 안을 사방팔방 빙빙 돌던 왕과 일곱 대신이 그 직후 마침내 방의 한가운데, 그러니까 당연히 갈고리에 바로 걸릴 수 있는 자리에 다다랐다. 그들이 그 위치에 왔을 때, 이제껏 계속 소란을 피우도록 선동하며 그 뒤를 바짝 따르고 있던 난쟁이가 원지름을 직각으로 교차하는 지점의 사슬을 붙잡더니 전광석화 같은 속도로 샹들리에를 매다는 갈고리에 연결했다. 순간 보이지 않는 힘에 의해 샹들리에 쇠사슬은 갈고리가 손에 닿지 않을 높이까지 끌어올려졌고, 그 필연적 결과로 오랑우탄들도 얼굴을 맞댄 채 바싹 붙어 끌려 올라갔다.

이때쯤엔 가면무도회 손님들도 어느 정도 정신을 차리고 이 모든 것을 잘 꾸민 장난으로 여기기 시작해서 곤경에 처한 유인원들을 보며 커다랗게 웃어댔다.

"저것들은 제게 맡겨주십시오!" 절름발이 개구리가 외쳤다. 그 날카로운 목소리는 소음을 뚫고 모두에게 명료하게 들렸다. "제게 맡겨주십시오. 제가 알 수 있을 것 같습니다. 자세히 볼 수만 있으면 어떤 놈들인지 제가 곧 말해드릴 수 있습니다."

그러고는 사람들 머리 위로 기어 올라가 벽 쪽으로 가더니 여인상이 든 횃불 하나를 가지고 같은 방법으로 연회장 한가운데로 다시 돌아왔다. 그리고 원숭이처럼 날렵하게 왕의 머리 위로 뛰어오르더니 쇠사슬을 몇 피트 더 기어 올라가 오랑우탄 무리를 관찰하기 위해 횃불을 들이대고 외쳤다. "이놈들이 누군지 제가 곧 알아내겠습니다!"

(유인원들을 포함한) 모든 군중이 포복절도하고 있을 때, 광대가 갑자기 날카로운 휘파람 소리를 냈다. 그러자 쇠사슬이 30피트 정도

맹렬하게 당겨 올라가면서 당황한 채 버둥거리는 오랑우탄들도 함께 끌고 올라가 이제 그들은 천창과 바닥 사이 허공에 대롱대롱 매달린 신세가 되었다. 쇠사슬이 끌려 올라가는 동안 절름발이 개구리는 여덟 마리 오랑우탄들 사이에서 자기 위치를 고수한 채 매달려서는 (아무 일도 없었다는 듯이) 오랑우탄의 정체를 밝히려고 애쓰는 것처럼 횃불을 그쪽으로 들이밀고 있었다.

쇠사슬이 올라가는 통에 다들 깜짝 놀라 약 1분 동안 쥐 죽은 듯한 침묵이 이어졌다. 침묵을 깨뜨린 것은 왕이 트리페타의 얼굴에 술을 끼얹었을 때 왕과 대신들이 들었던, 뭔가 긁는 듯한 나지막하고 거친 소리였다. 하지만 이번에는 그 소리가 어디서 나오는지 의심할 여지가 없었다. 그것은 난쟁이가 엄니 같은 이를 가는 소리였다. 그는 입에 거품을 문 채 광적인 분노가 번득이는 눈빛으로, 위를 쳐다보고 있는 왕과 일곱 대신들의 얼굴을 노려보고 있었다.

"아하!" 분노에 찬 광대가 마침내 말했다. "아하! 이자들이 누군지 이제 알 것 같군요!" 그는 왕을 더 자세히 살펴보는 척하면서 왕을 감싸고 있는 아마에 횃불을 갖다 댔다. 삽시간에 불길이 맹렬하게 타올랐다. 1분도 채 지나지 않아 오랑우탄 여덟 마리는 모두 맹렬하게 타올랐다. 아래쪽에서 지켜보던 사람들은 공포에 질려 비명을 내지를 뿐 이들을 도울 수 있는 방법은 조금도 없었다.

마침내 불길이 갑자기 거세지자 광대는 불길을 피해 더 높은 곳으로 기어 올라갔다. 광대가 움직이자 군중은 잠시 다시 조용해졌다. 난쟁이가 이 기회를 놓치지 않고 다시 한 번 말했다.

"이제 이 가면을 쓴 자들이 누군지 똑똑히 알겠군요." 그가 말했다. "위대하신 전하와 일곱 명의 추밀고문관이군요. 아무 힘없는 소녀를 양심의 가책도 없이 치는 왕과 왕의 분노를 부추긴 일곱 대신들 말입니다. 저로 말하면 그저 절름발이 개구리, 어릿광대일 뿐이지요. 이것이 제 마지막 익살입니다."

타르와 타르에 붙은 아마의 높은 가연성 덕분에 복수는 난쟁이가 짧은 연설을 마치기도 전에 완전히 끝났다. 시커멓게 타 서로 구분도 안 되는 덩어리가 된 끔찍한 여덟 구의 시신이 악취를 풍기며 사슬에 매달려 있었다. 절름발이는 그들을 향해 횃불을 던지고 유유히 천장으로 기어오르더니 천창 너머로 사라졌다.

사람들은 연회장 지붕에 있던 트리페타가 친구의 불타는 복수극의 공범 역할을 했으며 둘이 함께 자기 나라로 탈출했다고 추측했다. 그들의 모습이 두 번 다시 보이지 않았기 때문이다.

대중문학의 지평을 넓힌 작가
에드거 앨런 포

권진아(서울대학교 강의교수)

"에드거 앨런 포가 사망했다. 그저께 볼티모어에서 사망했다. 이 소식에 많은 사람들이 놀라겠지만, 슬퍼할 사람들은 거의 없을 것이다"로 시작되는 1849년 10월 9일 자 〈뉴욕 트리뷴〉지의 포 사망 기사는 에드거 앨런 포 하면 떠올리게 되는 타락과 광기의 이미지를 구축한 출발점이자 오랫동안 끈질긴 영향력을 발휘한 글이다. "루드비히"라는 가명으로 이 사망 기사를 쓴 사람은 루퍼스 윌못 그리스월드로, 자신이 편찬한 '미국의 시인과 시 선집 시리즈'(1842~1850)의 성공으로 당시 문단에서 큰 영향력을 행사하던 인물이었다. 선집에 들어가는 시와 시인의 선정 기준을 비판한 포—비평가로서의 포는 "토마호크[132]맨"이라는 별명이 붙을 정도로 신랄한 비평을 쓰기로 유명했다—와 불화를 겪었던 그리스월드의 악의적 회상 속에서 포는 "친구가 거의 없거나 전혀 없"고 "광기와 우울에 휩싸인 채 저

---

[132]   북아메리카 원주민들이 사용한 도끼.

주의 말을 웅얼거리며 거리를 배회"하는 기괴한 인간, 남을 무시하기 위한 오만한 야심만 가득할 뿐 "도덕적 감수성이라고는 전혀 없는" 반사회적 인간으로 제시되고, 놀랍게도 이 글과 그 후속격인 〈작가 회상록〉이 이후 수십 년간 포 전기의 준거가 되면서 포를 자신의 기이하고 섬뜩한 작품들과 분리시켜 생각할 수 없는 악마적 광기에 휩싸인 작가로 신화화한다. 물론 부모의 죽음과 입양, 양부와의 불화, 도박, 음주, 미성년 사촌과의 결혼, 현재까지도 진실이 밝혀지지 않은 의문의 죽음에 이르기까지 기본적인 사실들만 놓고 봐도 극적인 일화로 점철된 포의 삶 자체가 이에 좋은 재료가 되어주었다는 것은 부정할 수 없는 사실이다. 결국 그리스월드의 과장과 왜곡을 폭로한 존 헨리 잉그램의 전기가 나온 것이 1875년, 사실에 입각해 제대로 쓴 전기로 현재까지 인정받는 아서 H. 퀸의 《에드거 앨런 포: 비평 전기Edgar Allan Poe: A Critical Biography》(1941)가 나온 것이 포가 사망한 지 거의 백여 년이 지나서였으니 그리스월드의 영향력이 얼마나 컸을지 짐작할 만하다. 포가 미국에서보다 더 큰 인기를 누렸던 프랑스에 포의 단편들을 번역, 소개한 대표적 포 추종자 보들레르 또한 포의 일인칭 화자들을 작가 포와 분리시키지 않는 대표적 "오독"을 한 독자 중의 하나였으니 말이다.

하지만 포에 관한 이러한 "신화적 통념"에서 그리스월드식의 과장이나 날조, 혹은 낭만적 신화화를 걷어내고 보면, 인간적 결함이 없지는 않지만 일찌감치 글쓰기를 자신의 소명으로 삼고 작가로 성공하기 위해 열악한 현실과 싸우며 고군분투한, 의외로 평범한 인물을 만나게 된다. 40세의 나이로 수수께끼의 죽음을 맞기 전까지 20여년을 작가로 살며 네 권의 시집과 장편소설 한 편, 무려 60편이 넘는 단편, 그 외에도 잡지 편집자로서 무수한 논평과 에세이를 쓴 포는 (본인이 바란 바는 아니었겠지만) 글쓰기로만 생계를 유지한 최초의 미국 작가였다. "사도마조히스트, 약물중독자, 조울증, 성도착자, 병적 자기중심주의자, 알코올중독자라고? 포에게 언제 글 쓸 시간이 있었을까?"라며 포에 관한 속설들을 은근한 유머로 반박하는 포 박물관의 한 포스터 문구에 동의하지 않을 수 없게 만드는 작업량이다.

통념을 깨는 또 하나의 사실은 포의 기괴한 단편들이 당시의 "문학 시장"을 적극적으로 의식하며 쓴 작품이라는 점이다. 랄프 왈도 에머슨, 헨리 데이비드 소로, 월트 휘트먼, 허먼 멜빌, 너새니얼 호손, 에밀리 디킨슨과 함께 미국 문학의 르네상스(1830~1865)를 이끈 작가로 꼽히는 포의 작품들은 예술성과 시장성을 상충되는 개념으로 보는 흔한 이분법의 경계를 흐리게 만든다. 애초 포의 문학적 야심은 단편 작가보다는 시인이 되는 것이었다. 바이런과 셸리, 콜리지 같은 시인이 되기를 꿈꾸며《테멀레인 외 다른 시들Tamerlane and Other Poems》(1827)과《알 아라프, 테멀레인 외 다른 시들Al Aaraaf, Tamerlane and Minor Poems》(1829),《시들Poems》(1831)까지, 시집도 일찍이 연달아 세 권을 내놓았다. 그랬던 포가 1830년대 초부터 갑자기 단편으로 방향을 전환한 것은 순전히 현실적인 이유에서였다. 세 권의 시집이 그에게 어떤 경제적 도움도 가져다주지 못했기 때문이다. 포는 성년이 되고 양부 존 앨런과 불화를 겪으면서부터 죽는 날까지 한 번도 넉넉한 생활을 해본 적이 없었지만, 이 시기에는 특히 지독한 가난에 시달렸다고 알려져 있다. 그는 웨스트포인트사관학교에서 (자청해서) 퇴학당한 후였고, 재혼으로 법적 친자를 얻었을 뿐 아니라 사생 아까지 있었던 존 앨런과의 화해(와 유산 상속의) 가능성은 희박했다. 간절한 반성과 화해의 바람을 담은 편지들은 무시당했다. 소속도, 기댈 가족도 없었던 포에게 현실의 문제가 그 어느 때보다 절박했던 시기였다. 잘 팔리면서 예술적 가치도 있는, 즉 "대중과 평자의 취향을 동시에 만족시키는"(《작법의 철학》) 이야기를 쓰기 위한 포의 선택은 당대 인기 대중 장르들의 공식을 적극적으로 수용하는 것이었다. 대중문화 전반에 널리 영향을 미친 장르물의 대가 에드거 앨런 포가 탄생하는 순간이다.

포를 19세기 당시이건 지금 현재이건 대중에게 가장 각인시킨 장르는 두말할 것도 없이 고딕공포물이다. 포가 단편을 시작하면서 고딕공포물을 택한 이유는 명백했다. 최초의 고딕소설인 호레이스 월폴의《오트란토 성》(1764)이 나온 이래 고딕공포물은 당시 대서양 양안에서 모두 상당한 인기를 누려온 장르였다. 영국에서는 포가 동경하던 낭만주의 시인들의 시를 싣던 유명 문예지《블랙우드 에든버러 매거진》에서 꾸준히 지면을 차지하고 브론테 자매나 찰스 디킨스 등의 작가들에게 영향을 미치고 있었고, 미국에서도 고딕은 찰스 브록덴 브라운 등의 작가들을 통해 대중에게 익숙해져 있었다. 특히 미국에서는 고딕의 공포에서 한 걸음 더 나아가 극악한 범죄를 생생하게 묘사한 이야기들을 싣는 '페니프레스'[133]나 아예 범죄의 기록을 담은《미국의 범죄 기록》(1833) 같은 범죄 팸플릿들이 센세이셔널한 자극을 추구하는 대중 사이에서 큰 인기를 끌고 있었

---

133 6센트인 일반 신문과 달리 1센트라는 낮은 가격을 내세워 전 계층에서 널리 읽힌 저급 신문들.

다. 포의 작품 속에 거듭 등장하는 죽음, 살인, 부패, 생매장, 신체 훼손 등 섬뜩한 사건들이 포 작품만의 특징이 아니라 당시 쉽게 접할 수 있는 이야기들이었다는 말이다.

하지만 포의 고딕은 폭력의 생생한 묘사로 공포의 스릴을 추구하는 페니프레스의 이야기들과 달리 화자의 내면에 초점을 맞춰 인간 내면의 무의식과 불안, 광기를 탐구하는 계기로 삼음으로써 공포물을 세련된 심리물의 차원으로 끌어올렸다.《기괴하고 기이한 이야기들Tales of the Grotesque and Arabesque》(1839)에 실린 단편들이 지나치게 고딕적이라는 평자들의 비판에 대해 그가 대답했듯이, 포의 고딕공포 이야기들은 통제할 수 없는 극단적 상황에서 "영혼이 느끼는 공포"를 통해 인간의 심리를 탐구하는 이야기들이다. 자신이 겪은 혹은 목격한 공포의 경험을 일인칭으로 전달하는 포의 화자들은 집착과 공포증(〈베르니스〉), 망상과 자기 분열(〈윌리엄 윌슨〉), 자기 파괴적 이상심리(〈심술의 악령〉, 〈검은 고양이〉, 〈고자쟁이 심장〉), 지각 과민과 우울증(〈어셔가의 몰락〉)으로 인해 점차 붕괴되어가는 내면을 종종 기이할 정도로 차분하거나 분석적인 어조로 전달하며 현실과 비현실, 이성과 비이성의 경계를 질문하게 한다. 고딕의 기존 장르 관습은 포의 심리 공포물에 절묘한 객관적 상관물을 제공한다. 로더릭 어셔의 심리적 붕괴와 조응하여 균열이 커져가다 결국 함께 허물어져 내리는 고색창연한 어셔가의 저택, 윌리엄 윌슨과 또 다른 윌리엄 윌슨의 기숙사 방을 잇는 종잡을 수 없이 꼬불꼬불한 복도, 이름 없는 화자가 아내와 고양이를 생매장한 축축한 지하실 등은 이야기에 음산함을 더하는 고딕적 배경으로서도 훌륭하지만 주인공들의 자기 분열과 억압, 내면의 어둠을 탁월하게 형상화한 심리적 성징물들이나.

고전어를 전공했고 잡지 편집자로서 온갖 종류의 글을 읽고 평론을 쓰며 그리스 로마 고전에서부터 페니프레스까지 당시 독서 대중의 취향을 두루 파악하고 있었던 포가 탄생시킨, 단순한 오락물로도 최고의 재미를 제공하지만, (포의 단편 이론에서 가장 중요한 요소인) "단일한 효과" 속에 감춰진 다층적 의미를 알아보는 독자들에게 한 차원 높은 독서의 재미를 제공하는 공포물들이다.

포의 고딕은 인간 내면의 어둠을 들여다보는 데만 머물지 않았다. 포와 함께 '어둠'의 작가로 구분되는 동시대 작가 멜빌이나 호손처럼 본격적으로 다루지는 않지만, 미국 역사의 어두운 이면을 외면하지 않는다. "명백한 운명"의 기치를 내세워 서쪽으로 영토를 확장해나가고 자신들이 정복한 미국 원주민들은 보호구역으로 강제로 밀어넣고 있던 19세기 초 미국 역사의 폭력성을 신랄하게 풍자하는 〈아무것도 남지 않은 남자〉가 그 예이다. 포의 기괴한 이야기의 또 하나의 특징인, 부조리에 가까울 정도로 현대적인 블랙유머가 빛을 발하는 이 단편에서 미국의 역사는 미국 원주민 토벌 전투에서 피와 살로 이루어진 "인간성"을 잃고 이를 기술의 힘으로 기괴할 정도로 완벽하게 대체한 스미스 명예준장의 모습으로 재구성되어 섬뜩한 희화화의 대상이 된다.

열기구, 철로, 증기선, 전보, 인쇄술의 발전, 골드러시, 잭슨 민주주의, 심화되는 자본주의적 경쟁, 도시화 등 19세기 초 미국 사회에 불어닥친 급격한 변화들과 이에 대한 양가적 감정도 여러 단편들에서 다루는 소재들이다. 〈군중 속의 남자〉는 타인의 삶을 몰래 훔쳐보는 화자와 혼자 있는 것을 역병처럼 피하는 남자를 통해 익명의 자유와 군중 속의 고독이 공존하는 현대적 도시의 풍경을 그린다. 〈블랙우드식 글쓰기〉, 〈곤경〉, 〈작가 싱엄 밥 씨의 일생〉은 잡지 문학의 관행과 자본주의 시대의 글쓰기를, 〈사업가〉와 〈사기〉는 자본주의적 윤리와 경쟁을 코믹하게 풍자한다. 욥의 고난에 못지않은 시련 끝에 결국 불신자가 어처구니없는 불행한 일들을 관장하는 기묘천사에 대한 믿음을 얻는 〈기묘천사〉는 종교적 믿음이 흔들리는 시대의 초상을 그린 발군의 블랙코미디이다.

하지만 대중문학에 대한 포의 가장 큰 공헌은 뭐니 뭐니 해도 (포 자신은 "추론 이야기$^{tales\ of\ ratiocination}$"라고 부른) 가장 커다란 독자층을 자랑하는 현대의 대표적 장르 문학 중 하나인 탐정물을 만들어 냈다는 것이다. 놀랍게도 《이야기들^{Tales}》(1845)에 실린 세 편의 뒤팽 이야기, 〈모르그 가의 살인〉, 〈마리 로제 수수께끼〉, 〈도둑맞은 편지〉에서 포는 탐정소설의 공식과 탐정의 원형을 처음부터 완벽할 정도로 완성된 형태로 내놓는다. 범죄로 들끓는 대도시에서 은둔자처럼 사는 천재적 탐정과 평범한 지성을 가진 화자로 구성된 이인조, 시인의 상상력과 수학자의 논리로 사건을 해결하는 탐정과 관행과 본능에 기댄 수사로 번번이 사건 해결에 실패하는 경찰 집단의 대조는 아서 코넌 도일의 셜록 홈스 시리즈에서 고스란히 카피되어 현대 탐정소설의 공식으로 자리 잡는다. 밀실 범죄(《모르그 가의 살인》)와 암호 해독(《황금 벌레》), 영혼의 쌍둥이처럼 탐정과 똑같은 비상한 사고 회로를 가진 숙적(《도둑맞은 편지》) 등 추리·범죄소설의 익숙한 장르 관습들까지 포가 고작 세 편의 단편 안에서 모두 선보였다는 사실은 놀라울 뿐이다.

공상과학소설은 사기꾼이 전하는 믿을 수 없는 달나라 모험 이야기를 그린 〈한스 팔의 전대미문의 모험〉과 미래 시회〈미후의 비내에서 과거 사회를 돌아보는 〈멜론타 타오타〉, 〈모노스와 우나의 대담〉, 〈에이러스와 차미언의 대화〉 네 편의 단편으로 포가 창시자로 거론되는 또 다른 장르이기는 하지만, 탐정소설처럼 포가 완성시킨 장르라고는 할 수 없다. 현대의 공상과학소설에 대한 포의 공헌이라면, 〈한스 팔의 전대미문의 모험〉의 마지막 부분에서 "과학적 원리를 통한 이야기의 핍진성"을 강조함으로써 공상과학소설이 풍자나 판타지와 구분되는 핵심 지점을 짚어준 것, 그리고 더 중요하게는 쥘 베른이나 H. G. 웰스, 아이작 아시모프 등 걸출한 공상과학 소설가들에게 큰 영향을 줬다는 것이다. 실제로 쥘 베른은 〈한스 팔의 전대미문의 모험〉에서 영감을 받아 《지구에서 달까지De la terre a la lune》(1865)를, 아서 고든 핌의 미완의 모험을 이어가 케르겔렌 제도에서부터 남극으로의 여행을 그린 《남극의 미스터리Le Sphinx des glaces》(1897)라는 후편을 쓰기까지 했다.

당대 대중의 취향과 관심사를 작품에 적극적으로 반영했던 에드거 앨런 포는 현재까지도 대중에게 가장 많이 읽히며 대중문화에 광범위한 영향을 끼치고 있는 19세기 작가이다. 자신의 문학 세계에 깊은 영향을 준 작가로 포를 꼽는 작가들은 공상과학소설의 대가 쥘 베른, 탐정소설의 대가 아서 코넌 도일, 공포소설의 대가 스티븐 킹, 남부 고딕소설로 고딕의 전통을 잇고 있는 조이스 캐롤 오츠 등 소위 "포의 장르"에서 활동하는 작가들만이 아니다. 실존주의 작가 프란츠 카프카, 포스트모더니즘 작가 존 바스와 호르헤 루이스 보르헤스, 문학을 넘어서서 화가 르네 마그리트의 그림, 포의 시 〈종들〉로 합창 교향곡을 작곡한 라흐마니노프, 포의 이야기와 시를 바탕으로 앨범 〈미스터리와 상상력의 이야기〉(1976)를 낸 영국 록밴드 '알란 파슨스 프로젝트'에 이르기까지 포에게서 영감을 받은 동료 예술가들을 일별해보면, 포의 영향력이 현대 문화 전반에 걸쳐 있다고 해도 과언은 아닐 것이다. 포의 이야기와 시에 대한 취향의 차이나 엇갈리는 평가는 과거에도, 지금도 늘 존재해왔다. 하지만 포처럼 대중문학의 지평을 넓히고 문학을 넘어서서 대중문화 전반에 거대한 영향을 미친 미국 작가를 또 만나기란 쉽지 않을 것이다.

1809 1월 19일 미국 보스턴에서 순회극단 배우 엘
      리자베스 아놀드 홉킨스 포와 데이비드 포
      주니어 사이에서 태어남. 형제자매로는 형
      헨리 레너드 포와 여동생 로절리 포가 있음.

1810 데이비드 포가 가정을 버리고 떠남.

1811 엘리자베스 포가 폐결핵으로 사망하고 데이
      비드 포도 얼마 안 가서 사망. 포와 형, 누이
      는 각각 흩어지고, 포는 버지니아 주 리치먼
      드의 부유한 상인 존과 프랜시스 앨런이 데
      려감. 법적으로 입양된 적은 없지만 이름은
      에드거 앨런 포로 바뀜.

1815 존 앨런이 자신의 사업체 '앨런앤드엘리스'의
      영국 지부를 내면서 가족이 영국으로 이주.
      처음에는 스코틀랜드에서, 후에는 런던에서
      학교를 다님. 런던 근교 스토크 뉴잉턴에서
      다닌 존 브랜스비 목사의 '매너Manor하우스

학교'는 훗날 〈윌리엄 윌슨〉에 등장하는 기숙학교의 모델이 됨.

1820 존의 사업이 성공하지 못하면서 리치먼드로 돌아옴.

1825 존 앨런의 숙부 윌리엄 갈트가 사망하면서 막대한 유산을 남김.

1826 2월 버지니아 대학에 입학하여 고대어와 현대어를 공부했지만 도박에 빠져 빚을 지면서 양부와 관계가 소원해짐. 존 앨런이 빚을 갚아주기를 거부하면서 12월 학교를 그만두고 리치먼드로 돌아옴. 대학에서 첫사랑 세라 엘마이라 로이스터에게 보낸 편지들을 엘마이라의 부모가 중간에서 가로챈 바람에 다른 사람과 약혼했다는 것을 알게 됨.

《테멀레인 외 다른 시들》 1827 4월 양부와의 불화로 보스턴으로 감. 실명을 밝히지 않고 '보스턴 사람'이라고만 써서 첫 시집 《테멀레인 외 다른 시들》을 내지만 거의 주목받지 못함. 5월 '에드거 A. 페리'라는 가명으로 나이를 속이고 육군에 입대. 〈황금 벌레〉의 배경인 설리번 섬에서도 잠시 복무함.

1828 원사 계급까지 승진.

《알 아라프, 테멀레인 외 다른 시들》 1829 2월 양모 프랜시스 앨런 사망. 존이 프랜시스의 상태를 알려주지 않은 탓에 포는 장례가 끝난 후에야 무덤을 찾지만 양모의 죽음을 계기로 잠시 존과 화해함. 존이 군에서 전역해 웨스트포인트 육군사관학교에 들어가고 싶다는 포를 도와주기로 약속. 4월 군에 서 전역. 하지만 존 앨런과의 화해는 오래가 지 않았고 포는 5월 볼티모어로 가서 할머니 와 형 헨리, 고모 마리아 클렘과 사촌여동생 버지니아와 함께 지내게 됨. 《알 아라프, 테 멀레인 외 다른 시들》 출간.

1830   5월 웨스트포인트 육군사관학교 입학. 10월 존 앨런 재혼. 존과 크게 다투고 파양당함.

《시들》 **1831**   1월 군대 생활이 맞지 않다고 일부러 명령에 불복종하고 퇴학당함. 사관학교의 관행과 인 물들을 겨냥한 익살스러운 시를 낼 것이라 는 기대를 하며 웨스트포인트 동기들이 모 아준 돈으로 "미국 사관생도들"에게 헌사를 쓴 《시들》 출간. 3월 볼티모어로 가서 친가 식구들과 함께 생활. 단편 집필 작업을 시작. 8월 형 헨리 사망.

1832   필라델피아의 《새터데이 쿠리어》 공모전에 단편을 냈지만 입상하지는 못함. 〈메첸거슈 타인〉, 〈예루살렘 이야기〉, 〈오믈렛 공작〉, 〈봉 봉〉, 〈호흡 상실〉 다섯 편의 단편이 처음으로 《새터데이 쿠리어》에 익명으로 실림. 공모전 에 제출된 작품을 자사 것으로 여기는 관행 에 따라 포에게 동의를 얻거나 고료를 지불 한 것은 아니라고 추측됨.

1833   10월 〈병 속의 수기〉가 《볼티모어 새터데이 비지터》 공모전에서 입상. 포의 작품을 마음 에 들어한 심사위원 중 하나인 존 P. 케네디 의 소개로 훗날 리치먼드의 토머스 화이트

가 창간한 새 잡지 《서던 리터러리 메신저》
에서 일하게 됨.

1834 3월 존 앨런이 포에게 유산을 전혀 남기지
않고 사망.

1835 케네디의 소개로 리치먼드로 가서 《서던 리
터러리 메신저》의 편집자로 일하기 시작. 10
월 고모 마리아 클렘과 사촌 버지니아가 리
치먼드로 와서 함께 거주.

1836 5월 13세인 사촌 버지니아 클렘과 결혼.

1837 1월 음주 문제와 화이트와의 의견 차로 《서
던 리터러리 메신저》를 그만두고 가족들과
함께 뉴욕으로 가지만 편집자 일을 구하지
못함. 마리아 클렘이 하숙집을 운영해 가족
의 생계를 꾸림.

《낸터킷의 아서 고든 핌 이야기》 1838 가족과 함께 볼티모어로 감. 7월 《낸터킷의
아서 고든 핌 이야기》 출간. 볼티모어의 《아
메리칸 뮤지엄》에 〈라이지아〉, 〈블랙우드식
글쓰기〉, 〈곤경〉을 발표.

《기괴하고 기이한 이야기들》 1839 필라델피아의 《버턴스 젠틀맨스 매거진》의
편집자가 되고 〈윌리엄 윌슨〉, 〈어셔가의 몰
락〉 등을 발표. 12월 25편의 단편을 모은 《기
괴하고 기이한 이야기들》 출간.

1840 버턴에게서 해고당함. 필라델피아의 《새터데
이 이브닝 포스트》 광고란에 자신의 문예지
《펜》(후에 《스타일러스》로 제목을 바꿈)을

창간하겠다는 계획을 발표하고 여러 가지 노력을 하지만 이 계획은 끝내 실현하지 못함. 〈군중 속의 남자〉 발표.

1841 버턴의 잡지사를 사들여 《그레이엄스 매거진》을 창간했던 그레이엄이 1월 포를 편집자로 앉힘. 4월 호에 〈모르그 가의 살인〉, 〈소용돌이 속으로의 하강〉 발표.

1842 3월 존 타일러 대통령 행정부에서 공직을 얻어보려고 워싱턴 디시에 갔으나 술에 취하는 바람에 기회를 날림. 이 시기에도 창작 활동은 계속하여 〈마리 로제 수수께끼〉, 〈구덩이와 추〉, 〈적사병의 가면극〉 등 단편들을 잡지들에 발표. 1월 버지니아가 처음으로 폐결핵 증세를 보이고 이후 계속 병에 시달림. 포는 절망으로 폭음에 빠져들고 5월 《그레이엄스 매거진》을 그만둠.

1843 〈고자쟁이 심장〉, 〈황금 벌레〉, 〈검은 고양이〉 등 단편들을 《파이오니어》를 위시한 잡지들에 발표.

1844 가족과 함께 뉴욕으로 가서 도시 외곽의 포덤에 정착. 10월 《뉴욕 이브닝 미러》에서 일자리를 구함. 〈도둑맞은 편지〉, 〈타르 박사와 페더 교수 요법〉, 〈생매장〉 발표.

《이야기들》   **1845** 1월 《이브닝 미러》에서 발표한 〈까마귀〉가 화
《까마귀 외 다른 시들》   제가 되면서 명성을 얻음. 〈까마귀〉를 어떻게 썼는지 설명한 에세이 〈작법의 철학〉을 발표. 2월 《브로드웨이 저널》의 편집자가 되고, 이

잡지에 많은 시와 단편을 발표. 7월 《이야기들》 출간. 10월 《브로드웨이 저널》의 소유권을 얻음. 11월 시집 《까마귀 외 다른 시들》 출간. 롱펠로가 표절을 했다는 고발로 논쟁에 휘말림. 버지니아의 병세가 악화됨. 시인 프랜시스 S. 오스굿과 염문에 휩싸임.

1846   1월 우울증과 재정난으로 《브로드웨이 저널》을 폐간. 《고디스 레이디스 북》 11월 호에 〈아몬티야도 술통〉 발표. 프랑스어 번역판 〈검은 고양이〉를 읽은 보들레르가 포의 작품에 매료되어 훗날 포의 작품들을 번역하면서 프랑스에서 굉장한 인기를 누리게 됨.

1847   1월 버지니아가 24세의 나이에 폐결핵으로 사망. 점점 정신적으로 불안정해짐.

《유레카》 1848   금주 서약을 하고 프로비던스의 시인 세라 헬렌 휘트먼과 약혼하지만 한 달 만에 서약을 깬 데다, 이 시기 리치먼드에서 애니 리치먼드에게도 구애했다는 것이 휘트먼의 귀에 들어가면서 약혼이 취소됨. 6월 《유레카》 출간.

1849   2월 〈절름발이 개구리〉 발표. 4월 〈폰 켐펠렌과 그의 발견〉 발표. 폭음과 망상으로 나날이 건강이 피폐해져감. 리치먼드에서 9월 17일과 24일 〈시의 원리〉로 두 번의 강연을 함. 어린 시절 첫사랑이자 지금은 부유한 미망인이 된 세라 엘마이라 로이스터를 다시 만나 약혼하고 잠시 포덤의 집으로 돌아갔다가 결혼하기로 약속. 9월 28일 리치먼드를 떠났다가 10월 3일 볼티모어 길거리에서 인사

불성 상태로 발견된 후 의식을 회복하지 못하고 10월 7일 사망함. 어떻게 그곳에서 발견되었으며 사인이 무엇인지에 대해서는 논란이 분분함. 10월 9일 조촐한 장례식과 함께 웨스트민스터홀 묘지에 묻혔다가 1875년 새로 이장되면서 기념비가 세워짐. 시 〈종들〉과 〈애너벨 리〉가 사후에 발표됨.

옮긴이 권진아

서울대학교에서 영문학을 전공하고 동 대학원에서 〈근대 유토피아 픽션 연구〉로 박사학위
를 받았다. 현재 서울대학교 기초교육원 강의교수로 재직하고 있다. 옮긴 책으로는 조지
오웰의 《1984년》《동물농장》, 어니스트 헤밍웨이의 《태양은 다시 떠오른다》《헤밍웨이의
말》, 로버트 루이스 스티븐슨의 《지킬 박사와 하이드 씨》, 더글라스 애덤스의 《은하수를 여
행하는 히치하이커를 위한 안내서》(공역) 등이 있다.

에드거 앨런 포 전집 1 | 추리·공포 단편선

모르그 가의 살인

초판 1쇄 발행일 2018년 11월 23일
초판 5쇄 발행일 2024년 2월 12일

지은이 에드거 앨런 포
옮긴이 권진아

발행인 윤호권 · 조윤성

편집 황경하 **디자인** 김지연 **마케팅** 정재영, 윤아림
발행처 ㈜시공사 **주소** 서울시 성동구 상원1길 22, 7-8층(우편번호 04779)
대표전화 02 - 3486 - 6877 **팩스(주문)** 02 - 585 - 1755
홈페이지 www.sigongsa.com / www.sigongjunior.com

ISBN 978-89-527-9486-4 04840
ISBN 978-89-527-9485-7 (세트)

*시공사는 시공간을 넘는 무한한 콘텐츠 세상을 만듭니다.
*시공사는 더 나은 내일을 함께 만들 여러분의 소중한 의견을 기다립니다.
*잘못 만들어진 책은 구입하신 곳에서 바꾸어 드립니다.